신의 왼손

3

THE BEATING OF HIS WINGS

신의 왼손

3 천사의 날갯짓

폴 호프먼 장편소설 | 이원경 옮김

문학동네

고대유물 국제재판소의 명에 따라 『천사의 날갯짓』의 발행인은 책의 첫 장에 이 판결 내용을 게재해야 한다.

조정자 브레프니 왈츠
공화력 143830년 메시도르(수확의 달) 38일

『신의 왼손』 3부작과 이른바 '낙원의 쓰레기장' 관리 문제에 대해 고대유물 국제재판소가 공화력 143710년에 내린 임시 판결의 개요. 오해의 소지를 배제코자 설명하면, 이 '쓰레기장'은 폴 파렌하이트가 아득한 고대의 유물로 추정되는 다량의 문서를 최초로 발견한 4평방마일의 땅을 의미한다. 본 판결은 임시이며, 향후 민사 재판에서 우선적으로 재검토해야 한다. 하지만 국제연합 고대유물 연구회UNAS의 주장에 따르면, 대체 불가한 문서와 유물이 완전히 소실되고 있는 상황이므로 빠른 결정이 요구된다. 현재 그곳을 수시로 왕래하는 유목민들이 낙원의 쓰레기장의 희귀 문서를 화장실 휴지로 쓰는 일이 빈번하다고 한다.

본 사안과 관련된 사실들에는 논쟁의 여지가 없으며, 내용은 다음과 같다.

이 소송은 약 삼십 년 전 빅토리아 웅 카난 선장이 최초로 달에 착륙한 사건에 뿌리를 두고 있다. 당시 카난 선장은 자신이 이루었다고 생각한 역사상 가장 위대한 업적보다 십육만오천 년 앞서 달에 착륙한 자가 있음을 며칠 만에 알게 됐는데, 이는 아마도 인류가 경험한 가장 충격적인 사건이었을 것이다. 당장이라도 부서질 것 같은 우주선 안에 남아 있던 부서지기 쉬운 물건들은 우리가 전혀 모르는 사라진 지상 문명의 존재를 입증했고, 우주선 옆에 세워진 별과 줄무늬 깃발 때문에 '깃발 인류' 문명으로 불리게 되었다. 결국 국제연합 고대유물 연구회가 설립되었고, 이 기관의 유일한 목적은 지구에 남아 있을 깃발 인류의 흔적을 찾는 것이었다.

지금껏 이 연구의 성과가 전혀 없었던 이유는 간단하다. 얼음 때문이었다. 국제연합 고대유물 연구회는 십육만사천 년 전에 오늘날 '눈사태'라고 명명된 대대적인 빙하기가 닥쳐와 지구의 거의 전역을 얼음으로 뒤덮었다는 사실을 알아냈는데, 개중에는 수 마일 두께의 얼음에 묻힌 지역도 있었다. 낮고 거대한 얼음 산맥은 가장 번성한 문명의 흔적마저 쉽게 지워버린다. 당연히 극소수의 인간들만 생존할 수 있었을 것이다. 하지만 이후의 추가 연구를 통해, 중도에 의미심장한 온난기가 도래하면서 만오천 년에 걸쳐 얼음이 멀리 물러나 새로운 문명이 탄생했다는 사실이 밝혀졌다. 훗날 빙하기가 되돌아와 다시 모든 것을 집어삼켰다고 한다.

연구가 벽에 부딪친 이 시점에 등장한 폴 파렌하이트는 자신의 동료들이 이 엄청난 난제의 기술적 해법에만 집착한다며 불만을 토로했는데, 실은 매우 원색적인 비난이었다. 그는 그토록 희미한 과거의 흔적을 찾는 것은 '건초 더미에서 지푸라기 찾기'와 같으니 '특별한 원리'를 연구의 길잡이로 삼아야 한다고 했다. 건초 더미에서 가장 효과적으로 지푸라기를 찾아낼 '원리'는 바로 전설과 민담의 원리라는 것이었다. 또한 그는 먼 옛날 실제로 일어난 역사적 사건들은 일견 황당무계해 보이는 신과 괴물이 등장하는 신화나 환상적인 이야기에 녹아들었을 수 있다고 주장했다. 그러나 이런 생각은 철저히 무시되었으며, 국제연합 고대유물 연구회에서 파렌하이트와 그의 동료 및 윗사람들의 관계는 욕설이 난무하는 파국으로 치닫고 말았다.

결국 공화력 139년 방토즈(바람의 달)에 국제연합 고대유물 연구회를 떠난 폴 파렌하이트는 그의 동료들이 가망 없는 모험으로 여긴 탐사에 착수했다. 유목 민족인 하비루 사람들이 '낙원의 쓰레기장'이라고 부르는 곳을 찾는 탐사였다. 거기 가면 깃발 인류의 흔적은 아니라도 이후 잠시 번성한 문명의 존재 증거를 최초로 발견할 수 있으리라 믿었다.

폴 파렌하이트가 사라지고 사 년 뒤,『신의 왼손』이라는 제목의 '판타지' 소설 3부작의 첫 권이 출간되었다. 이 소설은 26개 언어로 번역되어 널리 알려졌지만, 독자와 평단 모두 극도로 상반된 반응을 보였다. 어떤 이들은 그 특이한 어조와 기묘한 화법에 열광했고, 한편에서는 몹시 혐오했다. 전혀 무관해 보이는 이 두 사건에 어떤 연관성이 있을까? 『신의 왼손』과 후속편 『최후의 네 가지』 출간의 배후에 폴 파렌하이트가 있었음이 드러났다. 이 책들은 오늘날 양산되는 현실도피형 판타지 소설과는 전혀 달랐다. 때마침 낙원의 쓰레기장이 지닌 잠재적 가치에 대한 파렌하이트의 믿음이 완전히 적중했다. 길고 씁쓸한 이야기를 요약하자면, 자신의 발견을 옛 고용주에게 알리는 것이 법적 의무임에도 파렌하이트는 그러지 않기로 마음먹었다. 그의 주장을 인용하여 옮기겠다. '국제연합 고대유물 연구회는 이기적인 현학자 무리의 고루한 번역으로 내가 『신의 왼손』 3부작이라 명명한 문헌의 명백한 탁월성을 은폐할 테고, 고상하고 따분한 각주와 난해하고 모호한 해석으로 덧칠해 그 생명력을 묻어버릴 것이다.'

파렌하이트는 이 세 권의 책을 고대인이 접했을 올바른 방식으로 현대인에게 소개해야 한다는 강박에 사로잡혔다. 결국 스스로 번역하여(그를 비방하는 자들조차 인정하는 뛰어난 지적 재능이었다) 본명 대신 모친의 성姓을 사용해 현대적인 소설 3부작으로 출간했다. 파렌하이트가 한 젊은 여성과의 잠자리에서 경솔하게 털어놓지만 않았다면 이 흥미로운 속임수가 얼마나 오래갔을지는 아무도 모른다. 하지만 그가 믿었던 여인은 곧바로 한 신문사에 그 비밀을 팔아넘겼고, 결국 국제연합 고대유물 연구회는 낙원의 쓰레기장을 그들의 법적 통제 아래 두도록 명령해달라는 소송을 본 법정에 제기했다.

요청대로 국제연합 고대유물 연구회에 그 장소에 대한 한시적이되 완전한 통제권을 부여한다.

그러나 『신의 왼손』 3부작의 마지막 '소설'로 폴 파렌하이트가 번역한 『천사의 날갯짓』의 출판 금지 소송은 기각한다. 본 판결의 요약문을 『천사의 날갯짓』 도입부에 게재하는 조건으로 출간을 허가한다. 또한 국제연합 고대유물 연구회와 폴 파렌하이트 양측 모두에게 소설 말미에 각자의 입장을 설명하는 부록을 덧붙일 권한을 부여한다.

먼저 그곳에 간 내 편집자 알렉스 클라크에게

인간에게는 근본적인 세 가지 감정이 있으니, 공포와 분노와 사랑이 그것이다.

J. B. 왓슨, 『실험 심리학 일지』

나에게 건강하고 다부진 어린아이 십여 명과 그들을 키울 나만의 특별한 세상을 달라. 그러면 그들 중 아무나 골라 내가 원하는 어떤 종류의 전문가로든 훈련시킬 수 있다고 장담한다. 의사, 변호사, 예술가, 대상大商은 물론이요, 심지어 거지나 도둑으로 길러낼 수도 있다. 그 아이의 재능, 취미, 성향, 능력, 소질, 혈통에 상관없이.

J. B. 왓슨, '유치원이 본능에 관해 말해야 하는 것', 『1925년의 심리학』

아이가 열네 살 정도 되면, 삶에서 일어날 수 있는 최악의 사건은 이미 겪었을 것이다.

루이스 브리스, 『악어의 지혜』

THE BEATING OF HIS WINGS

1부

나는 홀로 왔으며 이방인으로서 가노라.
내가 누구인지, 혹은 지금껏 무엇을 했는지 나는 알지 못하나니.

아우랑제브

1

정신이상자 토머스 케일에 관한 약식 보고서. 키프로스섬의 수녀원에서 이루어진 세 차례의 대화 내용.

(주의: 이 면담이 있기 전 올브라이트 수녀원장이 뇌졸중으로 쓰러졌다. 케일을 수녀원에 받아들인 경위를 비롯하여 수녀원장이 작성한 기록은 현재 유실된 상태다. 그 점을 고려해 이 보고서를 읽어야 하며, 결론에 대해 내가 책임져야 할 부분은 없다.)

신체적 특징
중간 정도의 키. 유난히 창백한 피부. 왼손 중지 절단. 두개골 오른쪽 부분 함몰. 다친 왼쪽 어깨에 심각한 켈로이드 흉터. 온갖 부상으로 간헐적 통증에 시달린다고 함.

증상

대개 오후 중반 무렵 끔찍한 구역질과 탈진. 밤엔 불면증에 시달리고, 가까스로 잠이 들면 악몽을 꿈. 체중 감소.

개인사

토머스 케일은 비록 냉소적인 성격이긴 하지만 병적인 망상에 시달리거나 발작적인 행동을 하지는 않는다. 오후 중반에 구역질을 하다보면 말을 못할 정도로 녹초가 되고, 결국 지쳐서 잠이 든다. 저녁 늦게부터는 대화가 가능하다. 그러나 지독히 빈정대는 말투로 상대의 기분을 상하게 한다. 케일은 기억도 나지 않는 부모가 자신을 6펜스에 목 매달린 리디머 교단의 사제에게 팔았다고 주장한다. 그는 짐짓 쾌활한 척하는데, 이보다 더 짜증스러운 가식은 얼마든지 있다. 늘 상담자를 조롱하는 게 아닌가 하는 의심을 갖게 하며, 그보다 더 불쾌한 경우는 일부러 조롱이 너무나 명백해 보이도록 행동할 때다. 성소에서 자란 이야기를 할 때면, 자신이 날마다 겪은 잔혹한 일들을 과연 믿을 수 있겠냐고 빈정대는 것 같다. 그의 주장—이 역시 얼마나 진지한 진술인지는 알 수 없다—에 따르면, 두개골이 움푹 파이는 부상에서 회복한 후 이미 굉장히 용감했던 자신이(당시에는 그렇게 생각하지 않았지만 뒤늦게 으스대는 눈치다) 훨씬 더 용맹스러워졌다고 한다. 또한 부상에서 회복하고 나서는 항상 상대의 움직임을 예측할 수 있게 되었다고 주장하는데, 믿기 어려운 이야기다. 시범을 보여주겠다고 했지만 나는 사양했다. 그가 들려준 나머지 이야기도 터무니없다. 흡사 활극이 난무하는 허무맹랑한 무용담처럼 황당무계하다. 케일은 이제껏 내가 만나본 인간 중에서 가장 지독한 거짓말쟁이다.

케일의 사연을 간략히 정리하겠다. 궁핍한 일상과 군사훈련으로 점철된 성소에서 그의 삶은 어느 날 밤 극적인 변화를 맞게 된다. 그날 케일은 두 소녀를 산 채로 해부하고 있던 고위급 리디머와 우연히 맞닥뜨렸다. 남자를 타락시키는 여자의 힘을 중화할 방법을 찾는 일종의 신성한 실험이었다. 곧이어 벌어진 사투에서 리디머를 죽인 케일은 살아남은 소녀 한 명과 두 친구를 데리고 성소를 탈출하지만, 복수심에 불타는 리디머 추격대가 그들을 뒤쫓는다. 우여곡절 끝에 추격대를 따돌린 이들 사인조는 결국 멤피스로 가게 되는데, 거기서 토머스 케일은 많은 적을 만들고(그럴 만도 하다) 힘있는 동료들을 여럿 얻는다(믿기 어려운 일이다). 그중에는 악명 높은 이드리스푸케와 그의 이복형인 비폰드 총리(당시의 직함)도 있었다. 이런 이점에도 불구하고 케일의 폭력적 성향은 (그의 주장에 따르면) 멤피스의 젊은이 여섯 명과의 험악한 몸싸움 과정에서 드러나는데, 여느 때와 달리 아무도 죽지 않은 이 싸움에서 (당연히) 이긴 케일은 감옥에 갇히고 만다. 하지만 이번에도 비폰드 총리가 은밀히 개입하여 케일을 이드리스푸케와 함께 어느 촌구석으로 보낸다. 그들은 마테라치 가문의 사냥막에 머물며 한가로운 시간을 즐기지만, 얼마 지나지 않아 알 수 없는 이유로 케일을 암살하러 온 여자가 평온을 깨뜨린다. 이 암살을 막은 것은 케일의 놀라운 능력이 아니라—위기의 순간에 그는 알몸으로 수영하고 있었다—보이지 않는 곳에서 화살을 날려 암살자의 등을 맞힌 정체불명의 거만한 사내였다. 그자는 그렇게 케일을 구해준 뒤 아무런 설명도 하지 않고 흔적 없이 사라졌다.

이 무렵 케일의 소재를 알아낸 성소의 사제들은 그를 유인하려고(케일의 주장에 따르면 그렇다) 멤피스 총독의 딸인 아르벨 마테라치를 납치한다. 리디머들이 당대 최강의 세력들과의 파멸적 전쟁을 무릅쓰면서까지 당신을 잡으려 할 까닭이 있느냐고 내가 묻자, 케일은 내 면전에 대고 웃으며 자신이 얼마나 중요한 존재인지 차차 알려주겠노라고 대꾸했다. 내 경험상 과대망상증이 있는 미치광이는 스스로를 극도로 중요하게 여기지만, 특이하게도 토머스 케일은 대화가 끝나고 몇 시간이 지나서야 정신착란 상태가 뚜렷해진다. 그와 함께 있으면 아무리 황당무계한 이야기를 들어도 의심을 거두게 되지만, 그로부터 몇 시간이 지나면 마치 만병통치약을 사려고 준비해간 돈을 장터 사기꾼의 말재간에 속아 몽땅 날린 사람처럼 분노에 치를 떨게 된다. 드물긴 하지만 전에도 이런 정신병자를 본 적이 있다. 그들은 아주 기묘한 방식으로 지독한 망상에 사로잡혀 있어서 가장 조심스러운 심리분석가조차 그들의 망상에 휘말리곤 한다.

물론 토머스 케일은 악랄한 리디머 무리에게서 아름다운 공주를 구해내지만, 안타깝게도 압도적으로 불리한 상황에서 정당하고 고상한 방식으로 얻은 승리가 아니라 대부분 잠들어 있던 적을 칼로 찔러 죽이고 얻은 승리다. 이것도 그의 망상이 보여주는 특징이다. 케일이 거둔 끝없는 승리의 비결은 고결하고 영웅적인 대담성이 아니라 잔혹한 술수와 비양심적인 실용주의였다. 대개 이런 미치광이는 자신을 용감무쌍한 기사처럼 묘사하는데, 토머스 케일은 부패한 짐승 시체로 적의 식수를 오염시켰다거나 자고 있는 적을 찔러 죽였다고 스스럼없이 인정한다. 이런 점에서 우리의 대화를 간략히 기록해둘 필요가 있겠다.

나 무기도 없는 사람을 죽이는 게 아무렇지도 않습니까?
환자 무장한 자를 죽이는 것보다는 쉽죠.
나 그렇다면 당신에게 타인의 목숨은 조롱거리일 뿐인가요?
환자 (묵묵부답)
나 자비를 베풀 생각은 해본 적 없습니까?
환자 없습니다. 단 한 번도.
나 어째서요?
환자 상대도 나한테 자비를 베풀지 않을 테니까요. 더구나 상대를 놔줬는데 나중에 또 싸울 일이 생기면 어쩝니까? 오히려 내가 그들의 포로가 될 수도 있죠. 결국 그들 손에 죽을 테고요.
나 그럼 여자와 아이들은요?
환자 일부러 죽인 적은 없습니다.
나 하지만 죽이긴 했죠?
환자 네. 죽였습니다.

케일은 자신의 지시로 포로수용소를 지어 포크 부족 여자들과 아이들을 격리했다고 주장했다. 그리고 자신이 다른 곳으로 떠나자 오천 명에 이르던 포로들이 거의 다 굶주림과 질병으로 죽었다고 했다. 그 일을 생각하면 어떤 기분이냐고 묻자 케일이 되물었

다. '무슨 기분 말입니까?'

본론으로 돌아가자. 잔혹한 방식으로 미모의 아르벨 마테라치(망상의 세계에 아름답지 않은 공주가 정녕 있던가?)를 구출한 케일은 친구 두 명과 함께 이 소녀를 보호하는 중책을 맡게 된다. 세 차례에 걸쳐 나와 장시간 상담하는 내내 케일은 아르벨 마테라치에 대한 사무친 분노를 숨기지 않았다. 그녀가 자신에게 고마워하기는커녕 경멸 어린 태도를 보였다는 것이다. 리디머 군대를 물리치기 위해 자신이 세운 작전을 마테라치 가문의 사내들이 제대로 수행하지 못해 멤피스가 리디머들에게 굴복했다고 믿는 것으로 보아, 아르벨 마테라치에 대한 원망이 케일의 정신을 지배하고 있는 듯하다(그나저나 케일은 자신의 군사 지휘술이 살육 능력보다 훨씬 더 뛰어나다고 주장한다).

대개 케일은 자신이 엄청난 권력을 손에 쥐게 된 사연을 무덤덤하고 냉소적인 태도로 떠벌리는데—단조로운 말투 덕분에 과시처럼 느껴지진 않지만 나중에 케일의 주장을 차분히 생각해보면 그 의도가 명백해진다—, 실버리힐 전투가 끝난 뒤 리디머들에게 어이없게 붙잡힌 이야기를 할 때면 극도로 분노했다(토머스 케일의 개입 여부와 상관없이 그 전투는 우리 모두에게 틀림없이 재앙이었다). 실제로 케일이 비열한 방식으로 붙잡혔을 수도 있다. 당시 벌어진 일들을 술회하는 그의 어조에는 실제 경험의 느낌이 담겨 있다. 노련한 이야기꾼이라면 누구나 그렇듯, 케일은 실제 사건을 이용해 상상 속 사건이 진짜로 일어난 것처럼 꾸며댄다. 예컨대 자신이 한 고상한 일이나 너그러운 행위를 후회한다는 말을 자주 한다. 자신을 괴롭히고 학대한 어느 마테라치 가문 젊은이를 목숨 걸고 구해준 고결한 행위가 이제는 지독히 후회된다는 것이다. 타인에게 호의를 베푸는 것이 나쁜 일이냐고 묻자, 케일은 자신의 경험상 그런 행위가 나쁘지 않을 수도 있지만 늘 '끔찍한 참사'로 이어진다고 대꾸했다. 그의 주장에 따르면, 사람들은 선행을 너무 중시한 나머지 종내는 칼끝으로 결판을 내려 한다. 선(善)을 지고의 가치로 여기는 리디머들이 자신들을 포함한 모든 인간을 죽이고 이 세상을 새로이 시작하고자 했다는 것이다. 그래서 케일의 옛 스승 리디머 보스코는 어떤 대가를 치르고라도 케일을 되찾으려 했다. 토머스 케일은 (당연히) 평범한 소년이 아니라 주님의 분노의 화신으로, 그분의 최대 실수(오해를 피하기 위해 명시하자면 '우리 인류')를 지상에서 쓸어버릴 운명이기 때문이다. 지금껏 나는 자신이 실은 위대한 장군이라고 주장하는 상점 주인들과 까막눈 주제에 전무후무한 천재 시인이라고 우기는 자들을 수없이 상대해왔지만, 이토록 엄청난 과대망상에 젖은 인간은 본 적이 없다. 하물며 어린애가 아닌가. 언제부터 자신이 중요한 존재라는 느낌을 받았냐고 묻자, 케일은 의자에 등을 기대면서 그건 보스코의 생각이지 자신의 생각이 아니라고 몹시 신경질적으로 대답했다. 나는 더욱 신중하게, 그렇다면 리디머 보스코가 미쳤다고 믿느냐고 물었고, 케일은 자신은 미치지 않은 리디머를 본 적이 없으며 자신의 경험상 제정신이 박힌 듯 보이는 수많은 사람들도 '비통한 상황에 처하면' 결국 '완전히 삑이 간다'고 말했다. 나로서는 난생처음 듣는 표현이지만 무슨 뜻인지는 충분히 알 수 있었다.

케일은 과대망상의 의미를 교묘히 회피한다. 고위 권력자들은 그가 온 세상을 파멸시킬 만큼 막강한 존재라고 여기지만, 그건 그들의 망상일 뿐 자신의 생각은 아니라는 것이다. 할 수 있다면 그런 짓을 할 거냐고 내가 묻자, 케일은 지독히 험악한 말로 툴툴거렸다. 그러지 않을 거라는 요지의 대답이었다. 그런 일을 할 능력이 있냐고 묻자, 그는 씩 웃고는—유쾌한 미소는 아니었다—자기 때문에 단 하루 만에 만 명이 죽었다면서, 얼마나 많은 사람이 며칠 만에 죽느냐의 문제일 뿐이라고 했다.

리디머 보스코에게 다시 붙잡힌 뒤, 케일은 세계를 파멸시킬 죽음의 천사로서 자신이 할 일에 대해 자세한 설명을 듣고 옛 스승이 시킨 대로 군사작전에 뛰어들었다. 케일은 이 '보스코'라는 자(새 교황의 이름이 보스코이며, 토머스 케일은 황당한 거짓말을 즐기는 듯하다)를 몹시 증오하는데, 모순되게도 보스코는 케일이 지닌 모든 탁월한 능력의 원천이었다. 어린 케일을 6펜스에 사서 훈련하고 신과 다름없는 권좌로 올려준 장본인이 바로 그이기 때문이다. 내가 이 점을 지적하자, 케일은 자신도 이미 알고 있다고 주장했다. 하지만 내가 그의 어마어마한 자만심에 일침을 가한 것은 분명했다.

곧이어 케일은 끝없이 이어지는 일련의 전투들을 상술했는데, 나한테는 죄다 그게 그거 같았다. 물론 케일은 매번 전투에서 승리했다고 한다. 그 모든 승전을 거치는 동안 몇 차례의 퇴각조차 없었냐고 묻자, 그는 내 목을 자르고 싶다는 듯 나를 노려보더니 웃음을 터뜨렸다. 매우 기묘하게도 밝은 기운과는 동떨어진 웃음, 심지어 멸시나 조롱을 자제할 수 없는 듯 사납게 짖는 느낌의 웃음이었다.

수많은 승전 덕분에 케일은 보스코의 감시에서 전보다 한결 자유로워졌다. 그리고 또 한 차례 대전투를 치르며 가장 강대한 적을 물리친 뒤 전후의 혼란을 틈타 몰래 빠져나온 케일은 결국 스패니시 리즈로 들어갔으며, 거기서 처음 뇌졸중 증상을 겪고 이곳으로 보내졌다. 나는 그 발작을 한 번 목격했는데, 차마 눈 뜨고 보지 못할 만큼 충격적이었으며 견디기 어려울 정도로 괴로워 보였다. 경련으로 온몸이 뒤틀리고, 당장 토할 듯이 몸부림치지만 토하지도 못한다. 케일은 스패니시 리즈에서 힘있고 영향력 있는 몇몇 친구들이 자신을 여기로 보내줬다고 주장한다. 당연한 이야기지만, 그 중요한 후원자들에 대해서는 알려진 바가 없다. 그들이 왜 보러 오지 않느냐고 묻자, 케일은—마치 바보를 대하듯 경멸 어린 태도로—자신이 키프로스에 온 지 얼마 안 되었고 거리가 너무 멀어 정기적으로 보러 오기 어렵다고 설명했다. 그의 안전을 위해 일부러 매우 멀리 떨어진 이곳을 선택했다는 것이다. "무엇으로부터의 안전 말입니까?" 내 질문에 케일이 대답했다. "나를 죽이려는 모든 자로부터의 안전."

케일은 올브라이트 수녀원장에게 전할 서신을 갖고 수행 의사와 함께 여기에 왔다고 했다. 자세히 따져 물으니, 그 의사는 바로 다음날 스패니시 리즈로 돌아갔는데, 떠나기 전 수녀원장을 만나 몇 시간 이야기를 나누었다고 했다. 분명 토머스 케일은 어디선가 이곳으로 왔고, 수녀원장이 뇌졸중으로 쓰러지기 전에 일종의 수행인이 그녀와 면담한 것도 사실일 수 있다. 수녀원장이 쓰러지고 서신도 사라진 지금은 세례를 받지 못한 어린아이들의 영혼이 영원토록 머문다는 림보와 같은 상황이다. 폭력성이 농후한 케일의 상상력을 감안할 때(물론 행동이 폭력적이지는 않다), 서신이 발견되거나 수녀원장이 회복해 사정을 알려주기 전까지는 그를 보호 병동에 두는 것이 현명해 보인다. 현재로서는 케일에 관해 편지로 물어볼 사람조차 없다. 뾰족한 수가 없는 상황이며, 기록이 사라진 경우가 이번이 처음도 아니다. 모레 약초 전문가가 오면 케일의 증상 완화에 대해 상의해야겠다. 케일의 과대망상은 내 견해로는 장기간의 치료가 필요할 것으로 보인다.

애나 캘킨스, 아노미 분석가

　　몇 주 동안 케일은 침대에 누워 구토하고 잠들고, 구토하고 잠들었다. 며칠 뒤, 침대 스무 개로 이루어진 병동 끝의 문이 늘 잠겨 있다는 사실을 알아차렸지만, 어차피 케일에게는 익숙한 상황일뿐더러, 아무데도 갈 수 없는 상태인 지금으로서는 중요한 일도 아니었다. 이 병원은 식사도 적절하고 꽤 친절했다. 또다시 남들과 한 방에서 자기는 싫었지만, 고작 열아홉 명뿐인 다른 환자들은 각자 악몽 속에 살고 있어서 케일을 신경쓰지 않는 눈치였다. 덕분에 케일은 조용히 지내며 버틸 수 있었다.

2

트레버 이인조, 루가보이와 코브툰은 스패니시 리즈에서 토머스 케일에게 접근할 방법을 찾지 못해 답답한 일주일을 보냈다. 이제 는 암토끼 키티의 도시가 된 그곳에서 사람들이 경계의 눈초리로 던지는 질문들이 몹시 거치적거렸다. 키티의 심기를 건드려서는 곤란하지만, 그들은 자기들이 여기 온 목적을 알리고 싶지 않았다. 키티는 뇌물을 좋아하는데, 트레버 이인조는 그가 자신의 영토에 서 타지인의 활동을 용납하는 대가로 기대하는 금액을 지불할 용 의가 없었다. 이번 일은 그들의 마지막 임무이며, 그 보상을 암토 끼 키티와 나눌 마음은 눈곱만치도 없었다. 케일을 수소문하는 과 정은 신중해야 했다. 평소 공포와 위협을 법정 화폐인 양 사용하는 자에게는 쉽지 않은 일이었다. 좀더 거친 방법을 써야 하나 고민하 던 중 마침내 신중함이 보상을 받았다. 시내에 사는 한 여자 재봉 사가 더 높은 계층의 손님들을 끌려고, 아르벨 마테라치와 그녀의

남편 콘 마테라치를 위해 마련된 성대한 연회에 앙심을 품고 나타
난 케일이 입은 우아한 옷을 자기가 만들었다고 자랑한다는 이야
기를 들은 것이다.

　재봉사가 허벅지 치수를 재는 동안 케일이 어떤 유용한 정보를
무심코 흘렸을지는 아무도 모를 일이다. 재봉사는 정보 제공원으
로서 사제만큼이나 좋고, 다루기는 더 쉽다. 들은 이야기 좀 떠벌
린다고 해서 사제처럼 영혼이 위태로워지지는 않으니까. 탈의실의
침묵 같은 건 존재하지 않는다. 하지만 그 재봉사 아가씨는 트레버
이인조의 예상과 달리 쉽게 겁먹지 않았다.

　"난 토머스 케일에 대해 아무것도 몰라요. 설령 알아도 댁들한
테는 말하지 않겠어요. 썩 꺼져요."

　이 대답은 둘 중 한 가지 일이 벌어질 거란 뜻이었다. 이제 트레
버 코브툰은 상대가 암토끼 키티건 아니건 잔인한 짓을 할 수밖에
없다고 판단했다. 그는 가게문을 잠그고, 열려 있는 창문의 셔터를
내렸다. 재봉사가 곧바로 무슨 짓이냐며 따졌다. 두 사내는 목소리
를 낮추고 일을 시작했다.

　트레버 루가보이가 중얼거렸다. "우리가 이 계집에게 하려는 일
은 이제 신물이 나. 정말로 이번이 마지막 임무면 좋겠어." 이 말은
진심이자 재봉사를 겁주기 위함이었다.

　"그런 말 하지 마. 마지막이란 소리를 하면 일이 틀어져."

　"어떤 초자연적인 존재가 엿듣고 우리의 계획을 방해할 거란 소
리야?"

　"가끔은 신이 존재하는 양 굴어서 해로울 것 없어. 섭리에 순종
하는 거지."

트레버 코브툰이 재봉사 쪽으로 걸어갔다. 이제 재봉사 아가씨는 자신의 삶에 섬뜩한 일이 닥쳤다는 사실을 깨달았다.

"영리해 보이는구나, 꼬마야. 가게도 갖고 있고, 까칠한 말도 씨부릴 줄 알고."

"치안 경찰을 부르겠어요."

"그러기에는 너무 늦었단다. 우리가 너를 보낼 세상에는 치안 경찰 따위는 없거든. 치안 경찰이건 보안관이건, 널 지켜줄 자는 아무도 없어. 이 도시 안에 있으면 매우 안전하다고 믿었겠지. 하지만 넌 영리한 계집이니 바깥세상에서는 끔찍한 일들이 벌어진다는 걸 알았을 거야."

"우리가 그 끔찍한 것들이지."

"그래, 맞아. 우린 불운이야."

"고약한 불운."

재봉사가 빠져나갈 길을 찾으며 물었다. "케일을 다치게 할 건가요?"

트레버 코브툰이 대답했다. "죽일 거야. 하지만 가능한 한 빨리 끝내겠다고 약속했다. 잔학 행위 없이 그냥 죽이는 거지. 넌 네 문제나 결정해. 살지 죽을지."

그녀가 무슨 결정을 할 수 있었겠는가?

나중에 가게를 나서면서 코브툰은 만약 일 년 전이었다면, 그들의 심문에 대한 그 어떤 반발도 여름에 유타의 거대한 소금 평원에 내린 보슬비처럼 증발하게 만들었을, 이루 말할 수 없을 만큼 야비한 방식으로 그 아가씨를 죽였을 거라고 말했다.

트레버 루가보이가 반박했다. "그건 일 년 전 일이야. 더구나 이제 우리가 거둘 죽음이 거의 바닥난 느낌이라고. 검소하게 살아야지. 케일이 우리의 마지막 티켓일 테니까."

"이십 년 전 우리가 이 일을 시작할 때부터 해온 소리잖아."

"이번에는 진짜야."

"우리 일이 정말로 끝나기 전까지는 그런 말을 아예 하지 말았어야 해. 그랬다면 진작 끝냈을 수도 있어. 그런데 자네가 우리의 마지막 임무 운운하는 바람에 하나의 이벤트가 돼버린 거야. 만약 신이 관심을 가져주길 바란다면 자네 계획을 신에게 이야기해."

"우리한테 관심 있는 신이 존재한다면, 지금쯤 우리 일이 끝나게 해주지 않았겠어? 신은 인간의 삶에 하나하나 관여하거나 무관심하거나 둘 중 하나야. 중간이란 없어."

"그걸 자네가 어떻게 알아? 신의 목적은 불가사의하다고."

이 경험 많은 사내들은 난관에 익숙한 터라, 재봉사가 잘 모르는 어떤 이유로 케일이 어딘가로 떠났다는 사실을 알고도 딱히 놀라지 않았다. 하지만 베이그 헨리라는 소년과 그 소년의 얼굴에 흉터가 있다는 유용한 정보를 들었고, 그 소년이 케일의 행방을 정확히 알 거라는 확신도 생겼다. 이후 사흘 동안 그들은 여기저기 돌아다니고 의심 사지 않을 만한 질문을 하면서 수상쩍게 보이지 않으려 노력했다. 결국 필요한 것은 인내심뿐이었다.

베이그 헨리는 사람들을 좋아했지만, 궁궐에 사는 부류의 인간들은 좋아하지 않았다. 노력을 전혀 하지 않은 건 아니었다. 한번은 이드리스푸케와 함께 참석한 어느 연회에서 사람들이 예의상 무덤덤한 태도로 그에게 어떻게 그 도시로 오게 됐느냐고 물었다.

상대가 자신의 특이한 경험을 듣고 싶어할 거라고 생각한 헨리는 성소에 살던 시절의 이야기부터 시작했다. 하지만 그곳의 기묘한 궁핍은 사람들의 흥미를 끌지 못했고 오히려 혐오감만 불러일으켰다. 한 얼간이 귀족이 중얼거린 다음의 말은 이드리스푸케만 들었다. "맙소사, 요즘은 별별 인간을 다 출입시키는군." 하지만 그다음 말은 베이그 헨리에게도 들렸다. 헨리가 멤피스의 주방에서 일한 경험을 이야기하자, 어떤 멋쟁이가 느린 말투로 일부러 들리게 뇌까렸다. "너무 진부해!" 베이그 헨리는 그 말에서 경멸의 느낌을 받았지만 확신하지는 못했다. 무슨 뜻인지 모르는 단어였기 때문이다. 어쩌면 공감의 표현인데 자신이 이해하지 못한 게 아닐까 싶었다. 떠날 때가 되었다고 판단한 이드리스푸케는 몸이 좋지 않다며 일어섰다.

"진부하다는 게 무슨 뜻이죠?" 집으로 돌아가는 길에 베이그 헨리가 물었다. 이드리스푸케는 헨리의 기분을 상하게 하고 싶지 않았지만, 이곳 사람들의 인식을 알려줘야 했다.

"시시하다는 뜻이다. 교양인의 관심사가 못 된다는 거지. 아까 그자는 일부러 느릿하게 '진부해'라고 말했다."

"그럼 비웃은 거네요?"

"맞다."

베이그 헨리는 잠시 말이 없었다.

마침내 그가 말했다. "싫다면 어쩔 수 없죠." 하지만 입맛이 썼다.

평소 이드리스푸케는 이복형과 함께 업무를 보러 다니며 대부분의 시간을 보냈고, 그래서 베이그 헨리는 외로웠다. 자신이 스패니시 리즈 사회에 받아들여지지 않는다는 사실을 깨달았다. 심지어 하층민들조차 헨리를 멀리했다(오히려 상층민보다 훨씬 더 거드름을 피웠다). 그래서 일주일에 몇 번씩 동네 맥줏집으로 걸어가 구석 자리에 앉아서 이따금씩 대화에 끼곤 했지만, 대부분은 그냥 먹고 마시며 다른 사람들이 웃고 떠드는 소리를 듣고만 있었다. 헨리는 수단을 입고 다니는 것에 너무 익숙해서 다른 어떤 옷도 편하지 않았다. 그래서 케일처럼 그 재봉사 아가씨에게 부탁해 파란 새 눈무늬 수단 두 벌을 지었다. 무게 12온스에 옷깃이 뾰족하고 펠트 호주머니가 달렸으며 일자 형태로 가장자리 장식은 없었다. 제법 멋져 보였다. 하지만 스패니시 리즈에서 수단을 입고 얼굴에 또렷한 흉터가 있는 열다섯 살 소년이 눈에 띄지 않기는 어려웠다. 베이그 헨리가 매드도그 맥주를 마시는 모습을 트레버 이인조가 주점의 다른 쪽 구석에서 지켜보고 있었다. 헨리는 고바이더월이나 리프트레그보다 매드도그를 조금 더 좋아했다.

그로부터 두 시간 동안, 트레버 이인조에게는 짜증스럽게도, 베이그 헨리는 잡다한 인간들과 수다를 떨었다. 삼십 분 동안은 구석에서 마음씨 좋은 주정뱅이와 함께 앉아 있었다.

"누근 치즈 좋아하냐?"

"뭐라고요?"

"누근 치즈 좋아하냐고."

"아." 베이그 헨리는 잠시 사이를 두고 물었다. "녹은 치즈 좋아하냐고요?"

"내 마리 그거야."

한심한 말이지만 헨리는 신경쓰지 않았다. 와자지껄 웃고 떠드는 일, 이따금 취해서 질질 짜는 인간이나 성난 술고래를 제외하면

34

거의 모든 사람이 누리는 평범하고 즐거운 시간이 헨리에게는 여전히 기적처럼 느껴졌다. 폐점 시간이 되자 베이그 헨리는 고주망태들과 멀쩡한 이들 사이에 끼어 술집을 나섰다. 트레버 이인조도 신중하게 거리를 두고 따라갔다.

이 노련한 사내들은 경솔하게 행동하는 법이 없었다. 날마다 그들의 손등 위에서 의외의 일이 벌어지기라도 하듯, 그들은 항시 뜻밖의 사건에 준비되어 있었다. 그러나 이 신중한 살인자들이 베이그 헨리에게 접근하는 위치는 그들이 예측한 것보다 조금 더 위험했다.

전설적인 살인자라는 케일의 명성이 개기일식처럼 그늘을 드리우긴 했지만, 베이그 헨리의 실력도 결코 만만치 않았다. 당연히 헨리는 트레버 이인조에게 위협적인 존재였다. 그들은 헨리가 과거에 리디머 애콜라이트였다는 사실과 여간 독종이 아니고서는 그곳에서 열다섯 살까지 살아남기는 어렵다는 것을 알고 있었다. 하지만 솔직히 뜻밖의 사태를 예상하지는 않았다. 물론 그들은 그런 사태에 익숙했지만.

2 대 1의 싸움은 가망이 거의 없다. 더구나 컴컴한 밤에 상대가 트레버 이인조라면 절망적이다. 하지만 베이그 헨리는 이미 이길 가능성을 높여놓았다. 미행을 눈치챈 것이다. 곧 자신들의 실수를 알아차린 트레버 이인조는 재빨리 그늘 속으로 물러났다.

트레버 루가보이가 운을 뗐다. "너 베이그 헨리 맞지?"

베이그 헨리가 돌아서자, 오른손에 쥐고 있는 칼이 보였다. 그리고 왼손에 끼고 있던 무자비해 보이는 너클더스터를 빼는 모습도 보였다.

"난생처음 듣는 이름인걸. 꺼져."

"그냥 이야기만 하려는 거야."

베이그 헨리는 뜻밖의 선물을 받아 즐겁다는 듯 싱글거리며 대꾸했다. "오, 맙소사. 내 동생 조너선의 소식을 가져왔군요." 그러고는 앞으로 나아갔다. 코브툰보다 10야드쯤 앞에 있던 루가보이가 탁월한 암살자가 아니었다면 베이그 헨리의 칼에 심장이 찔렸을 것이다. 베이그 헨리에게는 불운하게도, 루가보이는 이 이상한 소년이 앞으로 나서며 칼을 내뻗는 순간 뒤로 물러났다. 헨리에게 '베이그'라는 별명이 붙게 해준 속임수, 즉 뜬금없이 아리송한 질문이나 대답을 해서 상대를 혼란에 빠뜨리는 수법은 아깝게 실패했다. 이제 트레버 이인조는 바짝 긴장했고, 상황은 다시 그들에게 유리해졌다.

"우리는 토머스 케일과 이야기하고 싶다."

"그 이름도 난생처음 듣는걸."

베이그 헨리가 한 걸음 물러났다. 트레버 이인조는 양쪽으로 벌어지면서 앞으로 나아갔다. 루가보이가 먼저 공격하고 코브툰이 두번째 공격을 할 속셈이었다. 많아도 네 번은 넘지 않을 터였다.

"네 친구 지금 어디 있지?"

"무슨 소리를 하는지 전혀 모르겠는데."

"대답만 해주면 우린 그냥 가겠다."

"좀더 가까이 오면 귀에 속삭여주지."

물론 그들은 베이그 헨리를 바로 죽일 생각은 아니었다. 맨 아래쪽 갈비뼈 바로 위에 칼을 3인치쯤 꽂아넣으면 상대는 전의를 상실하고 질문에 대답할 터였다. 지금껏 베이그 헨리는 남에게 구조된 적이 단 한 번도 없었고, 이후에도 딱 한 번 경험하게 될 터였다. 하지만 오늘밤엔 구해줄 사람이 나타났다. 베이그 헨리와 트레버 이인조가 드잡이를 준비하며 거의 소리 없이 움직이는 동안, 다 가드는 두 남자 뒤에서 요란하게 철컥! 하는 소리가 났다. 쇠뇌의 시위를 힘껏 당겨 볼트를 메기는 소리라는 걸 세 사람 모두 알아차렸다.

"안녕하신가, 트레버 이인조." 어둠 속 어디선가 명랑한 음성이 들렸다.

잠시 침묵이 흘렀다.

"당신이군, 캐드버리?"

"암, 그렇고말고, 트레버."

"설마 어둠 속에서 사람을 쏘진 않겠지?"

"아니, 그럴 건데."

하지만 이건 협잡꾼과 허풍선이, 그들의 입담에 쉽게 속아넘어가는 자들이 너무나 좋아하는 아슬아슬한 상황이 아니었다. 사실 캐드버리는 그 특이한 옷을 입은 젊은이가 누군지도 몰랐다. 그가 아는 거라고는, 트레버 이인조가 선사하려는 운명에 전적으로 걸맞은 녀석일 수도 있다는 점뿐이었다. 그들이 돈을 받고 죽이려는 자들은 대부분 그랬다. 캐드버리가 지켜보고 있던 대상은 소년이 아니라, 굳이 따지자면 트레버 이인조였다.

재봉사 아가씨와 이야기한 후 트레버 이인조는 키티에 대한 생각을 바꾸었다. 키티가 더이상 자신들의 존재를 인지하지 못할 거라는 기대를 접기로 했다. 그래서 정식으로 키티를 만나러 갔고, 스패니시 리즈에 온 목적에 대해서는 함구한 채, 자신들의 일이 키

티의 사업과 충돌하지 않을 거라고 장담했다. 나중에 키티는 캐드
버리에게, 무엇이 암토끼 키티의 수많은 사업과 충돌하고 안 할지
그 살인자 두 놈이 어찌 알겠느냐고 했다. 키티는 트레버 이인조에
게 얼마든지 오래 머물다 가라고 했고, 트레버 이인조는 다음주 월
요일에는 틀림없이 떠날 거라고 대답했다. 결국 캐드버리가 상당
한 비용과 어려움을 감수하면서 그들을 죽 감시했는데, 결코 쉬운
일이 아니었다. 그가 직접 이곳에 온 것은 두 사람을 감시하던 정
보원들이 몇 시간 동안 그들을 놓쳤기 때문이었다. 캐드버리는 점
점 불안해졌다.

트레버 루가보이가 물었다. "이제 어쩔 셈이지?"

"이제? 저 젊은 친구 말대로 너희는 썩 꺼져. 스패니시 리즈 밖
으로 말이야. 죄악으로 점철된 네놈들 삶의 용서를 구하러 순례라
도 떠나시든지. 듣자하니 루르드가 매년 이맘때 유난히 혹독하다
던데."

그렇게 상황은 끝이 났다. 트레버 이인조는 베이그 헨리의 맞은
편 벽으로 이동했다. 하지만 어둠과 하나가 되기 전에 루가보이가
헨리를 향해 고개를 까딱이며 말했다. "또 보자."

베이그 헨리가 대꾸했다. "저 남자가 나타난 걸 다행으로 아슈,
영감." 이윽고 두 암살자는 사라졌다.

캐드버리가 말했다. "이쪽으로 와." 베이그 헨리가 그의 뒤에 서
자, 캐드버리는 힘껏 당긴 시위를 놓았다. 그러자 텅! 하는 요란한
소리와 함께 어둠 속으로 날아간 볼트가 좁은 담장들 사이에서 이
리저리 튕기며 사라졌다. 베이그 헨리와 의도치 않게 그를 구해준
사내가 총총걸음으로 길을 가는 동안, 멀리서 살짝 기분 상한 목

소리가 들려왔다. "조심해, 캐드버리. 하마터면 눈알이 뽑힐 뻔했잖아."

캐드버리와 베이그 헨리가 이런 상황에서 만난 건 불행이었다. 후자는 결코 바보가 아니었으며, 시간이 갈수록 점점 덜 바보스러워졌다. 하지만 피도 눈물도 없는 냉혈한이 아니라면 자기 목숨을 구해준 사람에게 고마워하지 않을 수 없다. 그리고 어차피 헨리는 아직 어렸다.

이날 저녁 베이그 헨리는 같이 있자는 캐드버리의 제안을 흔쾌히 받아들였고, 이미 술을 잔뜩 마셨는데도 몇 잔 더 마시고픈 마음이 간절했다. 그 바람에 당연히 캐드버리에게 필요 이상으로 많은 이야기를 주절주절 늘어놓았다. 캐드버리는 살인을 하거나 암토끼 키티를 대신해 수상쩍은 일을 수행할 때가 아니면 붙임성이 좋고 재미있는 사내였으며, 누구보다도 애정과 우정을 갈망하고 또한 베풀었다. 요컨대 그는 금세 베이그 헨리를 좋아하게 되었는데, 그것은 케일에 대한 이드리스푸케의 호감처럼 도무지 이해가 안 되는 감정이 아니었다. 심지어 참된 우정의 징표까지 보였다. 자신의 이익을 제쳐두고 상대의 이익을 챙기려는 모습이 그랬다. 이미 암토끼 키티는 베이그 헨리를 토머스 케일의 썩 중요하지 않은 지인 정도로 알고 있었지만, 캐드버리는 더이상 키티의 주의를 끌지 않는 편이 좋겠다고 판단했다. 키티는 자신이 아는 것이나 모르는 것을 타인이 눈치채지 못하게 하는 데 선수였다.

캐드버리가 베이그 헨리의 질문에 대답했다. "트레버 이인조는 암살업계의 '호이 올리고이(드문 존재)'란다. 그자들은 호위병 백 명이 에워싼 침묵공 빌럼 1세를 대낮에 살해했어. 클레오파트라가

먹은 칠성장어에 독을 넣기도 했는데, 먼저 맛본 자가 셋이나 있었지만 소용이 없었지. 스놉스 대왕은 클레오파트라가 트레버 이인조에게 당했다는 소문을 듣고 겁에 질려 남이 가져다준 음식은 절대 먹지 않았어. 하지만 어느 날 밤 트레버 이인조는 손수 만든 기묘한 도구를 이용해 그의 과수원에 있는 모든 사과에 독을 주입했단다. 그자들에게 걸려 살아남은 인간이 없어. 누가 케일에게 원한을 품었는지는 몰라도, 돈이 아주 많은 자가 분명해."

"그럼 난 사라지는 게 낫겠네요."

"글쎄. 허공으로 사라질 수 있다면 그렇게 하렴. 하지만 연기처럼 사라질 수 없다면 그냥 여기 있는 편이 나아. 트레버 이인조도 스패니시 리즈를 떠나라는 암토끼 키티의 명을 무시하지는 못할 테니까."

"아무도 그자들을 막지 못하는 줄 알았는데요?"

"물론 그렇지. 하지만 키티는 '아무나'가 아니거든. 더구나 그런 위험을 무릅쓸 만큼 트레버 이인조에게 거액을 지불할 사람은 없어. 놈들은 다른 방법을 찾으려 할 거야. 다음주에는 최대한 숨어지내거라. 놈들이 확실히 떠났다고 내가 알려줄 때까지 말이야."

3

오전 시간, 케일은 광기가 다시 시작되길 기다리고 있었다. 상한 음식의 독소를 몸 밖으로 밀어내기 위해 구역질을 하기 전에 밀려 드는 것과 비슷한 불쾌감, 끔찍한 생물이 뱃속에서 점점 세차게 몸 부림치는 듯한 느낌이었다. 그 광기는 정해진 시간에 오는 것이 아니라 제멋대로 아무때나 찾아오며, 기다리는 것이 토악질보다 더 괴로웠다. 광포한 고통이 다가오고 있었으며, 온갖 악마들을 대동했다. 리전, 파이로, 마르티니, 레너드, 내니 파울러, 번트 야를 등등이 죄다 케일의 가엾은 뱃속에서 고래고래 악을 쓰고 비명을 질러대기 시작했다.

벽을 마주하고 무릎을 가슴까지 끌어당긴 채 고통이 끝나기를 기다리고 있을 때, 뒤에서 세게 미는 느낌이 들었다. 케일이 뒤를 돌아보았다.

"이건 내 침대야."

그렇게 말한 키 큰 젊은이의 옷 안에는 인간의 살이 아니라 크고 못생긴 감자들이 채워져 있는 것만 같았다. 비록 몸은 울룩불룩하지만, 태도에서 권위가 묻어났다.

"뭐라고?"

"네가 내 침대에 앉아 있다고. 내려와."

"이건 내 침대야. 몇 주 동안 내가 썼어."

"이젠 내가 이것이 필요해. 그러니 내 거야. 알아들었어?"

사실 케일은 반발할 마음이 없었다. 그가 천하무적이던 시절은 끝났고, 언제 다시 그렇게 될지는 모르는 일이었다. 케일은 소지품 몇 가지를 집어 배낭에 넣고 아무도 없는 구석으로 가서, 가능한 한 조용히 발작의 고통을 견뎠다.

스패니시 리즈에서 베이그 헨리는 자기 방이 있는 성城으로 돌아왔다. 캐드버리의 부하 네 명이 성 입구까지 호위해줬고, 헨리의 새 친구는 연옥수 문제에 필요한 재정적 도움도 약속해주었다. 베이그 헨리는 케일이 브르지카의 칼에서 구해준 옛 리디머 백오십 명 모두를 혐오하는데, 이유는 단순했다. 헨리가 보기에 그들은 여전히 리디머였기 때문이다. 하지만 연옥수들은 케일이 자신들의 위대한 지도자이며 자신들이 케일에게 헌신하는 만큼 케일도 그들을 아낀다는 완전히 그릇된 믿음에 사로잡혀 어디든 케일을 따라가기에 이제는 귀중한 존재였다. 사실 케일은 스위스 국경을 넘고자 연옥수들을 전투에 이용했을 뿐이며, 자신과 베이그 헨리가 안전해지면 곧바로 그들을 버릴 작정이었다. 하지만 케일은 그자들을 아무리 혐오한다 해도 자신을 위해 기꺼이 목숨을 바칠 수많은 훈련된 병사들을 데리고 있으면 향후 광포한 시기에 지극히 유용하리란 사실을 금세 깨달았다. 다만 여기에는 한 가지 약점이 있었다. 예견된 전쟁이 시작될 때까지(물론 시작되지 않을 수도 있다) 빈둥거리고 지낼 군대를 유지하는 어마어마한 비용을 무슨 수로 감당할 것인가. 케일이 없는 지금, 베이그 헨리는 자신과 연옥수들이 살아갈 돈을 어떻게든 마련해야 했다. 그리고 친구도 필요했는데, 이 두 가지 모두를 캐드버리에게서 찾은 것이다. 캐드버리는 요즘처럼 불확실한 시기에 중요한 정보를 가져다줄 수 있는 자에게 돈을 빌려주는 것이 자기한테 이롭다고 판단했다. 물론 베이그 헨리는 케일의 행방에 대해 언급할 생각이 없어 보였다. 케일이 아프지만 몇 달 뒤에는 돌아올 거라고만 했다. 캐드버리는 꼬치꼬치 캐물어 베이그 헨리의 의심을 살 만큼 어리석지 않았다. 괜한 질문 대신 도움을 제공했다. 그건 어떤 상황에서도 통하는 승리 전략이었다.

키티는 연옥수들을 알고 이해하는 자 토머스 케일의 행방에 대한 정보를 가진 자에게 손이 닿았다. 그 정보는 장차 때가 되면 중요해질 수 있는데, 이제 그 정보가 필요할 때 어디서 찾을지 알게 된 것이다. 암토끼 키티는 영리한 인간이면서 동시에 매우 본능적인 자였다. 케일의 놀라운 가능성에 대해서는—그 초자연적 기원은 인정하지 않더라도—키티도 보스코와 같은 생각이었다. 하지만 케일이 병들었다는 소식은, 비록 진위는 불명확하지만, 케일에 대한 계획을 수정해야 할 수도 있다는 뜻이었다. 물론 아닐 수도 있었다. 어떤 병에 걸렸느냐가 관건이었다. 절박하고 위험한 시기가 다가오고 있었고, 암토끼 키티는 그 시기에 대비해야만 했다.

토머스 케일은 잠재적 쓸모가 너무 큰 존재라, 현재의 건강 문제로 그의 미래에 대한 관심을 완전히 거둘 수는 없었다.

키티는 모든 저울에 손을 대고 모든 파이에 손가락을 넣는 존재로 유명하지만, 요즘 그의 관심은 이 도시의 하늘을 할퀴는 거대한 성채인 리즈 성에 어떤 물건이 드나들고 무슨 요리가 만들어지는지에 집중되었다. 사백여 년 동안 이 성에 수비대가 필요 없었다는 명성은 이제 위태로워졌으며, 스위스와 알바니아의 통치자 조그 왕은 리즈 성의 방어 문제를 보스 이카르드 총리와 논의하러 왔다. 조그는 이카르드를 싫어했지만(그의 증조부는 장사치였다) 그가 없으면 안 된다는 걸 알고 있었다. 세간에서 말하기를, 조그는 중요한 일을 제외한 모든 사안에 지혜롭다고 한다. 이는 사실 굉장한 모욕인데, 조그의 지혜라고는 자신의 총신寵臣들을 이간질하고, 약속을 어기고, 부하들을 통해 뇌물을 챙기는 재주뿐이었다. 하지만 뇌물을 수수한 자가 체포되면 여봐란듯이 무자비한 벌을 내리고 엄청난 분노를 표출함으로써 그 자신은 부패하지 않았고 정직하다는 인상을 풍겼다.

다가올 전쟁을 모면할 가능성을 논의하러 리즈 성에 모여든 화려한 세도가와 명망가들, 고관대작들은 하나같이 왕의 눈에 들려고 안달이었다. 아직 총신이 아닌 자들은 그렇게 되려고, 이미 총신인 자들은 계속 그 위치를 유지하려고 기를 썼다. 하지만 원칙의 문제를 들어 조그를 싫어하는 자들도 많았다. 특히 이번 대규모 회의에서 불만이 고조되었는데, 리즈로 오는 동안 조그 왕이 어느 마을에 들러 주민 회의에 참견한 사건 때문이었다(그는 온 나라의 시시콜콜한 사안에까지 관여하는 바쁜 몸이었다). 최근 그 마을로 도망쳐온 전쟁 난민이 리디머 첩자로 의심받는 상황이었는데, 그자가 첩자라고 확신한 조그 왕은 질의를 중단시키고 사형을 언도했다. 이 사건으로 훌륭하고 선량한 많은 이들이 분개했다. 자신들을 보호해주는 법률이 너무도 취약하다는 걸 통감했기 때문이다. 그중 한 사람은 이렇게 말했다. 재판도 하지 않고 사람을 교수대에 매달 수 있다면 죄를 짓지 않아도 사형당할 수 있는 것 아닌가? 더구나 설령 그자가 유죄라 해도, 화평의 기회가 아직 있을 법한 시기에 리디머를 교수형에 처하는 것은 당연히 어리석은 짓이었다. 왕의 행위는 불법일뿐더러 분별없는 도발이었다.

천성적으로 겁이 많은 조그 왕은 악명 높은 이인조 암살단이 이 도시에서 눈에 띄었다는 정보원들의 보고를 듣고 두려움에 사로잡힌 나머지, 칼 공격을 막아낼 가죽을 댄 재킷을 입고 대회의장으로 들어왔다. 소문에 따르면 칼에 대한 그의 공포는 어머니 뱃속에 있을 때 시작되었다는데, 당시 그녀의 정부情夫가 그녀 앞에서 칼에 맞아 죽었기 때문이다. 조그가 밭장다리인 것도 그 때문이었다. 또한 이 신체적 약점으로 인해, 그가 제일 총애하지만 모두가 경멸하는 하우드 경의 어깨에 기대어 걸어다녔다.

이날 회의에는 스위스 사회의 '호이 올리고이'가 오십 명가량 참석했는데, 왕족 앞에 서면 누구나 그렇듯 대부분 어리석고 비굴한 표정이었다. 나머지 사람들은 혐오와 불신의 눈빛으로 군주를 바라보았다. 그사이 조그 왕은 하우드에게 기댄 채 거대한 홀의 복도를 따라 걸으며 왼손으로 총신의 사타구니 부근을 더듬거렸는데, 긴장할 때마다 더욱 심해지는 버릇이었다. 호시절에 종종 조그 왕과 만찬을 함께 했던 이드리스푸케의 술회에 따르면, 조그는 입에

비해 혀가 너무 커서 몹시 지저분하게 음식을 먹었다. 그리고 옷을 제대로 갈아입지 않아 셔츠 앞부분을 유심히 살펴보면 지난 이레 동안 뭘 먹었는지 알 수 있다고도 했다.

각종 의례와 허식이 끝난 뒤, 보스 이카르드는 장장 사십오 분 동안 연설을 늘어놓았다. 리디머들의 의도와 관련된 현상황을 시작으로, 비록 전쟁 가능성을 간과할 수는 없지만, 스위스의 중립성이 유지될 수 있다고 믿을 강력한 근거가 있다는 결론을 내렸다. 그리고 마술사가 모자에서 고작 토끼 따위가 아니라 거대한 기린이라도 꺼내듯 호기로운 태도로 안주머니에서 종이 한 장을 꺼내 사람들을 향해 흔들었다. "이틀 전 저는 우리 국경에서 불과 10마일 떨어진 곳에서 보스코 교황을 직접 만났으며, 이 문서에는 저의 이름과 더불어 그의 이름도 적혀 있습니다." 기겁하는 소리와 함께 기대에 찬 환호성도 한 번 들렸다. 하지만 비폰드와 이드리스푸케의 얼굴에는 당혹감만 서려 있었다. "제가 여러분께 읽어드리겠습니다. '참된 신앙의 수호자인 교황, 그리고 스위스 왕의 승인하에 스위스 전역을 다스리는 총리, 우리는 둘 사이의 평화가 가장 중요하다는 점에 동의한다. 또한······'" 박수갈채가 터져나왔다. 이카르드의 말이 이어졌다. "서로 결코 전쟁을 벌이지 않을 것에 동의한다."

크나큰 안도의 환호성이 천장으로 울려퍼져 메아리쳤다. 누군가가 소리쳤다.

"조용히! 조용히 해! 더 들어보자고! 들어봐!"

"'우리 두 국가와 관련된 중대한 사안이 발생하면 토론과 대화로 해결할 것이며, 상상할 수 있는 모든 차이의 원천을 제거하여

이 평화를 영구히 유지하고자 한다.'"

이카르드 총리를 칭송하는 만세 소리와 휘파람 소리가 터져나오고, 사방에서 〈그는 유쾌하고 좋은 친구이므로〉를 합창했다.

이 소란의 와중에 이드리스푸케가 가까스로 비폰드의 귀에 대고 속삭였다. "무슨 말이든 해야 돼."

비폰드가 대꾸했다. "지금은 때가 아냐."

"지금이 아니면 기회는 없어. 제지해야 된다고."

결국 비폰드가 일어서서 말했다.

"저라면 일말의 망설임이나 의심 없이 보스코 교황에게 또다른 문서가 있을 거라고 주장하겠습니다. 그리고 그 문서에는 이 나라 스위스를 공격하여 왕을 죽이려는 대략적인 계획이 실려 있을 겁니다."

듣고 싶지 않은 이야기를 들은 사람들이 수런거리는 소리가 또렷이 들렸다.

보스 이카르드가 말했다. "이번 조약은 우리가 수용할 만한 것입니다. 물론 그 상대가 폭력성이 강하고 언제든 전쟁을 벌일 준비가 되어 있다는 건 압니다. 보스코 교황에게 그런 계획이 없다면 오히려 놀랄 일이겠죠."

이제 다들 신중하게 수긍하며 웅성거렸다. 평화 협상을 하는 이가 이토록 냉철한 현실주의자라는 사실이 모두를 안심시켰다. 그런 사람이라면 희망에 취해 뒤통수를 맞지는 않을 테니까. 이후 회의가 끝나고 다들 이 자리에서 들은 이야기를 곰곰이 되새기며 회의장을 빠져나가자, 조그 왕이 총리 쪽으로 고개를 돌렸다. 이카르드는 비폰드 같은 상대를 능란하게 다루었으니 마땅히 칭찬을 받을 거라 기대했다.

조그가 입속의 두꺼운 혀를 덜렁이며 말했다. "비폰드 뒤에 서 있던 멋진 젊은이는 누구인가?"

"아." 이카르드가 잠시 사이를 두고 말을 이었다. "아르벨 여공女公의 남편 콘 마테라치입니다."

조그는 숨찬 목소리로 물었다. "정말인가? 그 친구는 어떤 마테라치이지?" 이 말은 먼 일족이냐 아니면 윌리엄 마테라치의 직계 후손이냐는 뜻이었다. 윌리엄 마테라치는 정복자 또는 서자庶子라고 불렸는데, 그에게 재산을 빼앗겼느냐 받았느냐에 따라 달라졌다.

"직계 후손인 듯합니다."

조그의 입에서 만족스러운 한숨이 새어나왔다. 하우드 경의 얼굴에는 터질 듯한 분노의 표정이 서렸다. 왕에게 보내는 서한에 '전하의 가장 믿음직한 노예이자 충견 데이비 올림'이라고 서명하는 총신에게 이제 경쟁자가 생긴 것이다.

시종 한 명이 조금 머뭇거리며 슬금슬금 다가와 왕에게 말했다. "전하, 대大발코니로 나가셔야겠습니다. 사람들이 전하를 뵙겠다고 아우성입니다." '엘 발콘 데 로스 시코판테스(알랑쇠들의 발코니)'라 불리는 그 인상적인 발코니는 이백 년 전 헨리 2세가 애지중지하던 스페인 출신 신부를 자랑하려고 지은 것이었다. 거기서 내려다보이는 거대한 광장에서는 이십만 명이 넘는 인파가 모여 군주를 찬양할 수 있었다.

조그가 탄식을 내뱉었다. "저들은 내가 바지를 내리고 엉덩이를 보여주기 전에는 결코 만족하지 않을 거야."

그는 커다란 창문 너머 발코니를 향해 걸어가며 태연한 목소리로 보스 이카르드에게 소리쳤다. "그 마테라치 젊은이에게 짐을 알현하러 오라고 해!"

"전하께서 사적으로 아르벨 여공을 만나시면, 보스코 교황을 비롯한 많은 이들에게 그릇된 신호를 보내게 될 것입니다."

스위스와 알바니아의 군주 조그 왕이 걸음을 멈추고 총리를 돌아보았다. "물론 그런 실수를 해서는 안 되지. 하지만 주제넘게 날 가르치려 들지 말게나, 충견. 내가 언제 아르벨 마테라치를 만난다고 했나?"

콘이 아내의 거처로 막 돌아왔을 때, 조그의 가장 중요한 아첨꾼인 국새 관리자 세인트 존 포슬리가 이틀 뒤 오후 세시 정각에 왕을 알현하러 오라는 명을 전하러 왔다. 나이 많은 왕자들과 공주들은 그를 '언제 어디서나 포복하는 포슬리 경'이라고 부르며 조롱했는데, 왕족이란 자들이 다 그렇듯 그들 역시 굴종을 바라면서 동시에 굴종을 조롱했다. 이 별명을 들은 세인트 존 경은 왕가의 관심에 너무나 기뻐 정신을 못 차렸다고 한다.

그가 떠난 뒤, 어리둥절해진 콘이 툴툴거렸다. "대체 어떻게 된 겁니까? 연회장에서 국왕이 계속 나를 쳐다보며 어찌나 혐오스럽게 눈을 희번덕거리던지, 하마터면 자리를 박차고 나갈 뻔했습니다. 그런데 이제는 나와의 독대를 원하는군요. 아르벨도 함께 초대하지 않으면 거절하겠습니다."

비폰드가 대꾸했다. "아니, 그래서는 안 돼. 가서 호의적으로 행동해. 왕이 뭘 바라는지 알아보게나."

"그건 안 봐도 뻔합니다. 왕이 하우드의 사타구니를 더듬는 거

봤죠? 차마 눈 뜨고 못 볼 광경이었습니다."

이드리스푸케가 한마디했다. "성내지 말게나. 조그 왕은 어머니 뱃속에 있을 때 엄청난 공포를 느꼈고, 그 결과 아주 특이한 왕자가 되었지. 하지만 지금은 자네한테 미쳐 있고, 우리에게 이런 희소식은 아주 오랜만이야."

"무슨 뜻입니까? 나한테 미쳐 있다니요?"

이드리스푸케는 이죽거리듯 대답했다. "과도하게 호의적인 눈으로 자네를 본다는 거지."

비폰드가 나섰다. "이 녀석 말은 듣지 말게나. 조그 왕은 괴팍한 인간이야. 그래도 어쨌든 왕이니 우리 모두 더 험한 말은 삼가세. 자네에 대한 지나친 호의를 제외하면 딱히 걱정할 일은 없어. 내 동생이 언급한 이유로 인한 기이함만 참아내면 돼."

"이드리스푸케가 하는 말은 듣지 말라면서요?"

"그럼 내 말을 들어. 자네가 우리 모두를 위해 큰일을 해줄 기회야. 우리에게는 절실한 일이지."

아들을 낳은 직후라 여전히 부어 있고 안색이 창백한 아르벨이 소파에서 팔을 뻗어 콘의 손을 잡으며 말했다. "가서 왕이 뭘 바라는지 알아봐. 난 당신의 현명한 판단을 믿어."

4

케빈 미트야드는 겉으로는 커다란 순무를 얹은 감자 포대처럼 보일지 모르지만, 약삭빠를뿐더러 영리한 악의로 무장한 자였다. 환경이 달랐다면—예컨대 사랑해주는 어머니와 지혜로운 스승들이 있었다면—꽤 훌륭한 사람이 되었을지도 모른다. 하지만 아마도 그런 일은 없었을 것이다. 요람 안에 있는 아기를 죽이는 것은 마땅히 해서는 안 될 짓이지만, 케빈 미트야드의 경우는 예외다.

사람을 외모로 판단해서는 안 된다는 것은 누구나 알지만, 다들 일상적으로 그런다는 것도 주지의 사실이다. 우리 모두가 가진 이 약점은 이 유감스러운 현실을 자기충족적 예언으로 만든다. 태어날 때부터 사랑받는 아름다운 자들은 흔히 삶에 요구되는 노력의 결여로 부박해지기 마련이다. 반면 못생긴 자들은 만사에 거부당하며 분노에 사로잡힌다. 그런 부당한 이유로 사람들은 케빈 미트야드를 멀리했지만, 그의 축복받지 못한 외모와 품성에도 불구하고 인간적 연민을 보여주는 덜 부박한 사람들이 있었다. 그중 한 명이 수간호사 그로멕이었다. 만약 그가 미트야드를 만나 그를 딱하게 여기지 않았다면, 평생 그래왔듯이 온화하고 선량한 사람으로 계속 살아갔을 것이다. 남에게 해를 끼치지 않고, 유능하고, 꽤 유쾌하지만 조금 맹한 인간.

그로멕의 너그러운 마음을 감지한 미트야드는 쓸모 있는 존재가 되려고 노력했다. 차를 끓여다주고, 식탁을 치우고, 갖가지 물건을 나르면서 그로멕의 무거운 짐을 덜어주려고 귀를 기울이고 눈을 부릅떴다. 괴팍한 환자 한두 명 때문에 늘 소동이 벌어지는 식사 시간에 케빈 미트야드가 배식을 거들면 일이 훨씬 수월해진다는 사실을 그로멕은 깨닫기 시작했다. 미트야드가 동료 환자들을 위협하고("머리통을 뜯어 그 구멍으로 불알을 뽑아버리겠어.") 밤에는 12인치짜리 끈과 콩알만한 돌멩이를 이용해 아주 효과적으로 고문했다는 사실을 그로멕이 무슨 수로 알겠는가? 미트야드가 가한 고통에 비할 만한 고통은 아마 아무도 느껴보지 못했을 것이다. 그는 환자들의 넷째발가락과 새끼발가락 사이에 작은 돌멩이를 끼우고 끈을 감아서 꽉 조였다. 특히 그가 지정해준 토머스 케일의 침대 옆의 침대를 쓰는 꼬맹이 브라이언에게 그 짓을 즐겨 했다.

교활하고 영리한 미트야드는 약자에 대한 잔학 행위를 일부러 보여주어 케일을 자극했다. 그리고 꼬맹이 브라이언보다 약한 환자는 없었다. 미트야드는 고통을 가하는 끔찍한 쾌감과 더불어, 소년이 케일에게 손을 뻗으며 울부짖는 소리도 즐겼다. 케일은 무감각하게 누운 채, 참혹한 일을 당하는 소년 쪽으로 돌아눕지도, 그렇다고 등을 돌리지도 않았다. 미트야드는 케일의 약점을 간파했다. 약자에 대한 연민. 이 약점 때문에 케일이, 비록 떠밀리듯 한 행동이었지만, 아름답고 풍만한 리바를 산 채로 해부하려던 리디머 피카르보를 살해한 것이다.

당시에 케일은 강했다. 하지만 약해진 지금은 꼬맹이 브라이언이 괴로워하는 광경을 참고 지켜보는 수밖에 없었다. 문제는 견디기가 너무 어렵다는 것이었다. 미트야드는 케일의 영혼이 부서져가는 것을 눈앞에서 느끼며 엄청난 희열에 사로잡혔다. 미트야드의 비열한 육체적 가해 욕구는 주기적으로 채워졌고, 그곳은 욕심 많은 아이가 즐겨 찾는 과자 가게 같았다. 케일의 영혼이 망가지는 것을 느끼며 얻는 더욱 미묘한 가해의 쾌감도 한껏 만끽했다.

얼마 후 미트야드가 약을 나눠주는 일을 맡게 되자, 불안과 고통을 야기한 이 최악의 재앙조차 쉬쉬하는 분위기 속에서 일상이 되어버렸다.

밤이 되면 미트야드는 병동에 부속된 수간호사 그로멕의 작은 사무실에서 그와 대화를 나누고 그의 모든 근심에 귀를 기울였다. 그렇게 며칠, 몇 주가 지나는 동안 미트야드는 수간호사의 인생 고민을 모두 들었고, 그중 특히 한 가지에 공감했다. 그로멕 수간호사가 추남이라는 사실은 불공평해 보이지만 틀린 말은 아니었다. 이 사실은 두 남자를 하나로 묶어주는 데 기여했다. 그로멕은 미트야드를 딱하게 여겼는데, 그의 외모도 비호감이기로는 만만치 않았기 때문이다. 미트야드에게는 이 연민이 진입로였다. 머지않아 그는 그로멕의 점잖은 성품 기저에서 다른 모든 것을 지배하는 약점을 발견했다. 그는 사랑할 줄 아는 사람이지만, 어느 누구에게도 사랑받은 적이 없었다. 그는 여자를 좋아하지만 여자들은 그를 좋아하지 않았다. 미트야드는 그 점을 아주 예리하게 간파했다. 그로 멕은 아무도 자신을 사랑해주지 않는다는 사실에 체념한 듯 보였 지만, 미트야드는 그의 실망과 분노를 느낄 수 있었다. 실은 몹시 화가 나 있다는 것을.

미트야드가 그 작은 방에서 차를 마시고 토스트를 먹으며 말했 다. "여자들은 글러먹었어요. 잘생긴 남자가 쳐다보는 건 좋아하면 서, 자기 맘에 안 들게 생긴 남자는 무슨 병균 취급을 한다니까요. '너 따위가 감히 날 쳐다봐?'라고 비웃는 갈보들. 모두에게 보란듯 이 젖퉁이를 드러내고 다니면서. 당신과 나만 빼고 말입니다. 우리 는 볼 자격이 없다는 거죠." 몇 주가 지나자 그로멕의 가슴은 분노 로 가득찼으며 미트야드가 갖고 놀 손쉬운 노리개가 되었다. 얼마 후, 평생 여자들에게 무시당하며 살아온 그로멕은 근처 병동에서 여자들을 데려오기 시작했다. 수녀원에서 받은 친절한 대접에 익숙 한 여자들은 이곳 사람들을 믿었으며, 비교적 양호한 정신질환자들 이라 야간에 따로 관리자가 없었다. 미트야드가 그로멕을 부추겨 그의 작은 사무실로 여자들을 불러들였다. 밖에서 엿듣는 환자들 의 입을 막을 자신이 있었기 때문이다. 더구나 이곳 환자들은 툭하 면 정신 나간 헛소리를 늘어놓고, 그들의 고통받는 마음속에만 존 재하는 지옥의 괴담을 떠들어댔다. 이제 미트야드는 그들에게 진 짜 지옥을 경험하게 해주었다. 그가 가는 곳은 어디나 지옥이었지 만, 그 지옥에서 미트야드는 천국을 누렸다. 케빈 미트야드의 삶에 분노의 절망 따위는 없었으며, 그는 영혼의 고뇌 없이 이 불친절한 세계에 앙갚음을 했다. 가없는 행복이었다. 고통을 가하고, 영혼을 고문하고, 마음껏 겁탈했다. 그는 자기 자신이 너무나 좋았다.

밤이 되면 정신병자들은 나직이 울먹이는 여자들의 소리를 들었다. 미트야드는 울음소리를 즐겼지만 시끄러워지는 것은 원치 않았다. 이따금 괴로워서 통곡하는 소리가 나면, 병동에서 어느 미치광이가 마침내 자신을 저승으로 끌고 가려는 악마의 외침으로 착각하고 비명으로 화답했다. 이따금 미트야드는 담배를 피우러 밖으로 나와 끈에 매단 돌멩이를 장난스럽게 빙빙 돌리면서, 침대에 누운 채 서까래 너머 어둠을 응시하는 케일에게 말을 걸곤 했다.

"넌 그냥 편하게 생각해. 그러지 못하겠으면 그냥 받아들이고."

케빈 미트야드가 방에서 나오면 그로멕 혼자 여자를 농락할 차례였다. 이날도 그렇게 잠시 쉬는 동안 미트야드는 담배를 뻐끔거리며 케일에게 자신의 개똥철학을 늘어놓았는데, 뜻밖의 사건으로 상황이 급변했다.

여느 때처럼 멍하니 허공을 쳐다보던 케일에게 미트야드가 말했다. "넌 태도가 글러먹었어. 고쳐야 해. 최선을 다해 살아가는 거야. 침대에 누운 채 자기연민에 빠지는 건 소용없어. 넌 그게 문제야. 팔자를 받아들여야 해. 나처럼 말이지. 안 그러면 달리지 못하는 경주마 꼴이 된다고. 이 세상은 거지같지만 넌 그 세상을 살아내야 해. 이 나처럼 말이야." 그는 대답을 기대하지 않았고, 케일도 대꾸하지 않았다.

"무슨 일이야, 깁슨?"

어깨 옆으로 다가온 사십대 후반 남자에게 미트야드가 던진 말이었다. 남자는 대답 없이 길이가 10인치쯤 되는 칼로 미트야드의 가슴을 찔렀다. 미트야드가 괴로워하며 한쪽으로 몸을 빼자, 깁슨이 미트야드의 가슴에 박힌 칼을 뽑으려다 그만 부러뜨렸다. 병동의 환자 한 명이 취사실의 오래된 찬장 안쪽에서 발견한 녹슨 싸구려 부엌칼이었다. 충격과 공포에 사로잡힌 미트야드는 바닥에 쓰러졌고, 순식간에 정신병자 여섯 명이 그를 덮쳐 꼼짝 못하게 눌렀다. 그사이 케일은 침대 밖으로 몸을 굴려 드잡이하는 자들을 피했다. 내니 파울러를 비롯한 온갖 악마들을 만난 지 얼마 안 된 탓에 케일은 몸이 떨리고 새끼 고양이처럼 허약했다. 케일이 지켜보는 가운데 다른 환자 네 명이 부속실로 몰려들어가 수간호사 그로멕을 병동으로 끌어냈다. 그는 환자들을 뿌리치려고 버둥거렸지만, 발목에 걸린 바지가 빠지지 않아 제대로 저항하지 못했다.

미치광이들은 그로멕을 먼저 죽이기로 했다. 케빈 미트야드에게 앞으로 벌어질 일을 제대로 예상할 기회를 주고, 그가 저승에서 영원히 마주하게 될 것을 이승에서도 잠깐 맛보게 해주려는 것이었다.

공포는 사람을 약하게 만들 수도 있고, 기적같이 강하게 만들 수도 있다. 발목에 걸린 바지에서 한쪽 다리를 빼낸 그로멕은 사람들을 매단 채 잠겨 있는 문을 향해 비틀비틀 걸어가며 살려달라고 소리쳤다. 한쪽 팔로 그로멕의 목을 휘감고 있던 환자가 재빨리 그의 입을 막아, 밖에서 누가 지나가도 환자가 발작하는 정도로만 여길 만큼 고함소리를 죽였다. 세차게 흐르는 강물을 거슬러올라가듯 다섯 사람이 뒤뚱뒤뚱 걸어갔고, 곧이어 두 명이 더 달라붙어 그로멕의 다리에 매달리자, 공포가 불러온 힘이 사라진 그로멕은 결국 맥없이 바닥에 쓰러졌다. 그를 문에서 멀리, 미트야드가 붙들려 있는 곳으로 도로 데려가기로 결심한 환자들은 중앙 통로를 따라 그로멕을 끌고 가기 시작했다. 그사이 케빈 미트야드는 요란하지만

차분한 목소리로 자신이 풀려나면 어떤 앙갚음을 할지 환자들에게
뇌까리고 있었다.

"너를 네 엄마 거시기에 도로 처넣어주겠어. 네 목구멍에는 오
줌을 갈겨주마. 그리고 네 귀에는 내 좆을 처박아주지."

정신병자들은 그로멕을 끌고 오자마자 미트야드를 일으켜 벽에
꼿꼿이 세워두고 그로멕의 죽음을 잘 볼 수 있게 했다.

부엌칼이 없으니 다시 고민해야 했다. 당연히 병동 안에는 무기
로 쓸 만한 물건이 하나도 남아 있지 않았다. 하지만 단단히 고정
해놓은 침대 다리 중 하나의 나사를 환자들이 용케 풀어냈다. 그로
멕은 계속 몸부림치고 낑낑대며 숨을 헐떡였다. 그사이 정신병자
하나가 그로멕의 턱을 움켜잡고 고개를 위로 들어 목을 드러내자,
다른 환자 둘이 침대 다리로 그로멕의 목을 눌렀다. 환자들이 무슨
짓을 하려는지 깨달은 그로멕의 가슴속 깊은 곳에서 숨막히는 끔
찍한 비명소리가 새어나왔다. 또다시 공포가 그에게 비정상적인
힘을 가져다주었고, 이와 더불어 얼굴에서 흘러내린 땀 때문에 그
의 턱을 붙잡고 있던 자의 손이 미끄러졌다. 두 번의 시도가 더 이
어지는 동안 지켜보고 있던 미트야드는 소름끼치는 복수의 위협을
쏟아냈지만—"네놈들의 불알을 잘근잘근 씹어 좆대가리에 끼워
주겠다!"—, 그로멕의 목이 뒤로 젖혀지고 양쪽에 꿇어앉은 환자
들이 침대 다리로 그의 숨통을 누를 때는 미트야드조차 침묵했다.
일은 금방 끝나지 않았다. 이 세상 소리가 아닌 듯한 소리가 터져
나왔다. 축축한 질식의 신음, 숨쉬는 살덩이가 죽어가는 소리. 케
일의 눈길이 그로멕의 손에 꽂혔다. 그의 두 손은 허공에서 퍼덕이
고 흔들거렸으며, 마치 아이를 꾸짖듯 떨리는 손가락으로 앞을 가

리켰다. 그렇게 한참이 지나자, 떨리던 두 손이 순간 뻣뻣해지더니 이내 바닥으로 툭 떨어졌다. 무릎 꿇은 정신병자들은 일 분 내내 그대로 있다가 서서히 일어났다. 그리고 벽에 등을 댄 채 붙들려 있는 미트야드를 바라보았다.

그들이 미트야드 쪽으로 다가가자 케일이 소리쳤다. "조심해. 단단히 붙들어. 일어서지 못하게 해."

하지만 온종일 침대에 누워 있고 하루에 두 시간씩 구토하는 것 말고는 아무 일도 하지 않는 소년의 경고를 누가 신경쓰겠는가? 다들 미트야드에게 걸어갔다. 미트야드를 붙잡고 있던 정신병자 여섯 명이 그를 일으켜세우자, 이때가 기회라고 판단한 미트야드는 몸이 들리는 동력을 이용해 있는 힘껏 환자들을 뿌리쳤다. 그러고는 놀란 꼬맹이 브라이언을 두 팔로 움켜잡고 방패처럼 앞에 세우더니 부리나케 병동을 가로질렀다. 그가 문에 다다라 돌아서자, 미치광이들이 반원 모양으로 다가들기 시작했다. 미트야드는 소년의 목을 졸랐고, 소년은 두려움과 고통에 비명을 질렀다. "더 가까이 오면 이 망할 자식의 목을 부러뜨리겠어." 미트야드가 발뒤꿈치로 문을 차니, 마치 거인이 나가려고 발버둥치듯 요란하게 덜거덕거리고 쿵쿵대는 소리가 났다. 미트야드는 쉬지 않고 문을 걸어차며 소리쳤다. "사람 살려! 사람 살려!"

이제 정신병자들은 더럭 겁이 났다. 미트야드가 달아나면 그들은 끝장이기 때문이었다. 원래는 그로멕과 미트야드가 누가 먼저 여자랑 즐길지를 놓고 싸우는 바람에 그들이 그로멕을 구하려다 미트야드를 죽이게 되었다고 둘러댈 작정이었다.

미트야드가 달아나 미치광이들에게 살해당할 뻔했다는 소리를 늘어놓으면 그들은 베들레헴에 있는 악명 높은 정신병원으로 보내질 텐데, 거기서는 운좋은 자들이 일 년 안에 죽고 운나쁜 자들은 그러지도 못한다고 했다.

케일이 미트야드를 에워싼 자들을 헤치고 나아가 말했다. "그애를 내려놔."

미트야드가 대꾸했다. "이 자식의 목을 부러뜨리겠어."

"무슨 짓을 하든 상관 안 할 테니 내려놓기나 해."

모든 악당은 겁쟁이라는 말이 틀렸다는 건 사실이다. 미트야드의 경우가 바로 그러했다. 비록 겁에 질렸고 당연히 그럴 만한 상황이지만, 그는 그 어떤 용자勇者 못지않게 두려움을 잘 다스리고 있었다. 또한 그는 바보가 아니기에 케일의 거만한 태도가 특이하다는 것을 금세 눈치챘다. 케일은 그의 가학 대상 중 하나이고 학대받는 자들이 어떻게 행동하는지 미트야드는 잘 알지만, 정신병자들은 이날 밤 두번째로 전혀 다른 인간들처럼 굴었다. 미트야드의 기대와 달리 평소처럼 고분고분하지 않았다. 케일의 행동도 이상하고 어딘가 기묘했다.

"우리 모두 책임을 면할 수 있어." 케일이 거짓말을 했다.

"어떻게?"

"그로멕이 여자를 능욕하려고 하자 당신을 포함해 우리 모두가 그런 일이 벌어지는 게 너무 수치스러워 그로멕을 뜯어말렸고, 그 와중에 그로멕이 몸부림치다 죽었다고 둘러대면 돼. 저 아가씨가 그렇게 증언해줄 거야."

케일은 계속 천천히 미트야드에게 다가가며 여자를 돌아보았다. "그래줄 거지?"

여자가 빽 소리쳤다. "아니, 절대 안 해! 저 인간을 교수대에 매달고 말겠어!"

"그냥 화가 나서 저러는 거야. 곧 이성을 되찾을 거야." 이 말을 하면서도 케일은 줄곧 미트야드에게 다가갔다. 의심과 희망에 사로잡힌 미트야드는 이제 어찌해야 좋을지 궁리하느라 머릿속이 복잡했다.

"저놈들 때문에 그로멕의 목이 떨어져나갈 뻔했어. 사고로 죽었다는 말은 아무도 믿지 않을 거야. 내 방식대로 하겠어."

그가 다시 발뒤꿈치로 문을 걷어차고 살려달라는 비명의 첫음절을 내뱉은 순간, 케일은 온 힘을 다해 그의 목을 쳤다. 하지만 케일과 정신병자들에게는 안타깝게도, 그 힘은 별로 강하지 못했다. 그나마 정확히 가격한 덕분에 미트야드가 고통스럽게 왼쪽으로 휘청거렸고, 그 바람에 꼬맹이 브라이언의 뒤통수가 녹슨 칼날을 쳐 미트야드의 가슴에 더 깊이 박히게 했다. 그 고통 때문에 미트야드가 꼬맹이 브라이언을 놓쳤다. 케일은 손바닥 아랫부분으로 미트야드의 가슴 한복판을 쳤다. 열 살 때 같았으면 두 번의 가격 모두 미트야드를 함정을 밟은 사람처럼 간단히 쓰러뜨렸겠지만, 지금의 케일은 그 열 살 소년이 아니었다. 미트야드가 처음에 휘두른 주먹은 빗나갔지만, 후속타가 케일의 관자놀이에 정통으로 맞았다. 케일은 곰에게 얻어맞은 사람처럼 쓰러졌다. 귓속에서 피가 고동치고, 두 팔에 남은 기운이 다 빠져 따끔따끔하고 찌릿찌릿했다. 미트야드가 두 걸음 다가와 케일을 저승으로 보낼 만큼 힘껏 발길질을 하려고 한쪽 다리를 들었지만, 다리에 아직 기력이 남아 있던 케일은 미트야드의 다른 쪽 다리를 걸어찼다. 미트야드는 꼴사납게 비틀

거리며 나무 바닥에 쓰러졌다. 다행히 미트야드가 잠시 헐떡이는 사이 케일은 가까스로 일어설 수 있었다. 머릿속에서 벌떼가 윙윙거리고 두 팔이 후들거렸다. 한 번 주먹을 날릴 기운은 있었지만, 썩 훌륭한 일격은 아닐 터였다.

이 혼란의 와중에 케일이 나타나 주도권을 빼앗자, 정신병자들은 그들을 여기까지 오게 한 집단적 의지를 상실한 듯 뒤로 물러나 있었다. 그들을 구해준 사람은 능욕당한 여자였다. "이 아이를 도와요!" 여자가 소리치며 달려와 미트야드 위에 올라탔다. 그러자 미트야드는 가장 절박한 계획을 실행에 옮기기로 결심했다. 가엾은 그로멕이 숨막혀 죽는 광경을 억지로 지켜보며 온몸에 소름이 돋았을 때 떠오른 계획이었다. 미트야드가 여자를 붙잡아 끌어내리더니, 방 저편 커다란 창문으로 가는 길을 막고 있는 세 남자를 향해 몽둥이처럼 휘둘렀다. 그들은 미트야드가 지나가도록 내버려두었다. 애초에 문에서 멀어지게 하는 것이 목적이었기 때문이다. 다른 곳 어디로 가든 궁지에 몰리는 셈이었다. 그래서 미트야드가 창가로 물러나게 내버려두고 마지막으로 그를 에워싸기 시작했다. 아까는 필사적인 심정에 잃은 것도 없는 상황이라 무자비한 용기가 생겼지만, 신중하게 끝장을 봐야 하는 지금은 아무도 목이 부러질 위험을 무릅쓰지 않았다. 그래서 창가로 물러나는 미트야드에게 바로 달려들지 않고 뜸을 들였다.

"빨리 끝내." 케일은 피가 머리로 쏠려 의식을 잃기 직전이었다. 뇌가 터질 것만 같았다. 정신병자들은 대부분 케일의 말을 듣지 않았다. 미트야드가 창가로 다가가는 모습을 선 채로 멀뚱멀뚱 지켜볼 따름이었다. 어차피 아무데도 못 간다고 여긴 것이다. 창문은 닫혀 있었지만, 땅에서 60피트 정도 높이인 4층이라 막아놓지는 않았다. 미트야드는 그걸 알고 있었다. 하지만 그로멕의 환심을 사려고 자발적으로 병동 청소를 하면서, 벽에 고정된 밧줄이 낡은 키다리 벽장 뒤에 사려져 있다는 것도 알았다. 아주 오래전에 설치해 놓은, 화재가 났을 때를 대비한 값싼 탈출 장비였다.

창문으로 뒷걸음치는 미트야드를 지켜보던 정신병자들은 그가 벽장 뒤에 손을 넣어 기다란 밧줄을 끄집어내는 모습을 보고 술렁였다. 몇 초 뒤, 미트야드가 뭘 하려는지 눈치챈 그들은 한꺼번에 앞으로 몰려갔다. 미트야드가 밀어버린 벽장은 엄청난 굉음을 내며 쓰러졌고, 밧줄 끝을 잡고 창문으로 달려간 미트야드는 마지막 순간에 등을 돌렸다. 거의 부식되어 있던 창틀 전체가 떨어져나가면서 미트야드가 어둠 속으로 사라지고, 밧줄도 그를 뒤따라 빨려나갔다. 잠시 후 밧줄이 갑자기 팽팽해지더니 이내 다시 느슨해졌다.

한 번도 사용한 적이 없는 그 밧줄은 너무 짧았다. 허공을 가르며 곤두박질치던 미트야드는 지상 20피트 높이에서 덜컥 멈췄다가 나무 위로 떨어졌다. 그 나무가 없었다면 땅에 떨어져 추락사했을 것이다. 행운과 필사적인 용기, 엄청난 체력 덕분에 미트야드는 고통스럽게 절뚝거리며 자유를 향해 걸어갔다. 케일은 박살난 창문 앞에서 미트야드가 어둠과 섞이는 모습을 지켜보았다. 그리고 잠시 후 돌아서서 미치광이들에게 소리쳤다.

"오늘밤 벌어진 일은 미트야드와 그로멕이 저 아가씨를 여기 데려와서 먼저 차지하겠다고 싸우다가 생긴 거야. 다들 알았지?"

여자가 고개를 끄덕이자 케일이 말을 이었다.

"미트야드가 그로멕을 죽였고, 댁들이 붙잡으려 하자 미트야드는 창문을 부수고 달아났어. 당신들이 아는 건 그것뿐이야. 이제 모두 나를 지나쳐 걸어가서 방금 내가 한 말을 되뇌어. 만약 잘못 해서 일이 틀어지면, 조만간 케빈 미트야드가 댁들의 불알을 잘근 잘근 씹어 좆대가리에 끼워줄 필요도 없어질 거야."

이 병원을 운영하는 선량한 사람들은 수간호사 그로멕의 참혹 하고 끔찍한 죽음에 충격을 받았지만, 정신이 오락가락하는 환자 들이 무참한 공격을 시도한 사례는 전에도 있었다. 더 충격적인 사 실은 그로멕이 그토록 추악한 방식으로 환자들을 학대했다는 점이 었다. 이 병원에서 치료비를 낼 수 있는 환자들은—당연히 케일을 포함해 소수일 뿐이지만—그러지 못하는 환자들의 치료비를 충당 해주는 존재였다. 이런 의료기관 중에는 상식적으로 이곳만큼 친 절한 병원이 드물었으며, 그로멕은 적어도 케빈 미트야드가 오기 전까지는 따분하지만 믿을 만한 관리자로 인정받았다. 자신이 일 러준 대로 진술하라고 정신병자들에게 당부한 케일은 잘 모르는 사람들, 특히 정신이 온전치 못한 이들에게 농담을 할 때는 더욱 조심해야 한다는 교훈을 얻었다. 그런 자들은 일말의 의심이나 망 설임도 없이 남의 이야기에 광적으로 매달리고 집착함으로써 자기 마음에 존재하는 끔찍한 혼란을 해소하는 경향이 있었다. 그래서 이번 사건에 대해 케일이 일러준 대로 진술을 하긴 했지만, 이상하 게 자꾸 되풀이하는 바람에 감독관들의 의심을 샀다. 처음에는 대 부분 그들의 진술을 받아들였지만—어쨌든 그로멕은 케빈 미트야 드의 도움을 받아 수많은 여성 환자를 겁탈했고 결국 살해당했으 며, 그를 죽인 자로 지목된 남자는 필사적으로 도망쳤으니까—이제는 진실을 파헤칠 준비를 하고 있었고, 상황이 케일에게 유리하게 바뀌지 않았다면 실제로 어떤 일이 벌어졌는지 밝혀내는 데 성공했을 것이다. 베이그 헨리와 이드리스푸케는 그들이 낸 돈으로 마련한 이불 속에 누워 있는 케일을 상상하며 병원에 왔고, 케일이 잘 치료받고 있으리라 기대했다.

중요한 방문객들만 이용하는 독실로 안내받은 이드리스푸케는 케일을 보고 불만을 터뜨렸다. "너를 비난하려고 안달이 난 자들에게 네가 어딜 가든 재앙이 뒤따른다는 사실을 늘 증명해야만 직성이 풀리느냐?"

베이그 헨리가 한마디 거들었다. "그리고 또 한 차례의 장례식도."

케일이 베이그 헨리에게 물었다. "주님의 최대 실수 중 하나를 거둔 셈 아냐?"

베이그 헨리가 대답했다. "그건 네 생각이고."

케일이 자신은 문제를 일으키지 않으려고 극도의 굴욕을 참았을 뿐만 아니라, 설령 뭘 하고 싶었다 해도 너무 아파서 그럴 기력조차 없었다고 신경질적으로 설명했다. 미트야드에게 구체적으로 어떤 일을 당했는지는 이야기하지 않았다.

케일은 이번 사건의 전말을 있는 그대로 설명한 다음, 그 진실을 덮고자 모두가 거짓 진술을 하게 했다고 말했다. 또한 애초에 정신 병동에 오게 된 기묘한 불운에 대해서도 이야기했다. 이드리스푸케는 신임 병원장을 만나러 가서 케일처럼 중요한 사람을 어처구니없게 관리한 책임을 따져 물었다. 대체 병원 운영을 어떻게 하는 거냐는 등 과장되고 날 선 질문을 쏟아냈다. 병원장은 그날 밤 벌어진 사건에 대한 조사를 중단하기로 곧바로 약속했고, 추가 비용

없이 가장 숙련된 정신과의사가 날마다 개인적으로 케일을 봐주게 하겠다고 했다. 이드리스푸케는 치료비를 절반으로 깎아달라고 요구했으며, 결국 병원장의 약속을 받아냈다.

이드리스푸케의 분노가 완전히 꾸며낸 것은 아니었다. 케일의 몸 상태가 워낙 좋지 않았던 터라 완치를 기대하지는 않았지만 어느 정도 호전되기를 바랐는데, 이 소년에 대한 지극한 애정 때문만이 아니라 리디머들을 상대하기 위한 훨씬 더 대대적이고 장기적인 전략을 세우려면 케일의 도움이 필요했기 때문이다. 하지만 케일은 간간이 쉬면서 생각을 정리하지 않으면 오래 말하는것조차 어려운 상태였다. 더구나 표정도 섬뜩했다. 오늘 유난히 날이 좋다고 말하다 정신을 잃는 케일을 본 이드리스푸케는 케일의 도움이 절실한 지금 설령 케일이 회복된다 해도 때가 너무 늦을 수도 있겠구나 싶었다.

이드리스푸케는 케일을 보살필 정신과의사를 불러달라고 병원장에게 요구했다. 어떤 자인지 봐야 마음이 놓일 것 같았기 때문이다. 이드리스푸케가 다음날 떠나야 한다는 걸 알고 있던 병원장은 그 의사는 휴가를 떠나서 사흘 뒤에나 돌아온다고 둘러댔다.

"그녀는 아노미 분석가입니다."

"생소한 명칭이군요."

"정신의 질병인 아노미를 대화로 치료하는데, 하루에 몇 시간씩 몇 달이 걸리는 경우도 있답니다. 환자들은 그것을 대화 치료라고 부르죠." 병원장은 그녀가 비범한 기술을 가진 의사이며 가장 까다로운 환자들마저 호전시켰다고 말하면서 안심해도 된다고 장담했다.

'휴가'라는 편한 평계가 미덥지 않기는 했지만, 이드리스푸케는 현재 부재중인 여의사에 대한 병원장의 존경이 진심임을 느꼈다. 그는 비관적인 성격이라 평소 같으면 의심이 앞섰겠지만, 병원장의 말이 사실이길 바라는 마음에 그냥 믿기로 했다. 하지만 그가 케일에게 돌아가고 오 분 뒤 병원장실 문에서 노크 소리가 들렸다. 이 광경을 봤다면 이드리스푸케의 비관적인 성격이 다시 발동했을 것이다. 곧이어 병원장이 '들어와'라고 말하기도 전에 문이 열리더니 과연 여자가 맞는지 의심스러운, 아주 기묘한 외모의 여자가 들어왔는데, 그녀의 왼손에 기묘한 물건이 들려 있었다. 특이하고 환상적인 것들을 평생 수없이 보아온 이드리스푸케조차 한 번도 본 적이 없는 것이었다.

5

케빈 미트야드는 상태가 좋지 못했다. 발목이 심하게 접질렸고, 한쪽 어깨는 탈골되었으며, 왼뺨에는 커다란 자상이 생겼다. 몸 여기저기가 붓고 근육 경련에 눈물범벅이었다. 하지만 그런 것들로 죽을 지경은 아니었다. 가슴 위쪽에 꽂힌 칼날이 치명적이었다. 키프로스섬은 사실 섬이 아니라 우든해海로 불룩 튀어나온 커다란 지협이었다. 교구 치안 체계가 50마일 너머 배후지까지 뻗어 있어서, 아주 작은 마을에도 비록 직업은 대장장이에 불과해도 특수 경찰 노릇을 하는 자들이 있었다. 따라서 미트야드는 추격대가 붙을 거라고 믿을 수밖에 없었다. 물론 대여섯 명으로 이루어진 추격대가 장기간 활동하는 것은 비용도 많이 들고 까다로운 일이었다. 문제는 당장 칼날을 뽑아내고 상처를 치료해야 하는데, 그럴 수 있는 곳은 모두 피해다녀야 한다는 사실이었다. 결국 그는 몸이 어떻게든 버텨주리라 믿고 그를 아는 사람이 아무도 없는 곳까지 멀리 가기로 마음먹었다. 그리하여 케빈 미트야드가 덥적이는 자들을 피해 후미진 길로 키프로스를 벗어나는 동안, 트레버 이인조 역시 덥적이는 자들을 피해 후미진 길을 따라 키프로스로 들어서고 있었다. 따라서 이들 두 암살자가 작은 연못 근처에 죽은 듯 쓰러져 있는 케빈 미트야드와 맞닥뜨린 것은 대단한 우연의 일치도 아니었다. 이런 황무지를 걷다가 길에 사람이 쓰러져 있는 것을 발견하면 트레버 이인조보다 간계에 덜 익숙한 자들도 당연히 멀찌감치 피해 가는 것이 현명하다고 판단하기 마련이었다. 하지만 트레버 이인조와 그들이 탄 말들은 갈증에 목이 탔다. 덫이 아니라고 판단한 트레버 루가보이는(이런 식의 기습을 이들만큼 잘 아는 자가 있겠는가?) 두두룩하게 늘어진 몸뚱이를 향해 큼지막한 돌멩이를 던졌고, 희미한 신음소리만 들리자 계속 지켜보며 건드리지만 않으면 위험할 일은 없겠다고 판단했다.

몇 분 뒤, 말들이 달콤한 물을 맛나게 꿀꺽꿀꺽 마시는 동안, 미트야드가 움찔거리며 비틀비틀 일어나기 시작했다. 두 남자가 유심히 지켜보는 가운데, 그는 물을 마시려고 연못으로 걸어갔다. 하지만 여전히 불안정하고 기운이 없어 둔탁하게 털썩 자빠지는 바람에 트레버 이인조는 눈살을 찌푸렸다.

손에 피를 묻히는 직업을 고려할 때, 트레버 이인조는 연민을 모르는 냉혈한으로 보일 수도 있다. 하지만 그들이 보통 사람보다 선량하지 않은 것이 명백한 사실이긴 해도, 돈을 받고 청부 살인을 할 때가 아니면 남들보다 더 악랄하지도 않았다. 나이가 들고 차츰 미신에 집착하게 되면서 특히 그랬다. 그들은 언젠가 신의 보답이 정말로 존재한다는 것이 밝혀진다면 작은 선행이 도움이 되지 않을까 궁금해하기 시작했다. 물론 둘 다 가슴속 깊이 알고 있었다. 자신들이 저지른 온갖 악행을 만회하려면 수없이 많은 불타는 건물 안에서 어마어마하게 많은 아이들을 구해내야 할 거라는 사실을. 하지만 필사적으로 물을 갈구하며 몇 걸음 앞에 쓰러져 있는 부상자를 외면하는 것은 비열한 짓이었다. 트레버 이인조는 미트야드를 흔들어 깨우고 일으켜세운 다음, 자신들이 쓰는 잔 하나에 물을 따라 그에게 주었다.

생명 그 자체처럼 느껴지는 물을 연이어 다섯 잔이나 마신 미트야드는 진정 감사한 표정으로 말했다. "고맙습니다."

"이봐, 존 스미스." 미트야드가 알려준 거짓 이름이었다. 트레버 코브툰이 계속 이야기했다. "자네는 드레이턴까지 가기 어려워. 여기서 50마일이나 떨어져 있고 길도 험하거든." 그는 미트야드의 가슴에 박힌 부러진 칼날을 턱짓으로 가리키며 말을 이었다. "그거 당장 뽑아야 해. 아니면 우리한테 가래를 빌려 자네 무덤을 파든가."

"가래가 뭐죠?"

"깊고 넓은 구덩이를 파는 데 쓰는 도구지." 트레버 루가보이가 대답했다.

미트야드는 의심 어린 표정으로 물었다. "댁들이 해줄 수 있나요? 나를 죽이지 않고 칼을 빼줄 수 있습니까?"

"상태가 많이 안 좋아 보이는데. 가능성은 7 대 3이야."

"성공할 가능성이?"

"실패할 가능성이."

이 말에 미트야드의 입에서 절망 섞인 한숨이 새어나왔다.

"드레이턴에 가면 제대로 된 의사가 있을까요?"

"드레이턴까지 못 간다니까. 어차피 못 가겠지만, 설령 간다 해도 이발사가 수술을 해줄 거야. 그리고 이것저것 물어보겠지. 그래도 괜찮겠어? 돈은 있고? 질문에 대답할 수 있겠어?"

고마움이 사라진 미트야드의 얼굴을 보고 이제 트레버 이인조는 인내심이 바닥나기 시작했다.

"여기 있는 내 관대한 친구만큼 실력 있는 자는 200마일 안에 없을 거야. 너는 운좋은 줄 알아야 해. 어차피 선택의 여지도 별로 없지만. 벌써 천국에 가고 싶은 건 아니겠지? 나라면 이 친구한테 부탁하겠다."

천국이란 말에 정신이 번쩍 든 미트야드는 자존심이 상해 있는 트레버 루가보이에게 진심으로 사과했다. 그후 루가보이는 솜씨를 발휘했다. 사실 그는 외과의사가 되었어도 꽤 성공했을 것이다. 실질적인 이유로 기술을 연마하면서 자신의 능력에 자부심도 생겼고, 누구나 최고로 여기는 리디머 외과의사들에게 돈을 내고 수업을 받았다는 점을 과소평가해서는 안 되었다. 루가보이는 거액을 주고 구입한 의료용 집게를 이용해 미트야드의 가슴 위로 살짝 튀어나온 칼날을 붙잡았다. 칼날은 금세 뽑혔으며, 끔찍한 고통의 비명만이 뒤따랐다.

여기서 끝이 아니었다. 조각 두 개가 떨어져나간 칼날을 보니 할 일이 아직 남은 게 틀림없었다.

"움직이지 마. 안 그러면 결과는 책임 못 져."

미트야드는 남에게 고통을 가하는 데 능숙했지만 그 역시 고통을 느끼는 인간이었다.

"잘 끝났어. 이거 안 했으면 넌 죽었어." 닷새처럼 느껴진 오 분 동안 상처에서 칼날 조각을 파낸 끝에 더는 아무것도 남지 않았다고 확신한 트레버 루가보이는 고통스러워하는 미트야드를 보며 말했다. 그리고 물을 몇 갤런이나 부어 상처를 씻은 다음, 꿀과 라벤더, 금잔화와 몰약 가루를 섞어 만든 연고를 바르기 시작했다. 이 광경을 지켜보던 코브툰이 루가보이를 옆으로 데려가더니, 그 비싼 연고는 나중에 우리가 써야 할 수도 있다고 지적했다. 루가보이는 원칙적으로는 동의하지만 만약 상처가 감염된다면—그렇게 될 상황이었다—지금까지의 노력이 헛수고가 될 거라고 반박했다.

"난 내가 한 일이 자랑스러워. 당연하잖아? 더구나 저 친구는 굉장히 용감한 모습을 보였어. 나라면 더 크게 비명을 질렀을 거야. 도움 받을 자격이 있어." 결국 그렇게 되었다. 트레버 이인조는 밤새 미트야드 곁에서 지켜보기로 했다. 이튿날 아침, 그들은 약간의 식량(코브툰의 반발 때문에 많지는 않았다)을 남겨놓고 다시 길을 나섰다. 하지만 떠나기 직전에 한 가지 생각이 떠오른 코브툰이 미트야드에게 물었다.

"혹시 키프로스의 수녀원 이야기 들어봤어?"

다행히 미트야드는 놀란 표정을 쉽사리 고통의 표정으로 바꿀 수 있었다. "아뇨, 죄송합니다." 이 배은망덕한 사내의 대답을 듣고 트레버 이인조는 떠나갔다. 하지만 이 분 뒤 루가보이가 돌아와 파라핀 종이로 싼 큼지막한 덩어리를 떨어뜨렸다. 이미 두고 간 식량에 좀더 보태주려는 충동적 행위였다.

그가 미트야드에게 말했다. "반드시 하루에 4분의 1씩 먹어. 맛은 개똥 같지만 몸에 좋은 음식이니까. 리디머들이 '죽은 사람 발'이라고 부르는 거야. 안에 주소가 있으니, 살아남으면 거기로 가.

그들이 일을 줄 거야. 트레버 루가보이가 보냈다고 해. 다른 이야기는 말고. 알아들었지?"

선행에 보답이 따르냐고 트레버 루가보이에게 묻는다면 그는 놀라면서 동시에 재미있어할 텐데, 냉소적인 인간이어서가 아니라 (그는 평생 스스로를 냉소적이라고 여겼다) 경험상 이 세계가 균형 잡힌 곳이 아니라고 보았기 때문이다. 하지만 이번 경우에는 케빈 미트야드에게 돌아가 충분한 식량을 주어 생존 가능성을 높여주려고 한 선행이 보답을 받았다. 300야드쯤 떨어진 언덕에서 누군가 감시하고 있다는 사실을 눈치챈 것이다. 트레버 코브툰에게 돌아가는 동안 루가보이는 감시자의 정체를 거의 확신했다. 그는 예상보다 빨리 코브툰을 따라잡았는데, 코브툰은 말에서 내린 채 혁대를 풀고 꿇어앉아 몸을 숙이고 두 손가락을 목구멍에 넣어 토하려 하고 있었다. 귀에 거슬리는 소리를 내며 몇 번 시도하더니 결국 성공했다. 토사물에 피가 섞여 있었다.

"좀 나아?"

"약간."

"우릴 따라오는 자가 있어."

"제기랄, 빌어먹을, 망할, 우라질. 저놈들이 우리가 뒤쫓는 걸 알아챘어." 트레버 이인조로부터 반 마일 떨어진 곳에서 캐드버리가 툴툴거렸다. 그는 언덕 기슭에 있는 여자를 바라보았다. 그녀는 캐드버리가 트레버 루가보이를 감시하는 동안 밑에서 그를 기다리고 있었다. 여자 뒤에는 못마땅한 표정의 남자 십여 명이 흩어져 있었다.

"당신 때문에 들켰잖아." 여자가 말했다. 밧줄처럼 억세 보이는 여자였지만 엄청난 압박을 견딜 때 의지할 수 있는 밧줄이었으며, 그리다 만 그림에서 봤을 법한 기묘한 얼굴이었다. 분명 이목구비가 멀쩡한데도 코나 입술이 없는 것처럼 보였다.

"나보다 잘할 수 있을 것 같으면 얼마든지 해봐."

"그건 당신 일이지 내 일이 아냐."

"저 두 놈처럼 추적에 대해 잘 아는 자들에게는 아주 가까워져도 안 되고 아주 멀어져도 안 돼. 그냥 운이 나빴을 뿐이야."

"난 운을 믿지 않아."

"그래서 당신이 쥐뿔도 모르는 햇병아리인 거야."

"내가 뭘 알고 모르는지 두고 봐. 지성의 가슴은 지식을 습득하고, 현자의 귀는 지식을 찾노라."

"그러셔? 온몸에 소름이 돋는구먼."

하지만 아무리 조롱해도 이 여자의 존재는 너무나 오싹했는데, 단지 그녀가 늘 인용하는 종교서의 자질구레한 구절들이 거슬리기 때문만은 아니었다. 온갖 금언과 속담을 이상하게 말해서 정확히 무슨 의도인지 알 수가 없었다. 그냥 상대를 언짢게 하려는 걸까? 캐드버리가 짜증이 나는 건 당연했다.

사흘 전, 암토끼 키티는 케일을 찾아다니는 트레버 이인조를 어떻게 할지 논의하려고 캐드버리를 불렀다. 트레버 이인조가 누굴 찾아다니건 그들이 할 일은 하나뿐이라는 사실이 명백했기 때문이다.

그날 캐드버리가 물었다. "누가 그들을 사주했는지 아십니까?"

키티는 낮고 기괴한 음성으로 대답했다. "아마 리디머들이겠지.

그자들은 은밀한 추적 능력이 떨어지거든. 광신도는 사람들 사이에 섞이기 어려운 법. 수치스러운 불법 행위였으나 조그 왕의 지시로 철저히 합리화된 교수형이 바로 그 단적인 예라네. 하지만 라코니아 용병들일 수도 있지." 결코 명확한 대답을 하지 않는 것은 키티의 철칙이자 일종의 놀이였다. 그의 말이 이어졌다. "케일 때문에 수가 급감해서 재건에 몸부림치는 처지니까. 솔로몬 솔로몬의 가문도 배제할 수 없다네. 케일은 원한을 사는 재주가 있는 녀석이야."

"그건 우리한테도 해당되는 말입니다."

"물론 그렇겠지, 캐드버리."

"그 녀석 너무 골치 아픈 존재가 아닐까요?"

키티가 대답했다. "암, 그렇고말고. 하지만 젊을 때는 다 그런 법이지. 이건 가능성의 문제야. 인류를 파멸시킬 거라는 케일의 능력은 아직 형체가 불분명해. 나라면 그 녀석의 앞이 아니라 뒤에 서겠네. 하지만 반대의 경우도 얼마든지 벌어질 수 있지. 자네도 그걸 마음에 새겨두게나."

문이 열리더니 키티의 하인이 쟁반을 들고 들어왔다. 그 모습을 보고 키티가 말했다.

"아, 차로군. 즐거워지지만 취하진 않는 음료."

하인은 테이블에 찻잔과 접시들을 내려놓았다. 접시에는 햄 샌드위치와 시드 케이크, 커스터드 비스킷이 담겨 있었다. 이윽고 하인은 허리 숙여 인사하지도 않고 말없이 밖으로 나갔다. 캐드버리와 키티는 테이블을 물끄러미 바라보았는데, 차려진 음식 때문은 아니었다.

"자네라면 당연히 눈치챘겠지만, 캐드버리, 이건 세 명을 위해

차린 테이블이라네."

"네, 압니다."

"자네가 만나볼 사람이 있거든. 이 아가씨를 지켜봐주게나. 경험 많은 자네의 지도 편달을 부탁하네." 키티가 문 쪽으로 걸어가며 소리쳤다. "들어오시게!" 잠시 후 이십대로 보이는 여자가 나타나자, 캐드버리는 지금껏 살아오며 한 번도 겪어보지 못한 공포를 느꼈다. 과거의 유령을 본다면 누구나 두려움에 사로잡히겠지만, 그 유령을 만든 장본인이 자신이라면 얼마나 무시무시할지 상상이 가는가. 캐드버리가 마지막으로 그녀를 본 것은 둘이 함께 트리톱스에서 케일을 감시하고 있을 때였다. 결국 그 일은 캐드버리가 그녀의 등에 화살을 꽂으며 끝이 났다. 빛에 매우 민감한 암토끼 키티의 눈을 보호하기 위해 항시 어둑하게 해놓은 방안에서 얼마 후 캐드버리는 이 여자가 제니퍼 플런케트나 그녀의 쌍둥이 자매가 아니라 더 젊고 기분 나쁘게 빼닮은 친척이란 사실을 깨달았다. 생김새만 닮은 게 아니라 볼썽사납게 멍한 표정도 똑같았다.

"이쪽은 대니얼 캐드버리라네, 나의 여인이여." 여자에게 건넨 이 기묘한 애칭은 의례적인 표현이 아니라 일부러 더 혼란스럽게 하려는 것이었다. 그의 말이 이어졌다. "이 친구와 당신 언니는 오랜 친구 사이였고 종종 함께 일했어. 대니얼, 여기 있는 디드리 플런케트는 뛰어난 기술로 우리를 도우러 왔다네."

캐드버리는 사람을 잘못 봤다는 걸 금세 깨달았지만, 두려움이 좀처럼 가시지 않았다. 자신이 죽인 사람의 친척은 대체로 피하는 게 상책이었다.

키티는 트레버 이인조 추적에 디드리를 데려가라고 캐드버리에게 지시했다. "자네가 잘 보호해줘, 캐드버리." 하지만 캐드버리는 키티가 무슨 꿍꿍이로 이러는지 의아했다. 사람 잡는 미치광이 제니퍼 플런케트는 말 한마디 나누지 않고도 그 케일이라는 소년에게 흠뻑 빠져들었다. 당시 그녀는 트리톱스 주변 호수에서 알몸으로 수영하는 케일을 몇 날 며칠 동안 지켜보았는데, 케일은 헤엄치고 낚시하고 이드리스푸케가 만들어준 근사한 요리를 먹으면서 난생처음 웃고 소리치며 즐거움을 만끽했다. 그리고 멤피스에서 지내던 시절 좋아한 노래들을 음정과 가사를 틀려가며 형편없게 불러댔다. 저 하늘 높이높이. 개미들은 내 친구. 그녀의 귀는 팔락팔락, 그녀의 귀는 팔락팔락.

제니퍼는 키티가 케일을 해칠 셈이라고 믿었다. 사실 그건 지레짐작이었으며, 적어도 확인되지 않은 의심이었다. 자신이 사랑하는 소년을 지키려고 캐드버리를 찔러 죽이려다 실패한 제니퍼는 깜짝 놀란 케일을 향해 목이 터져라 고함을 질러대며 달려갔다. 바로 그때 캐드버리가 날린 화살이 그녀의 등에 꽂혔다. 달리 무슨 선택의 여지가 있었겠는가? 나중에 그는 별안간 섬뜩한 비명을 지르며 달려오는 기괴한 여자의 등장에 놀란 케일이 저지른 짓이라고 키티에게 말하는 편이 낫겠다고 판단했다. '정직이 최선의 방책'이라는 속담이 효과적인 지침은 아닐지 모르지만(정직이 최선의 방책이라고 믿는 인간은 정직한 인간이 아니다), 이번 경우에는 그걸 따랐어야 했다. 이제 캐드버리에게는 디드리 플런케트를 상대하는 문제뿐만 아니라, 그녀의 뜬금없는 등장이 단순한 우연인지 아니면 거짓말에 대한 키티의 앙갚음인지 알아내야 하는 문제도 생겼다. 만약 후자라면, 그의 고용주가 대관절 어떤 교훈을 주려는 속셈인지 의문이었다.

어쨌거나 그는 디드리를 데리고 트레버 이인조와 협상하러 왔다. 만약 일이 틀어질 경우—그렇게 되기 십상이었다—트레버 일당이 그의 문제를 해결해줄 가능성이 있었다. 한편으로는 그의 모든 문제를 영구히 해결해줄지도 모를 일이었다.

"나를 따라와. 입은 다물고, 갑자기 멋대로 움직이지 말고."

"당신은 나한테 그런 식으로 말할 자격이 없어."

캐드버리는 굳이 대꾸하지 않았다. 그는 나머지 일행에게 지시했다.

"다들 물러서 있어. 부르면 들릴 거리에."

가는 도중에 케빈 미트야드를 만났지만 무시해버렸다. 몸 상태로 보아 말썽을 일으킬 가능성이 없었기 때문이다. 몇 분 뒤, 캐드버리와 디드리는 트레버 이인조를 따라잡았다.

캐드버리가 나무 뒤에 숨어 소리쳤다. "이야기 좀 할 수 있겠나?"

루가보이는 고갯짓으로 두 사람에게 앞으로 나오라고 했다. "더이상은 오지 마. 원하는 게 뭐야?"

"암토끼 키티 님이 오해가 있다고 보시고 그걸 해결하길 바라신다네."

"해결된 걸로 쳐."

"키티 님은 개인적으로 해결하고 싶어하시지."

"다음에 지나갈 때 꼭 들를 테니 걱정 마."

"자네 친구는 좀 아파 보이는데."

실제로 그의 낯빛은 반쯤 굳은 퍼티* 색깔이었다.

"죽지 않아."

"과연 그럴지 의문이군."

이번에는 루가보이가 물었다. "자네의 말라깽이 친구는 누구지?"

"이 아가씨야말로 가장 치명적인 존재지. 나라면 좀더 경의를 표하겠어."

"낯이 익은걸, 애송이."

"계속해보셔, 아저씨. 저승에 가서 웃게 될 테니까." 디드리가 쏘아붙였다.

"내가 사과하지. 아직 너무 어려서 뭘 모르는 아가씨거든."

"나 대신 멋대로 사과하지 마." 디드리가 말했다.

캐드버리는 '뭘 어쩌려는 거야?'라고 말하듯 눈썹을 치켜올렸다.

"내가 보기에 자네들은 어디로 갈 생각이든 성공하지 못해, 트레버. 따라서 암토끼 키티 님의 이해와 충돌하게 될 자네들의 의도는 예측 가능한 미래를 보장할 수 없지. 자네 친구가 살길 바란다면, 나로서는 굳이 고민하는 까닭을 모르겠는걸."

"우리가 잠들어 있을 때 죽이지 않는다는 보장은?"

"자네들의 낮은 기준으로 타인을 판단하지 않으면 좋겠군."

트레버가 웃었다. "일리가 있군. 하지만 여전히 걱정되는걸."

"내가 해줄 수 있는 말은 암토끼 키티 님의 마음속에는 그럴 뜻이 없다는 것뿐이야."

"그럼 그 양반 마음속에 뭐가 있지?"

"스패니시 리즈로 돌아가서 직접 물어보지그래?"

"그런 이야기를 해줄 만큼 자네를 신뢰하지 않나보군?"

---

* 유리를 창틀에 끼울 때 바르는 접합제.

"내 기분을 상하게 하려는 건가? 감동적인데. 여하튼 문제는 암토끼 키티 님은 자네들 둘을 상당히 존중하지만, 공교롭게도 자네들이 그분의 이해와 충돌하는 길로 가고 있다는 거야. 키티 님은 자신의 이해를 중요히 여기시지."

"당연히 그렇겠지."

"그리 생각해주니 기쁘군. 이제 합의된 건가?"

"그래."

"우리한테 고령토가 있어. 그걸 쓰면 상태가 호전될 거야."

"고맙네."

캐드버리가 디드리 플런케트에게 손짓했다. 그녀는 자신의 안장 주머니에서 작은 병을 꺼낸 다음 말에서 내려 코브툰에게 걸어가 말했다.

"팔등분해서 먹어요."

캐드버리가 두 손가락을 입에 넣고 날카롭게 휘파람을 불자 루가보이가 움찔했다. 곧바로 언덕 너머에서 기다리고 있던 남자 열두 명이 네 명씩 세 조를 이루어 비틀거리며 나타나 넓게 퍼졌다.

루가보이가 말했다. "흉악해 보이는 무리군. 하지만 움직임이 꽤나 일사불란한걸."

그가 몹시 감탄한 이 노련한 접근을 지휘한 사람은 클라이스트였다. 그리고 클라이스트의 지시를 따르는 악랄해 보이는 자들은 클레프트 부족인데, 보기와 달리 그렇게 위험한 자들은 아니었다. 캐드버리가 부랴부랴 그들을 고용한 것은 평소에 데리고 다니던 불한당 대부분이 설사병으로 쓰러졌기 때문이다. 실은 트레버 코브툰과 마찬가지로 그들도 스패니시 리즈 중앙부의 양수 펌프에서 나온 물을 마시고 장티푸스에 걸렸다. 리디머들과의 전쟁 소문을 듣고 그곳으로 피신하는 사람들이 늘어나면서 벌써부터 폐해가 시작된 것이다. 쓸 만한 자들이 거의 없었지만 클레프트 부족은 이번 일에 매우 적합해 보였다. 리디머들과 전투를 벌이고도 여태 살아 있는 자들이었다. 추천받을 자격으로 충분했다. 클라이스트에 대해서는 알려진 바가 없었다. 무슨 이유에서인지 도그엔드*라고 불리는 클레프트 우두머리는 부족의 일원이 아닌 클라이스트의 의견을 항상 귀담아듣는 눈치였다. 사실 클라이스트가 대장이나 다름없었다. 하지만 일개 소년이 지도자로 보이는 건 좋지 않다고 여기는 듯했다.

돌아가는 길에 케빈 미트야드를 지나치게 되었다.

루가보이가 말했다. "저 친구를 데려가도 될까?"

"말이 부족해. 더구나 나는 저자의 표정이 거슬려." 캐드버리가 미트야드와 가장 가까이에 있는 클라이스트에게 손짓하며 물었다. "너 이름이 뭐냐, 꼬마야?"

"클라이스트."

"저 친구에게 식량을 줘라. 나흘 치 정도만." 미트야드는 트레버 이인조가 준 식량을 이미 감춰두었다.

클라이스트가 천천히 미트야드에게 다가갔다. 클라이스트도 미트야드의 표정이 마음에 들지 않았다.

"괜찮아요?" 클라이스트가 미트야드에게 묻고는 말에서 내려 식량 자루를 뒤적이면서, 줘도 괜찮은 가장 맛없는 음식을 찾기 시

---

* '꽁초'라는 뜻.

작했다. 결국 아주 오래된 빵과 돌처럼 딱딱해진 치즈 조각들을 골랐다.

미트야드가 물었다. "담배 있냐?"

"아뇨."

클라이스트는 나흘 치 식량의 매정한 해석이라고밖에 표현할 수 없는 것들을 네모난 천 위에 늘어놓았다.

클라이스트가 물었다. "어디서 왔습니까?"

"너 따위는 알 필요 없어."

클라이스트의 표정은 변하지 않았다. 그냥 일어서서 미트야드를 바라보고는, 방금 늘어놓은 음식 위로 모래를 걷어찼다. 둘 다 아무 말도 하지 않았다. 클라이스트는 말에 올라 다른 사람들을 쫓아갔다.

6

삶이란 게으른 아이가 돌멩이를 떨어뜨리고 그 행동으로 생긴 물결이 사방으로 퍼져나가는 연못이다. 아니다. 삶은 강이다. 범람하는 강이 아니라 일상적인 맴돌이와 와류, 대수롭지 않은 소용돌이가 일어나는 평범하고 보잘것없는 강. 하지만 그 소용돌이와 물살에 나무뿌리가 차례차례 드러나고 결국 강둑이 훼손되어 나무가 강 위로 쓰러지면 비축 물자가 유실됐는지 확인하러 온 마을 사람들은 쓰러진 나무 때문에 드러난 석탄을 발견하게 되고, 이어서 광부들이 몰려오면 광부들을 접대하는 창녀들과 그녀들을 관리하는 사내들도 오고, 천막과 진창으로 이루어졌던 마을이 목조 건물과 진창의 마을로, 얼마 후 벽돌 건물과 진창의 마을로 바뀌면 곧이어 거리에 자갈 도로가 깔리고, 법조인들이 찾아와 자갈 도로 위를 걷고, 결국 석탄이 바닥나면 마을이 몰락하거나 그럭저럭 명맥을 이어간다. 이 모든 것이 보잘것없는 강과 그 강의 보잘것없는 소용돌이 때문이다. 보이지 않는 존재의 수많은 손가락이 달린 손에 의해 좌우되는 인간의 삶도 그러하다.

케일이 트레버 이인조의 손에 죽음을 맞이하게 되었을 방문은 코브툰이 오염된 우물물을 마신 탓에 중단되었고, 이 죽음의 사자들은 그 누구보다 케일의 생사에 관심이 없는 케일의 옛친구를 따라 그들이 왔던 곳으로 돌아갔다. 그 도시에서는 그 무관심한 옛 친구의 아내가 자기 남편은 죽었을 거라 생각하며 갓난아이를 안고 거리를 배회하고 있었는데, 실은 그는 자기 아내 쪽으로 돌아오고 있었으며, 며칠 뒤에는 스패니시 리즈의 담장 안쪽으로 몰려드는 어마어마한 인파 사이에서 고작 30야드 거리를 두고 그녀를 지나치게 될 터였다. 그들은 몇 번이나 마주칠 뻔했지만, 작은 와류와 소용돌이가 그들을 이리저리 조금씩 끌어당겨 만나지 못하게 한다.

구름은 이따금 용처럼 보이고, 이따금 사자처럼 보이고, 때로는 고래와 흡사하지만, 모든 긍정적인 철학자들은 가장 검은 구름조차 가느다란 빛의 틈이 있다고 입을 모은다. 그리고 케빈 미트야드에게 지배당하던 비참한 시절 케일은 과거에 괴로움을 잊기 위해 쓰던 방법에 또 의지하게 되었다. 성소에서 케일은 자신의 머릿속으로 숨는 요령을 터득했다. 마음속의 다른 장소, 따사로움과 맛난 음식과 놀라운 것들이 가득한 곳으로 사라지는 것. 무슨 소원이든 들어주는 날개 달린 천사, 말하는 개, 고통 없는 모험, 심지어 눈물 없는 죽음과 갑작스러운 축복의 부활, 근처에 아무도 없는 평온과 고요. 하루 중 구역질과 광기가 잠시 멈추는 몇 시간 동안 케일은 그 방법에 의지했다. 백일몽이 방어막 노릇을 해주었다. 한 번에 몇 분씩 크고 작은 호수들이 있는 트리톱스로 돌아가 차가운 호수에서 헤엄치고, 개울에서 가재를 잡고, 이드리스푸케가 시범을 보여준 대로 가재 껍데기를 뜯고 생마늘을 얹어 날로 먹으면서, 작은 돌멩이에 물 떨어지는 소리를 표현하는 단어가 뭘까 생각했다. 밤에는 날개가 긴 벌레들이 숲속에서 찌르륵 찌르륵 아름답게 합창하는 동안 이드리스푸케와 끊임없이 이야기하며 침대처럼 편안한 의자에 앉아 이드리스푸케가 부어주는 연한 맥주를 벌컥벌컥 마셨고, 이드리스푸케는 반세기에 걸쳐 축적해온 지혜, 그가 툭하면 떠벌리듯 억만금을 주고도 살 수 없는 통찰을 들려주었다.

"사람들은 지금 이 순간을 단순히 미래의 크나큰 목표를 향해 가는 길에 지나치는 한 지점쯤으로 여기는데, 긴 하루가 끝날 때가 되면 다들 놀라지. 자신의 삶을 되돌아보고 깨닫게 되거든. 대수롭지 않게 여기며 지나친 것들, 너무 당연하게 여긴 작은 즐거움들이 실은 삶의 참된 의미였다는 걸 말이다. 그런 것들이야말로 언제나 훌륭하고 멋진 성취이자 인간이 존재하는 목적이란다."

그러고는 케일에게 또 술을 따라주었지만, 너무 많이 주지는 않았다.

"모든 유토피아는 크레틴병* 환자들의 작품이고, 더 나은 미래를 만들겠다며 기를 쓰는 자들은 선량한 반편이야. 잘 구워진 칠면조들이 날아다니고 완벽한 연인들이 완벽한 사랑을 찾아 달콤한 밀고 당기기를 즐기며 영원토록 행복하게 사는 지상낙원을 상상해보렴. 그런 곳에서 인간은 너무 지루해서 죽거나 절망 속에 스스로 목을 매달고, 온화한 사내들은 만족의 공포에서 해방되고자 죽고

---

* 갑상선 호르몬 결핍으로 소인증과 정신박약을 유발하는 질병.

죽이며 싸울 거야. 머지않아 그 유토피아는 지금 우리가 사는 세상보다 더 많은 고통으로 신음하겠지."

"보스코처럼 말하는군요."

"그렇지 않아. 보스코는 고양이가 새와 물고기를 잡아먹는다며 지상에서 없애버리려 한다. 사자와 양이 나란히 눕는 세상을 꿈꾸는 꼴이지. 하지만 어떤 면에서 반은 맞아. 나도 보스코에게 동의하는 점이 있다. 이 세상이 지옥인 것은 사실이야. 하지만 나 역시 인류가 역겹고 우스꽝스러운 존재라는 데 경악하면서도 한편으로는 연민을 느낀다. 가없는 고통에 시달리는 끔찍한 존재인 우리는 모두 하나이면서 동시에 지옥에서 악마들에게 고문당하는 영혼들이거든. 우리는 함께 고통받는 동지이므로 우리가 갖춰야 할 가장 필수적인 덕목은 인내와 관용, 자제와 자비야. 우리 모두에게는 용서가 필요하고, 따라서 서로를 용서할 의무가 있어. 우리의 죄를 용서받으려면 우리에게 죄지은 자를 용서해야 하는 법이지. 선의에서 하는 말이네만, 젊은이, 자네에게는 그런 덕목이 심각하게 결여되어 있다네."

마지막 문장을 들을 때 케일은 짐짓 잠든 척하며 과장되게 코 고는 소리를 냈다.

하지만 과거로 침잠하니 사방이 덫이었다. 케일은 아르벨의 알몸을 처음 본 순간을 기억하고 싶었다. 그날 밤엔 살아 있다는 것이 축복이었다. 하지만 그 기쁨과 괴로움, 사랑과 분노가 너무 밀착되어 있어서 케일을 다른 세상으로 데려다주기는 어려웠다. 예전에 먹은 맛난 음식, 머리가 너무 크다고 베이그 헨리를 놀리던 일, 이드리스푸케가 들려주는 이야기에 귀기울이고 모든 사람 앞에서 마지막 말을 독차지하던 기억에 기대는 편이 나았다. 하지만 그러면서도 자신이 진정으로 아는 것이 무엇인지 떠올리려 애쓰며 고뇌하곤 했다. 이 세상은 소용돌이와 와류, 물풀이 뒤엉킨 강과 같고 어디를 가든 늘 손가락 사이로 강물이 새어나간다는 것.

최근에 병원에서 마련해준 방은 꽤 단출했다. 비교적 편안한 침대, 의자와 탁자, 가느다란 느릅나무들이 늘어선 쾌적한 정원이 내려다보이는 창문. 이 방의 사치는 두 가지였다. 케일 혼자 잔다는 것, 그리고 안에서 잠그는 열쇠가 있어 아무도 들어오지 못하게 할 수 있다는 것. 처음에는 병원에서 열쇠를 주지 않으려 했지만, 케일이 위협적인 태도로 은근히 요구하자 병원장에게 물어본 뒤 마지못해 그렇게 해주었다.

문을 가볍게 두드리는 소리가 났다. 문의 가장 얇은 부분에 뚫어놓은 구멍으로 밖을 내다보고 안심한 케일은 재빨리 열쇠를 돌려 문을 열고 충분히 뒤로 물러났다. 어쨌든 사람 일은 모르는 거니까.

수녀원 하인이 의심 어린 표정으로 가만히 서서 말했다.

"문에 구멍이 있는 것 같은데."

"내가 여기 왔을 때부터 그랬어."

"레이 수녀님이 너를 보자고 하신다."

"누구?"

"네 사례를 조사하려고 병원장님이 부르신 것 같아. 굉장히 존경받는 분이야."

케일은 궁금한 점이 더 있었지만, 뻣센 사람들이 대개 그렇듯 자신을 싫어하는 게 틀림없는 사람한테 무지해 보이고 싶지 않았다. 싫어할 만하기도 한 것이, 케일이 열쇠를 달라고 위협한 자가 바

로 이 하인이었다. 한번은 이드리스푸케가 이렇게 말했다. "매력적
인 인간은 상대에게 부탁하지 않고도 도움을 받아내지. 진정한 매
력이라는 재능을 가진 인간은 가장 타락한 자야." 그는 한마디 덧
붙였다. "하지만 걱정 마라. 넌 그런 문제로 걱정할 일이 영영 없을
테니까."

하인이 케일에게 말했다. "지금 내가 수녀님에게 데려다주마.
그런 다음 문에 난 구멍을 손봐줄게."

"그러지 않아도 돼. 시원한 바람이 들어와서 좋거든."

케일은 신발을 신고 하인을 따라나섰다. 하인은 그 엄청난 소동
을 일으킨 이 밉살스러운 젊은이가 문을 잠그지 않는 것을 보고 놀
랐다. 하지만 케일은 자신이 방에 없을 때는 누가 들어오든 신경쓰
지 않았다.

두 사람은 말없이 수녀원을 가로질러 걸어갔다. 수녀원의 일부
는 최근에 지어졌고, 나머지는 오래된 건물과 더 오래된 건물로 이
루어졌다. 음산해 보이는 높다란 건물들 벽에는 험상궂은 괴물 조
각상이 달려 있었다. 잠시 후 우아하고 균형 잡힌 아름다운 석조 구
조물이 갑자기 나타났는데, 불규칙한 형태의 커다란 창문들이 한쪽
에서 하늘을 비추고 다른 쪽에서는 풀밭을 비추었다. 그 형상이 워
낙 다양하고 변화무쌍해 마치 건물 내부가 살아 있는 것만 같았다.
마침내 거대한 벽들 사이의 통로를 묵묵히 지나간 두 사람은 케일
이 멤피스에서도 본 적이 없는, 매혹적인 단순미를 지닌 기분좋은
크기의 안뜰로 나왔다. 하인은 케일을 데리고 홍예문을 지나 계단
을 따라서 2층으로 올라갔다. 층계참마다 양쪽에 검고 두꺼운 떡
갈나무 문이 있었다. 케일은 2층 문 앞에 멈춰 서서 문을 두드렸다.

2부

여기가 어딘지 보려 하지 않는 자들,
망령의 숲에서 길을 잃고
밤을 두려워하는 어린아이들은
평생 행복하거나 착한 적이 없나니.

W. H. 오든, 「1939년 9월 1일」

7

"들어와요." 상냥하고 매력적인 환영이었다. 하인이 문을 열고 뒤로 물러나 케일을 안으로 들이며 말했다. "정확히 한 시간 뒤에 돌아오마." 그러고는 문을 닫고 나갔다.

케일의 오른쪽에 있는 커다란 창문 두 개에서 빛이 쏟아져들어 왔고, 맞은편 벽난로 옆, 등받이가 높고 꽤 편안해 보이는 의자에 키 큰 여자가 앉아 있었다. 앉은 상태로도 키가 6피트가 넘어 보였다. 케일보다 조금 더 큰 듯했다. 레이 수녀는 머리부터 발끝까지 검은 무명 천으로 휘감고 있었다. 심지어 두 눈도 앞이 보이도록 작은 구멍이 무수히 뚫린 얇고 긴 막에 가려져 있었다. 여기까지도 이상한데 훨씬 더 이상한 것이 있었다. 그녀가 인형처럼 생긴 물건 을 무릎에 올려놓은 채 오른팔로 안고 있었던 것이다. 만약 멤피스 에서 어린아이가 그런 인형을 들고 있었다면 케일의 눈길을 끌지 못했을 것이다. 마테라치 가문의 계집아이들은 종종 터무니없이 값비싼 의상을 입힌 눈부시게 화려한 인형을 결혼식이나 왕족과의 다과회 등등 온갖 모임에 들고 나갔다. 수녀가 안고 있는 인형은 덩치가 꽤 크고 회색과 흰색이 어우러진 옷을 입었으며, 단순하게 그려진 얼굴에는 아무런 표정이 없었다.

다정하고 사람 좋게 느껴지는 명랑한 목소리가 다시 들렸다. "와서 앉아요. 토머스라고 불러도 될까요?"

"아뇨."

수녀는 살짝 고개를 끄덕였다. 그게 무슨 의미인지 누가 알겠는가? 그러나 인형의 머리가 서서히 케일 쪽으로 돌아갔다.

"자, 앉아요." 여전히 다정하고 친근한 수녀의 목소리가 케일의 고약한 무례함을 완전히 압도해버렸다. 케일이 자리에 앉자, 인형은 계속 지켜보면서—물론 케일은 그럴 리가 없어, 하고 생각했다—흐린 눈을 케일에게서 떼지 않았다.

"나는 레이 수녀예요. 그리고 얘는……" 수녀가 검은 천으로 덮인 머리를 살짝 돌려 무릎에 놓인 인형을 내려다보며 덧붙였다. "폴이라고 해요."

케일이 험악하게 폴을 노려보자, 폴도 험악하게 케일을 바라보았다. "내가 당신을 뭐라고 부르면 좋을까요?"

"다들 저를 '케일 님'이라고 부릅니다."

"좀 형식적인 호칭 같군요. 케일이라고 불러도 될까요?"

"좋으실 대로."

"끔찍이도 건방진 녀석이군."

케일을 놀라게 하는 것이 특별히 어렵지는 않지만—어지간한 사람들보다 잘 놀라지 않긴 한다—표가 나게 하기는 결코 쉽지 않았다. 방금 케일의 눈이 휘둥그레진 것은 말투 때문이 아니라—어차피 말투는 항상 케일 쪽이 훨씬 더 나빴다—인형이 그 말을 했다는 사실 때문이었다. 입이 움직이도록 만들어지지 않아서 인형의 입은 꿈쩍도 하지 않았지만, 틀림없이 그 소리는 레이 수녀가 아니라 인형이 낸 소리였다.

"조용히 해, 폴." 수녀가 인형을 꾸짖고는 살짝 고개를 돌려 케일을 보며 말을 이었다. "얘한테 신경쓸 필요 없어요. 아무래도 내가 응석을 지나치게 많이 받아줬나봐요. 그래서 버릇없는 애들이 흔히 그렇듯 말이 너무 많답니다."

"저를 왜 여기로 불렀습니까?"

"당신은 그동안 많이 아팠죠. 당신이 여기 왔을 때 분석가가 작성한 보고서를 읽어봤어요."

"정신이상자들이 지내는 방에 나를 가둔 멍청이 말입니까?"

"심각한 판단 착오를 한 것 같아요."

"그럼 당연히 처벌을 받았겠군요. 아니라고요? 기절초풍할 노릇입니다."

"사람은 누구나 실수를 해요."

"내가 살던 곳에서는 실수를 하면 끔찍한 일을 당합니다. 대개 엄청난 비명을 지르기 마련이죠."

"미안해요."

"당신이 미안할 일이 뭐 있습니까? 당신 책임이었습니까?"

"아뇨."

"그럼 나를 정상으로 되돌리기 위해 뭘 할 겁니까?"

"대화를 해야죠."

"그게 답니까?"

"아니요. 대화를 하고 나면 어떤 약을 처방하면 좋을지 판단하기가 더 수월할 거예요. 약이 필요하다면 말이죠."

"대화는 관두고 그냥 약을 주면 안 됩니까?"

"그건 곤란해요. 대화 먼저, 약은 나중에. 오늘 몸은 좀 어때요?"

케일은 손가락 하나가 잘린 손을 들어 보이며 대답했다. "욱신거립니다."

"자주 그런가요?"

"일주일에 한 번 정도요."

수녀는 기록을 살펴보고 물었다. "머리와 어깨는요?"

"손이 아프지 않을 때는 그것들이 최선을 다해 괴롭히죠."

"의사에게 진단을 받았어야 해요. 요청이 있긴 했지만 결국 흐지부지된 것 같네요. 통증을 누그러뜨릴 것을 구해줄게요."

그로부터 삼십 분 동안 수녀는 케일의 과거에 대해 물었는데, 이따금 폴이 끼어들어 방해했다. 케일이 조금 장난스럽게 자신이 6펜스에 성소로 팔려왔다고 말했을 때는 폴이 "너무 비싸군" 하고 소리쳤다. 하지만 수녀의 질문은 대부분 단순했고, 케일의 대답은 소름 끼쳤지만 레이 수녀는 전혀 개의치 않는 눈치였다. 곧이어 두 사람은 그로멕이 살해되고 케빈 미트야드가 탈출한 밤의 사건들을 논의하기 시작했다. 케일의 이야기가 끝나자, 수녀는 왼쪽 무릎에 놓인 작은 쪽지들에 한동안 뭔가를 적었다. 폴이 자꾸 몸을 숙이고 읽으려 들자, 수녀는 마치 애지중지하는 강아지가 까불어 성가시다는 듯 인형을 계속 뒤로 밀었다.

레이 수녀가 몇 분 동안 글을 마저 적는 사이, 폴은 심술궂은 표정으로 케일을 노려보았다. 이건 불가능한 일이라고 생각하며 케일이 수녀에게 물었다.

"왜 병동에 있는 정신이상자들을 치료하지 않죠? 돈이 부족합니까?"

레이 수녀가 고개를 똑바로 쳐들고 대답했다. "그 병동 환자들은 특별한 정신병을 앓고 있어서 거기 있는 거예요. 몸에 생기는 병이 다양하듯 머릿속의 병도 가지각색이랍니다. 부러진 다리를 대화로 낫게 할 수 없듯이 몇몇 정신병도 거의 비슷하죠. 내가 그들에게 해줄 수 있는 일은 없어요."

"하지만 나를 도울 수는 있단 말입니까?"

"모르죠. 그걸 알아내려는 거예요."

"방해나 하지 마, 못된 놈아."

"조용히 해, 폴."

케일이 매력적이지 않은 가벼운 웃음을 지으며 말했다. "괜찮아요. 나 못된 놈 맞습니다."

"무슨 말인지 알아요."

"나는 끔찍한 일들을 많이 했습니다."

"그래요."

잠시 침묵이 흘렀다.

"내 치료비를 대주는 사람들이 돈을 내지 않으면 어떻게 됩니까?"

"그러면 치료도 중단되겠죠."

"그건 썩 좋지 않군요."

"어째서요?"

"내가 아직 낫지 않았는데 치료가 중단되는 거니까요."

"다른 사람들과 마찬가지로 나도 먹어야 살고 머물 곳도 필요해요. 나는 이 수녀원을 운영하는 교단 소속이 아니에요. 당신은 자선 병동으로 옮겨지겠지만, 나는 생활비를 내지 못하면 여기서 쫓겨날 거예요."

폴이 또 끼어들었다. "맞아. 우리 모두가 너처럼 리디머들의 보호를 받으며 살진 않으니까."

이번에 수녀는 폴을 꾸짖지 않았다.

"내가 당신을 싫어하면 어떻게 됩니까?" 케일이 물었다. 폴의 말을 날카롭게 받아치고 싶었지만 적당한 말이 떠오르지 않았다.

레이 수녀가 되물었다. "내 쪽에서 당신을 싫어한다면?"

"그럴 수 있습니까?"

"싫어할 수 있느냐고요? 당신은 내가 그럴 수 없다고 확신하나 보군요."

"나를 싫어할 경우 치료를 중단할 거냐는 뜻입니다."

"그게 걱정되나요?"

"내 삶의 걱정거리는 한두 가지가 아닙니다. 그런데 당신이 나를 싫어할까봐 걱정하는 건 그중에 없어요."

이 말에 레이 수녀는 웃음을 터뜨렸다. 종소리처럼 듣기 좋은 소리였다.

"대꾸하기를 좋아하는군요. 그건 나의 약점이기도 해요."

"당신도 약점이 있습니까?"

"물론이죠."

"그럼 어떻게 나를 돕겠다는 거죠?"

"약점이 없는 사람을 많이 만나봤나요?"

"많지는 않습니다. 하지만 그런 면에서 난 운이 없어요. 베이그 헨리는 내가 너무 재수가 없어서 온갖 인간쓰레기를 만났다는 사실에 기반해 사람을 평가해서는 안 된다고 했습니다."

"단순히 운이 나빠서만은 아닐 수도 있어요." 이제 수녀의 말투는 냉정해졌다.

"그럼 뭡니까?"

"지금껏 당신이 끔찍한 일들을 겪고 소름 끼치는 인간들을 만난 것은 어쩌면 그냥 운의 문제가 아니었을지도 몰라요."

"그러니까 그게 무슨 뜻이냐고요."

"그건 나도 모르겠어요."

"너는 가는 곳마다 말썽을 일으키는 고약한 골칫덩이라는 뜻이야." 이번에도 수녀는 폴을 꾸짖지 않고 화제를 바꾸었다.

"베이그 헨리가 당신 친구인가요?"

"성소에 친구는 없습니다. 같은 운명에 놓인 인간들뿐이죠." 이는 사실이 아니었지만, 어째서인지 케일은 수녀를 오싹하게 만들고 싶었다.

문에서 노크 소리가 들렸다.

"들어와요." 레이 수녀가 말했다. 문 앞에 아까 그 하인이 말없이 서 있었다. 혼란과 분노에 휩싸인 케일은 자리에서 일어나 방을 가로질러 층계참으로 나갔다. 그러고는 돌아서서 뭔가 말하려 할 때 레이 수녀가 침실 문을 열고 잽싸게 안으로 들어가 문을 닫는 모습이 보였다. 방으로 돌아오는 내내 케일은 자신이 본 것, 혹은 봤다고 생각한 것을 마음속으로 곰곰이 곱씹었다. 시커멓게 칠한 투박한 관.

"이드리스푸케에 대해 이야기해봐요." 나흘 뒤 수녀가 말했다. 둘의 만남은 매일 같은 시간에 시작되었다. 폴은 레이 수녀의 무릎에 앉아 있었지만, 줄곧 의자 팔걸이에 기댄 채 케일의 존재에 관심이 없었다. 너무 따분하다는 듯 고개를 뒤로 젖힌 모습이었다.

"그가 사막에서 나를 도와줬고, 멤피스의 감옥에 있을 때도 도와줬습니다."

"어떤 식으로 도와줬는데요?"

"세상 이치를 알려줬습니다. 자기를 비롯해 어느 누구도 믿지 말라고 했습니다. 사람들이 거짓말쟁이라서가 아니라—물론 대부분 거짓말을 일삼지만—모두 자신의 이익만 추구하기 때문이라고 했죠. 그리고 남이 나를 위해 자신에게 중요한 것을 포기하길 기대하는 건 어리석다고 했습니다."

"어떤 이들은 그걸 냉소주의라고 해요."

"나는 냉소주의가 무슨 뜻인지 모릅니다."

"인간은 오로지 자기 이익만을 위해 산다고 믿는 태도예요."

케일은 그 말을 잠시 생각하다가 마침내 입을 열었다. "그렇군요."

"뭐가요?"

"냉소주의가 무슨 뜻인지 알겠다는 겁니다."

"지금 나를 약올리려는 거군요."

"아뇨, 그렇지 않습니다. 이드리스푸케는 때때로 나에게 중요한 것과 그에게 중요한 것이 다를 경우가 있을 거라며 잊지 말라고 경고했습니다. 그리고 자기는 나를 위해 조금 양보할 수 있지만 다른 인간들은 대부분 그러지 않을 거라고 했습니다. 상황이 나빠지면 결국 그들에게 제일 유리한 선택을 할 수밖에 없을 거라고 말입니다. 남이 나를 먼저 배려해줄 거라 믿는 자는 팔푼이뿐이라고요."

"그러니까 아무도 남을 위해 자신의 이익을 희생하지 않는다는 건가요?"

"리디머들은 그렇죠. 자기희생 같은 건 개한테나 줘버리라고 해요."

소파 뒤에서 폴이 천천히 고개를 들어 케일을 보더니, 쓸데없는 짓을 했다는 듯 경멸의 신음소리를 내며 뒤로 쓰러졌다.

"하지만 당신은 아르벨 마테라치에게 몹시 화가 났어요. 그녀가 당신을 배신했다고 생각하는 거죠."

"실제로 배신했습니다."

"하지만 그녀는 자기 이익에 충실했을 뿐이잖아요? 그런 그녀를 미워하는 건 위선 아닐까요?"

"위선이 뭡니까?"

"남이 하는 일을 흉보면서 정작 자기도 그 일을 하는 거예요."

"이건 다른 문제입니다."

"아니, 같아." 의자 팔걸이 뒤에서 폴이 한마디했다.

"조용히 해, 폴."

케일은 레이 수녀를 똑바로 보고 쏘아붙였다.

"아뇨, 다른 문제입니다. 나는 그녀의 목숨을 두 번 구해줬고, 첫번째는 정말로 아슬아슬했습니다. 구사일생이었어요."

"그녀가 구해달라고 부탁했나요?"

"버리고 가달라고 부탁한 기억은 없습니다. 그렇게 해줬어야 하는데 말이죠."

"하지만 사랑이란 무슨 일이 있어도 상대를 먼저 챙기는 거잖아요?"

"그런 한심한 소리는 난생처음 듣네요. 대체 누가 그런 짓을 한답니까?"

"쟤 말이 맞아." 폴이 끼어들었다. 인형의 머리는 여전히 의자 팔걸이에 가려져 있었다.

레이 수녀가 말했다. "그 이야기는 다시 안 할게요."

"나는 아르벨을 위해 죽을 각오가 되어 있었습니다. 웃고 싶으면 웃어요."

"웃지 않겠어요."

"난 웃어야지." 폴이 또 끼어들었다.

"아르벨은 나를 사랑한다고 했습니다. 내가 시킨 게 아니에요. 자기 입으로 그렇게 말했고, 나는 그 말이 사실이라고 믿었습니다. 굳이 할 필요 없는 말이었죠. 하지만 결국 아르벨은 목숨을 부지하려고 나를 보스코에게 넘겼습니다."

"그럼 멤피스의 나머지 사람들은요? 자기 아버지를 비롯해 모두의 목숨이 걸려 있었잖아요? 그 상황에서 아르벨이 어떻게 했어야 하죠?"

"내가 방법을 찾아낼 거라고 믿었어야 합니다. 또 그런 배신을 했으면 바다에 몸을 던졌어야 마땅하고요. 이 세상 그 무엇도 그녀가 사랑하는 남자를 적에게 넘겨 산 채로 화형당하게 할 수는 없다고 말했어야 합니다. 물론 그자들은 나를 불태우기 전에 불알을 잘라 내 눈앞에서 구웠을 겁니다. 내가 지어낸 이야기 같습니까?"

"아뇨."

"아르벨은 자신이 한 짓을 용서할 수 없었어야 합니다. 하지만 잘도 버텨냈더군요."

긴 침묵이 흐르는 동안, 성난 정신병자를 많이 겪어본 레이 수녀도 이글이글 타오르는 케일이 분노가 사방의 벽을 불태우지 않을까 걱정스러웠다. 침묵이 이어졌다. 수녀는 바보가 아니었고, 결국 침묵을 깬 사람은 케일이었다.

"어째서 침실에 관을 놓아둔 겁니까?"

"그걸 어떻게 아는지 물어봐도 될까요?"

"어떻게 아느냐고요? 내 얼굴에 눈이 달려 있으니까요."

"우리가 함께 하는 일과 상관없는 거라고 말해주면 마음이 놓이겠어요?"

"아뇨. 관을 좋아하는 사람은 없고, 저도 예외는 아닙니다. 이유를 꼭 알아야겠습니다."

폴이 이죽거렸다. "저 성가신 녀석한테 아무것도 알려주지 마."

"가서 직접 봐요."

케일은 수녀가 아무것도 말해주지 않고 설명을 거부할 줄 알았다. 그녀가 정말 그랬다면 어떤 일이 벌어졌을지는 알 수 없다. 자리에서 일어나 침실 문으로 걸어가면서 케일은 자신이 어떤 공간으로 들어가는 것일지 생각했다. 함정일까? 그런 것 같지는 않다. 저 안에 섬뜩한 것이 있을까? 가능하다. 만약 관이 없고 케일이 착각한 거라면 바보처럼 보일까? 문이 꽉 닫혀 있어서 밀어 열 수가 없었다. 발로 걷어차 열 수도 있지만, 안에서 악당 몇 놈이 기다리는 게 아니라면 꼴사나워 보일 터였다. 케일은 생각했다. 죽는 게 나을까, 한심해 보이는 게 나을까? 문손잡이를 움켜잡고 밀어 연 케일은 재빨리 방안을 둘러보고 다시 뒤로 물러났다.

폴이 노래를 흥얼거렸다. "겁쟁이 겁쟁이 커스터드. 네 신발은 노란 머스터드."

그것은 틀림없이 관이었으며, 방은 비어 있었다. 관 속에 무엇이 들었는지는 알 수 없었다. 케일은 다시 침실로 들어가 고개를 뒤로 빼고 한쪽 팔을 앞으로 뻗어 관 뚜껑을 젖혔다. 순간 화들짝 놀라 뒤로 펄쩍 뛰었다. 그리고 관 속을 몇 초 동안 뚫어져라 바라보았다. 장식 무늬 하나 없는 밋밋한 나무 관이었다. 구석에는 대팻밥도 조금 보였다. 그때 순수한 공포의 파도가 가슴속에 밀려들었고, 케일은 치솟는 욕지기를 가까스로 억눌렀다. 그리고 침실 밖으로 나와 문을 닫고 다시 의자에 가서 앉았다.

폴이 이죽거렸다. "이제 만족하냐, 덩치만 큰 겁보야?"

"텅 빈 관을 침실에 두는 까닭이 뭡니까?"

레이 수녀가 대답했다. "걱정 마요. 당신이 들어갈 관은 아니니까."

"몹시 거슬립니다. 대체 누구 관입니까?"

"나요."

"성난 환자들이 두렵습니까?"

그 말에 수녀가 까르르 웃었다. 케일은 생각했다. 사랑스러운 웃음소리야. 이 여자는 아름다울까?

"나는 히에로니무스회 수녀단 소속이에요."

"들어본 적 없는 이름입니다."

"'무덤의 여인들'이라고도 해요."

"그것도 금시초문입니다. 썩 듣기 좋은 이름은 아니군요."

"그래요?" 케일은 수녀가 빙그레 웃는 것을 느꼈다. 폴이 앞으로 고개를 내밀더니, 혐오와 경멸의 의미로 흐느적거리는 오른팔을 쳐들었다.

"히에로니무스회는 안타고니스트 교단의 일파예요." 뭔가 중요한 정보를 발설했다고 생각했는지 레이 수녀는 입을 다물었다.

"저는 안타고니스트와 이야기해본 적이 없습니다. 머리에 뒤집어쓴 건 녹색 치아를 가리기 위해서입니까?"

"아뇨. 내 치아는 녹색이 아니에요. 그리고 아무것도 감추지 않아요. 물론 충분히 의심할 만하겠네요. 정말로 리디머들이 안타고니스트는 이가 녹색이라고 했나요?"

"그자들에게서 그런 말을 들었는지는 기억나지 않습니다. 어쨌든 보스코는 아닙니다. 일반적으로 알려진 사실일 뿐이죠."

"음, 그건 사실이 아니에요. 일종의 종교 위원회인 안타고니스트 헤게모니는 히에로니무스회를 극도의 오류로 규정하고 해체해버렸어요. 그들이 우리에게 명령하기를, 죽기 싫으면 관을 들고 100마일을 걸으라고 했답니다. 그래야 사람들이 우리에게 물이나 음식, 숙소를 제공하면 안 된다는 걸 알 테니까요. 우리는 관과 함께 소금 1온스를 갖고 다녀요."

"소금은 왜죠?"

"회개의 소금이에요."

"당신은 했습니까? 회개 말입니다."

"아뇨."

"그럼 우리에게 공통점이 있군요."

폴이 끼어들었다. "우린 너랑 공통점 따위 없어, 이 불경스러운 살인마 자식아."

"얘는 신경쓰지 마요." 레이 수녀가 케일에게 말했다.

케일은 수녀가 계속 이야기하길 기대했지만, 그걸 눈치챈 레이 수녀는 케일이 조바심을 내도록 기다렸다.

결국 케일이 물었다. "당신들은 무슨 잘못을 했습니까?"

"목 매달린 리디머의 성전聖典을 보면, 비록 그가 이단을 용서해야 한다고 대놓고 말하지는 않지만, 우리를 미워하는 자들을 용서해야 하고 그들의 잘못을 한두 번이 아니라 일흔 번씩 일곱 차례 용서하라고 했어요. 성 아우구스티누스는 이교에 빠진 자는 산 채로 불태워야 한다고 두 번이나 말했죠. 반면 남이 내 뺨을 때리면 다른 쪽 뺨도 내어주고 한번 더 때리게 하라고 말한 목 매달린 리디머는 화형을 좋아하는 신이 아니에요."

"그건 저도 블랙버드 레이스의 마녀에게서 들었습니다. 다른 쪽 뺨도 내어주라는 이야기 말입니다. 하지만 나를 때린 자에게 얼굴을 대주면, 그자는 내 머리가 떨어질 때까지 나를 두들겨팰 겁니다."

수녀가 웃었다. "무슨 뜻인지 알겠어요."

"좋을 대로 생각해요. 당신이 어떻게 생각하든 내가 옳으니까."

"우리의 생각이 서로 다르다는 걸 인정해야겠네요."

"그녀는 화형당했습니다."

"누구요?"

"블랙버드 레이스의 마녀 말입니다."

"어째서요?"

"그 여자는 당신이 한 이야기와 비슷한 말을 했습니다. 그녀도 성전 사본을 손에 넣었죠. 결국 관과 소금 대신 곧바로 불태워졌습니다."

"성전을 손에 넣었다는 건 그것이 비밀 사본이란 뜻이군요."

"네."

"안타고니스트들은 목 매달린 리디머의 성전 사본을 몰래 지니지 않아요. 성전을 읽는 것이 의무거든요. 열두 가지 언어로 번역되어 있답니다."

"아마 다른 성전일 겁니다." 케일이 대꾸했다.

"목 매달린 리디머가 처벌이 아닌 사랑의 신이라고 말해서 화형당했다면 같은 내용이 일부 있었겠죠."

"그게 그렇게 명백하다면 어째서 당신은 그 말을 한 것 때문에 처벌받았습니까?"

"인간은 원래 그런 법이에요."

"신이 저지른 최대의 실수."

"난 그렇게 생각하지 않아요."

"저도 그렇습니다. 신이야말로 인간의 최대 실수죠."

"비누로 입 씻어, 이 불경스러운 똥자루 자식아."

이번에도 레이 수녀는 폴을 꾸짖지 않았다.

케일이 의기양양하게 말했다. "당신의 꼬마 친구에게 용서를 가르쳐줘야 할 것 같군요."

"당신이 도를 넘는 발언을 했기 때문이겠죠." 레이 수녀가 대꾸했다.

케일은 웃었다.

"일흔 번씩 일곱 차례 용서라. 저는 아직 많이 남았네요. 벌받기 쉽지 않겠는데요."

"그럴 수도 있죠. 얼마나 큰 죄를 지었느냐에 달려 있지만."

"목 매달린 리디머가 그렇게 말합니까?"

"아뇨."

"역시나 그렇군요."

"당신은 나에게 사실을 말하고 있지 않아요."

"그러겠다고 한 적 없습니다. 당신이 뭔데요? 나는 하고 싶지 않은 말을 당신에게 해야 할 의무가 없습니다."

"블랙버드 레이스의 마녀에 대해서 말이에요."

"나는 그 여자를 구하려고 노력했습니다. 그게 전부입니다." 이제 케일은 별로 의기양양한 기분이 아니었다.

"아닐 것 같은데요. 뭔가 이야기가 더 있죠? 내 짐작이 틀렸나요?"

"아뇨, 틀리지 않았습니다."

"그런데 왜 나에게 말하지 않죠?"

"말하기 두려워서 그런 건 아닙니다."

"두려워한다고 말하진 않았어요."

"아뇨, 그렇게 말했습니다."

"인정해요. 네, 그랬어요."

케일은 수녀의 눈을 가리고 있는 작은 구멍들을 뚫어져라 바라보았다. 어쩌면 장님일지도 모른다는 생각이 들었다. 이건 시간낭비였다. 어리석다. 어리석다. 어리석다.

"나는 그 여자를 처리하라는 허가서에 서명했습니다."

"처리한다고요?"

"장작더미 위에서 불태우는 것 말입니다. 산 채로. 화형을 본 적 있습니까?"

"아뇨."

"실제로 보면 더 끔찍합니다."

"그럴 것 같네요."

"나는 그녀가 불타는 광경을 지켜봤습니다."

"꼭 그래야 했나요? 그렇게까지 깊이 관여해야 했어요?"

"네, 그래야만 했습니다."

"어째서요?"

"당신이 알 바 아닙니다."

"하지만 마음이 불편하군요?"

"제기랄, 당연히 불편하죠. 그녀는 착한 여자였습니다. 용감했죠. 아주 용감하지만 어리석었습니다. 내가 할 수 있는 일은 아무것도 없었습니다."

"정말인가요?"

"글쎄요, 모르겠습니다. 어쩌면 내가 병사 오천 명을 물리친 다음 마법의 밧줄을 밟고 뛰어올라 20피트 높이의 담을 뛰어넘을 수도 있었겠죠. 네, 그랬어야 합니다."

"서명을 해야만 했나요?"

"네."

"꼭 거기 있어야만 했나요?"

"네."

수녀가 같은 말을 되풀이했다. "꼭 거기 있어야만 했나요?"

"내가 거기에 간 건 고통받아야 한다고 생각했기 때문입니다. 서명했으니까…… 비록 다른 선택의 여지가 없었지만 말입니다."

"그럼 당신이 할 수 있는 일은 다 한 겁니다. 내 생각은 그래요."

"위로가 되는 말씀이군요." 나직하고 신랄한 말투였다. 케일이 물었다. "그 여자도 같은 생각을 했을까요?"

"나로서는 알 수 없죠."

"그게 문제군요, 그렇죠? 당신은 내가 그녀에게 한 짓을 용서합니까?"

"주님은 당신을 용서하세요."

"주님의 생각을 물은 게 아닙니다. 당신은 저를 용서합니까?"

8

나는 무기와 그 사나이를 노래하노라[*], 그리고 치즈에 대해. 토
머스 케일의 분노에 대해, 제때 정확한 곳으로 운송된 충분한 양의
말 먹이용 귀리에 대해, 죽음의 집으로 내려가는 수천 명에 대해,
개와 새가 뜯어먹는 주검에 대해, 황무지 한복판에서 만 명이 마실
물과 요리사들과 막사 보급에 대해. 나는 노래하노라, 굴대 윤활유
와 요리 기름의 넉넉함에 대해.

가족과 친구들이 함께 떠나는 소풍을 생각해보라. 모두가 제시
간에 약속 장소에서 만나는 데 실패하는 광경을 상상해보라("난
당신이 열두시 정각이라고 한 줄 알았어." "약속 장소가 읍내 끄
트머리에 있는 느릅나무 아래인 줄 알았지."). 연이어 일이 꼬이는
상황을 생각해보라. 잘못 놔둔 잼, 소풍 장소에 붕붕거리는 벌떼,

---

[*] 베르길리우스의 장편 서사시 『아이네이스』의 첫 구절.

소나기, 성난 농부, 이십 년 동안 앙숙인 형제의 싸움 등등. 이제 인류를 끝장내려고 전투용 황소들을 풀어놓는다고 상상해보라. 세상에 종말을 가져오려면 치즈와 요리 기름, 귀리, 물, 굴대 윤활유를 주문하고, 그것들이 배달되어야 한다. 그래서 보스코는 전쟁 대신 끝없이 이어지는 협정과 조약, 협약, 의정서, 서약, 맹약 등으로 여러 왕과 황제, 최고 통치자, 군주, 그들의 수많은 장차관들의 시간을 소모하고 있었는데, 이 모든 것은 인류 말살이 가능해지는 데 요구되는 사소하고 필수적인 것들을 준비할 시간과 공간을 창출하기 위함이었다. 그리하여 세상의 종말은 이듬해로 늦춰졌다.

몇 달이 지나도록 도처의 수많은 방벽 도시에서 아무 일도 일어나지 않는 사이, 더 다급한 다른 위협들이 나타났다. 질병, 공포, 농작물 파종 실패, 물가 폭등, 고향에 대한 그리움, 모든 일이 어떻게든 해결될 거라는 희망. 피난민들은 고향으로 돌아가기 시작했다. 그 결과 스패니시 리즈에서 장티푸스의 기세가 누그러졌는데, 겁에 질려 몰려든 농부들을 위해 개방한 오래된 공중변소에서 흘러나온 인분이 식수를 오염시켜 전염병이 창궐했고 더이상 필요가 없어져 폐쇄한 덕분이었다. 트레버 코브툰은 회복되었고, 루가보이가 알려준 주소로 찾아간 케빈 미트야드도 병이 낫자 도시 주변에 곡식 자루 쌓는 일을 시작했다.

마테라치 사람들은 최악의 시절에 몰락한 대가족처럼 살아갔다. 돈은 한 푼도 없었지만, 일종의 자산을 갖고 있었다. 비폰드와 이드리스푸케의 영리한 두뇌, 그리고 황금처럼 언제나 믿음직한 귀족 숭배 풍토. 심지어 베이컨이나 말풀*로 떼돈을 벌어 거만하기 이를 데 없는 성공한 장사치조차 도도하고 콧대 높은 마테라치 여

110

인들 앞에 서면 자신의 삶에 뭔가 결여되어 있음을 알게 된다. 자신은 거름처럼 하찮은 존재이며 마테라치 미녀만이 그 오점을 씻어 줄 수 있다는 사실을 말이다. 천년의 역사를 가진 이름, 대대손손 이어져 내려갈 이름을 가진 여인을 아내로 맞는다고 상상해보라. 실로 인간 승리다! 호통과 허세를 일삼는 장사치의 영혼에 더이상 불협화음은 없을지어다. 그리고 명망가가 되기 위해 필요한 것은 세상에서 가장 공정한 인류 평등의 상징인 두둑한 돈다발뿐.

마테라치 사내들은 쓰레기 같은 자들일지는 몰라도 그들의 아내나 딸처럼 속물은 아니었다. 그들은 스패니시 리즈의 부유한 평민들을 개나 말을 사랑하듯 애정을 가지고 대했다. 그렇게 사랑받은 개와 말들은 자신들이 마테라치와 동등하다는 착각에 빠졌다. 물론 스패니시 리즈에서 '마테라치엔'이라고 불리게 된 마테라치 여인들은 접착제나 마멀레이드를 팔아 부자가 된 집안으로 시집가는 최후의 희생을 언제나 받아들이려 하지는 않았다. 그러나 시간이 지나면서 특별한 존재이되 특별한 재능은 없는 자의 현실적 의무를 인식한 그녀들은 대부분 녹인 지방이나 돼지 부속 따위로 돈을 번 미래의 남편에게로 눈물을 훔치며 걸어가야 했다. 비폰드는 그런 사내들이 속한 여러 조합에서 강제로 세금을 받아냈지만, 십대 가문의 수장들을 다그쳐 그들의 딸들이 '현실을 깨닫게 하라'고 아무리 호통을 쳐도 그렇게 흘러드는 돈만으로는 필요한 액수를 결코 채우지 못했다. 자신의 두뇌와 마테라치 가문의 돈을 결합하는 그의 오랜 지략은 이제 전자로 눈을 돌려야 했다. 여기서 그가 가

---

* 말의 살로 만든 접착제.

진 자산은 금고가 아니라 이드리스푸케와 토머스 케일이었다. 이드리스푸케가 수녀원에서 가져온 소식은 실망스러웠는데, 이복동생과 달리 사적인 이유에서만은 아니었다. 비폰드는 케일에게 경탄하고 매료되었지만, 개인적인 애정은 조금도 없었다. 그래도 지금쯤이면 그 소년이 많이 나아졌으리라 기대한 터였다.

비폰드가 이드리스푸케에게 물었다. "우리가 케일을 따라도 되겠어? 솔직히 말해. 지금은 감출 때가 아냐. 너무 위험하다고."

이드리스푸케는 신경질적으로 대답했다. "뭘 솔직히 말하라는 거야? 형은 나한테 그런 요구를 할 권리가 없어. 케일은 케일이야. 달라진 건 없어."

"그야 물론이지."

"걔를 버리고 싶으면 나도 버려."

"너무 감정적으로 굴지 마. 비련의 아리아라도 부를 기세군. 내가 괜한 실언을 했구나. 아무 말도 못 들은 걸로 해."

그리하여 비록 돈에 쪼들리는 신세긴 했지만, 비폰드는 이 주마다 한 번씩 전령을 보내 케일이 요구하는 정보를 제공했다. 지도와 책, 각종 소문을 비롯해 그와 이드리스푸케가 빌리거나 훔칠 수 있는 보고서 따위였다. 그 화답으로 케일은 비록 느리긴 했지만 지도와 더불어 보스코가 하려는 일에 대한 추측과 확신을 전해왔고, 보스코를 좌절시킬 방법과 거기에 필요한 최소 병력 및 자원을 알려줬다. 느린 이유는 하나였다. 병세가 썩 호전되지 않았기 때문이다. 이따금 상태가 좋아진 것처럼 보일 때는 있었다. 그럴 때면 하루에 열네 시간이 아니라 열두 시간만 자고, 삼십 분쯤 걸으며 삼십 분쯤 일했다. 하지만 이내 발작과 구역질이 밀려들면서 끔찍한 피로에 휩싸였다. 케일이나 레이 수녀가 알 수 없는 이유로 이 병은 순전히 그 자체의 법칙에 따라 멋대로 들고났다.

케일이 말했다. "달의 영향일지도 모릅니다."

"아니에요. 내가 확인했어요." 레이 수녀가 대꾸했다.

폴은 뭐가 문제인지 확신했다. "네가 엄청 못된 놈이고 너무 사악해서 기진맥진하는 거야."

"저 나무 대갈통 말이 맞을 수도 있겠네요." 케일이 말했다.

"그럴 수도 있지만, 얘는 겁도 없이 아무한테나 못된 놈이라고 해요. 당신은 다른 사람들의 사악함에 지친 겁니다. 리디머들이 당신 안에 사악함을 들이부었고, 지금 당신의 영혼은 그걸 뱉어내려 하고 있어요."

"남은 게 별로 없겠네요."

"당신이 삼킨 건 상한 돼지고기 한 조각이 아니에요. 커다란 기계를 삼킨 겁니다."

"풍차라도 삼켰다는 겁니까?"

"아뇨. 소금 제조기요. 동화에 나오는 마법의 소금 제조기."

"들어본 적 없습니다."

"옛날에는 바다가 민물로 가득차 있었어요. 어느 날 한 어부가 오래된 램프를 그물로 건져올렸지요. 램프를 문지르자 사악한 마법사가 램프 속에 가둬놓은 요정 지니가 밖으로 나왔어요. 자신을 해방해준 보답으로 지니는 소금을 무한히 만들어내는 기계를 어부에게 주고 날아갔답니다. 하지만 너무 지쳐 있던 늙은 어부는 소금 제조기를 놓쳤고, 바다 밑바닥까지 떨어진 소금 제조기는 쉬지 않고 소금을 쏟아내기 시작했죠. 그래서 바다가 소금물이 된 거예요."

"무슨 말을 하려는 건지 모르겠는데요."

"우린 그 소금 제조기를 멈춰야 합니다. 당신을 고쳐줄 약을 구해야 해요."

"늦었어요."

레이 수녀는 아무 말이 없었고, 폴은 수녀처럼 과묵하지 않았다.

"넌 감사할 줄 모르는 몹쓸 놈이야."

"내가 무엇에 감사해야 하죠?" 케일이 레이 수녀에게서 눈을 떼지 않고 물었다. 수녀는 꼭두각시 쪽을 보며 말했다.

"폴의 말이 의미가 없진 않아요. 우린 더 분발해야 해요."

"저 꼭두각시가 당신의 신앙이라도 됩니까?"

"아뇨. 폴은 그냥 폴일 뿐이에요."

이 말을 들으니 처음 봤을 때보다 더 기묘한 느낌이 들었다. 이들을 처음 만난 날 케일이 놀란 것은 사실이었다. 하지만 그는 신부나 수녀 복장을 하고 기묘한 신앙을 주창하며 괴팍한 행동을 하는 자들에게 익숙했으며, 심지어 그런 모습을 기대하기까지 했다.

조식 전 리디머들이 올리는 기도는 여덟 가지 불가능한 일에 대한 굳은 믿음의 표현이었다. 케일은 평생에 걸쳐 매일, 거의 매분마다 리디머들의 잔소리를 들었다. 케일의 머리 위 허공에 마귀들이 날아다닌다고도 했고, 케일이 죄를 지으면 천사들이 흐느낀다고도 했다. 기괴한 행위와 광기 어린 믿음이 케일에게는 일상이었다. 그래서 폴의 입에서 나오는 것 같은 다른 목소리를 내는 레이 수녀의 재주가 썩 놀랍지 않았다. 투우 경기가 있는 날이면 오페라로소 밖에서 복화술사를 종종 봤기 때문이다.

하루는 케일이 레이 수녀의 방문을 두드렸는데 안에서 대답이 없었다. 한번 더 노크해야 마땅하다는 걸 분명히 알면서도 케일은 거의 곧바로 문을 열었다. 물론 가림망을 하지 않은 레이 수녀를 보게 되길 바랐다(얼굴을 가린 게 뭐냐고 물었을 때 수녀가 그 이름을 알려주었다). 당연히 혼자 있을 때는 그걸 쓰지 않겠지? 어쩌면 알몸으로 있을지도 몰랐다. 커다란 젖가슴에 유륜도 마테라치 사람들이 티타임에 쓰는 멋진 접시만하지 않을까? 케일은 꿈에서 레이 수녀의 그런 모습을 본 적이 있다. 혹시 빨랫줄에 걸어놓은 젖은 옷처럼 젖가슴이 축 늘어진 흉측한 할망구 같진 않을까? 어쩌면 예상치 못한 뜻밖의 모습이 아닐까? 케일의 막연한 기대는 곧 실망으로 바뀌었다. 고양이가 시기할 만큼 조용히 안에 들어가서 보니, 수녀는 의자에 앉은 채로 자면서 살짝 코를 골고 있었고, 폴도 마찬가지였다. 물론 음색과 리듬은 완전히 달랐다. 레이 수녀는 어린아이처럼 나직하고 가볍게 코를 고는 반면, 폴은 원한이 가득한 꿈을 꾸는 늙은이처럼 시끄러웠다.

자리에 앉은 케일은 수녀와 인형이 내는 퓨우퓨우, 쌕쌕, 그륵그륵 하는 소리를 한동안 듣다가 수녀의 침실을 구석구석 살펴보기로 결심하고 일어났다. 하지만 곧 마음을 바꿔 수녀 옆으로 다가가 가림망을 쳐들기 시작했다.

"뭐하는 거냐, 이 우라질 핏덩이야?"

"잃어버린 걸 찾고 있어."

"뭔지는 몰라도 거기서는 못 찾아." 폴이 대꾸했다.

케일은 가림망 아래쪽 가장자리를 아주 조심스레 내려놓은 다음, 자기 자리로 돌아가 못된 고양이처럼 일말의 죄책감도 없이 앉았다. 폴은 케일을 노려보았다. 그렇게 일 분이 지난 뒤 케일이 폴에게 물었다.

"수녀를 깨울 거야?"

"아니."

케일이 상냥하게 말했다. "우리 대화나 해볼까?"

"뭐하러?"

"서로를 알게 되지."

"난 너에 대해 알 만큼 알아."

"나를 알게 되면 괜찮은 녀석이란 것도 알게 될 거야."

"아니, 넌 괜찮은 놈 아냐."

"네가 내 참모습을 안다고 생각해?"

"그럼 모를 거라고 생각하니?"

레이 수녀는 계속 자고 있었다.

"내가 너한테 무슨 짓을 했다고 이래?"

언짢아서가 아니라 단지 호기심에서 던진 질문이었다.

"잘 알잖아."

"아니, 몰라."

폴은 레이 수녀를 올려다보며 말했다. "이 여자는 기품 있고 우아하고 너그러운 사람이야."

"그래서?"

"이 여자의 약점은, 난 그것 때문에 이 여자를 사랑하지만, 상대에게 베푸는 그런 훌륭한 미덕들이 너에 대한 당연한 두려움을 묻어버린다는 거야."

굳이 티를 내지는 않았지만, 케일은 이 말에 흠칫 놀랐다. "이 여자가 나를 두려워할 이유는 전혀 없어."

폴이 신경질적인 한숨을 내쉬었다.

"너는 사람들이 네가 물리적으로 하는 행동만 두려워하는 줄 알지? 코뼈를 부러뜨리거나 목을 뽑아버리는 짓 따위 말이야. 이 여자는 너 자체를 두려워해. 너의 영혼이 이 여자의 영혼을 오염시키거든."

"내 귓속에서 앵앵대는 이 이상한 소리는 뭐지? 말소리 같은데 알아들을 수가 없는걸." 케일이 이죽거렸다.

"내 말뜻 알잖아. 너도 나랑 같은 생각일걸."

"아니, 그렇지 않아. 왜냐하면 네가 지껄이는 소리는 죄다 낙타 똥이거든."

"너는…… 다른 사람들을 오염시켜. 너도 똑똑히 알잖아, 이 코흘리개 협잡꾼 자식아."

"난 코흘리개가 아니야. 지금껏 아무도 내가 코 흘리는 걸 본 적이 없어. 그리고 너 운좋은 줄 알아. 협잡꾼이 뭔지 내가 모른다는 걸 말야."

폴이 의기양양하게 맞받아쳤다. "알면 어쩔 건데? 내 머리라도 뽑아버리려고?"

"너한테 머리 따윈 없어. 양털로 만든 인형 주제에."

"아니. 하지만 난 적어도 영혼 살해로 고통받지는 않지." 폴이 성난 말투로 재빨리 대구했다.

순간 케일은 처음으로 폴이 기겁하는 소리를 들었다. 가방에서 고양이가 뛰쳐나가 당황한 사람이 내는 죄책감의 탄식 같았다.

"방금 한 말 무슨 뜻이야?"

"아무것도 아냐."

"아무것도 아니지 않아. 왜 그렇게 당황하지? 뭐가 두려운 거야?"

"적어도 넌 아냐."

"그럼 말해봐, 양털 대가리."

"너도 들을 자격은 있지."

폴은 여전히 두 살배기처럼 코를 골며 자는 레이 수녀를 바라보았다. 그리고 잠시 마음을 정했다. 이윽고 폴이 아주 다정한 눈으로 다시 케일을 보았는데, 예전에 케일이 본 족제비의 눈빛 같았다. 당시 토끼를 잡아먹다가 고개를 들고 지극히 무관심하게 잠시 케일을 쳐다본 족제비는 이내 다시 식사에 열중했다.

"난 이 여자가 병원장에게 하는 이야기를 엿들었어. 이 여자는 내가 자는 줄 알았지."

"난 너랑 수녀가 서로 모르는 것이 없는 줄 알았는데. 둘은 마음을 나눈 친구잖아."

"넌 우리 둘에 대해 아무것도 알지 못해. 넌 안다고 생각하지만 아니야."

"멋대로 지껄여. 내 왼다리가 잠들려 하는 느낌이 드는걸."

"말해달라고 한 건 너야."

"이제는 오른다리가 낮잠을 자고 싶어하는데."

"영혼 살해는 너한테 벌어질 수 있는 최악의 일이야."

"죽음보다 더 나빠? 창자가 배 밖으로 튀어나온 채 다섯 시간 동안 죽어가는 것보다 나빠? 간이 쏟아져 덜렁거리는데도?" 케일은 짐짓 과장되게 말했지만, 실제 참상은 더 끔찍했다.

폴이 말했다. "영혼 살해는 살아 있는 죽음이야."

"맘대로 지껄여. 난 그딴 소리 신경 안 써."

하지만 실은 그 말이 영 못마땅했으며, 비록 폴의 얼굴이 양털로 만들어져 있지만, 녀석의 눈빛이 어쩐지 불쾌했다.

"영혼 살해는 가슴을 사십 번 넘게 맞은 애한테 벌어지는 일이야."

"머리를 맞는 것도 해당돼? 가슴은 한 번도 맞은 적이 없거든."

"리디머들은 너의 기쁨을 말살했어. 이 여자가 한 말이야."

"거짓말 좀 작작 해줄래? 네가 양털로 만들어졌다는 말은 틀렸어. 그 더러운 주둥이를 보니 양을 겁탈하는 인간의 항문 털로 만들어진 게 분명해. 이건 가능성이 아주 높은 짐작이야."

"네 기쁨이 아직 죽지 않았나보구나."

"너의 생각 따위 관심 없어."

"너의 기쁨은 세상을 파괴하는 것뿐이야. 죽음과 황폐가 너의 영혼을 기쁘게 하지."

"우라질 거짓말 하지 마! 너도 여기서 들었잖아. 내가 레이한테 한 말은……"

"레이 수녀!"

"성소에서 내가 목숨을 구해준 여자 이야기였어. 난 그 여자가 누군지도 몰랐어."

"그리고 지금껏 후회한다고 했지."

"농담이었어."

"아무도 웃지 않아. 네가 곁에 있으면 아무도 웃지 않는다고."

"난 케빈 미트야드를 처치했어."

"어련하시겠어."

"아르벨 마테라치의 목숨을 구했어."

"그건 네 영혼이 시켜서 한 일이 아니잖아? 네 좆의 명령이었지."

"그녀의 동생도 구해줬고."

"그건 사실이야. 그게 선행이었다는 건 나도 인정해."

"그럼 네가 틀린 거잖아, 안 그래?" 케일이 의심 가득한 표정으로 말했다.

"난 너의 마음이 죽었다고는 안 했어. 영혼이 죽은 자들 중에 선한 마음을 가진 이는 많아. 틀림없이 넌 사랑스러운 꼬마였을 거야. 제대로 컸다면 정말로 착한 녀석이 되었겠지. 하지만 리디머들이 너를 데려가 네 영혼을 죽였고, 거기서 끝난 거야. 모든 사람이 구원받을 수는 없어. 어떤 상처는 너무 깊어서 치유가 안 돼."

"뒈져버려."

동요하는 케일을 보고 폴이 만족스럽게 말했다. "네 잘못이 아냐. 너로서는 어쩔 수가 없어. 태어날 때부터 나쁜 놈은 아니었지만, 지금껏 나쁜 짓만 하며 살았지. 속수무책이야. 가엾은 케일. 방법이 없어."

케일이 레이 수녀를 보며 말했다. "그건 저 여자의 생각이 아니야."

"아니, 맞아."

"그런 말은 한 번도 안 했어."

"할 필요가 없었으니까. 난 이 수녀가 어떤 생각을 하기도 전에 그게 무슨 생각인지 알아. 넌 그녀에게 고통을 안겨줄 거야, 그렇지?"

"레이 수녀에게?"

"레이 수녀 말고, 이 멍청아. 네가 늘 징징대며 원망하는 그 배신자년 말이야."

"난 그 여자를 해친 적 없어."

"여태까진 그랬겠지. 하지만 머지않아 해치게 될 거야. 그리고 네가 그 강을 건너면 우리 모두 고통받겠지. 그 여자가 죽으면 누구도 너의 폭주를 막지 못할 테니까. 내가 말한 강이 뭔지는 알겠지?"

"내 귀에서 또 앵앵 소리가 들리는걸."

"한 번 건너면 돌아오지 못하는 강, 죽음의 강이야. 그 강 너머에는 황폐의 초원이 펼쳐져 있지. 넌 거기로 가는 거야, 젊은 친구. 절망이 너의 목적지야. 너는 우리의 상처에 뿌려진 소금, 바로 그런 존재지. 네가 풍기는 비참의 악취가 조만간 온 세상을 가득 채울 거야."

이제 폴은 고함을 질러대기 시작했다.

"결국 우린 모두 뒈질 거야. 안 그러면 너만 불쌍한 거지. 그래, 넌 죽음의 천사야. 죽음의 냄새가 코를 찔러. 돌아오지 못하는 강을 건너 절망의 땅으로, 죽음의 그늘이 드리워진 골짜기로 들어가면……"

폴의 언성이 너무 높았는지, 레이 수녀가 요란한 콧소리를 내고 눈을 뜨더니 중얼거렸다.

"뭐야?"

침묵만이 흘렀다. 수녀가 케일을 보고 말했다. "아, 토머스, 당신이군요. 깜빡 잠들었어요. 온 지 오래됐어요?"

"아뇨. 방금 왔습니다." 케일이 대답했다.

"미안해요. 몸이 썩 좋지 않네요. 괜찮으면 내일 계속하도록 해요."

케일은 고개를 끄덕였다.

레이 수녀가 일어서더니 케일을 문까지 데려다주었다. 케일이

나가려 할 때 수녀가 물었다. "혹시 내가 잠들어 있는 동안 폴이 무슨 말 안 했어요?"

흠칫 놀란 폴이 빽 소리쳤다. "코흘리개 협잡꾼이 하는 소리는 아무것도 믿지 마!"

"조용히 해." 레이 수녀가 대꾸했다.

케일은 수녀를 바라보았다. 아주 어릴 때부터 이상한 인간들의 분수에서 물을 한껏 마셔온 소년도 이해하기 어려운 기묘한 상황이었다.

케일이 대답했다. "아뇨. 아무 말 없었습니다. 설령 했더라도 귀담아듣지 않았을 테고요."

9

"그렇게 말하기야 쉽죠. 이제껏 다른 사내가 당신을 애무하는 걸 용납한 적 있습니까?"

"내가 기억하는 한은 없네."

콘과 비폰드 총리가 언쟁을 벌였고, 아르벨과 이드리스푸케는 그 광경을 흥미롭게 지켜보고 있었다.

아르벨이 살짝 조바심 나는 말투로 물었다. "왕이 당신 몸에 손 댄 적 있어?"

"아니."

"그런데 왜 이렇게 난리야?"

콘이 아내에게 대답했다. "모든 철학자는 치통을 참을 수 있어. 충치를 앓는 당사자만 아니면."

이 말은 이드리스푸케가 가장 공들여 다듬은 금언 중 하나였다.

비폰드도 동생의 말을 빌려 한마디했다. "흠, 진부한 대답이 싫다면…… 이렇게 말하면 어떨까. 모든 위기는 기회다."

이들이 걱정하는 위기와 절호의 기회는 스위스와 알바니아의 군주인 조그 왕이 콘 마테라치에게 아주 특별한 호감을 보인 데서 비롯했다. 물론 이 훤칠하고 아름다운 금발 청년에게 많은 사람들이 같은 감정을 느꼈다. 콘은 강인하고 우아한 젊은이로, 모든 사람을 편하고 솔직하게 대했다. 작년까지만 해도 몹시 건방진 녀석이었지만 불과 일 년도 안 돼 너무나 극적으로 성숙해서, 그를 흠모하던 이들조차 놀랄 정도였다. 한때 그 거만한 젊은이를 좋아했던 아르벨은—물론 늘 싸늘하게 대했고 그로 인해 경멸하기까지 했지만—이제는 자신이 그를 사랑하게 되었다는 사실을 깨달았다. 결혼한 지 칠 개월이 넘었고 통통한 아들까지 생긴 터라 조금 늦은 깨달음이긴 했다. 이른 출산 탓에 썩 좋지 않은 소문도 나돌았다. 이렇듯 콘이 전보다 확실히 유순해지고 인내심도 크게 늘었지만 참는 데도 한계가 있었다. 그중 하나가 자신을 흠모하는 왕에 대한 극도의 혐오였다. 그 왕의 모든 것이 싫었다. 음식으로 더럽혀진 의복("그자가 지난 한 달 동안 뭘 먹었는지 전부 알 수 있어."), 혀("빨랫줄에 걸린 젖은 옷가지처럼 퍼덕거려."), 손("늘 자기 몸을 조몰락거리고 자신이 좋아하는 신하의 아랫도리를 만지작대."), 눈("축축해."), 두 발("징그럽게 커."), 심지어 서 있는 자세까지("역겨워!"). 비폰드가 말했다. "조그 왕은 우리 모두를 손아귀에 쥐고 있네. 우리만이 아니지. 리디머들 때문에 불안한 모든 나라가 앞으로 어떻게 해야 할지 신호해달라고 조그 왕의 눈치를 살피고 있어. 그가 없다면 마테라치 가문은 아무것도 아닌 존재로 전락할 걸세. 지금 자네 아내와 아이, 자네 자신 이야기를 하는 거야."

"그래서 나더러 왕의 궁둥이를 핥으란 겁니까?"

"콘!" 그의 아내가 매섭게 쏘아붙였다.

불편한 침묵이 흘렀다.

마침내 콘이 사과했다. "미안해."

"난 더 심한 말도 들어봤네." 비폰드가 대꾸했다.

"내가 한마디해도 될까?" 이드리스푸케가 끼어들었다.

"꼭 그래야겠어?"

비폰드가 눈살을 찌푸렸지만, 이드리스푸케는 싱긋 웃고는 콘을 보며 말했다.

"너무 걱정 말게나." 그러고는 콘에게만 보이도록 살짝 윙크했다. 나머지 두 사람과 달리 그의 편이 되어주겠다는 신호였다.

이드리스푸케가 중재하기도 전에 콘이 한마디 내뱉었다. "그 인간이 나한테 손을 대면 우라질 모가지를 잘라버리겠습니다."

이드리스푸케는 다시 미소를 지었지만, 나머지 사람들은 한숨을 쉬고는 짜증스럽게 오만상을 지었다.

"자네가 왕을 참수할 일은 없어. 왕이 손대려 하면 그냥 거부해."

"그래도 손을 대면요?"

"자리에서 일어나 차라리 개 똥구멍에서 나오는 것이 더 아름답다는 듯 내려다보고 묵묵히 방을 나서면 돼. 아무 말도 하지 말고."

"그게 최선이라면 콘은 우리와 연을 끊어야 할 거야." 비폰드가 한마디했다.

이드리스푸케가 대꾸했다. "조그 왕은 속물이고, 모든 속물이 그러하듯 그도 본래 떠받들기를 좋아하는 인간이야. 자신을 내려다보는 사람을 흠모하고 싶어 평생을 기다렸지. 콘은 마치 젊은 신처럼 보여. 혈통이 대人빙하기로 거슬러올라가는 젊은 신. 왕은 콘에게 경탄한 거야."

"썩 맘에 들지 않는 표현인데요." 콘이 투덜거렸다.

"물론 그렇겠지. 하지만 조그 왕은 자네가 경멸적인 태도로 대해주길 바란다네. 아마 자네에게 손댈 엄두를 내지 못할 거야. 그러니 왕을 바라볼 때는─만날 때마다 한두 번만 봐야 해─자네의 혐오와 불쾌감을 남김없이 쏟아내야 해."

"그건 어렵지 않죠."

"그럼 됐어."

이렇듯 뜻밖의 방법으로 문제가 해결되자 이드리스푸케는 어제 저녁 참석한 만찬에 대해 이러쿵저러쿵 떠들었고, 잠시 후 아르벨이 콘을 데리고 문밖으로 나가자 방에는 두 형제만 남았다.

"일이 아주 잘 풀린 것 같군." 이는 기분이 좋아진 이드리스푸케가 자축하는 말이 아니라, 이제는 오만상이 감쪽같이 사라지고 무척 만족스러운 표정으로 바뀐 비폰드의 일성이었다.

"아르벨이 제대로 이해했을까?"

"그런 것 같아. 하지만 영리한 아가씨니 아무 말 안 할 거야." 비폰드가 대답했다.

"그건 그렇고, 형은 틀렸어."

"무슨 소리야?"

"아까 그랬잖아. '모든 위기는 기회다.'" 이드리스푸케는 창가로 걸어가 지는 해의 마지막 빛을 바라보며 말을 이었다. "내가 평소에 실제로 하는 말은 이거야. '모든 기회는 위기다.'"

베이그 헨리는 혼란스러운 기분이었다. 별안간 하늘에서 눈앞으로 생선이 떨어지기라도 한 것처럼 이상했다. 이틀 전 소브라니의 건강 연초 가게에서 담배 한 갑을 사려고 호주머니에 손을 넣었더니, 잔돈은 온데간데없고 당근 하나가 들어 있었다. 더 정확히 말하면 썩 능숙하지 못한 솜씨로 발딱 선 음경 모양으로 깎아놓은 당근이었는데, 고환 부위에 '너'라는 글자가 새겨져 있었다. 헨리는 어떤 맹랑하고 덜떨어진 소매치기가 한 짓일 거라고 결론 내렸다. 노련한 도둑놈이 어째서 거의 30달러나 들어 있던 오른쪽 호주머니의 지갑 대신 왼쪽 호주머니의 잔돈을 훔쳤는지에 대한 의문은 마음 한구석으로 밀어놓았다. 어쨌든 그 기묘하고 특이한 사건은 이제 더이상 기억 속에만 머물러 있을 수 없었는데, 같은 일이 또 벌어졌기 때문이다. 이번에는 호주머니에 삶은 달걀이 들어 있었다. 마을 바보의 멍한 두 눈과 한쪽으로 늘어진 혀가 껍데기에 그려져 있고, 달걀 뒷면에는 다음과 같이 적혀 있었다.

베이그 헨리의
참모습

그날 밤이 깊도록 베이그 헨리는 이 두 번의 조롱이 무슨 의미인지, 과연 위협인지 아닌지 열심히 머리를 굴리며 궁리했다. 그때 누군가 문을 두드렸다. 헨리는 혹시 몰라 긴 칼을 등뒤로 숨기고 문을 열어주었다. 방문자는 눈치 빠르게 멀찌감치 떨어져 서 있었다.

"다 네가 한 짓이구나?"

"나 말고 누구겠어? 네가 어떤 자식인지 나만큼 아는 사람은 없어." 클라이스트가 대답했다.

옛친구를 만나 너무 기뻤던 베이그 헨리는 곧이어 스캐블랜드에서 혼자 달아난 녀석을 흠씬 두들겨패주었지만, 오 분도 안 돼 둘은 자리에 앉아 소브라니의 건강 연초 가게에서 사온 담배를 한 개비씩 피우고 맛대가리 없는 스위스 와인 나머지를 함께 마셨다. 당연히 둘 다 서로에게 이야기할 엄청난 사건들이 많았다. 베이그 헨리가 말했다. "죄를 가장 많이 지은 네가 먼저 이야기해." 하지만 클라이스트가 느닷없이 펑펑 울기 시작하자 헨리는 몹시 당황했다. 클라이스트는 삼십 분이 지나서야 평정을 되찾고 자초지종을 이야기했다. 귀기울여 듣던 베이그 헨리는 점점 창백해졌고, 이내 분노와 혐오로 얼굴이 벌게졌다.

"그래, 그래…… 괜찮아, 괜찮아." 헨리는 흐느끼는 친구의 어깨를 토닥이며 위로했다. 달리 해줄 수 있는 일이 없었다.

삶의 무대는 이 세상이 아니라 개개인의 영혼이다. 우리 모두의 영혼 속 출연진 명단은 길고 다채로우며 등장인물 대부분이 무대 양쪽과 어둑한 통로는 물론이요 지하실까지 늘어서 있으나, 그들은 그 어떤 배역에도 선발되는 일이 없다. 무대 위에 올라가는 이들조차 고작 창 한 자루를 옮기거나 왕의 도착을 알리기 위해서일 뿐이다. 의기양양하게 세상으로 나아갈 기회를 기다리는 내면의 자아들은 희망에 부풀어 한없이 늘어서 있지만 십중팔구 실망하게 된다. 대개 우리는 거기서 내면의 바보, 자신만 아는 거짓말쟁이, 드러나지 않은 팔푼이를 발견하고, 그 옆에서 가장 현명한 최선의 자아를 본다. 영웅과 겁쟁이, 사기꾼과 성자, 그 옆의 순진무구한 아이, 그 옆의 악동, 도둑과 창녀, 원칙주의자, 대식가, 광인, 명예로운 사내와 악한을 발견한다.

이날 밤 베이그 헨리의 영혼 속에 늘어선 줄 앞으로 뜻밖에도 가장 위험한 자아가 불려나왔다(적어도 베이그 헨리에게는 그랬다). 정의와 공정을 믿는 올곧은 존재.

지금껏 케일은 거의 항상 분노에 사로잡힌 상태로 현실과 싸웠고, 클라이스트는 자신의 마음을 흔드는 모든 것에 대해 경멸로 일관했으며, 베이그 헨리는 역경 앞에서 명랑한 태도로 버텨왔다. 앞의 두 소년의 전략은 실패했고(케일은 미쳤고, 클라이스트는 사랑에 빠졌다) 이제 베이그 헨리의 차례였다. 셋 중 하나가 정말로 결혼을 하고 또다른 인간—작고 힘없고 발그레한 진짜 아기—을 만들어냈다고 생각하니 리디머들에 대한 분노가 극도로 치밀었고, 클라이스트의 아내와 아들이 놈들의 손에 죽었다는 사실이 헨리의 마음속에 태양처럼 이글이글 타올랐다. 그래서 헨리의 영혼 속에서 가장 광기 어린 자아가 불려나온 것이다. 삶이 공정하길 바라고, 악행을 저지른 자들이 처벌받길 원하며, 모든 인간의 정의 구현을 꿈꾸는 자아.

기진맥진한 클라이스트가 침대 위에서 혼절한 듯 비참하게 코를 고는 동안, 베이그 헨리는 건강 연초를 마지막 한 개비까지 태우면서 허술하고 섣부른 음모를 꾸몄다. 베이그 헨리의 자아 명단에서 맨 뒤로 밀려난 지혜로운 자아가 고래고래 외치고 있었다. 너 자신과 동료들을 죽음의 계략으로 이끌어야 하는 순간을 가능한 한 오래 미루라고, 늦추라고, 멀리하라고, 회피하라고. 하지만 그의 귀는 분노의 목소리에 사로잡혀 있었다.

만약 이드리스푸케가 베이그 헨리의 계획을 알았다면 기절초풍했을 것이다. 하지만 그는 콘을 조종해 조그 왕을 다루려는 계략이 거둔 완벽한 성공에 도취해 있었다. 멸시의 눈빛이 번득이고 경멸의 탄식이 쏟아질 때마다 조그 왕은 오히려 콘에게 더 흥분할 따름이었다. 마침내 그는 평생 갈망하던 천국에 다다랐다. 그를 내려다볼 자격이 있는 자를 만난 것이다.

콘이 순식간에 고관으로 등극하자, 마테라치 가문의 위상도 덩달아 올라갔다. 조그 왕이 그를 스위스와 알바니아의 전군 총사령관으로 임명하자, 콘을 가장 열렬히 떠받드는 추종자들조차 크게 놀랐다. 스위스의 존립이 위협받는 상황에서 이는 매우 이례적이고 일견 어리석어 보이는 처사였지만, 예상외로 반대의 목소리는 크지 않았다. 왜냐하면 다들 그 자리에 오를 거라고 예상한 사람이 이제는 조그 왕의 예전 총신으로 전락한 하우드 자작이었기 때문이다. 그는 군 경험이 전무할뿐더러 아무런 재능도 없는 자였다. 믿을 만한 전언에 따르면, 콘의 발탁 소식을 들은 하우드는 자기 방에 처박혀 일주일간 울었다고 한다. 세간에 떠도는 더 추잡한 소문은, 비록 낭설인 듯하지만, 그의 성기가 졸아들어 도토리만 해졌다는 것이었다. 여기에 비춰보면, 콘이 총사령관에 임명된 것은 첫인상처럼 터무니없지는 않았다. 파멸적인 학살의 현장이었던 실버리힐 전투 이후, 콘은 크게 변모했다. 당시 참혹한 죽음을 눈앞에 두었던 그는 자신이 과거에 괴롭히고 경멸했던 자에게 구조되는 굴욕을 감내해야 했다. 콘이 어이없을 정도로 높은 자리에 올랐다는 소식을 듣고 웃음을 터뜨린 이드리스푸케도 콘과 비폰드를 만나고 며칠 뒤, 실버리힐에서 경험한 패배와 죽음, 굴욕이 이 젊은이를 변화시켰다는 사실을 깨닫기 시작했다. 어려서부터 싸움을 익히며 성장한 콘은 일찌감치 쓰디쓴 인생 교훈을 얻었다. 더구나 비폰드가 충고한 대로 이드리스푸케의 말을 열심히 귀담아들었으며, 다가올 리디머들과의 전쟁에 대비한 이드리스푸케의 계획에 진심으로 큰 감동을 받았다. 물론 토머스 케일이 그 정보의 대부분을 제공했다는 사실은 알지 못했다.

"하지만 케일이 돌아오면 어쩌지? 콘이 그 사실을 어떻게 받아들일까?"

이드리스푸케의 물음에 비폰드가 되물었다. "콘이 알고 있어?"

"뭘 아냐는 거야?"

"모르는 편이 나은 그것 말이야."

"아마 모를걸. 우리가 생각하는 것이 같다면."

"같아."

"과연 그 녀석이 돌아올까? 케일 말이야." 이드리스푸케가 물었다.

"못 올 것 같아."

우울한 대답이었다. 그리고 놀랍게도 이드리스푸케가 여전히 몹시 그리워하는 그 소년을 볼 수 있었다면 한층 더 우울했을 것이다. 케일의 눈가는 전보다 더 검어졌고, 가끔은 몇 초 동안, 때로는 몇 시간 동안 그를 괴롭히는 구역질에 녹초가 되어 피부가 훨씬 더 창백해졌다. 상태가 괜찮은 날도 더러 있었다. 심지어 병이 사라진 게 아닐까 싶을 만큼 일주일 내내 멀쩡할 때도 있었다. 하지만 결국 발작 증세가 재발했으며, 그 병의 간계와 욕망에 따라 심할 때도 있고 약할 때도 있었다.

상태가 괜찮았던 어느 날, 레이 수녀가 근처 언덕마루에 올라가고 싶다고 했다. 수녀와 케일 모두 그곳에 블루세이지와 오렌지님이 자란다는 소문의 진위를 확인하고 싶었고, 거기서 보이는 바다와 산맥의 풍경이 키프로스섬에서 최고라고 들었기 때문이다.

겨우 몇백 피트 올라왔을 때 케일이 숨을 헐떡이며 말했다. "말이 언덕이지 산이나 다를 바 없네요."

두 사람은 일찍 출발했는데, 케일이 몇백 야드마다 쉬어야 했기 때문이다. 여섯번째로 멈춰 섰을 때는 거의 한 시간을 잤다. 그사이 레이 수녀는 메마른 덤불과 무른 땅 사이를 이리저리 돌아다녔다. 지난 몇 달간 비가 거의 오지 않았지만, 말라빠진 매자나무 수풀과 엉겅퀴 덤불 사이 곳곳에서 앙증맞은 자주색 수레국화와 돌장미, 작은 달걀 모양의 꽃이 피는 시스투스가 눈을 즐겁게 했다.

수녀가 돌아왔을 때 케일은 깨어 있었다. 낯빛이 창백하고, 눈가는 한층 거무스레했다. 수녀가 말했다.

"그만 돌아가죠."

"꼭대기까지는 못 올라도 조금 더 갈 수 있습니다."

"덩치만 크고 계집애처럼 징징대는 자식." 폴이 이죽거렸다.

케일은 속삭이듯 나직이 대꾸했다. "언젠가 네 몸뚱이의 실을 다 풀고 다시 떠서 엉덩이로 만들겠어."

*

그들 위로 대략 1500피트 지점, 언덕마루에서 200피트 아래, 겨울비에 깎여 생긴 V자 모양의 틈이 있었다. 꼭대기로 올라가는 가장 쉬운 길인 그곳에서, 트레버 이인조와 케빈 미트야드가 케일과 레이 수녀가 지나가길 기다리고 있었다. 케빈은 강아지처럼 잔뜩 들떠 있었지만, 트레버 이인조는 긴장한 모습이었다. 살인 계획에는 의도치 않은 결과라는 철칙이 다른 어떤 일보다 훨씬 더 뚜렷이 적용된다는 것을 너무도 잘 알고 있었던 것이다. 트레버 이인조는 항상 암살을 하나의 이야기처럼 설계했는데, 그러다보니 언제라도 사소한 변수에 의해 사건의 사슬이 꼬일 수 있었다. 그들이 사라예보에서 페르디난트 대공 암살에 실패한 것은 평소 마차를 몰던 마부가 예방 차원에서 바퀴를 갈아 끼우다 팔을 다치는 바람에 부랴부랴 교체된 새 마부가 서둘러 지시를 받고 당황한 나머지 행선지를 착각해(이 정도는 트레버 이인조도 계산에 넣어두었다) 한 번도 아니고 두 번이나 마차를 엉뚱한 방향으로 몰았기 때문이었다. 만약 그들이 그 늙다리를 죽이는 데 성공했다면 이후 어떤 일이 벌어졌을지 아무도 모른다. 하지만 암살은 실패했고, 결국 상황은 꼬여버렸다.

트레버 이인조가 스패니시 리즈로 돌아온 것은 오히려 전화위복이었다. 암토끼 키티는 그들이 무슨 의뢰를 받았는지 밝힐 수는 없지만 그의 사업에 해가 되는 일은 결코 없을 거라는 장담을 믿는 눈치였다(결국 그 말은 사실이 아니었다. 양쪽 모두 상대가 토머스 케일에게 볼일이 있다는 것을 알지 못했다). 키티는 리디머들이 개입되어 있으리라 짐작했지만, 정치적 상황이 너무 혼란스러운 지금 합당한 빌미 없이 그들을 적대하고 싶지는 않았다. 물론 트레버 이인조를 옥시링쿠스의 쓰레기 더미 속으로 사라지게 해 안전을 도모할 생각도 했다. 하지만 이제는 그들을 보내줘야 안전해질 거라고 판단했다. 수고롭게 그들을 데려온 캐드버리는 몹시 못마땅해했다. 트레버 이인조는 목숨을 부지했을 뿐만 아니라 작은 행운도 따랐다. 케빈 미트야드가 떠벌린 이야기들이 루가보이의 귀에 들어가 케일의 은신처를 알게 된 것이다. 케일이 냉혹한 무법자로 악명이 높다는 이야기를 듣고 흥분한 케빈은 자신이 그 유명한 악당을 수도 없이 두들겨팼다고 모두에게 자랑했다. 그 말을 곧이곧대로 믿은 사람은 없었지만, 케빈의 외모와 미친듯이 으스대는 태도는 모두를 불안하게 했다. 인간의 육신이 그의 영혼을 가장 잘 보여주는 것이라면, 케빈은 피하는 게 상책인 존재였다. 그리하여 케빈의 고용주가 트레버 루가보이에게 불만을 늘어놓았고, 케일의 정확한 행방을 운좋게 알아낸 것이다. 트레버 코브툰이 한마디했다. "난 어이없는 행운을 좋아하지 않아. 어처구니없는 불운을 생각나게 하거든."

이들 세 사람은 케일과 레이 수녀가 비긴힐을 오르기 하루 전날 수녀원 바깥의 마을인 욕스홀에 도착했다. 지난 백 년 동안 욕스홀은 비교적 부유한 이들이 찾아와 목욕을 즐기고 수녀원의 친척을 방문하는 온천 마을로 인기를 누려왔는데, 이곳 온천이 '신경질환'을 앓는 이들의 치료에 좋다는 믿음 때문에 정신병원이 들어섰다. 현재는 비수기라 수녀원 정문이 보이는 숙소를 잡는 것이 어렵지 않았다. 하지만 이 장소를 철저히 조사하고 한두 가지 탈출 전략을 세우고 나서야 정확한 계획을 세울 수 있었다. 이날 아침 일찍 트레버 이인조가 식사를 하고 있을 때, 위에서 수녀원을 감시하던 케빈이 흥분한 표정으로 달려내려와 케일이 어떤 수녀와 함께 비긴힐로 가고 있다고 보고하면서, 자신이 수녀원 정신병동에 갇혀 지낼 때 두어 번 본 적이 있는 이상한 수녀라고 했다. 그들은 얼른 따라갔는데, 더욱 수상한 행운이 절호의 기회를 선사한다는 생각이 들었다. 물론 트레버 이인조는 절호의 기회 따위를 믿지 않았다. 케일과 수녀가 언덕마루로 가려는 것은 틀림없었지만 번번이 걸음을 멈추고 쉬는 눈치였으며, 덕분에 세 남자는 앞서갈 수 있었다. 대신 케빈이 매복하기 좋은 장소라고 장담한 언덕 중턱의 틈을 살펴보기 위해 훨씬 더 가파른 길로 올라가야 했다. 케빈의 말은 옳았다. 그는 흉측하고 공격적인 자였지만 어리석지는 않았다. 사실 으스대거나 사람들을 불안하게 할 때가 아니면, 기분 나쁘게 야비한 방식으로 기민하게 굴었다.

뜻밖의 행운이 야기하는 불쾌감과 더불어, 수녀인지 뭔지 하는 여자도 골칫거리였다. 단순히 청부살인 대상이 아닌 자를 죽이는 것에 대한 직업적 거부감만이 아니라 윤리적 불편함도 있었다. 트레버 이인조는 자신들이 죽이는 모든 사람이 죽어도 싼 놈들이라고 믿을 만큼 맹목적이지는 않았다. 물론 대개는 그런 자들이었다. 사실 다 그럴 수도 있었다. 정말로 결백한 인간이라면 어째서 누군가 거액을 들여 그들을 고용해 죽이려 하겠는가? 하지만 아무리 그곳이 케일을 죽이기에 이상적인 장소라 해도—녀석이 죽어도 싼 놈이라는 데는 의문의 여지가 없었다—도움을 청하러 갈 사람이나 목격자를 남길 수는 없는 노릇이었다. 그래서 케일과 수녀가 도로 내려가는 모습을 지켜보던 트레버 이인조는 묘하게 복합적인 감정을 느꼈다. 반면 케빈 미트야드에게는 복합적인 감정 따위는 없었다. 그가 분해서 주먹으로 땅을 내려치며 고래고래 욕설을 퍼붓자, 트레버 루가보이가 입 닥치지 않으면 후회하게 될 거라고 경고했다. 한 시간쯤 기다린 그들은 이내 뚱한 표정으로 묵묵히 언덕을 내려갔다.

이날 케일을 지켜본 사람은 트레버 이인조 일행만이 아니었다. 비긴힐 기슭에 자리잡은 아름다운 저택에서 대니얼 캐드버리와 디드리 플런케트도 지켜보고 있었다.

두 사람은 트레버 이인조를 쫓아 이날 아침 늦게 도착했는데, 케일과 레이 수녀가 돌아오고 이어서 두 남자와 그들의 통통한 동료가 따라오는 것을 본 캐드버리는 하마터면 케일을 보호하는 임무를 그르칠 뻔했음을 깨달았다. 뭔가 일이 틀어졌거나, 무슨 까닭인지 트레버 이인조는 케일을 따라가기만 하고 죽일 생각은 없는 것 같았다. 하지만 살인이 목적이 아니면 그들이 무슨 볼일로 여기 있겠는가?

비록 지금 욕스홀은 비수기지만, 부유한 정신질환자의 가족들이 찾아와 부산스러워지는 일은 빈번히 일어났다. 캐드버리는 위험을 무릅쓰고 마을로 들어가 트레버 이인조와 마주치고 싶지 않아서 디드리를 대신 보내기로 마음먹었다. 물론 그가 트레버 이인조를 스패니시 리즈로 데려올 때 놈들이 디드리를 잠깐 보긴 했지만, 당시 그녀는 여느 때처럼 남자인지 여자인지 모를 서지 천으로 된 옷을 입고 있었다. 외모와 옷차림만 손보면 될 일이었다.

캐드버리는 저택을 관리하는 시골뜨기 영감에게 재단사를 데려오라고 했다.

"물론 재단사는 있겠지?"

"네, 그럼요."

"가발도 몇 가지 골라 가져오라고 해. 그리고 댁은 이 일을 아무 한테도 말하지 마. 재단사에게도 그리 이르고."

캐드버리는 관리인 영감에게 2달러를 주고, 재단사 몫으로 5달러를 주었다.

노인이 떠나자 캐드버리가 디드리에게 물었다. "5달러면 충분할까?" 입막음용 돈에 대한 의견이 궁금해서가 아니라, 그저 디드리가 입을 열게 하려는 것이었다. 자기 언니가 그에게 살해당했다는 사실을 아는지 궁금했다. 지금은 죽고 없는 제니퍼보다 훨씬 더 특이한 이 여자와 함께 지내면 지낼수록, 캐드버리는 점점 더 그 생각에 사로잡혔다. 디드리는 말수가 적은 여자였다. 하지만 캐드버리가 직접 뭔가 물어보면 늘 금언 혹은 금언 비슷한 말로 대꾸했다. 또한 매번 희미한 미소를 머금고 있고 말투가 너무 간결해서, 비웃는다는 느낌을 지울 수가 없었다. 이따금 디드리는 거드름 피우는 붓다처럼 말없이 다 안다는 듯 굴었다. 하지만 말없이 뭘 알고 있을까? 그냥 때를 기다리고 있는 걸까?

"지혜로운 자에게 충분함이란 진수성찬처럼 기꺼운 법." 돈에 대한 질문의 대답이었다. 방금 저 밋밋하고 둔감한 두 눈 깊숙이 경멸의 눈빛이 반짝였나? 그랬다면 그건 무슨 의미일까? 다 알면서 때를 기다리는 걸까? 정말 알고 있을까? 캐드버리는 그것이 궁금했다.

관리인 영감이 돌아올 때까지는 딱히 할일이 없어 책을 읽기로 했다. 새로 구입한 『우울한 왕자』를 꺼냈는데, 전에 갖고 있던 책은 옥시링쿠스의 쓰레기 하차장을 관리하는 부패한 관리를 제거하러 갔을 때 찢어졌다. 사실 암토끼 키티의 뇌물 덕에 그곳의 책임자가 되고도 은인인 키티에게 마땅히 줘야 할 수익의 일부까지 챙긴 점에서 부패한 자였다. 못 쓰게 된 『우울한 왕자』—수많은 추억이 깃든 책인데—를 서글픈 마음으로 내던진 캐드버리는 머지않아 자기 손에 죽을 자가 영리하게도 그 지역 쓰레기통들을 구분해 음식물, 각종 쓰레기, 종이를 따로따로 넣었다는 사실을 알고 흥미를 느꼈다. 그 도시와 맺은 계약에 따르면 그는 폐지를 멤피스로 가져가기로 되어 있었는데, 거기서 폐지를 팔면 처리 비용을 충당할 수 있다고 주장했으며, 그래서 자신이 다른 경쟁자들보다 저렴하게 계약한 거라고 설명했다. 그건 거짓말이었다. 사실 그는 폐지를 인근 사막으로 가져가 묻어버렸다.

캐드버리는 새 책을 펼치고 읽기 시작했지만, 익숙한 글을 다시 읽는 기쁨에도 불구하고("님프여, 그대의 기도로 내 모든 죄가 기억되게 하소서.") 말없는 디드리의 존재가 영 거슬려서 이렇게 물었다.

"책을 썩 안 좋아하나?"

그녀가 대답했다. "책을 많이 만드는 건 부질없는 짓. 그리고 과한 독서는 육체를 지치게 하는 법."

캐드버리는 생각했다. 방금 저 여자가 미소를 지었나? 틀림없이 빙그레 웃었어.

"지식을 좋은 것이라고 생각하지 않나보군." 성마른 냉소가 너무나 명백한 말투였다.

"지식이 늘면 비애도 늘기 마련이니." 그녀가 말했다.

이 말은 캐드버리를 더욱 화나게 했다. 그는 배운 남자였으며, 자신의 지식은 물론이요 타인의 지식도 존중했다.

"그렇다면 배움 없는 삶은 살 가치가 없다는 말을 믿지 않겠군?" 더욱 냉소적인 말투였다.

그의 분노가 방안의 메마른 공기 속에 안착하길 허락하듯 디드리는 잠시 말이 없었다. 작은 창문으로 햇살이 쏟아져들어와 방안의 먼지가 뿌옇게 보였다.

"살기로 작정한 자에게는 희망이 있나니. 살아 있는 개가 죽은 사자보다는 나으므로."

캐드버리에게는 이 말이 위협처럼 들렸다. 평소보다 훨씬 단조로운 어조라 더욱 위협적인 느낌이었다.

그녀의 언니가 죽은 사자일까? 그리고 캐드버리가 살아 있는 개란 소리인가?

캐드버리가 말했다. "새 옷을 입으면 기분이 한결 좋아질 거야."

디드리가 싱긋 웃었다. 보기 드문 일이었다.

"태양 아래 새로운 것은 없는 법."

이십 분 뒤, 관리인 영감이 재단사를 데리고 돌아왔다. 재단사는 들고 온 커다란 가방에 눌려 낑낑댔다. 캐드버리는 디드리에게 새 옷과 가발을 착용하고—그녀는 매우 짧은 단발이었다—트레버 이인조를 찾으러 가라고 했다. 그는 놈들이 디드리를 절대 알아보지 못하리라 생각했다. 재단사가 일을 마치자, 캐드버리도 그녀를 알아보지 못할 정도였다. 옷과 가발이 디드리를 미녀로 탈바꿈시키지는 않았다. 오히려 전보다 한층 괴상해 보였다. 보스턴에 있는 늙은 왕 콜의 궁전에서 본 움직이는 자동인형 같았다. 분을 바르고 입술에 루주까지 칠한 디드리는 굉장히 기묘해 보였는데, 마치 날 때부터 장님인 조각가가 어떤 여자의 외모 설명을 듣고 빚어내 나름 인상적이지만 만족스럽지 않은 작품 같았다. 어쨌든 소기의 목적은 확실히 이루었다. 아무도 디드리를 알아보지 못할 테니까.

이제 날이 어두워졌다. 캐드버리는 재단사와 관리인에게 수고비를 지불한 뒤, 디드리를 가장 큰 창문으로 데려가 등불을 쳐들어 창유리에 비친 그녀의 모습을 보게 해주었다. 이리저리 몸을 돌려보던 그녀의 표정이 순간 부드러워지는 듯하더니, 곧이어 순수한 기쁨의 얼굴로 바뀌었다.

디드리가 중얼거렸다. "이게 누구지? 몰약과 유향 냄새를 풍기는 연기 기둥처럼 사막에서 나오는 자 누굴까?" 그러고는 웃음을 터뜨렸다.

캐드버리는 어리둥절했다. "그렇게 웃는 소리는 처음 듣는군."

디드리는 좌우로 몸을 돌려 거울 속의 자기 모습을 감상하며 대꾸했다. "웃어야 할 때가 있고 울어야 할 때가 있지."

해야 할 일과 해선 안 되는 일("트레버 이인조의 눈에 띄지 말고, 아무도 죽이지 마.")에 대한 캐드버리의 지시를 들은 디드리는 두 시간 가까이 돌아오지 않았다. 그 긴 시간 동안 캐드버리는 자기 할머니가 누누이 하던 말, 걱정은 악마가 좋아하는 유희라는 금언의 의미를 곱씹었다.

만약 디드리의 진실을 알았다면, 캐드버리는 걱정을 덜고 성공적인 임무 완수에 훨씬 더 집중할 수 있었을 것이다. 디드리 플런케트는 천치는 아니지만 단순함의 극치였다. 신실한 플레인 피플* 교도였던 그녀의 모친은 딸의 이해력 부족보다 괴팍함을 더 걱정했

---

* 평복을 입고 검소한 생활을 하며 옛 습속을 지키는 기독교 집단.

다. 그래서 날마다 디드리에게 큰 소리로 성서 구절을 읽어주며 지혜의 말들이 딸의 기괴함을 몰아내주길 바랐다. 이 노력은 실패했는데, 디드리 못지않게 괴팍하면서 훨씬 교활한 언니, 지금은 죽고 없는 제니퍼의 영향이 가장 큰 이유였다. 디드리를 무척 아꼈던 제니퍼는 동생을 위한 잔혹한 놀이들을 생각해냄으로써 자신의 지적 능력을 과시했다. 그중 가장 끔찍한 것은 멋대로 죄목을 지어내 작은 짐승들을 고문해서 죄를 실토하게 하고 심판대에 세운 다음, 지독히 복잡한 처형 방식을 생각해내 무참히 죽이는 것이었다. 디드리는 이해력이 떨어지는 여자였지만, 살해에 있어서는 약삭빠른 늑대만큼이나 천부적이었다. 늑대는 말을 하거나 셈을 하지는 못하지만, 십여 개 언어를 구사하는 수학자라도 늑대 한 마리가 사는 산의 춥고 어두운 숲에 홀로 남겨지면 한 시간도 버티기 어려울 것이다. 그리고 디드리는 그렇게 아둔하진 않기에, 늘 입을 다물고 언니가 가르쳐준 대로 수수께끼 같은 희미한 미소를 지으면서, 비록 영리함과 통찰력으로 명성을 얻진 못했으나 타고난 살인 재능으로 부족한 부분을 훌륭히 메웠다.

디드리와 대화를 나누려 해본 사람은 누구나 그녀의 공허한 눈빛에 금세 머쓱해졌다. 모순되게도 그 눈에는 심오하고 경멸적인 간계가 서려 있었다. 그녀의 대답이 간결한 것은 상대가 하는 말을 거의 이해하지 못하기 때문이었다. 또 그녀는 모든 대화 상대를 말 많은 바보로 여기는 듯했다. 디드리가 플레인 피플 성서에서 인용하는, 수수께끼 같고 종종 은근히 위협적인 구절들은 상대가 던진 말이 도발한 것이었다. 이렇듯 그녀의 대답은 언제나 냉소적이고 공격적이면서 적절했다. 지금 같은 상황이 아니라면 대니얼 캐드버리처럼 눈치 빠르고 요령 좋은 사람은 디드리의 속내를 간파했겠지만, 두려움(제니퍼가 먼저 그를 죽이려 했고 따라서 그녀를 죽여 마땅했기에 죄책감은 아니었다) 그리고 그녀가 모든 것을 알면서 때를 기다리고 있을지 모른다는 걱정이 그를 진실에 눈멀게 했다. 그 진실 중 하나는 디드리가 캐드버리를 좋아하게 되었다는 것이다. 사실 그를 좋아해 평소보다 말수가 많아졌고, 캐드버리가 말을 걸어주길 기다리다가 그의 한마디에 떠오른 성서 구절로 대꾸하는 것만이 유일한 애정 표현이었다. 그러나 불행히도 성서 구절 대부분은 신도가 아닌 자들을 교묘하게 겁박하는 내용이라, 캐드버리는 디드리와 대화할 때 위협을 느낄 수밖에 없었다.

디드리가 떠나고 한 시간 반쯤 지나자, 더는 참고 기다릴 수 없어진 캐드버리는 트레버 이인조와 맞닥뜨릴 위험을 무릅쓰고 무슨 일인지 알아보러 가기로 했다.

비록 변장을 했지만 디드리는 외모와 분위기가 워낙 기묘해서 쉽게 눈에 띄었다. 캐드버리가 그녀를 발견했을 때, 동네 멋쟁이들로 보이는 남자 셋이 디드리에게 눈독을 들이고 있었다. 빨간 멜빵에 실크해트를 쓰고 뾰족한 슬리퍼를 신은 사내들이었다. 이들 셋과 함께 있는, 금빛 가발에 눈은 매섭고 뺨에 분칠을 한 디드리의 모습은 마치 불행한 아이가 꾸는 악몽의 한 장면 같았다.

"이봐, 예쁜이, 집에 자기 같은 언니 또 있어?" 껄렁패 놈이 거물인 양 거들먹거리며 희롱을 걸었다. 디드리는 그자를 빤히 쳐다보다가 목이 졸린 듯 신음소리를 냈는데, 내키지 않지만 교태 부리는 여자 흉내를 내려고 나름대로 최선을 다한 것이었다.

또다른 사내도 한마디 지껄였다. "구녕에 바람 넣기 한번 해줄까?" 디드리는 '구멍에 바람 넣기'가 뭔지 몰랐지만, 모욕적인 말이라는 건 듣는 순간 알았다. 세번째 껄렁패가 그녀의 팔을 움켜잡고 웃으며 말했다. "심심한데 뽀뽀나 하자고!"

캐드버리가 나서려 할 때, 오십대 남자 한 명이 껄렁패들을 향해 신경질적으로 소리쳤다. "여자를 내버려둬!" 세 남자 모두 디드리의 구원자를 돌아보았다.

"와서 직접 구해주시지 그래, 뚱보 양반?"

안색이 이미 창백한 중년 남자는 더 창백해지면서 꿈쩍도 하지 않았다. 캐드버리는 잃어버린 연인을 찾아 안도한 남자인 척하기로 결심했다("자기야, 여기 있었구나. 삼십 분이나 찾아다녔다고!"). 하지만 너무 늦었다. 디드리의 팔을 움켜잡은 껄렁패가 등을 보인 순간, 호주머니에 손을 넣고 있던 디드리가 날이 넓은 단도를 꺼내 앙상한 팔로 있는 힘껏 상대의 등에 칼을 꽂았다. 6번 갈비뼈와 7번 갈비뼈 사이에 칼이 꽂힌 사내가 비명을 지르며 쓰러지자, 디드리는 그에게서 오른팔을 빼냈다. 우두머리 놈이 홱 돌아서자 그의 등을 노린 일격이 배에 꽂혔고, 곧이어 심장에도 칼날이 박혔다. 세번째 놈은 두 손을 내밀어 가슴과 배를 가리고 말하려 했다. "나는……" 하지만 결국 말을 마치지 못했다. 디드리의 칼이 그의 눈을 꿰뚫었다. 그녀는 주위에 모인 사람들을 둘러보며 또 달려드는 자가 없는지 살폈다. 하지만 다들 꿈쩍하지 않고 입도 벙긋하지 못했다. 화장한 인형 같은 여자와 그녀의 광포하고 공허한 눈빛, 피로 얼룩진 땅을 보며 어리둥절할 뿐이었다.

침묵 속에서 디드리에게 걸어가던 캐드버리는 한쪽 눈이 없어진 사내가 엄마를 부르며 괴로워하는 모습에 멈칫하고 중얼거렸다.

"맙소사, 맙소사." 그는 도취감에 사로잡혀 있는 디드리를 조심스레 일깨웠다. 그녀가 눈을 끔뻑이며 캐드버리를 인지했다. 캐드버리는 디드리의 손에 천천히 손바닥을 대고, 꽉 잡지 않으려고 조심하며 그녀를 데려갔다.

역시나 따라오는 자는 없었다. 예쁘장하지만 좁은 거리를 이리 돌고 저리 돌며 누비는 동안 두 사람은 크게 걱정하지 않았는데, 이 평화로운 마을에서 야경꾼들이 밤늦게 벌어지는 주정뱅이들의 싸움을 단속하는 일은 드물기 때문이었다. 어쨌든 상황이 그런 식으로 고약하게 변했다면 적어도 대책은 뻔했다. 마을을 벗어나 멀리 가야 했다. 하지만 스패니시 리즈에서 암토끼 키티가 캐드버리가 돌아오길 손꼽아 기다리고 있었고, 이런 소동이 벌어진 경위와 더불어 트레버 이인조에게 케일을 빼앗겼을 가능성을 설명할 생각을 하니 암담했다. 상황을 반전시키려고 치열하게 노력했음을 보여줘야 했다. 보스코와 암토끼 키티만큼 대조적인 자들은 어디에도 없지만, 케일을 미래를 위한 부적으로 여긴다는 점에서 둘은 같았다("이보게, 캐드버리. 때로 시대정신이 낳은 인간들이 있고, 그런 자를 발견하면 스스로 소진될 때까지 꽁무니를 졸졸 따라다녀야 한다네.").

어느 교회 벽에 달린 작은 물통에 다다르자, 캐드버리는 디드리에게 물로 화장을 씻으라고 한 다음 대책을 궁리했다. 문제는 시간이었다. 들물이 시작되는 강어귀에 서서 언제 떠날지 결정하는 것과 같았다. 고작 몇 초 차이로 제때 물가로 올라갈 수도 있고 물에 빠져 죽을 수도 있었다.

그는 디드리를 바라보았다. 물로 씻은 얼굴은 빨간 루주와 시커먼 화장 먹, 뺨에 칠한 분으로 범벅이 되어 있었다. 지옥의 여덟번째 고리에서 튀어나온 듯 기괴한 형상이었다.

"그자들은 봤어? 트레버 이인조 말이야."

"아니."

"놈들을 따라다니는 시골뜨기는?"

"아니."

캐드버리는 이 늦은 시간에 케일에게 접근할 방법을 궁리했지만—예고도 없이 찾아온 자를 정신병원에서 들여보내줄 리 만무했다—디드리를 어디에 숨길지도 생각해야 했다. 무척 손쉬운 기회가 있었던 이날 오전에 트레버 이인조가 케일을 죽이지 않았으니, 밤에 일을 벌일 가능성도 거의 없었다. 따라서 디드리를 데리고 갈 필요는 없지만, 케일에게 경고하자마자 돌아와서 함께 달아날 수 있도록 적당한 은신처를 찾아야 하는데, 그럴 시간이 없었다. 그때 문득 확실한 해결책이 떠올랐다. 디드리만큼 미친 여자처럼 보일 사람이 또 어디 있겠는가?

이제 서둘러야 했다. 들물이 시작되고 있었다. 캐드버리는 디드리를 데리고 앞장서서 수녀원으로 향했다. 수녀원의 높다란 시계탑이 마을 외곽에 우뚝 솟아 있었다. 오 분도 지나지 않아 그는 수녀원의 육중한 정문을 두드리기 시작했다.

10

수녀원 입구의 작은 문이 열렸다.

"오늘은 끝났습니다. 내일 다시 오세요."

캐드버리가 대꾸했다. "네, 늦게 와서 죄송합니다. 하지만……
마차 바퀴가 깨져서…… 약속은 되어 있습니다. 이 아가씨가 많이
아파요."

문지기는 들고 있던 등불의 덮개를 열어, 고개를 푹 숙이고 있
는 디드리를 비추었다. 캐드버리가 그녀의 소매를 당겨 고개를 들
게 했다. 광기가 빚어낸 비참한 표정에 익숙한 문지기도 디드리의
이글거리는 눈과 검게 얼룩진 뺨, 불에 너무 가까이 대서 녹아버린
듯한 입을 보고는 기겁했다.

"부탁드립니다. 이 가엾은 여자를 봐서라도." 캐드버리는 사내
의 손에 5달러 지폐를 쥐여주었다.

연민과 탐욕이 문지기의 마음을 녹였다. 어차피 크게 걱정할 일

은 없었다. 여기는 사람들이 나가려고 기를 쓰는 곳이지 들어오고 싶어하는 곳은 아니었다. 그리고 이 여자는 가둬놔야 하는 환자가 틀림없어 보였다.

문지기는 작은 문을 통해 두 사람을 안으로 들였다.

"편지는 갖고 왔겠죠?"

"여행가방에 두고 온 것 같습니다. 가방을 가져왔어야 하는데 깜빡했네요. 내일 아침에 마부가 가져올 겁니다." 지독히도 미심쩍게 들리는 변명이었다.

하지만 문지기는 꼬치꼬치 따지지 않으려는 눈치였다. 그는 딱 하나만 물었다. "어느 분이 보낸 편지인가요?"

"아, 그게…… 성함이 기억이 잘…… 그러니까…… 닥터……"

"닥터 버틀러 말씀이군요? 안 그래도 아직 사무실에 계십니다. 저기 불 켜져 있는 방요."

캐드버리는 안도하며 대답했다. "네, 닥터 버틀러 맞습니다."

문지기가 나직이 물었다. "저분은 안전한가요?"

"안전하다니요?"

"감시인이 필요할까요?"

"아닙니다. 마음씨가 무척 곱거든요. 다만…… 정상이 아닐 뿐이죠."

"오늘밤은 일이 많네요."

"아, 그래요?" 캐드버리는 자기 일만 신경쓸 뿐 남의 일에는 관심이 없었다.

"댁들 말고도 십 분 전에 예고 없이 온 사람들이 있거든요." 순간 캐드버리는 귀가 벌겋게 타는 느낌이었다. "스패니시 리즈에서 남자 두 분이 왕실 보증서를 가지고 왔답니다." 수녀원 본관으로 들어가는 두번째 입구의 열쇠를 찾아낸 문지기가 고개를 들고 한 마디 덧붙였다. "그분들도 닥터 버틀러한테 보냈어요. 물론 일지에는 아무것도 적혀 있지 않죠. 이곳에서는 환자들이 병동에 수용돼 있으면 일지 작성이 전혀 쓸모없답니다."

문지기는 캐드버리와 디드리를 안으로 들여보낸 뒤 안뜰 너머 아직 불이 켜져 있는 창문을 가리켰다.

"저기가 닥터 버틀러의 사무실입니다."

안으로 들어간 캐드버리는 뒤에서 문이 닫히자마자 걸음을 멈추고 이제 어떻게 해야 할지 궁리했다.

"왜 그래?" 디드리가 물었다. 그녀는 좀처럼 먼저 말을 거는 일이 없지만 위험한 행위에 동물적인 재능이 있었으며, 상대의 말을 이해하기 직전에 늘 그렇듯 본능적으로 여유가 생겼다.

"트레버 이인조가 이곳에서 토머스 케일을 죽이려 하고 있어."

"케일은 어디 있지?"

"몰라." 캐드버리는 버틀러의 사무실 창문을 쳐다보며 덧붙였다. "저 방에 있는 자가 그걸 알겠지만 이미 죽었어."

"그럼 토머스 케일에게 소리쳐 알려."

"뭐라고?" 디드리의 태도에 여전히 놀라 있던 캐드버리는 그녀가 무슨 생각으로 그런 말을 하는지 파악하지 못했다.

디드리는 종루를 가리키며 대답했다. "저기로 올라가. 종을 울려. 큰 소리로 경고해."

순간 캐드버리는 디드리가 머리가 나쁜 게 아닐까 생각했다. 하지만 그녀는 현상황을 포식자처럼 예리하게 금세 파악했으며, 그

148

판단은 옳았다. 방이 삼백 개나 되고 무장 경비원들과 불 밝히지 않은 안뜰이 여기저기 있는 곳을 돌아다니다가는 십중팔구 살해당할 것이다. 트레버 이인조가 성질 못된 거미 한쌍처럼 어둠 속에서 기다리고 있다면 더욱 위험했다.

캐드버리가 말했다. "당신은 여기 숨어 있어." 디드리는 묵묵부답이었다. 그녀가 동의했다고 판단한 캐드버리는 재빨리 안뜰의 그늘진 자리를 지나, 잠겨 있지 않은 종탑으로 들어갔다. 디드리는 캐드버리가 시야에서 사라질 때까지 기다리다가 그늘을 따라 수녀원 중앙 구역으로 향했다.

계단을 오르는 동안 캐드버리는 가슴이 갈리는 듯한 느낌이 들었고, 케일에게 경고하면 자신의 위치, 탈출로가 하나뿐인 위치가 드러날 수밖에 없다는 사실에 불안했다. 그는 어둠 속에서 이백 계단을 쏜살같이 달려내려와야 할 터였다. 종루 꼭대기에 다다른 그는 탈출에 대비해 꼬박 이 분을 쉬면서 기운을 차렸다. 그리고 종 끈을 네 번 잡아당겼다. 사방 1마일 안에 있는 모든 이가 들을 수 있을 만큼 귀청을 찢는 종소리가 울려퍼졌다. 캐드버리는 종소리가 잦아들기를 기다리다 심호흡을 하고 우렁차게 소리쳤다. "토머스 케일! 토머스 케일! 너를 죽이러 두 놈이 이곳에 왔다!" 한번 더 종을 울리고 다시 외쳤다. "토머스 케일! 토머스 케일! 너를 죽이러 두 놈이 이곳에 왔다!"

그러고는 트레버 이인조의 관심이 자신에게 쏠리지 않길 바라며 계단을 내려가기 시작했다. 케일이 소문대로 정말 싸움의 달인이라면 곧 트레버 이인조는 난처해질 터였다. 이렇게까지 했는데도 최선을 다하지 않았다고 욕한다면 암토끼 키티고 뭐고 없다. 캐드버리는 정신병자 행세를 하는 디드리를 나중에 찾아가 향후 대책을 같이 의논하기로 마음먹었다.

종루의 마지막 계단에 다다라 걸음을 멈춘 캐드버리는 두 사람을 상대할 때 즐겨 사용하는 무기인 장검과 단도를 꺼내 양손에 들고, 마치 대포에서 발사된 듯 안뜰로 뛰쳐나갔다. 안뜰을 가로질러 몇 초 만에 안전한 그늘로 들어간 그는 헐떡이며 새어나오는 숨소리를 억누르려고 기를 썼다. 복수심에 불타는 트레버 이인조에게 그가 여기 있으니 와서 목을 따달라고 외치는 배신의 소리, 적어도 그의 귀에는 그렇게 들렸다. 하지만 놈들은 오지 않았고, 캐드버리의 숨소리는 금세 거의 잦아들었다. 그는 천천히 어둠을 더듬으며 디드리를 두고 온 지점으로 갔다. 하지만 디드리는 온데간데없었다.

이제 안뜰에는 호기심 많은 정신병자와 부유하고 양순한 정신병자, 수녀원 안을 돌아다닐 수 있는 자들이 북적이고 있었다. 모두 일상을 깨고 각자 방에서 나와 무슨 일인지 궁금해 수런거렸다. 이들에 더해 놀란 의사와 간호사들도 몰려나와 환자들을 안전한 방으로 돌려보내려고 애를 썼다. 몹시 흥분한 몇몇 미치광이들은 상황을 오해하고 고래고래 소리쳤다. "도와줘! 놈들이 날 죽이러 왔어! 살인자들! 암살자들! 미안해! 진심은 아니었어! 살려고 발버둥 치는 가엾은 나를 도와줘! 가엾은 나를 도와줘!"

이 소란 덕분에 캐드버리는 사람들 사이에서 안전하게 이동할 수 있었다. 부디 디드리를 찾아 트레버 이인조를 상대할 필요 없이 빠져나가게 되길 기대하면서.

이 모든 일에 앞서, 케일은 레이 수녀와 함께 수녀원 회랑에 앉아 신의 존재에 대해 토론하고 있었다. 언덕마루에 오르지 못해 언짢았던 케일이 수녀를 도발한 것이다.

수녀가 말했다. "나를 분풀이 대상으로 삼지 마세요. 하지만 당신 마음속에 내 말을 들으려 하는 면이 있을지 모르니 주님에 대해 이야기해주죠. 오늘 언덕에 올라 바다와 하늘과 산맥을 바라볼 때, 나는 모든 곳에서 그분을 느꼈답니다. 어떻게 그럴 수 있냐고 따지지 마요. 그냥 느껴졌을 뿐이니까. 물론 나도 당신 못지않게 잘 알아요. 삶이란 고되고 잔인하다는 것 말이에요." 수녀가 고개를 돌렸고, 케일은 그녀가 미소 짓고 있다는 느낌을 또렷이 받았다. "뭐, 당신만큼 알지는 못하겠죠. 하지만 삶이 아무리 고되고 잔인해도, 나는 그분의 존재를 느껴요. 여전히 세상이 아름답다고 생각해요." 수녀가 웃음을 터뜨렸다. 듣기 좋은 소리였다.

"뭐가 우습죠?"

"언덕 위에서 뭘 봤는지 말해봐요. 산과 바다와 하늘에서요. 솔직하게 이야기해줘요."

케일이 대답했다. "좋습니다. 강어귀에 삼각주가 보였어요. 바다에서 배로 들어와 내리기는 좋은데 방어하기는 불가능한 곳이더군요. 그곳 위쪽으로 강변 평야가 보였습니다. 군대를 이동시키기 좋은 지형이었는데…… 이내 좁아지면서 산사태로 인한 8피트 깊이의 골짜기가 생겨 있었죠. 네 배가 넘는 적군도 며칠 동안 막아낼 수 있는 장소였습니다. 하지만 왼쪽에 언덕으로 이어지는 작은 우회로가 있고, 적이 거기로 들어오면 끝장입니다. 대신 골짜기 뒤편에도 통로가 하나 있죠. 시간만 잘 맞추면, 비록 좁긴 하지만 아군을 백 명 정도씩 그 길로 탈출시킬 수 있습니다. 전선을 버려야 할 때 그들이 언덕에서 나머지 병력을 엄호할 수 있어요. 하지만 한꺼번에 떼 지어 따라오려 하다가는 코르크 마개를 끼운 병처럼 꽉 막힐 겁니다." 케일은 웃으며 말을 이었다. "죄송합니다. 이런 이야기를 듣고 싶지는 않았겠죠."

"지금 난 당신을 고치려는 게 아니에요."

"그래도 상관없습니다. 나 자신에게 신물이 납니다. 이런 꼴로 사는 게 지긋지긋해요." 케일은 또 빙그레 웃고는 덧붙여 말했다. "당신 마음대로 고치세요." 잠시 침묵이 흘렀다. "나를 낫게 해줄 수 있습니까?"

"시도해볼 수 있어요."

"못한다는 뜻입니까?"

"해볼 수 있다는 뜻이에요."

다시 침묵이 흘렀다. 나무에 붙은 매미들이 매앰매앰 우는 소리만 들렸다.

일이 분 뒤 케일이 물었다. "당신은 어떤 걸 봤습니까?"

레이 수녀가 되물었다. "오늘 산 너머로 해가 질 때, 당신은 흡사 금화처럼 생긴 불의 원반을 봤겠죠?"

"네."

"나는 수없이 많은 천사들이 한목소리로 외치는 광경을 봤어요. '거룩하도다, 거룩하도다, 전능하신 주님은 거룩하도다.'"

또다시 침묵.

마침내 케일이 입을 열었다. "꽤나 다르군요."

"맞아요." 레이 수녀가 대꾸했다.

"신은 없습니다." 모욕하려고 한 말은 아니었다. 아예 그런 말을 할 생각도 없었다. 무심결에 튀어나온 말이었다. 폴이 한쪽 팔을 들어 레이 수녀가 듣지 못하게 아주 작게 속삭였다. "불경스러운 놈!"

그 순간 기이한 일이 벌어졌다. 너무 어처구니없는 우연의 일치라 현실성 없는 소설 혹은 인생 그 자체에서나 맞닥뜨릴 법한 일이었다. 종루에서 종소리가 네 번 울려퍼지더니, 누군가 우렁찬 목소리로 고함을 질렀다. "토머스 케일! 토머스 케일! 너를 죽이러 두 놈이 이곳에 왔다!" 케일은 그 말을 오해했다. 캐드버리의 고함은 경고였지만, 케일은 그것을 자신이 내뱉은 신성모독 발언을 벌하려고 천상에서 보낸 위협으로 여겼다.

케일은 어둠 속을 둘러보았고, 이 회랑이 함정이나 다름없다는 사실을 깨달았다. 출입구가 하나뿐인 상자 모양에, 가로가 세로보다 네 배나 길고, 지붕 씌운 보도는 사면에 짙은 그늘을 드리웠다. 다시 종이 울리고, 고함소리가 또 한번 들려왔다.

"토머스 케일! 토머스 케일! 너를 죽이러 두 놈이 이곳에 왔다!"

레이 수녀가 일어서려 했다. 케일은 수녀의 팔을 잡으면서 동시에 땅바닥으로 밀었고, 그 바람에 두 사람이 앉아 있던 등받이 높은 벤치가 뒤로 넘어갔다.

회랑 그늘을 따라 이동하며 자리를 잡던 트레버 이인조는 종소리와 경고의 고함소리에 흠칫 놀랐다. 지붕 씌운 보도 양쪽으로 나뉜 두 사람은 소형 쇠뇌를 발사하기로 결심했다. 하지만 벤치가 뒤로 넘어가는 것이 아주 조금 더 빨랐고, 악의에 찬 볼트들은 섬뜩하게 휙 하고 머리 위로 날아갔다. 케일이 일어나 다른 손으로 레이 수녀를 붙잡고 지붕 씌운 보도의 어둠 속으로 질질 끌고 갔다. 그리고 성 프라이드스와이드 조각상 옆에 억지로 밀어놓고 소곤소곤 말했다. "꼼짝 말고 여기 있어요."

　케일을 죽이러 온 자들의 접근 방법은 하나뿐이었다. 둘 중 한
놈은 케일의 왼쪽에 있는 출구 근처에 머물러 있을 테고, 나머지
한 놈은 이미 오른쪽에서 보도를 따라 케일에게 다가오고 있었다.
만약 케일이 회랑의 탁 트인 중앙을 대각선으로 가로지르려 한다
면, 놈들은 느긋하게 케일의 앞뒤에서 볼트를 쏘아댈 터였다. 케일
은 그 자리에 가만히 있을 수 없었다.

　"당신 옷이랑 가림망을 나에게 줘요. 얼른."

　레이 수녀는 놀라서 멀뚱멀뚱 있지는 않았지만, 두려움 때문에
단추를 쉽게 끄르지 못하고 허둥댔다. "빨리요!" 케일이 두 손을
뻗어 수녀의 옷을 잡고 양쪽으로 뜯었다. 수녀는 기겁했지만 케일
의 손을 뿌리치지 않고 오히려 옷이 내려가게 거들었다. 그러고는
이유도 묻지 않고 가림망을 벗었다. 너무 두려워 눈앞의 광경을 감
상할 여유가 없는 케일은 수녀가 벗어놓은 옷을 입고 가림망을 눌
러썼으며, 눈을 덮는 작은 천공 부분은 뜯어버렸다. "여기 가만히
있어야 해요." 재차 당부한 케일은 까만 수녀복의 치맛단을 무릎
까지 들어올리고 회랑 중앙으로 달려나갔다. 하지만 출구까지 길
게 대각선으로 달리지는 않고, 맞은편을 향해 가장 짧은 길로 똑바
로 뛰어갔다. 그곳은 짙은 어둠이 드리운 보도보다는 밝았지만, 구
름에 가려진 달과 흐린 조명 덕에 겨우 컴컴하지만 않은 정도였고,
검은 수녀복을 입은 케일의 움직임은 불분명하고 이상해 보였다.
수녀의 기이한 외모에 놀란 트레버 이인조는 그들이 위치를 드러
내게 하려는 미끼일지 모른다는 생각에 머뭇거리면서, 보도의 짙
은 어둠 속으로 들어가는 형체를 멍하니 지켜보았다.

케일은 트레버 이인조에게 고민거리를 하나 던져주었다. 단순한 일이 복잡한 문제로 바뀐 것이다. 상황 파악이 오래 걸리지는 않았다. 하지만 추측일 뿐이었다. 아마도 케일이 수녀복을 입은 것 같았다. 하지만 짐작일 뿐이었다. 어쩌면 젊고 날씬한 수녀일 수도 있었다. 달려가지 않으면 목을 잘라버리겠다고 케일이 협박했는지도 모를 일이었다. 어쩌면 수녀가 케일을 위해 희생하기로 결심하고 정말로 실행에 옮긴 것일 수도 있었다. 출구를 막고 있는 루가보이는 당연히 그 자리를 지켜야 했다. 기로에 선 사람은 코브툰이었다. 여전히 그의 왼쪽에 있는 사람이 케일인지, 머리부터 발끝까지 검게 차려입고 오른쪽에 있는 자가 케일인지 결정해야 했다. 그것도 빨리. 종루에서 들려온 경고의 고함은 모두가 그들을 찾고 있다는 뜻이었다. 서두르다가는 실수하기 십상이었다. 하지만 계속 망설이면 수녀원 안쪽에서 더욱 위험한 정신병자들을 감시하는 경비원들을 상대해야 할 터였다. 이제는 코브툰이 덫에 걸린 꼴이었다. 한쪽에는 위협적이지 않은 듯한 수녀가 있고, 반대쪽에는 미친 살인마가 있었다. 게다가 어둠 속에서 짐승이 울부짖기라도 하듯 기묘하게 경련하는 소리 때문에 한층 더 긴장되었다.

자기 위치가 걱정하는 것만큼 썩 위험하지는 않다는 사실을 코브툰은 알지 못했다. 어둠 속에서 들리는 소리가 케일이 참담하게 무너져가는 몸뚱이의 끔찍한 요구 때문에 오장육부를 토해내는 소리일 뿐이라는 것도 몰랐다. 하지만 코브툰은 움직여야 했으며, 노련한 기술과 본능 덕분에 옳은 선택을 했다. 그는 왔던 길로 되돌아가면서, 불안과 피로에 휩싸인 소년에게 다가갔다. 케일은 비무장 상태였는데, 설령 명검 단치히 생크를 쥐고 있었다 해도 사정은 별로 달라지지 않았을 것이다. 빨리 출구로 이동하지 않으면 그 자리에서 죽을 수밖에 없다는 것을 케일은 알고 있었다. 온몸이 땀에 흠뻑 젖었고, 입술은 압정과 바늘로 찌르듯 따끔거렸다. 결국 느릿느릿 출구 쪽으로 움직였다. 조금만 더 빨리 걸었어도 그대로 쓰러졌을 것이다. 케일에게는 다행히도, 코브툰은 여전히 긴장한 채 아주 신중하게 따라오고 있었다. 케일도 트레버 이인조도 시간이 별로 없었지만, 세 사람 모두 인내심 부족은 죽음을 부른다는 걸 알고 있었다. 케일은 회랑 오른쪽 모퉁이 쪽으로 개처럼 더듬더듬 기어가며 누가 기다리고 있을지 모를 출구를 향해 힘겹게 나아갔다. 너무 크게 헐떡이거나 또다시 토해서 자신의 위치를 들키지 않으려고 기를 썼다. 뒤에서는 코브툰이 보도를 따라 천천히 다가오고 있었다. 케일은 이곳을 벗어날 기회를 가로막는 가장 큰 장애물이 회랑의 커다란 입구로 쏟아져들어오는 달빛임을 깨달았다. 그 문을 통과하려는 사람은 누구나 마차 위의 성 카타리나처럼 환하게 빛을 받을 터였다. 달빛 가장자리로 비칠비칠 기어간 케일은 출구를 막고 있는 자가 깜짝 놀라도록 달려갈 준비를 했다. 뒤에서는 고르지 못한 돌길을 살금살금 밟는 코브툰의 발소리가 들려왔다. 케일은 출구를 향해 달렸다. 일 초, 일 초 반, 이 초. 그때 별안간 관자놀이가 깨지듯 엄청난 고통이 밀려들었다. 달빛 바로 너머에서 기다리고 있던 트레버 루가보이가 다가들어 쇠뇌의 묵직한 끄트머리로 후려친 것이다. 더 살짝 쳤더라도 몸 상태가 엉망인 케일을 쓰러뜨리기는 어렵지 않았으리라. 망치가 담긴 자루처럼 쓰러진 케일은 구르크의 성녀 엠마의 조각상에 뒤통수를 부딪쳤다.

11

긴 칼을 뽑아든 루가보이가 손을 뻗어 케일의 머리에 덮여 있는 가림망을 쳐들었다. 자신이 죽이려는 사람이 맞는지 확인한 그는 짧게 물었다.

"토머스 케일?"

"들어본 적 없는 이름인데." 케일이 중얼거렸다. 왼손잡이인 루가보이는 긴 칼을 뒤로 뺐다가 케일을 찔렀다. 케일이 비명을 질렀지만, 곧이어 퍽! 하는 요란한 소리가 났다. 마치 노파가 카펫을 두드려 먼지를 터는 소리 같았다. 트레버 루가보이는 방금까지 긴 칼을 쥔 손이 달려 있던 팔꿈치 아랫부분이 지금은 회랑 바닥에 떨어져 있는 것을 보았지만 이 상황을 이해하지 못했다. 그는 절단된 팔을 쳐들고 잘린 자리를 물끄러미 바라보며 몹시 어리둥절했다.

이윽고 충격에 빠진 루가보이는 무겁게 털썩 주저앉았다. 순간 그의 앞으로 한 사람이 획 지나가더니, 케일 바로 뒤에 와 있던 트레버 코브툰의 가슴을 칼로 찔렀다. 칼로 사람을 즉사시키기는 쉽지 않지만, 땅바닥에 쓰러진 코브툰은 몇 초 만에 죽음을 눈앞에 두었다. 몸을 일으켜 꿇어앉은 루가보이는 다시 붙일 준비를 하려는 듯 잘린 팔뚝을 집어들었다. 그러고는 고개를 들어 눈과 코와 입, 얼굴 전체가 파란색과 빨간색으로 얼룩진 존재를 보았다. 그후에 더 끔찍한 것을 보았는지는 알 수 없다. 예정된 죽음이건 불의의 죽음이건, 누구도 저승에서 돌아오지는 못하니까.

한 번이 아니라 세 번 만에 트레버 루가보이를 끝장내 짜증이 난 디드리는 놀란 표정으로 앉아 있는 기진맥진한 소년을 돌아보며 물었다. "네가 토머스 케일이냐?"

케일은 지칠 대로 지쳐 있었지만, 원래 의심이 많은 성격이라 바로 대답하지 않았다. 혹시 이 여자는 암살 기회를 뺏기기 싫었던 라이벌 암살자가 아닐까? 케일은 말을 할 수 없다는 신호로 더 힘겹게 헐떡이면서 오른손을 내밀고 손바닥을 보여 맞는다는 시늉을 했다. 그러나 효과가 없었다.

디드리가 다시 물었다. "네가 토머스 케일이야?"

"됐어, 디드리. 케일 맞아." 캐드버리였다. 그는 위험한 광인들을 수용하는 병동에서 일하는 놀랍도록 우람한 남자 네 명과 함께 왔다. "훌륭해, 디드리. 정말 훌륭해. 아주 놀라워. 대단해. 이제 진정하고 칼을 치워."

디드리는 말 잘 듣는 착한 계집아이처럼 시키는 대로 했다.

캐드버리가 케일에게 말했다. "미안한 말이지만, 꼴이 썩 좋아 보이지는 않는구나."

"나라면…… 이만한 게…… 다행이라고…… 하겠어요." 케일은 힘이 들어서 띄엄띄엄 대꾸하며 손을 내밀었다.

캐드버리가 케일을 일으켜세우고 살펴보더니 씩 웃었다. "그 모든 악행을 용서받으려는 뜻은 가상하다만, 이 성직자 옷이 정말로 너한테 어울린다고 생각하냐?"

케일은 레이 수녀의 옷을 벗고 루가보이가 보도 위에 떨어뜨린 가림망을 집어들며 캐드버리에게 말했다.

"여기서 기다려요." 그러고는 지친 몸을 끌고 지붕 씌운 보도의 그늘로 걸어갔다.

케일이 어둠 속을 향해 소리쳤다. "놀라지 마요. 접니다. 이제 안전합니다. 당신 옷가지를 갖고 왔어요." 케일은 수녀복과 가림망을 달빛 비치는 작은 땅 위에 내려놓고 뒤로 물러나 한마디 덧붙였다. "가림망이 조금 찢어졌습니다. 미안해요." 잠시 아무 일도 일어나지 않았다. 이윽고 놀라울 정도로 하얀 팔이 달빛 안으로 뻗어나오더니, 수녀복과 가림망을 천천히 어둠 속으로 가져갔다. 잠깐 동안 부스럭거리는 소리가 들렸다.

어둠 속에서 레이 수녀가 물었다. "당신은 괜찮아요? 다치지 않았어요?"

"안 다쳤습니다." 잠시 후 케일이 물었다. "당신은 괜찮습니까?"

"괜찮아요."

"어떤 사람이 절 구해줬습니다. 주님의 뜻이었을까요?"

"신은 존재하지 않는다고 면전에서 불경을 저지른 당신을요?"

"신이 저를 구하고 싶나보죠. 앞으로 잘하라고."

"자기 자신에게 꽤나 호의적이군요."

"솔직히 나는 주님의 뜻이라고 생각하지 않습니다. 저를 구해준 여자는 천사와는 별로 관련이 없어 보이는 외모거든요. 어쩌면 악마가 줄곧 제 뒤에 있었는지도 모르죠."

어둠 속에서 폴이 한마디했다. "그러니까 넌 여전히 선택받은 자라는 말이군. 단순히 살인 기술을 타고난 몹쓸 꼬마가 아니라."

케일이 대꾸했다. "네 주둥이에 칼이 꽂히면 좋았을 텐데 아쉽다. 너도 우릴 구해준 사람들을 만나보는 게 좋겠어."

하지만 회랑 중간쯤 갔을 때 케일의 마음이 바뀌었다. "넌 가지 않는 편이 낫겠어. 내가 모르는 사람들이거든…… 저들의 주의를 끌어 좋을 게 없지."

케일이 어둠 속으로 사라졌지만, 레이 수녀는 더이상 케일이 시키는 대로 하지 않기로 마음먹었다. 살며시 앞으로 나아간 그녀는 회랑 왼쪽 모퉁이 그늘에 숨었다. 케일과 이야기하는 키 큰 남자는 우아한 검은 옷차림이었고, 그들 옆에서 레이 수녀를 등지고 서 있는 여자는 주위에서 벌어지는 일에 관심을 잃었는지 회랑 뒤편의 어둠을 멍하니 바라보고 있었다. 디드리 플런케트가 돌아서자, 레이 수녀는 다시 그늘로 몸을 숨기고 케일의 말이 옳다고 생각을 고쳤다. 피하는 게 상책인 낯짝이었다.

캐드버리가 케일에게 말했다. "여기 머물 수 없어. 아까 읍내에서 불쾌한 일이 좀 있었고, 지금은 우리가 여길 떠야 할 때야. 저 여자는 얼굴을 씻고 옷도 갈아입어야 해."

"저 시체들은 어떻게 합니까?"

"우리가 끼어들기 전에 너를 죽이려 한 자들이란 점을 고려할 때, 너한테 처리해달라고 부탁하는 것이 무리한 요구는 아닐 듯싶은데. 그건 그렇고, 굳이 저 여자한테 고마워할 필요는 없어."

"아뇨, 그럴 수야 없죠." 케일은 디드리를 보고 큰 소리로 말했다. "고맙습니다." 디드리는 잠시 케일을 빤히 쳐다보다 이내 다시 눈을 돌렸다. 케일은 이 구원자들에게 자기 방으로 가자고 제안하고 싶었지만, 경비원들의 존재로 보아 아무데도 갈 수 없는 상황임이 분명했다. 잠시 후 씩씩거리며 나타난 수녀원 병원장은 어떻게된 일이냐고 따지려다 시신 두 구와 잘린 팔을 보았고, 이어서 디드리 플런케트의 얼굴을 보았다. 아니나 다를까, 병원장의 입술에서 핏기가 사라졌지만, 그녀는 아주 튼튼한 천으로 만들어진 여자였다. "이쪽으로 와요." 병원장이 케일과 캐드버리에게 말하고는 회랑 입구에서 물러났다.

몇 분 동안 두 남자가 자초지종을 설명하려 했지만 소용없었다. 그때 갑자기 레이 수녀가 끼어들었다. "제가 목격자이자 당사자입니다. 저 두 남자는 저희 둘을 죽이러 왔습니다. 무슨 목적이었는지는 모르지만, 저희는 아무런 도발도 하지 않았고……" 수녀는 잠시 사이를 두고 말을 이었다. "저 아가씨와 이 남자분이 개입하지 않았다면, 회랑 바닥에는 저희의 시체가 누워 있을 겁니다."

병원장이 물었다. "그렇다면 여기 있는 저 시신들을 내가 어떻게 해야 하죠?"

"제가 처리하겠습니다." 케일이 대답했다.

"물론 그러시겠죠. 댁한테는 그런 재주가 아주 많을 테니까." 병원장이 빈정거렸다.

레이 수녀가 나섰다. "치안 판사를 부르시죠."

"그 양반은 지금 헤라클리온에 있어요. 아무리 빨라도 내일 오후 늦게나 여기 올 수 있죠." 병원장은 캐드버리와 케일을 보고 덧붙였다. "그때까지는 당신들 두 사람을 구금해둬야겠어요."

캐드버리가 고갯짓으로 디드리를 가리키며 대꾸했다. "그건 나도 내 젊은 동료도 절대로 좋아하지 않을 일인데." 저잣거리에서 세 사람이 죽었다는 소식이 수녀원에는 아직 다다르지 않은 듯했다. 그 일이 알려지면 캐드버리와 디드리는 끝장이었다. 트레버 이 인조뿐만 아니라 앞서 죽인 사내들에 대해서도 설명할 도리가 없었기 때문이다. 캐드버리는 수녀원의 경비를 뚫고 탈출할 가능성을 저울질하기 시작했다.

케일이 말했다. "두 사람을 내 방에 데리고 있겠습니다. 그곳 창문은 창살로 막혀 있고, 문밖에 경비원을 얼마든지 세워두세요. 그럼 되겠죠?"

병원장은 캐드버리와 이 기괴한 젊은 여자—혹은 여자처럼 생긴 존재—를 강제로 체포할 만큼 배포가 크지 못했다. 케일이 안심시켰다. "별일 없을 겁니다. 제가 장담하죠." 사람들이 좋아하니까 하는 말일 뿐 아무 뜻도 없었다. 하지만 가장 쉬운 해결책을 바란 병원장은 만족했다. 그녀가 경비대장을 보고 말했다.

"이 사람들을 케일 씨의 방으로 데려가요. 그리고 내 지시가 있을 때까지 당신과 경비원 모두 문밖에 서 있어요." 그런 다음 레이 수녀에게 한마디했다. "수녀님은 나랑 따로 이야기합시다."

오 분 뒤, 경비원들이 세 사람을 케일의 방에 들여보내고 방문을 잠갔다. 열쇠가 자물쇠 구멍에서 빠지기도 전에 캐드버리는 창문을 가로막은 인상적인 창살을 살펴보기 시작했다. 그가 케일을 보고 물었다.

"우리가 여기로 와서 좋은 게 뭐지?"

"창문을 가로막은 창살이 실은 있으나 마나 하다는 거요." 케일은 일인용 책상 서랍에서 작은 칼을 꺼내 벽을 쑤시기 시작했다. 자갈과 모래를 비누로 뭉쳐놓은 자리라 놀라울 정도로 쉽게 부서지고, 창문 아래 벽 속으로 뻗어 창살들을 고정하는 철제 틀이 드러났다. "얼마 전부터 제가 흔들어놨기 때문에 십 분이면 빠질 겁니다."

"땅까지 높이가 얼마나 되지?"

"3피트 정도요. 지난 수년간 이곳에 위험한 정신이상자는 수용하지 않았습니다. 그래서 이 창살은 보기에는 인상적이지만 벽 속에서는 거의 녹슬어 있죠."

캐드버리가 고개를 끄덕였다. "나쁘지 않군. 의심해서 미안하다. 내 최대 결점 중 하나가 믿음 부족이거든." 그는 디드리 쪽을 보며 케일에게 물었다. "혹시 비누 있나?"

캐드버리가 뚱한 표정으로 참으며 삼십 분 가까이 디드리의 얼굴에서 화장을 씻어내는 동안, 케일은 이미 약해진 벽을 마저 파냈다. 물과 비누로 씻어낸 얼굴에서 점차 익숙한 디드리의 모습이 나타났다. 창백한 낯빛과 얇은 입술, 하지만 여전히 광기 어린 눈. 그녀에게 케일의 옷도 입혔다. 윗도리가 벙벙하고 바지는 혁대로 조였는데, 6인치나 더 위쪽에 혁대 구멍을 새로 뚫어야 했다.

창살들을 제거하느라 십 분이 더 걸렸다. 그사이 케일은 캐드버리에게서 트레버 이인조에 대한 정보를 캐냈다. "리디머들이 보낸 자들이라고 단언할 수는 없지만, 그자들은 수년간 리디머들의 영역에서 돈을 받고 일했어. 네가 우리의 보호 아래 평화롭게 은퇴하고 싶다면, 우리가 부탁하는 일들을 하는 게 좋아."

"나를 좋아하지 않는 다른 사람들도 많습니다."

"그들은 트레버 이인조와 접촉할 수 없고, 설령 그런다 해도 보수를 감당할 능력이 안 돼. 리디머들 짓이야."

"단언할 수는 없다면서요."

"물론 단언할 순 없지."

"트레버 이인조가 그렇게 뛰어나다면 어떻게 일개 소녀가 그들을 죽일 수 있었죠?"

"이 여자는 일개 소녀가 아니고, 트레버 녀석들은 운이 없었어. 일을 너무 질질 끌었지."

"당신 친구 말인데요……"

"이 여자는 내 친구가 아냐."

"……어쩐지 낯이 익습니다."

캐드버리는 화제를 바꾸었다.

"너도 우리랑 같이 가는 걸 고려해봐."

"나요? 난 아무 잘못도 안 했습니다."

"이곳을 운영하는 그 늙은 여편네는 그렇게 생각하지 않을걸."

"난 그 여자 신경 안 씁니다."

"넌 여기 있으면 안 돼. 놈들은 멈추지 않을 거야."

"리디머들에 대해서는 내가 당신보다 훨씬 잘 알아요. 나 나름대로 고민해보겠습니다."

"키티에게 전할 말 있어?"

케일은 웃었다. "내가 고마워한다고 전해주세요. 그리고 당신과 당신의 미친 친구한테도."

"내 친구 아니라니까. 그리고 키티가 바라는 건 감사 인사가 아닐 거야. 너한테는 그 어느 곳보다 스패니시 리즈가 안전할 텐데."

"다음에 거기 가면 두 분을 찾아뵙죠."

이야기는 거기까지였다.

다음날 아침, 레이 수녀와 함께 찾아온 병원장은 불같이 화를 내며 펄펄 뛰었다. "그자들을 당할 수가 없었습니다." 케일의 해명은 이것뿐이었다. 병원장은 고래고래 호통을 치고 인신공격까지 퍼부었으며, 두 도망자가 저잣거리 살인사건의 범인으로 밝혀지자 분위기는 더욱 험악해졌다. 그리고 이 모든 일을 헤라클리온에서 돌아온 치안 판사에게 설명해야 했다. 케일은 사흘 동안 감금당했지만, 마을에서 벌어진 살인과 무관한 것이 분명한데다 레이 수녀가 강력하게 지적했듯이 회랑에서 살해당할 뻔했던 당사자이기에, 결국 병원장은 케일을 풀어줄 수밖에 없었다. 그러고는 일주일 안에 떠나라고 했는데, 케일의 존재가 수녀원의 모든 이들에게 심각한 위험을 초래한다는 지극히 타당한 이유에서였다.

케일이 레이 수녀에게 말했다. "솔직히 저는 병원장이 이만큼이나 시간을 줘서 조금 놀랐습니다. 당신한테 고마워해야겠죠?"

"그게 공정하다고 생각했을 뿐이에요. 어디로 갈 거예요? 아니, 말하지 마요."

케일은 수녀의 변덕에 웃었다. "모르겠습니다. 북쪽도 생각해봤지만, 요즘 거긴 살벌하다더군요. 더구나 보스코는 제가 어딜 가든 가만있지 않을 겁니다. 캐드버리의 말이 맞을지도 모릅니다. 황무지를 떠도는 것보다는 스패니시 리즈에 있는 편이 안전하겠죠."

"황무지가 어떤지는 모르겠지만, 당신은 혼자 다닐 만큼 몸이 좋지 못해요. 뭐든 어려운 상태죠."

"그럼 결정됐군요. 스패니시 리즈로 가야겠습니다."

"하나만 약속해달라고 부탁해도 되겠어요?"

"하세요."

"암토끼 키티라는 사람을 멀리해요."

"말처럼 쉬운 일이 아닙니다. 나는 돈과 권력이 필요한데, 키티는 둘을 모두 갖고 있어요."

"이드리스푸케는 당신을 아껴요. 그분 곁에 있어요."

"그에게는 돈도 힘도 없습니다. 게다가 자기 코가 석 자인 처지인걸요."

잠시 침묵이 흘렀다. 레이 수녀는 작은 서랍이 잔뜩 달려 있는 벽장으로 걸어가, 서랍 두 개를 열고 큼지막한 봉지 하나와 작은 봉지 하나를 꺼내 탁자에 내려놓았다.

"이건 팁턴스 위드라는 약초예요." 수녀가 봉지를 열고 소량의 내용물을 손바닥에 쏟으며 말을 이었다. "끓는 물에 이만큼 넣고 식힌 다음, 날마다 같은 시간에 마셔요. 스패니시 리즈에 가면 어느 약초 가게에서나 구할 수 있지만, 거기서는 징겐스 보르트나 체이스 데빌이라고 불러요."

"용도가 뭡니까?"

"악귀가 달아나게 도와주죠. 기분이 한결 좋아질 거예요. 고통을 누그러뜨리거든요. 머리가 어지러워지거나 빛에 민감해지기 시작하면, 그 상태가 멈출 때까지 복용량을 줄여요. 상처를 아물게 하는 데도 좋아요."

수녀는 나머지 봉지를 두 번 톡톡 두드렸다. "이건 페드라 모르핀이에요. 당신한테 줄까 말까 몇 번이나 고민했답니다." 곧이어 봉지를 열고 녹색과 흰색으로 얼룩진 소량의 가루를 탁자에 부은 다음, 작은 칼을 집어들고 손톱 크기만큼 떼어냈다. "너무 괴로울 때 이걸 먹어요. 지난번 밤처럼 못 견딜 정도가 아니면 먹지 말고요. 몇 시간은 기운이 날 거예요. 하지만 체내에 쌓이기 때문에, 몇 주 이상 오래 복용하면 지난 몇 달간 겪은 고통은 장난으로 느껴질 거예요. 내 말 이해하겠어요?"

"나는 바보가 아닙니다."

"물론이죠. 하지만 아마 이게 차악에 불과하다고 느낄 때가 올 거예요. 이렇게 스무 번 분량으로 나누어 삼 주 이상에 걸쳐 먹으면 그래도 좀 나을 거예요."

폴이 한마디했다. "지금 다 털어넣어. 네가 뒈지면 세상 사람 모두가 행복해질 테니까."

레이 수녀는 폴에게 입다물라고 꾸짖은 다음, 팁턴스 위드를 끓이는 요령을 알려주고 페드라 모르핀을 스무 토막으로 나누어 어느 정도 양을 먹어야 하는지도 알려주었다. 그때 문을 두드리는 소리가 들렸다. "들어와요." 수녀원 하녀가 들어오더니 몹시 들뜬 표정으로 말했다.

"죄송합니다, 수녀님. 마차를 타고 온 어떤 아름다운 부인이 토머스 케일 씨를 불러달라고 합니다. 백마를 탄 병사들과 세련된 옷차림의 하인들을 대동하고요. 병원장님이 당장 케일 씨를 데려오라고 하십니다."

"대관절 누가 당신을……?" 하지만 레이 수녀는 이미 문으로 걸어가는 케일의 등을 보고 있었다.

12

교양인의 가장 큰 실수 중 하나는 정신이 고상한 사람은 감정도 고상하다고 믿는 것이다. 이를테면 영아 살해에 대해 과연 어떤 인간이 고상한 증오나 고상한 슬픔을 느끼겠는가? 교육받은 세련된 현대인의 상처받은 마음과 야만인의 상처받은 마음은 과연 다를까? 식견이 높은 지식인은 출산이나 신장 결석의 고통을 무무한 일반인이나 천민과는 다르게 느낄까? 지성의 색조는 다양하지만, 분노의 색깔은 어디서나 같다. 모욕감은 누구에게나 동일하다.

케일의 마음은 야만스러우면서도 고상했다. 전략전술가로서 지형지물을 읽는 그의 정교한 기술은 체스 게임의 대가도 갖지 못한 것이었다. 적진을 공격하거나 진지를 수비하는 요령, 또는 풍향이 바뀌거나 비가 내릴 경우 순식간에 임기응변으로 대처하는 법, 동의나 상의 없이 언제든 신들에 의해 바뀔 수 있는 전투의 기존 법칙과 새로운 법칙을 활용하기 등등. 삶의 온갖 공포와 수수께끼는 가장 단순한 전투에서조차 일어난다. 인간이 겪는 가장 끔찍한 이시련 속에서 어느 누가 케일보다 냉철하거나 더 지적이겠는가? 하지만 복잡한 전투를 척척 수행해내는 이 비범한 소년은 계단을 달려 내려가며 희망으로 심장이 터질 지경이었다. 그녀가 온몸을 던져 용서를 구하러 온 거야. 모든 일을 해명하려 들겠지. 나는 그녀를 거부하고 겁을 주겠어. 누군지 기억조차 못하는 것처럼 굴겠어. 그녀의 목을 조르겠어. 그런 꼴을 당해도 싼 여자니까. 내 앞에서 눈물 흘리게 만들겠어.

하지만 이내 정신을 차렸다. 그녀가 아니면 어쩌지? 만약 다른 여자라면? 그녀 말고 누가 올까? 그녀는 바라는 게 있어. 하지만 절대 그걸 얻지 못할 거야. 이 상태가 지속되었다. 케일의 야만적인 마음과 지적인 마음이 주도권을 차지하려고 서로 다투는 동안, 내면에서 광기가 바스러졌다. 케일은 걸음을 멈추고, 호흡이 거칠어진 자신을 소리내어 타일렀다. "흥분 가라앉혀. 마음을 다잡아. 진정해. 머리를 식히고 차분해지는 거야."

땀이 나고 있었다. 케일은 생각했다. 아무래도 아까 마신 차 때문 같아. 이 꼴로 갈 수는 없어. 이내 광기가 되돌아왔다. 내가 늦게 가면 아르벨이 그냥 떠나버릴지도 몰라. 어쩌면 우연히 지나가다 일시적 기분에 잠깐 들렀는데 이미 후회하고 있을지도 몰라. 나한테 험한 꼴을 당할까봐 두려워 그냥 떠날지도 몰라. 곧이어 더 심한 광기가 밀려들었다. 내가 병들고 약해졌다는 걸 알고 비웃으러 온 거야.

하지만 일종의 자존심이 광기와 두려움, 사랑조차 눌러버렸다. 자기 방으로 돌아온 케일은 재빨리 세면대에서 얼굴을 씻고—꼭 그래야 했다—옷도 갈아입었다. 이번에도 땀이 날까봐 두려워 느릿느릿 병원장실로 걸어갔다. 문 앞에서 잠시 마음을 추슬렀다. 차분히 문을 두드렸다. 그러고는 병원장의 입에서 나온 "들어와요"라는 말이 채 끝나기도 전에 들어갔다. 그녀가 있었다. 아르벨이 아니라 리바. 절망과 좌절, 고통, 분열, 충격. 케일의 가련한 심장은 과연 견뎌낼 수 있었을까? 그저 숨막히는 상실의 비명이 터져나오는 것을 참을 따름이었다. 꼼짝 않고 서서 그녀를 물끄러미 바라보았다.

"토머스랑 단둘이 이야기하고 싶은데 괜찮을까요?" 리바가 병원장에게 말했다. 다른 상황이었다면 케일은 리바의 우아한 말투와 '안 됩니다'라는 대답을 고민할 수 없는 요청이란 점을 두 여자 모두 명백히 알고 있다는 사실에 기분좋은 충격을 받았을 것이다. 리바의 어조에는 매력적이면서 설명할 수 없는 권위가 담겨 있었다. 병원장은 순순히 리바에게 억지웃음을 짓고는 험악한 표정으로 케일을 노려본 다음 문을 닫고 나갔다. 끔찍하고 기묘한 느낌이 무겁게 짓누르는 침묵이 흘렀다.

마침내 리바가 말문을 열었다. "다른 사람을 기대했나보구나. 미안해." 그녀가 몹시 실망한 케일을 보고 미안해한 것은 사실이었다. 너무 병약해져 눈가가 거무스레한 케일의 몰골에 안타까운 것도 진심이었다. 하지만 자신이 그런 지독한 실망의 원인이어서 서운한 것 또한 사실이었다. 리바는 자신의 멋진 사랑과 변신의 이야기에 케일이 깜짝 놀라며 기뻐하길 바랐지만, 결코 우쭐하는 마음은 없었다. 이 세상은 고통과 불행, 학살과 광기로 점철되어 있지만, 오늘은 괴롭고 내일은 두려우며 결국 가장 섬뜩한 일이 벌어지는 최악의 절망만 존재하지는 않는다. 행복한 결말도 분명 존재하고, 때로는 미덕이 보상받으며, 선량하고 관대한 사람은 자신에게 걸맞은 삶을 산다. 리바가 그런 경우였다. 그녀는 고통 속에 살아가던 가련하고 비참한 케일의 삶에 너무나 혐오스러운 방식으로 등장했다. 모든 여성에게 내재한 기괴한 불순의 육체적 근원을 알아내려는 리디머 피카르보의 호기심을 충족해줄 실험체로서 손발이 묶인 채 내장이 적출되길 기다리는 처지였다. 과거에 케일이 누누이 상기시켰던 터라, 리바는 케일이 인류 역사상 가장 비자발적인 구원자였으며 만약 같은 상황에 다시 처한다면 피카르보의 역겨운 해부 실험을 방관하리라는 것을 잘 알고 있었다. 사실 리바는 케일이 정말로 그녀를 죽게 내버려두지는 않을 거라 생각했고, 적어도 그렇게 믿고 싶었다. 케일이 얼마나 냉정할 수 있는지 모르는 순진한 아가씨였다. 구사일생으로 목숨을 건진 리바는 이후 아주 손쉽게 명사로 등극했다. 그녀는 보기 드물게 풍만하고 아름다운 여인이었지만, 멤피스는 미녀가 흔한 곳이었다. 트로이의 헬레네는 멤피스에서 태어났는데, 다른 여자들과 비교해 평범한 축으로 여겨졌다. 그런 도시에서 리바가 수많은 남자들의 마음을 사로잡은 것은 그녀가 착하고 친절하며 영리한데다, 뚱뚱해 보일 정도로 풍만한 몸이 그녀의 너그럽고 푸근한 심성을 시각적으로 표현해주었기 때문이다. 미움받는 아르벨(물론 리바는 그녀를 미워하지 않았다)의 시녀였던 리바는 멤피스의 몰락 이후 두려움에 떨며 리디머들로부터 달아나는 동안 자신이 모시는 아가씨 못지않게 많은 시련을 겪었다. 실버리힐에서 살아남았던 마테라치 사내 다수가 그 도주 기간에 굶주림과 질병으로 목숨을 잃었다. 남은 마테라치 일가가 스패니시 리즈로 기어들어갈 무렵에도 리바는 여전히 아르벨의 시녀였지만, 거기서도 상냥한 매력과 재치로 계층을 가리지 않고 모든 사내들의 관심을 끌 수밖에 없었다. 게다가 마테라치 여인들처럼 남자를 경멸하지 않고 좋아한다는 것이 리바의 압도적인 강점이었다. 이 얼마나 탁월한 선택인가! 리바는 석탄 운수업자, 푸주한, 변호사, 의사뿐만 아니라 멤피스와 스패니시 리즈의 귀족들에게도 사랑받았다. 사람 좋은 리바에게는 다행스럽게도, 이렇듯 다양한 미래의 가능성(거물이 될 것인가, 보잘것없는 여편네로 끝날 것인가?) 중에서 그녀가 사랑에 빠진 남자는 스위스 주재 한자동맹 대사인 아르투르 비텐베르크였다. 그는 한자동맹 총재의 외아들이기도 했다. 한자동맹은 발트해 연안에 있는 모든 부유한 국가들의 연맹이었다. 그의 부친은 당연히 둘의 결혼을 반대했지만, 리바를 만나고 완전히 매료된 나머지 거의 이성을 잃고 그리스 비극에서처럼 자기 아들을 배신할 뻔했으며, 다행히 정신을 차리고 가까스로 체통을 지켰다. 모든 인간이 이렇게 자제력이 강하다면 이야기꾼이나 오페라 작가가 무슨 수로 먹고살겠는가? 어쨌든 불과 몇 달 사이에 리바는 배를 곯는 하찮은 존재에서 어마어마한 부와 막강한 정치적 영향력을 지닌 여인으로 탈바꿈했다.

하지만 리바는 케일의 실망감을 충분히 이해했으며—상처받은 자존심 때문에 살짝 분하긴 했지만—자신이 부와 권력을 쥐게 된 사연을 명랑하면서도 겸손하게 이야기함으로써 케일이 평정을 되찾을 시간을 주었다. 한 시간쯤 지나자 다시 차분해진 케일은 실망감을 숨기고 그 지독한 실망에 대한 크나큰 수치심도 감추었다. 마침내 그는 리바를 보고 반가워하며 그녀가 현재 누리는 행운에 기뻐했지만, 한편으로는 그걸 어떻게 이용할 수 있을지 궁리했다. 리바는 지난 일들에 대해 조잘조잘 떠들면서, 어처구니없는 귀족의 삶을 꼬집는 흥미로운 이야기를 한가득 들려주었다.

"네 결혼식에 아르벨이 왔어?"

"왔지. 기꺼이 참석해줬어."

"보나마나 결혼식이 끝나자마자 돼지 농장으로 가서 돼지 밥을 줬겠지. 듣자하니 무척 곤궁한 신세라던데. 마테라치 일가 말이야."

"더이상은 아냐. 콘이 왕의 총애를 받게 되었고, 왕은 이제 다른 사람 말은 안 들어. 덕분에 돈도 생기고, 직위도 논의중이래."

"정말?"

"들리는 소문으로는 콘이 머스그로브 장군 아래 부사령관으로 임명되어 발트해 추축국 연합 전군을 지휘할 거래. 그들이 리디머들과의 전쟁에 나서도록 설득할 수 있다면 말이야."

"그들이 전쟁에 나설까?"

"아르투르 말로는 리디머들이 움직이기 전까지는 논의만 할 뿐 가만히 있을 거라던데, 일단 리디머들이 움직이면 그때는 이미 늦을 거야."

"비폰드는 고용됐어?"

"응. 하지만 그가 바라는, 혹은 그에게 필요한 권력은 전혀 없는 자리야. 아르투르 말로는 스위스 정부가 그를 목장으로 보냈대. 이드리스푸케도 자기 형과 함께 풀을 뜯어야 하는 신세고."

케일은 자신을 딱하게 여기는 리바를 바라보면서, 행운이 그녀를 어떻게 변모시켰을지 가늠했다.

"네 남편 아르투르를 믿어? 그의 능력 말이야."

"응."

"그럼 아르투르를 도와주면서 비폰드와 이드리스푸케에게 정식으로 인사시켜. 아르투르는 그들이 진짜 선수고 자신에게 필요한 사람들이란 걸 알게 될 거야. 그들은 아르투르의 영향력과 돈이 필요하고."

"아서는 내 남편이야. 내가 이래라저래라 할 수 없어."

케일은 고개를 끄덕이고 침묵함으로써 자신이 얼마나 크게 실망했는지 리바가 깨닫기를 기다렸다. 회랑을 피해 정원을 거니는 동안, 케일은 새와 꽃을 비롯해 밤하늘의 별들이 만들어내는 우윳빛 은하수를 쳐다보는 기분에 대해 떠들었다. 잠시 침묵이 흘렀다. 케일이 웃었다. 리바는 케일이 비폰드와 이드리스푸케 이야기를 더는 하지 않아 다행이라고 생각했다.

케일이 무심하게 말했다. "참 우스운 세상이야."

"어째서?"

"삶이란 너무 기묘하고 섬뜩하다는 생각을 했어. 지금 너는 굉장한 부호가 뒷배를 봐주는 아름다운 여인이야. 불과 몇 년 전에는 나무 탁자 위에 손발이 묶인 채 두들겨맞고 실험실 바닥에 내장이 쏟아질 처지였는데 말야. 만약 내가 그냥 걸어갔다면 어떻게 됐을까? 그 시절에 나는 못된 녀석이었어. 그냥 지나칠 수도 있었지. 하지만 안 그랬어. 난 걸음을 멈추고 돌아서서……"

"그만해. 무슨 말을 하려는지 알겠어."

케일은 어깨를 으쓱했다. "별 뜻 없는 말이야. 지난 시절 이야기를 하려던 것뿐이지."

"내가 너한테 얼마나 큰 빚을 졌는지 잘 알아, 케일."

"나도 그래."

이후 두 사람은 묵묵히 나머지 정원을 거닐었다.

다음날 케일은 리바에게 스패니시 리즈로 함께 돌아가자고 했다.
리바가 물었다. "안전할까?"
"너한테?"
"네가 돌아가는 것 말이야. 몸은 다 나았어?"
"아니. 썩 좋지 않아. 하지만 여기건 어디건 안전하지 못해. 내가 충분히 멀리 가면 보스코가 날 내버려둘 거라고 생각했지만, 그는 내가 무슨 짓을 하든 쫓아올 거야."
이는 틀린 결론이었지만, 이성적인 결론은 이것뿐이었다.
"리디머들을 파멸시킬 거야?"
"그런 식으로 말하니 내가 미친놈 같잖아. 다른 선택지를 줘봐. 그걸로 할게."
"넌 여행복과 근사한 모자가 필요해."
"근사한 모자 좋지." 케일은 잠시 생각하다 물었다. "너랑 같이 마차 안에 있어도 될까?"
"앞으로 큰일들을 하려면 너는 더 유순해져야 해. 아르투르가 너한테 많이 가르쳐줄 거야. 네가 내 목숨을 구해준 걸 알고 어떻게든 보답하려고 하거든. 그의 호의를 저버리지 마."
케일이 웃었다. "가는 동안 내가 어떻게 행동하면 좋은지 가르쳐줘. 귀담아들을게. 정말이야."
"그래야지. 이제 네 주먹은 널 보호해주지 못하니까."
케일은 리바를 빤히 바라보았다. 서글픈 눈빛이었다.
"미안." 리바가 웃으며 말했다. "행운이 나를 건방지고 오만하게 만들었나봐. 아르투르가 그렇게 말했어."

"언제 떠날 수 있지?"

"내일 아침. 일찍."

"내일 아침 늦게가 어떨까?"

하지만 늦은 아침도 케일에게는 좋지 못했다. 안경을 쓰고 마차에 올랐으나, 폭신한 좌석에 누워 여섯 시간 넘게 잠들었다.

멀리서 케일을 지켜보던 케빈 미트야드는 수녀원 안에서 살인이 벌어졌다는 소문이 사실임을 깨달았다. 이제 그는 일자리를 잃었을뿐더러 마을에서 보호받지 못하게 됐는데, 그가 저지르지도 않은 살인 때문에 수배자 신세로 전락했기 때문이다. 이후 수년간 키프로스에서는 아무도 그의 소식을 듣지 못했다. 하지만 마침내 소식을 들은 이들은 그가 이곳을 완전히 잊었기를 바랐다. 물론 지금은 그 이야기를 할 때가 아니다.

케일과 리바를 태운 마차는 출발 후 네 시간 뒤 멈춰 섰지만, 케일이 계속 자겠다고 해서 리바는 수행원과 둘이서 배불리 식사를 했다. 한 시간 뒤 케일이 서서히 눈을 뜨고 여행이 재개되었지만, 편안한 잠에서 깨는 것이라기보다 가까스로 의식을 되찾는 것에 가까웠다. 케일은 족히 이십 분 동안 눈을 뜨지 않았다. 뜰 수가 없었다. 하지만 기분좋은 소리가 들렸다. 리바의 노랫소리였다. 그녀는 스패니시 리즈에서 최근 유행하는 노래를 나직이 흥얼거리고 있었다.

부디 사랑의 진실을 말해줘요

사람들의 노래가 정말로 사실인가요?
사람들의 노래가 정말로 사실인가요?
정말로 사랑은 끝이 없나요?

내 파라솔 그늘로 들어와요
내 우산 밑으로 들어와요
나는 늘 당신에게 진실할 테고
당신은 날 사랑하겠죠, 내 사랑, 영원히

오, 사랑의 진실을 말해줘요
사랑은 진실인가요 거짓인가요
정말로 첫사랑은 영원한가요?

제발 아니라고 말하지 마요
제발 아니라고 말하지 마요
난 알고 싶지 않으니까요
난 알고 싶지 않으니까요

케일이 서서히 일어나 앉자 리바가 노래를 그쳤다.
"몸이 아파?"
"응."
"많이 아파?"
"응."
"물어볼 엄두가 안 났었는데, 혹시 그 여자들 소식 들었어?"

"여자들?"

"나랑 같이 성소에 있던 여자들 말이야. 보스코가 이미 다 죽였을까?"

"안 죽였을걸."

리바는 이 말에 놀라고 희망에 부풀었다.

"어째서?"

"죽일 이유가 없으니까."

"살려둘 이유도 없잖아."

"그렇지."

잠시 침묵하던 리바가 말했다. "난 보스코가 걔들을 살려두고 너한테 써먹을지도 모른다고 생각했어."

"이젠 아냐. 당연하잖아."

"내가 걔들을 도울 방법이 없을까?"

"없어."

"확실해?"

"도울 수 없다는 걸 알면서 왜 자꾸 묻지? 죄책감 때문이야?"

"죽지 않고 행복을 누려서? 가끔은 죄스러워."

"하지만 늘 그렇진 않잖아."

리바는 한숨을 푹 쉬었다.

"늘 그렇지는 않지. 실은 거의 생각도 안 해."

"자신이 용서될 만큼만 죄책감을 갖고 얼마든지 행복을 누려. 앞으로도 죽. 그 여자들은 행복할 수 없으니, 네가 그들 몫까지 행복하게 살아."

"넌 나한테 이래라저래라 할 입장이 아냐. 난 아주 중요한 사람이고, 너는 내가 시키는 대로 해야 해."

케일이 웃었다. "그래. 이제부터는 네가 시키는 대로 할게. 나한테 목숨을 빚진 아름답고 돈 많은 여자라. 그런 사람의 지시라면 기꺼이 따라야지."

"이제 넌 마음에 안 든다고 아무나 죽일 수 없는 처지야. 어제도 말했듯이 넌 유순해지는 법을 꼭 배워야 해."

"유순해져?" 그런 단어를 전에 들은 적은 있지만 실제로 필요해질 거라고는 생각하지 못했다는 듯한 말투였다. 케일은 리바를 다시 만나 좋았고, 그녀의 삶이 잘 풀려서 무척 기뻤다. 머릿속에 떠오른 말을 할까 말까 망설이다 그냥 담담하고 빠르게 말해버렸다.

"난 피카르보가 너한테 뭘 원했는지, 무슨 일을 하고 있었는지 알아냈어."

"소름 끼쳐." 리바는 나직이 대꾸했다. "그리고 미친 짓이야."

"보스코도 거의 같은 생각을 했어. 그자가 미쳤다고 말이야. 그래서 나머지 여자들을 살려두는 건지도 몰라. 보스코는 피카르보와 생각이 달랐어."

"너 이제 예전처럼 보스코를 나쁘게 생각하지 않는가보구나."

"모르시는 말씀. 난 이제 그를 더 잘 알게 됐고, 앞으로 훨씬 잘 이해하고 싶어. 그런 다음 목을 따버릴 거거든."

13

아득히 동떨어진 머나먼 브라질의 거대한 초록빛 열대 정글에서 가늠할 수 없을 만큼 강력한 폭풍이 절정으로 치닫고 있다. 바람이 휘몰아치고, 폭우가 퍼붓고, 세상이 깨질 것처럼 천둥번개가 친다. 하지만 이내 미끄러운 비탈에서 티끌 하나 날려버릴 정도로 미약한 바람의 극히 일부의 극히 일부만큼씩 세력이 약해진다. 엄청난 폭풍우가 흩어지기 시작한다.

이제 거룩한 환희의 수호자라는 명예 직함이 생긴 리디머 길 장군은 보스코 교황의 전략회의실로 들어와 정상적인 격식보다 조금 덜 겸손하게 허리를 굽혀 인사했다.

"소식 있나?"

세상을 종말로 이끄는 문제를 논의해야 할 시기지만, 보스코의 질문은 토머스 케일에 대한 것이 틀림없었다.

"어제 성하께 아뢰었다시피, 마지막 소식은 그가 리즈에 있으며 이질을 앓고 있는 듯하다는 것입니다. 어쨌든 와병중입니다. 현재는 그곳을 떠났고, 행선지는 아직 파악하지 못했습니다."

"사람을 더 투입했나?"

"그러겠다고 말씀드렸죠." 길은 사이를 두고 덧붙였다. "어제 말입니다."

"유능한 자들인가?"

"최고입니다." 이는 충분히 일리가 있는 말이었다―온전히 사실이라고 보긴 어렵지만. 케일을 찾아내라고 길이 보낸 자들은 트레버 이인조였기 때문이다. 길은 자신이 굳게 믿는 이 성스러운 임무, 즉 세상의 종말이 훨씬 더 빨리 이루어지려면, 그전에 케일이 먼저 죽어 직접 주님께 알려야 한다고 판단했다. 세상의 파멸은 케일의 손에 의해서만 가능하다는 보스코의 강박적 믿음은 길이 보기에는 망상이었다. 심지어 불경이라고 은밀히 확신했다. 케일은 결코 주님의 분노의 화신이 아니라 죄 많은 소년에 불과했다. 이렇듯 확고한 믿음이 생기자, 길은 보스코도 결국 현실을 받아들여야 할 거라 생각했다.

"무슨 소식이든 들리면 곧바로 알려주게나."

"여부가 있겠습니까, 성하."

그만 가보라는 말이었지만 길은 꿈쩍도 하지 않았다. 길과 대화하는 동안 보스코는 줄곧 작전회의실의 거대한 탁자 네 개 중 하나 위에 펼쳐져 있는 발트해 강대국들의 대형 지도에서 눈을 떼지 않았다.

"아른헴란트를 통해 추축국들을 공격하려는 계획을 케일이 발설할지도 모른다는 염려를 하진 않으십니까?"

"여기가 아닌 다른 곳에서 케일은 성가신 골칫거리일 뿐이야. 장날에 시장 한복판에서 녀석이 떠들어댄들 아무도 귀담아듣지 않을 걸세. 이카르드나 그 어릿광대 조그는 말할 것도 없고. 더 할 이야기 있나?"

"네, 성하. 세상의 종말 말입니다. 문제가 좀 있습니다."

보스코는 재미있다는 듯 웃음을 터뜨렸다.

"아무 문제도 없이 세상을 파멸시킬 수 있을 줄 알았나?"

"예상치 못한 문제들입니다."

요즘 길은 교황 앞에서 치미는 분노를 참기가 점점 더 어려웠다.

"그래?"

"우리가 병합한 국가들의 주민을 이동시키는 데 과도한 물자와 자원이 소요돼서 감당하기가 어렵습니다. 모두 서쪽으로 옮기기에는 사람이 너무 많고, 식량과 운송 수단이 부족해 그들이 우리 군대의 물자를 훔치는 일이 비일비재합니다. 한두 곳은 일정을 늦춰야 합니다."

"생각해보겠네. 또다른 건?"

"브르지카가 저를 만나러 왔습니다." 대량 학살의 천재라 불릴 만큼 그 분야에 재능이 출중한 브르지카는 생포한 자들을 서부로 옮기고 주님의 최대 실수를 끝장내는 절차를 시작하는 실질적 임무의 책임자였다. "처형 집행인들 때문에 골치를 앓고 있다더군요."

"브르지카는 부대에서 적합한 자를 선발할 완벽한 자유가 있잖나. 그 친구에게 우선권을 주라고 내가 분명히 지시했을 텐데."

"성하의 지시는 모두 이행했습니다." 길은 점점 더 분이 치밀었다.

"그렇다면 뭐가 문제지?"

"너무 많은 처형 집행인들이 병들고 있습니다. 정신적으로 말이죠."

"그게 얼마나 중요한 문제인지 알면서 왜 이제야 말하는 건가?"

"대부분 일을 시작한 지 석 달밖에 안 됐습니다. 일주일에 이천 명씩 죽이다보니 몇 달 만에 피폐해지기 시작하더군요. 거의 절반이 포기 상태입니다. 납득하기 어려운 일도 아니죠. 꼭 필요한 임무이긴 하나, 저라도 하기 싫을 것 같습니다. 현실이 그렇습니다."

보스코는 잠시 말이 없다가 창가로 걸어갔다. 얼마 후, 마침내 그가 돌아서서 길을 보고 말했다.

"자네도 알다시피 나는 그들을 자랑스러워하네. 가련한 나의 일꾼들. 우리가 해야만 하는 일을 생각하면 두려움에 정신이 혼미해져. 그들이 고통을 감내하며 멀쩡한 인간으로 남으려면, 당연히 강인한 정신력이 필요해. 브르지카가 아직 이곳에 있나?"

"네."

"나한테 보내게나. 우리의 친구들이 영적인 용기를 찾고 계속 임무를 수행할 방도를 함께 논의하겠네."

"알겠습니다, 성하." 길이 물러나기 시작했다. 보스코가 큰 소리로 그에게 말했다.

"나는 브르지카를 오래전부터 알았어. 그에게 병든 자들을 죽이지 말라고 하게나. 우리는 인간의 나약함을 참작해야 해."

14

"이름?"

베이그 헨리는 짐짓 어리둥절한 표정으로 심문자를 바라보았다.

"죄송하지만 아무도 당신 이름을 말해주지 않았는데요."

"내 이름 말고. 자네 이름."

헨리는 잠시 침묵했다. 이쯤이면 되겠다 싶은 정도로만.

"네."

"뭐라고?"

"네, 알겠어요."

"그래서, 이름이 뭔데?"

이런 난처한 상황에서도 베이그 헨리는 실은 교활한 자식이면서 어수룩한 척하기를 즐기고 있었는데, 이는 오랜 세월 리더머들을 골리며 완벽하게 익힌 위험한 장난으로, 오 년 전 케일이 '베이그' 라는 별명을 붙여준 까닭이기도 했다. 이제는 모두가 그의 그런 면

모를 익히 알고 있었다.

"도미니크 사비오."

"좋아, 사비오 군. 자네는 심각한 범법 행위를 자행했어."

"범법 행위가 무슨 뜻이죠?"

"범죄란 뜻이야."

"자행했다는 무슨 뜻인데요?"

"'저질렀다'라는 거야. 자네가 범죄를 저질렀다는 뜻이지."

"저는 착한 녀석인데요."

게다가 멍청이지. 심문자는 생각했다. 그가 의자에 등을 기대며 말했다.

"물론 그렇겠지. 하지만 허가증 없이 국경을 넘는 건 범죄야. 정식 국경 검문소가 없는 곳으로 이 나라에 들어오는 것도 범죄고."

"저는 허가증이 없는데요."

"허가증이 없다는 건 나도 알아. 그래서 자네가 여기 있는 거잖아."

"허가증은 어디서 받으면 되죠?"

"검문소에서는 안 줘. 허가증 없이 입국을 시도하는 건 범죄야."

"허가증이 필요한 줄 몰랐어요."

"법을 모른다는 건 변명이 안 돼."

"왜요?"

"모든 사람이 법을 몰랐다고 둘러댈 테니까. 살인이 위법인 줄 몰랐다고 할 수도 있잖아. 너라면 사람을 죽이는 게 범죄라는 걸 몰랐다고 해서 살인을 저지른 자를 눠주겠니?"

"군인은 사람을 죽이지만 그건 범죄가 아니잖아요."

"그건 살인이 아니야."

"방금 '사람을 죽이는 거'라고 했잖아요?"

"그러니까 살인 말이야."

대화가 엉뚱한 샛길로 빠졌다는 걸 깨달은 심문자는 상황을 정리하고 다시 심문에 집중하기로 했다.

"불법적인 장소에서 입국하려 한 이유가 뭐야?"

"불법인 줄 몰랐어요."

"좋아. 그럼 왜 입국하려 했지?"

"리디머들이 우리를 살인하려 했거든요. 죄송해요. 우릴 죽이려 했어요."

"무슨 소리야?"

베이그 헨리는 이 물음에 놀란 듯 눈을 휘둥그레 뜨고 대답했다.

"우리 삶을 끝장내려 했다고요."

"죽인다가 무슨 뜻인지는 나도 알아. 어째서 '살인'이라고 했다가 '죽인다'로 바꿨지?"

"당신이 군인은 살인하지 않는다고 해서요."

"그런 말은 안 한 것 같은데."

베이그 헨리는 상대를 바라보았다. 멍한 눈빛으로.

"어째서 리디머들이 너희를 죽이려 했지?"

"모르겠어요."

"뭔가 이유가 있겠지."

"글쎄요."

"아무리 리디머라도 이유 없이 사람을 죽이진 않아."

베이그 헨리는 빈정대고 싶은 충동을 용케 참고 차분히 대꾸했다.

"어쩌면 우리를 안타고니스트로 여겼을지도 몰라요."

"진짜 안타고니스트야?"

"그게 범죄인가요?"

"아니."

"저는 안타고니스트 아니에요."

"그럼 뭐야?"

"저는 멤피스에서 왔어요."

"역시나."

"뭐라고요?"

"아냐. 멤피스에서는 무슨 일을 했는데?"

"궁궐 주방에서 일했습니다."

"좋은 일자리였나?"

"아뇨. 설거지 담당이었습니다."

"부모님은?"

"몰라요. 죽었겠죠, 뭐. 저처럼 떠돌아다닐 수도 있고요."

"떠돌아다녀?"

"일거리를 찾아 여기저기 떠돈다고요. 리디머들을 피해다니면
서요."

"하지만 넌 아니잖아. 피해다니지 않았다고."

"제가 감옥에 가야 하나요?"

"네 친구들 걱정은 안 되냐?"

"그들은 제 친구가 아니에요." 이 말은 사실이었다. 베이그 헨리
가 계속 이야기했다. "함께 다녔을 뿐이죠. 요리를 해주면서. 그게
더 안전해 보였거든요."

"네가 아는 사람들이야?"

"리디머들을 피해 일자리를 찾아 떠돌아다니는 자들일 뿐이에요. 그들 처지가 된다면, 제 처지가 된다면 당신도 그럴 거예요."

잠시 말이 없던 심문자가 입을 열었다.

"아니. 네 질문에 대한 답이야. 감옥에는 안 가. 여기서 30마일쯤 떨어진 쾨니츠에 너처럼 멋대로 국경을 넘는 자들을 모아놓는 수용소가 있어. 막사에서 지내야 할 거야. 하지만 끼니는 꼬박꼬박 챙겨주고 경비병들이 안전하게 지켜줘. 추가 심문이 있을지도 모르지만."

"있기 싫으면 나가도 되나요?"

"아니."

"그럼 결국 감옥이네요?"

"아냐. 더 조사하기 위해 사람들을 잠시 붙잡아두는 곳이지. 너처럼 떠도는 인간들이 수천 명이야. 그런 자들이 이 나라 곳곳을 배회하게 놔둘 수는 없어. 리디머의 제5열이 언제 어디로 숨어들지 모르거든."

베이그 헨리는 곰곰이 생각하는 눈치였다. "제5열이 뭐죠?"

"일종의 첩자지. 무슨 말인지 알겠어?"

"네."

"그럼 됐다. 수용소에 가면 안전할 거야. 두고 봐. 혼란이 그치고 세상이 안정될 테니까. 그때는 네 마음대로 가도 돼."

"그렇게 생각해요? 세상이 안정될 거라고?"

심문자는 빙그레 웃었다. 소년을 안심시키고 싶었다. "물론이지. 내 생각은 그렇다." 실제로 이것은 가능성의 저울 위에서 그의 굳은 믿음이었다. 어차피 리디머들이 그렇게 많은 전선에서 전쟁을 치를 까닭이 없지 않은가? 최근 나소와 로칼의 합병에 대한 중대한 합의가 이뤄졌고, 그 결과 교황이 민심을 달래는 성명을 냈다. 조심스럽고 비관적인 사람의 눈에는—심문자는 자신을 그런 사람으로 여겼다—리디머들이 전면전을 통해 얻을 수 있는 것이 보이지 않았다. 이미 다 내준 마당에 더 포기할 것도 없었다. 그 이상은 무조건적인 항복뿐일 텐데, 아무리 평화를 고집하는 힘없는 자들이라도 그건 용납하지 않을 터였다. 앞으로 리디머들은 아무런 희생 없이 제공받는 중요한 합의들에 만족하거나, 그들이 가진 모든 것을 걸고 엄청난 대가가 따르는 전면전에 나서야 할 것이다. 모든 상황을 고려할 때, 전쟁 발발 가능성은 낮아 보였다. 심문자가 탁자 위로 종이 한 장을 밀고는 조용히 말했다.

"거기 서명해."

"이게 뭔데요?"

"궁금하면 직접 읽어봐."

"글 읽을 줄 몰라요." 베이그 헨리가 대답했다.

"육류나 꽃이 피는 채소를 갖고 입국했는지 묻는 내용이야. 그리고 이곳이나 다른 나라에서 저지른 부당 행위가 있다면 해당 내용을 자세히 적으라는 거지. 부당 행위는 나쁜 짓을 뜻하는 말이야."

"아. 나쁜 짓 안 했어요. 여기뿐만 아니라 그 어디서도요. 저는 착한 녀석이거든요."

다음 날 베이그 헨리는 심문자가 알려준 막사 도시로 가는 호송대에 섞여 걷고 있었다. 몇몇 여자와 아이들이 포함된 난민 삼백 명에 호위병은 고작 열다섯 명뿐이라, 정말로 수용소에 끌려갈 리는 없으리라 생각했다. 알고 보니 쾨니츠의 수용소는 스패니시 리즈로 가는 길에 있었으며, 따라서 심문자가 말한 대로 꼬박꼬박 끼니가 나오고 경비병들이 지켜줄 만했다. 베이그 헨리는 목적지에 도착하기 전에 탈출하거나, 상황이 여의치 않으면 도착 후 기회를 노리리라 다짐했다.

막사로 이루어진 감옥 정도로는 성소를 탈출한 사람을 가둬놓을 수 없다고 속으로 으스대던 헨리는 이후 며칠 만에 생각이 바뀌었다. 스위스 호위병들은 감시가 철저했으며, 따라서 쾨니츠 수용소의 경비병들도 다를 바 없을 듯했다. 상황은 더 나빠질 수 있었다. 헨리와 클라이스트가 슐레지엔으로 가는 황야에서 클라이스트의 아내와 아기를 살해한 리디머 산토스 홀을 죽이러 국경 너머로 데려간 연옥수 십여 명처럼 언제 죽을지 몰랐다.

네 종류의 군사적 실패 중에서, 소규모 부대를 이끌고 간 베이그 헨리의 홀 암살 작전은 최악의 실패였다. 시작부터 재앙이었다. 제대로 되는 일이 하나도 없었다. 출발할 때부터 쏟아진 비가 그치지를 않았고, 말들뿐만 아니라 대원들까지 병에 걸렸다. 게다가 리디머 순찰대와 세 번이나 맞닥뜨렸는데, 일 분만 늦거나 빨랐어도 들키지 않고 지나갔을 것이다. 모자에 있는 산토스 홀의 진지에 도착하기도 전에 대원 두 명을 잃었다. 도착해서는 진지 안으로 그냥 걸어들어갔는데, 거의 평생을 함께 산 자들과 섞이는 건 별로 어렵지 않았다. 불행히도 연옥수 한 명이 발에 지독한 종창이 생겨 샤르트르로 돌려보내지던 노동 수사의 눈에 곧바로 띄었다. 이번에도 조금 늦게 오거나 빨리 왔다면, 재난으로 점철되었던 지난 일주일을 완전히 만회했을 것이다.

겨우 첫번째 방벽만 지난 터라 적과 싸우며 탈출할 수는 있었지만, 그 과정에서 또 연옥수 넷을 잃었다. 어둠 속에서 도망치는 통에 헨리는 클라이스트를 놓쳤고, 녀석의 생사도 알 수 없었다. 비록 참담한 실패로 끝났고 애초에 어리석은 생각이었지만, 산토스 홀을 죽이는 작전은 암살 전문가인 두 소년이 정교하게 꾸민 계획이었다. 그런 끔찍한 불운이 그토록 자주 일어날 줄은 아무도 예견하지 못했다. 동전을 열두 번 던져 열두 번 모두 뒷면이 나왔다. 베이그 헨리는 암살 계획과 실행에서 무슨 오류가 있었는지 충분히 시간을 두고 고민했으며, 자신의 실수에서 기꺼이 배우려 했다. 하지만 아무리 따져봐도 실수를 찾을 수가 없었다. 애초에 하지 말았어야 할 일이라는 사실 말고는.

며칠 뒤 불운의 연속이 끝나자, 호송대가 쾨니츠에 다다르기 직전 몰려온 폭풍 덕에 대열에서 빠져나올 수 있었다. 일주일이 지나 스패니시 리즈로 돌아온 헨리는 중요한 교훈 하나를 얻었다. 그게 뭔지는 확실치 않았지만, 어쩌면 '아무것도 하지 마라'였으리라.

이틀도 지나지 않아 클라이스트가 돌아오자, 베이그 헨리는 기쁨과 안도를 느꼈다. 하지만 둘 다 케일이 돌아와 호사스러운 간호를 받고 있다는 소식을 캐드버리에게서 들었다. 지금은 스위스 주재 한자동맹 대사의 아내인 리바가 돌봐주고 있다는 것이었다. 베이그 헨리는 케일이 돌아와서 기뻤지만, 성소에서 탈출한 뒤 스캐블랜드의 물웅덩이에서 알몸으로 목욕하는 리바를 부끄럽게 훔쳐본 이후 지금껏 짝사랑을 키워온 터라, 그녀의 소식에 무척 서운했다. 그러나 헨리와 클라이스트에게는 더 다급한 문제가 있었다. 캐드버리는 지역 소식을 들려주러 온 게 아니라, 두 소년을 암토끼 키티에게 데려가려고 왔다. 키티는 두 소년이 무슨 짓을 했는지 잘 알고 있었으며, 그들의 어리석음에 몹시 언짢아했다.

캐드버리가 두 소년을 문으로 데려가며 말했다. "이제 기도할 준비나 해라."

캐드버리는 가벼운 마음으로 경고하려 했지만, 운하 옆 키티의 집으로 두 소년을 데려갔을 때는 마음이 무거워졌다. 키티 집으로 들어가는 남자 둘이 보였기 때문이다. 모르는 자들이었지만, 오랜 세월 사악한 자들 틈에서 살아온 캐드버리는 타인의 사악한 기질을 대번에 알아보았다. 서 있는 자세, 움직임, 남을 바라보는 눈빛에서 삶에 대한 악의가 드러났다. 물론 단순하게 이유를 찾을 수도 있었다. 도덕 수준이 높은 자가 암토끼 키티와 거래하러 오는 일은 거의 없었다. 하지만 캐드버리의 후각은 뭔가 불길한 일을 감지하고 있었다. 그는 디드리를 데려오라고 키티의 하인 한 명을 보낸 다음, 벽에 붙여놓은 탁자를 두 소년에게 가리키며 말했다.

"제군, 소지품."

무슨 말인지 모르겠다고 하는 건 세 사람 모두에게 모욕이라는 듯 캐드버리가 눈살을 찌푸렸다. 두 소년은 구석구석 숨겨진 호주머니에서 물건을 꺼내 탁자에 올려놓기 시작했다. 나이프, 주머니칼, 송곳, 망치, 또 나이프, 면도날, 작은 괭이, 타공기, 끌, 마지막으로 펜치.

잠시 침묵이 흘렀다. 캐드버리가 말했다.

"나머지도 꺼내."

또 나이프, 쇠뇌용 볼트, (큼지막한) 펀치, (소형) 도끼, (놀랍게도 썩 작지 않은) 철퇴, 마지막으로 두꺼운 돛을 꿰맬 때 쓸 법한 대바늘.

"이게 다 뭐야? 아무도 너희를 좋아하지 않나?"

클라이스트가 대답했다. "네."

베이그 헨리가 한마디 거들었다. "하지만 우린 신경 안 써요."

탁자 위의 많은 무기를 보고 이미 놀랐지만, 캐드버리는 틀림없이 더 있으리라 생각했다. 하지만 그 자신도 온몸을 무기로 휘감았기에, 차마 두 소년을 무방비인 채 키티의 방으로 들여보낼 수가 없었다. 캐드버리가 타인을 위해 두려움을 느끼는 일은 드물지만, 이번에는 그랬다. 그의 못된 이기심이 성난 목소리로 조롱하듯 그에게 소리쳤다. 넌 지금 양심 타령 할 자격이 없어, 이 위선자. 네가 관여한 온갖 악행을 생각해봐. 키티의 방문이 열리고 시종이 나왔다.

"당장 저들을 들여보내야 합니다."

캐드버리는 긴장한 두 소년에게 고갯짓을 했다. 클라이스트보다 베이그 헨리가 더 겁먹은 듯했다. 시종이 두 소년에게 들어가라고 손짓하고는 이내 문을 닫았다. 평소 같으면 캐드버리도 함께 들어갔을 텐데 이번에는 아니었다. 시종이 몹시 불안한 표정으로 캐드버리를 보았다. 무슨 의미일까? "주인님께서 당신은 가도 된다고 하셨습니다."

시종은 돌아서서 걸어갔다. 그의 움츠린 어깨만이 아니라 걸음걸이에서도 동요가 느껴졌다. 키티 밑에서 일하려면, 악행 앞에서 태연히 시선을 돌릴 줄도 알아야 했다. 하지만 인간에게는 대부분 자기만의 기준, 절대 넘지 않는 선이 있는 법. 교도소에서도 살인범은 절도범을 무시하고, 절도범은 강간범을 깔보며, 아동 성폭행범은 모두가 업신여긴다. 시종의 태도는 이제 곧 끔찍한 일이 벌어질 거라는 뚜렷한 암시였다. 하지만 캐드버리가 뭘 할 수 있겠는가? 그는 떠나라는 말을 들었고, 지시에 따를 수밖에 없었다.

환한 곳으로 나오니 마치 일 년 동안 어둠 속에 있다가 햇살을 보러 나온 것만 같았다. 하지만 안에서 벌어질 일에 대한 두려움도 따라 나왔으며, 표정에 너무 티가 나서 캐드버리 쪽으로 달려오던 디드리 플런케트조차 그가 몹시 불안한 상태임을 눈치챘다.

그녀가 물었다. "무슨 일이야?"

"몸이 안 좋아. 집에 가야겠어."

"난 방금 집에서 나왔는데."

"그럼 돌아가면 되잖아!" 캐드버리가 버럭 소리치더니, 디드리를 데리고 길을 건너 암토끼 키티의 집에서 멀어져갔다.

방문이 닫히는 순간 클라이스트와 베이그 헨리는 깨달았다. 캐드버리 때문에 두고 온 무기 전부와 그 두 배의 무기가 있다 해도 무용지물이라는 것을. 문이 닫히고 몇 초 만에 방안의 어둠에 눈이 익었지만, 캐드버리를 긴장시켰던 사내 둘 중 하나가 겨누고 있는 작은 쇠뇌를 피할 도리는 없었다. 나머지 사내는 빗자루 손잡이만 한 막대 두 개를 들고 있었는데, 들개를 포획할 때 사용하는 도구처럼 막대 끝에 올가미가 달려 있었다.

"돌아서라."

두 소년은 시키는 대로 했다. 순간 굉장히 능숙한 솜씨로 올가미들이 클라이스트와 헨리의 목과 어깨를 지나 몸통에 걸려 두 팔을 꽉 조였다. 키티가 그 우람한 사내들의 솜씨에 감탄한 것은 이번이 처음이 아니었다. 두 소년 모두 아무 말도 하지 않았고 달아나려 하지도 않았다. 이 역시 키티의 감탄을 자아냈다.

사내 하나가 말했다. "네 녀석들을 저 두 의자에 앉히겠다." 그들은 올가미가 달린 나무 막대를 살짝 밀어 두 소년을 앞으로 움직이게 하고 의자에 앉혔다. 그러고는 바닥의 작은 구멍에 나무 막대를 꽂자, 요란하게 철컥! 하는 소리와 함께 막대가 고정되었다.

사내 하나가 이죽거렸다. "어디 힘껏 당겨보시지."

암토끼 키티가 기분 나쁜 음성으로 꾸짖었다. "무례하게 행동해서는 안 되네, 마크. 이 두 소년은 여기서 죽을 거야. 가련한 죽음에 경의를 표하게나. 아니면 입다물고."

베이그 헨리와 클라이스트는 평생 온갖 위협에 익숙했고, 비록 경건하지만 지독히 잔인하게 죽임을 당하는 광경도 숱하게 목격했다. 하지만 이번에는 단순한 협박이 아니었다. 정말로 벌어질 일이었다. 뒤에서 두 사내가 준비하기 시작했다. 마크라는 자는 키티의 잔소리에 골이 난 눈치였다. 준비랄 것도 없었다. 둘 다 안주머니에서 길고 억센 끈을 꺼냈는데, 끈 양쪽에는 길이가 4인치쯤 되는 나무 손잡이가 달려 있었다.

"왜죠?" 베이그 헨리가 소리쳤다. 두 사내는 필요해서라기보다는 의식을 치르듯 끈이 달린 나무 손잡이들을 양쪽으로 두 번 당겨 얼마나 튼튼한지 시험했다. 만족한 그들은 끈으로 두 소년의 목을 감으려고 다가왔다.

키티가 웅얼웅얼 말했다. "잠깐. 네가 질문을 했으니, 금방 끝날 최후의 시간을 조금 늘려줘야겠구나. 대답해주마. 너희의 어리석은 행동이 내가 이뤄놓은 평화의 균형을 교란했다. 그걸 바로잡고 아무 일도 일어나지 않게 하기 위해 수고와 비용을 감수해야 했지. 나와 내 사업에 필요한 만큼 이 전쟁 발발이 최대한 지연되도록 말이다. 네놈들 때문에 내가 원치 않는 전쟁이 터질 뻔했다. 일단 전쟁이 시작되면 온갖 종류의 불쾌한 일들이 벌어지면서 내 돈줄이 끊기지. 하지만 일어날 수도, 일어나지 않을 수도 있는 전쟁은 완벽한 은총이야. 물자 공급으로 일주일에 5만 달러가 들어오거든. 그래서 너희에게 죽음의 대문이 열린 거다. 고통스럽지 않을 거라고 말할 수는 없지만, 체념하면 금세 끝날 거다."

두 사내가 다가와 소년들의 목을 끈으로 감았다. 클라이스트가 나직이 중얼거렸다. "제기랄."

베이그 헨리가 소리쳤다. "놈들이 언제 올지 난 알아요! 리디머들 말이에요! 날짜를 안다고요!"

"잠깐 기다려." 키티가 말했다.

이런 소름 끼치는 상황에서도 베이그 헨리의 입에서는 거짓말이 술술 나왔다. 오랜 세월 리디머들을 속이며 연습한 덕분이었다. "솔직히 말하면 날짜까지는 모르고, 몇째 주인지는 알아요."

잠시 정적이 흘렀다. 키티는 그 말을 용인해주는 눈치였다. 이런 상황에서 과장하지 않을 사람이 있겠는가?

"계속해라."

"진지로 들어가기 전에 거의 스무 시간 동안 지켜봤어요. 그사이 수레 오십 대가 도착했어요. 수레 하나에 대략 반 톤의 짐이 실려 있었죠. 수레 서른 대는 식량만 싣고 왔어요. 병참의 막사 하나에 식량 5톤이 들어가요. 그런 막사가 이백 개가 넘었어요. 도합 천

톤가량인 셈이죠. 진지에 상주하는 인원은 이천 명 정도였고요. 따라서 식량이 일인당 반 톤인 셈이에요."

"식량 배분 기지인가보군."

"아뇨. 밖으로 나간 수레는 두 대뿐이었고, 그 수레들엔 식량이 실려 있지 않았어요. 병참 수레는 다르거든요."

"그럼 동계 대비용 창고 아닌가?"

"여름도 오기 전에 물자를 쌓아놓진 않아요. 대부분 막사 안에서 썩을 테니까요. 여름에는 물자를 쌓아놓지 않아도 진지를 유지할 수 있어요. 인근 마을에서 구입하거나 징발하면 되니까요."

"그렇다면 뭐지?"

"공격을 준비하는 게 틀림없어요. 단순히 상주가 목적이라면 그물자의 20분의 1도 필요하지 않아요."

"고작 이천 명으로는 스위스로 진군하지 못해."

"추가로 사만 명을 데려오는 데 이 주면 충분해요. 하지만 그때는 바로 공격해야 해요. 다른 선택이 없으니까요. 병사 사만여 명이면 하루에 30톤에서 50톤의 식량이 소비되거든요. 그런 대군이한 장소에 오래 머물 수는 없어요. 산토스가 부른 군대는 빨리 와도 열흘에서 열나흘은 걸려요. 그리고 거기서 계속 식량만 축내고 있을 수도 없죠. 아무리 늦어도 일주일, 최대 이 주 안에는 움직여야 할 거예요."

"지금껏 그럴싸한 거짓말을 수도 없이 들었다."

"이건 거짓말이 아니에요."

"베이컨이나 밀가루 같은 식량에 대해 네가 어떻게 그리 잘 알지?"

"난 케일이나 클라이스트와는 달라요. 걔들은 전투 훈련을 받았지만, 나는 병참 전문가거든요. 물자 없이는 누구도 싸울 수 없어요. 장작과 물과 고기와 밀가루 따위 말입니다."

키티는 잠시 생각에 잠겼다. 두 소년에게는 섬뜩한 순간이었다.

"이 문제에 대해 잘 아는 자를 수소문해서 확인해보겠다. 만약 죄다 허튼소리라고 밝혀지면, 물론 나는…… 거짓말로 의심하지만, 네 녀석은 입다물지 않은 걸 후회하게 될 거야. 입을 다물었다면 지금쯤은 죽어서 고통이 끝났을 테니까."

십 분 뒤, 키티의 집 지하에 있는 놀랍도록 편안한 방에 감금된 베이그 헨리와 클라이스트는 두려움에 떨고 있었다.

잠시 후 클라이스트가 말했다. "훌륭한 거짓말이었어. 우라지게 훌륭한 거짓말."

3부

흔히 초강대국들의 행태는 중무중한 장님 두 명이 한 방에서 더듬거리며
서로를 찾는 꼴로, 둘 다 상대방은 아주 잘 볼 수 있어서
자신이 절체절명의 위기에 처해 있다고 착각한다. 불확실성과 타협,
모순이 정책 수립의 핵심일 때가 빈번함을 양쪽 모두 알아야 한다.
그러나 자신과 다르게 상대는 일관성과 선견지명,
확실성을 갖추었으리라 지레짐작한다. 당연히 시간이 지나면
중무장한 두 장님조차 상대에게 엄청난 피해를 입히며,
그들이 함께 있는 방은 말할 것도 없다.

헨리 키신저, 『백악관 시절』(1979)

15

"마침내 돌아왔구나." 이드리스푸케가 말했다.

"그렇습니다."

"떠나 있는 동안 무엇을 알게 되었느냐?"

"고통을 피하고 최대한 행복해져야 한다는 것을 깨달았습니다."

이드리스푸케는 조롱 섞인 탄식을 내뱉었다.

"터무니없는 소리."

"물론 그렇게 말씀하시겠죠."

"농담이 아냐. 아주 건강한 젊은이를 생각해봐라. 온몸의 근육이 억세고 유연하지만 한 가지 문제가 있지. 치통이야. 과연 이 젊은이가 자신의 강인함을 즐기고, 비록 몸의 아주 작은 부분은 아프지만, 젊은 육체의 압도적이고 다양한 아름다움을 만끽할까? 아니, 그렇지 않아. 오로지 끔찍한 치통만 생각하기 마련이다."

"썩은 이만 뽑으면 되겠네요. 그러면 천국에 있는 기분일 겁니다."

"너는 내가 놓은 덫에 너무 쉽게 걸리는구나. 네 말이 맞다. 고통의 부재가 주는 엄청난 쾌감을 느끼지. 자기 몸의 다른 건강한 구석구석이 주는 쾌감이 아니라."

"쓰라린 어금니라면 신물이 납니다. 저는 감당 못할 고통을 겪었습니다. 제 꼬락서니를 보세요. 부정하시지는 못할 겁니다."

"아니, 그렇지 않아. 네가 궁극의 목적지라고 믿게 된 이 낙원에서는 별로 어렵지 않게 모든 걸 얻을 수 있고, 칠면조들이 맛있게 구워진 채로 날아다니지. 하지만 너와 달리 문제없이 사는 이들이 그런 행복한 곳에 있으면 어떻게 될까? 명랑함을 타고난 사람조차 따분해서 죽거나 스스로 목을 매달 거다. 아니면 싸움을 벌여 누굴 죽이거나 고난의 결여로 훨씬 더 미쳐버린 사람에게 죽임을 당하지. 고난은 지금의 우리를 있게 해줬고, 고난을 통해 세상의 질서에 맞춰진 인간은 다른 어떤 존재 방식으로도 살 수 없어. 물고기에게 바다에서 나와 하늘을 날라고 하는 것과 마찬가지야."

"늘 그러듯 당신은 내가 멍청한 소리를 하게 만들어 말싸움에서 이기는군요. 난 장미꽃 만발한 정원을 바라지 않아요. 정말이지 지금보다 낫기만 하면 좋겠어요. 조금 덜 괴롭고 조금 더 즐겁길 바랄 뿐이라고요."

"네가 삶의 수난기를 겪고 있다는 건 나도 안다. 다만 더 즐거워지는 게 해답이라고 믿는 건 틀렸다고 말해주고 싶다. 사람들의 생각과 달리, 쾌락은 인간을 크게 지배하지 못해. 내 말을 못 믿겠다면, 한 놈이 또다른 놈에게 먹히고 있는 두 짐승의 쾌락과 고통을 생각해봐라. 먹는 짐승은 쾌락을 느끼지만, 그 쾌감은 곧 사라지고 언제나 그렇듯 허기가 되돌아오지. 반면 먹히는 짐승의 고통스러운 감정은 어떻겠느냐. 그 짐승은 전혀 다른 차원의 것을 경험하고 있다. 고통은 쾌락의 반대가 아니야. 완전히 다른 것이지."

"제가 돌아올 때를 위해 준비해놓은 말입니까?"

"네가 무심코 평소보다 더 어리석은 말을 했듯이 나도 우연히 그런 생각을 했냐고 묻는 거라면, 당연히 아니다. 나는 모든 일을 아주 신중히 생각하고 나서 이야기한다. 자기가 무슨 생각을 하는지 알기 위해 말하거나 쓰는 자는 저열한 인간이야."

이들의 유쾌한 언쟁은 막 도착한 캐드버리가 당장 케일을 만나게 해달라고 밖에서 경비병과 옥신각신하는 시끄러운 소리에 중단되었다. 방에 들어오자마자 캐드버리는 단도직입적으로 물었다.

"걔들이 아직 살아 있을 거라 생각해?"

"어쩌면요. 가능성은 낮지만."

"그자가 왜 이런 짓을 하는 거요?" 이드리스푸케가 물었다.

"키티는 자신의 이익에 반하는 행동을 하는 자를 반기지 않습니다. 특히 자기 돈을 받는 자가 그러면 질색하죠. 당장 전쟁이 시작되면 키티는 잃을 것이 많습니다. '나를 건드리지 마라'가 그의 신조이고, 수단과 방법을 가리지 않고 그걸 지키려 할 겁니다."

케일이 한마디했다. "키티가 수고로움을 무릅쓰고 저를 구해준 지 이 주도 안 되었는데, 이제는 이런 일이 벌어지는군요."

"너의 가치는 떨어졌어. 키티는 네가 트레버 이인조와 싸운 이야기를 듣고 실망했어." 캐드버리가 대꾸했다.

"당신이 전한 이야기겠지." 이드리스푸케가 말했다.

"나는 암토끼 키티에게 보수를 받습니다. 토머스 케일에게는 빚진 거 없어요."

"그럼 여긴 왜 왔죠?" 케일이 물었다.

"그건 나 자신에게도 대답하지 못한 질문이다. 속죄 따위는 아니야. 너를 구해준다고 신의 눈에 들어 구원받을 수 있겠냐?"

하지만 케일은 듣고 있지 않았다. 마침내 그가 입을 열었다.

"내 값어치를 높이려면 키티가 원하는 것을 줘야겠군요. 그에게 뭐가 필요하죠?"

"돈은 아니다. 그에게 돈은 차고 넘쳐. 힘이야. 키티가 이미 갖고 있는 것을 지켜줄 힘을 줘야 해."

"무슨 꿍꿍이요?" 이드리스푸케가 물었다.

"그자가 모르는 게 있을 것 같습니까? 미안하지만 이제 난 여길 떠야겠습니다. 내가 한 짓이 알려지면 키티가 내 머리를 꼬챙이에 꿰려고 할 테니까요."

캐드버리가 떠나려고 문으로 걸어가자 케일이 물었다.

"거기 어떻게 들어가죠?"

캐드버리는 케일을 바라보았다.

"가지 마라. 네가 정문을 시끄럽게 두드리기만 해도, 놈들은 눈 깜짝할 사이에 칼로 널 쑤실 거야."

"경비병은 몇이나 있습니까?"

"열다섯 명 정도. 하지만 모든 문이 철판이고 양쪽을 합판으로 덧댔어. 그걸 뚫으려면 장정 십여 명이 한 시간은 힘을 써야 해. 하지만 너한테는 한 시간도 없을 거야. 키티는 헨리와 클라이스트에게 앙심을 품었고, 따라서 그 녀석들을 순순히 내줄 리 없지. 어마어마한 뇌물을 쓰지 않는다면 말이야."

케일이 말했다. "고맙습니다. 당신한테 빚을 졌네요."

"넌 이미 나한테 빚졌어. 그래서 내 꼴이 어떻게 됐는지 봐라."

캐드버리가 떠나자, 케일은 앉아서 한동안 이드리스푸케를 물끄러미 바라보았다.

마침내 이드리스푸케가 말문을 열었다. "설령 내가 뭔가 중요한 사실을 안다 해도 달라질 건 없다. 내 목숨이 걸려 있다 한들 말할 수는 없어."

"헨리를 아끼시는 줄 알았는데요."

"넌 싫어하겠지만, 나는 클라이스트도 아낀다. 난 애정이 뭔지 알아. 그래, 내가 뭔가를 아는 건 사실이다. 하지만 그애들을 키티 같은 자의 손아귀에 놔둘 수는 없다. 자식 같은 녀석들인데."

"그렇게 말하는 건 쉽죠."

"그렇겠지. 난 널 도울 수 없다. 미안하구나."

십오 분 뒤, 케일은 한자동맹 대사관에 있는 자신의 새 숙소에서 리바의 남편을 닦달하기 시작했다.

"계집애처럼 소심하게 굴 시간 없어. 난 당신 아내를 구해주다 목숨을 잃을 뻔했다고. 이제 댁이 빚을 갚을 차례야."

"이 일을 리바와 상의했습니까?"

"아니. 하지만 댁이 원한다면 그렇게 하지."

"나는 단순히 리바의 남편이 아닙니다. 수천 혹은 그 이상의 목숨이 내게 달려 있어요."

"난 상관없어."

"당신과 함께 가서 당신 친구들을 빼내오도록 노력하겠습니다.

내 목숨을 걸고서라도."

케일은 무척 모욕적인 말을 하려다 말았다. "당신 같은 사람 이백 명이 목숨을 내놔도 소용없어. 이건 힘으로 밀어붙일 일이 아냐. 키티는 당신이 아는 정보를 원해."

"그건 안 됩니다." 깊은 고뇌가 담긴 거부였다. 케일은 그런 태도가 마음에 들었다.

"걱정 안 해도 돼."

"뭐라고요?"

"당신이 아는 진짜 정보를 말할 필요는 없어. 당신이 알 법한 정보만 말하면 돼."

"아무래도 내가 아둔한가보군요. 좀 자세히 설명해주겠습니까?"

케일은 눈을 감고 노골적으로 짜증을 냈다.

"눈앞에서 리디머들이 위협할 때 어떻게 대처할지는 다 따져봤겠지?"

"다양한 대응책을 생각해봤냐는 겁니까?"

"맞아. 그거야. 그중 어떤 방법을 선택했는지는 알고 싶지 않아. 말하지 마. 관심 없어. 선택받지 못한 방법 중 뭐든 하나만 알면 돼. 그리고 그걸 문서로 상세히 적어줘."

긴 침묵이 흘렀다.

"아무것도 써줄 수 없습니다. 그게 새어나가면 한자동맹이 끝장날 수도 있어요."

케일은 옆에 놓인 테이블 위의 멋들어진 장식품을 집어 벽에 내던지고 싶은 충동을 가까스로 억눌렀다. 골이 지끈거리고, 앞으로 몇 시간만 지나면 죽을 것 같았다.

"내 말 잘 들어. 암토끼 키티는 댁 같은 인간 십여 명은 씹어먹고 뱉어버릴 자야. 그리고 내 말은 한마디도 믿지 않을 거야. 나를 우라질 거짓말쟁이로 여기거든. 알겠어?"

"허위 문서를 작성하는 건 진실을 발설하는 것만큼 위험합니다. 그게 새어나가면 사람들은 믿을 겁니다. 문서니까요. 난 못합니다."

이제 케일의 머리는 고동치듯 욱신거렸다. 숨을 쉴 때마다 몇 인치씩 늘었다 줄었다 하는 것 같았다.

"그 문서를 반드시 파기하겠다고 내가 약속하면?"

"그걸 어떻게 확신합니까?"

"이건 산 채로 내장이 도려내질 뻔했던 당신 마누라를 구해준 사람이 하는 약속이야, 이 배은망덕한 자식아." 케일은 비텐베르크를 노려보면서 더 잃을 것도 없다고 생각했다. "아무래도 리바한테 말해야겠군. 그녀의 목숨을 구해준 세 사람을 당신이 도와주지 않기로 했다고 말이야. 심지어 그중 한 사람은 당신의 안전을 약속했는데도."

"미안한 말이지만, 굉장히 졸렬한 협박이군요. 하지만 그만큼 절박한 거겠죠."

"난 원래 졸렬한 인간이야."

"어쨌거나 당신은 몹시 폭력적이에요."

"댁의 마누라한테는 다행이었지."

"하지만 당신은 몹시 병약한 상태입니다. 제아무리 뛰어난 전술가도 전장에 따라가지 못한다면 별 쓸모가 없죠. 졸렬하건 폭력적이건, 지금 당신은 평범한 인간입니다. 비록 사적인 빚은 있지만, 난 이 일을 도울 수 없어요. 괜찮으시다면, 내일 오전중으로 우리

집에서 나가주십시오."

"전혀 괜찮지 않은데."

"어쨌든 떠나세요."

자기 방으로 돌아온 케일은 페드라 모르핀이 담긴 작은 봉지 하나를 꺼내 하얀 가루를 손등에 소량 붓고 손가락으로 한쪽 콧구멍을 막은 다음, 고개를 숙여 요란한 콧소리를 내며 흡입했다. 고통의 신음이 터져나왔다. 마치 머릿속에서 수많은 압정과 바늘이 폭발한 것 같았다. 일 분이나 걸려 고통이 사라지고, 눈에 고인 눈물을 닦아내자 기분이 좋아지기 시작했다. 잠시 후 아주 편안해지더니, 난생처음 느껴보는 상쾌함이 밀려들었다. 짜릿하고, 또렷하고, 기운찼다. 밖으로 나오다 마주친 리바가 케일에게 물었다.

"아르투르랑 이야기했지?"

"응."

"어땠어?"

"보기보다 어리석지는 않던데."

케일이 키티의 집으로 걸어가며 가로지른 도시는 혼돈의 세상이었다. 파멸 전날 혹은 위기가 지나간 뒤의 풍경이었다. 어떤 이들은 떠나고 있었고, 어떤 이들은 남기로 했다. 전쟁에 대한 공포로 물가가 줄곧 올랐지만, 이제는 평화가 온다는 소문에 물가가 떨어지기 시작했다. 경험 많은 사람들은 금을 팔았고, 또다른 경험 많은 이들은 금을 도로 사들였다. 상황은 이렇게도 저렇게도 바뀔 수 있었다. 선전포고 다음날의 첫 피해는 전쟁 전 혼란에 대한 기억이다. 그 무엇도 회상의 힘을 뿌리치지 못하며, 불확실에 대한 기억 또한 그러하다.

한자동맹 대사관에서 나와 걸어가던 케일은 수레꾼들이 사용하는 창고에 잠깐 들렀다. 그들은 돈을 받고 손수레로 거의 모든 것을 운반해주는데, 대개 시장에서 구입한 고기나 채소를 싣고 광장을 가로질렀다. 케일은 그중 성난 표정의 건장한 사내에게 5달러를 주고, 키티의 집이 있는 거리로 가서 수레로 옮겨야 할 사람 두세 명이 나오는지 지켜봐주면 5달러를 더 주겠다고 약속했다. 또한 우물쭈물하지 말고 신속히 옮겨야 한다고 당부했다.

남자가 말했다. "말썽이 생길 수도 있을 것 같군. 10달러 내고, 일이 끝나면 또 10달러."

"당신 이름이 뭡니까?" 케일이 물었다.

이 수레꾼은 원래 함부로 이름을 알려주지 않지만, 짭짤한 돈벌이 생각에 바로 대답했다. "마이클 네빈."

"이 일을 해주면 더 생길 겁니다."

"돈이? 아니면 일이?"

"둘 다."

키티의 집 정문을 살며시 두드린 케일은 곧 안으로 들여보내져 몸수색을 받고 옷 안에 감춰둔 무기를 전부 내놓은 다음, 키티의 방으로 가 그와 마주했다. 커다란 책상 너머에 앉아 있는 키티는 뿌연 어둠 속에서 얼굴이 흐릿해 보였다. 방 뒤편 덧문 앞에 앉아 있는 두 남자는 몇 시간 전 클라이스트와 베이그 헨리를 죽일 뻔한 자들이었다.

"지난번에 만났을 때보다 상태가 안 좋구나. 케일. 앉아라."

누가 봐도 악당인 자들이 뒤에 버티고 있는 것도 모자라 의자까지 이상해서 케일은 두려움이 더욱 커졌다. 좌석은 무척 낮은데 팔걸이는 살짝 높고, 좌석이 기울어져 있어서 불편했다. 게다가 바닥에 고정되어 있었다.

케일이 운을 뗐다. "당신과 단둘이 이야기하고 싶습니다."

"아니, 그건 곤란해."

"그애들 아직 살아 있습니까?"

"나라면 친구들 걱정은 하지 않겠다, 병든 소년아."

"녀석들이 살았는지 죽었는지 알아야겠습니다."

"둘 다 대기실에 있다. 문제는 너도 거기서 함께 대기할 것이냐 아니냐지."

"저요? 제가 무슨 잘못을 했죠?"

"네가 해줘야 할 일을 하지 못했지. 그러라고 돈을 들여 보살펴 줬는데."

"훌륭한 하인이 되지 못한 점, 인정합니다. 그걸 바로잡으러 왔습니다."

"그래?"

"말씀드릴 정보가 두 가지 있습니다. 첫째 정보는 제 빚을 갚기 위한 것입니다. 둘째 정보는 제 친구들을 풀어주는 조건으로 알려 드리겠습니다."

"그 조건을 받아들이면 내가 약점이라도 있는 것처럼 보일 텐데, 왜 꼭 그래야 하지?"

"왜냐하면 증거가 필요한 정보니까요. 그리고 그 증거는 여기 없습니다."

"좋다. 이야기해봐라."

"그애들을 풀어주십시오."

"네가 나한테 진 빚을 갚고 나서."

케일은 고심하는 것 같은 인상을 주려고 노력했다.

"좋습니다. 추축국들의 지도 있습니까?"

"있지."

"지도를 보면서 말씀드리겠습니다."

몇 분 뒤, 두 남자가 지도를 펴고 한쪽 벽 높이 달린 고리에 걸었다. 키티가 상당한 조사를 지시했으리라 짐작은 했지만, 케일은 지도의 크기와 세세함에 적잖이 놀랐다. 숙련된 지도 제작자인 리디머들이 만든 그 어떤 지도보다도 훌륭했다.

키티가 한마디했다. "놀랐나보구나."

"네."

두 남자 중 한 명이 거의 밀 줄기처럼 얇은 지시봉을 케일에게 주었다. 무기로 쓸 가망은 전혀 없었다. 키티는 후드를 뒤집어쓴 채 어둠 속에서 그루터기처럼 꼼짝 않고 있었다. 누군가 어린 시절의 케일에게 옛날이야기를 들려줬다면, 지금 키티의 모습은 그의 어릴 적 악몽의 끔찍한 공포를 되살려냈을 것이다. 선택의 여지가 없었다. 케일은 계속 밀어붙였다.

"제가 아는 것을 바탕으로 한 분석입니다. 일부는 추측이고요. 하지만 거의 틀림없습니다."

키티에게서 씨근거리는 새된 소리가 났는데, 웃음소리인 듯싶었다. 그리고 뜨겁고 축축한 냄새가 정지된 공기 사이로 살짝 풍겼다.

"망설임이 보이는구나."

"스위스는 산맥 때문에 북쪽을 제외하면 거의 난공불락입니다. 스위스 동맹의 다른 세 국가는 북쪽으로부터의 침공을 막아주는 일련의 완충장치 구실을 하죠. 최북단에 자리잡은 갈리아는 마지노선과 아른헴란트사막이 지켜줍니다. 발트해 추축국들은 마지노선의 강력한 방어가 적을 막아줄 거라 생각하고, 아른헴란트사막이 너무 넓고 물이 없어서 대규모 군대가 건널 수 없다고 여깁니다. 그러나 틀린 생각이지요. 보스코는 일부러 시간을 끌며 사막을 가로지르는 우물과 저수 시설을 파고 있습니다."

"그걸 네가 어떻게 알지?"

"제가 생각해낸 작전이니까요. 갈리아인들은 설령 군대가 사막을 건너 가장 취약한 방어선을 공격한다 해도, 아른헴란트에서 엿새를 보낸 군대는 전장에 나설 상태가 아닐 거라고 믿습니다. 강력한 방어 없이도 지원군이 올 때까지 적의 진군을 막을 수 있다는 거죠."

"그런 믿음의 어디가 틀렸다는 거지?"

"리디머들은 엿새나 걸리지 않을 겁니다. 하루하고 두 밤이면 충분합니다."

"쉬지 않고 달려서 온다는 거냐?"

"말을 타고 올 겁니다."

"별로 영양가 없는 너의 정보 중 하나가 기억나는구나. 리디머들에게는 변변한 기병대가 없고, 기병대를 양성하려면 몇 년은 걸릴 거라고 했지."

"기병대가 아닙니다. 말을 탄 보병대일 뿐이죠. 말 타는 법을 배우려고만 해도 육 주는 걸립니다."

212

"만약 갈리아 기병대와 맞닥뜨리면?"

"그때는 말에서 내려 실버리힐에서 마테라치 군대를 상대했듯 적을 처리할 겁니다. 더구나 지금은 당시 리디머들보다 상태가 훨씬 좋을 테고요. 실버리힐에서는 리디머들 중 절반이 설사가 발에 쏟아질까봐 휴지로 똥구멍을 막아놓을 만큼 심각했습니다."

"그런 세세한 부분까지 알고 싶지는 않다."

"본래 장수의 무능보다 설사병이 패전의 더 큰 원인인 법입니다."

"방어선을 뚫은 뒤에는?"

"우선 속도죠. 육 주 안에 갈리아를 점령할 겁니다."

"너무 긍정적인 생각 아닐까?"

"아닙니다. 제가 가능하다고 하면 가능한 겁니다. 리디머들에 대한 방어는 과거 그들의 이동 속도, 모든 군대가 얼마나 빠르게 움직였는지에 바탕을 두고 있습니다. 누구나 익숙한 전투 방식을 따르기 마련이지요."

"그렇다면 리디머들은 갈리아를 점령한 다음 팔레스타인, 이어서 앨비언과 유고슬라비아를 비롯해 나머지 국가 모두를 차지하고 취리히의 관문에 다다르겠군."

"그렇게 쉽지는 않을 겁니다."

"너는 나를 놀라게 하는구나."

"늘 그렇죠."

씨근거리듯 새된 웃음소리가 또 들렸다. "거만하기 짝이 없는 녀석."

"거만한 게 아닙니다. 솔직히 다른 사람들보다 훨씬 나을 뿐이죠."

키티는 잠시 말이 없었다. 뜨겁고 축축한 냄새가 다시 훅 끼쳤다.

"남들보다 그토록 잘난 녀석이라니, 으스대는 것도 허락해줘야 겠구나. 계속해라."

케일은 지도 쪽으로 돌아서서, 갈리아를 반으로 가르고 바다를 향해 흘러가는 강을 지시봉으로 가리켰다.

"리디머들이 해야 할 일은 신속히 미시시피강으로 가는 것입니다. 만약 일이 잘못될 경우 거기서 후퇴하거나 최대한 시간을 끌 방어선을 갖춰야 합니다."

"그럼 미시시피강 이후로는?"

"일반적인 전쟁이 벌어지겠죠. 지지부진하고 처참한 전쟁. 하지만 리디머들은 그런 전쟁에 익숙합니다."

"그사이 라코니아 용병단은 어디에 있지?"

"보스코가 제 말대로 한다면, 그들에게 돈을 주고 물러나 있게 할 겁니다."

"만약 보스코가 네 말대로 하지 않는다면? 또는 라코니아 용병 단이 보스코의 제안을 거절한다면? 리디머들이 스위스를 점령하 고 곧바로 자신들을 다음 표적으로 삼을까봐 두려워서 말이다."

"스위스를 점령하고 나면 당연히 라코니아를 치려 할 겁니다."

"그렇다면 어째서 그자들이 순순히 따르지? 너의 계획이 원하는 대로 말이야."

"그들이 그걸 믿고 싶어하니까요. 그런 식으로 돈을 벌고 보장 을 받습니다."

"부질없는 짓이군."

"하지만 그자들은 그걸 모르죠. 사실 라코니아 용병단을 공격하 는 건 무익합니다. 전략적 가치도 별로 없고 남색꾼이 바글바글합

니다. 더구나 그 전쟁의 대가는 상상을 초월하죠. 리디머들에게도
버거울 정도입니다."

"그런데도 보스코는 공격할 것이다?"

"네."

"어째서?"

"저도 모릅니다. 보스코는 저에게 가능한 계획을 세워달라고만
했습니다. 아마 주님과 관련된 문제일 겁니다."

"결국 너도 모든 걸 알지는 못하는구나."

"제가 알아야 할 건 다 압니다."

케일은 키티에게 솔직해야 했다. 자기 목숨과 더불어 베이그 헨
리와 클라이스트의 목숨이 키티의 설득 여부에 달려 있었기 때문
이다. 하지만 악을 일소할 최종 해법을 만들어내려는 보스코의 계
획은 암토끼 키티 같은 야비한 자에게조차 허황되게 보일 터였다.
그런 것은 키티의 소름 끼치는 상상력의 왕국에서도 환영받지 못
했다. 아무런 목적이 없기 때문이다. 그런 망상으로는 돈도 권력도
얻을 수 없다.

"네 친구들이 어리석게도 습격하려 했던 모자에 있는 리디머 진
지의 목적은 무엇이냐?"

까다로운 질문이었다. 아마 두 녀석은 키티에게 뭔가 유용한 이
야기를 했을 것이다. 그러지 않으면 죽을 테니까. 하지만 어쩌면
키티는 죽일 생각은 없이 그냥 겁만 주려 했을 수도 있었다. 만약
지금 케일이 키티에게 두 친구와 다른 이야기를 한다면 녀석들은
죽은 목숨이었다. 과연 그들이 무슨 말을 했을까? 이런 가능성, 저
런 가능성, 다시 아까 그 가능성. 매번 처음에는 그게 맞다 싶다가

도 이내 터무니없다는 생각이 들었다. 결국 케일은 베이그 헨리가 진실에 가까운 이야기를 하기로 마음먹었을 거라는 데 운을 맡기고 질문에 대답했다.

"리디머들은 아른헴란트를 통해 북쪽에서 공격해 오겠지만, 반대편에서도 비집고 들어오려 할 겁니다. 남쪽에서 스위스를 공격하는 유일한 길은 중앙 고지대인 미텔란트를 지나 샬렌베르크 고갯길을 통해 스패니시 리즈로 진입하는 것입니다."

"부대 규모는?"

"사만 명 정도. 물론 거기에 진을 치고 스위스를 봉쇄한 채 북쪽에서 침공군이 밀고 내려오길 기다릴 수도 있습니다. 하지만 스위스 군대를 끌어내 미텔란트에서 싸울 수 있다면 그것도 나쁘지 않겠죠. 싸우러 나오지 않으면 샬렌베르크를 막고 거기서 본대를 기다리면 되고요."

"어째서?"

"그 고갯길 앞에 병사 오천 명만 세워놓으면 스위스를 영원히 봉쇄할 수 있습니다. 전군이 거기 죽치고 있는 것보다 삼만오천 명 적은 수죠."

"어째서 밀고 들어가 도시를 점령하지 않지?"

"상대도 오천 명이면 고갯길을 막을 수 있으니까요. 하지만 리디머들이 북쪽에서 얼마나 빠르게 내려오느냐가 관건입니다. 그들이 하루하고 두 밤 만에 아른헴란트를 건널 수 있느냐에 모든 것이 달려 있습니다. 그후 스위스 점령은 시간문제입니다."

"이 이야기를 다른 사람에게도 했느냐?"

"누구한테 무얼 이야기할지는 제 소관입니다."

"관용을 베풀어달라고 온 녀석이 너무도 거만하구나."

"아직 아무한테도 말하지 않았습니다."

"왜?"

"제가 아는 것이 제가 가진 전부니까요. 더구나 제 명성은 예전 같지 않습니다. 한때 권력을 휘두르며 으스대던 병든 녀석의 말을 누가 믿겠습니까?"

"네 뒤를 받쳐주는 마테라치 일가는?"

"이곳에서는 모두가 그들이 뒈져버리길 바랍니다."

"하지만 콘 마테라치는 조그 왕의 총애를 받고 있다."

"콘은 저를 죽도록 싫어합니다."

"내가 들은 바도 그렇다. 소문이 사실이냐?"

"죄송하지만 무슨 뜻인지 모르겠는데요."

"네가 그 갓난아기의 아버지라는 소문 말이다."

"그녀는 저를 리디머들에게 팔아넘겼습니다."

"그건 대답이 아니야. 하지만 상관없다."

"제 친구들을 풀어줄 겁니까?"

"네가 더 잘해야겠는데."

"할 수 있습니다."

"그럼 해봐라."

"저자들은 내보내주십시오."

"네 명성이 쇠락했을지는 모르지만, 네가 이따금 무분별하게 폭력을 휘두른다는 사실을 나는 알고 있다."

"예전의 제가 아닙니다."

"말은 그렇게 하겠지."

"수녀원에서 일어난 일을 캐드버리한테서 들으셨죠? 저는 제 목숨을 구하기 위해 손가락 하나 들 수 없었습니다. 제 꼴을 보세요."

잠깐 동안 키티는 앉아 있는 케일의 창백한 피부와 거무스레한 눈가, 구부정해진 등과 앙상해진 몸을 눈여겨보았다.

"저 친구들을 시켜 너를 두들겨패 실토하게 할 수도 있다."

"제가 하는 말로는 충분하지 않아요. 증거가 필요할 겁니다. 저는 그걸 가져오지 않았습니다. 그애들을 풀어주세요."

"그건 곤란해."

"어차피 제가 있잖습니까. 두 녀석이 누군지는 아무도 모릅니다. 그애들을 죽인다고 누가 알아주겠어요? 하지만 제 죽음은 세간의 이목을 끌겠죠, 안 그렇습니까?"

"친구들을 위해 자신을 희생하겠다는 거냐? 너를 다시 봐야겠는걸."

"저는 걸어서 여길 나갈 생각입니다. 제가 있으면 친구들은 보내줘도 된다는 점을 지적했을 뿐입니다."

키티는 잠시 궁리하다 두 남자에게 지시했다.

"가서 녀석들을 데려와. 둘 다."

두 남자는 키티가 시킨 대로 육중한 문을 조용히 닫으며 밖으로 나갔다.

"당신은 지금 제가 어디 사는지 압니다."

단호한 말투였다. 키티는 야유하듯 길고 괴상한 웃음소리로 화답했다.

"네가 어디서 자는지 내가 왜 신경써야 하느냐?"

케일은 묵묵부답이었다.

"그래, 네가 어디 사는지 알고 있다."

"저는 한자동맹의 향후 계획을 알아냈습니다. 관심 있습니까?"

키티는 담담하게 대답했다. "아, 물론이지. 증거는 있고?"

"네."

"보여다오."

불쾌한 웃음소리가 또 들렸다. 그때 누군가 문을 두드렸다.

"들어와."

문이 열렸다. 아까 방에서 나간 두 남자와 다른 여러 명이 베이그 헨리와 클라이스트를 붙잡고 들어왔다. 둘 다 손이 묶여 있었지만, 굳이 그럴 필요도 없을 만큼 상태가 끔찍했다. 특히 클라이스트는 누군지 알아볼 수 없을 지경이었다. 붉거진 두 눈에 피가 가득차 있고, 한쪽 눈은 작은 입처럼 찢어져 오른뺨을 따라 빨간 삼각주처럼 피가 흘렀다. 베이그 헨리는 누군가 유독성 식물로 문지르기라도 한 듯 얼굴이 벌겋게 통통 부어 있고, 머리가 이상해진 늙은이처럼 혀가 입 밖으로 늘어져 있었다. 둘 다 왼손이 으스러졌고, 와들와들 떨리는 몸을 주체하지 못했다.

케일은 조금도 동요하지 않았다. "저 녀석들을 내보내세요. 누가 데리러 올 겁니다. 저애들이 안전해지면, 지금부터 제가 말씀드릴 정보의 증거가 여기로 올 겁니다."

"나한테 사기를 쳤다가는 죽음의 문이 만 개라는 걸 알게 될 거다. 내가 그 문들을 하나하나 안내해줄 테니까."

"이제 시작할까요? 저녁 약속이 있어서요."

키티가 고개를 살짝 까딱이자, 두 소년은 사람들에게 밀려 비틀비틀 문으로 걸어갔다.

"거리에서 뭐가 눈에 띄는지 보고하라고 하세요."

이 분 뒤, 키티의 경호원 한 명이 돌아와서 말했다. "수레꾼 하나가 손수레를 끌고 녀석들을 데리러 왔습니다."

케일이 키티에게 말했다. "서신이 오길 기다리는 동안, 앞으로 어떤 일이 벌어질지 말씀드리겠습니다. 저 사람이 문을 닫고 나가면요." 잠시 후 케일의 말이 이어졌다. "한자동맹은 발트해 추축국 연합에 대한 지지를 선언하고, 선박과 병력과 돈을 보내기로 약속할 겁니다. 돈은 올 테지만 선박과 병력은 아닙니다. 단치히와 뤼베크에서 선박을 건조하는 시늉을 하겠지만, 설령 출항한다 해도 폭풍이나 역병, 또는 나무좀이나 따개비의 공격 따위로 되돌아갈 겁니다. 어떻게든 오지 않으려 하겠죠. 적어도 누가 승리할지 합리적 확신이 설 때까지는 말입니다."

"비텐베르크가 차를 홀짝이고 오이 샌드위치를 먹으며 그런 이야기를 해줬다는 거냐? 내가 들은 바로는 영리하고 신중한 사내라던데, 어째서 너 같은 소년에게 그런 정보를 알려줬을까?"

"저도 오이 샌드위치 좋아했습니다. 없어서 못 먹었죠."

"대답해라."

"저는 어느 리디머에게 추악한 짓을 당하던 비텐베르크의 아내를 구해줬습니다. 현재 그가 누리는 행복은 제 덕인 셈이죠. 하지만 비텐베르크가 저한테 직접 말하지는 않았습니다. 그랬다면 저도 믿지 않았을 테고요."

"그렇다면 아내한테서 들었다는 거냐? 그런 뜻이냐?"

"아뇨. 캐내려고 노력했지만, 심지어 팔을 비틀기까지 했는데, 리바는 영리한 여자라서 꿈쩍도 하지 않더군요. 그래서 비텐베르크의 열쇠를 훔쳐 그의 방에서 서신을 빼냈습니다."

"믿기 어려운데."

"물론 그렇겠죠. 하지만 틀림없는 사실입니다. 당신 말대로 비텐베르크는 대화하거나 논의할 때 영리하고 신중하지만, 사적인 도둑질은 상상도 못할 친구입니다. 수천 명의 죽음은 방관해도 눈앞에 서 있는 사람은 죽이지 못할 자란 뜻입니다. 비텐베르크는 그들 부부가 베푼 호의를 제가 배신할 줄은 꿈에도 몰랐던 겁니다. 아마 저처럼 절박한 적이 없었겠죠."

"또 뭘 알고 있느냐?"

"말씀드린 대로입니다. 문서로 작성되어 있으니 한번 읽어보세요. 이따 도착하면 직접 확인하실 수 있습니다."

비록 거짓말을 하고 있었지만, 케일은 한자동맹의 상황을 비교적 정확히 짚었다. 그들에게 주어진 선택지가 제한적이라는 점에서 썩 놀라운 일도 아니었다. 그들은 부득이한 경우에만 자신들의 재정적 이익을 지키려고 군사력을 동원하는 무역 연맹이었다. 하지만 이미 추축국에게 거금을 제공해왔고 앞으로 더 제공할 터라, 단순히 돈만의 문제가 아니었다. 물론 전쟁은 끝 모를 재정적 위기를 초래하기 마련이었다. 아무리 거금이라도 자금 제공에는 한계가 있고, 전쟁이란 한없이 돈을 삼키는 괴물이었다. 그러나 전쟁이 모든 문제의 아버지라는 점도 고민거리였다. 전쟁이 가져오는 변화가 승자에게조차 예기치 못한 상황을 초래할 수 있었다. 방관자 입장을 견지하고 지킬 뜻이 없는 모호한 약조와 현금을 제공하면서, 최대한 오래 옆으로 빠져 있는 편이 훨씬 나았다.

안타깝게도 이런 추측은 그럴싸하긴 해도 실질적 가치는 전혀 없었다. 키티가 기대하는 증거 따위는 없었기 때문이다. 앞으로 몇 분 안에 증거를 가져와야 했다.

16

키티의 방에 들어온 뒤로 케일은 탈출 계획을 생각해내고 암토끼 키티를 어떻게 할지 결정하려고 쉼없이 머리를 굴렸다. 이제껏 키티는 앉아 있거나 서 있는 것 말고는 아무 짓도 하지 않았다. 이 자는 대체 뭘까? 짐승의 발처럼 특이하게 생긴 오른손은 얼핏 본 적이 있었다. 줄곧 쓰고 있는 챙모자와 지저분해 보이는 갈색 리넨 베일, 그 외에는 비둘기가 구구거리듯 기괴한 목소리가 들릴 따름이었다. 만약 상대를 갈가리 물어뜯을 이빨, 면도날처럼 예리하게 난도질할 발톱, 그렌델*이나 혹은 더 끔찍한 그렌델의 어미처럼 갈비뼈를 박살낼 수 있는 억센 팔을 갖고 있으면 어쩌지? 공격해보지 않으면 알 수 없는 존재였다. 그리고 밖에는 언제든 문을 열 수 있는 경호원들이 있었다. 그런 다음 달아나는 것도 문제였다. 불

---

* 북유럽 전설에 등장하는 괴물.

과 열여섯 살에(케일이 그 나이라면) 더이상 예전 같지 않게 된 사람에게는 미지의 변수가 너무 많았다. 최악의 상황이었다. 낙타 똥 같은 헛소리를 키티의 귀에 퍼부으면서 문을 가로막을 수단과 곧 있을 난투에 도움이 될 만한 것을 찾는 동안에도, 케일은 이드리스 푸케가 가장 공들여 다듬은 금언 중 하나를 따르지 않은 자신을 원망했다. '최초의 충동은 늘 자제하라, 그런 충동은 종종 너무 관대하나니.' 어차피 그 두 멍청이는 순전히 자기 의지로 정신 나간 소동을 벌이러 갔다. 케일은 생각했다. 왜 녀석들의 어리석음 때문에 내가 죽어야 하지? 하지만 너무 뒤늦은 후회였다.

시작됐다. 케일은 바닥에서 천장까지 뻗은 커다란 책장으로 달려갔다. 키티의 문서들로 채워진 책장 위로 최대한 높이 뛰어올라 매달린 케일은 발광하는 원숭이처럼 책장을 흔들어댔다. 다행히 고정되어 있지 않은 책장은 쉽사리 기울었고, 너무 빨리 쓰러져서 하마터면 케일이 밑에 깔릴 뻔했다. 문 앞으로 넘어진 책장 때문에 문이 가로막혀 열리지 않았다.

키티의 경호원들이 있는 힘껏 문을 밀기 시작했다. 키티는 거대한 책상 뒤에서 벌떡 일어나 몇 걸음 뒤로 물러났다. 겁에 질려 경호원들이 안으로 들어오길 기다리는 걸까, 아니면 침착하게 토머스 케일을 작은 고기 조각으로 찢어발길 준비를 하는 걸까? 과거에 보스코에게 두들겨맞으며 케일은 가장 중요한 원칙 하나를 뇌리에 아로새겼다. 일단 공격하기로 마음먹으면 꾸물대거나 망설이지 말고 돌진하라. 케일은 네 걸음 만에 키티에게 다가가 손바닥 아랫부분으로 그의 얼굴을 가격했다. 키티가 쓰러지며 내지른 비명은 케일마저 떨게 만들었다. 전장에서 팔다리가 잘린 사람이나 궁지에 몰린 짐승의 비명이 아니라, 분노와 공포에 사로잡힌 아기의 울부짖음처럼 새되고 비참했다. 리넨 베일에 붉은 피 얼룩이 생기더니, 키티가 비명을 지르며 매끄러운 바닥을 붙잡으려고 버둥거리는 동안 점점 번져갔다. 케일 뒤에서 경호원들이 문에 몸을 부딪치기 시작하자 그 육중한 힘에 커다란 문틀이 흔들거렸다. 케일은 돌아서서 책상을 밀었다. 어찌나 무거운지 나사로 바닥에 고정해놓은 것만 같았다. 하지만 두려움이 불어넣은 힘 덕분에 책상은 1인치, 곧이어 2인치쯤 움직였고, 이내 점점 속도가 붙었다. 그사이 케일의 힘겹고 광기 어린 포효는 문에서 쿵쿵대는 소리와 뒤섞였고, 경호원들이 마지막으로 문을 밀치려고 한 걸음 물러난 순간, 흔들리는 책장과 책상이 세차게 부딪혔다. 그 충돌로 문이 쾅 닫히면서, 문을 잡고 있던 두 남자의 손가락 끝이 날아갔다.

케일의 머릿속은 방안의 비명소리와 바깥의 고통스러운 울부짖음으로 소란스러웠으며, 페드라 모르핀의 힘이 약해지기 시작하면서 바늘로 찌르는 것처럼 입술이 따끔따끔하고 욱신거렸다. 키티는 여전히 방구석에서 비명을 지르고 있었고, 밖에서는 경호원들이 뭔가 작전을 세우는지 조용해졌다.

살아 있는 것을 죽이기란 여간 까다로운 일이 아니다. 둔기나 날카로운 칼이 있어도 어렵고, 상대가 두려움에 뻣뻣해져도 마찬가지다. 닭 모가지를 비트는 정도의 간단한 살해도 배짱과 연습, 숙련이 필요하다. 케일은 어떻게 일을 끝낼지 궁리했다. 주위에 쓸 만한 것이 전혀 없었다. 바닥에 널린, 끈으로 묶인 빨간 장부들 말고는 방안이 텅 비어 있다시피 했다. 이제 어찌하면 좋을까? 확실히 암토끼 키티는 겁에 질려 있었지만, 그렇다고 해서 위험하지 않다고 장담할 수는 없었다. 케일은 인공적인 가루가 만들어낸 힘이 점점 약해지는 것을 느꼈다. 과연 주먹으로 키티를 죽일 수 있을까? 저 갈색 베일 뒤에는 무엇이 있을까?

밖에서 경호원들이 다시 문을 밀치기 시작했다. 케일은 앞으로 걸어가 몸을 숙이고 키티를 붙잡아 돌려세웠다. 그러고는 목을 더 들어 팔오금으로 휘감고 조르려 했다. 케일이 뭘 하려는지 알아차린 키티는 귀가 따갑도록 고래고래 비명을 지르며 반들거리는 바닥 위에서 발버둥쳤다. 두려움 때문에 힘이 세진 키티는 케일의 팔을 뿌리치고 계속 비명을 지르며 반대쪽 벽으로 뒷걸음쳤다. 경호원들이 또다시 문에 몸을 부딪치자 방 전체가 흔들렸다. 이제 키티의 얼굴을 보지 않고는 일을 끝낼 수 없었다. 과연 누가 혹은 무엇이 그토록 무력하고 공격에 취약한지 봐야 했다. 케일은 챙모자와 피로 얼룩진 리넨 베일을 벗겼다.

눈앞에 드러난 흉측한 몰골에 놀란 케일은 너무 역겨워 뒤로 움찔했다. 키티의 면상과 머리통은 전혀 다른 두 생물 같았는데, 둘 중 한쪽이 더 흉했다. 머리의 오른쪽 전체가 부풀어 있었고, 마치 살 속에 돌멩이가 채워져 있는 것 같았다. 오른쪽 빰은 무사마귀투성이고, 입술 한쪽이 3, 4인치는 부어 있었다. 하지만 입술의 나머지 절반은 얇아지면서 지극히 정상적인 형태여서 사람의 얼굴이란 걸 알아볼 수 있었다. 머리 왼쪽은 귀 위로 12인치 넘게 기른 머리카락을 잘 빗어 거대한 혹을 가려놓았다. 왼손도 완벽히 정상인데다 아주 섬세했다. 반면 짐승의 발처럼 생긴 커다란 오른손은 칼에 잘렸다가 세 갈래로 아문 것 같았다. 셋 다 크고 뾰족한 손톱이 나 있었는데, 그래서 암토끼라는 별명을 얻은 듯했다.

키티가 애원했다. "제발! 제발! 제발! 제발!"

케일은 그의 눈이 마음에 걸렸다. 소녀의 눈처럼 여리고 짙은 갈색 눈이 두려움과 공포로 반짝였다. 어깨는 아프고 손에서는 점점 힘이 빠지는데, 살아 있는 존재를 때려죽이기가 얼마나 어려울지 상상해보라. 시간이 꽤 걸렸다. 키티는 미친듯이 울부짖었고, 피에 목구멍이 막혀 캑캑거리며 바닥 위에서 발버둥쳤다. 하지만 케일은 주먹과 팔꿈치로 후려쳐 어떻게든 마무리지었다. 그래야만 했다.

일이 끝나자 케일은 바닥에 주저앉았다. 두려움도 연민도 느껴지지 않았다. 암토끼 키티는 살 자격이 없는 자였다. 죽어 마땅했다. 하지만 지금껏 저지른 온갖 끔찍한 일들을 생각하면 토머스 케일 역시 죽어 마땅할지 몰랐다. 그러나 케일은 죽지 않고 키티는 죽었다. 어쨌든 당장은 그러했다.

케일이 키티를 죽이는 동안 쉬지 않고 문을 밀치던 경호원들이 이제 행동을 멈췄다. 케일은 땀범벅이 되어 기진맥진해 있었는데, 키티를 끝장내느라 힘들었기 때문만은 아니었다. 입술이 점점 더 빠르게 따끔따끔 화끈거렸고, 골은 욱신욱신 쑤셨다. "한밤중이야, 금발 아가씨." 케일은 멤피스에서 아르벨이 어린 조카들에게 들려주던 동화의 한 구절을 잘못 기억하고 중얼거렸다.

잠시 후 케일은 일어서서 거대한 흑단 책상으로 다가가 서랍을 열었다. 구리 서진 하나와 눈깔사탕 한 봉지 말고는 서류뿐이었다. 박하맛 사탕이었다. 케일은 사탕 두 개를 입에 넣고 씹어먹으며 몸에 당분을 보충한 다음, 문으로 다가가 서진으로 세 번 두드렸다. 속삭이는 소리가 들리는 것 같았다.

케일이 말했다. "암토끼 키티는 죽었다."

잠시 정적이 흐르더니 목소리가 들렸다. "그럼 편히 쉬시라고 노래라도 불러드려, 망할 자식아."

"왜?"

"젠장, 왜겠어?"

"댁들은 키티를 사랑했어? 키티가 댁들 아버지였나?"

"그건 네가 알 바 아냐. 뒈질 준비나 해."

"세상에 하나뿐인 댁들의 친구를 죽일 셈이야? 키티가 죽었으니 그의 모든 적, 수많은 고약한 적들이 그의 재물과 사업을 나눠먹으려 들겠지. 하지만 댁들은 거기 포함되지 않아. 댁들 몫이라고는 옥시렁쿠스에 있는 키티의 불법 쓰레기 하치장에서 사람 하나 들어갈 공간뿐일걸."

문밖에서 수런수런 다투는 소리가 분명히 들렸다. 이건 고민할 문제가 아니었다. 케일이 한 말은 사실이었으며, 누가 봐도 뻔했다. 하지만 이 하찮은 인간들에게도 충성심과 애정이란 게 있었다. 게다가 지난 십오 분 동안 벌어진 소동으로 몹시 흥분한 상태였다. 곧 어떤 식으로든 상황이 험악해질 테고, 그건 토머스 케일이 초래한 일이었다. 만약 사람들이 항상 자신에게 가장 이로운 쪽으로 행동한다면 세상은 달라졌을 것이다. 케일은 이 격앙된 분위기를 누그러뜨려야 했다.

"가서 캐드버리를 데려와. 그 사람이 오면 그때 같이 이야기해."

잠시 침묵이 흘렀다.

"캐드버리는 취리히로 토꼈어."

대장인 듯한 사내가 소리쳤다. "캐드버리고 나발이고 집어치워! 우리한테 말해. 문에서 비켜!"

캐드버리를 데려오라는 요구는 역효과를 냈다. 하지만 달리 무슨 수가 있었겠는가? 케일은 경호원들이 캐드버리를 데리러 간 사이에 슬그머니 사라질 속셈이었다. 그러나 불행히도 그 계략은 경호원 대장의 성질만 돋웠다. 케일은 공갈을 칠까 궁리했다. 위험하지만 그 길을 택했다.

"나 토머스 케일은 방금 맨손으로 암토끼 키티를 때려죽였다. 오페라 로소에서는 이 초 만에 솔로몬 솔로몬을 죽였으며, 골란고원 그늘에서 썩어가고 있는 라코니아 용병 만 명도 내 작품이다." 비록 두려움이 밀려들고 상황도 위태롭지만, 자신의 영광스러운 업적들을 떠벌리니 기분이 좋았다. 전부 사실이야, 안 그래? 케일은 속으로 중얼거렸다.

경호원들은 묵묵부답이었다.

"내 말 들어. 난 댁들한테 아무 불만 없어. 다들 돈 받고 일했을 뿐이잖아. 키티는 팔자대로 살다 간 거야. 내 말대로만 하면 당신들은 키티가 주던 보수와 특혜를 모두 챙길 뿐만 아니라, 보너스 200달러와 더불어 그 어떤 문책도 당하지 않아. 하지만 반대의 경우는 버트 네이키드 장군과 피넛 버터 경을 상대하게 될 거야. 듣자하니 버트 네이키드 장군은 맘에 들지 않는 자들의 창자를 줄줄이 묶어 자신이 다스리는 빈민가 길바닥에 늘어놓는 방법으로 군의 기강을 세운다던데."

키티의 라이벌들에 대한 이런 괴담은 사실이었다. 감탄이 나올 만큼 청결하고 질서정연한 거리에서 사람들이 법을 준수하고 풍요를 누리는 문명화된 교역국 스위스에도 짙은 어둠이 드리운 장소들이 군데군데 있었다. 선량한 이들이 사는 선량한 거리에서 고작 돌멩이 하나 던지면 닿을 곳, 그런 곳에서 조금만 걷다보면 상상을 초월하는 야만적이고 잔인무도한 악행이 시시각각 벌어졌다. 이는 모든 시대에 걸쳐 세상 어느 도시나 마찬가지 아닌가? 문명사회와 비인간적 야만은 고작 몇 걸음 거리를 두고 공존한다.

그후 몇 분 더 대화로 시간을 끌며 경호원들을 진정시키고 현실을 직시하게 한 케일은 그들이 책장을 밀어낼 수 있도록 책상을 뒤로 당겨놓았다. 썰물이 빠지듯 삽시간에 기운이 사라져 여간 힘들지 않았다. 키티의 의자로 걸어가 태연히 앉은 케일은 경호원들이 육중한 책장을 미는 모습을 지켜보았다.

마침내 차례차례 안으로 들어온 경호원들은 경계하는 기색이 역력했지만, 방바닥 한가운데 쓰러져 있는 시신을 보고 충격을 받았다. 죽음이나 피 때문이 아니라—어차피 살인이 업인 자들이었다—, 끝나지 않을 것 같던 권력이 끝난 광경을 목도했기 때문이다. 키티는 신화적인 존재였다. 그의 마수는 어디에나 뻗쳤다. 그런데 죽음이 그의 힘을 앗아갔을 뿐만 아니라, 무사마귀로 뒤덮여 부풀고 일그러진 그의 흉측한 몰골이 뿌연 어둠 속에서도 뚜렷이 드러나 있었다. 지금껏 그들이 느낀 두려움은 역겨움으로 바뀌었으며, 두려움의 강도만큼 역겨움도 강렬했다. 또한 그것은 그들을 천박하게 만들었다.

한 사내가 발로 시신을 쿡쿡 찌르며 이죽거렸다. "일주일 동안 물에 잠겨 있던 해우 시체를 본 적이 있는데, 딱 이렇게 생겼어."

"건드리지 마." 케일이 쏘아붙였다.

사내가 반발했다. "죽인 사람은 너잖아."

"건드리지 말라고."

"네가 뭔데 이래라저래라야?"

케일은 생각했다. 좋은 질문이군.

"왜냐하면 이제 뭘 해야 할지 아는 사람은 나니까."

방안에는 아둔한 자들과 영리하고 야심찬 자들이 뒤섞여 있었지만, 케일의 단언에 모두가 크게 당황했다. 물론 케일도 답을 알지는 못했다. 실은 이제 무얼 해야 할지 막막했다. 다만 지금 중요한 건 그것뿐이라는 사실을 케일은 알고 경호원들은 모를 따름이었다.

"글을 쓸 줄 아는 사람이 몇이나 있지?"

열다섯 명 중 세 명이 느릿느릿 손을 들었다.

"버트 네이키드 장군 밑에서 일해본 사람은?"

두 명이 손을 들었다.

"피넛 버터 경 밑에서는?"

셋이 손을 들었다.

"글 쓸 줄 아는 당신들 셋이 종이에 적어. 아는 것을 하나도 빠짐없이. 나머지 사람들도 뭐든 추가할 것이 있으면 말하고." 케일이 일어서서 한마디 덧붙였다. "난 세 시간 뒤에 돌아오겠어. 내가 나가면 문을 잠그고 아무도 나가거나 들이지 마. 키티가 죽었다는 소문이 돌면 무슨 일이 벌어질지 댁들도 알 거야." 그러고는 분명한 목적이 있다는 듯 당당히 걸어나갔다. 당장이라도 제지당할 것만 같았고, 대답할 수 없는 당연한 질문 두어 가지가 날아올 것만 같았다. 하지만 누구 하나 말이 없었다. 문밖으로 나가 계단을 내려가는 동안, 케일의 인생에서 가장 반가운 소리가 뒤에서 들렸다. 문이 잠기고 있었다.

걸음을 내디딜 때마다 점점 더 고통스러웠다. 케일은 베이그 헨리와 클라이스트를 찾으러 가는 길에 먼저 이드리스푸케를 만났다. 비참하고 화가 났지만, 케일이 보기에도 이드리스푸케의 표정에는 안도의 기색이 역력했다. 뭔가 몹쓸 짓을 했지만 결국 별 탈 없이 끝나 다행이라고 여기는 사람의 표정이었다. 케일은 그에게 자초지종을 이야기하고 함께 두 소년을 만나러 가서 의사를 부르자고 했다.

좀처럼 놀라는 법이 없는 이드리스푸케는 처음 몇 분 동안 묵묵히 걸었다. 하지만 숙소 안으로 들어가기 직전, 그가 케일의 팔을 잡고 멈춰 세웠다.

"어땠느냐?"

"불쾌했습니다. 솔직히 찝찝했어요. 키티가 가엾지는 않지만ㅡ그런 꼴을 당해도 싸죠ㅡ, 그 집에서 나와 당신을 만나러 걸어오는 동안 키티가 세상 사람들에게 두려운 존재가 되려 한 까닭을 이해했습니다. 달리 무슨 선택의 여지가 있었겠어요? 개구리를 먹는 괴인이나 연체 인간과 함께 기인 쇼를 하며 살겠습니까? 친절한 사람들에게 의탁해서 살겠어요? 아, 오해는 마세요. 그런 생각을 하며 키티를 때려죽이지는 않았습니다."

"내가 너를 실망시킨 것 같구나." 이드리스푸케가 중얼거렸다. 케일은 대구하지 않고 이드리스푸케의 말에 대해 생각했다. 이번 일은 애초에 베이그 헨리와 클라이스트의 잘못이었다. 이드리스푸케는 그애들을 만난 후로 줄곧 특별한 이유도 없이 두 녀석 모두에게 잘해주었다. 케일은 이드리스푸케에게 그의 형을 속이라고 요구한 적도 있었다. 하지만 케일의 영혼 속에서 뭔가가 쪼아대고 있었다. 이유는 알 수 없지만, 케일도 이드리스푸케가 신의를 저버리는 짓을 한 것 같다는 생각이 들었다.

"아닙니다. 아뇨, 그렇지 않아요." 두 사람은 안으로 들어갔다.

키티의 집에서 언뜻 봤을 때도 케일은 두 친구의 상태가 좋지 않다는 것을 알아차렸지만 제대로 살펴보니 훨씬 심각했다. 클라이스트는 입이 너무 부어서 말을 할 수가 없었다. 둘 다 왼손 새끼손가락과 엄지가 부러져 있었다. 케일은 그들에게 키티가 죽었다고 말했다.

베이그 헨리가 물었다. "천천히 죽었어?"

"네가 후련할 만큼 천천히."

의사가 도착하자 케일은 친구들의 몸을 조심스레 씻겨주었다. 고통스러운 일이었다. 얼굴과 손을 제외하면 대부분 타박상이었다. 클라이스트가 계속 피를 토하자, 의사는 내출혈일지 모른다며 걱정스러운 표정으로 조용히 말했다. "혈변이 나오면 제게 바로 연락하세요." 페드라 모르핀의 약효가 채 가시지 않은 케일은 지난해 부상으로 어렵게 꿰맨 베이그 헨리의 얼굴이 잘 버틴 것을 보고 감탄을 금치 못했다. 하지만 클라이스트는 정신이 온전치 못해 계속 오락가락했다.

"키티……" 클라이스트가 웅얼거렸다.

"키티는 죽었어."

"키티……" 계속 웅얼거리던 클라이스트는 결국 완전히 혼절했다.

의사는 쥐오줌풀과 양귀비를 섞어 만든 기름으로 베이그 헨리를 재웠고, 케일과 이드리스푸케가 곁에서 두 소년을 지켰다.

"이제 그자들을 어쩔 셈이냐? 키티의 부하들 말이다."

케일은 놀라는 눈치였다.

"생각 없는데요. 썩어 문드러지게 내버려두죠."

"그냥 잊어버리기에는 막대한 돈과 힘이 걸려 있다."

"그럼 당신이 가져요."

"네가 그 말을 해주길 바랐다."

"저한테 허락받을 필요는 없습니다."

가시 돋친 말이었지만 이드리스푸케는 케일을 원망하지 않았다. 함께 베이그 헨리와 클라이스트를 구하러 가지 않은 것이 부끄러웠기 때문이다. 하지만 너무 중요한 기회여서 놓칠 수가 없었다. 하나의 제국을 거저 손에 넣을 기회였다.

이드리스푸케가 말했다. "사람을 보내 캐드버리를 데려올 생각이다. 그 친구라면 키티가 손댄 모든 사업의 처리 방법을 알 거야."

"아마 두 분은 죽이 잘 맞을 겁니다." 이 말을 하고 케일은 자러 갔다.

실제로 두 사람은 천생인연이라도 되는 양 환상의 짝패가 되었다. 인간쓰레기 범죄자들은 종종 어머니에 대해 감상적으로 굴지만, 일반적으로 그것은 그들이 지닌 충성심의 가장 끝자락이다. 원칙적으로 아웃사이더이던 그들은 대개 타고난 신분이나 사회 계급, 지위에 휘둘리지 않으며, 지속적인 폭력의 위협 앞에서만 굴복한다. 비렁뱅이들이 우글대는 나라에서 발 뻗고 잘 수 있는 왕은 없다.

이드리스푸케는 키티의 집을 포위하고 거주자들이 빠져나가지 못하게 했다. 그리고 소동이 일어나지 않도록, 캐드버리가 와서 상황을 정리하길 기다리는 중이라고 말했다. 또한 보너스를 500달러로 올려주겠다고 약속했다. 이튿날 아침, 옥시링쿠스로 가다 여행을 중단하고 돌아온 캐드버리는 키티의 사망 소식에 여전히 얼떨떨했다. 그 집에 있던 자들 사이에서 캐드버리는 별로 인기가 없었지만, 적어도 그들이 아는 사람인데다 머리 좋은 사내로 인정받고 있었다. 그들에게는 구원자가 필요했고, 암토끼 키티의 자리를 이드리스푸케와 캐드버리가 차지하는 과정이 어찌나 빠르던지, 불과 일주일도 안 돼 키티는 이미 전설의 인물이 되어가고 있었다. 그는 전설 속에 존재하는 것이 가장 자연스러웠다. 앞으로 엄마들은 애들이 말을 안 들으면 암토끼 키티가 잡으러 온다고 다정하게 겁주며 키티의 전설을 들려줄 터였다. 그리고 아이들도 커서 어른이 되면 괴물처럼 흉측한 키티가 운나쁜 소녀들에게 사슬과 톱을 휘둘러 손발을 자르고 결국 잡아먹는다는 등골이 오싹해지는 괴담으로 자식들을 겁줄 것이다. 그리하여 수년 뒤 키티의 명성은 동부의 켈트족에게까지 이르렀고, 그들 사이에서 키티는 의족을 팔며 단돈 1펜스에 귀신 이야기를 들려주는 친절하고 늙은 산토끼로 바뀌었다.

17

부기가 가라앉고 타박상 부위가 자주색과 갈색 멍으로 바뀌자, 베이그 헨리는 거의 무아지경으로 쾌활해졌다. 클라이스트는 그렇지 못했다. 키티의 집에서 겪은 일로 큰 충격을 받은 듯했다. 틈만 나면 자고, 깨어 있을 때도 말수가 적었다. 다들 때가 되면 원래대로 돌아올 테니 그냥 내버려두는 게 상책이라고 여겼다. 베이그 헨리가 걸을 수 있게 되자, 케일은 당장 녀석을 데리고 나가 배스천스 공원을 산책하면서, 항간에 떠도는 두려운 전쟁의 소문도 잊고 봄 나들이옷 차림으로 놀러 나온 아가씨들을 구경했다. 이내 소녀들처럼 전쟁을 잊은 두 소년은 크림이 가득한 초콜릿 케이크를 사 왔고, 케일은 케이크를 잘라 베이그 헨리에게 먹이는 척하다 자기 입에 넣어 친구를 괴롭혔다.

연주대 위에서는 악사 열두 명이 가장 인기 있는 봄 노래인 〈나에게 멋진 코코넛이 한가득 있다네〉를 연주했다. 두 소년 또래로 보이는 한 무리의 소녀들이 케일을 보고 못됐다고 하더니, 케이크를 빼앗아 양손에 붕대를 감은 베이그 헨리에게 먹여주었다. 헨리는 아기처럼 냠냠 받아먹고는 좋아서 싱글벙글 웃었다.

고집 세 보이는 빨강 머리 소녀가 물었다. "손은 어쩌다 그 꼴이 됐어?"

케일이 대답했다. "말에서 떨어졌거든."

베이그 헨리가 한마디했다.

"이 녀석 말 듣지 마. 물에 빠진 강아지를 구하다 이렇게 된 거야."

소녀들이 더욱 깔깔댔다. 물 흐르는 소리처럼 듣기 좋은 소리였다.

그후 십 분 동안 베이그 헨리는 소녀들과 새롱거렸다. 케이크를 먹여주는 손가락을 헨리가 자꾸 빨자 소녀들이 그만하라고 화를 냈지만, 빨강 머리 소녀는 하얀 크림이 두툼하게 묻은 가운뎃손가락을 헨리가 아무리 오래 빨아도 가만히 있었다. 소녀들은 찌르레기처럼 조잘대며 친구의 충격적인 행동에 놀라면서도 즐거워했다. 케일은 벤치 끄트머리에 앉아 햇볕을 쬐고 있었는데, 그 모습을 지켜보는 두 소녀는 케일이 원하기만 하면 케이크보다 맛난 것을 먹여줄 기세였다. 케일은 이 모든 것을 만끽했다. 따사로운 햇살, 어여쁜 소녀들, 즐거워하는 친구. 하지만 눈앞에 펼쳐진 광경일 뿐 자신과는 상관없는 일이라는 듯 무심한 표정이었다. 심지어 소녀들이 바라보고 있는 것도 알아차리지 못했다.

마침내 보호자로 보이는 어른이 와서 소녀들을 불러모아 데려갔다.

소녀들이 뒤를 돌아보며 소리쳤다. "우리 여기 자주 와! 잘 있어! 안녕!"

베이그 헨리가 중얼거렸다. "기분이 이상해. 이틀 전에는 송장 신세였는데 지금은 여자애들과 케이크라니."

"뭐가 더 기억에 남을 것 같아?"

"뭐라고?"

"고통과 공포, 아니면 여자애들과 케이크. 앞으로 일 년 뒤에 뭐가 더 기억날 것 같아?"

"무슨 소리를 하려는 거야?"

"이드리스푸케는 고통이 기쁨보다 훨씬 더 강하다고 했어. 고통이 더 잘 기억난다고. 만약 네가 돼지를 잡아먹는 비단뱀이라면, 비단뱀은 조금 즐겁겠지만 돼지에게는 너무나 끔찍한 일일 거야. 삶이 그렇다고 이드리스푸케가 말했어. 넌 일주일 동안 두 가지를 모두 겪었으니 알 거야. 고통과 공포야, 여자애들과 케이크야?"

베이그 헨리가 반박했다. "나만 그랬어? 너도 키티를 죽이기 전에 엄청 겁먹었잖아?"

"내가? 설마. 난 위풍당당한 영웅 타입의 인간이야. 두려움을 모르는 사나이지."

두 소년 모두 키득키득 웃었다. 몇 분 전에 여기서 고통이나 공포 따위는 전혀 모르는 소녀들이 쏟아내던 웃음과 다를 바 없었다. 물론 겉모습만으로 결코 사람을 판단할 수는 없지만.

베이그 헨리가 말했다. "나는 여자애들과 케이크야. 넌?"

"고통과 공포."

두 소년은 또 웃기 시작했다.

베이그 헨리가 말했다. "진부한 이야기구나."

그로부터 며칠 동안 두 소년은 클라이스트를 즐겁게 해주려고 노력했지만, 녀석의 기분은 나아질 기미를 보이지 않았다. 결국 케일은 레이 수녀가 준 체이스 데빌 하루 복용량을 넣고 끓인 차를 클라이스트에게 주고 녀석이 원래 모습으로 돌아오기를 기대했다. 하지만 나아지기는커녕 구역질만 해댔다.

며칠 뒤, 케일과 베이그 헨리는 키티의 집에서 나온 두 소년을 집으로 데려다준 수레꾼을 만나러 나갔다.

그 남자를 찾아내자 케일이 말했다. "여기 있는 내 친구가 개인적으로 감사를 표하고 싶대요."

베이그 헨리가 말했다. "고맙습니다."

남자는 헨리를 바라보았다. 적대적이지는 않지만 아무 감흥도 없는 표정이었다.

케일은 약속한 잔액을 지불하고 추가로 5달러를 더 얹어주었다.

"고맙긴 뭘." 수레꾼이 베이그 헨리에게 대꾸했다. 상대가 무슨 생각을 하는지는 전혀 무관심해 보였다.

"당신이 우리 목숨을 구해준 것 같아서요." 수레꾼이 감사 인사를 고맙게 받아주지 않아 베이그 헨리는 멋쩍고 짜증이 났다.

"그럼 15달러는 줘야 하는 거 아니야? 너희 목숨이 그 정도도 안 돼?"

수레꾼을 노려보던 베이그 헨리는 가진 돈 전부인 10달러를 더 주었다. 그리고 상대가 고마워하는 기미라도 보이길 기다렸지만, 남자는 별다른 반응 없이 주머니에서 지갑을 꺼내 돈을 넣었다. 지갑에 묶인 끈에 작은 철제 교수대 모형이 달려 있었는데, 그 교수대에는 조그마한 목 매달린 리디머 상이 달랑거렸다. 안타고니스트의 세상에서 결코 용납되지 않는 성스러운 교수대였다. 대분열 이전 시대로 거슬러올라가는 신앙을 고수하는 수레꾼 집단은 모두의 의심을 사고 있었다.

베이그 헨리는 더이상 멋쩍어하지 않으며 말했다. "10달러보다 가치 있는 충고를 해드리죠. 그 신성한 교수대는 치워버리고, 프리메이슨이 개종할 때까지는 꺼내지 마요." 리디머들은 프리메이슨이 모든 종교 중 가장 불경한 종교를 신봉하는 집단이며, 그들의 개종은 세상의 종말이 찾아올 때나 가능하리라 믿었다.

케일의 관심사는 다른 데 있었다. "당신 손수레에 대해 이야기해줘요." 케일이 클라이스트와 베이그 헨리를 싣고 온 손수레를 바라보며 말했다.

두 소년이 여기 온 후 처음으로 케일의 요청이 활기를 불어넣은 듯했다. 수레꾼은 자기 수레를 굉장히 자랑스러워하는 눈치였다. 그들 집단만큼이나 오래된 수레지만 세월이 흐르는 동안 자신이 여기저기 개량했노라고 자랑했다. 하지만 다른 동료들은 늘 탐탁지 않아 했다며 분개했다.

"아직 젊은 놈들이 거대한 돼지고기 덩어리를 옮기다 비명횡사하곤 하지. 그 친구들의 아버지도 할아버지도 그런 식으로 죽었어. 이 손수레는 쓰레기장에서 찾아낸 비계용 대나무 다발로 만든 거야. 바퀴에 달린 용수철은 어느 축제에서 본 통통 튀는 망아지에게서 아이디어를 얻었고, 다 만드는 데 2달러 들었다." 케일과 수레꾼은 그 손수레가 가볍고 이동성이 뛰어나 가파른 거리에서 무거운 짐을 잘 옮길 수 있다는 이야기를 나누었다.

베이그 헨리는 속으로 중얼거렸다. 왜 저러지?

도시로 걸어들어가는 동안 베이그 헨리가 툴툴거렸다. "냄새 한 번 고약하군."

"한때는 기름지고 맛난 쥐 한 마리면 소원이 없던 녀석이 아주 까다로워졌구나."

"아까는 대체 왜 그랬어? 손수레 말이야."

"난 세상 돌아가는 이치가 궁금해. 그 수레꾼은 무식한 자들과 살아가는 무식한 인간이야. 하지만 영리해. 재미있는 놈이야."

숙소로 돌아와서 보니, 이드리스푸케가 잔뜩 뿔이 난 채 기다리고 있었다. 그의 곁에는 캐드버리와 디드리 플런케트도 있었는데, 입술이 새빨갛고 볼이 불그레한 디드리는 지상에 존재하지 않는 생물 같았다.

이드리스푸케가 케일에게 말했다. "시간 엄수는 왕들의 도리다. 6펜스에 팔려간 녀석은 말할 것도 없고."

"일이 좀 있었습니다. 안녕하세요, 디드리. 잘 지냈어요?"

"사악한 자에게 평온한 순간은 없나니."

잠시 침묵이 흘렀다.

이윽고 캐드버리가 디드리에게 말했다. "사악한 자라는 말이 나왔으니 말인데, 나가서 수상한 행동을 하는 자가 있는지 지켜봐주겠어?" 디드리는 말없이 밖으로 나갔다.

"참 사랑스러운 여자네요." 베이그 헨리가 이죽거렸다.

캐드버리가 쏘아붙였다. "입다물어라, 건방진 녀석. 우리는 방금 암토끼 키티의 사무실에 다녀왔다."

케일이 고개를 끄덕였다.

"이드리스푸케 말로는 네가 늘 불운을 원망한다던데, 나라면 그렇게 생각하지 않겠다. 키티와 만나고 살아서 나올 가능성은 굶어 죽은 비둘기의 그림자로 만든 유사요법 수프처럼 희박해."

"유사요법이 무슨 뜻인지 모르겠는데요."

"이 경우에는 오줌통에서 피어오르는 김만큼의 가치도 없다는 뜻이다."

"기억해둬야겠네요. 유사요법이라, 좋은 말이군요."

이드리스푸케가 조바심을 냈다. "이러고 있을 시간 없다. 사람들이 키티를 어떻게 생각했건, 다들 그를 과소평가했어. 키티의 대부 장부들은 모든 금고에 탈출구가 있는 거대한 미로야. 다들 뒤에 키티가 있다는 걸 몰랐어. 내가 세어보니 바지사장 노릇 하는 자가 스무 명이 넘더라고. 대부분 키티 같은 자와 거래할 만큼 바보는 아닐 거야. 아마도 키티한테 협박당했겠지. 하지만 영리한 자본가들은 더 많은 돈을 위해서라면 물불을 안 가린다."

케일이 말했다. "저는 제 불운을 원망하지 않습니다."

이드리스푸케가 대꾸했다. "아니, 원망해라. 어쨌든 많은 사람이 키티에게 많은 빚을 지고 있다. 이제 네 덕분에 그들의 지불 의무가 우리한테 넘어왔지."

"갚을 생각이 없다면요? 어차피 키티는 죽었잖아요."

"하지만 캐드버리가 지적했듯이, 키티의 채무자들로부터 돈을 받아내는 건 그의 전문 분야야."

"제 몫은 얼마나 됩니까?" 케일이 물었다.

캐드버리가 대답했다. "10분의 1."

베이그 헨리가 한마디했다. "키티를 죽인 사람은 케일인데, 당신이 10분의 9를 갖는다고요? 둘의 몫이 바뀐 것 같은데요."

"배은망덕한 녀석. 범죄 사업 운영에 대해 아주 빠삭하신가보군? 물론 너희 둘 다 옵션거래와 부담보 채무의 앞날, 나라 전체가 채무 불이행 상태가 되면 뭘 해야 할지 따위에 조예가 깊으시겠지."

"아닌데요."

이드리스푸케가 쏘아붙였다. "그럼 입다물고 있어라." 그러고는 케일을 보고 물었다. "내가 네 몫을 훔친다고 생각하느냐? 너한테 몹쓸 짓을 한다고?"

"아뇨."

"그럼 합의된 거다. 10퍼센트. 캐드버리의 말이 사실이라면, 아니, 절반만 사실이어도 너희는 떼돈을 벌게 될 거야."

"이제는 댁까지 내 기분을 잡치게 하는군." 캐드버리가 투덜거렸다.

케일이 그에게 물었다. "키티가 멤피스에서 데리고 있던 소년들 알죠? 그가 그애들을 이곳에 데려왔습니까?"

"그건 나랑 상관없는 일이야."

"이제 상관있습니다. 당신이 그애들을 찾아서 풀어줘요. 일인당 50달러씩 주고."

"남창 노릇 하는 녀석들에게 50달러?"

케일이 반대를 용납할 기분이 아니라는 것을 곧 눈치챈 캐드버리가 재빨리 덧붙여 말했다. "알았다, 그렇게 하마. 하지만 그 돈은 네 몫에서 나갈 거야." 그러나 여기서 끝낼 수는 없었다. "네가 녀석들에게 해줄 수 있는 일은 없다. 이젠 글렀어. 그 녀석들은 이런 일에 익숙해. 받은 돈을 탕진하고 나면 피넛 버터나 버트 네이키드를 찾아가겠지. 결국 키티와 있을 때보다 형편이 더 나빠질 거야. 녀석들을 보살펴주지 않을 생각이면 그냥 내버려둬야 해."

"내가 누구 엄마 노릇 할 사람 같습니까? 우리 넷은 다 잘 풀렸어요. 현재 리바는 러시아 왕비나 다름없습니다. 그리고 우리 셋은 이제 부자고요. 녀석들에게 돈을 주고 보내요. 그다음은 각자 알아서 하겠죠."

집으로 돌아가는 동안 캐드버리는 케일이 무얼 원하는지 생각했다. 케일이 리바에 대해 한 말은 충분히 일리가 있었다. 캐드버리는 키티의 지시를 받고 어느 사교 파티에 가서 리바의 매혹적인 모습을 본 적이 있었다. 애초 목적은 몇몇 귀공자들과 담소를 나누고 지불이 늦어진 채무자를 만나 키티가 바라는 중요한 정보를 얻는 것이었는데, 고작 3천 달러였던 빚에 비하면 훨씬 중요한 정보였다. 리바는 주빈석에 앉아 있었다. 빨간 드레스 차림으로 빵 덩어리처럼 올림머리를 한 모습이 퍽 아름다워 보였다. 하지만 케일과 두 소년의 상황이 과연 잘 풀렸는지는 녀석들의 상태만 봐도 알 수 있었다.

18

베이그 헨리와 케일은 캐드버리에게 한 가지를 더 요구했다. 그 소년들을 악랄하게 두들겨팬 두 남자를 죽이라는 것이었다. 캐드버리는 그자들이 키티의 사업을 탈취할 기회를 노리고 있다는 소문을 들은 터라 어차피 죽일 생각이었지만, 자신이 케일에게 호의를 베푼다고 여기게 해서 나쁠 건 없었다.

캐드버리가 세 소년에게 말했다. "난 그자들을 즉사시킬 거야. 고문은 꼭 캐내야 할 정보가 있을 때만 하거든. 고통스럽게 천천히 죽이고 싶다면 너희가 직접 해."

즉사시켜도 된다고 소년들이 대답했다.

그날 밤 두 남자는 손발이 묶였고, 자신들이 어떻게 되는 거냐고 묻자 캐드버리가 말하기를, "너희는 죽어서 시체가 될 것이다"라고 했다. 이튿날 그들의 시신은 암토끼 키티와 함께 옥시링쿠스로 옮겨져 쓰레기 하치장에 묻혔다.

그사이, 몇백 야드 떨어진 여러 도시에서는 비폰드가 득세하고 있었다. 이제 그는 키티의 귀족 신사록紳士錄을 손에 넣어 거기 실린 비밀 금전 거래 기록들을 알게 되었다. 지금껏 닫혀 있던 문이 활짝 열린 것이다.

조그 왕에 대한 차가운 경멸 덕분에 그를 흠모하는 왕의 눈에 한 층 더 매력적으로 비친 콘 마테라치는 이제 병사들의 실력과 명성이 자자한 스위스군 만 명을 지휘하게 되었다. 스위스 총리 보스 이카르드는 콘의 사령관 기용에 반대했는데, 콘이 젊고 경험이 일천하기 때문은 아니었다. 사실 그런 점은 고려조차 하지 않았다. 콘을 대체할 인물은 스위스 귀족 중에서만 나올 수 있는데, 그게 누구든 나이는 더 많을지 몰라도 썩 총명하지 않은데다 콘처럼 충분한 군사훈련을 받았을 리 만무했다. 이카르드가 두려워한 것은 이번 일로 비폰드가 갖게 될 영향력이었으며, 비폰드 못지않게 위험한 존재인 그의 이복동생도 걱정이었다. 그들이 권력을 손에 넣게 되면 제 잇속만 차리는 전쟁광 마테라치 놈들 말고는 어느 누구에게도 좋을 일이 없기 때문이었다. 비폰드라면 이카르드의 두려움을 알아차리겠지만, 머지않아 함께 리디머들과 맞서는 것이 상호 이익이라고 주장할 터였다. 하지만 이카르드는 전쟁을 그 무엇보다 두려워하는 반면 비폰드는 전쟁은 피할 수 없다고 생각했다.

사실 보스 이카르드와 비폰드뿐만 아니라 심지어 이드리스푸케도 전쟁을 비롯한 모든 일에서 결정적 행위의 위험성을 오랜 경험으로 알고 있었다. 삶이 그들에게 가르쳐준 것은 만사를 마지막 순간까지 지연시키다 결국 중대한 합의에 동의하는 시늉을 하고, 모든 것이 결정된 듯 보일 때 새로운 간계로 다시 지연시키는 전략이었다.

비폰드가 케일에게 설교조로 말했다. "결정적 합의의 문제는 결정적 전투가 그러하듯 그로 인한 결과가 우리에게 불리할 가능성이 극도로 높다는 점이다. 그래서 나는 결정적 전투를 주장하는 자를 감옥에 처넣곤 하지. 그런 건 쉬운 해법이고, 쉬운 해법은 대개 틀리기 마련이니까. 이를테면 암살은 결코 역사를 바꾸지 못한다. 틀림없어."

케일이 대꾸했다. "트레버 이인조는 수녀원에서 저를 암살하려 했습니다. 놈들이 성공했다면 상황이 완전히 바뀌었을 거예요."

"너는 좀더 폭넓은 시각을 가져야 해. 그 암살로 뭐가 달라졌겠느냐?"

"암토끼 키티는 여전히 살아 있을 테고, 당신은 키티의 돈과 비밀을 차지하지 못했겠죠."

"내가 보기에 키티의 죽음은 암살이 아니었다. 개인적인 폭력 행위에 의한 비개인적인 정치 목적 추구의 결과지. 키티의 죽음은 일반적인 살인일 뿐이야. 네가 더 나은 인간이 되려면 사람 죽이는 짓을 그만둬야 해. 적어도 순전히 개인적인 이유로 죽이는 건 말이다."

케일은 늘 상대가 누구든, 설령 비폰드라 해도 마지막 말을 자신이 하려 했지만, 지금은 머리가 아프고 몹시 피곤했다.

이드리스푸케가 나섰다. "그만 좀 해. 몸도 안 좋은 애 괴롭히지 마."

"무슨 소리야? 인생 선배로서 지혜를 전하는 것뿐인데. 그건 애도 알아." 비폰드는 케일을 보고 싱긋 웃으며 덧붙였다. "값을 따질 수 없는 보석 같은 지혜지." 케일도 마지못해 미소로 화답했다.

비폰드는 다시 진지한 표정으로 말했다. "너와 상의해야 할 까다로운 문제가 하나 있다. 콘 마테라치는 너를 참모로 곁에 둘 생각이 없어."

어리둥절해진 케일은 잠시 침묵하다 입을 열었다. "그야 안 봐도 뻔한 일입니다."

"콘이 너를 싫어하는 건 충분히 이해가 간다. 사실 널 반기는 사람은 거의 없지."

"저한테 빚진 뒤로 훨씬 더 싫어하죠." 실버리힐에서 시체 더미에 짓눌려 질식사할 뻔했던 콘을 구해준 일을 말한 것이었다. 케일은 그 일을 두고두고 후회했다.

"그후로 콘은 상당히 성장했다. 몰라보게 달라졌지. 하지만 너와는 뭐든 같이 할 생각이 눈곱만치도 없어. 우린 네가 군사軍師 노릇을 해주길 바란다. 반드시 그래야 돼. 하지만 주요 사안에 내 뜻이 관철되지 않으면 굉장히 언짢아하는 내 부탁에도 콘은 요지부동이야. 왜지?"

"모르겠습니다. 직접 물어보세요."

"물어봤다."

케일은 묵묵히 앉아 있었다.

잠시 후 비폰드가 계속 이야기했다. "다음으로 넘어가자. 모든 여건을 고려할 때, 리디머들이 아른헴란트사막을 가로질러 침공할 가능성에 대해서는 아무한테도 말하지 않기로 했다."

"저를 못 믿습니까?"

"믿지. 하지만 문제는 추축국들이 우리의 경고를 듣고 마지노선

옆 국경 수비를 강화하면 리디머들이 전반적으로 계획을 재고할 거라는 점이다. 내가 너의 생각을 제대로 이해했다면, 리디머들이 이번 전쟁을 위해 세운 전략의 핵심은 신속한 사막 횡단이지?" 살짝 아첨하는 말투였다.

"그래서요?"

"그 길이 봉쇄되면 전략을 재고할 수밖에 없지."

"맞습니다."

"침공이 오래 지연될 거라고 보느냐?"

"아마도."

"여름과 가을을 건너뛰어야 한다면 내년에나 가능할 거야. 겨울에는 공격해오지 않을 테니까."

"아마 그럴 겁니다."

"역시 그렇군. 하지만 너도 아른헴란트가 막히면 전쟁이 일 년 뒤로 미뤄질 거라고 생각하느냐?"

"십중팔구."

"그건 우리한테 곤란해. 여기서 우리는 마테라치 가문과 너를 뜻한다."

"왜 곤란하죠?"

"요즘 보스 이카르드는 그럴싸한 헛된 희망을 왕의 귀에 불어넣고 있다. 높은 산맥과 마지노선이 보스코의 침공을 막아줘 대부분의 추축국은 안전하며, 특히 스위스는 걱정 없다고 말이야. 이미 리디머들에게 점령당한 지역이 상당하긴 하지만, 보기보다 불안한 상황은 아니라며 안심시키지. 그들이 정복한 땅에는 쓸 만한 자원이 별로 없어서 점령지에서 가져가는 것보다 점령군 유지에 더 많은 피와 돈이 소모될 거라고."

케일은 고개를 끄덕였다. "일리 있는 말입니다."

"물론 그렇지. 하지만 우리 입장은 난처해. 네 말대로라면 보스코는 반드시 쳐들어올 것이다. 하지만 당장이 아니라 나중에 온다면 우리는 모든 신뢰를 잃게 돼. 이카르드의 말이 맞는 것처럼 보이겠지. 리디머들이 점령한 땅은 쓸모없는 골칫거리이고 추축국들의 방어선이 리디머의 진군을 막아준다고 말이야. 보스코에게 전진은 없고 후퇴만 있다고. 만약 우리가 아른헴란트를 통한 침공을 경고하면 그곳이 봉쇄될 테고, 그러면 이카르드가 맞고 우리는 틀린 것처럼 보이겠지. 결국 우린 하찮은 존재로 전락할 것이다."

"그래서 당신은 리디머들이 들어오게 할 셈이군요."

"낮다. 반대하느냐?"

"영리한 자식 같은데요. 하지만 당신 말이 맞을 수도 있죠. 생각을 좀 해봐야겠습니다."

"좋은 수가 떠오르면 내게 알려다오."

"그러죠."

하지만 비폰드가 떠나고 삼십 분 뒤, 케일은 그가 옳다고 확신했다. 문제는 그다음이었다. 리디머 군대가 미시시피강에서 저지되지 않으면 어떻게 될까? 그들이 방어선을 넘어 들이닥치면 어떤 일이 벌어질까? 외세의 침입을 막아주는 산맥은 밖으로 나가는 것을 가로막는 벽이기도 했다. 유일한 출구는 샬렌베르크 고갯길인데, 이미 보스코는 코르크 마개로 병을 막듯 그곳을 단단히 틀어막을 준비가 되어 있었다.

이날 저녁 비폰드와 이드리스푸케는 같은 취지로 아르벨 마테라치를 몰아세우기 시작했다.

비폰드가 말했다. "네가 콘을 설득해야 해."

"제 말도 듣지 않을 거예요. 소용없어요. 괜히 설득하려 했다가는 오히려 당신보다 저한테 훨씬 더 분노할걸요. 솔직히 그이는 당신 때문에 꼭지가 돌았다고요."

"체신없는 말은 삼가라."

"그럼 저를 제 남편의 적으로 만들려 하지 마세요."

이드리스푸케가 한마디했다. "아르벨의 말도 일리가 있어. 콘이 우리에게 영영 등을 돌리면 곤란해."

아르벨이 뿔난 목소리로 쏘아붙였다. "콘에게 이래라저래라 하지 마세요. 그이는 당신들 멋대로 조종하는 꼭두각시가 아니에요."

"비약이 너무 심하구나." 이드리스푸케도 짜증이 나는 눈치였다.

"게다가 두 분은 토머스 케일을 우리 모두의 구원자로 여기죠. 정말 그렇게 믿으세요?"

"너도 그 녀석 덕분에 살지 않았느냐. 은혜를 잊으면 안 돼."

"그가 멤피스로 오지 않았다면 제 목숨이 위태로울 일도 없었을 거예요. 배은망덕한 여자 취급 하지 마세요."

"배은망덕하다고는 안 했다. 그래도 고마움은 잊지 말아야지."

"그래요, 저는 고마움도 모르는 몹쓸 년이에요. 하지만 케일이 가는 곳마다 장례식이 줄을 잇는다고 다들 원망해요. 그 사람 때문에 우리는 모든 걸 잃었어요. 두 분은 케일을 이용해 얄미운 인간들을 파멸시킬 속셈이겠죠. 물론 케일은 그렇게 할 거예요. 하지만 당신들도 끌고 들어갈 거예요. 제 남편과 아들까지." 아르벨은 잠시 침묵했다. 두 남자도 입을 다물었는데, 말해봐야 부질없다고 판단했기 때문이다. "콘을 좀더 믿어주세요. 두 분이 전처럼 힘이 되어주시면 그이는 큰 인물이 될 수 있어요."

다음날 비폰드는 향후 대책을 논의하려고 케일과 베이그 헨리를 만나러 가서 말했다. "선택의 여지가 별로 없어 보인다. 돼지가 구렁이 뱃속으로 지나가게 해야겠다."

그 말을 듣고 두 소년은 교실 뒤에서 농땡이 피우는 불량학생들처럼 키득거리기 시작했다. "철 좀 들어라!" 비폰드가 꾸짖었지만, 오히려 웃음소리가 더 커졌다. 마침내 웃음을 그친 케일이 자신의 생각을 이야기했다.

"다들 제가 살인만 잘하는 놈이라고 여기는 건 저도 압니다. 하지만 지금 우리는 사악한 짓을 하고 있어요."

비폰드가 대꾸했다. "말 안 해도 안다."

"우리가 틀리면 어쩌죠? 만약 누가 알아채면 어떡합니까?"

"염려하는 사람이 너뿐인 줄 아느냐? 내 비록 제국 전체를 관리하던 청지기로서 그 제국을 구하지는 못했지만, 한때는 현인으로 명망이 높았다. 나의 지난 경험이 여전히 가치가 있다고 믿는다. 강대국들, 그리고 그곳의 통치자들은 한 방에서 더듬거리며 서로를 찾는 장님들과 다름없어. 상대방은 아주 잘 볼 수 있어서 자신이 치명적 위기에 처했다고 믿지. 그들은 강대국의 모든 정책이 불확실성과 혼란을 바탕으로 수립된다는 사실을 알아야 해. 하지만 다들 상대가 더 지혜롭고 명석하며 선견지명이 있을까봐 두려워한다. 실은 모두 같은 처지인데 말이야. 너와 나와 보스코는 한방에 모여 있는 세 장님이다. 죽기 전에 서로 엄청난 피해를 입겠지. 그리고 그 방도."

열이틀 뒤, 서른여섯 시간도 안 돼 아른헴란트를 가로지른 리디머들은 닷새 만에 추축국 연합 1군을 무너뜨렸고, 엿새 만에 추축국 연합 8군을 괴멸했으며, 이틀 만에 추축국 연합 4군을 분쇄했다. 아른헴란트를 지키던 모든 군대와 그 뒤를 받치던 군대들이 점차 미숙한 병사들로 채워지고 형편없는 무기가 공급된 것이 패인이었는데, 막강한 수비를 뽐내던 마지노선에서 교전이 벌어질 줄 알고 가장 뛰어난 병사들과 장비를 그곳에 집중했기 때문이다. 경무장 리디머 군대의 최초 공격을 막아내거나 적어도 진군 속도는 늦출 수 있었던 그 병사들은 물자 보급이 완전히 끊기자 불평 한번 제대로 못하고 항복할 수밖에 없었다. 이렇듯 모든 일이 너무 빨리 진행되자, 당연히 비폰드는 자신이 너무 약삭빠르게 굴었나 싶어 두려웠고, 입을 다물기로 한 결정이 사악할 뿐만 아니라 어리석은 짓이 아니었을까 걱정했다. 그의 근심을 해소해줄 일시적 구원은 뜻밖의 곳에서 찾아왔다.

아르테미시아 할리카르낫소스는 이미 오래전에 잊힌 이름이다. 하지만 군사적 천재로 불려 마땅하나 세상이 인정해주지 않는 모든 위대한 이들 중에서 아마도 그녀가 가장 위대한 존재일 것이다. 아르테미시아는 아마존이나 발키리 같은 여자는 아니었다. 키가 5피트도 안 되고, 외모에 무척 신경을 썼다. 발톱에 줄무늬 매니큐어를 바르고 곱슬머리는 정성껏 빗고 다녔는데, 한 퉁명스러운 외교관이 그녀를 보고는 여자가 아니라 여성스러운 남자 같다고 했다. 게다가 그녀는 말할 때 살짝 혀짤배기소리를 냈다. 사람들은 일부러 그런다고 생각했지만 실은 아니었다. 아르테미시아는 대화 도중에 번번이 딴전을 부렸고(상대의 어리석음이나 둔함이 지겨워서였다), 가벼운 구름이 산들바람에 흔들리듯 언뜻언뜻 머릿속에 떠오르는 생각을 툭툭 내뱉는 버릇이 있었다. 그래서 그녀의 겉모습과 태도 너머에 숨겨진 독특하고 날카로운 지성을 아무도 보지 못했다. 공교롭게도 때마침 국경 수비대가 붕괴되고 곧이어 순식간에 8월 14일 예비연대까지 패배하자, 아르테미시아가 자신의 능력을 세상에 알릴 일생일대의 특별한 기회가 마련되었다.

미시시피강이 북쪽 경계를 이루는 할리카르낫소스는 이 거대한 강에 인접한 나머지 지역들과 달리 석회암 골짜기와 험준한 산지가 많은 지형이었다. 참혹한 패전을 두 눈으로 목격한 아르테미시아는 어마어마한 수의 병사들이 우르르 퇴각하면서 강을 건너기 어려운 북쪽 강둑으로 몰려가 학살당할 위기에 처한 것을 눈치챘다. 그녀는 남편이 허락해준 소규모 부대를 이끌고 할리카르낫소스에서 나타나 깔때기 모양으로 부대를 펼쳐, 수많은 도주병을 당장은 안전한 할리카르낫소스로 인도했다. 거기서 겁에 질린 병사들을 재정비하고 십오만 명가량을 미시시피강 너머로 철수시킬 준비를 했다. 그 지점에서는 강폭이 1마일이나 되었다. 철수가 진행되는 열흘 동안 아르테미시아는 할리카르낫소스에서 리디머 군대와 싸우며 그들의 진군 속도를 늦추려고 노력했다. 할리카르낫소스 수비대 홀로 리디머 군대와 싸운 삼 주 동안 기어코 미시시피강의 둑에 다다른 리디머 군대는 할리카르낫소스 주위의 강에 둘러싸여 아르테미시아가 구해줄 수 없었던 병사 수천 명을 학살했다. 결국 아르테미시아도 적군에 밀려 강을 건널 수밖에 없었다. 환호하는 군중과 환영을 알리는 교회 종소리, 경의를 표하는 수많은 꽃다발을 그녀가 기대했는지는 기록에 없다. 만약 기대했다면 실망했을 것이다.

미시시피강에서 리디머 군대를 저지함으로써 놈들이 스위스로 몰려들어와 세계 종말의 첫 단계를 시작하는 것을 막아낸 장본인이었던 아르테미시아는 스패니시 리즈에 도착해 짧고 공손한 박수를 받았을 뿐이며, 마치 형식적으로 초대받아 아무도 말을 섞고 싶어하지 않는 결혼식 하객처럼 테이블 끄트머리에 자리를 배정받았다. 그녀가 무시당한 것은 단지 여자여서가 아니었다. 물론 그 점도 영향을 주긴 했으나, 설령 남자였다 해도 정황상 주역으로 대접해주기는 어려웠을 것이다. 믿음직한 사람으로 인정받는 자들 중 누구도 아르테미시아가 실제로 적과 싸우는 모습을 보지 못했기 때문이다. 어쩌면 그녀의 성공은 행운일 뿐이었거나 과장되었을지도 모른다. 인류 역사에 충격적인 성공 사례는 무수히 많지만, 같은 성공을 다시 이룬 사람은 한 명도 없으며, 그러려고 시도하다 장렬하게 실패한 자들뿐이다. 신뢰란 거저 생기는 것이 아니다. 일반적으로 신뢰는 반복된 성공의 산물이다. 하지만 아르테미시아는 난데없이 등장했고, 그녀의 태도는 열린 마음을 가진 이들에게조차 신뢰를 불러일으키지 못했다. 그녀는 신뢰받아 마땅했지만, 그러지 못한 까닭을 이해하기가 불가능하지는 않았다. 아르테미시아는 미시시피강 남쪽 기슭의 수비를 맡겨달라고 간청했지만, 이 요청은 거부당한 것은 물론이고 아른헴란트사막에서 얕은 물웅덩이가 증발하듯 전쟁 위원회에 상정되자마자 곧바로 폐기되었다. 그녀는 자신의 소규모 부대를 다시 지휘할 수도 있었지만, 리디머들이 도강을 시도할 거라고는 아르테미시아 자신은 말할 것도 없고 다른 누구도 믿지 않는 할리카르낫소스 건너편 강둑 말고는 갈 데가 없었다. 더 용이한 도강 지점이 쌔고 쌨는데 적이 굳이 거기로 몰려올 리 만무했다. 결국 그녀는 스패니시 리즈에 머물며 제대로 영향력을 행사할 자리에 올라갈 방법을 찾아보기로 결심했다.

도착하고 닷새 만에 아르테미시아는 이미 낙담했다. 전쟁을 논의하는 지루한 회의 석상에서 그녀가 발언을 하면, 조금 당황스러운 짧은 침묵이 흐르다가 마치 그녀의 말을 듣지 못한 것처럼 다시 논쟁이 이어졌다. 엿새째 되던 날, 그녀는 한 가든파티에서 처음 토머스 케일을 만났다. 다양한 군사 고문들 사이에서 토론에 끼려고 노력했지만, 그녀가 제시한 모든 의견은 기름 위에 뜬 물처럼 따로 놀았다. 금세 사람들이 흩어지자, 아르테미시아는 구운 빵과 앤초비로 만든 아뮈즈 부슈*와 와인 잔을 든 채 홀로 남겨졌다. 바보가 된 기분이었다. 몹시 실망한 그녀는 한 젊은이에게 다가갔는데, 소년티를 아직 벗지 못한 그 젊은이는 벽에 기대어 왼손에 볼로방** 두 개를 더 든 채 오른손에 든 볼로방을 먹고 있었다.

아르테미시아가 말을 걸었다. "안녕하세요. 난 아르테미시아 할리카르낫소스라고 해요."

소년은 그녀를 쳐다보면서도 계속 천천히 우물거렸다. 기묘하게 영리한 염소 같았다.

"짜리몽땅한 여자가 이름 한번 거창하군."

---

* 한입 크기의 전채 요리.
** 가벼운 파이에 고기 따위를 담은 요리.

아르테미시아가 대꾸했다. "흠, 그러는 댁은 이름이 뭐죠? 댁은 지금껏 살아오며 얼마나 대단한 일들을 하셨는지 어디 읊어봐요."

이런 상황이라면 변변찮은 사람은 대개 기가 죽었을 것이다. "난 토머스 케일입니다." 곧이어 케일은 사무적이면서도 으스대는 말투로 자신의 위업들을 죄다 늘어놓았다.

"당신 소문 들은 적 있어요."

"내 소문은 모르는 사람이 없습니다."

"우물에 독을 풀어 아이들과 여자들을 굶주리게 하고, 어딜 가나 살육과 죽음이 따라다니는 무법자라더군요."

"독을 풀기도 했고, 사람도 많이 죽였죠. 하지만 할 일을 했을 뿐 그렇게 나쁜 놈은 아닙니다."

케일은 이런 욕을 듣는 데 익숙했지만, 흔히 다른 사람을 통해서 들었다. 이번에는 뭔가 이상했다. 단지 면전에서 들어서만이 아니라, 상대방이 눈을 실룩이며 조금 심란한 표정으로 말했기 때문이다. 게다가 끔찍한 악행을 비난하는 말만 아니었다면, 속이 울렁거릴 만큼 상냥한 말투였다. 그녀는 더없이 매혹적인 물건을 보듯 자기 손톱을 물끄러미 보고 있었다.

"나도 당신 이야기 들었습니다."

아르테미시아는 고개를 들고 눈을 끔뻑였다. 자신의 찬란한 미모를 좀더 칭송해주길 기다리는 사교계의 유명한 요정처럼. 물론 그녀는 조롱을 예상하고 있었다. 케일은 조금 뜸을 들이다 입을 열었다. "훌륭하더군요. 내가 들은 말이 사실이라면."

"사실이에요."

아르테미시아는 타인의 호평에 기뻐하는 기색을 내비치기 싫었다. 사실 남의 말 따위 신경쓰지 않았다. 적어도 티가 날 정도로는. 하지만 지금은 무척 기뻤다. 정당한 대우를 받지 못해 굉장히 분해 있던 터라 이 뜻밖의 칭찬이 그녀의 마음을 사로잡았다.

케일이 말했다. "그럼 자세히 이야기해줘요."

여자애들이 아무리 상냥하고 케이크가 아무리 달콤한들, 온 세상이 다 아는 사람에게서 총명하다는 말을 듣는 기쁨에 비할 수 있으랴. 케일은 우물에 독을 푸는 살인자일지 모르지만, 아르테미시아에게 그런 단점은 어느새 뒤로 물러나고 케일이 그녀를 진심으로 어마어마하게 흠모한다는 사실만 또렷이 부각되었다. 그녀의 마음이 뜨거워진 것은 케일의 칭찬 때문만은 아니었다. 회의와 의심이 서린 케일의 모든 질문에 대답할 수 있었고, 그건 그녀의 섬세한 목과 어깨의 뻣뻣해진 근육을 마사지 전문가가 주물러주는 것만큼이나 큰 기쁨이었다. 이제 서른 살을 눈앞에 둔 아르테미시아는 그녀를 아껴주고 그녀의 특이한 관심사를 인정해준 죽은 남편을 좋아했지만, 이제는 남편이든 그 어떤 남자든 사랑하지 않았다. 남자들은 전통적 기준의 미녀여서 그녀를 탐낸 것이 아니었다. 그녀의 기이할 정도로 산만한 태도와 남자에 대한 무관심에 매혹되면서도 한편으로는 당황했다. 요컨대 남자들은 아르테미시아가 수수께끼 같아서 흥분했지만, 그들이 그녀의 신비로움을 찬미하며 깨닫지 못한 것은 그녀가 신비롭게 보이길 원치 않는다는 것이었다. 아르테미시아는 자신의 능력이 추앙받길 바랐다. 자신의 뛰어난 판단과 지략, 두뇌를 인정받고 싶어했다. 여자로서 아르테미시아에게 아무런 관심이 없는 케일은 그녀의 총명함을 알아차리고 몇 시간에 걸쳐 존경 어린 칭찬을 늘어놓았다.

저녁이 끝나갈 무렵, 아르테미시아는 이미 반쯤 사랑에 빠졌다 (어찌 그러지 않을 수 있었겠는가?). 둘 다 굉장히 뛰어난 존재인데도 변변한 지위가 없다는 사실에 케일과 아르테미시아 모두 놀랐다. 둘은 아마도 비슷한 이유로 주위 사람들이 그들을 얼마나 불편하고 짜증스럽게 여기는지 알지 못했다. 자신의 무능을 드러내고 싶어하는 인간은 없다는 것, 특히 재능 없는 자들이 그렇다는 사실을 두 사람은 쉽게 이해하지 못했다. 케일이 내일 라운드헤이 공원에 있는 와인 가든에서 만나자고 하자 아르테미시아는 몹시 기뻐했지만, 케일이 자기 친구가 몸이 괜찮으면 데려가겠다고 말했을 때는 썩 기뻐하지 않았다. 말을 마치자마자 케일은 떠났다. 느닷없이 가버린 소년은 수수께끼 같은 느낌을 주었고, 아르테미시아는 적잖이 당황했다. 그녀에게 매료된 것처럼 굴던 소년이 갑자기 냉담하게 떠났기 때문이다. 그로 인해 케일이라는 소년이 한층 매혹적으로 보여 당혹스러웠다. 사실 케일이 느닷없이 자리를 뜬 것은 욕지기가 치솟기 시작했기 때문이다. 그런 꼴불견으로 나쁜 인상을 주지 않으려고 부리나케 떠난 것이다. 거리로 나오자마자 케일은 구역질을 하기 시작했다.

이튿날 아침, 이드리스푸케가 말했다.
"아르테미시아? 네가 그런 여자를 좋아할 줄은 몰랐는걸."
"무슨 뜻이죠?"
"좀 가식적이거든."
"가식적이라뇨?"
"척하고 있어."

"척한다고요?"

"사랑스럽고 신비로운 여자인 척하는 거지. 속눈썹을 바르르 떨고 먼 곳을 응시하면서 말이다."

"척하는 게 아니에요. 그냥 지루할 뿐이죠. 실은 영리한 여자입니다."

"그녀에 대한 소문이 과장이 아니라고 생각하느냐?"

"제가 과장이 아니라고 하면 아닌 겁니다. 속속들이 살펴봤어요. 머리부터 발끝까지 홀랑 벗기려 했지만, 그녀는 꿋꿋이 버텨냈습니다. 정말 놀라운 여자입니다."

"대단하신 우리 대장님께서 그리도 좋게 생각하신다면 한번 만나봐야겠군."

"왜요?"

"그렇게 능력이 출중한데 너처럼 오만하지 않은 자라면 쓸모가 많을 테니까."

"이드리스푸케가 당신을 만나고 싶어합니다. 비폰드도요."

이 말을 듣고 아르테미시아는 신이 났다. 그녀는 흥분을 감출 수 있는 사람이 아니었다. 눈이 휘둥그레졌고, 스패니얼의 속눈썹처럼 긴 속눈썹은 마치 먼 해안을 향해 절박하게 신호를 보내듯 파르르 떨렸다. 아르테미시아는 뭔가 달랐다. 아마 무엇보다 중요한 것은 그녀가 토머스 케일이 아니라는 점이었다. 케일은 지독한 자기혐오 환자였다. 병든 사람 곁에 항상 있어주는 것은 설령 자신이 환자라 해도 피곤한 일이었다. 케일은 늘 우울한 상태로 아무데도 가지 않으려 하고 늘 잠만 잤으며, 깨어 있을 때도 다시 자려고만

했다. 아르테미시아는 케일을 굉장히 좋아했는데, 이는 큰 도움이 되었다. 여자들은 대개 케일을 무서워했으며, 이따금 더 성가신 여자들은 케일의 매혹적인 악명을 가면으로 여기고 그 가면을 벗기면 다정한 애인의 모습이 드러나리라 상상했다. 그들은 반드시 잔인한 인간이나 악한이 아니더라도 곁에 두지 않는 편이 나은 존재가 있다는 사실을 알지 못했다.

케일이 아르테미시아에게 매료된 또다른 이유는 자기보다 더 기묘한 사연을 가진 사람을 처음 만났다는 것이었다. 아르테미시아는 늘 수수께끼 같은 여자였다. 남자 같은 면이 전혀 없었기 때문이다. 사실 어릴 때 그녀는 가장 여성스러운 소녀였다. 거칠고 시끄러운 습관으로 유명했던 언니와는 딴판이었다. 아르테미시아는 눈이 아플 정도로 화사한 분홍색 같은 여성스러운 색깔을 좋아했고, 주름 장식이 너무 많아 그걸 입은 계집아이가 보이지 않을 만큼 화려한 드레스를 즐겼으며, 직접 옷을 입히는 빨간 입술의 인형을 수백 개나 모아놓았다. 아침이면 시종들은 그녀가 인형들의 옷을 입히고 벗기면서 흔히 어린 계집아이들이 그러듯 미친 사람처럼 인형들에게 조잘대는 모습을 보곤 했다. 옷이 지저분해졌다는 둥, 서로 싸우지 말라는 둥, 화요일에 어울리지 않는 장갑을 꼈다는 둥 하며 인형들을 꾸짖었다. 하지만 오후가 되면 인형들을 분홍색과 하늘색의 커다란 여군 진형으로 늘어놓고, 그것들을 학살하는 최선의 전술을 궁리했다. 진자주색 페티코트 차림의 병사들이 연보라색 보닛을 쓴 비정규군과 연청색 바지를 입고 얼레를 탄 기병대와 죽도록 싸웠다.

세월이 흐르면서 이런 과시적인 인형 전쟁놀이 취미는 차츰 사라졌지만, 군사와 전쟁에 대한 관심은 나이가 들수록 오히려 더 강해진 것 같았다. 아르테미시아는 그 어떤 형태의 사적인 폭력에도 관심이 없었다. 칼이나 검을 휘두르는 것을 좋아하지 않았고, 언니처럼 사내들과 몸싸움을 벌이는 것도 싫어했다. 하늘을 날지 말라는 명령을 들을 필요가 없듯, (언니처럼) 권투하지 말라는 잔소리를 들을 일도 없었다. 아르테미시아는 승마 솜씨가 뛰어났는데, 어느 누구도 그녀에게 말을 타지 말라고 하지는 않았다. 할리카르낫소스는 말로 유명하고 여자의 승마가 완벽하게 용인되는 곳이었다.

케일이 물었다. "어떻게 싸우는지 모릅니까?"

"몰라요. 내 팔은 너무 약해서 분첩 하나만 들어도 숨이 차답니다."

"내가 가르쳐줄 수 있습니다."

"내가 코르셋 입는 법을 당신한테 가르치게 해준다면 그럴게요."

"내가 왜 그걸 배워야 하죠?"

"바로 그거예요."

"무슨 소립니까? 난 여자가 되고 싶지 않아요."

"난 병사가 되고 싶지 않아요. 장군이 되고 싶어요. 난 그런 여자예요. 당신은 앞으로도 사람들의 목을 자르고 내장을 뽑아 땅바닥에 제네바산만큼 높다랗게 쌓아올릴지 모르죠. 하지만 꼭 그럴 필요는 없어요. 그런 걸 잘하는 사람은 얼마든지 있으니까."

케일은 자신이 전장의 악귀로 불리던 시절은 까마득한 옛일이라고, 지금은 사람을 죽일 정도로 강력한 약을 흡입하지 않으면 그러지 못한다고 새 친구에게 털어놓을까 고민했다. 당장은 그러지 않기로 마음먹었다. 정말로 믿을 만한 여자인지 어떻게 알겠는가? 하지만 그녀에게 사실대로 말하고 싶어하는 뭔가가 가슴속에서 꿈틀대는 것은 틀림없었다.

아르테미시아는 자신의 사연을 마저 들려주었다. 열네 살에 결혼한 그녀는 남편의 나이와 낮은 신분에 대놓고 불만을 터뜨렸으며, 평지는 너무 밋밋하고 산지는 너무 험준하다고 툴툴댔다. 게다가 여름은 너무 덥고 겨울은 너무 춥다며 불평했다. 그렇게 거의 사 년 동안 토라지고 사사건건 비딱하게 굴고 나서야 자신의 행운을 인정하기 시작했다. 할리카르낫소스의 마흔번째 후작이었던 대니얼은 지적이고 현명하며 관습에 얽매이지 않는 남자였지만, 자기 가족과 이웃들이 두려워하지 않도록 그런 개방적인 면모를 신중히 감췄다. 게다가 아르테미시아를 좋아했고 그녀에게 발끈하기는커녕 재미있어했다. 애초에 그녀가 무례하고 버릇없게 군 걸 감안하면 진즉 화를 내고도 남았다. 무엇이든 하게 내버려두지는 않았으나 아내의 특이한 관심사를 장려한 것은 그녀의 마음을 얻으려는 애정의 발로이기도 했고, 과연 어떻게 될까 하는 호기심 때문이기도 했다. 대니얼은 전쟁에 관심이 없었지만, 자신의 소규모 민병대는 거의 무용지물일 것을 알았기에 아내에게 그들을 맡겨도 해가 될 일은 없으리라 여겼다.

민병대 지휘관이 된 아르테미시아는 자존심 때문에 반발하는 장교들을 내치고자, 부대를 둘로 나누어 세 차례 모의 전투를 하자고 제안했다. 그러고는 자신이 세 번 모두 이기는 데 3천 달러를 걸기로 했다. 만약 장교들이 지면 모두 해임하기로 했다. 아르테미시아에게는 결혼 지참금 3천 달러가 남아 있었고(결혼식 날 대니얼이 돌려준 돈이었다), 그중 천 달러를 그녀 휘하로 들어온 민병대원들에게 뇌물로 주었다. 사실 그런 거금을 받기 전까지는 민병대원들도 아르테미시아를 마뜩찮아했다. 그녀가 거느린 병사 이천오백 명은 주로 농부와 그들이 고용한 인부를 비롯해 양조업자와 제빵 사, 대장장이로 이루어진 잡다한 무리였다. 주어진 시간은 석 달이 었다.

돈을 주니 처음에는 다들 열심히 훈련했다. 하지만 무작정 계속 주지는 않았다. 매주 훈련장을 더 빨리 달리거나 무거운 추를 더 멀리 옮기는 자에게만 추가로 돈이 지급되었다. 아르테미시아는 병사들을 여러 조로 나누어 각각 흉포한 이름을 붙이고 서로 다른 색깔의 조끼를 입혔다. 물론 어릴 적에 갖고 놀던 인형들의 파란색 이나 하늘색은 슬기롭게 배제했다. 실력이 향상되지 않는 자는 누 구든 공개적으로 조끼를 벗기고 내쫓았다. 하지만 낙제한 테스트 를 나중에 더 좋은 성적으로 통과하면 복권해주었다. 아르테미시 아는 이런저런 실수를 했다. 하지만 돈과 사과가 모든 것을 치유해 주는 듯했다. 마침내 석 달이 차자, 모의 전투가 시작되었다. 칼과 창 대신 천을 덧댄 막대기로 싸웠지만, 워낙 거칠게 진행돼 부상자 가 속출했다. 아르테미시아는 세 번 모두 쉽사리 이겼다. 이는 그 녀의 재능 덕택이었을 뿐만 아니라, 상대가 똘똘하고 편안히 사는 장교들과 어리석고 편안히 사는 장교들로 이루어졌기 때문이었다. 아르테미시아는 전자들을 내치지 않고 줄기차게 모의 전투를 재개 해 자신의 적지 않은 실수들을 바로잡았다. 또한 유명한 전략전술 권위자들이 쓴 병법서를 사방에서 주문해 열독했는데, 대부분 그 녀가 궁금한 부분에 대해서는 울화통이 치밀 정도로 모호하게 서 술되어 있었다. 군사작전의 진행 과정이 상세히 기술되어 있지 않 았다. 예컨대 A장군이 야간 행군으로 대담하게 B장군의 허를 찌른 사건은 이 책 저 책에 요란하게 소개되어 있지만, 불빛 하나 없이 천 명의 군사를 이끌고 병사들이 다리가 부러지거나 벼랑 아래로 떨어지는 일도 없이 험준한 바위산을 어떻게 넘었는가 하는 것은—정말로 궁금한 것들은—거의 다 빠져 있었다. 나머지는 어린 애나 공상가에게 어울릴 내용뿐이었다.

케일이 웃으며 말했다. "아직도 이해가 안 됩니다. 당신은 어떻게 그토록 전술에 능통하죠? 나야 평생 그것만 배웠으니 그렇다 쳐도 말입니다."

"내가 당신보다 영리하고 재능이 많은가보죠."

"설마요. 나보다 재능이 많은 사람은 본 적이 없습니다."

아르테미시아가 웃음을 터뜨리자, 케일은 빙그레 웃으며 말했다.

"뭐가 그렇게 우스운지 모르겠군요."

"당신이 우스워서요. 아무도 당신을 좋아하지 않는 까닭을 알겠어요."

"좋아하는 사람도 있습니다. 물론 많지 않은 건 사실이죠. 그래서, 어떻게 전술을 익혔습니까?"

"놀이를 했어요."

"애들은 다 그러죠. 심지어 우리도 놀이를 했는걸요."

"나는 아무도 하지 않는 방식으로 놀이를 했거든요."

"지금 누가 으스대고 있죠?"

"으스대는 게 아니에요. 사실이지."

"계속 말해봐요."

"난 아주 어릴 때부터 다른 애들이 노는 모습을 지켜봤어요. 다들 언제나 모든 일이 자기가 바라는 대로 이뤄지길 기대했어요. 하지만 현실은 그렇지 않죠. 나는 다섯 살에 이미 그걸 알았답니다. 그래서 엄마의 오래된 카드 한 벌을 가져다 거기에 글을 적곤 했어요. '가장 뛰어난 장수가 말에서 떨어져 목이 부러진다.' '공격 계획을 첩자에게 도난당한다.' '천둥소리에 적군의 말들이 놀라 달아난다.' '난데없이 눈이 먼다.'"

케일이 또 웃었다. "아까 한 말 취소. 당신이 나보다 영리하네요."

"이건 영리하고 말고의 문제가 아니에요. 내가 아무것도 놓치지 않을 뿐이죠. 누구나 그렇듯 나도 보고 싶은 것만 보지만, 나는 그게 나란 사실을 알기에 이따금 세상을 있는 그대로 볼 수 있어요. 물론 가끔일 뿐이지만. 늘 세상을 있는 그대로 볼 수 있다면, 그거야말로 진정 영리한 것이겠죠."

하지만 그 생각이 틀렸다는 것은 시간이 지나면 알게 될 터였다.

결국 누구나 예상할 일들이 모두 벌어졌다. 케일은 성소와 그곳에서의 삶에 대해 이야기했고(물론 다는 아니었다. 일부는 말하지 않는 편이 나았다) 아르테미시아는 성소에서 겪은 일들을 들려주는 소년을 보며 눈물을 글썽였는데, 케일은 그 모습이 무척 만족스러웠다. 두 사람은 이야기하고 걸으며 키스했다. 케일이 당혹스러울 정도로 키스를 잘해서 아르테미시아는 놀랐다. 하인들이 엄청 수군거렸지만, 그녀는 바운더리 공원 근처 자신이 기거하는 작은 임대 주택으로 케일을 데려가—죄책감이 조금 들었지만 많이 괴롭지는 않았다—몇 시간 동안 수치심도 잊은 채 젊은 연인의 몸을 탐했다. 그녀는 케일이 나이와 이력에 걸맞지 않게 여체를 만지는 손길이 능란하다는 것을 어렴풋이 느꼈다. 그녀의 의심들은 모든 불편한 의심이 가는 곳, 마음의 뒤편으로 옮겨졌다. 그리고 거기서 다른 모든 걱정과 부끄러움에 뒤섞였는데, 그중 아르테미시아에게 가장 큰 죄책감을 안긴 것은 돈과 추가 영토 제공으로 리디머 군대를 미시시피강 너머에 묶어둘 그 어떤 합의도 없을 거라는 케일의 확언에 몹시 흥분했다는 사실이다. 몰려오는 리디머들을 막을 방도는 무력밖에 없었다. 아르테미시아는 자신이 전쟁을 바란다는 걸 깨닫고 소스라치게 놀랐다. 전쟁으로 세상 곳곳에 참혹한 고통과 죽음이 난무할 것을, 특히 그녀가 개인 군대를 훈련해 지켜내려는 이들이 고통받을 것을 똑똑히 알고 있었기 때문이다. 비록 거칠고 강인한 무리임이 드러났지만, 아르테미시아의 민병대를 구성하는 농부와 목수들이 좋아하는 것은 전쟁이 아니라 가축이었다. 그녀가 가장 재능을 발휘할 수 있는 일, 그녀를 가장 흥분시키는 일, 그녀가 가장 열정적으로 하고픈 일은 유혈과 죽음의 현장에서 활약하는 것이지만, 싸움터에 뛰어드는 것이 좋아서가 아니라 통제할 수 없는 것을 통제할 때 느끼는 쾌감 때문이었다. 그 무엇보다 소중한 것, 즉 삶이 위태롭지 않으면 사는 게 무의미한 사내들이 더러 있으며, 적어도 한 여자 역시 그러했다. 남편이 살아 있을 당시, 아르테미시아는 종종 "체스는 뭐하러 둬요?"라고 불평했다. 과거에 그녀의 남편은 몇 시간씩 체스를 즐기곤 했으며, 체스는 인간의 가장 깊고 복잡한 차원의 정신을 반영하는 함정과 모략으로 가득한 놀이라고 주장했다.

"니미럴!" 아르테미시아는 이렇게 쏘아붙였다. 일요일에 훈련장에서 들은 말인데, 얼마나 천박한 말인지 까맣게 몰랐던 것이다. 후작부인이 후작에게 할 말이 아니었고, 당연히 체스에 대해 할 말도 아니었다. 아내의 도발적인 발언에 놀라 눈이 휘둥그레진 남편은 체면상 무슨 뜻인지 잘 모르는 척하며 물었다.

"그렇게 말하는 특별한 이유라도 있소, 여보?"

"특별한 이유 따위 없어요. 체스랑 삶이 딴판이라 그래요. 체스는 규칙이 있지만 삶에는 규칙이 없어요. 체스에서는 상대의 비숍을 불태우지 못하고, 상대를 칼로 찌를 수도 없고, 앙동이로 체스판에 물을 쏟아붓거나 사흘 굶고 나서 다시 할 수도 없어요. 아무리 머리가 좋아야 하는 게임이라도, 결국 한심한 놀이일 뿐이에요. 그런 한심한 게임보다는 실제 전투에서 백 배는 더 영리해야 돼요." 그녀는 전쟁에 나가고픈 마음이 죄스러워 일부러 무례하게 굴었다.

남편은 잠시 생각하다 대꾸했다. "훗날 언젠가 당신의 야심이 채워질 만큼 우리 친구들과 이웃들을 많이 죽일 기회가 당신한테 오길 기다립시다."

아르테미시아는 사흘 동안 남편과 말을 섞지 않았다. 하지만 평소와 달리 남편도 쉽사리 굴복하지 않았다.

자신이 세상에서 가장 좋아하는 일을 할 수밖에 없게 되었다는 사실, 진짜 죽음과 파괴의 놀이를 할 때가 되었다는 사실이 아르테미시아는 내심 기뻤다. 리디머들의 극악무도한 본성 덕분에 양심의 가책도 덜었다.

스패니시 리즈에서 열린 전쟁 회담(케일은 꼭 참석하고 싶어하면서도 이 회의를 거부했다)에서 조그 왕은 난데없이 결정적 행동을 요구하고 나섰다. 그는 리디머들에게 너무 많은 것을 잃어서 견딜 수가 없고 자신만이 아니라 스위스 국민도 더는 참지 않는다고 성토하면서, 동맹국들 역시 같은 생각일 거라 진심으로 믿는다고 했다.

하지만 그는 그 무엇도 진심으로 믿지 않았다. 나중에 비폰드가 단언했듯이 모든 발언의 진정성은 그 말을 들은 사람의 수로 나누어야 하는 법. 여느 왕들이 대개 그러하듯, 다른 세상에서라면 조 그 왕은 서툰 목동이나 순무를 기르는 평범한 농부, 흔해빠진 푸주한이었을 것이다. 그를 둘러싼 훌륭하고 선량한 자들도 대부분 마찬가지였을 것이다. 그러므로 이 세상을 그린 최고의 그림은 정신병원을 닮았다. 이드리스푸케가 케일에게 즐겨 하던 말이 있다.

"네 어찌 알겠느냐. 이 세상이 얼마나 큰 어리석음으로 굴러가는지."

*

브라질 밀림을 덮친 거대한 폭풍의 마지막 소식은 상상을 초월하는 힘의 절정을 조금 지났을 뿐이라는 것이었다. 그로부터 몇 달이 지난 지금, 그 힘은 동서남북 모든 방향으로 5천 마일에 걸쳐 흩어졌다. 미시시피강의 큰 지류인 앵프레뷔강의 알레아투아르 다리 위에서 따뜻한 하늘 아래로 불어 내려온 바람이 안타고니스트 승정의 모자처럼 자주색인 커다란 부들레야 덤불에 닿았다. 화밀花蜜을 빠는 나비로 뒤덮인 꽃밭에 닿는 순간, 거대한 브라질 폭풍의 마지막 숨이 결국 멎고 말았다. 하지만 그전에 나비 한 마리의 날개를 아주 조금 밀어올렸고, 그 바람에 나비가 공중으로 떠올랐다. 꼬리가 긴 파란 나비의 움직임은 때마침 지나가던 제비의 눈에 띄었고, 순식간에 급강하한 제비가 부리로 나비를 낚아채자, 이에 놀란 수많은 다른 나비들이 폭발하는 구름처럼 날아올랐다. 그때 담장 수리에 쓸 돌덩이를 가득 실은 수레를 끌고 가던 말이 놀라서 앞발을 들고 일어서니, 수레가 옆으로 기울면서 돌덩이들이 저 아래 앵프레뷔강으로 쏟아졌다.

곧이어 농부가 욕설을 내뱉고 운나쁜 말을 걷어찼지만, 잃어버린 돌덩이는 겨우 몇 개라 굳이 고생해서 되찾을 필요가 없었다. 결국 바퀴가 수레에 도로 끼워지고 농부가 또 말을 걷어차면서 끝이 났다.

저 아래 물속에서는 썩 크지 않은 돌덩이들 때문에 그 옆을 흐르는 물살이 빨라졌고, 그렇게 빨라진 물살은 거대한 지류의 강기슭에 자라난 가장 오래되고 가장 큰 떡갈나무의 뿌리로 쏠렸다.

이 무렵 조그 왕은 스위스와 동맹국들의 최정예 부대를 샬렌베르크 고갯길로 보내 미텔란트 평원에서 리디머 군대와 맞붙게 하자고 제안했다. "우리는 더이상 가만있을 수 없다. 이 계획을 추진함으로써 짐은 다시금 이 위대한 국가와 이 위대한 동맹에 봉사하고 헌신코자 하노라." 사회자가 국왕에게 감사를 표하고는 감격한 목소리로 말했다. "전하께서는 저희 모두를 위해 이 변화무쌍한 동맹의 변화무쌍한 지도자가 되어주셨습니다." 요란한 박수갈채가 쏟아졌다.

이어 사회자는 회담장에 모인 추축국 연합 회원국들의 토론을 위해 국왕의 계획을 공개했다. 회원국들의 동의를 얻으려고 국왕의 계획을 공개한 것이다. 물론 보스 이카르드의 설득과 협박 덕분에 이미 합의는 보장되어 있었다. 사실 원래 그는 전쟁에 극렬히 반발했다. 하지만 왕을 설득하는 데 실패하자, 왕에게 반대한 것을 만회하려고 이제는 열성적으로 전쟁에 찬성하고 나섰다. 그러나 아르테미시아에게는 따로 말해놓지 않았는데, 그녀를 별로 중요하게 여기지 않았기 때문이다. 아르테미시아는 천편일률적으로 왕을 지지하는 다양한 찬성 연설을 이십 분 동안 참고 들으며 사회자와 눈을 맞추려고 애썼으나 사회자는 그녀를 모른 척했다. 미리 합의된 또하나의 지지 연설이 끝나자, 결국 그녀는 그냥 일어서서 말하기 시작했다.

"존경하는 국왕 전하, 당장 리디머들과 결판을 내시려는 조바심은 이해하는 바이나, 전하의 제안은 너무 위험합니다. 이제껏 리디머들이 이 방으로 걸어들어오지 못하게 막아준 것은 군대가 아니라 미시시피강의 존재였습니다. 하지만 물에 대해서는 아무도 말씀이 없군요."

이 단순하고 명백한 진실은 엄청나게 소란스러운 분노를 불러일으켰다. "군대가 중요해!" "그들은 영웅이야!" "용맹스러운 친구들이지." "우리의 영웅들!" "용기!" "누구에게도 뒤지지 않아!"

아르테미시아의 고함이 반발의 합창을 제압했다. "저는 어느 누구의 용기도 의심하지 않습니다! 하지만 리디머들은 내년 초까지는 북쪽에 발이 묶여 있을 겁니다. 셀 수 없이 많은 배를 지어야 하고, 지상 부대에게 도강 훈련도 충분히 시켜야 하니까요. 물살이 센 미시시피강에서 배를 모는 요령을 익히려면 수년이 걸린다는 걸 알기에 드리는 말씀입니다. 이제 그 강을 건너온 군대의 잔여 병력을 재건해야 할 때입니다." 자기 덕분에 수많은 병사가 여전히 살아 있다는 점을 아주 미묘하게 상기시키는 말이었다. 아르테미시아가 계속 이야기했다. "최정예 부대를 북쪽으로 보내 최근 구조된 병사들을 재정비하고, 우리에게 가장 훌륭한 동지를 이용해야 합니다. 크고 거센 미시시피강 말입니다."

이 주장에 엄청난 반발의 함성이 터져나오자, 결국 사회자가 발끈하며 좌중에게 질서를 요구했다.

"솔직한 의견을 주신 할리카르낫소스의 후작부인께 감사드립니다. 물론 이해는 합니다만, 이 자리는 타인의 안전을 위해 궁극의 희생을 한 용맹스러운 영웅들에 대해 가벼이 이야기하는 곳이 아닙니다."

"옳소! 옳소! 옳소! 옳소! 옳소!" 그렇게 끝이 났다.

삼십 분 뒤, 보스 이카르드가 자기 집무실에서 말했다. "죄송하지만 단도직입적으로 말씀드리겠습니다, 후작부인. 아까 부인이 한 행동은 한마디로 팔푼이 같았습니다."

"난생처음 듣는 낯선 표현이군요. 물론 칭찬은 아니겠죠?"

"네, 아닙니다. 무얼 믿고 그런 주장을 하셨는지 모르겠으나─부인의 주장에 동의하는 명망가도 더러 있겠죠─그 어처구니없는 반대로 인해 앞으로는 그 어떤 일에도 말발이 서지 않으실 겁니다."

아르테미시아는 혀를 앞니에 대고 짧은 소리를 냈다.

이카르드가 물었다. "동의하지 않는다는 뜻으로 받아들이면 됩니까?"

"당신은 여태 내 의견을 물어본 적이 없어요. 내가 계속 입을 다물고 있었다면, 어떻게 당신이 내 말에 귀를 기울이려 했겠어요?"

총리는 거짓말까지 동원했다. "국왕께서는 지금껏 부인에 대해 존경과 흠모의 말씀을 하셨습니다. 그런데 이제 국왕께 밉보였으니, 부인은 네덜란드 사람의 수염에 달린 고드름처럼 간당간당한 신세가 됐어요."

"늘 진실을 말하지만 아무도 믿어주지 않는 카산드라* 꼴인 셈이군요."

"잘난 척 마세요, 후작부인. 제가 알기로 카산드라 이야기는 그녀가 지혜롭다는 뜻이 아니라 몹시 어리석음을 보여주는 것입니다. 들으려 하지 않는 자들에게 진실을 말하는 건 부질없는 짓이란 말입니다. 그들이 준비될 때까지 기다려야죠. 그것이 카산드라 이야기의 교훈입니다. 잘 아는 사람에게 물어보십시오. 부인께서 제안한 방식이 군사적으로 무슨 이점이 있는지는 모르겠지만, 사회적으로나 정치적으로나 모든 면에서 불가능합니다. 군은 그런 무용한 전략을 지지하지 않을 테고, 귀족 사회는 용납하지 않을 것이며, 남편과 자식을 잃은 수많은 사람들은 지지도 용납도 하지 않을 겁니다. 부인은 전쟁에 대해서는 뭘 좀 알아도 정치에는 문외한이죠. 지금은 뭔가 해야만 합니다."

잠시 후 이카르드는 그녀를 내보냈다. 십 분 뒤, 아르테미시아는 신랄한 대꾸의 말을 생각해냈다. 물론 총리에게 핀잔 들은 일을 그녀에게 듣고 있던 젊은이한테 그 말이 뒤늦게 생각났다고 이야기할 필요는 없었다.

케일이 물었다. "그래서 뭐라고 했어요?"

"이렇게 말했어요. '총리님께는 안타까운 노릇이지만, 눈앞의

---

* 트로이의 왕 프리아모스의 딸로, 아무도 그녀의 예언을 믿지 않았다.

현실은 정치 따위로 해결되지 않아요.'"

케일은 웃음을 터뜨렸다. "말 한번 잘했네요." 아르테미시아는 조금 찔렸지만 죄책감을 느낄 정도는 아니었다.

돼지가 구렁이 뱃속을 지나가길 기다리는 것은 케일과 아르테미시아에게 한편으로는 절망적이고 다른 한편으로는 행복한 경험이었다. 영향을 끼치고 싶은 큰 사건들이 그들 없이 벌어졌지만, 그들에게는 둘만의 한없는 시간이 있었으며, 비록 쾌락의 시간보다 대화의 시간이 많아도 결코 아쉬울 정도는 아니었다. 만약 추축국들이 패한다면(그들을 무슨 수로 말리겠는가?) 머지않아 케일은 달에서도 보일 만큼 거대한 모닥불 위에서 화형당할 수도 있었다. 하지만 달아나려 해도 아직 베이그 헨리와 클라이스트가 산을 넘을 만큼 회복되지 않았다. 더구나 케일은 이루 말할 수 없을 만큼 섬뜩한 일을 기다리는 데 익숙했으며, 평생을 그렇게 살았다. 반면 곁에 잠든 여자와 함께 있는 즐거움은 드문 일이고 거부할 수 없는 유혹이었다. 지금은 여자와 케이크를 즐길 때였다.

케일이 새로운 리디머 공격 계획에 전혀 관여하지 않은 것은 아니었다. 샬렌베르크를 통해 리디머들을 공격하는 방안에 대해 콘 마테라치가 마련한 계획서의 사본을 비폰드가 엄청난 위험을 무릅쓰고 케일에게 보여주었다. 케일은 비밀로 하겠다고 약속했지만, 자신의 본 것을 아르테미시아와 세세히 의논함으로써 곧바로 비폰드의 신뢰를 저버렸다.

그 계획을 검토하는 케일의 심정은 묘하게 복잡했다. 아주 나쁜 계획은 아니었다. 그 입장이라면 케일의 생각도 크게 다르지 않았을 터였다. 결국 콘은 과한 특혜를 받은 허울좋은 엉터리는 아니었다. 그는 왕의 계획에 반발한 아르테미시아에게 동감한 것이 분명했지만(밉살스러울 정도로 훨씬 더 논리적이었다) 사령관 자리에 계속 있으려면 공격하는 수밖에 없었고, 제법 그럴싸한 작전을 구상해냈다. 하지만 여전히 위험 요소가 너무 많았다.

"결정적인 전투의 문제는 그걸로 상황이 결정된다는 점이다."

이드리스푸케가 이런 말을 한 건 처음이 아니었다. 케일이 대꾸했다.

"혹시 기회가 된다면 병사 이천 명을 떼어내 샬렌베르크에 남겨두라고 콘에게 제안하세요. 아군이 괴멸되는 사태에 대비해서요. 만약 콘이 패배하면, 리디머들과 우리 사이에는 그 부대밖에 없을 겁니다. 비명이 난무하는 아수라장이 벌어지겠죠."

그후 아르테미시아에게 돌아가던 케일은 아르벨의 남동생 사이먼을 만나러 그의 집에 들렀다. 지금껏 이 방문을 회피한 건 애정이 없어서가 아니라—케일은 듣지도 말하지도 못해 놀림 받던 외톨이 소년 사이먼의 구원자였다—그의 누나와 마주칠지 모른다는 두려움과 아울러 지독한 증오가 담긴 꼭 만나고픈 열망 때문이었다.

케일은 못마땅해하며 언짢아하는 통역자 쿨하우스를 통해 몇 시간 동안 사이먼과 이야기를 나누었다. 쿨하우스는 지위에 집착하는 멤피스에서 하급 관리로 일했는데, 능력이 부족해서가 아니라 그의 부친이 마테라치 궁궐들에서 나오는 똥오줌을 치우는 불가촉천민 메르다피스였기 때문이다. 쿨하우스는 분노와 지능이 2 대 3으로 뒤섞인 사내였다. 케일이 알려준 간단한 수신호 목록으로 불과 며칠 만에 수화를 고안해낸 사람이 바로 쿨하우스였다. 과거에 성소에서 케일과 베이그 헨리는 리디머들이 소리 없이 공격을 지시할 때 사용하는 단순한 신호 체계를 바탕으로 수신호를 만들었는데, 뇌가 녹아내릴 만큼 따분한 세 시간짜리 대미사 시간에 주위의 사제들을 조롱하는 장난을 칠 때 써먹기 위해서였다.

"하루 한 시간 정도 쿨하우스를 빌려 쓰고 싶어."

케일은 일부러 쿨하우스를 쓸모 있는 집안 물품처럼 표현해서 그의 심기를 건드렸다. 쿨하우스 약올리기는 세 소년이 늘 좋아하던 놀이였다("쿨하우스, 만약 당신이 달걀이라면 뭐가 좋겠어? 달걀프라이? 삶은 달걀?"). 세 소년과 쿨하우스는 친구이자 동지일 수 있었지만―그래야 마땅했다―그렇지 못했다. 사내들이란 그런 법이다.

사이먼은 자신의 통역자가 화난 것을 눈치챘다. 별로 어려운 일도 아니었다. 주인과 하인으로서 둘의 관계는 비정상이었는데, 힘의 균형이 사이먼이 아니라 쿨하우스 쪽으로 기울었기 때문이다. 자신을 괴롭히는 세상과 소통하려면 사이먼은 쿨하우스에게 의지해야 했고, 쿨하우스는 자신이 바보의 말을 전해주는 꼭두각시가 아니라 더 큰 일을 할 운명이라고 믿었다. 대개 돈을 더 주겠다고 하면 쿨하우스의 분이 누그러졌지만 오래가진 못했다.

"그럼 내일 여섯시." 자리를 뜬 케일은 초대받지 않은 마지막 방문 당시 굴욕을 느꼈던 복도를 따라 걸어갔다. 지독히 복잡한 감정들이 그의 영혼 속에서 뒤틀렸다. 두려움과 희망, 희망과 두려움. 그때―오십 번을 찾아와도 영영 만나지 않을 수도 있었건만―케일 앞에 그녀가 나타났다. 아들을 데리고 사이먼을 만나러 가는 길이었다. 사이먼은 자기를 무서워하거나 동정하지 않는 아기를 좋아했다. 케일의 가슴속에서 심장이 살을 찢고 나오기라도 할 것처럼 벌렁거렸다. 둘은 잠시 서로를 뜨겁게 노려보았다. 케이프 래스*의 부글거리는 바다도 여기에는 비할 바가 아니었다. 사랑이나 증오가 아니라, 꼴사납고 귀 따갑게 생생한 감정에 사로잡힌 노새의 울부짖음이랄까. 행복한 얼굴로 손을 흔들던 아기가 갑자기 엄마의 볼에 입을 대고는 요란하게 빠는 소리를 내기 시작했다.

케일이 물었다. "애가 그래도 돼? 너한테서 병이 옮을 수도 있잖아."

"또 우리를 겁주러 왔어?" 아르벨도 달라진 케일의 모습에 충격을 받았다. 근육질이던 몸이 수척해졌고, 눈가의 거무스레한 기운은 밤에 아무리 푹 자도 걷히지 않았다.

"넌 단지 말뿐인 내 모든 죄는 기억하고 내가 너를 지키기 위해 목숨을 걸고 한 모든 일은 잊었어. 네가 살아 있는 건 내 덕분이야. 이제는 너 때문에 거리에서 개들이 나를 향해 짖어."

아, 자기연민과 원망. 그 어떤 여인의 마음도 얻을 수 있는 조합. 하지만 케일은 더 할 수가 없었다.

"아블 블라 바블 바들 데 다." 아기가 엄마의 눈을 찌를 듯이 건드리며 옹알댔다.

"쉬이, 조용." 아르벨은 아기를 등에 업고 좌우로 흔들기 시작했다.

"너한테 선량함이 조금이라도 있다면 이제 우릴 그냥 내버려둬."

"아이가 행복해 보이는데."

"아기라서 그래. 내가 놔두면 뱀도 갖고 놀 거야."

---

* '분노의 곶'이라는 뜻.

"나 들으라고 하는 소리 같군. 내가 너한테 그런 존재야?"

"난 너 때문에 두려워. 날 놔줘."

하지만 케일은 그럴 수 없었다. 아르벨과의 대화가 부질없다고 느끼면서도 멈출 수가 없었다. 마음 한편에서는 미안하다고 말하고 싶었고, 또다른 한편에서는 그렇게 느끼는 자신에게 분노가 치밀었다. 미안할 것은 하나도 없었다. 케일의 영혼은 아르벨이 바닥에 꿇어앉아 흐느끼면서 결코 받을 수 없는 용서를 애원하기를 갈망했다. 하지만 그걸로는 충분하지 않았다. 아르벨은 평생 무릎을 꿇고 케일의 심장이 자신이 한 짓 때문에 새까맣게 타들어가는 것을 멈추길 빌어야 마땅했다. 아니, 그걸로도 모자랐다.

"네가 나를 팔아넘긴 남자가 이미 오래전에 한 번 나를 샀다고 말하더군. 6펜스에."

"그럼 몸값이 오른 거네?"

분노와 죄책감이 더 큰 분노를 일으켰다. 케일에게 그런 말을 하는 것은 현명하지 못한 짓이었다. 하지만 케일처럼 아르벨도 마지막 말을 빼앗기기 싫어했다. 그녀의 존재 자체가 케일에게는 독이었지만, 그렇다고 그녀가 가버리는 모습을 보는 것도 견딜 수 없었다. 그러나 더는 아무 말도 생각나지 않았다. 아르벨은 아기를 품에 안고 케일을 지나쳐갔다. 케일의 가슴속으로 뭔가가 스며들었다. 진한 황산. 그 어떤 것도 녹여버릴 강산이었다.

아기가 고래고래 소리쳤다.

"아아알! 블라 바! 플러!"

19

역사가 우리에게 가르쳐준 바에 따르면, 거대한 도시에서 군대가 위풍당당하게 출정하는 일은 위풍당당하게 귀환하는 일보다 대략 두 배쯤 많다. 스패니시 리즈를 나서는 출정의 광경은 실로 위풍당당했다. 우렁찬 나팔소리, 잘 훈련된 병사들의 일사불란한 행진, 환호하는 군중, 가슴 벅차게 의기양양한 남자들을 향해 잘 다녀오라고 외치며 눈물짓는 여인들. 그리고 번쩍이는 놋쇠 투구를 쓴 파란색과 노란색과 빨간색의 말들과 더불어 그 위에 탄 멋진 기수들. 이날 구경 나온 아이들은 그 화려한 장관과 돌바닥에 부딪히는 말발굽 소리, 엄청난 환호성을 죽을 때까지 잊지 못할 것이다.

도시 밖으로 나오고 이십 분 뒤, 병사들은 갑옷을 벗었고 말들은 대부분 마사로 돌려보내졌다. 말은 곰이 빵을 먹어치우듯 꼴을 엄청나게 소모하는데다, 콘 마테라치는 실버리힐에서 당했던 것처럼 기병대가 300야드 거리에서 리디머 궁병들의 활에 괴멸당하는 사태를 용납할 수 없었다. 기병대는 주로 전투 전에 정보를 수집하고, 상황이 불리해질 경우 달아날 때 유용했다.

비록 콘은 허영심과 자만심이 크게 줄고 놀랍도록 성숙한 판단력이 생겼지만, 토머스 케일에 대해서만은 여전히 맹목적 반감이 남아 있었다. 물론 그 심정을 이해 못할 바는 아니었다. 케일은 자신이 지휘하지 않는 전투에 나설 마음이 전혀 없었지만, 연옥수들을 데리고 군대 근처에 얼씬대지 말라는 주의를 듣고 격분했다. 심지어 케일과의 관계로 눈총을 받는 아르테미시아도 그녀의 부대가 비정규군이라 본격적인 전투에 적합하지 않다는 이유로 참전이 거부되었다. 하지만 할리카르낫소스에서 리디머들의 이동 속도를 늦추는 데 기여한 육십 명 정도의 기병 정찰대를 끌고 오는 것은 허락받았다. 아르테미시아는 며칠 동안 부루퉁해 있던 케일에게 같이 가자고 제안하면서, 싸우지는 못해도 지켜볼 수는 있을 거라고 했다.

"그마저도 자신 없어요. 과연 지켜볼 기운이나 있을지." 케일은 병에 걸린 사연을 아르테미시아에게 털어놓은 적이 없지만, 굳이 설명하지 않아도 그의 상태가 몹시 나쁘다는 건 쉽게 알 수 있었다. 케일은 스캐블랜드에서 나쁜 공기를 마셔서 병이 났다고 둘러댔다. 모호한 증상이 되풀이되는 것으로 유명한 병이라고 했다. 아르테미시아가 그 말을 의심할 까닭이 있겠는가?

"며칠 시도해봐. 언제든 다시 돌아올 수 있으니까."

국경으로의 행군 엿새째 날, 삼만오천 명 정도로 이루어진 리디머 군대가 둘로 나뉘어 미텔란트로 향하고 있다는 첩보가 콘에게

날아들었다. 두 부대는 각각 이만오천 명과 만 명인데, 후자가 보*

를 통해 콘의 부대를 뒤에서 공격하려는 속셈으로 보인다는 것이었

다. 불행히도―물론 드문 일은 아니다―이 첩보의 일부는 틀렸다.

산토스 홀이 이끄는 리디머 군대는 작전상 벡스라는 마을 외곽

의 고지대를 차지하기 위해 전진했고, 다시 작전상 이동 속도를 높

이기 위해 두 부대로 나누기로 결정했다. 병사 삼만오천 명과 더불

어 엄청난 물자와 수레들을 이동시키다보면 금세 폭 2마일에 길이

20마일에 이르는 행렬이 되기 마련이었다. 지금 우선 과제는 신속

히 벡스 외곽의 가장 좋은 자리로 가는 것이었다. 하지만 리디머들

이 도착할 무렵에는 콘이 벡스 앞에 굳건히 자리를 잡고 느긋하게

기다리고 있었다. 그의 왼쪽에는 가르강이 흘렀고, 오른쪽에는 줄

기가 손가락만큼 굵은 따가운 찔레나무와 개 이빨이라 불리는 날

카로운 가시덤불로 이루어진 울창한 숲이 늘어서 있었다. 그사이

에 펼쳐진 1마일 공간에 콘의 삼만이천 병력이 채워졌다. 밤이 오

기 직전에 진영을 세우기 시작한 리디머들은 그 자리가 불리하다

는 사실을 깨닫고 침울해졌다. 두 군대 사이의 비탈이 리디머 쪽이

낮고 스위스군 쪽이 높았기 때문이다. 첫 전투는 콘이 이긴 셈이

었다. 이튿날 전투가 시작되면 두 군대는 사십 분 동안 화살 공격

을 주고받을 터였다. 만 발이 넘는 화살들이 시속 150마일로 오가

며 촘촘하게 늘어선 전열로 날아들 것이다. 둘 중 한쪽은 그 죽음

의 소나기를 견디지 못하고 어쩔 수 없이 공격에 나설 텐데, 공격

보다 방어가 훨씬 더 쉬운 상황에서 그런 짓을 하는 쪽은 전투에서

---

* 스위스 서부의 주(州).

질 것이 뻔했다. 리디머들 쪽의 사정이 훨씬 더 나빴는데, 화살 세례를 받으며 가파른 비탈을 올라가야 하는데다, 꼭대기에 다다를 즈음에는 이미 죽은 자들과 죽어가는 자들로 인해 병력이 더 줄어 있을 것이기 때문이었다. 이보다 더 큰 문제는 산토스 홀이 스위스군의 허를 찌르려고 본대에서 분리해 보낸 만 명의 부대가 현재 길을 잃고 스위스 시골에서 헤매고 있다는 사실이었다.

밤사이 리디머들의 상황을 개선하거나 훨씬 더 악화시킬지 모를 변화가 일어났다. 물론 양쪽 모두 그 변화에 속수무책이었다. 이 지역 기후의 특성인데, 산으로 둘러싸인 탓에 날씨가 극단적으로 바뀔 수 있었다. 이날 맑은 하늘로 솟아오른 해가 유난히 뜨거웠는데, 밤이 되자 불과 몇 분 만에 열기가 사라졌다. 그 대신 산의 찬 공기가 골짜기로 불어 내려오기 시작하자 순식간에 기온이 뚝 떨어져 덜덜 떨릴 지경이 되었고, 몇 시간 뒤 된서리가 온 세상을 뒤덮었다. 새벽 두시쯤에는 땅이 쇳덩이처럼 딱딱해졌다. 이내 바람이 거세지면서 전장 위로 휘몰아쳤다. 처음에는 이쪽에서 저쪽으로 불다가 이윽고 반대 방향으로 불었다. 콘은 키가 5피트 2인치 정도인 리틀 포콘버그와 함께 벡스 외곽 언덕마루에 서서 칼바람을 맞으며, 스위스 진영의 쓸모없는 모닥불과 역시나 쓸모없는 리디머들의 모닥불을 내려다보고 있었다. 찬바람을 막아줄 숲조차 없는 리디머들은 더 딱한 신세였다.

콘이 말했다. "이상하게 바람이 그치질 않는군."

"어쩔 도리가 없는 일입니다. 하지만 당장 완전히 잦아들 수도 있고, 저들 쪽으로 불어 우리가 한층 유리해질 수도 있죠."

막 돌아온 정찰 기병 한 명이 두 남자에게 달려올라오다 얼어붙은 땅 위에서 미끄러져 둔탁하게 엉덩방아를 찧었다. 그는 부끄럽고 고통스러운 표정으로 일어나 보고했다.

"보 끄트머리에서 엉뚱한 곳으로 가던 나머지 리디머들을 발견했습니다. 이제 겨우 우리 쪽으로 돌아서긴 했지만, 여기 도착하려면 오후 중반이나 되어야 할 겁니다."

포콘버그가 콘에게 물었다. "부대를 나눠 마중나가야 할까요? 놈들을 멈추게 할 필요는 없고, 속도만 늦추면 됩니다. 삼천 명이면 충분합니다. 놈들이 여기 도착했을 때는 이미 쓸모가 없을 겁니다."

콘은 이 제안에 대해 생각했다.

포콘버그가 계속 이야기했다. "케일이라는 녀석이 우리 진지에 있죠? 그 녀석을 보내 배그퀴즈에서 놈들과 싸우게 하는 겁니다. 놈들은 그리로 올 테니까요. 케일의 장렬한 죽음은 모든 면에서 굉장히 유용할 겁니다."

"녀석은 여기 없습니다. 굉장히 좋은 생각이긴 하지만, 일단은 여기 집중합시다. 척후병을 세 배로 늘려요. 놈들이 우리 쪽으로 얼마나 다가오는지 시시각각 보고받아야겠습니다. 이곳 상황이 잘 풀리면 베네거나 월러를 보내도 돼요."

"바람이 저들 쪽으로 몰려가기 시작하면 우리가 이길 겁니다."

"만약 바람이 바뀌지 않으면요?"

콘의 걱정은 현실이 되었다. 새벽 다섯시 무렵, 바람은 마치 얼음을 만드는 용광로가 뿜어내는 냉풍처럼 줄기차게 그들의 얼굴을 후려치고 있었다. 신속하게 좋은 자리를 차지한 이점들이 지난 삼십 년 이래 최악의 기온 급변으로 발생한 차디찬 바람에 모조리 날아가버렸다.

리틀 포콘버그가 말했다. "저들은 기다리지 않을 겁니다. 바람이 한 번 바뀐다면 두 번도 바뀔 수 있으니까요. 놈들은 유리한 기회를 놓치지 않을 겁니다. 우라질 개자식들! 이 망할 불운!"

포콘버그의 비관적인 예상에 반박할 말을 찾지 못한 콘은 모여 있던 병사들에게 전열을 갖추라고 명령할 따름이었다. 그리고 칼바람이 너무 거세서, 맨 앞 일곱 열의 병사들과 뒤에 있는 병사들이 십 분마다 자리를 바꾸라고 지시했다. 까다로운 기동으로 보이겠지만 실은 썩 어렵지 않았다. 제네바와 요하네스버그, 스패니시 리즈에서 유행하는 싸구려 전쟁 무용담에는 괴력의 영웅들이 숱하게 등장하지만, 실제로 열 시간이나 다섯 시간을 쉬지 않고 싸울 수 있는 자는 없으며, 심지어 두 시간도 어려웠다. 열을 짓고 선 병사들은 앞 사람과 자리를 바꾸기 용이한데, 단지 죽거나 다친 병사의 자리를 대신하는 것이 아니라 주로 번갈아 휴식 시간을 갖기 위해서였다. 상황에 따라 다르지만, 격전지에서 병사들은 한 시간에 길어야 십 분 정도 싸웠다. 이제 스위스 병사들은 북극의 황제펭귄처럼 나란히 서서 차디찬 진눈깨비를 맞으며 힘겹게 전진했다.

리틀 포콘버그의 예상대로였다. 산토스 홀은 궁병들을 앞으로 나오게 했다. 땅이 너무 단단해진 터라, 주님을 위해 묻힐 준비가 되었음을 알리고자 흙을 집어먹는 행위도 할 수가 없었다. 이는 수많은 리디머를 히스테리 상태에 빠뜨렸는데, 그들은 죄인인 채로 죽는 것이 두려울 뿐 죽음 자체는 겁나지 않았다. 격노한 산토스 홀은 비전투원 사제들을 전열로 보내 모두의 죄를 사하게 했고, 이 작업에 십 분이 걸렸다. 더 현실적인 문제는 땅이 너무 굳어 활을 땅에 박아 편하게 쏠 수 없다는 점이었다.

태만의 죄를 용서받고 차분해진 리디머 궁병들이 앞으로 나아가 사격 위치에 섰다. 그러면서 적을 향해 소리치기 시작했다.

"바아아아! 바아아아! 바아아아! 바아아아!" 그 함성은 진눈깨비 바람을 타고 두 진영 사이 400야드를 흘러갔다.

리틀 포콘버그가 물었다. "양의 울음소리 아닙니까? 왜 저런 소리를 내는 걸까요?"

"바아아아! 바아아아! 바아아아!" 소리는 바람의 율동에 따라 커졌다 작아졌다 했다.

"도살당할 양떼라고 우리를 비웃는 겁니다." 콘이 대답했다.

"정말입니까? 그럼 우리 병사들에게 박하 가지를 나눠주고, 적과 맞닥뜨리면 똥구멍에 꽂아넣으라고 하죠."

바로 뒤에 서 있던 중무장 기사 중 하나 이죽거렸다. "고상하게 항문이라고 하시죠, 포콘버그 나리?"

"입다물어, 러틀랜드. 안 그러면 자네를 이용해 똥구멍에 박하 가지 꽂는 요령을 병사들에게 알려줄 테니까."

이 말에 큰 웃음이 터져나왔다.

러틀랜드가 한마디 보탰다. "제 항문에 뭔가를 밀어넣어야 한다면 차라리 고추를 택하겠습니다. 이 우라질 바람 속에서 후끈거리는 효과는 있을 테니까요."

이윽고 전투가 시작되자, 전투의 첫 단계는 몇 초 만에 스위스군의 패배로 끝났다. 맞바람이 너무 거세 스위스군의 화살은 사거리가 50야드나 줄었고, 그렇게 잃은 50야드는 적의 화살이 가져갔다. 차라리 욕이나 실컷 하는 편이 나았으리라. 세차게 휘몰아치는 진눈깨비 때문에 이제는 적의 모습이 완전히 흐릿해져 자꾸 시야에서 사라지는 건 별로 중요하지 않았다. 어차피 무엇을 쏴도 닿지 않았기 때문이다. 하지만 리디머들의 첫 화살 세례는 더이상 하늘에서 쏟아져내리지 않았다. 바람에 밀려 날아온 살기 어린 화살들은 무릎과 가슴, 입과 코에 박혔고, 속도가 워낙 빨라 최상급 강철 갑옷조차 그 강한 타격을 견디지 못했다. 화살에 귀를 관통당한 러틀랜드는 더이상 추위를 걱정하지 않았다.

리디머 궁병 만 명은 땅이 너무 단단해 평소처럼 일 분에 여섯 발을 쏘지 못했다. 언덕마루의 스위스군 삼만이천 명은 한 발의 무게가 4분의 1파운드인 화살을 육십 초마다 거의 칠만 발씩 맞았고, 바람이 뒤에서 밀어주는 화살의 빠르기는 초속 100야드에 가까웠다. 리디머들을 위협하거나 피해를 입히는 반격은 전혀 없었다. 이십 분이 지나자, 가로 반 마일 세로 10야드 공간에 백만 발이 넘는 화살이 박혔다. 결국 158톤에 달하는 죽음의 소나기가 병사들에게 내리꽂혔는데, 방패를 갖춘 병사는 한 명도 없었고 그중 절반가량은 동그란 철판들을 달아놓은 무거운 재킷 외에 다른 갑옷은 전혀 걸치지 않았다. 적의 사거리에서 벗어나려고 후퇴하면 패주하게 될 테고―전투에서 등을 돌리고 살아남을 군대는 없다―그 자리에서 버티기는 불가능했지만, 전진하다가는 패배의 가능성만 높일 뿐이었다.

"공격해야 합니다!" 포콘버그가 고래고래 소리쳤지만, 우박이 쏟아지듯 쇠와 쇠가 부딪히는 섬뜩한 소리에 묻혀버렸다. 팅, 팅, 팅, 팅, 팅, 팅, 팅, 팅, 팅, 팅, 팅, 팅! 여기에 곳곳에서 터져나오는 고통의 비명과 병사들의 이탈을 막으려는 부사관들의 고함소리가 뒤섞였다. 전장에서 편히 죽거나 금세 죽는 자는 거의 없다.

영리하게 계획하고 빈틈없이 수행한 작전이 무너지자 충격을 받고 몹시 놀란 콘은 포콘버그를 보고 말했다. "네, 동의합니다." 나이 쉰다섯에 성미가 고약하고 거만한 삼십 년 경력의 용병 포콘버그도 콘의 태도에 내심 탄복했다. 자식, 이런 아수라장에서 제법이군.

최고의 시간을 누리는 자는 과연 몇이나 될까? 약속된 운명이 이뤄지는 순간, 자신의 모든 것이 빛나는 순간. '그대를 위한 선물이다!'라고 외치며 펼쳐지는 위대한 사건. 신중하게 준비한 계획이 칼바람에 날아가자, 콘 마테라치는 흐트러진 마음을 추스르고 활활 타오르기 시작했다. 그가 우렁차게 전진 명령을 내리자, 힘차고 확신에 찬 그 말투를 이어받은 부사관들의 함성이 전열을 따라 메아리쳤다. 날카로운 화살 소나기에 고통받던 대군이 적과 싸우러 앞으로 나아갔다. 대형을 유지하며 신중하게 움직이는 군대가 400야드를 가려면 삼 분 넘게 걸릴 터였다. 화살이 날아와 발과 무릎과 입과 목에 박히는 상황에서 그 정도면 한세월이었다. 하지만 이제 스위스 군대가 거리를 좁혀오자 화살 공격이 중단되었다. 리디머 궁병들은 사격을 멈추고 뒤에 가만히 서 있던 보병들 뒤로 물러났다. 머지않아 보병대는 스위스군과 근접전을 벌여야 할 터였다. 별안간 소나기가 그치듯 화살 세례가 멈췄다. 하지만 스위스군이 전진할수록 바람은 더 거세지고 진눈깨비는 더욱 짙어졌다. 폭풍 속에서 양쪽 군대가 움직이는 동안, 시야는 흐리고 수많은 병사들이 빠르게 이동하는 혼란 속에서 마침내 양쪽이 만났을 때는 콘의 공격 전열 왼쪽과 리디머 군대의 오른쪽이 겹칠 판이었다. 이 문제를 알아차린 양측의 백부장과 부사관들은 예비 병력을 투입해 상대가 측면을 돌아 후방을 치지 못하도록 가장자리를 강화했다. 하지만 양측이 맞닥뜨린 지점의 힘의 불균형 때문에 전열이 뒤틀리면서 서서히 반시계 방향으로 돌기 시작했다.

키가 6피트 4인치에 가깝고 고급 저택 한 채 값의 갑옷을 걸친 콘은 스위스군과 리디머 병사들 모두가 주목하는 존재였다. 후자에게는 표적이기도 했다. 전장 한쪽에 펼쳐진 숲에 숨어 있던 리디머 저격수들이 연달아 활을 쏘았지만, 수많은 화살이 명중했는데도 콘은 멀쩡했다. 돈을 처바른 빛나는 갑옷은 자기 값어치를 여실히 보여주었다. 콘은 허망하게 튕기는 화살들을 무시하며 전열 후미를 가로질러 고래고래 소리치며 앞으로 나아가기 시작했다. 은색과 금색으로 번쩍이는 우아한 곤충이 우뚝 솟아 있는 것만 같았다. 콘은 상대를 찌르고, 뭉개고, 후려쳤는데, 적의 갑옷은 양철로 만들어지기라도 한 듯 콘의 공격에 맥없이 쪼개졌다. 칼은 거의 사용하지 않았다. 상대와의 거리가 몇 발짝밖에 안 되는 근접전에서 콘은 자루가 긴 전투용 도끼를 선호했다.

전투용 도끼는 신사가 사용하는 흉한兇漢의 무기였다. 길이가 4피트 정도인 이 무기는 도끼이자 망치이자 몽둥이요, 커다란 대못이었다. 그리고 모든 살인 무기를 통틀어 가장 정직한 무기인데, 누구든 그 용도를 한눈에 알 수 있기 때문이었다. 마법의 검이나 신성한 창을 노래한 시인은 있었지만, 전투용 도끼를 상징으로 사용한 시인은 이제껏 없었다. 전투용 도끼는 뭉개고 쪼개려고 만들어졌으며, 다른 어떤 용도에도 기웃거리지 않았다.

콘은 한 번에 십 분씩 눈앞에 나타난 모든 적의 목숨을 빼앗았다. 잔인함이 그토록 우아할 수 없었고, 뼈를 박살내는 솜씨가 그토록 능란할 수 없었으며, 살이 터지고 뭉개지는 참상이 그토록 발랄할 수 없었다. 콘의 공격 범위는 더 넓어졌고, 그의 심장은 더 강해졌으며, 근육과 힘줄이 공조해 끔찍한 살인 기술과 아름다운 폭력성을 뿜냈다.

케일은 몇백 야드 떨어진 숲의 나무 위에서 입을 다문 채 콘이 천사처럼 싸우는 광경을 지켜보며 그의 힘을 부러워했다. 하지만 한편으로는 감탄했다. 피가 튀는 아수라장에서 콘은 단연 돋보이는 존재였다.

"이만 가야 해." 아르테미시아가 최대한 큰 목소리로 속삭였다. 그녀는 육중해 보이는 병사 두 명과 함께 나무 밑동 옆에 서 있었다. 앞서 케일이 같이 올라가자고 했을 때 그녀는 거부했다.

케일이 물었다. "왜 안 올라와요? 손톱 빠질까봐 그래요?"

"스위스군 수색대가 리디머 저격수들을 처치하러 오고 있어. 그들은 우리가 누군지 몰라. 너무 위험해. 어서 가야 해."

아르테미시아의 말이 끝나기도 전에 거의 내려온 케일은 거친 숨을 몰아쉬면서 식은땀을 뻘뻘 흘렸다. 곧이어 자리를 떴지만 빨리 갈 수가 없었다. 면도날 같은 찔레나무가 너무 무성했기 때문이다. 개 이빨 가시나무를 피해 수풀을 빠져나오니 빈터가 나타났다. 그런데 10야드 너머에서 다른 자들도 빈터로 나왔다. 수색대가 찾고 있는 리디머 저격수 네 명이었다. 모두 돌처럼 굳었다. 다들 꿈쩍도 하지 않았다. 오랜 세월 동안 보스코는 불과 몇 초 안에 해결해야 하는 전혀 뜻밖의 상황에 케일을 내던지곤 했는데, 그 시험을 통과하지 못하면 케일의 뒤통수를 후려갈겼다. 설상가상으로 처벌이 늘 곧바로 뒤따르지도 않았다. 때로는 몇 시간이나 며칠, 심지어 일주일 후에 맞기도 했다. 이 시험은 아무리 위급해도 상황을 제대로 파악하고 행동하는 법을 가르치기 위함이었다. 리디머들은 네 명이고 케일 일행도 넷이었다. 아르테미시아는 쓸모가 없을 테고, 그녀의 경호원 둘도 실력은 좋아 보이지만 리디머의 상대는 못되었다. 케일도 마찬가지였다. 돌아서서 달아날까? 찔레 덤불 때문에 곤란했다. 리디머들과 싸울까? 가망이 없었다. 보스코가 하던 말이 생각났다. 구원 따위는 기대하지 마라. 아무도 구해주지 않을 테니까. 하지만 이날은 구원이 찾아왔는데, 케일 인생 최대의 저주 덕분이었다. 리디머 네 명이 무릎을 꿇었다.

그중 대장으로 보이는 자가 눈물을 쏟더니, 참담한 가책의 표시로 자신의 가슴을 세 번 치고 말했다. "신의 왼손께서 저희를 굽어보실 거라는 말씀을 들었습니다. 그러나 저는 믿지 않았습니다. 저를 용서하십시오."

다행히 아르테미시아와 경호원들에게 꼼짝 말고 있으라고 말할 필요는 없었다. 네 리디머는 경외와 애정의 표정으로 케일을 바라보았다. 케일은 손을 들어 허공에 동그라미 하나를 그렸다. 이는 올가미 표시인데, 교황에게만 허락되는 행동이었다. 이제는 주님의 분노의 화신에게도 그것이 허락되는 듯했다. 마치 케일이 다음 세상으로의 문을 열자 영원한 은총이 그 문을 지나 네 남자의 가슴으로 스며든 것 같았다. 케일은 말없이 그들에게 가라고 손을 내저으며 다정한 미소를 지었다. 주님의 사랑에 감복해 입이 딱 벌어진 리디머 네 명은 이내 떠났다.

그들이 사라지자 케일은 아르테미시아를 돌아보고 말했다. "앞으로는 당신도 툭하면 나한테 말대꾸하지 않겠죠?"

"저들이 너를 신으로 여기는 거야?" 아르테미시아가 놀란 표정으로 물었다.

"그건 불경입니다. 저를 주님의 감정이 육화된 존재로 여기는 거죠."

"진짜?"

"실망감. 그리고 분노. 궁금해할까봐 알려드립니다."

"둘은 서로 다른 감정인데."

"여전히 말대꾸를 하는군요."

"내가 보기에 넌 무슨 화신 따위가 아냐. 그냥 시건방진 어린애일 뿐이지."

"그 시건방진 어린애가 방금 당신 목숨을 구했습니다."

"너의 신은 무엇에 화가 난 거야?"

"저의 신은 아닙니다. 자신의 외아들을 인류에게 보냈는데, 그들이 그를 교수대에 매달아서 분노하고 실망한 겁니다."

"화날 만도 하네."

전장에서는 두번째 위기가 다가오고 있었다. 하지만 이번에는 리디머들 차례였다. 콘이 전열을 오르내리며 무시무시한 전투력으로 스위스와 동맹국들의 군대를 전진시키고 50야드쯤 뒤에서는 포콘버그가 빈자리에 병사들을 배치하면서 흐트러진 전열을 가다듬는 동안, 리디머들의 전열이 휘기 시작하더니 시시각각 점점 더 구부러지면서 이제는 전장 위에서 비스듬히 움직였다. 전열이 약해지긴 했어도 아직 깨지지는 않았다. 하지만 리디머 만 명이 전장에 오지 못한 터라 시간문제일 따름이었다. 사라진 리디머 부대는 어떻게 됐을까? 여전히 헤매고 있었다. 아주 멀리는 아니고 2마일 정도 떨어져 있었지만, 스위스군과 리디머들이 싸우는 전장은 이곳 주민들이 밀밭으로 쓰는 큰 경작지 넷을 합친 크기에 불과했다. 그리고 지독한 칼바람이 여태껏 리디머 군대에게 굉장히 유리했지만 이제는 불리하게 돌아섰다. 명령의 함성과 고통의 절규, 분노와 노고의 비명소리가 하나의 둔중한 굉음을 이루자, 고작 2마일 거리에서 다가오던 리디머 부대는 여느 전투에서처럼 그 소리를 따라갔다. 하지만 바람이 소리를 동쪽으로 날려버렸고, 그 소리를 따라간 리디머들은 오히려 전장에서 더 멀어졌다. 이제 전선이 바뀌어 리디머들이 숲 쪽으로 밀리기 시작했는데, 무성하게 자라난 나무들과 면도날 같은 찔레 덤불이 장애물처럼 가로막아 처음 몇백 명만 빠져나갈 수 있었다. 나머지 리디머들은 장벽에 갇힌 것이나 다름없었다.

하지만 전투에는 들숨과 날숨이 있는 법. 여섯 시간째로 접어들자, 스위스군에서는 뭔가가 사라지기 시작했고 리디머들에게는 뭔가 나타나기 시작했다. 병사들은 돌아가며 끊임없이 싸웠고 한 번에 삼십 분을 넘기지 않았다. 하지만 변화가 일어나면 잘 싸우는 쪽은 리듬이 깨지고, 못 싸우는 병사들에게는 새로운 힘이 생겨난다. 콘은 너무 오래 싸웠다. 포콘버그가 콘에게 한동안 쉬면서 음식을 섭취하라고 강권했다. 결국 콘은 투구를 벗고, 물을 마실 수 있도록 철제 목 보호대도 풀었다. 그를 에워싼 세 친구 코스모 마테라치와 오티스 만프레디, 발렌타인 스포르차도 똑같이 했다. 훗날의 전설에 따르면, 숲에 있던 리디머 저격수들은 이 기회를 몇 시간 동안 기다렸다고 한다. 하지만 전설은 종종 틀리거나 일부만 진실인 경우가 허다하다. 집요한 암살자들이 콘을 저격한 것이 아니라 단순히 불운일 뿐이었으며, 닥치는 대로 쏜 열 발 미만의 화살이 날아온 것이었다. 그중 세 발이 코스모의 얼굴에 꽂혔고, 한 발은 오티스의 목에 맞았으며, 또 한 발은 발렌타인의 뒤통수에 박혔다. 죽마고우들이 일 분 사이에 몰살당한 것이다.

앞서 눈부시게 빛나던 콘이 이제는 활활 타올랐다. 분노가 그의 재능에 불을 지펴 싸움에 더욱 집중하게 했다. 그는 쉴새없이 부수고, 후려치고, 뭉개고, 병신을 만들었다. 콘이 가는 곳마다 리디머의 전열이 무너졌다. 이제 리디머들은 약화弱化의 마법에라도 걸린 듯 재차 리듬을 잃고 무너졌으며, 죽음과 패배가 기다리는 숲 쪽으로 밀려갔다.

그때, 홀리 개퍼 주드 스틸라이츠가 이끄는 사라진 리디머 만 명이 패배가 임박한 전투에 뛰어들었다. 당혹감에 휩싸여 필사적으로 본대를 찾아다닌 그들은 절묘한 첩보를 입수하기라도 한 듯, 단지 전장에 도착한 것이 아니라 전세를 역전시킬 적시 적소에 나타났다. 눈치 빠른 스틸라이츠는 온종일 싸운 리디머들 뒤로 다가가 맨 앞줄의 병사들이 지쳤을 때 자기 병사들을 그 자리로 보내려 했다. 하지만 일련의 사고들과 더불어 전선이 반시계 방향으로 돌아가는 바람에 스틸라이츠의 부대는 스위스 전열의 측면에 맞닥뜨렸고, 그 측면은 후방에서 공격당할까봐 L자 모양으로 바뀌었다. 이제 스위스군이 밀리고 있었으며, 리디머들은 숲의 장벽과 확실한 패배로부터 서서히 벗어나기 시작했다.

결국 오후 늦게, 전장을 지배하는 것이 처음에는 이쪽에 있다가 이내 저쪽으로 옮겨가자, 스위스군의 전열이 무너졌다. 아마 병사한 명이 미끄러지면서 옆 사람을 넘어뜨렸고, 그자가 넘어지면서 자신의 옆 사람을 쓰러뜨렸을 것이다. 그때 한 리디머가 마지막 힘을 내어 그 틈을 비집고 들어갔고, 공간이 열리는 것을 본 다른 리디머들이 따라갔을 것이다. 결국 한 번의 미끄러짐 때문에 전투에서 지고, 전쟁에서 패하며, 한 나라와 수백만 명이 목숨을 잃게 된다. 어쩌면 리디머 원군의 당혹스러운 등장이 기진맥진한 스위스군의 전의를 꺾었는지도 모른다. 그들이 추축국 연합군의 취약 지점을 정확히 치고 들어오는 순간 상황은 끝난 것이다.

원인이 무엇이든 간에, 몇 분 뒤 스위스군의 전열이 와해하자 소수의 도망자들이 다수가 되었고, 그들을 본 나머지 병사들까지 합세해 대대적인 탈주가 벌어졌다. 커다란 건물의 기반이 땅속에서 서서히 무너지듯, 순식간에 엄청난 붕괴가 일어났다. 갑옷과 갑옷이 부딪치고 서로 부대낄 때는 바로 눈앞에 있는 적을 죽이기가 쉽지 않다. 이 붕괴에 앞서 일곱 시간에 걸친 전투의 사망자는 고작 삼사천 명이었다. 이제 학살이 시작될 때였다.

20

스위스군과 동맹국 병사들의 탈출로는 둘뿐이었다. 비탈을 올라가 공격해온 쪽으로 달아나거나 진창 비탈 아래 구불구불한 강에 둘러싸인 초원으로 내려가는 것인데, 강폭은 고작 10피트 정도지만 산에 내린 비 때문에 물이 불어 유속이 매우 빨랐다. 이 눈부신 물줄기가 차라리 미시시피강이면 좋았을 것을. 강물로 뛰어든 장갑병들은 갑옷 무게에 눌려 가라앉았다. 덧댄 재킷을 입은 지친 일반병들은 서로 밀고 밀리며 강을 건너려고 기를 썼다. 서로 미끄러지고 쓰러지는 동안, 동그란 철판들이 달린 색색의 무명 재킷이 물에 젖으면서 그들도 물속으로 잠겼다. 그사이 바짝 따라온 리디머들은 패주자들을 무참히 베고 자르고 죽였다. 온종일 그들과 싸우면서 끝내 버티던 자들이 이제는 도살장의 가축보다도 죽이기 쉬웠다. 40피트 높이 비탈 꼭대기에 일렬로 늘어선 리디머 궁병들은 작은 방목장보다 썩 크지 않은 공간에 몰린 수천 명을 향해 일 분에 열 발씩 활을 쏘았다. 패주하는 병사들을 막은 것은 건너기가 거의 불가능한 강만이 아니었다. 당황하고 겁먹은 자들이 점점 더 많이 몰려와 밀고 밀리며 서로를 압박했다.

이 상황을 보고 다른 탈출로를 찾은 자들도 나을 게 없었다. 대부분 강변을 따라 달리며 글레인에 있는 다리로 갔지만, 말 탄 리디머 보병들에게 쉽사리 붙잡혔다. 다리를 건너기는 글렀다고 판단한 자들은 강을 헤엄쳐 건너려 했다. 하지만 그곳은 강의 수심이 훨씬 깊어 수천 명이 또 익사했다. 강 건너편으로 달아날 수 없다고 판단해 돌아선 자들은 강기슭에서 학살당했다. 천 명 정도는 다리에 도착해 무사히 건너갔다. 리디머들이 다리를 건너갔으면 죽었겠지만, 그들은 다리 앞에서 멈춰야 했다. 선견지명이 있는 누군가가 리디머들이 다가오는 모습을 보자마자 다리에 불을 놓은 것이다. 이는 냉혹한 결정이었다. 다리가 불타기 시작할 때 여전히 다리를 건너려는 자들이 천 명이나 있었기 때문이다. 앞에는 불이 일렁이고 뒤에서는 리디머들이 쫓아오자, 겁에 질린 병사들은 강의 가장 깊은 곳으로 건너는 수밖에 없었지만 결국 실패했다. 그래도 생존자가 더러 있었다고 한다. 강에 익사자들의 시신이 워낙 많이 쌓여서 그 시신들을 밟고 강을 건너 달아났다는 것이다.

비탈을 따라 이날 전투를 시작한 지점으로 올라간 수천 명은 갑옷을 버리고 달아났다. 말을 타고 뒤쫓아간 리디머들에게 그들은 어린애처럼 무력한 존재였다. 구름이 걷히고 환하디환한 달이 떠오르면서 어둠이 줄 수 있는 도움이 사라졌다. 여섯시에 해가 뜨자, 가로 6마일 세로 10마일 공간의 전장 곳곳에 주검이 널려 있었다. 거물급 인사들이 백 명 넘게 붙잡혔지만, 몸값을 요구하거나 인질로 써먹기 위해서는 아니었다. 산토스 홀은 우선 그들이 누구이고 어느 정도의 권력자인지 확인한 다음 처형했다. 불과 일 년이 조금 지난 지금 리디머들은 두번째로 하루 만에 지배층 인물들을 몰살했으며, 실버리힐에서 마테라치 가문을 괴멸하며 시작한 작업도 거의 마무리했다. 하지만 콘은 살아남았는데, 포콘버그가 억지로 말 위에 끌어 앉히다시피 하며 탈출시킨 덕분이었다. 그 나이든 남자는 콘에게 버럭 소리질렀다. "자네가 할 수 있는 일은 살아남는 것뿐이야! 생존이 최고의 복수라고!"

대개 영웅은 목숨을 잃고, 대개 영웅은 몰락한다. 가장 어두운 시간은 동이 트기 직전이 아니며, 먹구름 사이에 항상 빛의 틈이 있는 것도 아니다. 인생은 제비뽑기가 아니다. 제비뽑기에서는 결국 승자가 나오기 마련이다. 하지만 아무리 나쁜 일도 아무리 좋은 일도 처음 그대로 변치 않는 법은 없다. 이번 경우에는 벡스에서의 참패에 빛의 틈이 있었고, 그 틈이 결코 작지 않았다. 이 재난의 의미는 사람에 따라 크게 달랐는데, 누구보다 관련자들이 그러했다. 아르테미시아와 케일에게는 일이 아주 잘 풀렸다. 열여섯 시간도 안 돼 스위스와 동맹국 연합군의 생존자가 고작 이천 명 정도이고 그중 절반만 글레인 다리가 불타기 전에 강을 건넌 것이 명확해졌다. 하지만 생존자들도 아직 안전과는 거리가 멀었다. 대부분 무기가 없고 갑옷도 입지 않았으며, 그들을 보호해줄 샬렌베르크 고갯길까지는 80마일가량이나 떨어져 있었다. 불탄 다리는 리디머들의 추격을 늦췄지만 완전히 막지는 못했다. 몇 시간만 지나면 강을 건너 이미 시작한 일을 끝내러 올 터였다.

하지만 이런 종류의 퇴각 부대 엄호 작전은 아르테미시아가 갈고닦은 전문 분야였다. 그녀는 자신의 게릴라 부대 삼백 명에 아직 싸울 수 있는 소수의 생존자 이백 명 미만을 합치고, 케일과 함께 부대를 나누었다. 케일은 그녀의 명령을 받지 않고 스스로 적합한 일을 찾겠다고 분명히 말했지만, 아르테미시아는 꿈도 꾸지 말라고 분명히 말했다.

"내가 시키는 대로 해. 그게 싫으면 스패니시 리즈로 꺼져버려. 이런 일은 내 전문이고, 이 사람들은 내 부하야."

케일은 잠시 생각하다 대꾸했다.

"그렇게 험악한 말투로 화낼 필요는 없어요."

벡스에서 샬렌베르크 고갯길까지는 줄곧 오르막이고, 수많은 숲을 지나 작은 언덕들을 넘어야 했다. 아르테미시아는 이 지리적 특성을 이용해, 지치고 부상당한 스위스 병사들을 잡기 시작한 리디머들을 화살 세례와 개별 저격수들로 끊임없이 괴롭히며 치고 빠졌다. 대체로 희생과 순교를 열렬히 추종하는 리디머들도 패배한 군대의 초라한 잔병들을 쫓느라 보이지 않는 적에게 공격받는 것은 별로 탐탁지 않았다. 결국 추격을 중단하고 돌아가면서 가끔 낙오자를 죽이는 데 만족했다. 아르테미시아는 부상자 행세를 하는 병사들을 곳곳에 두고 매복하다 리디머들을 습격하는 덫을 놓기 시작했다. 그로부터 이틀 사이에 거의 천오백 명이 샬렌베르크 고갯길로 돌아와 목숨을 부지했다. 이중에는 콘 마테라치와 리틀 포콘버그도 있었다.

21

참사 이후에는 대개 두 가지가 요구된다. 첫째, 참사 책임자를 고발하고, 죄를 묻고, 최대한 치밀한 방식으로 처벌해야 한다. 둘째, 비록 덜 중요하긴 하지만, 그 끔찍한 참사를 피할 수 있었고 피해야 마땅했음을 자신의 용기와 지성, 기술로 몸소 보여준 자를 찾아내야 한다. 참패로 끝난 벡스 전투는 욕먹을 자도 없고 딱히 칭찬할 자도 없는 경우와는 거리가 멀었다. 리틀 포콘버그는 승전과 패전의 오랜 경험을 바탕으로 징벌의 가능성을 이미 감지했으며, 비참한 스위스 패잔병들이 스패니시 리즈로 돌아오고 사흘쯤 지났을 때, 돌아가는 판세를 읽고 콘 마테라치에게 전갈을 보내 피신하는 게 좋을 거라 말했다. 그리고 자신도 그 조언에 따라 해질녘 즈음 잘 알려지지 않은 어느 고갯길로 향했는데, 부사령관으로 임명되자마자 이럴 경우에 대비해 점찍어둔 곳이었다.

하지만 그 무렵 콘은 이미 체포되어 적군 앞에서 과실을 저지르고 항전에 실패한 명목으로 기소되었다. 한마디로 전투에서 이기지 못했으니 벌을 받으라는 것인데, 콘으로서는 반론의 여지가 없는 죄였다. 분노한 국왕과 국민들은 쓸데없이 시간이 가는 것을 허락하지 않았으며, 돌아오는 수요일에 하원에서 콘의 재판을 열라고 명령했다. 콘이 과도하게 비난받은 것과 마찬가지로 케일은 과도한 칭송의 대상이 되었는데, 아르테미시아 할리카르낫소스는 이에 크게 분노했다. 패잔병들을 구조하고 그들을 무사히 샬렌베르크 고갯길로 귀환시킨 영웅적 행위의 공로가 몽땅 케일에게 돌아갔기 때문이다. 전투에 꼭 필요한 용기와 기술을 보여준 유일한 군인이 여자였다는 사실을 범인凡人들은 받아들이기 어려웠을 뿐만 아니라 이해할 수도 없었다.

케일이 말했다. "나를 원망하는 건 쓸데없는 짓입니다."

"어째서?"

대답하기 어려운 물음이었다. 케일은 아르테미시아의 분노를 십분 이해했지만, 방금 공연히 지적했다시피 어쩔 수 없는 현실이었다. "징징거려봐야 소용없다고요."

"그 말 취소해!"

"알았어요. 징징거리면 세상이 달라질 거예요."

"징징대는 게 아냐. 난 칭송받을 자격이 있어."

"맞아요. 천오백 명을 구한 건 당신 덕분이에요. 그렇고말고요."

"무슨 뜻이야?"

"아무 뜻 없어요."

"아니, 있어. 무슨 말을 하고 싶은 거야?"

"좋아요. 천오백 명이 목숨을 건진 건 당신 덕분입니다. 사람들은 그 공을 나한테 돌리지만, 그건 내 몫이 아니에요. 하지만 사람들이 진짜 하려는 말은 그런 공을 세운 자라면—물론 그자는 당신이죠—리디머들을 물리쳤을 거라는 겁니다."

"내가 그러지 못했을 거란 뜻이구나."

"네."

"네가 어떻게 알아?"

"콘은 모든 일을 제대로 했습니다. 나라도 더 잘하지는 못했을 거예요."

"결국 너보다 잘할 사람은 없다는 소리네. 방금 한 말이 증거야."

"그런 말은 안 했습니다."

"할 필요 없었으니까."

"난 당신을 존경해요."

"너 자신을 존경하는 만큼은 아니지."

"너무 많은 걸 바라시네요." 케일은 빙그레 웃었다.

"난 네 속이 빤히 보여. 방금 그 말은 농담이 아냐."

"만약 그 전투를 백 번 한다면 콘은 오십 번 승리했을 겁니다. 지금 사람들은 패잔병 천오백 명을 구한 자라면—물론 당신이죠—그 전투를 승리로 이끌었을 거라고 난리입니다. 그러나 당신이 그자가 될 순 없어요. 비록 당신보다 자격이 없는 자에게 그 공이 돌아가긴 했지만."

"너 말이지?"

"네."

"똑바로 말해봐."

"그 공은 제 몫이 아닙니다. 당신 몫이죠."

아르테미시아는 잠시 말이 없었다.

그사이 새로운 죄가 콘의 죄목에 추가되었다. 소심한 겁쟁이처럼 비열하게 자기 목숨을 부지하려고 글레인 다리에 불을 질러 아군 수천 명이 리디머들의 손에 죽게 했다는 것이었다. 이는 콘에게 쏟아진 비난 중 가장 치명적이었다. 또한 가장 부당한 비난이었다. 콘은 그 다리 주변 5마일 이내에 있지도 않았고, 따라서 불을 놓을 수 없었다. 설령 진짜 그랬다 해도 불가피한 행위였을 것이다. 왼쪽 강기슭에서 살해된 패잔병들이 다리를 건너 살아남았다 한들, 바로 뒤에서 쫓아온 리디머들에게 금세 몰살당했을 것이기 때문이다. 이미 오른쪽 강기슭으로 건너간 자들은 누군가 다리를 불태우는 어려운 결정을 내린 덕에 살아남았다. 실제로 그 다리에 불을 놓은 사람은 버려진 투구를 쓰고 변장한 토머스 케일이었다.

알로이스 허틀러의 제5제국이 강대국으로 부상한 배경을 철저히 파헤친 역사서는 아마도 없을 것이다. 교육 수준이 낮고 지능도 떨어지며, 자기 나라가 세계를 지배할 운명이라는 허황되고 망상이 가득한 연설 말고는 딱히 재능이 없는 남자가 인류 역사상 처음으로 그 목적 달성에 근접할 수 있었던 까닭은 설명이 불가능하다. 공격적인 구걸 행위로 옥살이를 하던 사내가 어떻게 수백만 명이 사는 거대한 영토를 다스리는 권력자가 되어 인류사에 유례가 없을 정도로 세계를 파멸로 이끌었는지 아무도 모른다. 자신이 기술하는 사건에 대해 설명할 수 없다고 결론짓는 책을 쓸 역사학자는 없다. 알로이스의 경우는 설명이 불가능하다. 그런 일이 있었다는 사실 말고는 아무것도 밝혀낼 수가 없다. 벡스에서의 참사 이후 한 주가 지날 무렵 광기에 사로잡힌 소년 토머스 케일이 스위스 연합군에서 두번째로 중요한 사령관이 된 경위를 납득할 수 있게 설명하는 편이 훨씬 쉽다.

새로운 영웅으로 부상한 케일은 리디머들이 후방에서 스위스를 봉쇄하고 본대가 미시시피강만 건너면 단숨에 스패니시 리즈를 붕괴시킬 상황에 대처할 방안을 논의하는 토론회에 초대받았다. 지금 스위스에는 리디머들을 막을 군대가 남아 있지 않고, 설령 있다 해도 생존자 중에 군인들을 지휘할 사람이 없었다. 상당수의 발언자들이 자기는 그렇게 황당한 방식으로 리디머들을 공격하는 데 찬성한 적이 없다며 분노의 열변을 토했지만, 이들의 주장을 뒷받침할 확실한 증거는 없었다. 유일하게 이번 작전을 한사코 반대했던 아르테미시아는 언급되지 않았는데, 그녀가 다시 토론에 참석하는 것은 아무 소란 없이 용인되었다.

토론회에 참석하기 전 비폰드가 케일과 아르테미시아에게 주의를 주었다.

"회의장에서 무슨 이야기를 하게 되든, '제가 전에도 말씀드렸다시피'라는 말은 하지 마요. 알겠죠?"

"왜 안 되죠?" 아르테미시아가 따졌다.

케일이 비폰드에게 대신 말했다. "이 사람은 그런 말 안 할 겁니다."

"할 거야."

케일은 그녀를 보며 다시 말했다. "안 할 거예요."

이는 명령이 아니었으며, 심지어 요구도 아니었다. 사실 그게 무엇인지 표현하기는 어려웠다. 어쩌면 불가피한 사실의 전개였을 수도 있다. 아르테미시아는 한숨을 쉬고는 조금 부루퉁하게 충고를 받아들였다.

회의장에서 케일은 한동안 아무 말도 하지 않았다. 그사이 참석자들은 서로를 비난하며 손을 덜덜 떨었고, 결국 방안에 있던 사람 모두가 의기소침해졌다. 곧 여기저기서 탄식이 흘러나왔다.

"저들이 오려면 얼마나 걸리겠나?" 조그 왕의 질문에 연합군 최고 사령관이 침울하게 대답했다.

"미시시피강을 건너는 데 필요한 선박들을 여름 내내 건조할 것입니다. 홍수가 잦은 가을에는 도강하기 어렵고, 강물이 어는 겨울은 더욱 위험합니다. 내년 늦봄에나 올 것 같습니다."

왕이 다시 물었다. "칠 개월 안에 군대를 다시 양성해 저들의 도강을 막을 수 있겠나?"

케일이 줄곧 기다려온 질문, 혹은 질문 비슷한 것이었다.

"아뇨, 불가능합니다, 전하." 케일이 일어서며 말했다. 앙상하고 창백한 몰골에 우아한 검은색 수단(오랜 세월 입어서 편한 옷으로, 재단사가 매우 부드러운 서트지 모직으로 더 우아하게 마름질을 해서 만들어주었다) 차림의 케일은 동화 속에서 똘똘한 아이들을 겁주는 존재처럼 보였다. 왕이 언짢은 표정으로 손을 제치자, 옆에서 신하가 케일이 누구인지와 현재 영웅으로 칭송받는 까닭을 소곤소곤 설명해주었다.

"듣자하니 자네는 리디머였다던데."

케일이 대답했다. "그들이 저를 리디머로 키웠습니다. 하지만 저는 한 번도 리디머였던 적이 없습니다." 신하가 또 왕의 귀에 속삭였다.

"자네가 리디머 군대를 지휘했다는 게 사실인가?"

"네."

"그래 보이지 않는군. 자넨 너무 젊어."

"저는 매우 뛰어난 존재입니다, 전하."

"그런가?"

"네. 저는 포크 부족을 파멸시켰고, 그후에는 샤르트르로 돌아가 골란고원에서 라코니아 용병단을 괴멸했습니다. 벡스 전투 이전에도 저에게 필적할 자는 없었습니다. 이제 남은 사람은 저뿐이고요."

"굉장히 으스대는군."

"으스대는 게 아닙니다, 전하. 사실을 말씀드리는 것뿐입니다."

"자네가 미시시피강에서 리디머들을 막아낼 수 있다는 말인가?"

"아뇨. 그건 불가능합니다. 군대가 있을 때도 못 막았는데, 지금은 군대조차 없는 상황이니까요."

이 말에 야유와 고성이 터져나왔고, 다들 수런거렸다. 스위스와 동맹국들이 조국 수호에 나설 병사 수천 명을 모을 거라는 둥, 적에게 땅은 빼앗길지언정 자유는 절대 빼앗기지 않겠다는 둥, 다 함께 숲과 들과 거리에서 적과 싸우겠다는 둥, 결코 항복하지 않겠다는 둥. 불과 일주일 만에 훨씬 멀쩡한 사람이 된 조그 왕은 그만하라고 모두에게 손짓했다.

"우리가 질 수밖에 없다는 말인가?"

"이길 수 있다는 말입니다."

"군대도 없이?"

"제가 새로운 군대를 드리겠습니다."

"아주 훌륭한 젊은이군."

"훌륭하고 아니고는 전혀 상관없습니다."

"어떻게 군대를 제공한다는 건가?"

"내일 저를 따로 만나주시면 보여드리겠습니다, 전하."

무릇 사기를 치려면 상대의 믿음을 얻기 전에 자신의 믿음을 보여줘야 하는 법. 현재 상황은 아주 단순했다. 완전히 길을 잃은 그들에게 다시 길을 보여주겠노라 주장하는 자가 나타난 것이다. 믿기 어려운 그의 말이 오히려 왕의 마음을 샀다. 믿을 수 없을 정도로 이상한 것만이 그들을 구원해줄 수 있는 상황이었다.

*

벡스에서 리디머 군대는 자신들이 죽인 병사 삼만 명을 땅에 묻는 소름 끼치는 일을 했다. 일주일이 지난 지금, 전투 직후 몰아친 강추위는 이 지역 날씨가 종종 그렇듯 이틀 만에 온기의 마법에 굴복했다. 가장 지독한 악취를 풍기는 시신은 전투용 도끼에 얻어맞아 내상으로 죽은 자들이었다. 몸속에 고인 피가 썩었기 때문인데, 리디머들이 주검을 옮기자 코와 입에서 피가 쏟아져나왔다. 이윽고 날이 더욱 따뜻해지고 시신이 커다랗게 부풀기 시작하자, 값싼 갑옷의 리벳들이 터지면서 픽! 하고 엄청난 소리가 났다. 이윽고 시신들이 퍼렇게 변하더니 곧이어 시커메졌고, 살갗이 벗겨졌다. 그것들을 불태운 자들은 악취가 숨구멍에서 영영 빠지지 않을까봐 두려워했다.

나쁜 일도 좋은 일도 처음 그대로 변치 않는 경우는 드물다. 리디머들이 벡스에서 거둔 대승이 바로 그러했다. 리디머 길 장군은 신앙 포교청이 리디머 병사들의 용기와 힘, 희생을 칭찬하면서 동시에 주님이 보증한 필연적 승리였다고 주장하는 모순된 행위를 해내는 기교에 감탄했다. 그가 벡스 전투에 참여한 여러 부하들에게 듣기로 이번 전투는 아슬아슬한 대접전이었다. 나쁜 소식은 소수의 리디머들이 케일을 봤다는 것인데, 길이 이 소식을 뒤늦게 들은 탓에 소문이 퍼지는 것을 미처 차단하지 못했다.

"자네가 본 대로 정확히 말해봐. 하나도 보태지 말고. 알겠나?"

"네, 장군님."

길은 숲에서 케일과 맞닥뜨린 저격수들을 차례차례 만나보기로 했는데, 첫번째로 만난 자는 그들을 이끌었던 하사였다.

"계속해."

"그분은 키가 7피트나 되었고, 얼굴이 눈부시게 빛났습니다. 머리 주위로 불처럼 새빨간 후광이 어른거렸고, 그분 곁에는 목 매달린 리디머의 어머니가 온통 파란 옷차림으로 계셨습니다. 그녀의 이마에는 일곱 개의 별이 있었으며, 우리의 영예로운 죽음을 애통해하는 눈물을 흘리고 계셨습니다. 그리고 천사 둘이 불화살을 들고 있었습니다."

"그들에게도 후광이 있었나?"

"그건 아닙니다, 장군님."

삼십 분 동안 길은 하사에게서 납득이 될 만한 정보를 얻으려 노력했지만, 혐오나 의심도 없이 케일의 키가 7피트나 되며 얼굴에서 빛이 난다고 믿는 자가 도움이 될 리 없었다. 저격수 두 명을 더 심문했지만, 그들의 이야기는 훨씬 더 허무맹랑해서 결국 포기했다.

이제 길은 두 가지 질문에 맞닥뜨렸다. 이것은 거룩한 환희의 과

잉에 불과할까, 아니면 그들이 정말로 케일을 봤을까? 만약 그렇다면 그건 무엇을 의미하는 걸까? 어째서 케일이 전장에서 부대를 이끌지 않고 숲속에 숨어 있었을까? 트레버 이인조가 살해당한 뒤 케일이 어떻게 되었는지는 더욱 미궁에 빠졌다. 길은 케일이 부상의 여파로 죽었길 기대했다. 트레버 이인조가 죽기 전 케일에게 적어도 한 방은 날리지 않았겠는가? 그자들은 가장 뛰어난 암살자로 유명했으며, 당시 케일은 환자였다. 어쩌면 케일이 죽었을 수도 있는데, 그게 사실이라면 전장에 케일이 나타났다는 이야기는 한층 우려스러웠다. 아닌가? 살아 있지만 힘은 없는 케일이 나을까, 아니면 7피트 키에 후광이 빛나며 신심 깊지만 경솔한 자들 사이에 어떤 재앙을 불러올지 모를 존재가 나을까? 하나의 참된 믿음에 영적으로 깊은 신앙심을 가진 사내답지 않게 유난히 회의적인 생각 같지만, 사실 길은 나이가 지긋해지면서 변하고 있었다. 그는 직접 경험하지 못한 일이나 사람들에 대한 기적과 환상을 의심 없이 받아들이는 사내였다. 하지만 현실에서 겪은 케일과의 개인적인 일들과 점점 더 황당무계해지는 케일 이야기가 자꾸 목에 걸렸다. 길은 케일이 냄새나는 꼬마일 때부터 알았고, 보스코의 지시 아래 날마다 케일을 훈련했으며, 케일이 머리를 다쳐 그 누구도 범접할 수 없는 기묘한 재능이 생기기 전에는 싸움 후 무서워 오줌을 지리는 모습을 자주 보았다. 보스코는 케일의 재능이 주님의 뜻이라고 말했다. 하지만 길은 케일이 세상의 종말을 가져올 존재로 주님께 선택받은 존재라는 사실을 받아들이기가 너무 버거웠다. 그의 마음속에서 케일은 마음에 들지 않는 녀석일 뿐이었다. 길이 깨닫지 못한 것, 혹은 깨닫기 싫은 것은 이런 현실주의가 그의 신앙을 좀먹고 있다는 사실이었다. 케일을 믿지 않는 것은 보스코를 믿지 않는 것이었다. 보스코를 믿지 않는 것은 세계 종말의 필요성을 믿지 않는 것이었다. 이를 인정하는 것은 세계 종말이라는 과업에서 자신이 중심적 위치에 있다는 사실을 의심하는 것이었다. 그러지 않는 편이 나았다. 하지만 그렇게 마음먹어도 자꾸만 생각이 났다.

더 시급한 문제는 보스코에게 뭐라고 말하느냐 하는 것이었다. 이 기적 같은 허튼소리를 들려주면 십중팔구 보스코는 고무될 터였다. 말하지 않았다가 소문이 전해지면 말썽이 생길 터였다. 그런 위험을 감수하지 않기로 마음먹은 길은 몇 시간 뒤 보스코 교황 앞에서 토머스 케일의 기묘한 출현에 관한 보고를 갈무리했다.

"자네는 그들의 이야기를 믿나?" 길의 이야기가 끝나자 보스코가 물었다. 대답하기 까다로운 질문이었다. 진지하고 의심 어린 태도로 애매하게 말하면, 보스코에게서 그가 원하는 반응을 이끌어낼 수 있을지도 모른다. 하지만 길은 이것이 시험이라고 판단했고, 그 생각은 옳았다. 그러나 보스코가 듣고 싶어하는 이야기를 들려주는 것도 문제였다. 너무 열정적으로 떠들면 오히려 의심을 살 터였다. 길은 보스코가 그에게 조금이라도 더 냉랭해질 경우 무슨 일이 벌어질지 두려웠다.

"저의 이성적 판단에 따르면, 성하, 케일의 키가 1피트나 자랐을 리 만무하고 얼굴에서 성스러운 빛이 날 리도 없습니다. 하지만 그들이 케일을 봤다는 말은 믿습니다. 문제는 그 녀석이 거기서 무엇을 하고 있었냐는 것이죠."

보스코는 길을 빤히 처다보았다. 그도 둘 사이의 옛 신뢰가 회복되기를 바라고 있었다. 약속된 종말을 이룩하고자 홀로 서는 것은 외롭고 이상한 일이었다.

"그 목적이 뭔지는 모르겠으나, 케일은 주님의 일을 행하는 거라네. 녀석이 그걸 알건 모르건 간에. 하지만 주님의 은총으로 키가 훌쩍 커졌거나 신실한 자들 앞에서 얼굴이 빛나지는 않았더라도, 케일은 우리에게 신호를 보낸 걸세. 우리는 당장 아른헴란트를 공격해야 해. 자네가 제안한 대로 일 년을 더 기다릴 것이 아니라 말일세. 그리고 서부로 더 빨리 병력을 보내야 해."

이튿날 케일은 조그 왕을 따로 만나러 갔지만, 케일이 예상하거나 기대했던 둘만의 사적인 만남은 아니었다. 사실 조그 왕은 수백 명과 함께 공동 숙소에서 자란 케일 못지않게 사적인 자리에 익숙하지 않았다. 혼자 있는 것은 리디머들에게 죄악이었는데, 그 의도나 목적이 무엇이든 조그 왕도 다를 바 없었는지 모른다. 케일과 달리 그는 신경쓰지 않는 눈치였고, 심지어 곁에 누가 있다는 걸 알아차리지도 못하는 듯했다. 변기 관리자를 특별히 지명하여 상당한 권력을 주고 날마다 변을 검사하게 하는 군주에게는 뜻밖의 일이 아닐 수도 있었다.

"일개 젊은이한테 우리 군대를 맡길 것 같나?"

보스 이카르드의 질문에 케일이 대답했다. "아뇨. 그럴 필요 없습니다. 당신들이 알아서 하세요. 저는 신형군新型軍을 만들 생각입니다."

"무슨 수로? 병사가 없는데."

"아뇨, 있습니다."

"어디?"

"캄파지노들 말입니다."

모두가 놀랐고, 몇몇은 웃었다.

왕이 대꾸했다. "물론 우리의 농부들은 세상의 소금이지. 하지만 그들은 병사가 아니야."

"그걸 어떻게 아십니까, 전하?"

보스 이카르드가 나섰다. "무례하구나. 말조심해라. 하지만 공교롭게도 그런 생각을 한 자는 네가 처음이 아니다. 이십 년 전 벡스타인 백작이 촌부와 시골뜨기들을 모아 군대를 만들고 스페인 팔랑헤 무리와의 전쟁에 나섰지. 첫 주에 용케 달아난 탈주자 한둘을 제외하면 전부 몰살당했지만."

"상관없습니다."

"우린 상관있어. 소용없는 짓이야."

"아뇨, 그렇지 않습니다. 제가 보여드리죠."

곧이어 케일은 자신의 계획과 작전을 설명하기 시작했다.

한 시간 뒤, 케일은 설명을 마치고 말했다. "현실의 문제는 간단합니다. 다른 길이 없다는 거죠. 만약 제가 실패하면, 리디머들이 광장에서 저를 불태우는 광경을 즐겁게 지켜볼 수 있을 겁니다. 스위스 총리인 당신 먼저 불태우지 않는다면 말입니다."

케일은 왕을 보며 한마디 덧붙였다. "제게 필요한 건 돈뿐입니다."

그들에게 병사는 없을지 몰라도 돈은 산더미처럼 쌓여 있었다. 벡스에서의 학살 이후 항복을 고려하는 자는 한 명도 없었으며, 심지어 보스 이카르드도 마찬가지였다. 리디머들은 적의 항복을 순순히 받아줄 무리가 아니었다. 케일의 말이 옳았다. 다른 길은 없었다.

"칠 개월 만에 그 일을 할 수 있다는 거냐? 아주 자신만만해 보이는구나."

"말씀드렸다시피, 전하, 저는 뛰어난 존재입니다."

실제로 케일은 그렇게 자신만만하지는 않았지만, 이카르드의 눈에 비친 것처럼 절박하지도 않았다. 케일은 열 살 때부터(생일을 정확히 모르니, 아홉 살 때였을 수도 있다) 신형군 육성을 연구했다. 그후로 짬이 날 때마다, 가끔은 일주일에 한 번이나 한 달에 한 번 주변에 사는 농부들의 작업 습관과 그들이 즐겨 쓰는 다양한 도구를 비롯해 더퍼스 드리프트 전투에서 포크족이 사용한 망치와 쇠도리깨, 날을 세운 소형 삽에 대해 기록하거나 그림을 그렸다. 심지어 수녀원에서 케빈 미트야드에게 괴롭힘을 당하며 최악의 시절을 보내는 동안에도 들에서 농부들이 낫과 괭이로 탈곡하고 수확하는 모습을 지켜보면서, 그들을 데리고 그들의 생활 방식을 이용해 무엇을 할 수 있을지 궁리했다. 무엇을 할지 명확해진 뒤에는 그것이 통하거나 통하지 않을 때 어떻게 할지 고민했다. 하지만 지금은 도망칠 계획을 꾸밀 기회이기도 했다. 아마도 최대한 현금을 많이 싸들고 고갯길을 넘어 달아나는 계획이 될 터였다.

조그 왕은 사람보다 글을 잘 쓰는 원숭이나 우아하게 춤추는 특이한 개를 보듯 케일에게 호기심을 느꼈다. 그가 보기에 케일은 매우 이례적인 존재였지만, 불가사의하고 기이한 변종 이상으로는 보이지 않았다.

"라코니아 용병단을 어떻게 전멸시켰는지 더 이야기해보게나, 젊은이. 하나도 빠짐없이…… 전부…… 자초지종을 자세히 말해주게."

케일은 속으로 '차라리 폭풍이 어떻게 생겨나느냐고 물어보지 그래' 하고 투덜거렸다. 물론 이야기해주려 했지만, 갑자기 보스 이카르드가 끼어들었다.

"죄송합니다만 전하, 한자동맹 대사와의 중요한 회담 약속이 있습니다."

"이런. 그럼 다음에 들어야겠군. 아주 흥미로운 만남이었네." 왕이 케일에게 이렇게 말하고는 밖으로 나갔다. 케일도 약속이 있었다. 다음날 콘 마테라치 재판의 증인으로 나서야 했다. 스위스 전체의 이목이 오후 내내 그 재판에 쏠려 있었다. 그 약속은 케일이 하게 될 증언을 확실히 하려는 것이었다.

"자네는 인류 역사상 가장 악명 높은 반역자야!"

몰스 대법원에는 사백 명이 편안히 앉을 수 있는 좌석이 삼면에 층층이 배열되어 있었다. 오늘 이곳에는 팔백 명이 들어찼으며, 밖에서는 수천 명이 판결 소식을 기다리고 있었다. 넷째 면에 위치한 판사석을 차지한 포펌 판사는 올바른 판결을 내릴 것으로 기대되는 법관이었다. 그 옆, 한쪽으로 조금 치우친 피고석에서 담담한 표정의 콘 마테라치가 방금 자신에게 호통을 친 검사 에드워드 코크 경을 멸시의 눈으로 노려보며 대꾸했다.

"멋대로 말씀하십시오, 에드워드 경. 하지만 증명할 수는 없을 겁니다."

"맙소사. 증명하고말고!" 코크는 성질 고약하고 호전적인 목 짧은 황소처럼 씩씩댔다.

포펌 판사가 콘에게 물었다. "피고는 자신의 유무죄를 어떻게 생각하나?"

"무죄입니다."

코크가 소리쳤다. "허! 자네처럼 명백한 반역자는 이제껏 없었어!"

콘은 말파리를 쫓기라도 하듯 한 손을 살짝 흔들었다.

"이런 식으로 저를 모욕하는 것은 신사답지 못한 행동입니다. 하지만 저한테 무례하게 구는 까닭은 이해합니다. 당신이 할 수 있는 건 그것뿐이니까요."

"보아하니 나 때문에 화가 났군."

"전혀요. 내가 화날 이유가 있겠습니까? 지금껏 들은 이야기 중 증명할 수 있는 게 하나도 없는데."

"포콘버그가 산 너머로 달아난 것은 벡스에서 우리를 배신했기 때문이 아닌가? 또한 그 비열한 반역자는 국왕을 시해하고 그 자녀들까지 죽일 계획도 세우지 않았나?" 코크는 어처구니가 없다는 듯 요란하게 코웃음을 치고 덧붙였다. "누구도 괴롭힌 적 없는 가엾은 아기들을."

"포콘버그가 반역자인 것이 저랑 무슨 상관입니까?"

"그자가 한 짓은 전부 자네가 교사한 거니까, 이 독사 같은 놈!"

이 말에 방청객들이 엄청나게 들끓으며 고성을 질러댔다. 반역자! 살인마! 인정해! 인정해! 인정해! 실토해라! 불쌍한 아기들! 딱하기도 하지! 포펌 판사는 이 야단법석을 잠시 방관했다. 그는 검사가 원하는 대로 영락한 참회자 노릇 하기를 거부하면 좋을 게 없다는 점을 콘이 깨닫기를 바랐다. 마침내 그가 좌중에게 말했다. "법정에서는 정숙하시오." 뇌물로 콘을 회유해 순순히 따르게 하기는 어려웠다. 포펌도 잘 알다시피, 희생양을 만들려면 그것은 자신이 무슨 말을 해도 혹은 하지 않아도 희생될 거란 사실을 이해해야만 했다.

이제 분노로 얼굴이 시뻘게진 코크가 종이 한 장을 허공에 흔들었다. "이것은 반역자 포콘버그의 집에 있는 비밀 서랍에서 발견한 서신입니다. 여기 똑똑히 적혀 있기를, 사악한 보스코 교황이 일부러 전투에 패한 콘 마테라치에게 60만 달러를 주고 그를 도운 포콘버그에게는 20만 달러를 주기로 했답니다." 그는 종이를 한번 더 흔든 다음, 얼굴에 바짝 대고 읽기 시작했다. 마치 누가 똥 닦을 때 썼던 휴지인 양 오만상을 썼다. "이렇게 적혀 있습니다. '콘 마테라치는 결코 나를 실망시키지 않으리라.'" 그러고는 법원 서기에게 말했다. "방금 구절을 다시 읽어주시오." 놀란 서기의 얼굴이 새빨개졌다. 코크가 호통을 쳤다. "제기랄, 어서 읽으라고!"

"'콘 마테라치는 결코 나를 실망시키지 않으리라.'"

코크는 법정 안을 둘러보며 음험하고 의기양양하게 고개를 주억거렸다. 방청객들이 함성을 질렀다. 수치스럽다! 수치스럽다! 반역자!

소음을 뚫고 콘이 외쳤다. "그러니까 그 서신이…… 저의 유죄를 입증할 유일한 증거입니까? 의심할 줄 아는 사람이라면 에드워드 경이 그 허튼소리를 술술 읊는 것을 보고 본인이 직접 쓴 글이 아닐까 생각할 겁니다."

"정말 불쾌한 친구로군. 내 언변으로는 자네의 독사 같은 반역을 표현할 길이 없어."

"언변에 문제가 있으시군요, 에드워드 경. 반역이라는 말을 벌써 여섯 번이나 하셨으니."

분노에 사로잡힌 코크는 경련하듯 눈을 부라리며 노려보았다.

"자네는 스위스인들이 가장 증오하는 인간이야!"

"영광이군요. 하지만 그 점에서 당신과 저의 차이는 모기 날개 한 짝만큼도 안 됩니다." 코크를 잘 알기에 그를 혐오하는 사람들이 법정 한쪽에서 웃음을 터뜨렸다.

"포콘버그가 반역자인지에 대해 저는 아는 바가 없습니다." (물론 콘은 그가 반역자가 아님을 알고 있었다.) "국왕 전하와 각료들께서 그를 신뢰해 저의 부관으로 임명하셨듯이 저는 그를 신뢰했습니다."

"자네는 인류 역사상 가장 악랄한 반역자야."

"같은 말만 되풀이하시는군요, 에드워드 경. 대체 증거는 어디 있습니까? 법적으로 반역이 성립하려면 증인이 최소 두 명은 필요합니다. 하지만 지금은 한 명도 없습니다."

코크는 기분 나쁜 함박웃음을 지었다. 흡사 두꺼비가 웃는 것 같았다.

"법전을 읽었나보군, 콘 마테라치. 하지만 하나만 알고 둘은 모르는 거야."

포펌 판사가 목청을 가다듬었다. "피고가 언급한, 반역 재판에 증인이 두 명 이상 필요하다는 법규는 불필요한 요건으로 간주되어, 월요일에 새로운 법이 통과되면 폐기될 것이오."

비난하는 자들에게 응수하는 재미에 빠진 콘은 판결이란 늘 정해져 있다는 사실을 망각했다. 이제 기억이 났지만, 그래도 몹시 당황할 수밖에 없었다.

콘은 나직이 중얼거렸다. "댁들은 법을 멋대로 이해하는군요."

코크가 오만하고 의기양양하게 대꾸했다. "우리는 법을 이해하지 않아, 콘 마테라치. 법을 아는 거지."

이후 두 시간 동안 온갖 거짓말쟁이와 위조꾼, 발명가, 배우, 사기꾼들이 증언대에 서서 전투가 벌어지기 전의 반역적 언행과 전투에 사용된 반역적 전술을 증언했는데, 이는 콘이 의도적으로 전투에 패했다는 명명백백한 증거였다. 코크가 힘주어 말했다. "이런 사례는 지금껏 본 적이 없으며, 결코 다시 일어나서는 안 됩니다."

마지막 한 시간 동안은 두번째 죄목을 다루었다. 콘이 자기 목숨을 구하려고 글레인 다리에 불을 놓아 병사 수천 명을 죽였다는 혐의였다. 소환된 증인 여섯 명은 투구를 쓰지 않은 콘이 다리에 불을 지르는 모습을 봤다고 맹세했다. 일곱번째 증인은 토머스 케일이었다. 최근에 영웅으로 떠오른 그의 증언은 특히 중요했다. 그리고 케일로서는 전장에서 콘이 어떤 모습을 보였는지 진술하고 결국 콘이 다리에 불을 놓았다고 증언하는 것이 필수였다. 신형군 창설에 자금 대기를 여전히 머뭇거리는 자들을 설득하려면 자신이 얼마나 스위스의 이익에 헌신하는지 보여줘야 했다.

"성명을 밝히시오."

"토머스 케일."

"이 성서에 오른손을 얹고 내 말을 복창하시오. '지금부터 내가 말하려는 것은 진실이며, 나는 온전한 진실만을 말할 것을 맹세합니다.'"

"맞습니다."

"말하시오."

"뭐라고요?"

"내가 한 말을 복창하시오." 잠시 침묵이 흘렀다.

"지금부터 내가 말하려는 것은 진실이며, 나는 온전한 진실만을 말할 것을 맹세합니다."

"그러니 주여, 저를 도우소서."

"그러니 주여, 저를 도우소서."

잘 들리지도 않을 만큼 나직한 목소리였다.

전날 연습한 대로 코크가 질문하면 케일은 대답했다. 흡사 조련사와 재주부리는 곰이 공을 주거니 받거니 하는 것 같았다. 미리 준비한 질문과 대답이 보여주려는 것은 하나였다. 즉 토머스 케일은 비록 나이는 젊지만 전투 경험이 풍부하고 리디머들의 전술에 능통하다는 것이었다. 또한 콘 마테라치에게 비참하게 배신당한 천오백 명의 스위스 병사들과 고귀한 동맹군 병사들을 구해낸 영웅적이고 노련한 작전을 상세히 진술해달라는 요청도 받았다.

"전투가 한창이던 시점에 근처 숲에서 나무에 올라가 전장을 지켜봤습니까?"

"네."

"전투가 완벽하게 보였습니까?"

"완벽하게인지는 모르겠지만, 굉장히 잘 보인 건 맞습니다."

코크가 케일을 노려보았다. 약속한 대답과 조금 달랐기 때문이다.

"증인처럼 경험 많은 사람이 어째서 직접 참전하지 않았습니까?"

"허락받지 못했습니다."

"피고가 못하게 했습니까?"

"모르겠습니다."

코크가 또 케일을 노려보았다. 이번에도 곰은 배운 대로 공을 되던지지 않았다.

코크는 케일에게 더 잘할 기회를 주었다. "해리 보챔프 경이 콘 마테라치의 지시로 증인에게 전투에 참여하지 말라고 했으며, 이를 위반하면 사형에 처한다고 하지 않았습니까?"

"네, 전장에 얼씬대지 말라고 했습니다. 죽음을 감수하기 싫으면. 하지만 지시자의 이름은 언급하지 않았습니다."

"하지만 증인은 콘이 지시했다고 이해했죠?"

이는 지나친 발언이었으며, 판사조차 그렇게 느꼈다. 형식을 비틀 수는 있어도 아예 깨뜨려서는 곤란했다.

"에드워드 경, 검사로서의 의무에 대한 열정과 피고의 범죄에 대한 증오심은 이해하는 바이나, 증인이 항간의 소문을 되풀이하도록 유도해서는 안 됩니다. 더구나 있지도 않은 소문이라면 말이죠."

코크는 자신에게 말하는 사람 쪽으로 온몸을 돌리는 버릇 때문에 정말로 목이 없는 것처럼 보였다. 마치 조각상이 움직이듯 섬뜩한 느낌이었다. 유심히 관찰한 사람이라면 그의 오른쪽 관자놀이 근육이 살짝 씰룩거린 것을 눈치챘을 것이다. 법정 뒤편에서 지켜보던 후크는 속으로 중얼거렸다. 저자가 폭탄이라면 곧 폭발하겠는걸.

"법정 앞에 사과드립니다." 코크는 여전히 관자놀이 근육을 씰룩이며 다시 케일을 돌아보았다.

"실버리힐 전투에서 증인이 피고의 목숨을 구한 것이 사실입니까?"

"네."

"증인이 피고에게 악의가 없음을 보여주는 명백한 증거입니다,

배심원 여러분. 그렇지 않습니까, 증인?"

"잘 모르겠습니다."

"그래요?"

"네."

이제 코크의 왼쪽 관자놀이도 씰룩이기 시작했다.

"증인은 피고에게 악의가 있습니까?"

"아뇨."

"피고를 구할 때 증인도 죽음의 위험을 무릅썼습니까?"

"네."

"이 용맹스럽기 그지없는 행동에 피고가 고마움을 표한 적이 있습니까?"

"솔직히 기억나지 않습니다."

"그래서 화가 납니까?"

"아뇨."

"어째서요? 보통 사람이라면 그런 고약한 배은망덕함에 분개할 텐데요."

"왕자는 고마움을 모른다는 속담도 있지 않습니까?"

"이 나라에서 고마움을 모르는 왕자는 본 적이 없습니다. 하지만 콘 마테라치라면 그럴 수도 있겠죠."

"그래서 제가 화나지 않은 겁니다. 기대하지 않았으니까요."

법정에 들어선 이후 처음으로 케일이 콘을 똑바로 쳐다보았다. 둘 사이에 묘한 기류가 흘렀다.

코크가 다시 물었다. "증인의 독특한 관점에서 전황을 어떻게 평가했는지 말해주겠습니까?"

"나무 위에서 본 것 말입니까, 제 경험에 비추어서 말입니까?"

"둘 다입니다. 둘 다."

"전투가 시작되고 족히 세 시간은 지난 때였습니다. 아마 더 되었겠죠. 승패를 판가름하기 어려운 상황이었습니다."

"전장에서 피고의 모습이 보였습니까?"

"한동안은요. 하지만 거리가 멀었습니다."

"그러니까 증인은……" 코크가 배심원단 쪽을 돌아보며 말을 이었다. "자신의 오랜 경험을 바탕으로 이번 참패의 지휘관인 피고를 평가했습니까?"

케일이 잠시 생각하는 동안 정적이 흘렀다.

"네."

코크의 이마에서 근육이 씰룩거림을 멈췄다.

"그렇게 숙고하여 어떤 결론을 내렸습니까?"

증인 선서의 맹세를 지키려면―물론 그럴 마음은 조금도 없었지만―케일은 콘이 개인적으로나 전술적으로나 놀라운 용기를 보여줬다고 말해야 했다. 자신도 콘보다 더 잘할 수는 없었을 거라고, 심지어 그만큼 하기도 어려웠을 거라고 말이다. 물론 애초에 전투를 시작하지 않았을 거라는 말을 덧붙였을지도 모른다. 하지만 그런 말을 듣고 싶은 사람은 없었다. 단순한 진실―꾸밈없는 온전한 진실이 아니라 현실이 요구하는 진실―은 콘은 죽은 목숨이라는 것이었다. 콘을 두둔하는 것은 정직한 행위일지는 몰라도 부질없고 무익한 짓이었다.

케일은 진심으로 자신만이 보스코를 막을 수 있다고 믿었으며, 신형군 없이는 아마도 자신을 포함해 이 도시의 모든 인간이 열두 달 안에 죽을 거라고 믿었다. 콘을 두둔하는 것은 부질없고 무익할 뿐만 아니라 그릇된 짓이었다. 따라서 어물쩍대다가는 일을 그르칠 수도 있는 마당에 곧바로 거짓말을 하지 못한 까닭을 설명하기는 쉽지 않다. 케일은 자신이 어리석게 굴고 있음을 깨달았다. 생각할 시간이 몇 분만 주어졌다면, 아무리 벡스에서 눈부시게 싸웠다 해도 콘 마테라치 같은 형편없는 자식의 목숨을 구하려고 수백만 명의 생명을 위태롭게 하는 것은 악랄하고 사악하고 그릇된 짓임을 스스로에게 일깨웠을 것이다. 무엇보다 토머스 케일 자신에게 해로운 일이었다.

"콘의 행위는 정당했습니다. 그런 전투, 그런 여건이라면 어떤 지휘관이라도 그렇게 했을 겁니다. 물론 다른 전술을 구사할 수도 있었겠지요."

"더 효과적인 전술 말입니까?"

"더 효과적이라고요?"

"네. 피고가 싸울 방법을 다르게 선택했다면 전투에서 승리할 수도 있었을 거란 말이죠?"

침묵이 흘렀다.

"음, 네."

포펌 판사가 끼어들었다. "증인, 우리는 지금 이 문제의 핵심에 다다랐습니다. 만약 피고가 달리 행동했다면 패배를 피하고 승리를 쟁취했을 거라는 말입니까?"

케일은 안도했다. "그건 장담할 수 있습니다. 네. 다르게 행동했다면 전투에서 이길 수도 있었을 겁니다."

"제가 바라는 것은……" 코크가 바라는 것은 전날 합의한 대로 콘이 일부러 전투에서 패했다고 케일이 분명하게 단언하는 것이었다. 포펌 판사는 증인석의 젊은이가 무슨 이유에서인지 마음을 바꿨다는 걸 눈치챘으며, 콘이 유죄라는 단언을 끌어내려고 코크 검사가 무리하게 상황을 몰고 가고 있다고 판단했다. 콘이 의도적으로 패했으며 개인적으로 다리에 불을 질렀다고 진술할 다른 증인은 많았다. 어차피 달리지 않을 말을 쫴칠 필요는 없었다.

"우리가 증인을 너무 오래 붙들고 있는 것 같군요."

"하나만 더 묻겠습니다." 코크가 또 관자놀이 근육을 씰룩이며 발언 기회를 요청하더니, 판사가 기각하기도 전에 케일에게 물었다. "증인은 콘 마테라치가 가르강의 다리에 불을 지르는 광경을 목격했습니까?"

"아뇨. 저는 그 근처에 없었습니다."

22

앵프레뷔강의 기슭을 따라 늘어선 거대한 떡갈나무들 중 한 그루가 쓰러져 강에 처박혔다. 몇 달 전 다리에서 떨어진 돌덩이들이 만들어낸 물살에 쓸려 뿌리가 드러났기 때문이다. 이로 인해 배가 다니기 어려워지자, 이 지역 군수는 쓰러진 나무의 가지를 제거해 강둑과 나란해지도록 나무를 끌어당기라고 지시했다. 운이 따랐는지 수면 위로 드러난 가지들을 베어내자마자 산에 내린 비 때문에 밀려 내려온 물에 나무가 뒤집혀 반대쪽 가지들도 칠 수 있게 되었다. 불행히도 작업이 거의 끝날 즈음 또 밀려온 물에 일시적으로 고정되어 있던 나무가 쓸려 내려갔다. 물줄기를 따라 미시시피강으로 떠내려간 거대한 나무줄기는 이제 다른 이들의 골칫거리가 될 터였다.

재판이 끝난 뒤 이드리스푸케가 저녁식사를 준비했지만, 분위기는 사뭇 어두웠다. 케일과 아르테미시아, 베이그 헨리, 클라이스트, 캐드버리가 식사 자리에 참석했다.

케일이 물었다. "비폰드 총리가 나한테 화났습니까?"

캐드버리가 대꾸했다. "그 양반을 탓할 수는 없잖아? 콘이 비폰드의 종손從孫이라던데." 그는 이드리스푸케를 보며 놀리듯이 말했다. "심지어 당신과도 친척 관계잖아요. 촌수가 어떻게 되죠?"

이드리스푸케는 그 말을 무시하고 케일에게 대답했다. "비폰드 형님은 위선자가 아니다. 네가 증인으로 나서려 한 까닭은 이해해. 물론 당혹스러워하긴 하지."

베이그 헨리가 한마디했다. "우리도 마찬가지야. 내 평생 그렇게 한심한 짓은 본 적이 없어."

클라이스트는 침묵했다. 아예 방안에 없는 사람 같았다.

아르테미시아는 연인의 행위에 충격을 받은 기색이 역력했다. "신은 선서를 어기고 위증한 자에게 특별한 벌을 내리시지." 그녀의 말은 이날 벌어진 일을 엄정히 평가하지 않은 모진 힐난이었고, 케일에 대한 애정이 식었다는 징표였다. 어째서 이토록 갑작스레 애정이 식은 걸까? 대체 왜? 아르테미시아는 콘의 고독한 용기에 감명을 받은 듯했다. 반면 법정에서 콘의 맞은편에 서 있던 케일은 금발도 아니고, 너무 괴상하고, 고상함이나 우아함도 없어 보였다.

케일이 물었다. "후식으로 푸딩도 안 주고 침실로 보내버린다고요?"

"그래."

"그럴 거라 생각했습니다. 신은 버릇없는 녀석들을 위해 늘 끔찍한 것을 준비해두니까요."

"악마를 보내 뻘겋게 달아오른 부지깽이로 네 똥구멍을 찔러대며 영원히 고문하게 할 거야." 베이그 헨리가 한마디 보탰다.

케일이 말했다. "미안하지만 그 악마는 맨 뒤로 가서 차례를 기다려야 할걸. 게다가 악마는 우물에 독을 푼 죄 때문에 나를 찾아와 내 목구멍에 파이프를 처박고 뱃속에 똥물을 가득 퍼부을 거야. 서로 번갈아가며 날 괴롭히겠군."

"증인 선서는 장난이 아냐. 콘이 너 때문에 죽게 생겼어."

"녀석이 여태 살아서 사형 선고라도 받게 된 건 다 내 덕분이야. 그러니 비긴 셈이지."

이드리스푸케가 나섰다. "다들 진정해. 와인 마실 사람?"

아무도 와인에 관심이 없는 눈치이자 그는 작은 포장지에 싸인 과자처럼 생긴 것을 늘어놓기 시작했다. 일인당 하나씩 놓았는데, 다들 그 딱딱하고 맛없어 보이는 과자를 심드렁하게 바라보기만 했다.

"먹으라고 준 게 아니야. 그냥 깨뜨려. 내 생각들을 핵심만 추려 한 문장으로 축약해 모아놓은 거다. '이드리스푸케의 금언록'이라고 명명했지. 재미있을 테니 다들 해봐." 그는 과자를 깨라고 손짓하며 말했다. "이제 한 명씩 소리 내어 읽어. 캐드버리."

점점 원시안이 되어가는 캐드버리는 돌돌 말린 작은 종이를 멀찍이 두고 봐야 했다.

"벌레가 조금 먹었다고 인간의 영혼이 성숙하지 않는 것은 아니다."

캐드버리는 이 특이한 금언이 자신을 겨냥한 것이 아닐까 의심했지만 괜한 오해였다.

침울한 분위기를 일신하려던 이드리스푸케는 시작이 좋지 않음을 알아차렸다. 그가 손짓하자, 아르테미시아가 과자를 깨뜨리고 종이를 읽었다.

"나는 춤출 줄 아는 신만 믿으리라."

그녀는 희미한 미소를 지었지만, 이드리스푸케가 의도한 바를 간파하고는 조금 더 활짝 웃었다.

이드리스푸케의 가슴이 내려앉았다. 하지만 그는 자신의 계획이 바람 빠진 풍선 꼴이 되기를 원치 않는 듯 계속 밀고 나갔다. 이번에는 베이그 헨리 차례였다.

"세상을 이해하는 유일한 방법은 그 안에서 연기하는 것이다. 삶이라는 이 연극에서는 신과 천사들과 시인들만 관객이 될 수 있다."

캐드버리와 마찬가지로 베이그 헨리도 이드리스푸케가 특별히 자신을 위해 고른 금언이 아닐까 궁금했다. 뭔가를 비난하려는 뜻일까?

다음 차례인 클라이스트는 과자를 한 손에 쥐고 쓸데없이 힘을 주어 부쉈다.

"산다는 것은 고통받는 것이며, 살아남는다는 것은 고통에서 의미를 찾는 것이다."

이제 케일 차례였다. 그가 읽은 글은 이드리스푸케가 그들을 놀리려고 장난질을 한 것 같다는 의심을 더욱 키웠다.

"괴물과 싸우는 자는 스스로 괴물이 되지 않도록 주의하라. 심연을 오래 들여다보면 심연도 그대를 바라볼지니."

정적이 흘렀다. 케일이 입을 열었다. "당신 것에는 뭐라고 적혀 있죠?" 이드리스푸케의 심장이 살짝 내려앉았다. 다른 이들의 금

언을 다 들은 터라, 남은 금언이 무엇인지 알고 있었다. 이드리스
푸케는 과자를 깨고 금언을 읽었다.

"우스운 면모가 드러난 적이 없는 인간이 있다면, 그건 제대로
관찰당한 적이 없기 때문이다."

"옳으신 말씀." 캐드버리가 맞장구쳤다. 하지만 그는 여전히 과
자 속 금언이 자신에 대한 비난이라고 여겼고, 어떻게 반박하면 좋
을까 궁리했다.

"어쨌거나 이드리스푸케, 그 불운한 콘 마테라치가 당신 친척
맞죠?" 이날 이후로 캐드버리는 늘 '불운한 콘 마테라치'라고 조롱
조로 말했다.

"그런 셈이지. 아마 종손쯤 될 거야. 참기 어려운 녀석이었지만
그동안 꽤 많이 성장했어."

"그렇다면 왜 비폰드가 케일에게 복수하려 들지 않는 겁니까?
마테라치 가문은 혈연에 광적으로 집착한다고 들었는데요."

"비폰드 형님은 케일의 난처한 상황을 이해할 따름이라네. 물론
콘을 좋아하고 열심히 그를 지원했지. 그렇다고 콘이 썩 고마워하
지는 않았고, 솔직히 형님에게는 다른 이유들이 있었어. 하지만 형
님은 바보가 아니고, 위선자도 아니고, 애정이 없는 사람도 아닐
세. 당연히 콘과 아무 관계도 아닌 것처럼 보여야 하는 처지일 뿐
이지. 벡스에서 전선이 무너진 뒤로 콘은 이미 죽은 목숨이라는
걸 형님은 똑똑히 알고 있어. 형님이 당혹스러워하는 것은 토머스
가······" 이 대목에서 이드리스푸케는 케일을 노려보며 말을 이었
다. "왜 굳이 증인으로 나서서 콘의 죄를 증언하지도 않고 콘을 구
하려 하지도 않았느냐는 점이야. 결국 별 소득도 없이 모두를 화나

게 했지."

다들 케일을 바라보았다.

"실수였습니다. 됐어요? 사실대로 말해봐야 콘에게 도움이 안될 걸 알고 있었고, 검사가 시킨 대로 하면 내가 바라는 걸 얻게 되리라 생각했어요. 모두에게 필요한 것 말입니다. 단지 그뿐이었는데, 막상 그 자리에 서니 조금 당황했습니다. 쓸데없는 진실의 공격에 당한 거죠. 인정합니다."

"어째서 그게 쓸데없지?" 아르테미시아가 따져 물었다.

"진실을 말해봐야 아무 소용 없으니까요. 우리 모두가 피와 비명의 늪에 빠지는 걸 막아줄 방법은 하나뿐입니다. 바로 신형군이죠. 결코 복잡한 문제가 아닙니다."

"그럼 왜 계속 콘에게 불리한 증언을 하지 않았지?"

"그게 말처럼 쉬운 일이 아니었으니까요. 됐습니까?"

"하늘이 무너져도 정의가 세상을 지배하리라." 이드리스푸케의 말은 아르테미시아의 이상주의를 살짝 조롱한 것이지만, 부루퉁해진 케일은 이를 자신에 대한 비난으로 받아들였다.

"그런 소리는 과자 안에 도로 넣어둬요, 영감님."

이날 저녁식사는 이드리스푸케의 금언 과자처럼 바스러졌고, 다들 찌무룩한 기분으로 집에 돌아갔다. 바깥공기는 무겁고 미적지근했으며, 희미하게 불쾌했다. 마치 스패니시 리즈의 수많은 아들과 남편들의 죽은 영혼이 이틀 뒤 콘 마테라치의 처형식에 참석하려고 안개처럼 퍼져 있는 것 같았다. 케일과 베이그 헨리와 클라이스트는 우아한 저택으로 돌아왔다. 점점 침울해지는 클라이스트 때문에 나머지 두 소년도 기분이 더 나빠졌다. 그들은 계속 그 저택에서 지내기가 조금 불안했다. 어떤 중요한 사람이 와서 주제넘게 이런 집에서 살지 말라고 내쫓을 것만 같았다. 이제 세 소년은 다른 사람의 하인에 익숙했지만 자신의 하인에는 익숙해지지 못했다. 그들이 요리나 청소를 해주는 것은 불편하지 않았지만, 뜻밖의 순간에 슬그머니 다가올 때면 사생활이 존재하지 않던 성소가 떠올라 소름이 끼쳤다. 아무나 열지 못하는 수많은 문, 죄를 짓다 들키면 참혹한 처벌을 받는 성소. 이곳의 하인들은 리디머처럼 아무 때나 나타나도 된다고 생각하는 눈치였다. 그래서 방에 들어올 때는 노크를 하라고 케일이 지시하자 언짢아했고, 그가 별 볼 일 없는 존재라는 증거로 여겼다. 또한 하인이 일을 해줄 때마다 케일이 고마움을 표하자, 그것 역시 그가 별 볼 일 없는 존재임을 드러내는 버릇이라고 생각했다. 진정한 고용인이라면 하인을 존재하지 않는 사람처럼 대해야 마땅했다.

세 소년이 종을 울리기도 전에, 평소와 달리 시종장 비셰트가 문을 열어주었다.

"손님이 오셨습니다." 그는 샹브르 데 비지퇴르(접빈실) 쪽을 가리키며 말했다.

"누구죠?"

"성함은 밝히지 않으셨습니다. 평소 같으면 들어오시지 못하게 했을 텐데, 제가 그분들을 알아본 터라……" 그는 의미심장하게 말꼬리를 흐렸다.

"그래서 누군데요?"

"멤피스의 여공작님과 한자동맹 대사 부인이신 듯합니다."

"난 자러 갈래." 클라이스트가 아무 말도 못 들은 척하며 말했다.

베이그 헨리가 케일에게 물었다. "아르벨이 왜 리바를 데려왔지? 내가 같이 가줄까?"

"응. 아르벨은 나 혼자 가는 줄 알고 있어. 네가 먼저 가서 쌀쌀맞게 대해줘. 난 좀 이따 들어갈게. 방문은 열어둬."

잠시 후 베이그 헨리는 노크를 하려다 멈칫하고는 일부러 조금 과하게 힘껏 문을 열었다. 아르벨과 리바 둘 다 살짝 놀라며 일어섰다. 아르벨의 얼굴에 실망의 표정이 어른거렸다. 케일 때문이었다.

"숙녀분들이 돌아다니기에는 늦은 시간인데. 원하는 게 뭐야?"

"인사차 와봤어." 리바가 대답했다. 하지만 베이그 헨리는 결코 만만한 상대가 아니었다.

"인사하러 오셨다? 뜻밖인걸. 그럴 기회는 전에도 많았는데 말이야. 아무래도 내가 잘못 생각했나보네. 난 네가 뭔가 원하는 게 있는 줄 알았지. 미안."

"이러지 마, 헨리. 너답지 않아."

"아니, 나다워."

"아냐. 넌 세상에서 가장 친절한 사람이잖아." 이건 아르벨이 한 말이었다. 하지만 여느 마테라치 여자처럼 도도하지 않고 상냥한 말투였다.

"이제는 아니야. 두들겨맞으며 죽음을 기다리는 동안 생각할 시간이 있었어. 친절함에 대해서 말이야. 넌 친절한 사람이야, 리바. 하지만 내가 암토끼 키티의 지하실에서 죽도록 내버려뒀지. 케일은 친절한 인간은 아니지만, 절대로 나를 죽게 내버려두지는 않을 녀석이야. 그래서 난 친절함을 버렸어. 자, 원하는 게 뭐야?"

베이그 헨리는 자신의 분노가 뭔가 이상하다는 것을 느꼈다. 뭐가 이상한지 모호했는데, 한참이 지나서야 깨달았다. 그는 분노를 즐기고 있었다.

극적으로 등장하기에 적절한 타이밍을 노리고 있던 케일은 이 정도면 충분하다고 판단했다.

"얼른 말해주지 그래? 나도 듣고 싶은걸."

아르벨을 보자 떨렸다. 그녀는 확실히 아름다웠다. 전에 복도에서 마주쳤을 때 케일에게 깊은 인상을 남겼던 감동적인 성숙미였다. 세상에는 미녀가 바닷속의 물고기만큼 널렸고, 그중에는 아르벨처럼 젊고 힘찬 아름다움을 뽐내는 여자들이 많았다. 그러나 아르벨에게는 케일의 마음을 흔드는 뭔가가 있었다. 언제나 그랬고, 영원히 그럴 터였다. 마치 그 옛날 산악부족들이 믿었던 사라진 화음, 다시 나타나면 아름답고 무한한 고요를 불러올 사라진 화음의 사악한 쌍둥이 같았다. 케일은 아르벨에게 사랑받고 싶었으며, 꼭 그 갈망만큼 그녀의 목을 조르고 싶었다.

"우린 한때 모두 친구였어." 리바가 말하고는 베이그 헨리를 보며 물었다. "우리 딴 데 가서 이야기할까?" 그 말투가 어찌나 서글프고 상냥하던지, 본래 여리고 감상적인 헨리는 쌀쌀맞게 군 일이 부끄러워졌다. 케일이 고개를 끄덕이자, 헨리는 리바를 밖으로 안내했다. 하지만 그전에 리바가 케일의 손을 잡고 당부했다. "제발 친절하게 대해줘." 그러고는 헨리를 따라 나갔다.

*

두 사람은 한동안 서로를 빤히 쳐다보았다.

"난 네가……"

아르벨이 케일의 말을 잘랐다. "콘을 도와줘. 제발."

케일은 부아가 치밀었지만 애써 감추고는 우아하고 편안한 의자로 다가가 앉으며 물었다.

"어떻게? 그리고 왜?"

"그들은, 스위스 사람들은 너를 구원자로 여기잖아."

"전에도 그런 오해를 한 자들은 얼마든지 있었어."

"다들 네 말은 들을 거야."

"이번 일은 아니야. 들을 리 없어. 그 전투는 재앙이었고, 누군가는 대가를 치러야 해."

"너라면 더 잘했을 거라고 생각해?"

"나라면 애초에 거기 가지 않았을 거야."

"콘이 사형당하는 건 부당해."

"부당하고 말고는 아무 상관이 없어."

"나를 미워한 나머지 나한테 복수하려고 선량한 남자를 죽게 할 셈이야?"

"난 이미 콘의 목숨을 한 번 구해줬어. 아마 내 인생에서 가장 멍청한 짓이었을걸. 그리고 내가 복수하고 싶었다면 넌 이미 죽었을 거야, 이 배신자."

"콘은 죽어야 할 만큼 잘못하지 않았어."

"맞아."

"그럼 도와줘."

"안 돼."

"제발."

"안 돼."

괴로워하는 아르벨을 지켜보는 것은 드물고 강렬한 쾌감이었다. 그 기쁨은 아무리 만끽해도 질리지 않을 것 같았다. 하지만 그녀를 잃는다는 두려움도 밀려들었다. 고통받는 아르벨을 지켜보는 쾌감이 클수록 두려움도 커졌다. 가려운 곳을 긁어대면 황홀하게 시원해짐과 동시에 점점 더 쓰라린 것과 흡사했다.

이제 아르벨은 두려움에 떠느라 창백해졌다.

"다리에 불을 지른 사람이 너란 걸 알아."

이 말은 조금 충격적이었다.

"내가 했다고?"

"그래."

"증거는 있어?"

"난 알아."

"그 정도로는 사람들을 납득시키지 못해."

"네가 한 짓이라는 걸 아는 목격자가 두 명 더 있어."

얼마든지 가능한 이야기였다. 그 다리에는 사람이 많았고, 어쩌면 아르테미시아의 부하들이 몰래 알려줬을지도 모른다.

케일이 말했다. "작전을 바꿨구나. 처음에는 울더니 이제는 협박이네."

"틀림없이 네 짓이야."

"아무도 관심 없어. 다리에 불을 지른 자는 우라질 영웅이야. 내가 했건 안 했건 중요하지 않아. 설령 자기가 했다는 사람이 나타나도 상관없어. 어차피 희생양은 필요하니까. 콘이 바로 그런 존재야. 난 더 할 말 없어. 이제 눈물도 협박도 거두고 집으로 돌아가."

케일은 자리에서 일어나 밖으로 걸어나갔다. 반은 기쁘고 반은 참담했다. 홀에서 진지하게 이야기를 나누던 리바와 베이그 헨리가 대화를 멈췄다. 리바가 케일 쪽으로 다가오며 뭐라고 말하려 했다.

"입다물어!" 케일은 버럭 소리치고는, 잔뜩 골이 난 버릇없는 아이처럼 씩씩대며 위층 침실로 올라갔다.

23

"아르벨 마테라치가 무얼 요구했나?" 보스 이카르드가 케일에 게 물었다.

이날의 만남은 신경질적인 질문으로 불쾌하게 시작되었다. "대 체 무슨 생각으로 그런 짓을 한 건가? 자네가 해야 할 말을 아주 명 확하게 알려줬을 텐데." 콘 마테라치의 재판에서 이상하게 증언한 것에 대한 타박이었다.

아주 틀린 말은 아니었다.

"다른 증인들이 똑같은 이야기를 늘어놓는 걸 보고 생각이 바뀌 었습니다. 아예 증언대에서 내려올 때마다 잘했다고 돈을 주지 그 랬어요? 그나마 제 덕분에 재판이 그럴싸해 보인 겁니다."

이는 틀림없는 사실이었다. 케일의 어설픈 발뺌은 그 재판이 쇼 에 불과하다는 마테라치 일가의 가시 돋친 주장을 조금이나마 무 마하는 효과가 있었다. 재판에서 인상적인 모습을 보인 콘에게 동정 여론이 일고 리바의 부추김에 그녀의 남편이 한자동맹 대사로서 재판의 공정성에 이의를 제기하자, 이카르드는 사전에 증인들이 말을 맞추지 않았다는 증거로 케일의 증언을 써먹었다. 이번 재판은 케일에게도 이득이었다. 콘에게 불리한 증언을 하면 자신에게 이로울 텐데도 그러지 않음으로써 정직한 사람이라는 인상을 주었다. 더구나 일단의 열성 추종자들이 케일을 범인의 영역을 넘어서는 특별한 인물로 떠받들었다. 불과 며칠 사이 케일은 무척 유명해졌다. 추축국 연합이 처한 절체의 위기 상황을 감안하면 놀랄 일도 아니었다. 구세주가 필요한 시기가 있다면 바로 지금이 그런 때였다.

"요즘 제 뒤를 캐고 다니십니까?" 케일이 물었다. 어떤 대답이 나올지는 잘 알고 있었다.

"자네는 모든 관찰자들의 관찰 대상이라네, 케일. 자네가 요강에 소변이라도 보면 이 도시의 모든 사람이 저녁 식탁에서 그 의미를 두고 토론을 벌이지. 아르벨이 뭘 요구하던가?"

"뭘 요구했을 것 같습니까?"

"대답이나 해."

"아무것도요."

"콘의 구명을 중재할 생각은 없나?"

"그런다고 무슨 도움이 되겠습니까?"

"자비를 베풀어달라고 탄원할 수는 있지. 자네가 원한다면 말이야. 서면으로. 내가 개인적으로 국왕께 전해드리겠네."

뻔한 속셈이었다.

"아뇨. 저랑 상관없는 일입니다."

아쉽군. 이카르드는 속으로 탄식했다. 어리석게도 케일이 그런 탄원서를 쓴다 해도 당연히 이카르드는 그걸 왕에게 전할 생각이 없었다. 조그 왕은 이미 콘에 대한 집착을 잊었다. 혹은 자신이 그 젊은이를 열렬히 지지한 보스 이카르드(그로서는 국왕의 병적인 편애 성향에 장단을 맞추는 수밖에 도리가 없었다)에게 지나치게 영향을 받았다고 판단했을 수도 있다. 이제 모두가 좋아하고 심지어 국왕도 총애하는 케일과 척지는 것으로 보여서 좋을 게 없었다. 하지만 이카르드는 케일에 대한 사람들의 사랑이 오래가진 못할 거라 생각했다. 녀석의 재주가 뭔지는 몰라도 정치는 아니었다. 그리고 결국 재능과 재주는 정치 앞에서 무용지물인 법. 케일의 탄원서를 뒷주머니에 넣고 있으면 장차 유용할지도 모르는데 아쉬웠다.

"진심인가?"

케일은 오른쪽 손바닥으로 자기 턱을 살짝 건드리며 대답했다.

"네. 진심이 목구멍까지 꽉 찼습니다."

"나를 놀리는 익살인가?"

"아뇨."

"신형군 창설에 필요한 병력이 있다는 것도 확실한가?"

"네."

"경험 많고 박식한 이들이 조언하기를, 농부들로 군대를 만드는 것은 대개 불가능하며 그런 군대로는 결코 리디머들을 이길 수 없다던데. 군대 양성에 필요한 시간 부족은 말할 것도 없고."

"맞는 말입니다."

"그렇군. 하지만 자네는 할 수 있다?"

"네."

"어째서?"

"골란고원에서 라코니아 용병단과 싸운 리디머들은 그들 역사 상 최악의 패배를 당했습니다. 열흘 뒤 리디머들은 라코니아 용병 단에게 최악의 패배를 안겼고요. 두 전투의 차이는 저의 유무였습 니다." 거만하게 의자에 앉아 있던 케일이 갑자기 몸을 곧추세우고 말했다. "저 칸막이 뒤에 숨어 있는 자는 여기로 나올 겁니까? 아 니면 제가 가서 끌어낼까요?"

이카르드는 한숨을 쉬었다. "나오게나." 이십대 초반으로 보이 는 청년이 사람 좋은 미소를 지으며 나왔다. 라코니아의 척후병 로 버트 팬쇼였다. 케일이 팬쇼를 마지막으로 본 것은 방금 그가 자랑 한 전투 이후 포로들을 거래할 때였다.

"썩 좋아 보이지 않는구나, 케일. 이런 말을 해도 될지 모르겠 지만."

"하지 마."

"어쨌든 좋아 보이지 않는걸."

보스 이카르드가 끼어들었다. "적어도 자네가 케일을 아는 건 입증됐군."

"아냐고요? 우린 특별한 친구입니다." 팬쇼가 대꾸했다.

"맙소사, 친구 좋아하시네!" 이 상황이 어떻게 받아들여질까 긴 장하며 케일이 소리쳤다. 팬쇼는 불안해하는 케일을 보고 재미있 는지 실실 웃었다.

"케일은 리디머의 승전에 자신의 존재가 중요했다고 주장하는 데 사실인가?"

케일이 쏘아붙였다. "저는 아무것도 주장하지 않습니다." 팬쇼는 더이상 웃지 않고 냉철한 눈빛으로 케일을 바라보았다.

"네, 이 젊은이 때문에 승패가 갈렸습니다."

"그럼 어째서 자네는 케일의 신형군이 질 거라고 확신하지?"

"농부가 존재한 이래 줄곧 농민 반란이 있었습니다. 그런데 그
중 성공한 것이 하나라도 있던가요?" 팬쇼는 조롱하듯 고개를 돌
려 두 사람을 번갈아 쳐다보며 대답을 기다렸다. "라코니아 용병단
은 지난 백 년 동안 헬롯과 여섯 차례 전쟁을 치렀습니다. 훈련받
지 않은 촌뜨기들의 학살을 전쟁이라고 부를 수 있다면 말입니다.
그 전쟁의 결말은 하나입니다. 늘 그랬죠."

"이번에는 아닙니다." 케일이 이카르드에게 말했다.

"어째서?"

"말로 할 게 아니라 직접 보여드리죠."

"그거 좋군. 어떤 시범을 보여줄지 기대되는걸."

"아뇨."

"무슨 뜻이지?"

"당신의 멍청한 조언자들이 경험 운운하며 훈수하려 들 시범 따
위는 없습니다. 전투를 벌여 마지막에 살아남는 쪽이 이기는 겁니
다. 양쪽 병력은 각각 백 명입니다."

"규칙은?"

"규칙은 없습니다."

"실전인가?"

"실전 말고 다른 전투도 있습니까? 필요하면 누구든 데려오십
시오."

"그럼 자네는 농부들만 데리고 할 건가?"

"마음에 드는 자는 누구든 데려올 겁니다." 케일은 충동을 이기지 못하고 한마디 덧붙였다. "일반인 여든 명과 제 수하의 베테랑 전사 스무 명이 될 겁니다."

"자네는 빠지고?"

"저는 팬쇼가 혼쭐나는 꼴을 지켜볼 생각입니다."

"나? 난 라코니아 조언자일 뿐이야. 그 전투에 참여할 수 없어."

보스 이카르드는 늘 그렇듯 의심했지만, 이것이 최선일지 모른다고 생각했다. 그는 케일의 꿍꿍이가 뭔지 궁금했으며, 이보다 더 나은 방법을 찾기는 어려울 듯싶었다. 비참한 몰골의 소년에게 본때를 보이고 싶어하는 스위스 병사들이 많았다. 이제 그들의 능력을 입증할 기회가 생긴 것이다.

이카르드가 말했다. "조만간 다시 연락하겠네. 나가면서 문을 닫아주게나, 케일. 나랑 이야기 좀 하세, 팬쇼."

24

따사로운 꿀빛 햇살이 쏟아진 콘의 처형식 날 아침은 마치 큰 사
랑을 받는 제왕의 통치 이십오 주년 축제일 같았다. 오전 열시에
스와스모어 감옥에서 끌려나온 콘은 서문 너머 파르크 보리외를
지나 케 데 물랭에 있는 처형장으로 이동했다. 콘과 함께 걸어간
지인 다섯 명은 비무장에 모자도 쓰지 않았는데, 그의 아내나 비폰
드는 없었다. 콘은 베치 갤러리에서 빵 한 조각을 먹고 와인 한 잔
을 마셨다. 동이 트기 전부터 어마어마한 인파가 몰려 처형 장면이
가장 잘 보이는 자리를 차지하려고 다투었다.

이날의 분위기는 타인의 끔찍한 고통에 열광하는 일반적인 군중
의 흥분과 콘 마테라치에 대한 시민들의 증오가 뒤섞여 있었다. 그
들은 콘 때문에 벡스에서 졌다고 믿었을 뿐만 아니라, 이제 곧 콘
이 당할 일과 똑같은 일을 내년 봄에 리디머들에게 당하게 될까봐
두려워하며 그것도 콘의 탓으로 돌렸다.

도시에서 가장 큰 파이 제조사가 후원하는 볼품없는 취주악단이 인기 있는 유행가들을 조야하게 연주하고, 스위스인은 결코 노예가 되지 않는다는 허풍스러운 군가를 나팔로 불어댔다. 이 군중 안에는 신분이 다른 잡다한 인간들이 뒤섞여 있었다. 불량배, 도둑, 매춘부, 한량, 목수, 점원, 장사꾼, 그들의 아내와 딸들은 물론이요, 특별히 만들어놓은 테라스에는 진짜 거물들이 자리를 잡았다. 악의적인 인간들인 모인 이 엄청난 군중은 익숙하지 않은 사람에게는 지독히 괴로운 경험이었다. 이를테면 고상한 집안의 부인들과 여식들은 그 열기에 혼절해 실려 나가야 했고, 그 바람에 가슴이 깊이 파인 드레스가 흐트러져 술 취한 견습공들을 흥분시켰다("젊은 놈들을 위해 젖퉁이 좀 까봐라!"). 늘 그렇듯 고양이들에게도 괴로운 날이었다. 처형장 앞의 넓은 공간 주위로 우렁찬 함성이 울려퍼지는 동안, 적어도 십여 마리의 고양이가 공중으로 던져졌다.

대개 사법적 죽음은 전 세계 어디서나 교수형, 도끼를 이용한 참수형 또는 화형인데, 유난히 불운한 자는 이따금 세 방식 모두로 처형되었다. 하지만 스패니시 리즈에서는 평민과 귀족 모두 독특한 격식에 따라 매우 기묘한 처형 기구로 참수되었다. 공식 명칭은 '리즈 단두대'지만 폴로이(서민)들은 '모가지 절단기'라고 부르는 그 기구는 높이 16피트, 폭 4피트에 커다란 칼날이 달린 나무틀이었다. 생김새는 프랑스의 기요틴과 흡사하지만 훨씬 크고 훨씬 조악했다. 하지만 기요틴과 달리 리즈 단두대는 처형 집행인이 한 명이 아니라 다수였다. 칼날을 나무틀 꼭대기로 끌어올려 핀으로 고정한 다음, 그 핀에 달린 끈을 아래로 늘어뜨려 여러 사람이 잡게 한다. 끈을 잡지 못한 자들은 두 손을 뻗어 처형에 찬성하고 동의한다는 뜻을 표한다. 죽음이 기다리는 단상으로 올라간 콘을 맞이한 광경이었다.

콘이 입은 검은색 실크 셔츠는 목이 드러나도록 옷깃이 투박한 솜씨로 도려내어져 있었다. 당시 크게 유행하던 검은색 실크 셔츠는 이날 이후로 오랫동안 자취를 감추었다. 물론 그 현장을 지배하는 광경은 단두대였으며, 만약 사물의 목적을 가장 잘 전하는 형상이 아름다움이라면 그 단두대의 흉물스러움은 아름다웠다. 실로 단두대스러운 기구였다. 안타깝게도 콘의 지인들 중 함께 단상에 오르는 것을 허락받은 이는 없었다. 그 끔찍한 기구 앞에서 용감하게 행동하는 콘을 목도할 자가 없었던 것이다. 콘은 그런 권리를 누릴 자격이 있었다. 어쩌면 군중 사이에 비록 많지는 않아도이 젊은이의 용기를 감지한 이들이 있었을지 모른다. 콘이 전투에서 대단한 용맹을 보인 것은 사실이지만, 거기서는 주위의 모두가 같은 운명에 속해 있었다. 두려움뿐 아니라 전우애와 명예심, 목적의식도 있었다. 반면 이곳에서 콘은 모진 야유와 조롱 사이에 홀로 있었다. 죽을 걱정 없는 사람들에게 끔찍한 처형을 구경하는 즐거움을 선사하면서. 하지만 적어도 한 사람은 그를 흠모했으며, 그의 죽음이 부당하고 불공평하며 그릇된 것임을 알고 있었다. 케일은 세인트 앤 성당 종루에서 광장을 내려다보고 있었다. 단두대까지의 거리는 50야드이고, 단두대보다 130피트 높은 곳이었다. 케일은 혼자 고급 스위스 담배인 디플로매트 No. 4를 피우고 있었다. 여유가 있어 날마다 피우다보니 이제 중독이 된 담배였다. 지금 케일의 기분은 뭐라 설명하기 어려웠다. 블랙버드 레이스의 마녀가 처형될 때처럼 화가 나는 게 아니라, 죽음 같은 고요 속에서 모순되게도 모든 것이 생생히 느껴지는 듯했다. 추잡한 조롱, 휘파람 소리, 콘을 보고 싱글거리며 두 손가락을 이마에 대는 남자, 임박한 공포를 즐기는 인간들. 하지만 세상과 동떨어진 듯한 기분도 들었다. 마치 종루 덕분에 저 아래 자욱한 쾌락과 악의의 안개 위에 떠 있는 것 같았다. 서로 쫓고 쫓기며 신나게 짖어대는 개 몇 마리가 단상에서 군중을 마주보고 무기 대신 북을 든 병사들의 다리 사이로 들락거렸다.

콘은 지시를 기다리고 있었다. 이윽고 목사가 다가와 말했다. "발언하는 것은 허가되었지만, 경고하는데 국왕이나 국민에 대한 험담은 일절 삼가시오."

콘이 앞으로 나아갔다. 군중의 소음이 조금 잦아들었다. 멋진 연설이 어울릴 법한 순간이었다.

30야드쯤 떨어진 곳에 가대를 편 도박업자들은 피가 분출하는 횟수를 두고 내기하는 돈을 받기 시작했다.

"나는 여기 말하러 온 게 아니다. 죽으러 왔다." 놀랍게도 콘의 목소리는 확고했지만, 뱃속은 뒤집히는 기분이었다.

"크게 말해!" 구경꾼 사이에서 누군가 소리쳤다.

"죽어라 소리치면 오히려 잘 들리지 않을 것이다. 간단히 말하겠다. 만약 내가 묵묵히 죽음을 받아들인다면, 그대들은 내가 반역죄뿐 아니라 처벌에 대해서도 인정한다고 여길 것이다. 그게 아니라면 나는 차라리 입을 다물 것이다. 나의 무고한 죽음은……"

종루에 있던 케일도 '무고한'이라는 단어를 들었지만, 재판의 부당함을 성토하는 콘의 목소리를 묻어버리려고 목사가 고수鼓手들에게 신호하자 더는 아무 말도 들리지 않았다. 북소리 때문인지 할 말이 별로 없어서인지 결국 입을 다문 콘은 단두대 쪽으로 걸어갔다. 그리고 단두대 옆에 선 집행 보조를 보고 엄숙하게 말했다.

"칼날을 잘 벼려놓았기를 바라네. 그게 자네 의무니까. 정확히 목을 잘라야 해. 삶은 달걀을 썰 듯 머리 윗부분을 자르지 말고. 듣자하니 취리히의 기사단장에게 그랬다던데, 또 실수하면 수고비는 없을 걸세. 제대로만 하면 자네는 콘 마테라치를 죽인 것에 만족할 거야."

"고맙습니다. 새로 손보았으니 그런 불행한 일은 다시는 일어나지 않을 겁니다." 박봉이라 수고비에 목을 매는 집행 보조가 대답했다.

단두대로 다가간 콘은 두려움을 삼키려는 듯 심호흡을 하고 무릎을 꿇은 다음, 새로 만든 티가 역력한 나무판의 반원에 목을 끼웠다. 곧이어 상단 나무판이 내려와 똑같은 반원이 목덜미를 덮고 단단히 잠겼다. 그 위에는 판판한 칼날이 달린 무거운 나무토막이 핀 두 개로 고정되었는데, 각각의 핀에 끈이 하나씩 달려 있었다. 두 핀 중 하나가 클립으로 고정돼 있었고, 집행 보조는 이 핀에 달린 끈을 군중 사이로 던졌다. 사람들이 앞다퉈 손을 뻗어 끈을 붙잡자, 단두대에 기대어놓은 사다리에 올라간 집행 보조는 누군가 섣불리 끈을 잡아당길 경우에 대비해 오른손으로 클립을 잡아 핀이 움직이지 못하게 했다. 그러고는 사람들에게 말했다.

"이제 셋을 세겠다. 셋을 센 뒤에도 끈을 놓지 않는 자는 태형에 처할 것이다."

끈을 잡고 있는 자들이 잘 알아들었다고 확신한 집행 보조는 큰 소리로 외쳤다. "하나!"

군중도 그를 따라서 외쳤다. "둘! 셋!"

집행 보조가 멋들어진 동작으로 클립을 뺐다.

핀이 빠지고 끈이 늘어지자, 칼날 달린 나무토막이 덜거덕거리며 내려와 섬뜩하게 쾅하고 부딪혔다. 투석기로 발사한 듯 단두대에서 떨어져나온 콘의 머리는 단상을 넘어 화려한 일요일 복장을 하고 나온 군중 사이로 사라졌다.

케일은 그 광경을 잠시 지켜보며 생각했다. 왜지? 어쩌다 이렇게 됐지? 그리고 이내 돌아서서 담배꽁초를 돌바닥에 버리고 떠났다.

하지만 케일이 처형 장면을 지켜보았듯이, 그도 누군가의 눈에 띄었다. 나중에 사람들 사이에는 케일이 콘의 비참한 최후를 지켜보며 느긋하게 담배를 피우고 웃기까지 했다는 이야기가 돌았다. 얼마 후 이 소문으로 케일의 평판은 큰 타격을 입었다.

아르벨은 방 끄트머리 창가에 서서 창밖을 바라보며, 꼭 껴안은 아기를 좌우로 천천히 흔들고 있었다.

리바와 그녀의 남편에게는 아르벨을 만나러 가는 길이 정말로 너무 멀게 느껴졌다. 몇 발짝 앞에서 멈춰 서기까지 했다. 나중에 둘 다 말하기를, 그들과 아르벨 사이의 공기가 두려움으로 떨리며 그들을 막는 것 같았다고 했다.

"끝났어?"

"응."

"고통스럽게 죽었어?"

"아주 빨리 끝났고, 콘은 침착한 태도로 놀라운 용기를 보여줬어."

"고통스럽게 죽진 않았지?"

"응, 고통 없이 죽었어."

아르벨이 리바를 돌아보았다.

"넌 거기 안 갔지?" 힐난하는 말투였다.

"응. 안 갔어."

리바의 남편 아서 비텐베르크가 거들었다. "제가 가지 말라고 했습니다." 하지만 그의 기대와 달리 별 도움이 안 되었다.

리바가 재빨리 맞장구쳤다. "맞아. 난 갈 수 없었어. 갈 수가 없었지."

아르벨이 대꾸했다. "내가 가야 했어. 그의 곁에 있어줘야 했어."

"콘이 싫어했을 거야. 틀림없어." 리바가 말했다.

비텐베르크가 거들었다. "어제저녁 콘이 저와 이야기하면서 신신당부했습니다. 부인이 절대로 거기 오지 못하게 해달라고 말입니다."

서툴기 그지없는 거짓말이었다. 하지만 아르벨은 뭔가를 제대로 판단할 수 있는 심리 상태가 아니었다. 꼭 안아주는 걸 좋아해서 줄곧 얌전하던 아기가 몸을 뒤틀며 악을 썼다. "야아아아아아악! 쁘이이찌!" 용케 오른팔을 빼낸 아기는 아르벨의 머리카락을 당기기 시작했다. 이리 당기고 저리 당겼다. 그렇게 자꾸 당겨도 아르벨은 느끼지 못하는 것 같았다.

"내가 데려갈까?"

아르벨은 아기를 영원히 빼앗아가겠다는 말을 듣기라도 한 듯 리바에게 등을 돌렸다. 그러고는 머리카락을 쥔 아기의 손을 살며시 폈다.

문에서 하인이 큰 소리로 말했다. "사첼 부인께서……"

하지만 그의 말은 요란하게 부산을 떨며 들어오는 여자의 목소리에 묻혀버렸다.

그녀는 문에서부터 울고불고 난리였다. "오, 맙소사! 딱해서 어떡해…… 이건 악몽이야! 코셰모르! 내그메리! 코스모로!" 사첼 부인은 한 가지 언어만으로는 성에 차지 않는 듯했다. 그녀는 마테 라치엔 사이에서도 엄청난 떠버리로 유명했으며, 난데없이 나타나 병적으로 흥분하는 일이 다반사였다. 이번 경우도 마찬가지였다.

"정말 너무 안타까워!" 사첼 부인이 아르벨을 와락 끌어안았다. 온몸이 떨리는 비탄의 방패로도 그녀를 떼어낼 수가 없었다. 마치 황소가 거미줄을 무시하듯, 그녀에게 아르벨의 고통은 더이상 안 중에 없었다. "끔찍한 일이야. 스트라슈니! 테리빌레! 불쌍한 콘. 그 잘생긴 머리가 케 데 물랭을 따라 통통 튕기다니. 차마 눈 뜨고 볼 수가 없었어."

다행히도 사첼이 병적인 흥분의 힘에 사로잡혀 아프리카어로 지껄이는 바람에 아르벨은 그녀가 하는 말을 거의 알아듣지 못했다.

"그리고 토머스 케일은 악마 같은 놈이야. 그자와 함께 있던 사람한테 들었는데, 가엾은 콘이 죽는 모습을 보며 담배를 피우고, 콘의 참혹한 시신을 향해 담배연기로 고리를 만들어 불었다지 뭐야."

아르벨은 그녀를 빤히 쳐다보았다. 그토록 창백해지고도 여전히 살아 있는 인간은 상상하기 어려웠다. 리바가 사첼 부인의 팔을 움켜잡고 옆으로 끌고 가며 속삭였다. "입다물어, 이 매정한 년!" 그러고는 문에 서 있는 두 하인에게 손짓했다.

"이게 무슨 짓이야? 난 아르벨이 아끼는 사촌이야. 네깟 계집이 뭐라고 나한테 손을 대? 변기나 닦던 벌레 같은 년이……"

리바는 아랑곳하지 않고 하인들에게 지시했다. "이 여자를 밖으로 내보내. 만약 이 여편네가 또 내 눈에 띄면 너희 둘 다 태어난 걸 후회하게 만들어주겠어."

윗사람을 함부로 대해도 된다는 허락을 받고 의기양양해진 하인들의 손에 거칠게 끌려나간 사첼 부인은 너무 놀란 나머지 밖으로 나와서야 다시 구시렁거리기 시작했다.

리바는 뭐라고 말해야 하나 궁리하며 과거에 아가씨로 모시던 여인에게 돌아왔다.

"그게 사실이야?" 아르벨의 목소리가 너무 작아 잘 들리지 않았다.

"난 안 믿어."

"하지만 너도 그 소문 들었지?"

"그래. 하지만 믿진 않아. 단 한마디도. 케일답지 않은 짓이야."

"정확히 그 사람다워."

"케일은 내 목숨을 구해줬어. 너를 위해 콘의 목숨도 구해줬고."

"그리고 내가 자기를 배신했다는 이유로 콘에게 불리한 위증을 했어. 나로서는 달리 도리가 없는 일이었는데도. 케일이 등을 돌리면 어떤 인간이 되는지 너는 몰라. 얼마나 끔찍한 짓을 할 수 있는지 넌 몰라."

둘 중 누구의 편을 들기도 어려웠지만, 리바의 머릿속에 처음 떠오른 생각은 아르벨에게 호의적이지 않았다. 네가 케일을 배신하지 않았으면 콘은 지금 살아 있을 거야. 모든 것이 달라졌을 거라고. 물론 이런 비난이 부당하다는 생각도 없진 않았지만, 그렇다고 사실이 변하는 건 아니었다.

"말했다시피 난 그런 소문 하나도 안 믿어." 그러나 이 말이 전적으로 진심은 아니었다. 가장 가까운 친구가 끔찍한 죄를 지어 체포되었다는 소문을 들었을 때, 그 소문이 사실일지 모른다는 생각을 전혀 하지 않을 인간이 과연 있을까? 영혼의 가장 깊고 은밀한 곳에 묻혀 있는 의심, 마음속 가장 음침한 비밀 감옥의 어둠에 감춰진 의심을 부정할 수는 없는 법. 하물며 사랑하는 남편의 죽음을 보고 케일이 웃었다는 소문을 아르벨이 믿는 것은 얼마나 쉬운 일이겠는가. 케일에 대한 믿음이 없다고 그녀를 비난할 수는 없다. 자신을 상처 입힌 자에 대한 미움은 지극히 인간적인 감정이다.

"소문이 사실이야?"

"언짢은 말투군요. 뭐, 사실일 수도 있죠." 케일이 대답했다. 아르테미시아의 목소리에는 의심과 분노가 역력했다.

"똑바로 대답해. 콘 마테라치가 죽는 걸 보고 웃었어?"

케일은 오랜 세월 동안 감정을 드러내지 않는 훈련을 했지만— 순간적인 감정의 통제는 성소에서 생존의 문제였다—아르테미시아보다 덜 화난 사람도 케일이 그녀의 비난 어린 질문을 듣고 눈이 커지는 것을 알아챘으리라. 물론 티 나게 커지지는 않았고, 그 순간도 짧았다.

케일은 담담하게 되물었다. "당신은 어떻게 생각해요?"

"몰라. 그러니까 묻는 거야."

"간단히 말하죠. 난 종루에 혼자 있었어요. 내가 거기서 양을 죽였다 해도 아무도 몰랐을 겁니다."

"아직 내 질문에 대답하지 않았어."

"아뇨."

"뭐가 아니야?"

"콘 마테라치가 죽을 때 웃지 않았다고요."

대답하자마자 케일은 일어나서 자리를 떴다.

"나는 좀 놀랐다." 이드리스푸케가 말했다.

"왜요?"

"얼마 전의 너라면 콘을 보고 웃었다고 대답했을 테니까. 단지 그런 질문을 한 것에 대한 벌로서."

"그럴 생각도 했습니다."

"물론 그랬겠지."

"어째서 아르테미시아가 그런 소문을 믿을까요?"

"너는 파멸의 천사로 널리 알려져 있다. 그러니 사람들이 그런 소문을 의심하지 않는 건 놀랄 일도 아니지. 더구나 지금은 한없이 잔인한 자가 필요한 시기다. 다들 그런 괴물이 같은 편이면 내년 봄 이후로도 살아남을 가능성이 높다고 믿거든."

"하지만 사람들은 저를 모릅니다."

"솔직히 그게 쉬운 일은 아니지. 너를 아는 것 말이다."

"그녀는 이제 저를 압니다."

"과연 그럴까? 아르테미시아가 아는 건 네가 선서하고 거짓말을 했다는 사실이다. 모자 쓴 노파를 보고 모자가 멋지다고 말하듯 거리낌없이."

"그 이야기는 그만하세요. 저로서는 선택의 여지가 없었습니다. 제가 불을 질렀다고 실토했다면, 제 머리도 광장 위로 통통 튕겼을 거예요."

"맞는 말이다. 하지만 신기한 재주가 아무리 많아도 아르테미 시아는 세상의 참모습을 이해하지 못해. 보통 사람들과 다를 바 없지. 그들은 돈이 많을수록 세상이 더 멋져진다고 생각한다. 돈 그리고 권력까지 있으면 세상이 천국처럼 행복해진다고 믿지. 그런 자들에게 세상의 잔인함은 탈선이지 정상적인 상태가 아니야. 세상에 공평함이란 없다는 걸 깨달은 너는 운이 좋았지. 아르테미시아에게 이제 다른 세상에 살고 있다는 걸 배울 시간을 줘라. 그녀는 너처럼 불이익을 당해본 적이 없어. 이 시대의 정신은 한때 그녀와 콘과 조그 왕을 통해 흘렀지만, 이제는 너를 통해 흐른다. 이제 너의 시간이다. 얼마나 오래갈지는 모르겠지만."

"무슨 뜻이죠?"

"너의 시간도 끝날 때가 올 것이다."

"언제요?"

"그건 답하기 어렵다. 하지만 한 가지는 분명해. 그 시간이 끝났음을 마지막으로 깨닫는 자는 대개 그 시간을 구가하던 사람이다."

25

병이 들어서 좋을 일은 거의 없지만, 오래 아프면 생각할 기회가 무궁무진하게 많아진다. 늘 골골대는 사람에게는 끝없는 나날을 채울 소일거리가 많지 않을뿐더러, 병 때문에 쉽사리 기운이 빠져 책을 읽거나 놀이를 하기도 어렵다. 결국 목적 없이 과거에서 현재로 떠도는 잡생각이라도 하는 수밖에 없다. 끼니때 먹은 음식, 연인과의 입맞춤, 굴욕의 밤, 씁쓸한 후회 등등. 케일은 그런 일에 재능이 있었다. 케빈 미트야드가 지배하는 정신병원에서 케일은 오랜 세월 성소에서 연마한 기술을 동원해 자신의 머릿속 어딘가로 숨을 수 있었다. 하지만 성소 시절에는 세상에 대해 돌처럼 무지했다. 끔찍한 현실의 삶, 그리고 모든 것이 아름다운 상상 속 세상만 알았다. 이제 몽상에 잠길 때면, 성소를 뛰쳐나온 이후 겪은 수많은 일들이 뒤죽박죽 머릿속에 떠올랐다. 더이상 몽상이 썩 즐겁지가 않았다. 그래서 케일은 쓸모 있는 것을 생각하려고 노력했다.

이런저런 아이디어를 떠올리고, 다양한 계획을 세우고, 건강했다면 마음 뒤편으로 몰아넣어 까맣게 잊어버렸을 것들을 생각했다.

스위스의 상류층과 중인 계급의 종교는 기묘했다. 그들 역시 목매달린 리디머를 숭배한다는 사실에 케일은 상당히 놀랐지만, 참된 리디머들이 만들어낸 종교가 죄와 벌과 지옥, 삶의 모든 순간을 채우는 것들로 가득한 반면, 스위스 귀족과 상인의 종교는 거의 반대 방향으로 발전했다. 결혼식과 장례식, 일요일 예배를 제외하면 딱히 지켜야 할 규율이 없는 듯했고, 그나마 존재하는 모호한 규율을 어겼을 시 어떤 모진 벌을 받는지도 전혀 언급되지 않았다. 하지만 노동자나 농부는 그렇지 않았다. 특히 후자는 지극히 종교적이었는데, 수많은 교리로 나뉘어 있지만 그 기저에는 하나같이 목매달린 리디머가 있었다. 비록 각각의 종파는 자기가 그 신앙의 유일한 정통 계승자라고 믿었지만, 정도의 차이는 있어도 모두 한 가족으로 여겼다. 그들을 묶어주는 한 가지는 리디머들에 대한 공통된 혐오인데, 그들이 보기에 리디머 무리는 부패했고, 우상을 섬기며, 살인과 강탈을 일삼는 이교 집단이었다. 플레인 피플과 밀러라이트, 투 바이 투, 그노시스 제니퍼 등등 종파를 가리지 않고 찾아가 충분히 대화를 나눈 케일은 그들 모두가 리디머 파멸이라는 공통 목표를 갖고 있으며, 거기서 죽음은 대가가 아니라 은총이란 것을 알게 되었다. 순교에 대한 개인적 감정과는 별개로 케일은 그런 죽음을 자신을 위해 이용하는 데 익숙했으며, 하나의 경향으로 이해했다. 콘 마테라치의 죽음 이후 거의 삼 주가 지나는 동안 케일은 주요 교파의 여러 수장들(의장, 목사, 대수도원장, 사도)을 만나 자신이 리디머들의 멍에를 쓰고 고통받은 자로서 목 매달린 리디머의 참된 가르침을 끔찍하게 타락시킨 그들을 반드시 파멸하게 만들겠다는 의지를 납득시키려 노력했다. 다행히 한자동맹의 외교 기술은 필요 없었다. 그들은 케일이 무슨 말을 하든 믿을 준비가 되어 있었다. 그리하여 오전 열시에 교파 대표들이 여느 모의 전투와는 사뭇 다른 케일의 초기 신형군과 스위스군의 전투를 보러 실버필드에 모두 나왔다. 또한 베이그 헨리와 이드리스푸케, 클라이스트를 비롯해 여전히 냉랭한 아르테미시아 할리카르낫소스도 참석했다. 한쪽에는 의심 어린 표정의 보스 이카르드와 새로 임명된 스위스 장군들이 도열해 있었는데, 그들에게 자리를 물려준 전임 장군들은 지금 벡스의 무덤 속에서 천천히 썩어가고 있었다.

보스 이카르드와 팬쇼를 만난 다음날, 케일은 여러 나라의 운명이 그의 성공적인 신형군 양성에 걸려 있는 상황에서 이번 모의 전투는 항복은 가능하되 정해진 규칙 없이 예리한 무기를 가지고 싸워야 한다고 서면으로 요구했다. 예상대로 이에 놀란 스위스군은 당연히 불안해하며 무딘 훈련용 무기만 사용할 것을 요구했다. 케일은 거부했다가 결국 타협에 이르렀다. 버리지 않은 무기를 사용하고, 뾰족한 못 따위가 박힌 것은 안 되며, 볼트와 화살은 깊이 박히지 않도록 촉을 무디게 하기로 했다.

이날은 케일과 관련된 이상한 사건으로 시작되었는데, 이 일화는 입에서 입으로 전해져 훗날 특이한 전설이 되었다. 여기 등장하는 사내는 이 지역의 보잘것없는 하급 귀족으로, 전날 밤 스패니시 리즈에 도착해 몇몇 왕자들의 꽁무니를 졸졸 따라다니며 상류층 모임에 동원된 다양한 허드레꾼들의 시중을 즐기고 있었다. 수수한 검은색 수단 차림으로 옆에 서 있는 창백한 얼굴의 소년이 신의 분노의 화신이자 파멸의 천사라는 사실을 몰랐던 그는 소년을 하인으로 오해하고 물 한 잔과 레몬 한 조각을 갖다달라고 정중히 요청했다. 하인은 그를 본체만체했다.

남자는 더욱 힘주어 케일에게 말했다. "이봐, 물 한 잔과 레몬 한 조각 가져오라고. 지금 당장. 더는 말하지 않겠어." 하인은 어이없다는 듯 경멸 어린 눈을 이글거리며 노려보았다. 남자는 상대가 무례한 벙어리 하인인가 의심했다.

케일이 말했다. "뭐요?"

이제 막 도착한 시골 귀족은 잡일꾼 따위에게 기가 죽는 촌뜨기로 보일까봐 긴장했으며, 놀라서 말문이 막힌 주위 사람들을 보고는 이 무례한 하인에게 본때를 보여주길 기다리는 거라고 판단했다. 그래서 케일의 관자놀이를 냅다 후려갈겼다. 이어진 침묵이 어찌나 고요하던지 그전의 침묵이 시끄럽게 느껴질 정도였다. 사내를 초대한 왕자가 나서서 침묵을 깼다.

"맙소사. 이봐, 이쪽은 토머스 케일이야."

그 어떤 언어의 수식어로도 이 시골 신사의 창백해진 낯빛을 묘사할 수는 없으리라. 마치 온몸의 피가 빠져나간 듯했다. 그의 입이 딱 벌어졌다. 주위 사람들은 뭔가 끔찍한 일이 벌어지길 기다렸다.

케일은 그를 노려보았다. 긴 침묵, 무시무시한 정적이 흘렀다. 갑자기 케일이 재미있다는 듯 요란하게 괴성을 질렀다. 그러고는 걸어서 그곳을 떠났다.

양쪽 모두 말 사십 마리가 허락되었다. 전장으로 들어서는 스위스군의 위용은 무척 인상적이었다. 말들은 입에 물린 재갈을 당기며 당장이라도 뛰쳐나갈 기세였고, 그 옆에 서서 걷는 기사 칠십 명의 갑옷은 아침햇살을 받아 번쩍거렸다. 아름다웠다. 위풍당당했다. 그들은 한 줄로 서서 기다렸다. 오래지 않아 맞은편에 농부의 수레처럼 생긴 것이 하나 등장하더니, 차례차례 계속 나타났다. 도합 열다섯 대였다. 각각 육중한 짐말 두 마리가 끌었는데, 기사들이 타는 사냥용 말보다 1.5배는 커 보였다. 말들이 다가올수록, 그것들이 건초나 돼지를 싣는 평범한 수레가 아니라는 사실이 명백해졌다. 크기가 작고, 측면은 기울어져 있으며, 지붕이 달려 있었다. 이와는 대조적으로, 수레 열다섯 대 양옆에 선 아르테미시아의 척후 기병 열 명은 몸이 호리호리했고, 그들이 탄 말은 민첩하기로 소문난 마니푸르 조랑말이었다. 그들이 손에 든 쇠뇌는 할리카르낫소스에서는 잘 쓰지 않던 무기로, 말을 탄 채 쏠 수 있도록 베이그 헨리가 설계한 것이었다. 가볍고, 베이그 헨리가 쓰는 쇠뇌처럼 강력하지는 않지만 시위를 당기고 볼트를 장전하기가 훨씬 수월했다. 표시된 장소로 모여든 수레들은 둥그렇게 돌며 원을 이루었다. 곧이어 마부들이 뛰어내려 말들을 풀고 원 한복판으로 끌고 들어갔다. 수레들 사이의 틈은 그리 넓지 않았는데, 마구를 벗기기 전에 수레들을 촘촘히 배열하도록 말들을 잘 훈련한 덕분이었다. 모든 마부들이 수레 뒤에 달려 있는 탈착식 나무 방패를 재빨리 떼어내 수레들 사이에 끼웠고, 이제 수레와 방패가 연결되어 틈이 없는 완전한 원이 만들어졌다.

스위스군은 지켜보고만 있었다. 몇몇은 재미있어했고, 영리한 자들은 수상쩍어하는 눈치였다. 수레의 원 안으로 들어가려면 수레 밑의 공간을 이용하는 수밖에 없었지만, 수레 바닥의 길고 가

느다란 구멍으로 널판 네 개가 내려오면서 그 공간도 금세 막혀
버렸다. 잠시 아무 일도 일어나지 않았다. 이윽고 원 안에서 함성
이 터져나오더니, 척후 기병들이 스위스군을 향해 쇠뇌를 쏘기 시
작했다. 베이그 헨리가 설계한 쇠뇌는 파괴력은 떨어졌지만, 볼트
가 100야드 거리를 날아가, 촉이 뭉툭한데도 밀집해 있는 병사들
의 갑옷을 매섭게 강타하며 튕겼다. 스위스군이 데려온 궁수는 열
명뿐인데다, 밀집된 전열을 향해 활을 쏘는 훈련만 받은 터라 민첩
한 말을 탄 기병 열 명을 상대하기는 어려웠다. 오 분 동안 화살 세
례를 주고받은 결과, 신형군은 겨우 기병 두 명이 화살을 맞았지
만—물론 꽤 아프고 피도 났다—스위스군은 스무 명 넘게 다쳤
다. 갑옷과 무딘 볼트 덕분에 깊은 상처는 나지 않았지만, 진짜 볼
트였다면 거의 모두 죽었거나 중상을 입었을 것이다. 오 분 뒤, 수
레들 안쪽에서 나팔소리가 터져나오자 척후 기병들이 원으로 돌아
갔다. 나무 방패 하나가 치워지면서 기병들이 안으로 들어가 사라
졌다.

곧이어 다른 방벽 세 개가 등장하더니, 나무망치와 말뚝을 든 남
자 스무 명 정도가 달려나와 땅에 말뚝을 박기 시작했다. 스위스
궁수들의 취향에는 이쪽이 더 맞았지만, 그들이 활을 쏘기도 전에
수레의 원 안에서 화살이 빗발치듯 날아와 엄청난 혼란을 일으키
고 경장갑 스위스 궁수들에게 더욱 큰 부상을 입혔다.

이 가공할 엄호 아래 말뚝을 박던 농부들이 작업을 마치고 안전
한 수레 쪽으로 돌아가자, 6인치마다 날카로운 금속 가시가 달린
가느다란 밧줄로 연결된 나무 말뚝들만 남았다. 묘하게도 말뚝과
가시 밧줄이 원의 8분의 1만 가려서, 공격자들은 이 불쾌한 장애물

을 돌아서 가면 그만이었다. 무슨 용도인지 알 수가 없었다.

계속 화살 소나기가 쏟아지자, 스위스군은 전진하여 백병전으로 수레들을 빼앗는 수밖에 도리가 없었다. 촉이 무딘 화살은 최고급 갑옷을 두른 자들에게는 조금 성가신 것에 불과했으며, 맞붙어 싸우는 전투는 그들이 평생 해온 일이었다. 가시 밧줄을 피해—몇몇 기사는 칼로 후려치며 지나갔지만, 밧줄 속에 철심이 박혀 있어 쉽게 잘리지 않았다—수레로 다가간 병사들은 수레를 부수고 들어가 안에 있는 자들을 흠씬 두들겨패기로 마음먹었다. 수레가 딱히 크거나 높지는 않았지만, 가까이서 보니 뚫고 들어가기가 녹록치 않았다. 수레에 접근한 병사들은 수레 측면에 작고 네모난 구멍이 뚫려 있는 것을 알아차렸다. 수레 하나에 여섯 개. 거기서 쏟아져나온 쇠뇌 볼트들은 촉이 뭉툭하지만 거리가 워낙 가까워 엄청난 피해를 입혔다. 게다가 빨랐다. 한 구멍에서 삼사 초에 한 발씩 쏘았다. 스위스 병사들은 어쩔 수 없이 수레 측면에 붙어 바퀴를 잡고 수레를 뒤집으려 했다. 하지만 그 바퀴들은 강철 테를 땅에 박아 단단히 고정되어 있었다. 그때 수레 지붕이 올라가더니 경첩에 의해 한쪽으로 넘어가면서, 뭉툭한 못이 달린 가장자리로 적을 내리쳤다. 상대의 갑옷을 뚫는 것이 아니라 강한 타격을 주기 위한 장치였다. 이 충격으로 수십 명의 팔이 부러지고 머리가 깨졌다. 곧이어 수레의 높이가 낮은 까닭이 더욱 명확해졌다. 수레마다 농부 여섯 명이 타고 있었는데, 스위스 병사들이 검과 도끼를 사용해왔듯 그들은 평생 농사에 사용해온 나무 도리깨로 무장했다. 실전이라면 못을 여럿 박았겠지만, 그러지 않고도 휘추리*가 워낙 빨리 돌아 갑옷 유무와 상관없이 상대의 손과 가슴과 머리에 큰 타격을 입혔다. 게다가 볼트도 계속 날아왔다. 농부들은 상대를 죽이지는 못했지만, 끔찍한 고통을 주고 심한 타박상을 입혔다. 반면 스위스 병사들은 반격을 가하기가 어려웠다. 그들은 검이나 도끼를 휘두르기 적합한 몇 발짝 앞에서 적을 죽이는 데 익숙했지만, 케일은 그 거리를 몇 피트쯤 늘려놓았다. 그것이 모든 것을 결정지었다. 여느 전투 상황이라면 스위스 병사들이 몇 초 만에 썰어버렸을 자들이 단단한 나무 무기와 몇 피트 커진 키 덕분에 손도 댈 수 없는 상대가 된 것이다. 곧 스위스 병사들은 하찮은 농부들이 익숙한 솜씨로 자신 있게 휘두르는 농기구의 모욕적인 공격 앞에 속수무책으로 무너졌다. 십오 분 동안 고통과 피해에 시달린 스위스군은 결국 후퇴했다. 다들 분노와 좌절, 참담한 무기력에 휩싸였다. 그들의 패퇴를 보고 케일의 연옥수 열두 명이 조롱하듯 뭉툭한 화살을 쏘며 약올리자, 케일이 그만하라고 손짓했다. 스위스 장군들이 좌절한 엘리트 군대의 피해 상황을 확인하러 가는 꼴을 보고 케일은 크나큰 기쁨을 느꼈다. 하지만 그들을 따라갈 만큼 경솔하지는 않았다. 40야드 떨어진 곳에서 봐도 도리깨와 몽둥이, 망치, 무딘 도끼, 돌덩이의 효과는 확연했다.

십 분 뒤, 피해 상황을 확인하고 케일에게 돌아온 팬쇼는 여느 때처럼 태평하고 경박해 보였다. 하지만 실은 방금 목격한 광경의 의미에 충격을 받았다.

그가 보스 이카르드에게 말했다. "제 생각이 틀렸습니다. 통하겠는데요. 물론 몇 가지 의문점은 있습니다만."

---

* 도리깨의 작대기 끝에 달린 조금 길쭉한 나무토막.

"그 답은 나한테 있지." 케일이 대꾸했다. 그들은 이날 오후에 있을 모임 장소로 발길을 돌렸다. 모의 전장을 빠져나오는 길에 보스 이카르드가 팬쇼를 따라와 조용히 물었다.

"정말로 통할 거라고 보나?"

"직접 보셨잖습니까."

"그럼 우리가 이길 수 있겠나?"

"가능합니다. 하지만 이기면 어쩌실 겁니까? 그땐 어쩔 생각이죠?"

"무슨 말인지 모르겠는데."

"방금 저 시골뜨기 무리는 자기들이 지배층의 군대만큼 잘 싸운다는 걸 경험했습니다. 저들이 전투에 나가 무수히 죽으면—당연히 그러겠죠—그 결과물을 군말 없이 전부 넘길까요? 총리님이라면 그러겠습니까?"

이날 오후 모임에서 퉁명스러운 질문들이 쏟아졌는데, 케일은 손쉽게 모든 질문에 답했다. 물론 케일이라면 훨씬 까다로운 질문을 했을 것이다. 다른 이들은 보지 못하는 약점을 알고 있었기 때문이다. 팬쇼는 굳이 질문하지 않았다. 그도 약점을 알아차렸지만, 해결할 수 있다는 것도 알았다. 케일은 차분하고 유쾌하게 일일이 대답했다. 마지막으로 나온 말은, 생사가 오가는 실전이 벌어지면 피가 튀고 사지가 잘리는 참상 앞에서 농부들이 무너지지 않겠느냐는 의심이었다.

케일은 여전히 차분하게 말했다. "그럼 내일 스위스군을 다시 데려와 진짜 무기로 자비 없이 싸워봅시다. 아마 세번째 전투는 없을 겁니다."

보스 이카르드는 팬쇼가 지적한 장기적 결과를 고민하긴 했지만, 케일을 지원하는 수밖에 없다고 판단했다. 어차피 전쟁에서 지면 장기적인 고민 따위는 의미가 없었다. 그는 새로 구성된 수뇌부를 내보내고 케일이 요구하는 돈과 징용 권한을 상세히 논의했다.

보스 이카르드 총리에게는 부담스러운 일이었다. 돈과 권력을 넘긴다는 것은 물리적 고통마저 안겨주었다. 하지만 그것들을 돌려받는 문제와 더불어 전쟁이 끝난 뒤 훈련된 무장 농민들의 위험성에 대해서는 나중에 고민하기로 했다. 이날 회의가 끝날 무렵, 토머스 케일은 역사상 가장 막강한 힘을 가진 소년이 되었다. 약정서에 서명하는 동안 케일은 자신의 독특한 영혼 깊은 곳에서 달콤하고 시원한 샘물이 흐르기 시작한 것 같은 기분을 느꼈다.

회의장 밖에서 팬쇼가 케일에게 손짓하고는 한쪽으로 데려갔다.

"오늘 말이 전혀 없던데." 케일이 말했다.

"직업적인 예의지. 너의 잔치를 망치고 싶지 않았어." 팬쇼가 대꾸했다.

"그럴 수 있었을 거라고 생각해?"

"그런데 수레를 어떻게 공급할 건데?"

"이런 젠장! 큰 약점을 눈치챘군. 당신을 속일 수는 없겠어."

팬쇼는 빙그레 웃었다.

"그렇다면 순순히 대답해주겠지?"

십 분 뒤, 두 남자는 스패니시 리즈 빈민가 깊이 자리잡은 오래된 공방에서 수레꾼이자 발명가인 마이클 네빈이 새로운 보급 수레를 선보이며 으스대는 모습을 지켜보았다. 그의 창의력을 뒷받

침해줄 돈이 생긴 덕에, 그 결과물은 비록 예전 손수레의 모습이 희미하게 남아 있긴 하지만 한결 우아하고 세련되어 보였다.

"움직여봐." 케일이 말했다.

팬쇼는 바퀴가 둘 달린 수레의 앞쪽 굴대를 잡고 들었다. 설계의 바탕이 된 기존 수레보다 훨씬 큰데, 놀랍게도 굉장히 가벼웠다. 네빈은 자신감에 부푼 공작처럼 으스댔다. "미치광이 리디머 놈들이 사용하는 보급 수레보다 네 배는 빨리 움직이고, 방향 선회도 꽤 용이하면서, 무게는 거의 절반입니다. 과적만 하지 않으면 황소 여섯 마리 대신 말 한 마리로 충분히 끌죠. 유사시에는 말도 필요 없어요. 짐을 절반만 싣고 네 명이 밀어 움직이면 거의 리디머들만큼 빠르게 재보급이 가능합니다. 난 지금 몹시 흥분됩니다. 모두가 군침을 흘릴 만한 물건을 만들었으니까요. 안 그렇습니까?" 이는 질문이 아니라 동의 요구였다.

네빈이 자신에게 만족하는 것 못지않게 케일도 네빈에게 만족했다. 케일이 팬쇼에게 말했다.

"네빈은 나와 함께 전투 수레를 설계했어. 리디머 보급 수레보다 두 배 정도 빠르게 움직이도록 크기를 줄인 건 네빈의 발상이야. 리디머들이 빠른 속도로 우릴 따라와 공격할 방법은 기마 보병을 보내는 것뿐인데, 당연히 보급 수레는 대동할 수 없지. 설령 따라잡는다 해도, 아르테미시아의 척후 기병대가 놈들이 도착하기 몇 시간 전에 알려줄 거야. 우리가 둥글게 늘어서서 외곽에 육 피트 깊이의 참호를 파면 리디머들이 어떻게 할까? 만약 공격해온다면, 우리는 오늘 한 것보다 더 참혹하게 놈들을 갈가리 찢어버릴 거야. 만약 기다린다면, 척후 기병대가 달려가서 우리를 구해줄 부대를 데려오겠지. 명심해. 앞으로 매주 매일 이런 이동 요새가 이백 개는 생겨날 거야. 설령 리디머들이 하나를 고립시켜 파괴한다 해도, 우리는 그 열 배의 피해를 줄 거야."

"그게 그렇게 쉬울까?"

"아니. 하지만 우리가 한 명 잃으면 놈들은 두 명을 잃을 거야."

"설령 네 말이 맞는다 해도, 난 맞을 수도 있다고 생각하지만, 리디머들은 떼죽음도 마다하지 않아. 그런데 네 시골뜨기 부대도 그럴까?"

케일은 다시 빙그레 웃었다.

"두고 보면 알겠지."

"네 신형 수레로 전투에서 정말 이길 수 있다고 생각해?"

"그것도 아직 몰라. 하지만 그럴 생각도 없어. 이드리스푸케의 말대로야. 결정적인 전투의 문제는 그것이 상황을 결정짓는다는 거지. 내 목적은 리디머들을 박살내는 게 아니라 피를 흘리게 하는 거야."

26

위대한 철학자 루트비히가 이르기를, 인간의 육체는 인간의 영혼을 가장 잘 표현한 그림이라고 했다. 따라서 육체와 마찬가지로 영혼에도 종양이 있고, 성장이 있고, 감염된 기관이 있다. 간의 목적이 몸속의 독소를 모으는 웅덩이 노릇이듯, 영혼에도 정신적 고통의 유독한 배설물을 보관하고 격리하는 기관들이 있다.

죽지 않을 정도의 고통은 인간을 강하게 만든다는 경구는 희망 사항에 불과하다. 실제로는 치명적인 고통이 독의 저장소에 잠시 격리될 뿐이다. 간과 마찬가지로, 그것 역시 너무 많은 독을 처리하면 썩기 시작한다.

성소의 생존자들은 이미 자기 몫의 고통 이상을 겪었다. 그것에 더해 아내와 아기를 잃고 키티의 지하실에서 끔찍한 고문을 당한 클라이스트는 지금 과거의 늪에 빠지려 하고 있었다. 실버필드에서 모의 전투가 벌어진 다음날, 클라이스트는 다가올 전쟁에 쓰려고 작업중인 장화 한 켤레를 들고(가죽 세공 작업은 성소에서 클라이스트가 고정적으로 하던 일이었다) 뉴욕 로드에 있는 구두장이에게 갔다. 과거 보스코는 군대에 장화는 식량과 무기 다음으로 중요하다고 케일에게 귀가 따갑도록 강조했다. 매주 말을 사고파는 장터가 열려 북적이는 시장을 지나던 클라이스트는 아들을 업고 있는 데이지와 스쳤다.

그는 몇 야드 더 걷다가 멈춰 섰다. 그 젊은 여자의 얼굴은 제대로 보지 못했지만—그녀 쪽을 보고 있지도 않았고, 눈 깜짝할 사이에 스쳐지나갔다—그의 안에서 뭔가가 부르르 떨렸다. 물론 그의 죽은 아내보다 나이가 더 많고 홀쭉했으며, 훨씬 주름진 얼굴이었다. 그녀일 리 없다는 걸 알고 있었고—데이지의 재는 300마일 너머 초원 위에서 흩날리고 있을 테니까—다시 본 뒤 마음속 심연에서 비참한 기억을 끌어내고 싶지 않았지만, 뜻대로 되지 않았다. 클라이스트는 돌아서서 인파 사이로 걸어가는 여자를 뚫어져라 바라보았다. 하지만 물건을 사고파는 자들이 너무 많아 금세 여자의 모습이 사라져버렸다. 그루터기처럼 꼼짝 않고 서 있던 클라이스트는 여자를 쫓아가라고 혼잣말로 중얼거렸지만, 이내 부질없는 짓이라고 스스로를 타일렀다. 싸늘한 고독감이 온몸을 꿰뚫고, 감당하기 어려운 슬픔이 서서히 잔인하게 퍼져나가기 시작했다. 클라이스트는 조금 더 서 있었지만, 해야 할 일이 있기에 구두장이 가게를 향해 돌아섰다. 시장에서 겪은 이 순간부터 클라이스트의 삶은 죽어 있는 삶이었다.

"그래서 당신 생각은 어때?"

지난 십 분 동안 4피트 길이의 무쇠 관을 살펴보는 로버트 후크를 지켜보던 케일이 물었다.

"이걸 사용해봤나요?" 후크가 되물었다.

"내가? 아니. 벡스에서 그런 걸 하나 봤어. 처음 발사되었을 때는 한 번에 리디머 세 명을 관통하더군. 두번째에는 폭발해서 스위스 병사 여섯 명을 죽였지. 자네가 그걸 만들어낼 수 있다면 굉장한 물건이 될 거야."

후크는 흉측하게 생긴 장치를 빤히 바라보았다. "이런 게 작동하다니 놀랍네요."

"물론 그렇겠지."

"돈깨나 들 겁니다."

"물론 그렇겠지. 하지만 난 바보가 아냐. 자네가 파이프를 이용해 충돌 실험을 했다는 거 알아. 자연의 원리를 연구하는 데 쓸 돈은 줄 수 없어."

"실질적인 지식만 중시하는군요."

"이런 지식이건 저런 지식이건 상관 안 해. 내 관심사는 불 위에 서지 않는 것뿐이야. 만약 우리가 보스코를 막을 방법을 찾지 못하면 다 같이 화형장으로 끌려갈 테니까. 내 말 알겠어?"

"네, 알다마다요, 케일 님."

"그럼 가능한 거야?"

"불가능하진 않습니다."

"나한테 청구서 주고 작업 시작해."

케일이 문 쪽으로 걸어가자, 뒤에서 후크가 소리쳤다.

"그나저나 궁금한데요."

"뭐가?"

"물 한 잔 갖다달라고 했다는 이유로 사람 머리를 잘랐다는 소문이 사실입니까?"

심신이 말짱한 사람도 케일처럼 과도하게 일하다가는 생명이 위태로울 텐데, 하물며 케일은 말짱한 심신과는 거리가 멀었다. 어쩔 수 없이 대리해줄 사람이 필요했다. 도와줄 사람은 많았다. 이드리스푸케는 물론이고, 썩 내키지 않는 기색의 캐드버리도("나는 범죄 사업을 운영하느라 바쁜데.") 믿음직했으며, 말없고 침울한 클라이스트조차 텅 빈 마음을 일로 채우고 싶어하는 눈치였다. 하지만 아직 부족했다. 케일은 이드리스푸케와 함께 비폰드에게 도움을 청하러 갔다.

"콘의 일은 죄송합니다."

"네가 미안해할 일은 전혀 없다고 생각한다. 선택의 여지가 없었어." 비폰드가 대꾸했다.

"저는 콘을 보고 웃지 않았습니다."

"안다. 하지만 그건 상관없어. 넌 보스 이카르드를 끌어들여야 해."

"어떻게요?"

"그래…… 쉽지 않지. 이카르드는 나름대로 유능한 사내지만, 끝없는 권력욕에 사로잡혀 있다. 권력 자체가 목적이 됐어. 더구나 음모에 중독된 자야. 오 분만 혼자 놔두면 자신을 망칠 음모도 꾸미려 들걸."

"정규군을 통제할 힘이 필요합니다. 저는 특별한 군대를 만들 수 있다고 생각했습니다. 하지만 그 군대만으로는 성공할 수 없어요. 이동 요새 밖에서 싸워줄 부대가 필요합니다." 케일이 말했다.

"이카르드에게는 다르게 말했나보구나."

"잘못 생각했습니다. 시골뜨기들은 방벽 뒤에서 보호받고 적과 떨어져 있으면 잘 싸우지만, 수레에서 멀어지면 가시 없는 고슴도치처럼 위태로워요."

잠시 침묵하던 비폰드가 마침내 입을 열었다.

"절박한 상황에는 절박한 구제책이 필요하지. 사실대로 말해라."

"무슨 뜻이죠?"

"글자 그대로다. 이카르드에게 솔직하게 털어놔. 그자는 상황이 얼마나 절박한지 알고 있다. 그렇지 않았다면 넌 지금 여기 없을 거야. 네가 성공하면 다 같이 살고 네가 실패하면 다 같이 죽는다는 점을 강조해. 만약 그 캐드버리라는 친구가 이카르드의 약점을 잡고 있다면 협박을 해보거나."

"별거 없어요."

"그럼 솔직해지는 수밖에." 이드리스푸케가 말했다.

"솔직함이 통하지 않는다면요?"

"암살."

"그건 절대 통하지 않는다고 말씀하신 줄로 아는데요?"

"내가 그랬어?"

"네."

"비범하구먼."

이후 케일은 보스 이카르드를 만났는데, 놀랍게도 면담이 성공적이었을 뿐만 아니라 매우 유쾌하기까지 했다. 무릇 거짓말이란 정교해야 하고, 생각지도 못한 빈틈 때문에 들통나는 경우가 허다

370

하다. 거짓말을 하는 것은 피곤한 일이다. 반면 사실대로 말하기는 쉽다. 애써 꾸미지 않아도 되니까. 솔직하게 털어놓기를 잘했다고 생각한 케일은 다음에도 사실대로 말하리라 다짐했다. 그리고 비폰드의 예상은 맞아떨어졌다. 선택의 여지가 없자 보스 이카르드의 태도는 단순해졌다.

"내가 장담하는데, 수녀부를 납득시킬 순 없을 거다. 그들은 너한테 협력할 마음이 전혀 없거든."

"그렇다면 그들을 교체해야겠군요."

"임명된 지 얼마 안 된 자들이야."

"모두가 그렇소? 아니면 일부만 그런 거요?" 이드리스푸케가 물었다.

"세 명만 제거해도 충분할 겁니다. 가능하다면."

"특별한 수단에 반대하시오?"

"특별한 수단?"

"아시다시피, 절박한 시기에는 절박한 해결책이 요구되는 법이니까."

그로부터 열흘도 지나지 않아, 암토끼 키티의 신사록을 이용해 두 명을 사임시켰고 한 명은 자살했다. 케일은 예의와 신뢰의 징표로 신사록 한 권을 보스 이카르드에게 주었는데, 거기 기록된 비통상적인 금융거래 사례 중에는 보스 이카르드도 포함되어 있었다. 물론 이드리스푸케는 그 책의 사본을 만들어놓았다.

이유는 달라도 라코니아 용병단과 리디머들은 모두 전쟁이 인간이란 존재의 필연적 상수라는 인식에 기초를 둔 집단이었다. 반면 추축국 연합군은 그냥 일반적인 군대였다. 하지만 전쟁에서 지고 끝나는 게 아니라 전멸할 거라는 인식이 팽배해지자 케일의 군대 개량 작업이 탄력을 받았다. 보스코 교황이 샤르트르 대성당에서 한 설교의 인쇄물이 나돌면서 그런 인식은 더욱 증폭되었다. 그 설교에서 보스코는 성서 구절을 정확히 인용하면서 주님의 확고한 명을 수행하라고 신도들에게 촉구했다. '너희는 숨쉬는 모든 것을 살려두지 말아야 한다. 막게다에 가면 그곳을 철저히 파괴하고 거기 사는 모든 인간을 말살하라. 립나에 가면 그곳을 철저히 파괴하고 거기 사는 모든 인간을 말살하라. 그리하여 라기스와 에글론과 헤브론과 데비르에서 그들은 숨쉬는 모든 것을 말살했으며, 남녀와 어린이와 젖먹이는 물론이요, 소와 양과 낙타와 당나귀까지 하나도 남김없이 죽였도다.'

이 소름 끼치는 설교가 가짜라는 소문이 돌았는데, 이 의심은 전적으로 옳았다. 케일과 베이그 헨리가 몰래 만들어 뿌린 인쇄물이었던 것이다. 하지만 대부분의 사람들은 내키지 않으면서도 그것이 진짜라고 믿었으며 그 이유는 두 가지였다. 최근에 리디머들이 점령한 지역에서 미시시피강을 건너온 소수의 피난민에 따르면, 모든 도시에서 대규모 피난이 시작되어 난민들이 북쪽으로 갔다가 서쪽으로 도망가고 있다는 소문이 무성했다. 하지만 모든 종교가 같은 성서의 믿음을 공유한다는 당혹스러운 진실도 있었으며, 비록 사람들은 신의 요구로 나라 전체에 성스러운 대학살이 일어나 마지막 개 한 마리까지 죽은 숱한 사건들을 무시해버렸지만, 더이상은 무시하기가 불가능해졌다. 지역적이건(만 하탄, 소돔) 전 세계적이건(아마겟돈), 기묘하게도 모든 종교가 세계 종말의 약속이 담긴 믿음을 공유한다는 것은 불편한 진실이었다.

그로부터 육 주 동안, 케일이 지휘하는 새로운 정부 부처 '리디머 대항청'은 사방의 열린 문들을 손쉽게 밀고 들어갈 수 있었다. 이는 리디머들에 대한 공포 때문이기도 했고, 토머스 케일에 대한 두려움 때문이기도 했다. 물 한 잔 갖다달라고 명령했다는 이유로 케일이 상대의 목을 잘랐다는 소문은 이제 진실로 받아들여졌다. 이드리스푸케가 한마디했다. "너는 전설이 되는 재주가 있구나. 그게 좋기만 한 일인지는 모르겠다만." 암토끼 키티의 신사록을 손에 넣은 것도 협조를 촉진했다. 수뇌부 세 명이 교체된 뒤, 이제는 모두가 직위를 잃을까봐 케일의 눈치를 살폈으며, 그가 세운 다양한 계획들에 대한 열성적 호응이 권력의 전당들로 퍼져나가기 시작했다. 많은 일이 성사되었고, 리디머 대항청의 예상보다 훨씬 빠르게 진행되었다. 하지만 이런 희소식이 계속 이어질 수는 없었다. 그리고 마침내 닥쳐온 재난은 뜻밖에도 예상된 것이었다.

두 달간 군수 물자 준비에 열을 올린 그들은 전쟁의 핵심인 식량과 군복, 무기, 수레의 첫 배달을 계획했다. 거의 케일과 클라이스트가 설계한 장화는 세부적으로 계약을 맺었는데, 이는 리디머들의 엄격한 방식에 따른 것이었다. 식량도 마찬가지였다. 무기 역시 그러했다. 품질은 높이되 단순해진 쇠도리깨부터 파괴력을 줄인 대신 장전 속도와 근접전 용이성을 향상시킨 신형 쇠뇌까지 같은 방식으로 제작되었다. 첫 식량이 배달된 창고에서 케일이 지켜본 상자들은 하나같이 깨져 있었고, 구더기와 바구미가 득실거리는 건빵이 드러났다. 벌레가 없는 건빵도 썩은 기름에 오염되었거나 정체 모를 원인으로 상해서 단지 먹기 어려울 뿐만 아니라(병사들은 부득이한 상황에서는 역겨운 음식도 참고 먹는다) 전투에 필요한 에너지를 공급해줄 수 없는 상태였다. 앞서 케일은 네 시간 동안 나머지 모든 물자를 같은 방식으로 살펴보았다. 장화는 군데 군데 터져 있었고, 쇠뇌에서 발사된 볼트는 너무 약해 구루병을 앓는 아이의 피부조차 뚫지 못할 정도였다. 수레는 규격대로 만든 것 같긴 했으나, 여섯 명을 태우고 삼십 분쯤 달리게 해보니 실전에서 일주일을 버티기 어려울 듯싶었다.

"책임자들을 만나봐야겠어." 케일이 중얼거렸다. 그토록 차가운 표정은 지금껏 누구도 본 적이 없었다.

하지만 이 문제는 겉보기보다 훨씬 까다로웠다. 군수물자 분야의 부패는 조달업자에게만 뿌리를 내린 게 아니라 그들이 계약을 따내려고 뇌물을 먹이는 자들에게까지 뻗쳐 있었다. 워낙 비리가 만연해 있다보니 관련자들은 그걸 부정 행위로 여기지도 않았다. 그것이 뿌리깊은 악습이라는 사실보다 더 큰 문제는 군수품 조달 통제권을 왕족의 일가친척이 독점하고 있다는 점이었다. 사실 그들이 하는 일이라고는 호주머니를 여는 번거로움을 감내하는 것뿐이었는데, 아무 일도 안 하면서 엄청난 거액을 바라는 터라, 제대로 된 무기와 식량을 공급할 돈이 남지 않고 이윤도 창출할 수 없었다.

이 문제에 비하면 차라리 전쟁 자체가 쉬워 보일 지경이었다. 리디머 대항청이 빠르게 물자를 보급하지 못하고 초봄에 리디머들이 도강할 가능성에 대비해 품질 좋은 장비를 제공하지 못하면 스위스는 끝장이었다. 하지만 이 재난을 야기한 책임자들은 케일의 손이 닿지 않는 곳에 있었다.

"내가 할 수 있는 일은 없다." 사실 보스 이카르드는 이 문제를 익히 알고 있었다.

"근절해야 합니다. 그들이 손을 떼게 해야 합니다. 미친 인간들이에요. 리디머들한테 지면 자기들도 망한다는 걸 모른단 말입니까?"

"왕족이니까. 그들의 삶은 그 자체로 정신병이다. 그들의 혈통이야말로 진정한 힘이며, 신이 내린 권위의 힘이 핏줄을 따라 흐르지. 너나 나와는 다른 존재들이야."

"저는 리디머들이 정신병자인 줄 알았는데요."

"세상은 넓고 미친놈은 많지. 만약 내가 끼어들었다가는 한 시간도 못 돼서 감옥에 갇힐걸. 그게 너한테 좋을 리 있겠느냐? 해결책은 있을 거다."

"무슨 뜻이죠?"

"너한테 달려 있다. 지금은 네가 대장이니까."

"저를 도와줄 겁니까?"

"아니. 하지만 뭘 하든 현란하게 해라."

길은 케일이 벡스에서 리디머 군대가 거둔 대승의 영광을 훔쳐 자신을 포장했다는 소문을 일찌감치 들어서 알고 있었지만, 그 밖에는 거의 막연하고 일반적인 정보뿐이라 저잣거리에서 사람들이 주고받는 한담 수준에 불과했다. 콘의 재판 소식은 두 사람을 거쳐서 들었고, 그의 처형 소식은 직접 전해들었으며, 콘의 머리가 케데 물랭 광장 위로 튕기는 모습을 보고 케일이 웃으며 담배를 피웠다고 널리 회자되는 소문도 들었다. 길은 스패니시 리즈 고위층에 리디머 첩자가 있다는 스위스인들의 주장이 사실이면 좋겠다고 생각했다. 실제로 그의 돈을 받고 활동하는 정보원은 범죄자들뿐이고, 그에게 동조하는 자들은 변변찮은 신분이거나 권력의 중심에서 밀려난 자들뿐이었다. 하지만 요즘 길은 케일에 관한 사실과 헛소문을 구분하는 것이 무의미하다는 걸 깨닫기 시작했다. 녀석의 키가 7피트라는 둥, 한 손을 들어 암살자의 눈을 멀게 했다는 둥, 아무리 허무맹랑한 이야기라도 허투루 듣지 않는 것이 중요해졌다(하지만 물 한 잔 갖다달라고 했다는 이유로 상대의 목을 잘랐다는 소문은 너무나 그럴싸하게 들렸다). 케일이 풍기는 어떤 기운으로 인해, 사람들은 그에게 희망과 공포의 옷을 입혔다. 케일에 대한 두려움 그리고 그의 능력이 모두를 구해줄 거라는 터무니없는 기대가 뒤엉켜 있었다. 그리고 그건 단순히 어리석고 절박한 망상이 아니었다. 보스코를 보라. 그는 길이 아는 가장 머리 좋은 사내지만, 케일에 대한 그의 믿음은 결코 흔들리지 않았다. 그래도 길은 보스코를 시험해보지 않을 수 없었다.

"케일이 점점 막강해지고 있습니다, 성하."

"그렇다면 이카르드와 조그가 내가 예상한 것보다 영리한 자들이란 뜻이군." 보스코가 대꾸했다.

"케일은 우리가 무엇을 하려는지 알고 있거나 추측할 수 있는 녀석입니다. 그건 우리에게 크나큰 위협이죠."

"난 그리 생각하지 않네. 아른헴란트를 통해 침공하려는 우리의 계획을 케일이 알고 있었다는 사실은 심각한 문제를 야기할 수 있었어. 하지만 당시에 녀석은 자신의 말에 귀기울이도록 아무도 설득하지 못했지. 이제 우리가 북쪽 미시시피강에 자리잡고 남쪽으로는 리즈로 가는 브루너 산길을 봉쇄했으니, 우리가 무얼 할지는 불을 보듯 뻔해. 케일이 뭘 알고 무슨 추측을 하는지는 더이상 중요하지 않아."

"하지만 우리가 상대할 자는 조그에게 굽실대는 얼간이 귀족 나부랭이가 아닙니다. 케일은 자신이 뭘 하는지 잘 압니다."

"당연하지. 자넨 신의 왼손에게서 무슨 모습을 기대했나?"

보스코는 빙그레 웃고 있었지만, 길은 그게 어떤 미소인지 아리송했다.

"케일이 우리에게 직접 맞선다는 사실이 이 세상을 약속된 종말로 이끌려는 성하의 계획에 어떤 의미인지요?"

"난 그것이 우리의 계획인 줄 알았는데. 주님의 계획 말일세." 여전히 같은 미소였다.

"그런 가벼운 말씀으로 저를 조롱하심은 온당치 못하다 사료됩니다, 성하."

"물론이지, 길. 내 잘못을 인정하네. 교황이 자네에게 용서를 구하네. 자네는 늘 가장 혹독한 대의를 위해 싸우는 최고의 충복이었으니."

미소는 사라졌지만, 사과의 어조는 여전히 비딱했다.

"케일이 우리의 적이라는 사실이 어떤 의미입니까, 성하?"

"주님이 우리에게 메시지를 보내신다는 뜻일세."

"어떤 메시지 말씀입니까?"

"나도 몰라. 그분의 뜻을 헤아리지 못함은 나의 잘못이야. 하지만 나 또한 그분의 실수에 불과하다네."

"어째서 주님은 성하께 바로 말씀해주시지 않습니까?" 위험한 도발이었다. 그 말을 꺼내자마자 길은 입을 다물지 못한 자신을 책망했다.

"왜냐하면 나의 주님은 심오한 주님이시니까. 그분은 홀로 있고 싶지 않아 우리를 만드셨네. 만약 주님이 우리가 할 일을 일일이 알려주시고 사사건건 개입하셔야 한다면, 우리는 스패니시 리즈의 부유한 갈보들이 무릎에 올려놓고 귀여워하는 개처럼 애완동물에 불과한 존재일 거야. 주님은 우리를 사랑하시기에 넌지시 알려주시는 거지."

"그렇다면 왜 우리를 파멸시키십니까?"

이 말을 하자마자 길은 속으로 중얼거렸다. 기왕 불경한 질문을 했는데 훨씬 더 불경한 질문이라고 못할 것 없잖아? 하지만 그는 자신의 괴상한 주인이 얼마나 영리한 자인지 감안하지 못했다.

"나도 종종 그 생각을 했다네. 주여, 어째서 제게 이런 끔찍한 일을 하라 하시나이까?"

"그래서요?"

"주님은 불가사의한 방식으로 역사하시지. 아마 내가 생각한 것보다 더 자비와 사랑이 넘치는 분일 게야. 나는 오만했다네." 보스코는 씁쓸한 말투로 덧붙였다. "인류가 그분의 유일한 아들에게 한 짓에 너무나 분개하셨거든. 이제 나는 우리 모두가 죽어서 그 영혼들이 한데 모이면 주님이 우리를 재창조하시리라 믿네. 이번에는 그분의 참된 형상으로 만드시겠지. 그래서 우리가 이 혐오스러운 일을 해야 하는 거라고 나는 생각하네."

"하지만 확신하진 못하시는군요?"

보스코는 미소를 지었다. 이번에는 그 의미가 쉽게 읽혔다. 단순한 겸양의 미소였다.

"굳이 또 대답할 필요는 없으리라 보네."

알현을 마치겠다는 뜻이 분명했다. 더 어리석은 말이 나오기 전에 나가는 것이 상책이라고 판단한 길은 허리 숙여 인사했다.

"감사합니다, 성하."

그가 문손잡이를 잡고 나가려 하자, 뒤에서 보스코가 말했다.

"오늘 오후에 몇 가지 계획을 자네한테 보내겠네."

"알겠습니다, 성하."

"조금 수고롭겠지만 반드시 해야 할 일이야. 나중에 후회하지 않으려면 안전이 최선이지. 미시시피강의 조선소를 100마일쯤 뒤로 이동시켜주게나."

"이유를 여쭤도 될까요, 성하?" 어처구니없는 지시라고 여기는 기색이 역력한 말투였다. 하지만 보스코는 알아차리지 못한 눈치였다. 혹은 짐짓 모른 척했거나.

"내가 케일이라면 조선소를 파괴하려 들 거야. 신중을 기하는 것이 현명하리라 보네."

밖으로 나와 복도를 걸어가며 길은 한 가지 생각을 마음속에 되뇌었다. 저 양반에게서 벗어날 방법을 찾아야겠어.

27

"어찌할 생각이냐?" 이드리스푸케가 물었다.

"몰라도 됩니다."

"아직 생각해보지 않았구나?"

"네. 하지만 생각해낼 겁니다."

"신중하게 행동해."

"산을 넘는 계획은 마무리하셨는지 물어보려던 참이었습니다."

"거의 다 됐다."

"생각보다 더 빨리 필요해질 수도 있습니다." 케일은 뭔가 다른 걸 생각하는 기색으로 한마디 덧붙였다. "그 계획에 연옥수들도 포함됩니까?"

"아니."

"포함해야 합니다."

"너 아주 감상적인 녀석이 됐구나."

"감상과는 아무 상관 없습니다. 놈들에 대한 혐오로 제 판단력이 흐려진 적은 있지만요. 이제는 제가 가진 것에 감사할 때입니다. 시키는 일은 뭐든 하면서 질문하는 법이 없는 자들 이백 명이라면 거느릴 가치가 있지 않겠습니까?"

"네가 썩 좋아할 이야기는 아니야." 케일이 베이그 헨리에게 말했다.

"오이 샌드위치가 더 없다는 말이면 하지 마." 농담과 진담이 섞인 말이었다. 베이그 헨리는 오이 샌드위치를 유난히 좋아했는데, 그 샌드위치는 불과 십 년 전 오이가 처음으로 멤피스에 수입되어 어떻게 먹어야 좋을지 아무도 모를 때 마테라치 가문의 멋쟁이 '오이' 해리스 경이 개발한 것이었다. 리디머 대항청의 일을 처리하러 나가지 않는 날이면 베이그 헨리는 오후 네시에 가벼운 식사를 하며(오이 샌드위치, 크림 케이크, 스콘) 스위스 상류층 사람들의 허세를 조롱하곤 했다. 사실 헨리에게 이 오후 식사는 요즘 뻔질나게 드나드는 콩포르 상쉬엘 거리의 '비누 제국' 다음으로 인생의 가장 큰 즐거움이었다.

"왕족의 피가 흐르는 자들. 그자들은 무사할 거야." 앞서 세 소년은 왕자들과 그들에게 뇌물을 준 제조업자들을 어떻게 응징할지 논의했다(클라이스트는 자신이 맡은 특수한 일 말고는 만사에 무관심해 보였지만 케일과 베이그 헨리는 언제나 녀석을 포함시켰다). 어떤 처벌이 좋을지, 그들에게 가하는 폭력 행위가 얼마나 극단적이고 공개적이어야 할지 등등.

"어째서?" 베이그 헨리는 기분이 좋지 않았다. 그는 최근에 배달된 형편없는 물자를 보고 케일 못지않게 분노한 참이었다.

"남들은 곤욕을 치를 때 요리조리 잘도 피해가는 자들이잖아."

"놈들의 목을 잘라 꼬챙이에 끼워놓지 않을 거란 뜻이야?" 그건 베이그 헨리가 선호하는 방법이었다.

"그보다 더 나쁘지."

"계속 이야기해봐."

"우린 그자들에게 보상을 줘야 해."

"뇌물을 주자는 거야?"

"응."

"왜?"

"우린 그들과 맞설 만큼 강하지 않아. 이드리스푸케와 비폰드가 내 이야기를 듣고 착오를 바로잡아줬어. 지금은 혁명을 일으킬 시간이 없어. 보스코는 이십 년이 지나서야 샤르트르에 있는 적들을 쓰러뜨렸고, 그마저도 시간이 촉박해 서둘러야 했지. 우리가 왕족 스무 명을 죽일 수는 없어. 심지어 그들을 지나치게 자극해서도 안 돼. 뇌물을 줘서 몰아내는 수밖에 없어. 그들을 불안하게 한 다음, 벗어날 방법을 제시해야 해. 적당히 불안하게 해서 순순히 물러나도록 말이야. 어려울 테지만 불가능하진 않아."

"그럼 공장주들은?"

"그놈들에게는 무슨 짓이든 해도 괜찮아."

잠시 침묵이 흘렀다.

베이그 헨리가 짜증과 분노에 휩싸여 소리쳤다. "빌어먹을! 이번 전쟁이 끝나고 우리가 살아 있으면, 돌아와서 그 인간들을 아작 내자. 그러겠다고 약속해."

"명단에 이름을 적어놔. 나머지 놈들도 모두 다." 케일이 웃으며 대답했다.

지금껏 토머스 케일의 행동으로 인해 무슨 일들이 벌어졌는지 생각해보자. 끔찍한 죽음을 목전에 둔 리바를 구해주고 달아났다. 친구로 보기 어려운 녀석들을 구하러 마지못해 성소로 돌아갔다. '단치히 생크'라는 아름다운 명검을 처참히 부러뜨렸다. 잠들어 있는 자들을 죽였다. 아르벨 마테라치를 구해주었다. 오페라 로소에서 솔로몬 솔로몬을 무자비하게 죽였다. 궁전의 바보 사이먼 마테라치에게 대화의 길을 열어주었다. 아르벨 마테라치를 또 구해주었다. 실버리힐에서 콘을 구출하고 크게 후회했다. 블랙버드 레이스의 마녀 처형 승인서에 서명했다. 골란고원에서 강물에 독을 풀었다. 진지를 발명하고 파괴해 오천 명의 여자들과 아이들을 기아와 질병으로 죽게 했다. 암토끼 키티를 목 졸라 죽였다. 벡스 전투 후 다리에 불을 질렀다. 콘 마테라치의 재판에서 위증을 했다. 여기에 더해 케일은 지난주 군수품 창고로 쓰레기를 보낸 책임자 스무 명을 납치하고 살해했다. 그들은 벌레처럼 벌거벗겨진 채 그들의 뇌물을 받은 왕자들의 궁전 앞에 매달렸다. 몸통은 끔찍하게 토막 났고, 코와 귀는 잘렸으며, 혀를 뽑고 입속에 동전을 채워넣은 뒤 입술을 꿰매었고, 손가락들도 꿰매 동전을 움켜쥐게 해놓았다. 왼쪽 눈알은 도려내졌고, 탐욕의 중심이라 불리는 쓸개는 제거되었다. 목에 걸린 종이는 나중에 전단 수백 장이 되어 도시 전체에 뿌려졌다. 모든 남녀노소의 목숨을 돈과 맞바꾸려 했던 그들의 추악한 범죄의 진상을 까발린 것이다. 전단에 실린 서명은 '왼손의 기사들'이었다.

괜한 오해가 없도록 부연하자면, 케일과 베이그 헨리는 시간과 여건이 허락하는 한 빠르고 고통 없게 그들을 죽였다. 다른 이들에 대한 교훈으로서 그들에게 가해진 참혹한 고문은 사후에 행해졌다. 역사는 판단하지 않는다. 그것은 역사학자들의 기록일 따름이다. 역사적 사실을 아는 자들만이 그 상황에서 케일이 달리 행동할 수 있었다고 비난하거나 부득이한 선택이었다고 이성적으로 판단할 수 있다.

시신들이 매달린 궁전 벽에는 옛 스페인어로 문장 하나가 적혔는데, 귀족들끼리는 수백 년 전 스페인에서 쓰인 그 언어로만 말하는 허식을 노린 것이었다.

페사도 아스 시도 엔 발란사, 이 푸이스테 아야도 팔토.

대략 번역하면 '너의 무게를 저울로 재보니 조금 모자랐다'이다. 호이 폴로이(평민)에게는 무의미한 글자들의 나열일 뿐이겠지만, 궁전 벽에 거꾸로 매달려 있는 죽은 사내들에게서 돈을 받은 열두 명의 왕자들에겐 충분히 위협적인 글귀였다. 케일은 그들이 초조해하도록 스물네 시간 동안 그렇게 내버려두었다. 결국 이드리스 푸케가 리디머 대항청을 대신해 거금이 든 커다란 종이봉투를 전달했는데, 살해된 공장주들과 합법적으로 계약한 왕자들의 손해를 만회해주는 보상금이었다. 심대한 국가적 위기 앞에서 모두의 더 큰 이익을 위해 리디머 대항청이 그 공장들을 넘겨받았다. 열두 왕자는 묵인하는 수밖에 도리가 없었다. 그들은 자신이 어떤 과정을 통해 위협받았는지 몰랐으며, 보상을 받은 정확한 이유도 알지 못했다.

고소나 고발은 물론이요, 재판조차 없이 납치와 고문, 살해를 당한 자들에 대해 세간의 동요는 거의 없었다. 오히려 관련자들을 모조리 색출하자는 여론이 비등했으며, 빈민가에서는 왼손의 기사들과 그들의 방식을 열렬히 지지했다.

충격적인 살인 사건으로 스패니시 리즈가 활활 타오르고 일주일 뒤, 케일은 총 제조 가능성에 대한 일차 보고를 들으러 로버트 후크를 찾아갔다.

비싼 값을 주고 사온 길쭉한 무쇠 관을 살펴보던 후크가 말했다.
"총의 개념 자체는 틀리지 않았습니다. 실용성이 문제죠. 무쇠가 관 한쪽 끝에 채우는 '악랄한 질산칼륨'의 폭발력을 견디지 못해 터져버리거든요. 따지고 보면 단순한 문제입니다."
"그럼 더 튼튼한 무쇠를 써."
"그런 쇠는 존재하지 않습니다. 아직은."
"언제 만들어지는데?"
"모르죠. 몇 달이 걸릴지 몇 년이 걸릴지. 어쨌든 당장은 시간이 없습니다."
"그럼 끝난 거야?"
"음…… 아뇨…… 아닐 수도 있습니다. 베이그 헨리와 이야기해보니, 장전하기 훨씬 쉬운 쇠뇌를 만들었다더군요. 덕분에 파괴력은 훨씬 떨어지지만 말입니다."
"강력할 필요가 없으니까. 근접전에 사용하는 무기야. 몇 발짝 거리."

"저한테는 그런 말 안 했잖아요!"

"그래서?"

"그래서요? 그게 핵심이란 말입니다. 최대 사거리가 얼마면 되는데요?"

"기껏해야 몇 야드. 우리 병사들은 나무 방벽 뒤에 있을 테니 거의 백병전 수준이겠지."

"리디머들이 갑옷을 입을까요?"

"일부만 입고 대개는 아닐 거야. 물론 장갑병의 수를 차차 늘리겠지."

후크는 무쇠 관을 내려다보았다. "그럼 이건 필요 없겠네요." 그는 크기가 달걀만한 납탄 하나를 들고 말을 이었다. "이것도 필요 없습니다." 그러고는 보자기를 덮어놓은 탁자로 케일을 데리고 가더니, 마술사가 어린아이 생일잔치에서 마법의 케이크를 보여주듯 보자기를 젖혔다.

"나무 모형일 뿐이지만, 원리는 알 수 있습니다."

방금 본 무쇠 관처럼 한쪽 끝은 막혀 있고 반대쪽은 열려 있는 파이프인데, 내부 구조가 보이도록 세로로 길게 잘라놓았다.

후크가 말했다. "악랄한 질산칼륨을 너무 많이 채우지 않는 게 관건이죠. 적정량—가능한 한 적게—만 넣고 반대쪽에서는 가벼운 것을 발사해야 합니다."

"얼마나 가벼워야 하지?"

후크는 작은 천 주머니를 열고 탁자 위에 내용물을 쏟았다. 못과 작은 사금파리, 쇳조각들이었고, 심지어 돌멩이도 더러 있었다. 인상적인 광경은 아니었다. "적정량을 채우는 것이 중요합니다. 매번 그래야 하죠. 미안한 말이지만, 병사들은 과용하려 들 겁니다. 그런데 문득 생각이 났습니다. 일정량의 질산칼륨이 담긴 작은 천 주머니를 사용하면 매번 같은 양을 쉽게 잴 수 있잖아? 그러자 또 생각이 나더군요. 탄환으로 쓸 쇳조각과 돌멩이도 같은 방법으로 장전하면 되겠어." 후크는 자신의 영리함에 흥분하며 덧붙였다. "또 이런 생각도 들었습니다. 둘 다 다른 자루에 넣으면 되잖아? 장전하기 쉽고, 엄청 빠르고. 기발하지 않습니까?"

"그게 될까?"

"가서 봐요."

후크는 케일을 데리고 밖으로 나가 조수 두 명이 서 있는 곳으로 갔다. 그들 옆에 놓인 나무 바이스에 발사용 무쇠 관과 비슷한 쇠파이프가 고정되어 있고, 10야드쯤 떨어진 곳에 세워진 판자에는 죽은 개가 끈으로 묶여 있었다. 후크와 케일, 조수들은 바위 뒤에 몸을 숨겼다. 조수 한 명이 기다란 작대기 끝의 심지에 불을 붙이고 조심스레 밖으로 내밀어 쇠파이프 약실에 댔다. 몸을 최소한만 드러내고 하려다보니 몇 번 만에 가까스로 성공했다. 케일은 뚫려 있는 구멍들을 통해 약실 안의 악랄한 질산칼륨에 불이 붙는 광경을 지켜보았다. 몇 초 뒤 펑! 하는 소리가 났지만, 예상만큼 요란하지는 않았다. 잠시 기다리던 후크가 자욱한 연기 사이로 걸어나가자, 케일도 그를 따라 죽은 개 쪽으로 다가갔다. 처참한 시체를 보게 될 줄 알았던 케일은 처음에는 탄환이 빗나간 줄 알았다. 그런데 아니었다. 적어도 아주 빗나가지는 않았다. 후크가 손가락으로 가리킨 상처들을 보니, 못과 돌멩이 십여 개가 짐승의 살에 깊이 박혀 있었다.

"맞아도 죽진 않을지도 모릅니다. 하지만 한동안 고통스럽게 신음하는 것 말고는 아무 일도 못 하겠죠. 더 중요한 것은 근접한 밀집 대형을 향해 발사하면 한 번에 두세 명, 혹은 그 이상에게 부상을 입힐 거라는 점입니다."

"일 분에 몇 번이나 장전하고 발사할 수 있지?"

"세 번까지 가능합니다. 하지만 지금은 실전 상황이 아니죠. 어림잡아 두 번은 쏠 수 있을 거예요."

그로부터 한 시간 동안 두 사람은 필요한 인원과 자재를 비롯해 이 신무기를 주조할 곳과 제품의 신뢰성에 대해 논의했다.

"별문제 없을 겁니다. 폭발력이 훨씬 약해 우리가 원하는 강도로 총신을 만드는 건 어렵지 않겠죠. 더구나 저질 제품을 납품했다가는 무슨 일이 벌어질지 불을 보듯 뻔하니까요."

후크는 의미심장한 눈빛으로 케일을 바라보았다.

"당신 짓이라는 걸 모르는 사람이 없습니다."

케일도 그를 빤히 쳐다보았다.

"콘이 죽을 때 당신이 웃었다는 걸 모르는 이가 없습니다. 물 한 잔 갖다달라고 명령했다는 이유로 당신이 상대의 목을 잘랐다는 것도 모르는 사람이 없고요."

후크는 빙그레 웃으며 덧붙였다.

"당신 짓이라는 걸 모두가 알아요."

"그 녀석 짓이라는 걸 모두가 알아." 보스 이카르드가 중얼거렸다.

"옛날에 한 노파가 새 한 마리를 삼켰습니다." 팬쇼가 대꾸했다.

"무슨 뚱딴지같은 소리야?"

"노파는 그 새가 잡아먹은 거미를 잡으려고 새를 삼켰고, 그 새는 거미가 잡아먹은 파리를 잡으려고 거미를 삼킨 겁니다."

"뭔가 심오한 뜻이 있나본데, 난 자네의 건방을 받아줄 만큼 너그럽지 않아."

"병을 고친답시고 해로운 약을 먹을 수는 없다는 겁니다. 토머스 케일이 당신에게 심각한 위협이 될 수 있다는 뜻이죠."

"자네한테는 아니고?"

"물론 위협일 수 있죠. 라코니아에는 용병보다 노예가 네 배나 많으니까요."

"우리 농부들은 이 땅의 소금이지 노예가 아니라네. 우리는 이유 없이 그들을 죽이지 않아. 그러니 자다가 그들에게 목이 잘릴까봐 두려워하는 일은 없지. 우리는 한 나라의 국민이니까."

"실로 믿기 어려운 말씀이군요. 하지만 이제 그런 믿음을 시험할 멋진 장이 펼쳐진 셈입니다. 만약 케일이 전쟁에서 승리하면 과연 농부들이 기꺼이 과거의 삶으로 돌아갈까요? 양과 그 짓을 하고 귀족에게 굽실거리는 삶으로 말입니다. 아주 흥미진진하겠네요."

"그래서 대체 요점이 뭔가? 요점이 있긴 한가?"

"무턱대고 삼키는 짓을 중단해야 한다는 겁니다. 그 노파가 결국 어떻게 됐는지 아십니까?"

"알 턱이 없지." 보스 이카르드가 대답했다.

"실은 그건 노랫말이죠. 마지막 구절이 매혹적입니다. '말을 삼킨 노파가 있었다네. 물론 죽었지.'"

28

"팬쇼가 라코니아 용병 백 명을 데려와 신형군 훈련을 돕겠다고 제안했습니다."

세 소년―클라이스트는 한층 과묵해졌다―은 이드리스푸케와 함께 레몬즙을 뿌린 굴을 먹고 있었다. 달지 않고 부싯돌 향이 나는 상세르 와인을 곁들여 굴의 짠맛을 덜어냈다.

"물론 너는 그자를 믿지 않겠지. 하지만 어떤 점에서 믿지 못하는 거냐?" 이드리스푸케는 굴과 와인의 관계만큼이나 팬쇼의 속셈에 대한 퍼즐을 즐기고 있었다.

"팬쇼는 제가 자기의 제안을 선의로 여길 거라 기대하지 않습니다. 제가 그 정도로 어리석다고 생각하지 않죠."

"그럼 얼마나 어리석다고 생각하지?"

이 말이 재미있었는지 베이그 헨리가 낄낄댔다. 클라이스트는 웃지 않았다. 듣고 있는 것 같지도 않았다.

"팬쇼는 우리가 보스코를 막아낼 수도 있겠구나 싶었을 겁니다. 그래서 우리 편에…… 지지 않을 쪽에 서려는 거겠죠."

그때 아르테미시아가 합석하자 이드리스푸케가 다정하게 물었다. "굴 좀 들겠소?"

그녀도 상냥하게 대답했다. "아뇨, 괜찮아요. 제 고향에서는 굴을 돼지에게 먹인답니다." 뜻밖에도 이드리스푸케는 이 말을 굉장히 재미있어했다. 아르테미시아는 조금 당황했다. 면박을 주려고 던진 말이었기 때문이다. 어째서인지 그녀는 이드리스푸케가 딴마음이 있어서 다정하게 군다고 오해했다. 그가 다시 케일을 보고 말했다.

"팬쇼는 그 많은 라코니아 용병들의 존재를 리디머들에게 어떻게 설명할 셈이지?"

"겨우 백 명입니다. 그들이 배신자라고 주장할 거예요."

"알았다. 너는 그를 믿지 않는구나. 하지만 어째서 믿지 않는 거냐?"

"모르겠습니다. 아직은 그래요. 하지만 팬쇼의 속셈이 뭐든 간에 그의 교관들은 필요합니다. 전쟁 기간에 많은 병력이 손실될 겁니다. 대체 병력을 한 달에 오천 명은 양성해야 하죠. 그것도 빠듯합니다. 굉장히 아슬아슬하게 버텨야 할 겁니다."

클라이스트가 입을 열었다. "난 논의해볼 만한 제안이라고 생각하는데." 드물긴 해도 요즘 녀석이 말을 할 때면 대개 자질구레한 것들에 관해서였다. 장화 뒤꿈치의 세세한 특징이나 방수가 되도록 가죽을 꿰매는 방식 따위에서 마음의 평화를 찾는 것 같았다. 클라이스트의 말이 이어졌다. "우리는 줄곧 저들이 겨울에 미시시피강을 건너려 하지 않을 거라고 가정했어."

아르테미시아가 짜증스레 툴툴댔다.

"누누이 말했다시피, 미시시피강은 여느 강처럼 완전히 얼어붙지 않아. 얼음덩이들이 서로 부딪치고 깨지며 아수라장이 되지. 그냥 불안정한 수준이 아니란 말이야. 봄이 깊어질 때까지는 대규모로 건너올 수 없어."

클라이스트가 조용히 대꾸했다. "당신 말은 믿어요. 하지만 대규모로 건너올 수는 없다고 했잖아요."

"그래서?"

"그렇다면 다른 방식으로 건너……"

"어떤 식으로든 군대를 데리고 건너는 건 안 돼."

말을 가로막아 짜증이 날 법도 했지만, 클라이스트는 아무 반응도 하지 않고 계속 단조롭고 담담한 어조로 말했다. "소규모 부대라면 건널 수 있을 겁니다."

"그게 무슨 도움이 되는데?"

"리디머들이 소규모 부대로 도강한다는 뜻이 아니라, 우리가 소규모 부대를 강 건너로 보낸다는 뜻입니다."

잠시 정적이 흘렀다.

케일이 물었다. "뭐하러?"

"너 아까 시간이 빠듯할 거랬지?"

"응."

"만약 시간이 더 있다면…… 몇 달, 어쩌면 일 년이 더 생긴다면?"

"계속해봐."

"리디머들은 봄에 침공할 계획으로 겨우내 배를 건조할 거야. 어디서 배를 만들고 있는지 알아?"

아르테미시아는 고개를 갸웃했다. "무슨 소릴 하려는 건지⋯⋯"

이번에는 클라이스트가 말을 가로막았다. "리디머들이 어디서 배를 만드는지 알아요?"

"알지. 아테네와 아우스터리츠 사이 노스 뱅크 연안에 조선소들이 즐비하지만, 최근에 함대 건조를 통제하려고 모든 조선소를 조선공들과 함께 러크나우로 옮겼어." 아르테미시아가 대답했다.

"그럼 모든 선박이 한곳에 있나요?"

"대부분. 내가 알기로는 그래."

"그렇다면 천 명 정도로 이루어진 부대를 이끌고 초봄에 강을 건너면, 러크나우를 습격해 함대를 불태울 수 있습니까?"

"천 명을 데리고 강을 건너기는 어려워. 불가능한 일이야." 아르테미시아가 대답했다.

이번에는 케일이 몹시 흥분한 표정으로 물었다. "그럼 몇 명이면 가능하죠?"

"몰라. 도선사들과 이야기해봐야 해. 모르겠어."

"이백 명?"

"몰라. 어쩌면 될 수도 있고."

"위험하지만 시도해볼 가치는 있어요."

"그 위험을 무릅쓰는 건 내 부하들이겠지."

"미안해요. 맞는 말입니다. 하지만 성공할 수도 있어요."

"그 부대는 내가 지휘해야겠어."

그건 케일이 원치 않는 바였다.

"당신은 여기서 살아 있어야 합니다. 당신의 척후 기병대는 수레 요새들의 눈과 귀니까요." 이 말은 사실이지만 그것만이 이유는 아니었으며, 심지어 제일 중요한 이유도 아니었다. 이어서 케일은 거짓말을 했다. "더구나 작전을 생각해낸 남자…… 사람이 지휘권을 갖는 건 불문율입니다."

아르테미시아는 클라이스트를 노려보았다. "너에게 강에 대한 해박한 지식이 있니? 할리카르낫소스의 미시시피 강변 노스 뱅크를 알아?"

"아뇨."

"나는 강에 대해 해박한 지식이 있고, 공교롭게도 할리카르낫소스의 미시시피 강변 노스 뱅크는 내 땅이야."

이 말은 클라이스트조차 웃게 했다.

"난 빠질래." 클라이스트가 말했고, 케일은 마뜩찮은 표정으로 클라이스트를 바라보았다.

이드리스푸케가 한마디했다. "문제는 또 있다."

"훌륭한 업적도 많으신 분이 강과 할리카르낫소스에 대해서도 전문가이신가보죠?"

"아니. 나는 둘 다 전혀 모르오. 이건 정치의 문제요."

"그게 이 일과 무슨 상관인데요?"

"세상에 정치로 귀결되지 않은 일이란 없소이다. 이 작전에는 큰 위험이 따르겠지요?"

"물론이죠."

"그렇다면 실패하기도 쉽겠군요?"

"케일의 말이 옳아요. 적에게 큰 피해를 줄 가능성이 조금이라도 있다면, 위험을 무릅쓰고라도 해야 마땅하지요. 저와 제 부하들은 그렇게 살아왔어요." 아르테미시아는 단호하게 말했다.

"미안하지만 나는 이백 명의 생사는 별로 걱정하지 않소. 이 전쟁이 끝날 때쯤이면 이백 명의 몇 곱절은 죽을 테니 말이오. 내가 걱정하는 건 만약 당신이 실패할 경우 과연 어떤 상황이 벌어질까 하는 것이오."

"솔직히 무슨 소린지 잘은 모르겠지만, 결국 그게 핵심이죠? 제가 한심한 계집이라는 말 아닌가요?"

"절대 아니오. 하지만 생각해보구려. 내년 늦봄에 전쟁이 벌어진다면, 이 작전은 신형군이 리디머들과 싸우는 첫 교전이 될 거외다. 그렇지요?" 이드리스푸케가 말했다.

"맞는 말씀입니다." 케일은 아르테미시아가 단념하길 기대하며 말했다. 하지만 그녀는 고집스레 대꾸했다.

"우리가 성공하지 못한다 해도 군에 알릴 필요는 없어요."

"나는 정치 이야기를 하는 거요. 군대와 시민들에게 그 사실을 감추는 건 조심하면 가능하겠지만, 보스 이카르드와 수뇌부에게도 감출 수 있겠소?" 이드리스푸케가 말했다.

"위험을 감수할 가치가 있다고 그들을 설득하겠어요."

"하지만 정치가들은 위험을 좋아하지 않소. 거래를 좋아하지. 미친 소년을 대장으로 앉힐 만큼 그들이 리디머들을 두려워한다는 걸 명심해요."

"네 이야기야. 혹시 못 알아들었을까봐 알려주는 거야." 베이그 헨리가 케일에게 말했다.

이드리스푸케의 말이 이어졌다. "그들 모두가 면도날 위에 서 있는 꼴이오. 이런 마당에 당신이 실패하면 그 결과는 보지 않아도 뻔해. 당신을 화형하고 그 재가 식기도 전에 보스코에게 협상하자고 애원하겠지. 이 작전 없이도 살길은 있지만, 실패할 경우에는 살길을 찾기 어려울 거요."

아르테미시아는 고집을 꺾지 않았다. "위험은 감수해야죠."

"과연 그만한 가치가 있을지 모르겠소."

이제 케일이 나설 차례였다. 그는 거부하는 말로 들리지 않도록 조심했다.

"이건 새로운 구상이에요. 생각할 시간이 필요합니다."

아르테미시아가 눈살을 찌푸렸다. "생각할 시간이 필요하다는 건 안 된다는 뜻이겠지?"

"그렇지 않아요. 도선사들을 만나 의견을 들어보고 계획을 세워요. 계획이 서면 그때 다시 이야기합시다."

아르테미시아가 떠나자 케일이 클라이스트에게 핀잔을 놓았다.

"몇 달간 입도 벙긋 않던 녀석이 별안간 왜 이리 말이 많아졌어?"

"넌 아르테미시아가 큰 도움은 못 될 거라고 우리한테 말했어야 해. 지금껏 우린 그녀가 전쟁 천재라는 소리만 들었어."

맞는 말이었으며, 케일은 뭐라고 대꾸해야 좋을지 막막했다. 어쨌든 마지막 말은 해야 했다.

"제기랄!"

몇 시간 뒤, 케일은 또다시 발작과 경련에 시달렸다. 평소보다 더 오래갔고, 구역질도 더욱 지독했다. 그의 가슴속에 터를 잡은 악마, 또는 악마들은 그들만의 세상에 살면서 케일이 무얼 하건 하지 않건 멋대로 자고 멋대로 깨어나는 것 같았다. 자신들이 거주하는 소년의 하루하루를 모른 체했고, 상황이 좋은지 나쁜지, 그가 사랑받는지 미움받는지, 친절한지 매정한지 관심이 없었다. 약초들은 어느 정도 효과가 있었다. 약초 복용을 중단하면 가슴속 악마들이 마른 구역질과 함께 나타나는 일이 일주일에 서너 번도 괴로운 마당에 하루 두세 번으로 폭증했기 때문이다. 페드라 모르핀을 다시 먹을 이유는 전혀 없었으며, 굳이 찾지도 않았다. 전에 그걸 복용한 뒤 찾아온 끔찍한 쇠약은 이 주나 지속되어, 마치 병 속에 담긴 죽음을 한 모금 마신 기분이었다. 케일은 그 약초들을 클라이스트에게도 권했지만, 녀석은 자기는 아무 문제 없으니 할망구가 개 보살피듯 신경써주지 않아도 된다며 신경질적으로 거부했다.

몸 상태가 최상일 때도 케일은 틈틈이 쉬면서 잠깐씩 일해야 했고, 하루에 열두 시간 이상 잠을 잤다. 이로 인해 여러모로 불편했지만—거의 언제나 기분이 최악이었다—때로는 유용한 이점도 있었다. 케일은 어떤 회의에 참석해도 몇 분밖에 있지 못했다. 그런 회의가 빈번해서 기운을 쥐어짜내지 않으면 간단한 행동도 하기 어려웠다. 대부분의 사람들에게 결코 친근한 존재가 아닌 그가 참석한 회의는 늘 긴장된 분위기였고, 케일이 당장이라도 격분해서 폭력을 휘두를 것처럼 보였다. 선택의 여지가 없는 터라, 이미 결정권자가 된 케일은 멤피스에서 아르벨의 집에 기거할 때 경비병들에게 고기를 가져오라고 명령했듯 거침없이 복잡하고 위험한 결정들을 내렸다. 묘하게도 그의 손상된 마음속 어딘가에서 이따금 가장 날카로운 면모가 번득였다. 성소에 도착한 순간부터 케일의 마음속에는 바깥세상과 단절된 장소가 만들어지기 시작했다.

그로부터 오랜 세월 동안 사용한 이 은신처는 코끼리 발의 피부처럼 질기고 튼튼했으며, 케일의 나머지 부분을 망가뜨리는 광기로부터 격리되어야 했다.

이거 해. 저거 그 사람한테 줘. 저것들 받아. 이거 저기에 놔둬. 그거 다시 해. 이자들은 놔줘. 저들은 교수형이야. 이런 명령들은 케일이 친구들에게 진 빚을 부정하는 것은 아니었다. 그는 미소를 지으며 말했다. "문제 말고 해법을 가져와. 스스로 해결해. 한심한 질문에 대답해야 할 때면 내 관에 못을 박는 기분이라고."

당분간은 그게 먹혀들었다. 케일의 명성이 자아낸 희망과 공포, 경외심에 모두가 의지했다. 한때 누구보다 막강한 권력자였으며 이제는 권력의 양상이 크게 변하고 있음을 훨씬 더 잘 아는 비폰드조차 사람들이 케일에게 투자하는 모습이 마법 같다고밖에는 표현할 길이 없다며 경탄했다.

틈만 나면 이복형에게 은근히 잘난 체하기를 좋아하는 이드리스 푸케는 이런 말을 했다. "전에도 말했다시피, 이 시대의 정신은 케일에게 있어. 대단한 능력을 가진 녀석이긴 하지만, 그래서 이렇게 뜬 건 아니야. 적어도 그게 주된 이유는 아니지. 알로이스 허틀러를 생각해봐. 독일에는 그자처럼 선술집에서 설익은 주장을 늘어놓는 얼간이가 수없이 많아. 하지만 알로이스는 시대정신을 품에 안았어. 나중에 잃기 전까지는."

그가 말했다. "파멸을 눈앞에 둔 상황에서 사람들이 신의 왼손에게 기대려는 까닭을 이해하기는 어렵지 않아."

이날 이드리스푸케는 케일 앞에서 잔소리를 하는 중이었다. 베이그 헨리는 친구를 보고 우스꽝스러운 표정을 지으며 빈정댔다.

"믿는 대상이라고는 너밖에 없다니 딱하기도 해라."

이드리스푸케가 한마디했다. "네가 아픈 것이 일종의 축복이 되어가고 있다."

"그렇게 생각해주니 기쁘군요."

"물론 너 개인을 위한 축복은 아니지. 하지만 보스코가 토머스 케일은 인간이 아니라고 하지 않더냐?"

"그랬죠. 하지만 그자는 미쳤습니다."

"그런데 바보는 아니야. 내 말이 맞지?"

"당신이 늘 옳지는 않겠지만, 틀린 적이 없다는 건 인정합니다."

이 말에 이드리스푸케는 웃고는 어깨를 으쓱했다.

"필시 그는 우리가 이제 겨우 보기 시작한 뭔가를 광기 안에서 깨달았을 거다. 사람들은 너를 보며 쉽사리 두려움 섞인 희망을 품지. 사실 넌 죽음의 왼손이지만 그들 편이니까. 네가 사람들 눈에 덜 띌수록—그들과는 다른 존재로 비칠수록—너의 힘은 더욱 커질 것이다." 그는 굉장히 만족스러운 표정으로 한숨을 내쉬었다. "내가 생각해도 참 달변이군." 그가 또 웃고는 덧붙였다. "우린 이 상황을 이용할 수 있어."

병들었다는 것은 피곤한 일이지만 신형군의 전술 연구는 즐거웠다. 군사훈련은 케일의 예상보다 더 잘 진행되었다. 수레들의 보호 아래 평생 날마다 몇 시간씩 써온 농기구를 기반으로 한 무기를 사용하니 농민 병사들은 자신감이 치솟았다. 이 촌뜨기들의 무기 중 가장 효과적인 것은 도리깨였다. 길이 4~5피트의 작대기와 18인치짜리 작대기를 사슬로 연결한 것으로, 농부들이 추수 후에 하루 열 시간씩 사용하는 도구였다. 두 작대기 중 짧은 쪽인 휘추리를 휘두르면 그 힘이 매우 강력해 중장갑 기사도 큰 부상을 입을 수 있다. 보호 장비가 허술한 리디머 보병은 말할 것도 없었다. 하지만 가장 중요한 작업은 전투 수레의 약점을 빠짐없이 찾아내는 것이었다. 베이그 헨리는 연옥수 궁수들을 밀집 대형으로 세우고 수레 요새를 향해 활을 쏘게 해 그 안의 병사들을 보호할 방법을 연구했고, 대나무로 만든 보도와 작은 은신처를 만들어 전투중에 다친 병사가 달려와 숨을 수 있게 했다. 머지않아 리디머들이 불화살 따위를 이용해 수레에 불을 놓으려 할 것이므로, 스위스 병사들에게는—이들은 주로 수레 요새 바깥에서 전투가 벌어질 때만 동원될 터라 공격에 쓰일 일이 많지 않았다—조를 짜서 불이 번지기 전에 끄는 훈련을 시켰다. 대개 양동이에 흙을 채워 끄게 했고 물은 부득이한 경우에만 쓰게 했다. 그들은 당혹스러울 정도로 반발했다. 자신들은 군인이자 신사이므로, 흙을 퍼내는 천한 일은 농부가 해야 한다는 것이었다. 여러 황당한 변화를 억지로 참아야 했던 그들의 분노는 불 끄는 문제 앞에서 한꺼번에 터져나왔다. 베이그 헨리는 이 난데없는 반란을 진압해야 했다. 케일은 늘 헨리가 착해 빠졌다고 놀리곤 했다. 이 말은 일견 사실이긴 했지만, 케일과 대조적으로 보여서 그럴 뿐 다들 베이그 헨리의 참모습에 대해 오해하고 있었다. 녀석은 케일과 달리 매우 평범해 보이지만, 악랄하고 잔인한 리디머들 사이에서 죽을 고비를 넘기며 살아온 것은 마찬가지였다. 그래서 녀석에게도 사나운 면모가 있었다. 재난이 코앞에 닥쳤음을 깨달은 베이그 헨리의 첫 본능은 이 문제를 리디머의 방식으로 처리하려는 충동이었다. 유독 시끄럽게 반발하는 한두 놈을 죽이고 모두가 보는 곳에서 썩게 내버려두어 경각심을 일깨우는 것 말이다. 정말로 그 방법을 시행하면 나중에 발 뻗고 잘 수 있지 않을까 하는 생각은 다행히 시험대에 오르지 않았다. 선한 심성과 더불어 어느 정도의 계산 아래 우선 다른 방법을 모색한 것이다.

베이그 헨리와 케일, 클라이스트는 모의 전투를 얼마나 현실적으로 할지를 두고 굉장히 오랫동안 토론을 벌였다. 리디머들은 '훈련은 어렵게, 실전은 쉽게'라는 원칙을 극한까지 밀어붙였다. 따라서 그들의 모의 전투는 늘 실전과 구분하기 어려웠는데, 다만 전자의 경우에는 생존자를 살려주었다. 세 소년은 모의 전투에서 병사들을 너무 심하게 몰아붙이면 오히려 문제가 더 커질 수 있다고 생각했는데, 본보기 처형과 같은 이유에서였다. 스위스에서는 농부와 신사 모두 오랜 세월 동안 그런 잔인함에 익숙하지 않았다. 하지만 스위스 병사들에게는 어떤 식으로든 존경심을 가르쳐야 했다. 베이그 헨리는 신사 계급 병사들 앞에서 말했다. "좋습니다. 댁들은 자신이 저들보다 훨씬 나은 존재라고 생각하죠? 그렇다면 증명해봐요." 그러고는 농부들이 모여 있는 신형군 쪽으로 가서, 그들이 실전을 감당하지 못할 거라는 소문이 스패니시 리즈에 나돈다고 했다. 어차피 농부들은 상황이 나빠지면 달아날 놈들이라는 것이었다. 그게 스위스 병사들의 생각이라는 말은 하지 않았는데, 곧 맞붙어 싸울 상대였기 때문이다. 그걸로 충분했다. 농부들은 격앙되었다. 하지만 이번에는 단순히 실버필드의 교훈을 되풀이하는 것만으로는 안 되었다. 양쪽 모두 패해야만 했다.

사흘 뒤, 케일이 흥미롭게 지켜보는 가운데, 스위스 보병과 기병들은 시골뜨기 부대를 광포하게 몰아붙였다. 기술과 투지가 합쳐져 기세는 대단했지만, 스위스군에게 굉장히 불리한 싸움이었다.

열 대 맞는 동안 겨우 한 대 때리는 상황이었기 때문이다. 결국 한 시간 만에 스위스군이 피투성이가 되어 물러나자, 베이그 헨리는 매우 효과적인 마지막 수단을 동원했다. 궁수 사백 명을 데려와 일 분에 서너 발씩 불화살 세례를 퍼붓게 한 것이다. 그렇게 십 분이 지나자, 흡사 지옥의 일곱번째 원처럼 수레 삼십 대가 불타고 농부들은 밖으로 나와야 했다.

잔인하고 값비싼 교훈이었지만 효과는 확실했다. 양쪽 모두 살아도 함께 살고 죽어도 함께 죽어야 한다는 사실을 깨달았다.

"이 문제로 이드리스푸케를 두 번이나 만났지만, 콧방귀만 뀌고 내 말은 들은 척도 하지 않아. 그들을 모아 돌려보내야겠어." 팬쇼가 불만스레 말했다.

"무슨 이유로?" 케일의 목소리는 지쳐 있었다. 자는 것 말고는 무엇도 할 기분이 아니었다.

"무슨 이유이든 관심 없잖아?"

"이젠 있어. 그래서 이유가 뭔데?"

"헬롯 이백오십 명은 국가 소유야."

"리디머들과 조약을 맺은 국가 말이군."

"우린 너희 훈련을 도와주고 있어, 안 그래?"

"당신의 선의를 꼬치꼬치 따져볼 필요는 없겠지. 원한다면 그럴 수도 있고."

"리디머들이 너희에게 그렇듯 헬롯은 우리의 존재를 위협해. 라코니아에서는 헬롯의 수가 우리의 네 배거든. 그들은 이곳에서 너희에게 배우고 있어. 자신들을 소유한 국가를 죽이는 방법을 말이야. 네가 우리를 적대시하는 것으로 비치고 싶지 않다면, 내가 그들을 처리할 수 있게 해줘."

"한 가지 분명히 해둬야겠군. 여기서 모든 사안을 처리하는 사람은 나야. 만약 당신이 그들 근처에 얼씬대면, 난 당신을 장대에 거꾸로 매달아두고 코를 베어 호주머니에 넣고 다니겠어."

침묵이 흘렀다. 썩 유쾌한 침묵은 아니었다.

"그럼 우린 여길 뜨겠다."

다시 침묵.

이윽고 케일이 말했다. "난 그 이백오십 명을 돌려보내지 않겠어. 가면 처형될 테니까."

"그게 너랑 무슨 상관인데?"

"내가 뭘 상관하든 신경 꺼." 하지만 팬쇼는 곧 합의가 이뤄지리라 생각했다. 케일이 한마디 덧붙였다. "난 그들을 이동시킬 거야."

"무슨 뜻이지?"

"내가 아는 몇몇 거친 자들에게 호위를 맡겨 산 너머 어디로든 멀리 보내버릴 생각이야."

"만약 놈들이 거부하면?"

"말도 안 되는 소리."

"널 믿어도 되겠어?"

"난 당신의 믿음 따위엔 썩은 오소리 내장만큼도 관심 없어. 당신은 계속 여기 있어. 그러면 내가 헬롯들을 이동시키겠다고 약속하지. 믿건 말건 맘대로 해. 해줄 말은 그것뿐이야."

훈련받지 않은 농노 이백여 명보다는 자신의 교관들이 훨씬 더 귀중하다고 판단한 팬쇼는 물러가기로 마음먹었다. 하지만 면담

결과가 몹시 불만스럽다는 인상을 주려고 최대한 부루퉁한 표정으로 떠났다. 물론 딱히 불만스러울 것은 없었다.

이튿날 케일은 열여섯 시간을 자고 일어났지만 여전히 피곤했다. 마침 이드리스푸케가 잠깐 만나러 와 있었다.

케일이 따져 물었다. "팬쇼가 헬롯들을 쫓아버리려 한다는 걸 왜 나한테 말하지 않았죠?"

이드리스푸케가 대답했다. "그편이 낫겠다고 생각했다. 네가 우리한테, 엄밀히 말하자면 나한테, 문제 말고 해법을 가져오라고 했으니까. 넌 그 친구를 만나지 말았어야 해. 실은 아무도 만나지 말아야지. 그래야 신비로워 보여. 사람들과의 대화가 잦을수록 더 인간처럼 보일 테고, 결국 이해할 수 있는 약한 존재로 비칠 거야. 신의 분노가 육화된 존재가 아니라 몹시 병든 소년에 불과하지."

"너무 폄훼하는 거 아닌가요?"

"그럼 다시 말해주지. 아주 놀라운, 몹시 병든 소년에 불과해."

"우리가 헬롯을 조금 도와줘야겠습니다."

"어째서?"

"우리가 리디머들을 물리치면 대가가 따르겠죠. 우리 전력이 약해질 겁니다. 라코니아 놈들은 그런 기회를 호시탐탐 노립니다. 따라서 만약 그들이 새로이 훈련받은 노예들을 상대해야 한다면, 우리를 성가시게 할 가능성은 줄어들 겁니다."

"그게 다냐?"

"무슨 뜻입니까?"

"너는 이따금 관용의 충동에 빠지지 않느냐?"

"이를테면?"

"동정심이지. 너는 그들이 추악한 억압자로부터 벗어나려고 발버둥치는 자들이라고 생각해."

"그게 나쁜 겁니까?"

"세 가지 질문에 세 가지 질문으로 답하는구나. 무례하지만 의미심장하군."

"무례하게 굴 마음은 없습니다."

"넌 지금 좁다란 외길을 걷고 있다. 우리 모두 그렇지. 네 힘으로 떠받칠 수 없는 명분에 무리수를 둬서는 안 돼."

"제 생각은 다릅니다. 헬롯을 동쪽으로 보내 거기서 연옥수들과 함께 훈련하게 하면 안 될 이유를 모르겠습니다."

"나도 같은 생각이다."

잠시 후 케일이 물었다. "그럼 헬롯을 보낼 겁니까?"

"이미 보냈다."

"슬기로운 자들은 같은 생각을 하는군요."

"좋을 대로 생각하려무나."

케일은 자그마한 은종을 울려 차를 내오라고 지시했다. 그런 점잔빼는 행동을 하면 어처구니없게 으스대는 기분이 들었지만, 문으로 가서 소리치는 수고를 덜 수 있어서 좋았다. 종이 울리길 기다리고 있던 집사가 곧바로 다과를 대령했다. 이드리스푸케는 앞에 놓이는 다양한 샌드위치들을 기대 어린 표정으로 지켜보았다. 빵 껍질을 제거하고 보기 좋게 삼각형으로 썰어놓은 샌드위치 안에는 치즈와 달걀, 말고기, 오이가 들어 있었다. 모트 거리에 있는 발레리 빵집에서 사온 페이스트리들도 눈에 띄었다. 크림 셀바와 산딸기 밀푀유, 달콤한 청산가리 같은 중독성 있는 향기의 아몬드

프랑지판*도.

이드리스푸케가 물었다. "돈 쓸 데가 없어서 안달인가보구나?"

케일은 빙그레 웃으며 대꾸했다. "먹고 마셔라, 그대여. 내일은 죽음이 기다리나니." 성소에서 매일 세 번씩 식사 전에 듣던 말이었다.

"더 왈가왈부하진 않겠다." 이드리스푸케는 삶은 달걀이 가운데 놓인 송아지 고기 파이를 크게 한입 베어물고 한마디 덧붙였다. "쿨하우스가 일자리를 구하러 나를 만나러 왔다."

"그 친구는 이미 일하고 있습니다."

"쿨하우스는 재능 있는 젊은이야. 매우 유능하지. 우린 그를 알고, 그는 우릴 알아. 이건 재능 낭비야. 그를 십분 활용해야 해."

"사이먼을 다시 귀머거리와 벙어리로 만들 수는 없습니다. 쿨하우스의 봉급을 올려줘요."

"야망이 큰 친구야. 자칫하면 잃을 수도 있다. 우리의 비밀을 속속들이 아는 자는 곁에 두는 것이 최선이야. 안 그러면 엄청난 골칫거리가 될 수도 있지."

케일은 멍한 표정으로 레드벨벳 컵케이크를 우적우적 먹었다.

"좋아요. 한 달 동안 클라이스트나 베이그 헨리 옆에서 일하게 하세요. 어떻게 되나 봅시다. 잘한다 싶으면 서부 13지구에 감독관으로 보내세요. 하지만 사이먼을 데려가야 합니다."

"아르벨이 못 가게 할 텐데."

"만약 그래서 사이먼이 못 가게 된다면 제외하죠. 쿨하우스 혼

---

* 아몬드, 설탕, 크림 등을 넣은 과자.

자 보내세요."

두 남자는 기분좋은 침묵 속에 앉아 몇 분 동안 차를 마셨다.

마침내 이드리스푸케가 운을 뗐다. "너는 리바를 만나러 가야 한다."

"어째서요?"

"우린 그녀를 더 이용해야 해."

"이미 해봤어요. 리바는 과거에 모셨던 아가씨에게서 감사를 배웠을 겁니다."

이드리스푸케가 웃음을 터뜨렸고, 케일은 몹시 짜증이 났다.

"너는 타인의 감사 능력을 아주 크게 기대하는구나."

"아뇨, 더는 아닙니다."

"그렇지 않아. 너는 리바에게 남편을 배신하라고 요구했어. 갓 결혼한 새신랑을 말이다. 남편에 대한 환상이 깨질 시간도 주지 않고."

"재미있어하시는 걸 보니 기쁘군요. 저는 그 배은망덕한 암소가 미치광이 피카르보의 손에 산 채로 배가 갈리는 걸 막아줬습니다."

케일이 불만을 터뜨리는 동안 줄곧 케이크를 우물거리던 이드리스푸케는 다 먹고 나서 접시를 내려놓으며 말했다. "네가 얼마나 불만투성이인지 깜빡했다." 케일은 흠칫 놀랐지만, 그의 분노가 지극히 정당하다고 인정받지 못했기 때문은 아니었다. 이드리스푸케가 한마디 덧붙였다. "너는 네가 모든 사람보다 한참 위라고 생각하지. 부정하지 마라."

케일은 반발했다. "그런 생각 안 합니다."

"그럼 어째서 타인이 너의 기준에 부응하지 못할 때 그토록 놀라느냐? 양다리를 걸칠 수는 없는 노릇이다. 마음을 정해야 해. 아니면 앞으로는 영웅적이고 유별나게 고결한 사람들에게만 자기희생의 관용을 베풀어라."

이드리스푸케는 케일에게 차 한 잔을 따라주고는 딸랑딸랑 종을 울렸다. 그 종은 베이그 헨리가 매일 오후 다과를 시켜 먹는 것을 본 캐드버리가 놀리려고 사준 선물이었다.

"부르셨습니까." 집사가 와서 말했다.

"차를 더 가져다주게, 라첼스." 이드리스푸케가 대답했다.

"알겠습니다."

라첼스가 떠나자 이드리스푸케는 다시 케일에게 말했다. "너는 남들에게 아무것도 기대하지 않는다고 주장하지만, 분명 몇몇 사람들에게는 모든 것을 포기하길 기대한다. 왜지?"

"제가 목숨을 걸고 구해준 이들한테만 그럽니다."

"해야 하는 일과 할 수 있는 일은 다른 법이야. 너는 아내와 아버지 사이에서 누구 편을 들지 갈등한 적이 없어. 틀림없이 아르벨은 너를 배신하면서 엄청난 고뇌에 시달렸을 것이다. 따라서 너는 울분을 삭이고 그녀의 죄책감을 이용해야 해. 아르벨은 자신이 배은망덕하지 않음을 입증하기 위해 너를 도우려 할 거야."

"그들은 저를 믿었어야 합니다."

"물론이지. 하지만 두려웠던 거야."

"두렵다는 게 무슨 뜻인지는 저도 압니다."

"그래? 이제 안다고? 그게 사실일지 의문이구나. 과연 얼마나 사실일지."

라첼스가 차를 갖고 돌아오자, 이드리스푸케는 화제를 바꾸었다.

29

"아직도 나한테 화나 있지?" 리바가 물었다. 질문이라기보다는 단정에 가까웠다.

"아니. 마음을 가라앉히고 생각할 시간이 많았어. 내가 너한테 지나친 요구를 했다는 걸 깨달았지."

리바는 이 용서의 말을 썩 믿지 않았지만, 믿는 척하지 않을 수 없었다. 죄책감과 더불어 정치적 이유 때문이었다. 그녀의 남편은 새로운 권력자 케일과 좋은 관계로 지내고 싶어했다.

"몸은 좀 어때?"

케일은 싱긋 웃으며 대답했다. "보다시피."

나중에 리바는 남편에게 '안색이 몹시 나빴어요. 황록색이더라고요'라고 말했다.

"넌 어때?"

"잘 지내." 잠시 침묵이 흐르는 동안 리바는 말을 할까 말까 고민했다. 하지만 말하고 싶었다. 입이 근질거렸다.

"나 임신했어."

"오."

"이럴 때는 '정말 잘됐다. 축하해. 나도 기뻐'라고 말하는 거야."

"추…… 축하해." 케일이 웃고는 말을 이었다. "솔직히 믿을 수가 없어. 사람 몸속에 또다른 작은 사람이 자란다니. 불가능해 보여. 그런 일이 정말로 일어나는구나."

리바도 웃었다. "맞아. 전에 임신 칠 개월인 하녀가 나한테 자기 배를 보여줬는데, 뱃속에서 아기가 움직여 배가 불룩해지는 걸 보고 비명을 질렀어. 마치 고양이가 들어 있는 자루 같지 뭐야." 이번에는 둘 다 웃었다. 애정과 계산, 분노가 층층이 쌓인 웃음이었다. "이제 예정일이 언제냐고 물을 차례야."

"그게 무슨 뜻인지 난 몰라."

"아기가 언제 나오느냐는 거야."

"언제 나오는데?"

"여섯 달 뒤." 잠시 후 리바가 덧붙여 말했다. "이제 아들을 바라는지 딸을 바라는지 물어봐."

"난 관심 없어."

리바는 또 웃었다. 물론 더이상 전과 같을 수는 없었다.

"네 남편의 도움이 필요해."

"그럼 내가 남편한테 널 만나러 오라고 할게."

"미안하지만 내가 바라는 건 실질적인 도움이야. 지금껏 한자동맹이 제공한 형식적인 지원 말고."

"어떤 도움?"

"네가 말해봐. 아니, 그보다 직접 보여줘."

"난 그이의 아내일 뿐이야. 대변인 노릇을 할 수는 없어. 한자동맹은 말할 것도 없고."

"물론이지. 하지만 남편에게 말할 수는 있잖아. 더는 우유부단하게 굴지 말라고 설득해줘. 시간이 없어. 농담이 아니야. 만약 그가 계속 방관한다면, 우리가 전쟁에서 이길 경우 가만있지 않겠어. 한자동맹을 영구히 폐쇄하겠다는 뜻이야."

"전쟁에서 이기지 못하면?"

"그럼 네 남편은 걱정할 일이 없겠지. 안 그래?"

리바는 뭐라고 말하면 좋을지 고민했다. "문제는 그이가 뭘 믿고 뭘 바라느냐가 아니야. 한자동맹은 리디머들을 겪어본 적이 별로 없어. 그들의 악명을 과장된 유언비어쯤으로 여기지. 그렇게 믿고 싶은 거야. 이건 너만 알고 있어. 어떤 경우에도 그들은 군대를 보내지 않을 거야. 그이로서는 어쩔 도리가 없어. 설령 네가 요청한다 해도 한자동맹은 몇 달 동안 대답을 회피할 거야."

"그럼 내가 뭘 요청할 수 있지?"

"돈이겠지."

"돈은 필요 없어. 물자 주문과 공급, 보관, 배송을 담당할 행정 인력이 필요해. 한자동맹이 잘하는 일들이야. 돈은 필요 없어. 유능한 인력 오백 명이면 충분해." 어림짐작으로 생각해낸 수치였다. "소수니까 공식적일 필요는 없어. 한자동맹의 이름은 드러내지 않아도 돼. 하지만 난 그들이 필요해. 지금 당장." 케일은 리바를 보고 빙그레 웃으며 덧붙였다. "돈이 필요 없다는 건 거짓말이야. 돈도 필요해."

리바가 마차를 타고 떠나는 동안, 3층에서 베이그 헨리가 그 모습을 지켜보았다. 낮은 언덕 너머 잡목이 우거진 땅에 숨어 알몸으로 웅덩이에서 목욕하는 리바를 지켜보던 일이 생각났다. 우아한 곡선으로 이루어진 풍만한 몸, 탄력 있으면서 촉촉하고 보드라운 살갗. 무심코 벌린 두 다리 사이의 주름진 살을 보고 가슴이 벌렁거렸던 일도 기억났다. 하지만 이제 그건 다른 세계였다.

이 분 뒤, 베이그 헨리는 케일 옆에 앉아 남은 차를 함께 마셨다.

"어땠어?"

친구의 물음에 케일이 대답했다. "아무도 우릴 좋아하지 않아."

베이그 헨리가 대꾸했다. "상관없어."

그날 밤 케일은 마지막으로 아르테미시아를 품에 안았다. 알몸의 포옹은 따스함을 의미하건만, 살과 살이 맞닿아 있는데도 둘 사이에는 싸늘하고 어마어마한 거리가 있었다. 사랑하는 여인의 얼굴에 입을 맞출 때 그녀가 더이상 눈을 감지 않는 까닭을 이해한 경험이 없는 케일은 당혹스러웠고, 뭘 어찌해야 좋을지 몰랐다. 그는 누군가를 좋아하다 갑자기 싫어진 적이 한 번도 없었다. 자신의 일부가 상대의 몸속에 들어가 있는 친밀감—너무나 이상한 기분, 너무나 기묘한 느낌—이 어떻게 그토록 순식간에 엄청난 거리감으로 바뀔 수 있을까?

아르테미시아가 입을 열었다. "나는 강을 건너고 싶어."

"그건 복잡한 문제예요."

"사람들은 안 된다고 할 때 그런 말을 하지. 어린애한테 말이야."

케일은 그녀에게서 몸을 떼고 일어나 앉아 담배를 찾았다. 반쯤 피우고 남은 꽁초밖에 없었다. 거기에 불을 붙였다.

"꼭 피워야 해?"

"내 건강이 걱정됩니까?"

"난 담배 싫어."

케일은 대꾸하지 않고 계속 뻐끔뻐끔 피웠다.

"난 가고 싶어." 여전히 케일은 말이 없었다. "난 갈 거야." 그제
야 케일이 돌아보았다. 아르테미시아는 단호하게 말했다. "네가 뭐
라고 하든 갈 거야."

마침내 케일이 담배 연기를 방안에 길게 내뿜고 입을 열었다.
"혹시 아직 모를까봐 말해주는데, 무얼 할지 말지 결정하는 사람은
납니다."

"어머, 그래서 어쩔 건데요, 거물 나리? 날 체포하실 건가요? 프
라다궁 앞에 본보기로 매달아놓을 거예요?"

"당신 미쳤군요. 진정제라도 먹어야겠네요."

"난 갈 거야."

케일은 아르테미시아를 물끄러미 바라보았다.

"그럼 가요."

이 말에 당황한 그녀는 잠시 후 물었다.

"지금 장난하는 거야?"

"아뇨."

아르테미시아는 거의 알몸으로 일어났다. 리바에 비하면 인형처
럼 작은 여자였다.

"알겠어. 네 속이 훤히 보여. 넌 이 기회에 나를 떼어내려는 거야."

"결국 나는 당신을 보내도 나쁜 놈이고 못 가게 해도 나쁜 놈이

군요."

"넌 내가 부하 수백 명을 데리고 사지로 떠나주길 내심 바란 거야. 왜냐하면 나와의 관계를 끝낼 배짱이 없으니까. 내가 수고를 덜어주지. 난 앞으로 너와 일절 상종하지 않겠어. 넌 거짓말쟁이에 살인자야."

이 모욕 덕분에 케일은 마음의 짐을 벗었다. 아르테미시아가 내린 결정으로 그의 온몸에 놀라운 안도감이 가득찼다. 옷을 입는 그녀를 보며 케일이 말했다. "그래서요?"

"난 갈 거야."

"지금 간다는 뜻인가요, 미시시피강을 건너가겠다는 뜻인가요?"

"둘 다." 아르테미시아는 일어서서 신을 신고 문밖으로 걸어나가 조심스레 문을 닫았다.

"제가 어쩌길 바라십니까? 그녀를 죽여야 할까요?" 앞서 케일은 아르테미시아가 미시시피강을 건너는 것을 허락해줬다고 이드리스푸케에게 말했다.

"너란 녀석은 참으로 경솔하구나. 어째서 늘 걸핏하면 살인으로 생각이 옮겨가는 게냐?"

케일은 웃었다. "네, 그렇게 컸습니다. 하지만 이제는 당신 덕에 옳고 그름을 분간하죠."

"그렇게 생각한다면 잘못 이해한 거다. 흔치는 않지만 이따금 윤리 규범들이 충돌하는 경우에는 어떤 결정을 내려도 과오를 저지르게 돼. 하지만 세상이 악으로 가득찬 것은 사람들이 옳고 그름을 분간하지 못하기 때문은 아니야. 어떤 길이 옳은 길이냐 하는 것은 십중팔구 명백하지만 문제가 하나 있지."

"어떤 문제죠?"

"옳은 일을 하는 것이 사람들의 이해나 욕망과 일치하지 않는다는 점이다. 그래서 다들 그로 인한 불안을 특별한 방법으로 다스린다. 이를테면 마음속 깊이 묻어버리거나, 더 나은 방법은 자신이하려는 나쁜 행위가 실은 최선의 행위라고 믿는 거지. 지금껏 그어떤 윤리학자도 황금률보다 명확한 규범은 설파하지 못했어."

케일이 빈정거렸다. "황금률이란 게 있군요?"

"있다마다, 빈정대기 좋아하는 녀석. '자신이 대접받고 싶은 만큼 남을 대접하라.' 그 밖에 다른 모든 윤리 규범은 장식에 불과하거나 거짓이다."

한동안 침묵하던 케일이 마침내 입을 열었다.

"수만 명의 사람을 사지로 보내거나 수만 명의 다른 사람들을죽이러 보내야 할 때 그 황금률을 어떻게 적용하죠? 살아남기 위해저는 거짓말하고, 속이고, 죽이고, 파멸시켜야 했습니다. 이제 저와 더불어 수백만 명을 살리기 위해 똑같은 짓을 해야 합니다. 그런 저에게 당신의 황금률이 어떻게 도움이 되죠? 말해보세요. 궁금합니다."

"윤리성을 따지기가 매우 까다로운 경우도 빈번하다고 생각한다. 그래서 수많은 윤리학자들이 무엇을 해야 할지 우리에게 알려주는 것이지."

"어쨌거나 저에게도 저만의 황금률이 있습니다."

이드리스푸케는 호기심 어린 표정으로 빙그레 웃으며 물었다.
"어떤 황금률이지?"

"자신이 어떻게 대접받을지 예상하고 남을 대접하라. 제게는 이 규범이 늘 옳았습니다." 케일은 차를 한 잔 더 마시고 물었다. "미시시피강을 건너는 선제공격에 왜 반대하십니까?"

"반대한다고는 말하지 않았다. 솔직히 잘 모르겠다. 문제는 만약 아르테미시아가 실패하면……"

"실패하지 않을 수도 있습니다."

"그럴 수도 있지. 하지만 만약 실패한다면, 네가 실패를 최소화해야 하는 바로 그 시기에 너의 힘이 약해질 것이다."

"하지만 성공한다면 어찌되죠?"

"처음에는 굉장한 희소식으로 보일 수도 있지."

"리디머들이 엄청난 타격을 입게 되고 전쟁 준비 시간이 일 년이 늘어날 텐데 희소식이 아니란 말입니까?"

"너를 좋아하는 사람은 없다. 그렇지?"

"제가 성공하면 다들 좋아할 겁니다."

"과연 그럴까? 네가 그토록 막강한 권좌에 오른 것은 사람들이 너를 두려워하기 때문이고……"

"겁에 질렸죠."

"그래. 겁에 질렸다는 표현이 낫구나. 어리석은 두려움에 사로잡혀 있는 동안은 모두가 너에게 반기를 들지 않겠지. 하지만 이제 아르테미시아는 그들 편이다. 네 편이 아니라."

"뭐라고요? 육 개월 전 오로지 그녀만이 리디머들을 저지했을 때는 아무도 그렇게 생각하지 않았습니다."

"당시에는 그들 자신이 대안이었으니까. 지금은 네가 대안이고." 이드리스푸케가 웃었다.

"그녀가 나를 밀어내고 사령관이 될 거라고 생각합니까?"

"아니. 하지만 사람들은 너를 과대평가했다고 생각하기 시작할 거다. 그들이 바라는 바지. 명심해라. 그들은 이미 네가 실패할 경우뿐만 아니라 성공할 경우에도 너를 어떻게 할지 궁리하고 있다. 국가를 위협하는 자는 처단해야 하는 법."

"그 반대도 마찬가지입니다. 지도자를 위협하는 국가는 말살해야 하는 법이죠."

"맞다. 사람들은 바로 그 점을 두려워해. 네가 너무 막강해지면 국가를 말살할 거라고 말이다. 따라서 아르테미시아가 대성공을 거두어 준비 기간이 일 년 연장되면…… 사람들은 토머스 케일이 아닌 자에게 패배할 수 있는 리디머들을 훨씬 덜 두려워하겠지. 더 정확히 말하면, 일개 여자에게 지는 놈들이라고 말이야. 그러니 네가 그녀의 성공을 바라는 건 머리에 구멍이 나길 바라는 것과 같아."

케일이 한숨을 쉬었다.

"이 문제를 너무 복잡하게 보는 건 아닙니까?"

이드리스푸케는 웃었다.

"실은 잘 모르겠다. 리슐리외의 사망 소식을 들었을 때—나름 명민한 자였지—나는 '오, 리슐리외가 죽었군' 하고 생각하지 않았다. '그의 죽음이 무슨 의미일까?' 하고 생각했지. 정치가가 되려면 아침에 떠오르는 해의 불리함이 무엇인지도 따져봐야 한다. 마지막 에클스 케이크를 내가 먹어도 괜찮을까?"

케일이 아까부터 먹고 싶었던 케이크였다. 이드리스푸케는 이미 하나 먹었다.

"네." 케일이 대답했다. 훌륭한 외교관이라면 누구나 그렇듯 이드리스푸케는 이 말이 '네, 마지막 케이크는 당신이 드세요'라는 뜻일 뿐 다른 의미는 없다고 판단했다. 그가 한입 크게 베어물었다. 둘은 잠시 말없이 앉아 있었다.

이드리스푸케가 운을 뗐다. "칸트가 말이다."

"누구요?"

"철학자 임마누엘 칸트. 지금은 고인이 됐지. 그가 말하기를 '자신의 행동이 윤리적인지 알고 싶다면 그 행동을 보편화해라'라고 했다."

"무슨 뜻인지 모르겠습니다."

"네가 하려는 행동이 그릇된 것인지 알고 싶다면 이렇게 자문해야 한다. 모든 사람이 그렇게 행동하면 어떻게 될까?"

이 말에 케일이 호기심을 보이는 듯했다. 이드리스푸케는 그가 과거를 되돌아보는 것을 눈치챘다. 자다가 죽임을 당한 자들, 독을 푼 우물, 처형된 죄수들, 케일이 서명한 블랙버드 레이스의 마녀의 사형 집행 영장, 암토끼 키티를 죽인 일, 호이 아리스토이(왕족)의 저택 앞에 내걸린 공장주들의 시신. 제법 시간이 걸렸다.

마침내 이드리스푸케가 물었다. "네 생각은 어떠냐?"

"블랙버드 레이스의 마녀는 착하고…… 용감한 여자였지만, 임마누엘 칸트처럼 어리석었습니다. 그녀의 선량한 행동에 대해 같은 질문을 던지면 어떻게 될까요? 만약 모든 사람이 그녀처럼 행동한다면 어찌되겠습니까? 모두가 그녀처럼 격문을 붙이고 설교를 함으로써 리디머들에게 맞선다면 무슨 일이 벌어질까요? 그녀와 똑같은 최후를 맞을 겁니다. 잿더미가 되겠죠. 친절함으로 잔인함과 싸우면, 무너지는 것은 잔인함이 아니라 친절함입니다. 저는 포크족 여자들과 아이들이 그런 일을 당한 것이 안타깝습니다. 요즘 악몽을 꿔요. 그 일은 제가 바란 것이 아닙니다."

"지옥으로 가는 길은 선의로 덮여 있다고들 하지."

"딱히 선한 의도는 아니었어요. 만약 또 해야 한다면 다르게 하겠습니다. 하지만 그럴 일은 없죠. 덕분에 악몽을 꾸는 겁니다. 물론 매일 밤은 아니에요. 끔찍한 짓을 저질렀다면 낭떠러지로 몸을 던지거나 참고 사는 수밖에요."

둘은 앉은 채로 잠시 말이 없었다.

"똥자루 솔로몬 솔로몬을 제외하면, 지금껏 저는 누구도 악의적으로 대하지 않았습니다. 그 인간 말고도 몇 명 더 있긴 하네요."

"너는 콘 마테라치가 사형당할 때 웃었다. 그리고 물 한 잔 갖다 달라고 했다는 이유로 상대의 목을 잘랐지."

케일은 둘 다 사실이 아니라고 지적하기 귀찮아서 그냥 씩 웃었다.

잠시 침묵하던 이드리스푸케가 말을 이었다. "이 말도 해줘야할 듯싶구나. 임마누엘 칸트가 또 이르기를, 거짓말은 어떤 경우에도 옳지 않다고 했다. 만약 친구가 너의 집에 찾아와 살인자에게 쫓기고 있으니 숨겨달라고 했는데, 살인자가 문밖에서 네 친구를 죽여야 한다며 안에 친구가 있냐고 묻는다면, 이 상황에서 거짓말을 하는 것은 옳지 못하다는 말이야. 사실대로 대답하고 친구를 포기해야 하는 것이지."

"농담하지 마세요."

"아니. 진담이다. 정말로 그렇게 말했어."

"그럼 대답해보세요, 이드리스푸케. 만약 당신과 당신 친구들이 리디머들의 손에 처형될 위기에 직면한다면, 당신과 리디머들 사이에 누가 서는 게 좋겠습니까? 접니까, 임마누엘 칸트입니까?"

  인간이 바라는 삶은 대개 비슷하다. 해가 지평선 위로 리본처럼 떠오를 때부터 불그레한 노을이 하늘을 물들이며 날이 저물 때까지 만사가 순조롭게 흘러가고, 이따금 기막히게 좋은 일이 일어나는 삶. 난데없이 큰돈이 들어오거나, 아름다운 여인들이 마치 살갗의 감촉이 너무 좋다는 듯 내 팔을 어루만지거나, 나를 좋아하지 않는 모든 이들이 실은 나를 매우 존경한다는 사실을 우연히 알게 되는 따위의 행복. 그런 나날을 누려본 적이 없는 불행한 자는 누구일까? 운좋게도 요즘 케일은 그런 시간을 연이어 석 달이나 누렸다. 불운의 올빼미떼가 늘 머리 위에 떠다닌다고 일컬어지는 자에게 이런 행운이라니. 케일이 가는 곳에서는 대개 사람들이 죽어나갈 뿐만 아니라 참사가 일어났다. 하지만 눈부신 지난 구십 일 동안에는 그가 시도하는 모든 일이 거의 매번 성공했다. 삼 주도 안돼 한자동맹 행정관들이 도착하면서 주문 대장 관리와 화물 운송 체계가 완벽하게 틀이 잡혔고, 효율적인 업무를 위한 진취적인 계획이 수립되었다(토머스 케일의 물리적 위협이 한몫 거들었다). 그들은 운송 방식을 중앙 집중화해 구더기 없는 베이컨과 바구미가 파먹지 않은 건빵이 배달되게 했고, 문서 작업을 개선해 수레나 무기, 담요를 교체해야 할 때 창고에 항시 대체품이 비축되어 있게 했다. 농부들의 수레 요새 훈련 성과도 모두의 기대를 훌쩍 뛰어넘었는데, 라코니아 용병과 연옥수 교관들이 가혹하게 몰아붙여도 군말 없이 열심히 기술을 습득한 덕분이었다. 반항이나 불평 따위

없이 오로지 끈기로 버티며 훈련에 임했다. 베이그 헨리와 침울한 클라이스트는 케일의 설계와 전술에서 리디머들이 찾아낼 만한 모든 약점을 연구했고, 그렇게 찾아낸 한계들의 해법을 생각해내려고 골몰하는 눈치였다. 암울했던 과거와의 단절, 혁신과 변화의 기운이 넘실거렸다. 케일이 헬롯을 도우려고 거짓말을 했다는 사실을 아직 모르는 팬쇼는 보수적이고 엄격한 사회에 반드시 하나쯤 있는 체제 반항아처럼 자신의 것만 아니라면 온갖 고정관념들을 깨부수며 굉장히 즐거워했다.

모든 결정이 기대보다 더 좋은 결과를 가져왔다. 찌무룩한 쿨하우스는 엄청난 야심 못지않게 능력도 뛰어났다. 군사작전 전체를 마지막 치즈 한 덩이까지 속속들이 꿰고 있는 것 같았다. 한 달쯤 되자 쿨하우스는 다시 케일과 이드리스푸케 곁으로 돌아왔다. 그는 모르는 게 없었다. 혹은 모든 문제의 대책을 알고 있었다. 마치 거대한 기억의 창고에서 곧바로 해답을 찾아내는 마법의 도구라도 갖고 있는 듯 인간을 초월한 존재 같았다. 쿨하우스는 성가시고 불만투성이이며 상상력은 벽돌 수준이지만, 관료로서는 천재라 부를 만했다. 사이먼 마테라치와의 문제에서 그는 평화로운 시기에 쓸모없던 이들에게 전쟁은 너그러운 어머니란 사실을 깨달았다. 짐짝 같은 그 귀족 바보를 어떻게든 떨쳐내고 싶었던 쿨하우스는 사이먼이 수화를 중단하고 입술의 움직임을 읽는 요령을 익히게 하려고 오랜 시간 연구했다. 이번에도 그는 자신의 이익을 위해 총명한 두뇌를 가동하여 누구도 들어보지 못한 기술을 개발해냈다. 사실 쿨하우스가 사이먼을 떨쳐내고 싶은 만큼 사이먼도 쿨하우스를 떨쳐내고 싶었기에 이 능력을 완벽히 터득하기 위해 하루에 몇 시간씩 연습했다. 케일의 제안이 왔을 때 두 남자는 이미 작별을 준비하고 있었으며, 그렇게 마지막 몇 주를 함께 보냈다. 하지만 마침내 쿨하우스가 거의 모든 분야(사교술이나 독창적 기술은 제외하고)에서 탁월한 재능을 드러내 남들의 코를 눌러버릴 수 있게 된 반면, 사이먼은 사람들이 그를 무시한 채 지껄이는 모든 이야기를 듣게 된 것이 너무나 재미있고 엄청나게 유용하다는 사실을 깨달았다. 불구나 장님으로 태어난 아이를 수도 외곽의 깊은 구렁에 던져버리는 습속이 있는 라코니아 용병들에게 사이먼 같은 자는 신기한 존재였다. 그들은 사이먼을 재롱둥이 원숭이쯤으로 여겼다. 사이먼은 눈앞에서 거리낌없이 떠드는 그들의 대화를 놀랍도록 상세히 케일에게 전하는 것으로 앙갚음을 했다. 흥미로운 사실은 설령 사이먼이 라코니아에서 태어났더라도 죽지 않고 계속 살았을 거라는 점이다. 그들의 냉혹한 철칙에도 예외가 하나 있었으니, 라코니아 왕가의 아이는 아무리 병약해도 절대 깊고 끔찍한 바위 구렁 속으로 버려지지 않았다. 지금껏 그랬고 앞으로도 영원히 그럴 터였다. 라코니아 용병들은 사이먼과 쿨하우스가 소리 없이 손을 움직여 수다를 떨면서도 그들처럼 거침없이 술술 대화하는 모습을 보며 재미있어했다. 그리고 밤마다 손짓으로 사이먼을 불러 수화를 가르쳐달라고 글로 써서 보여주었다. 그들은 사이먼을 얕잡아보며 거들먹거리기를 좋아했는데, 그들이 앞에서 떠들어대는 거의 모든 말을 사이먼이 읽을 수 있다는 건 까맣게 몰랐다. 물론 거기에는 사이먼에 대한 노골적인 욕도 포함되었다. 쿨하우스가 스패니시 리즈로 불려갈 때 사이먼은 자신이 그의 자리를 대신하겠다고 그와 합의했으며, 쿨하우스의 옛 동창 한 명을 곁에 두어 통역하는 척하게 함으로써 라코니아 용병들이 의심하지 않게 했다.

"사이먼이 그 일을 할 수 있다고 확신해?" 쿨하우스가 돌아왔을 때 케일이 물었다.

"당신이 그 녀석의 친구인 줄 알았는데요?"

"사이먼이 그 일을 할 수 있겠어?"

"네. 할 수 있을 겁니다."

쿨하우스는 사이먼의 기술—사이먼만이 아니라 쿨하우스까지 고생해서 완성한 기술—을 자기만 알고 있는 편이 낫다고 판단했다. 사이먼이 유용한 것들을 배우면—이미 배우고 있었다—쿨하우스는 온갖 분야에 정통한 만물박사로 명성이 드높아질 터였다. 미시시피강을 건너기 위한 준비도 순조롭게 진행되고 있었다. 날씨가 좋아지고 케일의 최종 승인만 떨어지면 출발할 예정이었다.

케일의 꿀단지에는 말벌 몇 마리가 들어 있었는데, 그중 제일 직접적으로 영향을 끼친 것은 신형군 유지에 필수 여건인 식량의 사재기와 은밀한 비축, 그로 인한 부족 사태를 방지하기 위해 한자동맹이 요구한 식량 배급제였다. 케일의 지시에 따라 그들의 제안을 검토한 쿨하우스는 반박할 여지가 없다고 결론지었다. 리디머들을 물리치려면 안정적인 무기 공급만큼이나 식량 배급제가 꼭 필요했다.

쿨하우스가 리디머 대항청에 와서 보고했다. "대중의 정서를 감안해 당연히 배급제는 모두에게 적용되어야 합니다. 예외가 있어서는 안 됩니다." 그는 경건한 어조로 덧붙였다. "물론 왕족은 제외하고요."

공교롭게도 때마침 그 자리에는 서부의 준비 상황을 케일과 상의하기 위해 잠시 스패니시 리즈로 돌아온 베이그 헨리가 있었다. 여전히 미숙하지만 빨리 배우는 쿨하우스는 '왕족'이라는 단어가 입 밖으로 나오자마자 자신이 심각한 실수를 했다는 것을 알아차렸다. 어쩌면 심각함을 넘어서는 실수였다. 나중에 이드리스푸케는 재미있다는 듯 자신의 형에게 말했다. "분위기가 삽시간에 냉랭해졌어. 북극이 차 한 잔 마시러 들른 줄 알았지 뭐야. 쿨하우스라는 자는 꽤나 시건방진 놈이더군."

케일은 쿨하우스를 노려보았고, 베이그 헨리는 단치히 섕크를 기반으로 특별히 손수 만든 단검을 뽑아들었다. 칼자루 양쪽에는 '만약'이라는 단어를 새겨놓았는데, 무슨 까닭으로 그랬는지는 말해주지 않았다. 베이그 헨리는 쿨하우스의 목을 벨 것처럼 단검을 쳐들었지만, 그들이 둘러앉은, 아름다운 무늬가 새겨진 호두나무 탁자 한복판을 찔렀다. 하찮은 인간이 특권층에게 가지는 태생적 분노에서 비롯된 일반적인 경멸뿐만 아니라, 케일이 수녀원 정신병원에 있는 동안 귀족들에게 하찮은 취급을 받아 생긴 개인적 혐오까지 더해 스패니시 리즈 귀족들에 대한 베이그 헨리의 증오는 곪을 대로 곪아 있었다. 자신은 그토록 좋아하는 오이 샌드위치도 없이 버텨야 하는데 왕족 놈들은 변함없이 풍요롭게 살 걸 생각하니 참을 수가 없었다. 그래서 반대 입장을 분명히 했다. 잠시 정적이 흘렀다.

결국 이드리스푸케가 말했다. "그럼 이렇게 하자. 모두에게 배급제를 적용하되, 왕족과 여기 참석한 인사들만 예외로."

그러고는 부리나케 쿨하우스를 데리고 떠났다. 케일은 한복판에 칼이 단단히 박힌 탁자를 고갯짓으로 가리키며 베이그 헨리에게 말했다.

"탁자 수리비 내가 안 낼 거야."

"너한테 내라고 한 사람 없어." 베이그 헨리가 대꾸했다.

불편한 침묵이 흘렀다.

이윽고 케일이 물었다. "왜 그랬어? 그냥 주먹으로 탁자를 내리칠 수도 있었잖아? 저거 봐. 못 쓰게 됐잖아."

"수리비는 내가 낸다니까."

다시 침묵이 흘렀다.

"불한당 같은 자식."

30

얼음처럼 차가운 미시시피강 상류 지역에서 뭔가 움직임이 있었다. 좀더 아래쪽에서도 또다른 움직임이 있었다. 아르테미시아 할리카르낫소스는 포근한 날씨를 원망했다. 반면 신형군 훈련에 박차를 가하던 케일에게는 크나큰 축복이었다. 대개 겨울에는 기온이 영하로 떨어지거나 가까스로 영상인 날이 번갈아 되풀이되기에, 경험 많은 사람도 강의 상태를 파악하기가 어려웠다. 녹고 있지만 여전히 거대한 얼음덩이들이 상류에서 떨어져나와 어느 물목에 몰려 큰 둑을 이루어 몇 주간 멈춰 있다가, 하루쯤 날이 풀리면 갑자기 해체되어 느린 눈사태처럼 흘러내려가는데, 때로는 몇 마일씩 떠내려가다가 더 커다란 얼음 둑에 부딪혀 다시 그 자리에 쌓이거나 엄청난 붕괴를 일으키며 훨씬 큰 규모로 흘러내려간다. 하지만 겨울답지 않게 날씨가 푸근한 올해는 이 과정이 여느 해보다 한층 위태롭고 불안정했다.

아르테미시아 주위에는 이 강변에서 육십 년 넘게 살아온 이들이 많았다. 5마일 정도 상류의 넓은 구간이 불안정하게 얼어 있었는데, 다행히 기온이 영하 근처로 떨어져 깨질 가능성은 줄었다. 문제는 더 상류에서 떠내려오는 커다란 유빙流氷이 안 그래도 삐걱삐걱 신음하는 불안정한 얼음 둑과 충돌할 위험이었다. 하지만 거기서 상류로 10마일에 걸쳐 강기슭을 따라 솜씨 좋고 노련한 자들이 줄 하나로 연결된 채 늘어서서, 지나가는 유빙을 보고 그 크기에 따라 다르게 줄을 당겨 옆 사람에게 신호했다. 얼음 둑 위에 배치된 자들은 상류를 유심히 지켜보며 자신들이 서 있는 얼음의 안정성을 수시로 점검했다. 이윽고 어둠이 내리자, 마치 값비싼 선물 포장처럼 추위에 대비해 두껍게 껴입고 도강을 준비하는 병사들은 초조한 기다림의 희열을 느꼈다. 마침내 위험을 무릅쓴 도하 명령이 내려졌다. 고슴도치처럼 완전무장한 전사 칠백 명을 태운 선박 스무 척이 수 마일에 이르는 강에서 폭이 가장 좁은 지점을 건너기 시작했다.

하지만 수염이 희끗희끗하고 가장 촉이 좋은 도선사도 얼음 밑을 볼 수는 없었다. 커다란 부빙浮氷 밑에서는 진흙 바닥 쪽으로 튀어나온 얼음 때문에 물살 사이로 세찬 소용돌이가 생겨 강바닥에 커다란 홈이 파였다. 이 사납고 거센 저류는 위에서 얼음덩이가 움직이면 이리저리 방향이 바뀌었다. 물먹은 떡갈나무 한 그루가 물가에서 유빙을 관찰하는 자들 눈에 띄지 않고 떠내려왔다. 두께가 어마어마한 나무였지만, 먹이를 찾는 악어처럼 수면 위로 드러난 부분이 거의 없었기 때문이다. 이윽고 나무가 얼음 둑에 부딪히면서 성당 오르간의 가장 낮고 깊은 저음처럼 둔중한 소리가 났다.

얼음 위에 있던 파수꾼들의 귀뿐 아니라 내장까지 울리는 소리였다. 이 엄청난 충격에 얼음 둑이 깨지고 유빙들이 흩어져 모두 죽겠구나 싶었다. 하지만 그런 일은 일어나지 않았다. 얼음 밑에서 물살에 밀린 떡갈나무가 돌기 시작했고, 요나를 삼킨 고래처럼 밑으로 내려가 몇 시간 전 거대한 얼음 송곳니 두 개가 생긴 둑 바닥에 닿았다. 강하지만 느린 물살이 그 얼음 송곳니들을 감아 돌면서 삽시간에 미친듯이 광포하게 요동치자, 물을 잔뜩 먹어 본래 무게보다 세 배나 무거워진 커다란 나무는 점점 빨라졌고, 물살은 톱니 같은 얼음과 강바닥 사이로 더욱 세차게 몰려갔다. 비스듬히 흘러간 나무가 밑으로 뻗어내린 거대한 얼음 송곳니 두 개에 부딪혀 둔중하게 쿵쿵거리자, 위에서 아무것도 보지 못하는 파수꾼들에게 기묘하고 이해할 수 없는 진동이 전달되었다. 잠시 후 그곳을 빠져나온 한껏 포화된 육중한 나무는 쏜살같은 물살을 따라 빠르게 흘러가며 서서히 수면으로 올라갔는데, 덕분에 얼음 밑으로 흐르는 물살의 추진력을 계속 받을 수 있었다. 시속 8마일로 선단을 향해 떠내려갔기에 보통 사람의 달리기로도 따라갈 수 있을 정도였지만, 문제는 속도가 아니라 물먹은 나무의 크기와 엄청난 중량이었다. 물론 강 한가운데 솟은 바위에 나무 끄트머리가 부딪혀 옆으로 회전하지만 않았다면 그렇게 피해가 막심하지는 않았을 것이다. 거대한 수중 괴수 같은 나무는 결국 천천히 도강하는 선단을 향해 옆으로 흘러가기 시작했다.

갖은 노력에도 불구하고 선박 스무 척은 이날의 기묘한 물살 때문에 한데 모여 있었는데, 결코 작은 배들이 아니었다. 한 척에 서른다섯 명씩 타고 있었다. 떡갈나무는 선단에 충돌했다기보다는 마치 종이배처럼 선단을 가볍게 밀어올려 엎어버렸다. 경고의 고함이 터져나오기도 전에 모든 배가 동시에 나무에 부딪혀 옆으로 쓰러졌다. 사람이 워낙 많이 타서 열한 척이 십오 초도 안 돼 침몰했다. 나무는 차갑고 습한 어둠 속으로 계속 흘러갔고, 뒤에서는 남자 삼백팔십사 명과 여자 한 명이 물에 빠져 죽었다.

이드리스푸케가 케일에게 참담한 소식을 전하자, 금세 동이 트면서 따사로운 햇살이 부분적으로 스테인드글라스인 창문으로 쏟아져들어와 파란색과 빨간색의 정교한 무늬를 탁자에 투사하고 공중에 떠다니는 먼지를 환히 비추었다.

"확실한가요?" 베이그 헨리가 물었다.

"틀림없다. 내 부하는 믿을 만한 친구야. 아르테미시아의 시신을 보고 왔다고 한다."

"원인이 뭐였습니까?"

"상류의 더 큰 얼음 둑에서 떨어져나온 유빙 때문인 걸로 추정된다. 운이 나빴던 것뿐이야."

"하지만 당신은 예측한 일이죠." 케일이 나직이 말했다.

"내 비록 천재적인 예측 능력을 갖고 있으나, 가능한 모든 결과를 예측하는 것을 원칙으로 하고 있다. 이번 일은 실패도 성공도 얼마든지 가능했어."

"이 일을 비밀에 부칠 수 있나요?" 베이그 헨리가 물었다.

"모두 살았거나 모두 익사했다면 가능하겠지. 그런데 이젠 안돼…… 내가 보기에는 아무래도……"

케일이 대뜸 끼어들었다. 어색하고 묘한 말투였다. "그녀를 잃은 것은 큰 손실입니다."

이드리스푸케가 대꾸했다. "맞다. 놀라운 재능을 가진 젊은 여자였지."

다들 아무 말도 하지 않았다. 문에서 노크 소리가 들리고, 곧이어 집사 라첼스가 살며시 방으로 들어와 이드리스푸케에게 말했다.

"서신이 왔습니다." 편지를 받아든 이드리스푸케는 라첼스에게 가라고 손짓한 다음, 그가 방을 나가자 불만스럽게 중얼거렸다. "어딘가 의뭉스러워 보이는 자야. 두 눈이 너무 가운데로 몰려 있어." 그는 편지를 뜯고 한마디 덧붙였다. "보스 이카르드가 도강 작전과 아르테미시아의 죽음을 아는 눈치다."

"어떻게요?" 베이그 헨리가 물었다.

"나와 같은 방식으로 알아냈겠지."

"젠장…… 보스 이카르드가 안다는 걸 당신이 어떻게 알죠?"

"암토끼 키티의 신사록은 스패니시 리즈를 대표하는 거물들의 영혼을 들여다보는 창이란다. 작은 새들이 사방에서 지저귀지."

이번에는 케일이 물었다. "그자가 어떻게 할까요?"

"두 가지 선택이 가능하지. 우리가 하는 이야기를 받아들이고 정말로 상황이 나빠져 그걸 써먹을 기회가 오길 기다리거나, 그걸 이용해 당장 우리를 체포하고 리디머들과 강화 협상을 하거나."

앞으로 적어도 육 개월 동안 왕초 노릇 할 궁리를 하던 베이그 헨리는 흠칫 놀랐다. "정말로 그럴 거라 생각해요?"

"현실적으로 말이냐? 아니. 그걸로는 승리를 장담할 수 없지. 이카르드는 자신이 틀릴 경우 무슨 일이 벌어질지 잘 알아. 이번 사건을 이용할 수 있을 때까지 창고에 묵혀둘 거다. 하지만 우리는 서둘러야 한다. 비열한 배신에 희생된 영웅적 사건으로 포장해야해. 고결한 여인, 대담한 기습, 영웅적 희생. 끝." 케일이 물끄러미바라보자 이드리스푸케가 사과했다. "미안하다. 내가 너무 오래 살다보니 나쁜 습관이 많아졌구나. 어쨌든 우리는 이번 일을 총체적참사로 보이게 해서는 안 돼. 영웅적 실패로 보이게 해 그녀를 추모해야 한다."

"실제로 영웅적 실패였습니다."

"우리가 그렇게 포장해야 그렇지. 사람들은 담대한 영웅, 고결한 희생과 용기, 승리를 코앞에 두고 등에 배신의 칼이 꽂히는 비극을 바라거든."

"그럼 그런 이야기를 찾아야겠네요." 베이그 헨리가 한마디했다.

이드리스푸케가 대꾸했다. "찾고 말고의 문제가 아니다. 이미내 지시로 벽보를 쓰고 있는 중이거든. 내일 오전이면 도시 전체에벽보가 붙을 거다." 케일을 돌아본 그는 자신이 비열하고 냉소적이라는 생각이 들었다. "상심이 클 텐데 미안하다. 죽음이 이토록 빨리 그녀를 데려가다니 안타깝구나."

이드리스푸케가 떠나자 두 소년만 남았다. 뽀얀 햇살이 창문으로 쏟아져들어오자, 마치 천사들이 축복하는 작은 성당 안에 있는듯했다.

마침내 케일이 입을 열었다. "언제 떠나?"

"내일. 일찍."

다시 긴 침묵이 흘렀다.

이윽고 베이그 헨리가 말했다. "상심이 크겠구나. 나도 이 말을해주고 싶어. 다른 말은 모르겠어. 난 그녀를 좋아했어."

"아르테미시아는 날 좋아하지 않았어. 결국에는 말이야."

또 침묵.

베이그 헨리가 말했다. "네가 잘못 알았을 수도 있어."

케일은 어이없다는 듯 콧방귀를 뀌었다. 베이그 헨리는 계속 위로하려 애썼다. "네 잘못이 아니야. 상황이 그런 것뿐이야."

잠시 후 케일이 말했다. "모르겠어. 지금 그녀가 죽고 없다는 사실을 어떻게 받아들여야 할지 모르겠어. 기분이 이상해. 분명한 건, 이 기분이 옳지 않다는 거야."

4부

이제 가서 아말렉을 쳐라.
그들에게 딸린 것은 모두 파멸시켜라.
사정을 봐주어서는 안 된다.
남자와 여자, 어린애와 젖먹이,
소와 양, 낙타와 나귀를 모조리 죽여 없애라.

사무엘상 15장 3절

31

리디머들은 4월에 미시시피강을 건넜고, 별다른 저항 없이 뭍에
올랐다. 강의 남쪽 기슭으로부터 300마일에 걸친 완만하게 굴곡진
평원으로 갔던 척후병들은 크고 작은 마을들과 도시가 거의 모두
버려졌다는 소식을 가지고 돌아왔다. 사람뿐만 아니라 돼지와 소,
토끼 등의 가축까지 모조리 함께 떠났다는 것이었다. 밀이나 보리
를 파종하지 않은 밭은 유난히 따뜻한 봄 날씨 덕에 일찍 핀 양귀
비로 뒤덮여 있었다. 돌아온 리디머 척후병 한 명이 말했다.

"정말 아름답습니다. 천국의 들판도 비교가 안 될 정도입니다.
양귀비와 좁쌀풀, 미나리아재비, 패랭이꽃, 봉선화, 꽃잎이 예쁜
살갈퀴가 몇 마일에 걸쳐 가득하더군요. 하지만 먹을거리는 십오
일 내내 사방 어디서도 찾을 수가 없었습니다. 소나 말이 먹을 것
말고는요."

이 척후병은 케일의 관대함을 지나치게 기대했다. 케일은 리디

머들의 말과 양에게 먹이를 허락할 마음이 전혀 없었다. 얼었던 땅이 녹자마자 여자들과 아이들을 밭으로 보내 밀과 보리 대신 병꽃풀과 민들레, 솜방망이를 심게 했는데, 죄다 반추동물에게 유독한 식물이었다. 이에 사람들은 크게 분노하며 소리쳤다. "그럼 나중에 우리가 돌아왔을 때 우리 가축들은 어떻게 되는 겁니까?"

"당신들이 돌아오면 그때 고민해보겠습니다." 케일이 대답했다.

하지만 독풀이 퍼진 지역을 꼼꼼히 지도로 만들어 사람들을 안심시켰는데, 지도의 진짜 목적은 따로 있었다. 전투 수레를 끄는 말들에게 안전한 풀을 먹일 곳을 표시해두는 용도일 뿐이었다.

실버리힐에서 마테라치 군대를 괴멸한 리디머 프린셉스 장군과 그의 제4군이 가장 먼저 미시시피강을 건넜다. 프린셉스는 케일이 아직 성소에 있던 시절 그가 세운 마테라치 영토 침공 계획을 충실히 수행한 터라, 그 소년이 어떤 짓을 할 수 있는지 익히 알고 있었다. 일단 미시시피강을 건너면 성가신 일들이 자신과 병사들을 기다리고 있으리라 예상했다. 적의 저항이 전혀 없을 줄은 예상치 못했지만, 곡식을 심지 말라는 결정은 예상한 바였다. 그러나 리디머들의 말과 양에게 먹이려고 독성 식물의 씨를 뿌릴 줄은 몰랐다. 여물을 가져오려면 몇 주는 걸릴 테고, 문제를 일으키는 식물을 구분할 수 있는 자를 찾으려면 더 오래 걸릴 터였다. 앞서 프린셉스는 남쪽 강기슭에 교두보를 마련하고 리디머들을 다시 미시시피강으로 밀어내려는 추축국 연합군에 맞서야 하리라 예상했다. 하지만 그의 앞에는 텅 빈 평원이 펼쳐져 있었는데, 족히 300마일은 될 듯싶었다. 케일은 이 평원을 꽃 피는 불모지로 바꿔놓았다. 빨강, 노랑, 분홍이 뒤섞인 이런 사막에서 대규모 부대에 물자를 보급하려면 상당히 신중해야 하고 시간도 더 필요했다. 일단 프린셉스는 강가에 머물며 스위스로 진격할 새로운 작전에 필요한 물자를 정비했다. 이 휴지기가 일주일로 접어들었을 때, 정찰을 나간 리디머 기마 보병 오백 명은—독이 든 풀을 먹지 못하도록 말들에게 입마개를 씌워놓았다—너무나 특이한 광경에 맞닥뜨렸다. 썩 크지 않은 원형 목조 요새 같았는데, 내부 공간은 3에이커 정도이고 주위에 해자를 파놓았다.

척후병들의 보고를 받고 요새를 보러 앞으로 나온 리디머 파르티거는 뜻밖의 위험으로부터 보호받길 바라는 자들을 위한 성자인 레스보스의 성녀 마르타에게 나직이 기도했다. 마르타는 기묘한 순교를 치르고 성자의 반열에 올랐다. 그녀는 줄에 매단 육발 갈고리를 강제로 삼켜야 했는데, 각각의 발에 경첩이 달린 갈고리라 소화기관을 지나갈 때 걸리지 않았다. 열두 시간 뒤, 갈고리가 충분히 몸속으로 들어갔다고 판단한 처형 집행인은 줄을 당겨 그녀의 내장을 뽑아냈다. 원칙적으로 리디머들은 특이한 것을 위협으로 간주했으며, 그래서 신실한 자들을 위험으로부터 지켜주는 성인이 필요했다.

파르티거가 지시했다. "백기를 들려 사람을 보내."

몇 분 뒤, 휴전 깃발을 든 기수 한 명이 전투 수레 전방 50야드까지 다가가서 입을 열었다.

"우리는……"

말이 시작되기가 무섭게 쇠뇌 볼트 한 발이 그의 가슴 한복판에 꽂혔다.

"저 친구 왜 말을 하다 말아?" 파르티거가 중얼거렸다. 이윽고 전령은 아주 천천히 한쪽으로 몸이 기울더니 말에서 떨어졌다.

이를 지켜보던 리디머들은 상대가 전시의 불문율을 어긴 것에 분개했지만, 사실 그들은 지금껏 그런 원칙을 인정한 적이 없었다. 따라서 전령을 죽였다고 해서 딱히 불리해질 것도 없었다. 사실 그건 사고였다. 전령을 저격한 자는 예방 차원에서 쇠뇌로 그를 겨누었을 뿐이다. 하지만 비좁은 수레 안에서 앞에 있던 농부가 긴장한 탓에 움직여 그의 팔을 쳤다.

"뭐하러 왔는지 궁금한데?" 누군가 소리치자, 긴장해 있던 사내들이 웃음을 터뜨렸다.

파르티거는 이제 뭘 해야 할지 궁리했다. 리디머들은 공성 전투 경험이 풍부하지만, 그들이 사용하는 대형 투석기는 극도로 무거웠다. 게다가 이번에 가져온 몇 기는 주변 350마일 안에 중요한 방벽 도시가 없어서 미시시피강 건너편에 두고 왔다. 그중 한 기라도 여기로 싣고 오려면 몇 주는 걸릴 터였다. 더구나 상대의 요새는 썩 크지 않은데다, 돌이 아니라 나무로 지은 것이었다. 눈앞에 있는 기묘한 요새가 꺼림칙할 수밖에 없었지만, 과연 어떤 요새인지 확인해 파괴하거나 우회할 방법을 알아내는 것이 파르티거의 임무였다. 생김새는 괴상하지만 딱히 위협적으로 보이지는 않았다. 파르티거는 병사 삼백 명에게 공격 명령을 내렸다. 그중 오십 명은 장갑 기병대였고—리디머들 스스로 이뤄낸 혁신이었다—나머지는 경장갑 기마 보병들이었다.

파르티거가 지켜보는 가운데 병사들은 수레 요새를 사방에서 공격할 요량으로 주위를 에워싸고 대기했다. 그사이 파르티거는 새 부관으로 임명된 리디머 조지 블레어와 대화를 나누었다. 그는 블레어를 신뢰하거나 좋아하지 않았다. 블레어는 '모든 리디머 구성원의 충성도를 높이고 교리나 윤리에 위배되지 않는 행위를 보장하고자' 보스코 교황이 직접 구축한 성소의 새로운 질서의 일부였다. 바꿔 말하자면, 보스코의 새로운 종교적 방침과 그에 따른 군사적 기술이 일말의 의심 없이 준수되는지 감시하는 첩자였다.

파르티거는 목조 요새 공격과 전혀 무관한 화제를 꺼내 블레어를 놀라게 했다.

"나는 굴욕의 일흔네 가지 행위를 시작할 생각이었네."

"네?"

"교황의 권위에 경의를 표하는 일흔네 가지 행위 말이야."

블레어는 짜증 섞인 말투로 대꾸했다. "그게 뭔지는 저도 압니다. 적절성이 의심스러운 거죠. 전투가 시작되려는 참이지 않습니까."

파르티거는 속으로 중얼거렸다. 내가 그릇된 말을 하는지 시험하는 걸까? 그렇다고 판단했다.

"죽음의 한복판에서도 우리는 영생을 향한 시선을 거두어서는 안 돼."

"모든 일에는 때가 있는 법입니다. 지금은 아닙니다."

파르티거는 아랑곳하지 않고 말을 이었다. "하지만 내가 장화 안에 말린 콩을 넣어다니고, 무더운 날에 물을 마시지 않으며, 쐐기풀로 내 몸을 때림으로써 우리에게 놀라움과 경외심을 안겨주는 성인들의 고행을 본받는다면(그는 이 경외의 구절을 교황의 서신에서 보고 암기했다), 주님의 지혜에 더욱 마음이 열리고 부하들에게 더 나은 지도자가 되지 않겠는가?"

마침내 블레어가 고개를 돌려 그를 빤히 쳐다보았지만, 놀라움은 있되 경외심은 없었다.

"네, 지당한 말씀입니다. 스스로에게 더 큰 고통을 가하면 효과가 배가될 것입니다."

"정말인가?"

"네. 이런 경우에는 전갈 꼬리로 만든 채찍이 특효라고 들었습니다." 블레어가 전장으로 눈을 돌리자, 파르티거는 전갈 꼬리에 대해 생각했다. 꽤 아플 것 같았다. 하지만 비오 신부의 말이 퍼뜩 떠올랐다. 육체의 고행에는 반드시 고통이 따라야 하느니.

800야드 너머에서 전투가 시작되었다. 처음에는 열 명으로 이루어진 기병대 세 조가 공격하는 시늉만 했는데, 상대의 반응을 이끌어내 적의 공격력을 가늠하기 위함이었다. 아무 반응도 없었다. 가까이서 보니, 수레 요새 주위의 해자가 썩 깊지는 않지만 뾰족한 장대들이 잔뜩 박혀 있었다. 기병 한 명이 다가가 육중한 창으로 수레 하나를 찔러 얼마나 안정적이고 견고한지 확인했다. 그러고는 돌아와, 딱히 대단해 보이지는 않는다고 말했다. 결국 사방에서 돌격하기로 결정되었다. 요새 중앙으로 화살 사십여 발을 쏘는 것이 신호였다. 이윽고 화살들이 솟구치자 병사들이 수레 요새로 돌진했다. 케일의 신형군과 그 효용성이 처음으로 큰 시험대에 오른 것이다.

리디머들의 문제는 기본적인 장비가 거의 없다는 점이었다. 사다리도 없고 공성 망치도 없으며, 밧줄만 조금 있었다. 수레 요새를 둘러싼 해자의 깊이는 고작 몇 피트였지만, 수레 측면의 높이가 6피트인데다 나무 방벽 너머 적과의 거리는 9피트나 되었다. 리디머들의 공격이 시작되자 곧바로 수레 측면의 창들이 살짝 열리면서 베이그 헨리가 개발한 가벼운 쇠뇌들이 가동되었다. 고작 몇 발짝 앞에서 발사된 터라 적과의 거리가 무척 가까워 일반 쇠뇌보다 파괴력이 훨씬 떨어져도 문제가 없었다. 비좁은 공간에서 활은 무용지물이지만 쇠뇌는 엄청나게 효과적이며, 더구나 이 쇠뇌는 재장전도 아주 빠르게 할 수 있었다. 이중 경첩으로 된 수레 지붕은 안에서 밀어올리면 상황에 따라 좌우 어느 쪽으로도 넘길 수 있었다. 이번에는 요새 안쪽으로 지붕을 접고 곧바로 농부 여섯 명과 참회자 한 명이 일어나 수레 벽에 몸의 대부분을 숨긴 상태로, 해자에 서 있는 리디머 무리를 찌르고 내려치기 시작했다. 납으로 만든 공과 대못이 달린 쇠도리깨는 리디머들의 허술한 장갑을 관통하고 살을 뭉개 어마어마한 피해를 입혔다. 전투 경험이 없는 몇몇 농부가 이 성공에 흥분한 나머지 몸을 밖으로 내밀어 상체를 지나치게 노출했고, 그중 두 명이 화살에 맞아 쓰러졌다.

"몸을 낮춰! 나가지 마! 안에 있어!"

연옥수들은 각각의 수레 안에서 반격당할 걱정 없이 적을 괴롭히는 재미에 취한 농부들이 흥분해서 일어설 때마다 끌어내리느라 바빴다. 리디머들은 전투 경험이 열 배는 더 많았지만, 이 서툰 자들에게 무력했다. 적이 공격할 수 있는 거리보다 4피트 더 멀리 있었기 때문이다. 수레 밑으로 파고들 수도 없고, 수레바퀴를 흙으로 덮어놓은 탓에 밧줄로 묶을 수도 없었다. 한마디로 속수무책이었다. 결국 오 분 만에 후퇴했다. 하지만 그 와중에도 볼트 세례에 속절없이 당했다. 이제 농부들은 자리에서 일어나 조준 사격을 할 수 있었다. 후퇴하는 리디머들은 대부분 넓적다리와 무릎을 다쳐 움직임도 느렸다.

농부들이 일어나 환호성을 지르자, 연옥수들이 입을 다물라고 꾸짖었다.

"저들은 날마다 향상된 실력으로 우릴 공격할 것이다. 너희도 그럴 수 있겠나?"

이 말에 다들 입을 다물었지만, 첫 전투에서 제법 적을 죽여 굉장히 흡족한 눈치였다.

패퇴한 리디머들이 돌아오자 파르티거는 분노와 당혹감에 휩싸였다. 그가 병사들을 질책하는 동안, 블레어는 그들 주위를 돌며 부상을 살펴보았다.

"적도 피해를 입었나?"

백부장 한 명이 대답했다. "약간은 입었을 겁니다."

"약간? 우린 서른 명이나 죽었다. 뭘 위해서? 더구나 적에게 피해를 입힌 건 궁수들이지 기병대가 아니야. 자네들은 몇이나 죽였지?"

"닿지 않는 적을 죽일 수는 없습니다."

"말대꾸하지 마!" 파르티거가 버럭 호통을 쳤다.

블레어가 다시 물었다. "갈고랑쇠는 안 썼나?" 부대 전체를 통틀어 갈고랑쇠는 하나밖에 없었다. 더 필요할 줄 아무도 몰랐던 것이다.

하나뿐인 갈고랑쇠를 사용한 하사가 대답했다. "수레 측면에 갈고랑쇠를 걸었지만 삼십 초 만에 잘리더군요. 그래도 제가 탄 말로 꽤 끌어당겼습니다. 여러 마리가 당기면 될 듯합니다. 하지만 수레가 땅에 단단히 고정돼 있어서 뒤집기는 어렵고 뜯어버려야 합니다. 더 힘센 말들과 더 큰 갈고랑쇠, 밧줄 대신 사슬로 하면 될 겁니다. 그러나 쇠뇌 때문에 말들이 너무 쉽게 쓰러졌어요."

442

"불을 지르면 어떨까? 나무로 만든 것이잖아."

"가능할 수도 있지만, 제대로 불이 붙으려면 한참 걸릴 겁니다."

"불화살은?"

"쉽게 끌 수 있습니다. 전에 살레르노에서 기름 바른 불화살이 쓰이는 걸 봤거든요. 제가 사용한 적은 없습니다만."

블레어가 파르티거에게 말했다. "말씀 좀 나누시죠." 그들은 한 쪽으로 걸어갔다. 블레어가 물었다. "어떤 공격이 좋을까요?"

"공성전을 해야겠지."

"저들은 우리보다 식량이 많을 겁니다. 게다가 저들이 왜 여기 있는 걸까요? 지켜야 할 것도 없는데."

파르티거가 대꾸했다. "이보게, 리디머. 자네 말대로 우리는 식량이 넉넉지 않아. 본진으로 돌아가 보고해야 해. 이건 기마 보병이 아니라 공성 부대가 할 일이야."

타당한 지적이었다. "병사들의 부상을 보고 눈치채신 것 없습니까?" 파르티거가 아무것도 알아채지 못한 걸 알고 한 말이었다.

"부상?"

"네. 대부분 심각한 타박상이었습니다. 머리와 손, 팔꿈치에요."

"그래서?"

"금방 낫지 않을 겁니다. 오히려 악화할 수도 있죠."

"요점이 뭔가, 리디머?"

"만약 우연한 부상이 아니라면요?"

계속 토론할 겨를이 없었다. 스위스 기병 오십 명이 요새에서 나와 미처 대비하지 못한 리디머 진지를 습격해 백 명을 죽이고 나머지는 흐트러뜨렸다. 십오 분 만에 그들은 안전한 수레의 고리 내부로 돌아갔고, 때마침 해가 졌다.

충격을 받은 리디머들은 야음을 틈타 퇴각하기 시작했지만, 동이 트기 한 시간 전에 스위스군이 또 들이닥쳤다. 요새 공격 때 부상한 자들이 부지기수라 철수하기가 여간 버겁지 않았다. 전날 어둠이 내리기 직전 스위스군의 기습은 대부분 사망자를 냈지만 요새 공격 당시에는 팔이 부러지고 무릎이 으깨진 자들이 태반이었다. 죽은 자들은 버리고 가면 그만이었다. 스위스군은 베이그 헨리가 모든 수레 요새에 설치한 강력한 쇠뇌 열두 기를 이용해 계속 멀리서 리디머들을 저격했다. 또한 몇 분마다 한 번씩 노련한 스위스 기병대가 몰려와 뒤처진 자들을 처치하고는, 사지 멀쩡한 리디머 호위병들이 반격하기 전에 달아났다. 마침내 그들이 요새로 돌아갈 즈음에는 리디머들의 머릿수가 사흘 전 요새를 처음 발견했을 때의 반으로 줄어 있었다. 반면 신형군은 사망자 열 명에 부상자도 겨우 열한 명이었다.

파르티거와 달리 가까스로 살아남은 블레어는 상황을 보고하고 신속한 반격을 촉구했다. 그러나 워낙 말도 안 되는 이야기인데다, 철저히 따돌림받는 블레어가 접근할 수 있는 하급 장교들은 아무도 그의 말을 진지하게 듣지 않았다. 하지만 이후 몇 주가 지나면서 리디머 제4군 총사령부는 생각을 바꿀 수밖에 없었다. 적의 요새가 점점 늘어나면서 사상자가 폭증했기 때문이다. 이제 그 위험성을 인지한 리디머들은 사다리와 공성용 갈고랑쇠, 공성용 횃불을 갖춘 중장갑 부대를 보냈지만, 그들이 도착할 즈음에는 이미 요새가 오래전에 사라지고 없었다. 이 문제를 알아차린 프린셉스는 병사들의 더딘 이동에 격노하면서, 적의 요새 위치를 빨리 알아내 그들을 격퇴할 대규모 부대를 보낼 수 있도록 정찰대의 수를 두 배로 늘렸다. 하지만 이 대목에서 아르테미시아의 척후 기병대가 활약을 펼쳤다. 그들은 대개 독자적으로 활동하며 리디머들의 움직임에 대한 정보를 끊임없이 제공했다. 덕분에 모든 수레 요새가 사방 50마일을 포괄하는 정보의 거미줄 한가운데에 놓였다. 소규모 리디머 부대는 무시해버리면 그만이었고, 조금 큰 규모의 부대는 싸워서 물리쳤으며, 대규모 부대가 몰려오면 삼십 분 전에 미리 전갈을 받고 그들이 도착할 무렵 이미 자취를 감췄다. 따라잡아 파괴할 수도 없었다. 마이클 네빈이 만든 수레들은 리디머 군대보다 훨씬 빠르게 이동할 수 있었다. 리디머들은 이러지도 저러지도 못하는 처지였다. 가벼운 소규모 부대는 수레 요새를 따라잡을 수 있지만 방벽을 뚫을 힘이 부족했고, 그것이 가능한 중장갑 대부대는 너무 느렸다.

한 달간 이런 양상에 고전한 리디머들은 마침내 한 요새의 이동을 지연시켜 공성 무기로 무장한 천 명의 중장갑 보병대로 따라잡았다. 그리고 나흘 만에 요새 안으로 밀고 들어가 적을 섬멸했다. 이는 한 달 내내 손쉬운 승리를 즐기며 우쭐해 있던 신형군에게 충격적인 사건이었다. 그들을 훈련한 연옥수들과 라코니아 용병들이 언젠가 반드시 패배할 날이 있을 거라고 누누이 경고했는데도 충격이 컸다. 승전 소식을 들은 프린셉스는 크게 기뻐했지만, 자세한 이야기를 듣자 눈살을 찌푸렸다. 스위스 농부 이백 명의 목숨을 빼앗은 대가가 리디머 사망자 사백 명이었고, 중상자 백 명은 치료가 오래 걸려 귀한 물자를 소모시켰다. 프린셉스의 사병인 백부장들

중 한 명이 보고한 내용도 신경이 쓰였다. 그들은 프린셉스의 명령을 받고 그 전투에 참여해 당시 상황과 적군의 병사들을 면밀히 관찰하고 있었다.

"진입하는 과정이 실로 처절했습니다. 리디머. 이제껏 그런 힘겨운 전투는 저도 처음이었습니다. 놈들이 방벽을 교묘하게 배치해 우리 쪽은 쉽게 얻어맞았고, 반격하기는 거의 불가능했습니다. 하지만 일단 요새 안으로 들어가자, 놀랍게도 병사는 고작 오십 명 정도더군요. 사흘 동안 우리 전사들을 죽인 거칠고 노련한 놈들이었습니다. 요새 안에서는 백병전이 벌어졌는데, 마치 덩치 큰 아이들을 죽이는 것 같았습니다."

이때부터 프린셉스가 직면한 문제는 어떻게 하면 단단한 방벽을 부수고 허약한 요새 내부로 진입하느냐였다. 케일의 문제는 전투 수레를 이용한 전쟁이 너무 성공적이라 오히려 아군에게 해롭다는 점이었다. 줄곧 너무 쉽고 완벽하게 이긴 신형군은 승리에 잔뜩 취해 있었다. 마침내 밀려들기 시작한 패배는 그들을 사납게 몰아붙였고, 매번 생존자가 한 명도 없었다. 도취와 오만 상태에서 전의를 상실한 패배로 추락하기까지의 과정이 너무 짧고 충격적이었기에, 미시시피 평야와 스패니시 리즈 중간 지대에서 비상 대책 회의가 열렸다(혹자는 '낭패 회의'라고 부를 만도 했다). 케일은 지난 몇 주간 상태가 좋지 않았고 평소보다 몸이 더 아팠지만 매트리스를 채워넣은 전투 수레를 타고 갈 수밖에 없었으며, 이드리스푸케와 비폰드가 그와 동행했다. 팬쇼와 베이그 헨리, 안타고니스트 열 개 교단 위원회가 마련한 회의가 열릴 포츠담으로 가는 동안 케일은 잠을 자려고 노력했다. 하지만 매트리스를 넣어 개조한 전투 수레가 영 불편해서 잘 수가 없자, 결국 포츠담으로 들어설 즈음 수레 밖으로 나와 말을 타기로 했다. 오래전 부상을 입은 모든 부위—손가락, 머리, 어깨—가 욱신거렸으며 케일의 주의를 끌려고 이를 갈며 소리쳤다(나도 아파! 우리한테 이러면 안 돼!). 설상가상으로 오른쪽 귀까지 아팠다. 케일은 추워서 코트를 입고 찬바람이 아픈 귀에 닿지 않도록 후드를 올려 썼다. 평소라면 하지 않을 행동이었다. 성소 시절 후드를 쓰는 자는 규율 로드들뿐이었기에 그들을 떠올리고 싶지 않았던 것이다. 이제 케일은 자신보다 세 배는 늙고 경험 많은 대다수 인간들보다 세상의 기묘함을 더 많이 겪었지만, 그가 왔다는 말 한마디에 도시 안쪽에 진을 친 병사들이 술렁이는 것을 보고 놀라지 않을 수 없었다. 가장 크고 가장 분산된 군대에서조차 눈 깜짝할 사이에 소문이 퍼지게 하는 불가사의한 힘은 케일이 어딜 가든 신형군 병사들이 떼로 몰려나오게 했다. 처음에는 다들 케일을 흠모의 침묵으로 맞이했지만, 목 매달린 리디머가 살렘*에 들어서기라도 한 듯 금세 열광적인 환호성이 터져나왔다. 이토록 많은 이들이 자신 같은 병자, 손이 아프고 귀가 쑤시고 어깨가 욱신거리는 약골에게서 그런 엄청난 힘을 얻는다는 사실이 케일은 그저 놀라울 따름이었다. 어떻게 반응해야 좋을까 궁리하던 그는 무슨 말이라도 해줘야겠다고 생각했다. 하지만 말을 하려고 하자 예정보다 한 시간 일찍 찾아온 욕지기 때문에 말문이 막혔고, 구역질을 억누르는 것 말고는 할 수 있는 일이 없었다. 결국 케일은 병든 개처럼 말 위에 앉아 자신의 존재만으로 고무된 수

---

* 오늘날 예루살렘의 옛 이름.

백 수천 명을 둘러보았다. 그들에게 케일의 창백하고 시체 같은 침묵은 그가 할 수 있는 어떤 말보다도 훨씬 강력했다. 케일은 성소 도서관에서 발견한 어느 극작가의 희곡에서 감동적인 연설 십여 구절을 암기했는데, 그것들만 있으면 어떤 군중도 조종할 수 있을 듯싶었다. 친구여, 동지여, 동포여, 내 말에 귀를 기울여다오. 또는 다시 한번 틀어막자, 내 벗들이여. 그리고 가장 믿음직한 구절은 이것이었다. 우리는 소수지만 행복한 소수이니, 우리 형제들이여.*

하지만 주님의 잉걸불이 닿은 혀조차 케일의 비자발적인 침묵보다 더 효과적이지는 못했을 것이다. 사람들은 자신과 일대일로 대화할 수 있는 틀리기 쉬운 존재를 원치 않았다. 그들이 바라는 지도자는 파멸의 천사이지 변변찮은 놈이 아니었다. 케일은 근처에 죽음이 어른거리는 기분이었지만, 지금 사람들에게는 그가 죽음 자체로 보였다. 그게 중요했다. 케일은 다른 세상에서 온 치명적인 존재, 사람이 아닌 어떤 존재로서, 과거에 그들을 막강한 정복자로 만들어주었고 이제 다시 그렇게 해주러 여기에 온 자였다. 사람들은 그가 인간이 아니기를, 죽음의 정수이자 역병이기를 바랐다. 쇠약하고 창백하고 해골처럼 앙상하길 바랐다. 왜냐하면 케일이 실제로 그러했고, 그들 편이었기 때문이다. 누군가 소리쳤다. 처음에는 한두 명이었다. 곧이어 수십 명, 이어서 수백 명이 외치자 그 소리는 이내 거대한 함성이 되었다.

"천사! 천사! 천사! 천사! 천사!"

바로 뒤에서 따라온 비폰드와 이드리스푸케는 누구보다 경험이

---

* 셰익스피어의 희곡 『율리우스 카이사르』와 『헨리 5세』에 나오는 구절.

많고 어떤 일에도 놀라는 법이 없는 사내들이었지만, 눈앞에 펼쳐지는 광경과 엄청난 함성, 무엇보다 자신들의 느낌에 놀라고 심지어 전율했다. 좋건 싫건 그들도 군중의 힘에 휩쓸렸다. 하지만 열 개 교단 위원회의 신부들과 목사들과 의장들은 그 소리를 듣고 악마를 숭배하는 것이라고 판단했다.

*

"저는 이보다 더 큰 손실을 예상했습니다. 처음부터 그랬죠. 리디머들이 우리를 상대할 방법을 알아내면 상황이 점점 나빠질 거라고요. 이 정도의 병력 손실은 대체할 수 있습니다. 이미 계획해 놨어요."

지치고 짜증난 케일은 열 개 교단 위원회와의 정식 회의가 시작되기 전 측근들과 비밀회의를 하고 있었다. 종교적 간섭을 최소화하려면 무슨 이야기를 할지 확실히 해둘 필요가 있다고 여겼기 때문이다.

팬쇼가 한마디했다. "토머스, 대체 뭘 기대한 거냐? 죽고 죽이는 일은 직업이야. 물론 신형군의 농부들은 세상의 소금 같은 존재지만―틀림없어―평생 똥을 치우고 순무를 뽑으며 살아온 자들이야. 그들이 무엇이든 간에…… 대대적인 공세가 시작되면 대비가 불가능해. 그런 건 기대하지 마."

"수레 요새 셋 중 하나는 잃을 걸로 봐야 합니다. 그 정도 손실은 항상 예상했죠." 케일이 대꾸했다.

"마음대로 예상해라. 어차피 안 될 테니까. 전장에서 떼로 죽는

건 그들의 적성이 아니야. 배추를 기르고 예쁜 양과 수간하는 게
네 적성이 아니듯이."

팬쇼가 떠나자, 남은 이들은 참담한 기분이었다.

이드리스푸케가 베이그 헨리에게 물었다. "저 친구 말이 옳다고
생각하느냐?"

"저질 농담 빼고요? 충분히 일리가 있다고 봅니다. 핀스버그 전
투에서 리디머들이 우리 요새를 뚫을 뻔했어요. 저도 똥을 지릴 뻔
했다고요. 이제 리디머들에게 지면 어떻게 되는지 모두 압니다. 누
구도 패배에 익숙해지지 않을 거예요."

"대책이 없을까?"

"모르겠습니다."

우울한 침묵이 흘렀다.

"내가 제안 하나 하지." 비폰드가 입을 열어 말했다.

"다행이네요. 대책을 가진 사람이 있으니." 베이그 헨리가 이죽
거렸다.

이드리스푸케가 타일렀다. "나라면 기다렸다 들어보고 나서 희
망에 부풀겠다."

비폰드가 계속 말했다. "내 동생 녀석은 비웃지만, 나는 오늘 우
리가 놀라운 것을 봤다고 생각한다. 전통적으로 나 같은 사람들은
위기 상황에 지도자가 제 노릇을 하려면 사랑이나 공포의 대상이
되어야 한다고 믿는다. 그리고 사랑은 까다롭지만 공포는 덜 까다
롭다는 점에서 공포가 더 낫지."

"농부들이 리디머보다 저를 더 두려워하게 만들라는 겁니까?"

"일반적인 상황이라면 다른 선택의 여지가 없을 거다."

"할 수 있습니다."

"물론 할 수 있겠지. 하지만 너의 영혼에 상처를 덜 줄 다른 방법이 있을지도 몰라."

"제 귓구멍은 교회 문처럼 활짝 열려 있습니다." 케일이 대꾸했다.

"좋다. 팬쇼가 가망 없다고 한 자들이 오늘 너를 보고 광분하는 거 봤지?"

"네, 봤습니다."

"그들을 사로잡은 것은 사랑도 공포도 아니었다."

"그럼 뭐죠?"

"모르겠다. 그게 무엇이건 간에, 엄지와 검지로 콕 집어내듯 또렷이 느껴졌지. 어쩌면…… 믿음일지도 몰라. 그게 뭔지는 중요하지 않다. 네가 어디 있든 그들의 눈에는 지옥문이 그들 편이야."

"고맙군요."

"그래서 교단의 성직자들이 못마땅해하는 거야. 신도들이 어떤 힘에 동요하는지 알아차렸거든. 하지만 직접 봐야 믿음이 생기는 법. 너는 언제 어디서나 그들 사이에 있어야 해. 그들이 파멸의 천사를 보고 싶어하는 곳에 네가 있어야 한다. 그들을 내려다보면서, 그들을 인도하면서."

케일은 비폰드를 빤히 쳐다보았다.

"차라리 날아다니라고 하지 그래요? 오늘 벌어진 일은 제게도 놀라웠지만, 그게 무슨 의미인지는 신만이 알 겁니다. 맞습니다. 다들 파멸의 천사가 내려다보는 걸 봤죠. 하지만 제가 할 수 있는 일은 말에서 떨어지지 않고 사람들에게 토하지 않으려고 기를 쓰는 것뿐이었습니다." 케일은 썩 유쾌하지 않은 미소를 지으며 덧붙였다. "저는 못합니다. 설령 제 목숨과 주변 사람 모두의 목숨이 걸려 있다 해도요."

이때—다른 상황이었다면 연기하는 건가 싶게—케일이 바닥에 토했다.

구토가 그치자 기분은 조금 나아졌지만, 회의가 끝나고 젖은 행주처럼 쇠약해진 케일은 회의 장소인 체칠리엔궁을 나와 밤잠을 청하러 상수시*궁으로 향했다. 다들 케일이 어디 있는지 알고 있었기에, 밖에 모인 어마어마한 군중은 그를 보자 함성을 질렀다.

유난히 정보에 집착하는 보스코가 그의 목적을 위해 봉사하는 자들 사이에서 정보의 질을 높이고 싶어했건만, 리디머들은 자신이 아닌 다른 존재로 행세하는 것을 어려워했다. 그래서 돈으로 정보원을 고용했지만 신뢰성은 떨어졌다. 또한 그들에게 동조하는 이들과 비공식적으로 하나의 참된 믿음으로 개종한 자들도 있었는데, 리디머가 되려 하는 그들의 욕망은 강렬했지만 이유가 무엇인지는 모호했다. 대개 멸시받는 자, 실패한 자, 상처받은 자, 살짝 미친 자, 딱히 이유도 없이 격분한 자들이었다. 이들의 한계는 명확했다. 의욕만 앞설 뿐 규율도 없고 능력도 변변치 않았다. 만약 그들이 유능하고 근본 있는 자들이라면 그토록 비옥한 반란의 토양이 되지는 않았을 것이다. 하지만 이런 개종자 중 비교적 분별 있고 솜씨 좋은 자 한 명이 체칠리엔궁 앞에 와 있었는데, 케일이 교황 시해를 계획하는 중이라고 믿는 이들이 거기로 모두 몰려갔기 때문이다. 물론 그곳에는 경비병들이 있었지만, 케일을 보려

---

* '근심 없는'이라는 뜻.

고 안달이 난 신형군 병사들과 더불어 미시시피 평원에서 도망쳐
온 대규모 난민이 뒤섞인 이 도시 주민들까지 몰려들 것을 예상하
거나 대비한 자는 아무도 없었다. 사실 이 혼란 덕분에 케일이 죽
음을 모면했다고 해도 과언이 아니다. 정해진 길로 가는 것이 아닌
터라, 그가 지나갈 예상 지점에 자리잡고 있을 방법이 없었다. 인
파의 흐름과 소용돌이가 이리저리 움직이자, 암살자는 표류하는
짐짝처럼 떠밀려 사람들을 따라가는 수밖에 없었다. 가끔 케일이
그에게서 멀어졌고, 때로는 도로 다가왔다. 손을 뻗어 케일의 옷을
만지거나 축복해달라고 소리치는 사람들 사이에서, 보기보다 힘이
센 한 노파가 케일의 손에 작은 단지 하나를 쥐여주며 외쳤다. "비
탄의 성녀 데이드러의 재라오! 제발 축복을 내려줘요!" 주위가 너
무 시끄러워 노파의 말을 제대로 듣지 못한 케일은 그 재를 선물로
오해했으며, 괜히 쌀쌀맞게 굴고 싶지 않았다. 케일의 몸 상태를 감
안하면 노파는 충분히 단지를 도로 가져갈 수 있었지만, 인파의 소
용돌이에 휩쓸린 그녀는 참담한 상실감에 울부짖으며 사라져갔다.
　베이그 헨리와 이드리스푸케가 족히 10야드 뒤에 있었고, 기진
맥진한 케일은 용케 곁에 있던 경비병 몇 명이 간신히 만들어낸 공
간으로 들어갔는데, 암살자도 거기에 들어와 케일에게 달려들었
다. 이 미숙한 암살자는 표정에서 살의를 제대로 숨기지 못했다.
일 초도 안 되는 찰나의 순간에 케일은 자신에게 다가오는 사내의
눈에서 살기를 감지했다. 비록 새끼 고양이처럼 약하고 몹시 지쳐
있었지만, 수백만 개의 신경세포들이 천사처럼 케일을 도우려고
반응했다. 사내가 칼로 가슴을 찌르려는 순간, 케일은 데이드러의
재가 담긴 단지의 뚜껑을 열고 상대의 얼굴에 재를 뿌렸다. 그 재

를 유심히 살펴보면 누구나 알겠지만, 그건 눈을 멀게 할 만큼 고운 재가 아니라 자갈에 가까웠다. 하지만 케일에게는 다행스럽게도 그 성물은 가짜로, 대장간에서 나온 소괴燒塊로 이루어져 있었다. 효과는 바로 나타났다. 암살자는 끔찍한 고통에 비명을 지르더니, 뜨거운 숯 조각들이 붙은 눈을 비비려고 칼을 떨어뜨렸다. 주위에 있던 경비병 몇 명이 잽싸게 암살자를 붙들고는 케일이 멈추라고 소리치기도 전에 공포에 사로잡혀 상대를 세 차례나 칼로 찔렀다. 쓸모 있는 정보를 캐낼 기회가 사라진 것이다. 케일이 서서 지켜보는 가운데 베이그 헨리와 이드리스푸케가 곁으로 왔다. 갑작스러운 두려움과 피로가 뒤엉킨 탓이겠지만, 케일은 그토록 빨간 피와 그토록 하얀 재는 처음 본다는 생각이 들었다. 암살자는 뭐라고 중얼거리고는 눈이 뒤집혔다.

케일이 경비병들에게 물었다. "그자가 뭐라고 했지?"

죽은 사내에게 가장 가까이 있던 경비병은 방금 벌어진 일에 충격을 받아 얼떨떨한 표정으로 케일을 보며 대답했다.

"그, 글쎄요…… 잘 모르겠습니다. '너 그거 있어?'라고 한 것 같은데요."

"섬뜩한 몰골이네. 죽음의 천사가 납셨군." 베이그 헨리가 빈정댔다.

케일은 최신 배관 시설을 갖춘 신축 은신처인 상수시궁의 화장실에서 한참을 토하고 방으로 돌아와 있었다. 그나마 군중 앞에서 구토를 참은 것이 다행이었다. 부서질 듯 느릿느릿 걸어가는 케일을 지켜본 모든 이들은 그 모습을 너무나 무서운 사건 앞에서도 초

연한 천사의 징표로 여겼고, 보지 못한 자들은 더더욱 그렇게 생각했다. 침대에 누운 케일의 몰골이 어찌나 참담하던지, 베이그 헨리는 안쓰럽게 여기지 못한 자신을 후회했다. 실은 하마터면 케일이 죽을 뻔했다는 사실 때문에 화가 나 있었다.

"뭐 좀 갖다줄까?"

"차 한 잔. 각설탕 넣어서."

베이그 헨리가 나가자, 케일은 이드리스푸케와 단둘이 남았다.

"네 병세가 호전되는 줄 알았는데."

"저도 그랬습니다…… 뭔가를 하려고 한 게 실수였어요."

이드리스푸케는 창가로 걸어가 새로 깔아놓은 라벤더 미로를 내려다보며 말했다.

"역시 비폰드 형님 말씀이 맞다. 저들을 타오르게 할 네가 없으면, 솔직히 이 전쟁은 외길로 치달을 거야." 케일은 대꾸하지 않았다. "수녀 의사가 너한테 준 약은 도움이 안 되겠지?"

"그걸 쓰면 골로 갑니다."

"안타깝구나."

지칠 대로 지쳐 있었지만, 케일에게 한 가지 생각이 떠올랐다.

"저한테 무슨 성자의 재를 준 노파 말입니다. 안타고니스트는 성물이나 성자를 떠받들지 않는 줄 알았는데 아닌가보죠?"

"안타고니즘은 광범위한 지역에 퍼져 있고, 따라서 서로를 증오하는 방식이 굉장히 다양하지. 그 노파는 피스코팔 교도일 거다. 교황의 권위를 인정하지 않는다는 점을 제외하면 리디머들의 신앙과 매우 흡사한 교단이야. 나머지 교단들은 이들을 용납하지 않는데, 온갖 의식과 성자 숭배 때문이기도 하지만 무엇보다 베르글라

아포칼립스*를 믿기 때문이다. 그들은 이 세상이 천벌을 받아 꽁꽁 얼어 파멸 직전까지 갔고, 종내는 얼음에 뒤덮여 끝장날 거라고 생각한다."

"그래서요?"

"다른 교단들은 주님이 물을 이용해 인류를 벌하신다고 주장하거든. 얼음은 이교 정신이 만들어낸 불경스러운 도구라고 말이야."

"좀 자야겠습니다."

몇 초 뒤 문을 닫는 소리가 들렸고, 다시 몇 초 만에 케일은 정신을 잃었다.

폭풍이 휘몰아치고 벼락이 떨어지는, 높고 험준한 산맥에 둘러싸인 골짜기였다. 케일은 팔다리가 기둥에 묶여 있고, 작은 고양이 한 마리가 그의 발가락을 먹고 있었다. 케일이 할 수 있는 일은 침을 뱉어 고양이를 쫓는 것뿐이었다. 처음에는 고양이가 물러났지만, 케일의 침이 바닥나자 슬금슬금 돌아와 다시 발가락을 먹기 시작했다. 케일이 고개를 들어보니, 멀리서 거대한 꼭두각시 폴이 웃으며 맨발을 드러내고는 자기 발가락은 멀쩡하다고 약올리듯 발가락을 꼼지락대며 소리치고 있었다. "먹어치워라, 야옹아. 어서!" 폴 옆으로는 골짜기를 에워싼 산들의 꼭대기마다 또다른 케일 세 명이 과장된 자세를 취하고 있었다. 한 명은 검을 들어 땅을 가리키고 있고, 또 한 명은 높은 바위 위에 꿇어앉아 거대한 장식 검을 가슴에 대고 있었다. 마지막 케일은 가장 높은 산마루 위에서 하늘로 날아오르려는 듯 두 다리를 굽히고 등을 활처럼 구부린 모습이

---

* '얼음에 의한 세계 종말'이라는 뜻.

었는데, 뒤로 휘날리는 망토가 흡사 너덜너덜해진 날개 같았다. 하지만 무엇보다 충격적인 것은 모두 후드를 뒤집어써서 얼굴이 완전히 그늘에 가려져 있다는 점이었다. 케일은 속으로 중얼거렸다. 난 절대 후드를 쓰지 않아. 그때 고양이가 또 발가락을 물어뜯기 시작했고, 케일은 잠에서 깼다.

몇 시간 뒤 케일은 이드리스푸케와 베이그 헨리 앞에서 말했다. "꿈을 꿨습니다."

이드리스푸케가 툴툴댔다. "그 이야기를 듣지 않으려면 내가 뭘 해야 하지?"

케일의 꿈 이야기가 끝나자 베이그 헨리가 물었다. "네가 세 명이었다고? 그런 걸 개꿈이라고 하지."

"마음대로 비웃어." 케일은 씩 웃고 한마디 덧붙였다. "신의 손이 그렇게 또렷이 보인 건 처음이었어."

이드리스푸케가 대꾸했다. "나도 같은 기분이라고는 말 못하겠다. 넌 전능한 신과 직접 이야기할 수 있는지 모르겠다만 우린 아니야. 알아듣게 설명해봐라."

"제가 서른 명이라고 상상해보십시오. 실없는 농담은 그만하시고요."

"알았다."

"오늘 벌어진 일을 보셨죠? 저는 아무것도 안 했습니다. 그냥 거기 있었을 뿐입니다. 저들이 다 했고, 저는 아무것도 안 했어요. 저들은 자신을 구해줄 누군가가 필요했습니다."

"별로 대단한 일도 아냐. 넌 이미 저들을 구해줬어. 저들은 네가 또 그래주길 바라지. 그뿐이야. 절대 마술 같은 일이 아니라고." 베이그 헨리가 말했다.

이드리스푸케는 반박했다. "틀렸다. 지금껏 대승을 거두고 영웅으로 추앙받은 장군은 여럿 봤다. 하지만 저들은 인간을 원치 않아. 신을 원하지. 왜냐하면 천상의 존재만이 저들을 구할 수 있으니까."

베이그 헨리가 케일을 바라보며 물었다.

"보스코가 너에게 그렇게 되라고 한 거잖아?"

"더 나은 생각이 있으면 뭐든 말해봐, 이 자식아."

이드리스푸케가 끼어들었다. "얘들아! 사이좋게 놀아야지." 그러고는 케일에게 말했다. "계속하렴."

"저들에게 필요한 건 제가 아닙니다. 신의 왼손이 필요하죠. 그렇다면 우린 그걸 줘야 합니다. 제 꿈의 의미가 그겁니다. 산꼭대기에 서서 망토를 걸치고 검을 흔드는 존재. 보여줘라! 그 뜻이었습니다. 하지만 사람들의 손이 닿지 않는 곳에서 모두를 굽어보고 있다는 걸 보여주는 거죠. 저들이 싸우는 곳이면 어디든 제가 있을 겁니다. 저들이 죽는 곳이면 어디든 제가 있을 겁니다. 질 때도, 이길 때도 말입니다. 가장 어두운 밤에도, 가장 환한 낮에도."

"하지만 네가 그럴 수는 없잖아. 속이려는 거지?" 베이그 헨리가 물었다.

"맞아, 사기지. 하지만 뭐 어때? 저들을 위한 일이야."

이드리스푸케가 웃으며 말했다.

"베이그 헨리가 틀렸다. 사기라고 생각지 마라. 가상의 상황 아래 진실이라고 여기렴."

베이그 헨리가 다시 물었다. "그럼 네 발가락을 뜯어먹은 고양이는 뭐야? 그건 무슨 의미인데?"

"그냥 개꿈이야."

케일은 일주일 정도 쉬어야 했지만 그럴 시간이 없었고, 사흘 뒤 스패니시 리즈로 돌아와 가짜 케일 작전의 세부 사항을 논의했다.

"몇 명이나?"

"스무 명."

"너무 많아."

"그들은 아무것도 할 필요 없어. 내 흉내를 낼 필요가 없다고. 그냥 자세만 취하고 있으면 돼. 무언극을 하듯이 말이야. 그거면 족해. 극장들이 폐업 상태니까 배우들을 고를 수 있어."

"그들이 누설하면 어떡해?"

"주님의 두려움을 심어줘야지. 보수도 후하게 주고. 사람들과 어울리지 못하게 하면서 감시해야 돼. 항상 넷이서."

그들이 돌아왔을 때 조금 당혹스러운 소식이 케일을 맞이했다.

"네가 죽었다는 소문이 나돌았다."

이상한 건 그 소문이 사실이 아님이 명백한데도 케일이 살아 있다는 공식 발표조차 그가 죽었다는 소문 불식에 별 도움이 되지 않는다는 점이었다. 결국 더 강한 어조의 공식 부인 성명이 발표되었다. 이드리스푸케가 말했다. "공식적인 부인이 있기 전에는 아무것도 믿어서는 안 돼. 왕궁에서 너를 모임에 초대했다. 조그 왕은 소문이 사실일지 모른다고 생각하거든."

"사실이길 바라겠죠." 케일이 대꾸했다.

"이 모든 일의 뿌리가 무엇인지 나는 확신이 서지 않는다. 포츠 담에서 네가 암살당할 뻔한 건 분명하지. 하지만 저들이 너의 죽음을 바라지는 않을 게야. 아직은. 물론 충분히 시간이 지난 뒤에는 네가 낭떠러지에서 떨어지면 쾌재를 부르겠지. 하지만 지금은 아니야. 당장은 너보다 리디머들이 더 걱정이니 말이다."

"그 모임에 가야 합니까?"

"그렇다. 이 헛소문은 장차 이로울 게 없어. 지금 막는 게 최선이야. 할 수 있다면 말이다."

케일은 짜증스럽게 투덜댔다. "저는 죽지 않았습니다. 어처구니가 없군요."

"하지만 그걸 증명하기는 쉽지 않아."

"제가 왕궁에 가면 다들 저를 볼 수 있겠죠."

"가짜 케일이라고 의심하면 어쩔 테냐?"

케일의 사망 가능성에 대해 복잡한 감정을 조금도 느끼지 않은 한 사람은 보스 이카르드였다. 그는 과거에 케일을 만난 적 있는 사람들을 우선적으로 초대하게 했다. 하지만 케일은 늘 측근들을 곁에 두었으며, 그들은 이카르드의 약조나 위협에 취약하지 않았다.

이카르드는 다른 전략을 취하기로 했다. 미인계. 비록 세련된 방법은 아니지만, 늙고 노련한 사내인 이카르드는 세련된 계략에 특별한 미덕이 있다고 믿지 않았다. 이를테면 그의 집 벽에는 그의 사리 분별력을 얕잡아본 고상한 정적들의 머리가 잔뜩 걸려 있는데, 그들은 이카르드에 의해 살해되는 순간까지도 자신의 오판을 깨닫지 못했다. 한때 이카르드는 이드리스푸케에게 사형을 언도했지만, 이제는 실수였음을 인정했다. 당시 그는 처형이 시급한 다른 자의 죄를 이드리스푸케에게 덮어씌웠다. 사실 이카르드는 이드리스푸케를 두려워했다. 복잡한 문제의 본질을 꿰뚫고, 필요할 경우 거침없이 행동에 나서는 인간이었기 때문이다. 이 존경 어린 증오가 케일이 죽었다는 소문에 대한 이카르드의 의심에 불을 지폈다. 이드리스푸케가 할 법한 짓이라는 생각이 들었다. 그래서 이카르드가 도로시 로스차일드를 부른 것이다. 도로시는 창녀는 아니지만 창녀 비슷한 존재였다. 까무러칠 만큼 비싼 화대를 받진 않지만, 가격을 흥정하는 법은 결코 없었다. 그녀가 받는 대가는 이런저런 중요한 계약과 관련된 소개를 통해 권력자들과 연을 맺는 것이었다. 어마어마한 영향력이라는 값비싼 실크 침대시트가 그녀의 등을 푹신하게 받쳐주고 있었다.

사실 도로시는 매우 흥미로운 여인이지만 그렇게 보이지는 않았다. 관능적으로 보일 따름이었다. 만약 약간의 예술적 재능이 있는 욕구 불만의 두 젊은이가 각자 꿈꾸는 여인을 떠올리고 종이에 그린다면, 그 여인은 도로시를 닮았을 것이다. 하얗게 보일 정도로 밝은 색의 긴 금발머리, 중간 키, 사내아이의 허리보다 가는 허리, 그런 작은 몸집에 결코 가능하지 않을 법한 풍만한 젖가슴, 키가 6피트도 안 되는 여자의 다리라고는 믿을 수 없을 만큼 긴 다리. 이런 불가능한 미모의 존재가 바로 도로시였다.

그녀는 신랄하고 냉소적인 위트의 소유자로, 자제력을 잃는 경우가 거의 없지만 실은 굉장히 예민한 성격이었다. 그녀의 지성과 정서적 통찰은 아홉 살에 겪은 끔찍한 사건으로 인해 그릇된 길로 들어섰다. 당시 모두의 사랑을 받던 그녀의 언니가 가족의 친구들과 함께 인근 호수로 물놀이를 갔다가 보트가 뒤집히는 바람에 익사했다. 이 소식을 들은 엄마는 둘째 딸이 옆에 서 있는 걸 모르고 울부짖었다. "차라리 도로시가 죽었으면 좋았을걸!"

이 일로 평생 가슴에 한이 맺힐 법도 했지만, 도로시는 그런 것과는 거리가 멀었다. 하지만 세상을 비켜가려고 계발한 위트 때문에 사람들과 자주 마찰을 일으켰고, 상처 주는 이런저런 발언에 대해 끊임없이 사과해야 했다. 도로시는 일찌감치 결혼했지만, 이 년도 안 돼 남편이 국가의 존망이 걸린 전쟁에 나가 이제는 아무도 기억하지 못하는 이유로 전사했다. 그녀는 하위 귀족 집안 출신이었기에 당연히 하위 왕족이 위로차 방문했다. 전사자 조문을 담당하는 노부인이었다. 이 왕족 조문객은 도로시에게 뭐든 부탁할 것이 있으면 말하라고 했다. 물론 적절한 대답은 '괜찮습니다'였다.

그녀는 이렇게 말했다. "새 남편감을 구해주세요." 무심결에 나온 말이었다. 이에 격노한 노부인은 남편의 비극적 희생을 하찮은 것으로 전락시켰다며 노발대발했다.

도로시는 일말의 가책도 없이 대꾸했다. "그럼 나가서 길모퉁이 가게에 들러 돼지고기 파이를 사다주실래요?"

이 일로 사람들의 공분을 산 도로시는 귀족 사회의 변두리로 내쫓기는 신세가 되었고, 더욱 거친 사랑의 해변에서 수많은 모험을 한 끝에, 모든 뛰어난 화류계 여성들 중에서 가장 드물고 가장 위대한 존재가 되었다. 이런 명성 때문에 보스 이카르드의 맞은편 의자에 앉게 된 것이다.

"당신이 그 어린 괴물을 유혹해줘야겠어."

"너무 티 나지 않을까요?"

"그건 당신 문제지. 내가 최대한 잘 소개해줄 테니 나머지는 당신이 알아서 해." 이카르드는 도로시에게 서류철 하나를 건넸다. "읽어봐." 그러고는 자신의 의견을 늘어놓기 시작했지만, 도로시는 핸드백 안에 서류철을 넣을 공간을 마련하는 데 골몰해 핸드백의 내용물을 천천히 꺼내 책상 위에 늘어놓았다. 마침내 서류철을 핸드백 안에 끼워넣고, 책상 위의 물건들을 도로 넣기 시작했다. 마지막 물건은 지독히 오래돼 바짝 마른 사과로, 일주일 동안 핸드백 바닥에 숨어 있던 것이었다. 보스 이카르드는 못마땅한 표정으로 사과를 물끄러미 바라보았다. 세련된 유혹자라는 명성에 걸맞지 않은 물건이었다. 도로시는 해묵은 사과를 집어들고 짐짓 기쁜 듯이 말했다. "신경쓰지 마세요. 어릴 때 유모가 준 거라 부적처럼 늘 갖고 다닌답니다."

케일의 포츠담 방문으로 병사들의 사기가 충천했고, 포츠담과의 거리에 비례해 약해진 전투 의지가 다시 굳건해졌다. 덕분에 이드리스푸케는 케일 행세를 할 팀을 꾸릴 시간은 벌었으나 그게 다였다. 배우를 구하는 일은 어렵지 않았지만, 확실하게 함구할 자를 찾기는 몹시 까다로웠다. 의상도 문제였다. 모집 첫날, 중대한 난관에 봉착했다. 연기자들이 너무 작았다. 다들 보통 신장이었지만 그 정도로는 곤란했다. 망토를 휘날리며 외로운 바위산 위에 서서 소심한 병사들을 독려할 힘찬 형상을 기대한 케일의 꿈이 현실적인 벽에 부딪혔다. 의상을 입은 연기자들이 멀리 떨어져 있으면—가짜임을 들키지 않기 위한 예방책—제대로 보일 리 만무했다. 근엄한 동작도, 위협적인 후드도, 심지어 무릎을 꿇었는지 서 있는지도 보이지 않을 터였다. 그저 까만 점에 불과할 텐데, 검은 배경 앞의 까만 점이라는 게 더 문제였다.

이드리스푸케가 말했다. "전부 크게 해야 한다. 의상도 크게, 동작도 크게, 모두 크게 해야 돼. 비현실적인 무언극이어야 해."

일주일 안에 그는 스패니시 리즈와 주변 200마일 안의 연극 소품 제작자들을 모두 고용해 엄청 큰 의상을 여럿 만들었다. 의상에는 죽마와 늘인 팔과 널찍한 어깨와 커다란 머리가 달려 있었다.

그걸 보고 베이그 헨리가 클라이스트에게 말했다. "머리는 실제 크기랑 비슷한걸. 나머지는 잘 모르겠지만."

"허튼소리 집어치워." 케일이 쏘아붙였다.

이드리스푸케가 한마디했다. "이렇게 하는 수밖에 없다. 아니면 다시 고민해야 해."

사실 그는 두 가지 모두 했다. 꼭두각시 케일을 가장 적합한 자리에 놓은 다음, 잘 보이도록 뒤에 불을 피우고 인형 조종자들이 10피트 길이의 수단을 흔들어 마치 거대한 바람에 맞서는 것처럼 보이게 하기로 했다. 하지만 두툼한 어깨와 모조 팔이 달린 첫번째 모델도 참고해야 했다. 모조 다리를 이용해 여자를 반으로 자르는 마술에 쓰는 마네킹을 주로 제작하는 자에게 그 일을 맡겼다. 그가 말했다. "무언극에서는 다 커야 합니다. 진짜예요. 하지만 옳은 방식으로 커야 하죠."

그렇게 만든 두번째 모델은 훨씬 더 가까이 놓아야 했지만 아주 또렷이 보이지는 않도록 조금 어둑할 때 세워놓아야 했다. 이 꼭두각시를 전시할 가장 좋은 마법의 시간은 저녁 어스름이었다. 그 시간에는 가장 별 볼 일 없는 형상조차 다른 세상의 기운과 후광을 발하는 법.

"왜 만사가 늘 예상보다 어렵지? 어째서 쉬운 일이 하나도 없는 거야?"

몸이 아파 예민해진 케일은 몹시 언짢은 기분으로 저녁 연회장에 도착하며 투덜거렸다. 이날 연회가 그의 사망 여부를 확인하려는 자리란 사실 때문에 한층 부아가 치밀었다. "나랑 싸울 빌미를 찾는 거라면 어디 한번 해봐." 요즘 케일은 혼잣말하는 버릇이 생겼다. 이번에는 목소리가 좀 컸는지, 옆방에서 장화에 관한 편지를 쓰고 있던 베이그 헨리의 주의를 끌었다.

베이그 헨리가 문밖으로 고개를 내밀고 물었다.

"방금 뭐라고 했어?"

"아니야."

"네 목소리가 들렸는데."

"노래를 흥얼거렸는지도 모르지. 뭔 상관이야?"

"노래가 아니라 말이었어. 너 또 혼잣말했구나. 그건 정신병의 초기 징조라네, 친구."

이날 저녁 보스 이카르드는 케일을 직접 만나본 비교적 소수의 사람들을 일부러 다시 케일에게 소개했는데, 그들 모두 까다로운 질문을 최대한 많이 하라는 지시를 받았다. 케일을 불러들이는 데 성공한 이 연회의 절정은 이카르드가 케일을 조그 왕에게 소개하면서부터였다. 국가 원수의 질문에 케일은 대부분 한 단어로 대답하거나 어깨만 으쓱했으며, 가장 긴 대답이 "네, 국왕 전하"였다. 보스 이카르드는 황급히 도로시를 불러오게 했다. 그녀가 연회장으로 들어서자, 과장이 아니라 정말로 다들 도로시의 모습에 기겁하는 눈치였다. 그녀는 부끄러울 정도로 짧은 빨간색 벨벳 드레스 차림에, 옷이 가슴을 가린 것보다 훨씬 많이 팔을 덮은 빨간 벨벳 장갑을 끼고 있었다. 뱃대끈으로 조인 허리는 깡마른 소년처럼 가늘었고, 드레스의 스커트는 가만히 있을 때는 단정하지만 움직이면 왼쪽 다리가 드러나 거의 엉덩이까지 보였다. 진홍빛 입술과 밝은 금발 때문에 그녀는 흡사 값비싼 파이처럼 보였다. 그녀의 우아한 자태는 보는 이들의 가슴을 휘어잡고 욕망을 속삭였다. 그리고 이 효과는 결코 남자들에게 국한되지 않았다. 도로시가 걸음을 멈추고는 연회장에서 가장 중요한 인사 몇 명과 이야기를 나누며 사랑스러운 미소를 지었다. 진주처럼 빛나는 치아 중 딱 하나만 살짝 비뚤어지고 크기도 작았는데, 그것이 오히려 그녀의 미모를 더욱 부각해주었다. 도로시는 잠시 보스 이카르드와 대화하면서 자신의 미모가 케일에게 잘 보이도록 섰다. 잠시 후 케일이 무심하게 연회장을 둘러보는 척하며 두세 번 그녀를 보았다. 이를 알아차린 도로시는 곧장 케일에게 걸어갔다. 대담한 태도가 가장 잘 먹혀들 거라고 판단했다. 대담성과 미모.

"당신이 토머스 케일이군요. 보스 이카르드 총리님은 당신이 나한테 두 단어가 넘는 말을 하지 않는다에 50달러를 걸었어요."

물론 그런 내기는 없었으며, 도로시는 케일이 그 말을 믿으리라 기대하지 않았다. 케일은 잠시 골똘한 표정으로 도로시를 바라보다가 이렇게 말했다.

"당신이 졌습니다."

32

아마도 훗날 어느 위대한 사상가가 결정권자가 그 어떤 말도 듣지 말아야 하는 정확한 시점을 알아낼 것이다. 그때까지는 당연히 기도나 예지, 혹은 고양이의 창자를 꺼내는 미신 따위가 유용한 전략이다. 때로는 어리석은 충고가 통한다. 영리한 충고도 때로는 실패한다. 꼭두각시 케일의 등장은 한동안 놀라운 성공을 거두었다. 신형군의 전투 의지가 비약적으로 향상됐다는 점은 모두가 인정하는 바였다. 전의는 무기나 식량, 병력 못지않게 중요했다. 이 작전이 너무나 성공적이어서 더 많은 꼭두각시가 필요했다. 문제는 리디머들에게도 교묘한 환영보다 더 강한 믿음에 기반을 둔 전의가 있었다는 점이다. 그들에게 죽음은 더 나은 삶으로 가는 관문일 뿐이었다. 그래서 가짜 케일이 그토록 효과가 좋다면 진짜 케일의 존재는 군대의 전의를 훨씬 향상시킬 거라는 주장이 나왔는데, 아주 터무니없는 소리는 아니었다. 불가사의하게도, 꼭두각시를 배치해

둔 지역 못지않게 꼭두각시가 없는 곳에서도 신형군의 사기가 고취되었다. 그렇다면 케일이 잠깐씩만 나타나도 전쟁의 국면이 달라질 것이 틀림없었다.

베이그 헨리는 케일을 보내라는 간청과 부추김, 잔소리에 시달렸는데, 때마침 말돈에서 리디머들이 엄청난 승리를 거뒀다는 소식이 들렸다. 이 참패에 모두가 충격을 받았으며, 베이그 헨리도 어쩔 수 없이 케일을 찾기로 했다. 이 패전의 실상을 알았다면 그러지 않았을 것이다. 몇 주 뒤, 리디머 군대가 잘 싸워서 신형군이 진 게 아니라 신형군 사령관의 어리석음 때문이었다는 사실이 밝혀졌다. 그자가 고지대로 탈출하는 리디머들을 방관한 탓에, 이길 수밖에 없는 전투를 패배로 전락시킨 것이다.

사실 승리의 물결은 조금씩 신형군 쪽으로 흐르고 있었지만 아무도 그걸 알지 못했다. 그래서 베이그 헨리는 충격적인 패배의 원인을 엉뚱하게 오해한 상황에서 나온 잘못된 제안을 바탕으로 직접 전장을 돌아야 한다고 케일을 설득했다. 케일은 영 내키지 않았지만, 베이그 헨리는 오래 걸리지 않을 거라고 장담했다. 그리고 일반적인 수레 행렬보다 훨씬 큰 규모로 이동할 거라고 했다. 최근 케일의 몸 상태는 조금 호전되었고, 개인 수레에 용수철을 달아 이동중에 한결 편하게 지낼 수 있었다. 중대한 기로에 선 상황이 분명했다. 위기였다. 뭔가 조치를 취해야 했다. 케일에게 다른 선택의 여지가 있겠는가?

일주일 여행의 첫 닷새는 순조로웠다. 케일의 존재는—조금이라도 위험한 곳에는 접근하지 않았지만—기대 이상으로 부대의 사기를 드높였다. 대성공의 연속이던 이 여행은 결국 참담한 재앙을 맞이하게 되었다. 케일과 베이그 헨리가 한날에 죽음으로써 리디머들에게 완전한 승리를 안겨줄 재앙이었다.

계절에 어울리지 않는 큰 폭풍이 북쪽에서 몰려오자, 이를 피하려고 베이그 헨리는 수레 행렬을 정지시켰다. 운나쁘게도 이 폭풍은 대규모 리디머 원정대의 행군도 위협했는데, 그들은 하는 수 없이 방향을 돌려 부대의 안전을 도모했다. 이 공교로운 우연 때문에 천오백 명가량으로 이루어진 리디머 군대가 베이그 헨리의 준비되지 않은 수레 행렬과 맞닥뜨렸다. 전자는 기술과 경험이 쌓인 부대인 반면, 후자는 병력 규모가 고작 육백 명 정도인데다, 더 큰 문제는 대부분 실력과 경험이 부족한 자들이란 점이었다. 시간에 쫓기면 늘 그렇듯 베이그 헨리가 또 실수를 저지른 것이다. 툭하면 뇌물을 받는 자에게 병사 선발을 맡긴 것인데(벌써부터 신형군 사이에 악습이 만연하고 있었다), 그자는 파멸의 천사를 곁에서 모셨다고 뻐길 수 있는 기회라며 지위와 영향력을 가진 이들에게 자리를 팔고 돈을 받아 챙겼다.

베이그 헨리는 곧장 수레들을 원형으로 배치하라고 지시했다. 전투 준비의 소란을 듣고 밖으로 나온 케일은 800야드 너머에서 대형을 갖추기 시작한 리디머들을 오 분 동안 살펴본 뒤 베이그 헨리에게 중단하라고 했다.

"왜?"

케일은 300야드 후방의 호수를 가리키며 대답했다. "저 작은 호수 앞에 여기 만든 것과 똑같은 크기의 반원을 형성해. 그런 다음 남은 수레들로 반원 안에 다시 반원을 만들어."

베이그 헨리는 지체 없이 수레들을 다시 이동시켰다. 아직 수레들이 자리를 잡지 못한 상태라, 말들에게 다시 마구를 씌우고 수레 바퀴를 땅에 단단히 고정하는 못을 뽑을 필요는 없었다. 리디머군의 사령관은 지금이 공격할 적기임을 알아차렸지만, 조심성이 많은 자라 정체 모를 교활한 함정에 빠질지 모른다는 생각에 너무 미적거렸다. 그가 움직이기로 결정할 즈음에는 신형군의 대형이 갖춰졌다. 말들은 마구를 벗었고 수레바퀴는 땅에 고정되었다.

양쪽의 가장 중요한 문제는 동일했지만, 어느 쪽도 답을 알지 못했다. 과연 지원군이 오고 있을까? 베이그 헨리는 리디머 군대를 보자마자 지원군을 요청하러 기병 넷을 보냈다. 리디머들의 의문은 그 전령들이 모두 도중에 붙들렸냐는 것이었다. 지원군이 오거나 기막힌 행운이 따르지 않는다면, 리디머들이 방벽을 뚫고 들이닥치는 것은 시간문제였다. 물론 리디머들이 신형군의 전령을 전부 붙잡지 못했다면 결국 지원군이 올 수도 있었다. 하지만 당장은 병력이 두 배 넘게 많은 리디머들 쪽이 유리했다. 더구나 그들이 모르는 이점도 있었는데, 수레 행렬의 병사 절반이 전투 경험이 없는 관리직 출신이라는 사실이었다. 케일은 관리자의 중요성을 누구보다 잘 알고 있었지만, 지금 여기서는 아니었다. 이십 분쯤 지나서야 케일과 베이그 헨리는 자신들이 그토록 고생해서 만든 전투 수레가 제 능력을 발휘하지 못하리라는 것을 깨달았다.

케일이 중얼거렸다. "이건 네 잘못이야."

"끝나면 나를 재판에 회부해."

"어차피 여기서 죽을 테니 상관없다는 소리군."

"넌 안 죽고?"

"이제야 내 걱정을 해주는 거야? 좀 늦었는데."

"그만 징징대."

씨무룩한 침묵이 흘렀다. 하지만 곧 논의를 재개했다.

케일이 말했다. "높은 곳이 필요해."

"뭐라고?"

"저 한복판에 고대高臺를 세워야겠어." 케일은 수레들로 만든 작은 반원을 가리키며 말을 이었다. "높이는 6피트 정도면 돼. 하지만 쇠뇌 사수 스무 명과 최대한 많은 장전수가 들어갈 공간이 필요해. 리디머들은 첫번째 방벽을 뚫으려 할 테니, 우리는 두 방벽 사이의 공간을 도살장으로 만들어야 할 거야. 놈들을 막으려면 그 수밖에 없어. 내 생각은 그래."

베이그 헨리는 주위를 둘러보며 무엇으로 탑을 만들고 그걸 보호할지 고민했다. 이 전술이 어느 정도는 도움이 될 터였다. 하지만 기병 전령들이 모두 붙잡혔다면 결과가 크게 달라질 일은 없었다.

베이그 헨리가 케일에게 말했다. "너 힘들어 보여."

사실 케일은 서 있을 기운도 없었다.

"자고 싶어."

"레이 수녀가 준 약 먹으면 안 돼?"

"그게 날 죽일 수도 있댔어."

"뭐? 그럼 저놈들은 널 안 죽일 것 같아?"

케일이 웃었다. "나라는 걸 알면 안 죽일 거야. 감히 손대지 못할걸."

"하지만 너인 줄 모르잖아."

"나인 게 알려지면 우리한테 시간이 생길지도 몰라."

"아주 영리한데."

"가능성은 있지. 자면서 생각해볼게. 그사이 너는 전투 경험이 있는 자들을 골라내 유능한 자들과 더 유능한 자들로 나눠놔. 가장 뛰어난 자들은 열 명씩 일곱 조로 나누고, 가장 약한 자들은 첫번째 반원의 수레에 태워. 그리고 리디머들이 방벽을 뚫기 한 시간쯤 전에 나를 깨워줘. 이제 나를 부축해서 내 수레로 데려가. 파멸의 천사가 앞으로 고꾸라지는 꼴을 모두가 보지 않도록 말이야."

도중에 겁먹은 표정의 병참 장교가 다가오더니, 권총 화약으로 쓰이는 악랄한 질산칼륨 궤짝들에 문제가 있다고 보고했다. 전체 궤짝이 똑같이 생겼는데, 그중 4분의 3이 베이컨으로 채워져 있다는 것이었다. 알았으니 가보라고 두 소년이 담담하게 말하자 병참 장교는 놀란 눈치였다. 그럴 만한 이유가 있었다.

베이그 헨리가 케일에게 말했다.

"이건 네 잘못이야."

실제로 케일의 잘못이었다. 몇 달 전 케일은 보급 물자마다 다른 크기와 형태의 궤짝을 제작하느라 엄청난 시간과 돈이 소모된다는 것을 깨닫고 전부 표준화했다. 단순하지만 영리한 아이디어 하나가 파멸의 씨앗이 된 것이다.

케일은 운이 따른다면 두세 시간쯤 얻을 수 있으리라 예상했다. 일곱시가 지나 베이그 헨리가 케일을 깨웠다. 여느 때처럼 케일은 몇 분 지나서야 완전히 정신을 차렸지만, 베이그 헨리가 뭔가 달라졌음을 바로 알아차렸다. 평소 베이그 헨리는 클라이스트보다 더, 케일보다는 훨씬 소년 같은 분위기를 풍겼다. 하지만 이제 아니었다. 시간을 지체할 이유가 없기에 케일은 서랍에서 소량의 페드라 모르핀을 꺼내 곧바로 입에 넣었다. 레이 수녀의 섬뜩한 경고가 나직이 귀에 들렸다. 하지만 이런 날이 올 줄 알고 그걸 준 것이었다.

케일은 베이그 헨리를 따라 밖으로 나왔다. 케일이 잠든 몇 시간 동안 지옥이 도래했다. 첫번째 방벽의 모든 수레가 참혹한 상태였다. 벽이 부서지고, 바퀴는 깨졌다. 전체 수레의 절반이 리디머들의 갈고랑쇠에 걸려 땅바닥에 주저앉았고, 여섯 대는 불타고 있었다. 안쪽 반원 안에는 사망자와 부상자 이백 명 정도가 어지럽게 널려 있었다. 여기저기서 비명소리가 들렸지만, 죽음으로 이어질 고통에 괴로워하는 자들의 섬뜩한 침묵이 압도적이었다. 하지만 케일은 베이그 헨리가 가장 노련하고 경험 많은 병사 이백 명을 동원하지 않고 전열을 지켜낸 것을 보았다. 케일이 베이그 헨리를 빤히 바라보자, 베이그 헨리도 케일을 쳐다보았다. 뭔가가, 뭔가가 바뀌었다.

케일이 말했다. "정말 잘했어. 나라도 이렇게는 못했을 거야." 두 소년이 서로를 칭찬하는 일은 매우 드물고, 그나마도 빈정거리는 투였다. 하지만 이번에는 달랐다. 마치 사랑하는 이의 깊은 애정에 감동을 받듯 베이그 헨리는 케일의 칭찬에 가슴 깊이 고마움을 느꼈다. 잠시 침묵이 흘렀다. 케일이 다시 말했다. "안타까워. 애초에 너 때문에 이렇게 됐잖아."

베이그 헨리가 맞받아쳤다. "글쎄. 너의 한심한 궤짝들 때문에 우리 모두 죽게 된 게 안타깝지."

첫번째 수레 방벽은 아직 버티고 있지만 오래갈 수는 없었다. 이미 리디머들이 불타는 수레 잔해를 끌어내고 있었다. 케일은 십 분쯤 시간이 있으리라 생각했다. 그는 새로운 부대에게 앞으로 나오

라고 소리친 다음, 앞서 준비한 대로 열 명씩 일곱 조로 도열하게
했다.

케일은 이번에도 성소 도서관에서 본 연설을 따라 했다.

"이 장소의 이름이 무엇인가?"

병사 한 명이 대답했다. "성 크리스핀의 호수입니다."

"오늘 살아남아 무사히 집에 돌아가는 자는 소맷부리를 걷어올
리고 흉터를 보여주며 '크리스핀 호수에서 얻은 상처야'라고 말하
게 될 것이다. 그리고 자신의 무용담을 늘어놓을 것이다. 그리하여
우리의 이름은 오늘부터 세상이 끝나는 날까지 가재도구의 이름처
럼 모두에게 익숙해질 것이다. 우리는 소수지만 행복한 소수이니,
우리 형제들이여. 오늘 나와 함께 피를 흘리는 자는 나의 형제가
되리라."

여느 때와 달리 케일은 싸우고 싶지 않은 자는 누구든 보내주겠
다는 말을 하지 않았다. 이날은 아무도 보낼 수가 없었다. 언젠가
케일의 교활한 연설이 통하지 않을 날이 오겠지만 오늘은 아니었
다. 약이 효과를 발휘하기 시작한 덕분에 케일의 목소리는 우렁차
고 전투의 소란을 압도했다. "그대들이 속한 일곱 조에는 각각 일
주일의 요일 이름을 붙였다. 내가 그대들을 더 잘 알 시간도 기회
도 없었기 때문이다. 하지만 이제 한 사람 한 사람이 우리 미래의
생사 여부를 책임지게 된다. 서로의 방패를 바짝 붙여라. 옆 사람
의 입냄새가 느껴질 정도로. 뒤처지지 말고, 앞으로 튀어나가지도
마라. 그것이 내가 원하는 방식이며 투지다. 내 명령을 잘 듣고 싸
우면 훌륭히 해낼 수 있을 것이다."

케일이 앞으로 나아가 반원의 양쪽을 가리키며 지시했다.

"월요일은 저기, 일요일은 반대편. 나머지는 모두 그 사이에 순서대로 선다." 그러고는 병사들에게 가라고 손짓했다.

베이그 헨리는 그사이 남아 있는 가장 약한 병사들을 모아 앞으로 데려가서 아직 불타지 않은 수레들의 병력을 보강했다.

몇 분 뒤, 리디머들이 갈고랑쇠로 잡아당기던 불타는 수레들이 마침내 무너졌다. 이제 그 자리들은 깨진 치열의 틈처럼 보였다. 때마침 베이그 헨리가 호수 앞의 작은 반원 안으로 돌아와 흙과 돌과 나무로 만든 울퉁불퉁한 탑 위에 궁수들을 배치했다.

오 분이 지나자 케일의 왼쪽에 보이는 가장 큰 틈으로 첫 리디머들이 진입했다. 이제 케일은 독이 혈관 속을 휘젓는 느낌이 들었다. 아주 강하거나 용맹하지는 않지만, 신경질적이고 날카로우며 당장 터질 것만 같았다. 그래도 버텨야 했다. 판단력도 흔들리고 있었다. 리디머들이 몰려드는 곳으로 달려가 싸우고픈 욕구가 마음 한구석에서 꿈틀거렸다. 베이그 헨리는 얼마 남지 않은 쇠뇌 볼트를 아껴 쓰며 백부장만 겨냥하라는 지시를 받았다. 바로 이런 이유로 백부장들이 다른 리디머들과 똑같은 옷차림이었지만 베이그 헨리는 짙은 연기 속에서도 그들을 구별해낼 수 있었다. 한 명이 복부에 볼트를 맞고 쓰러졌으며, 곧이어 또 한 명이 쓰러졌다.

케일이 소리쳤다. "수요일! 전진!" 병사들이 일렬로 전진하고, 리디머들은 기다렸다. 이제 그들이 어떤 태도를 취해야 할지는 명확했다.

"그만!" 케일의 고함에 수요일 병사들이 멈춰 서자 리디머들은 당황했다. 뚫린 자리를 방어하게 될 줄 알았는데, 안으로 공격해오라는 것이었다. 뭔가 이상했다. 케일이 왼손을 들어 신호하자,

베이그 헨리의 궁수들이 볼트 다섯 발을 쏘아 리디머들에게 전진하라고, 옳은 일(혹은 잘못된 일)을 하라고 부추겼다.

수레 행렬의 상황이 암울하다고는 해도, 리디머들 역시 불안하기는 마찬가지였다. 여기까지 오는 데 너무 오래 걸렸다. 수적으로 워낙 우세해 일찌감치 수레들을 무너뜨리고 지원 병력이 오기 전에 뜰 수 있을 줄 알았다. 물론 신형군의 전령들을 전부 차단했다면 시간은 얼마든지 있었다. 하지만 확신할 수는 없었다. 그래서 시간의 압박에 두려워진 리디머들은 재빨리 수레들을 지나 반원 안으로 들어섰다.

케일이 외쳤다. "화요일! 앞으로! 앞으로! 빨리, 빨리!" 화요일 병사들이 좌측 가장자리가 살짝 더 빠르게 전진하면서 전체가 반시계 방향으로 움직여 리디머들의 오른쪽 공간을 봉쇄했다. "목요일! 내 쪽으로! 어서!" 목요일 병사들도 반시계 방향으로 이동하면서, 움직이는 리디머들이 오른쪽으로 퍼지는 것을 막아섰다. 대체된 백부장들은 이 상황을 보고 후퇴하려 했겠지만 계속 밀어붙이라는 지시를 받았다.

"알렐루야! 알렐루야!" 그들은 고래고래 소리지르며 방패로 신형군의 방패 벽을 두들겼다. 이제 대부분 베고 찌르며 칼과 나무망치로 방패를 내리쳤고, 다들 상대의 공격을 피하면서 일격을 가하려 했다. 하지만 문제는 백병전에서는 리디머들이 훨씬 더 뛰어난 전사라는 점이었으며, 케일의 예상보다 더 빨리 전세가 기울었다. 물론 나름대로 계획은 있었다. 여기서 버티며 지원군이 올 시간을 벌 생각이었다. 그들이 오고 있다는 가정하에 말이다. 하지만 병사들이 너무 일찍 무너지기 시작했다. 열다섯 살의 멀쩡한 케일이라면 나머지 요일들을 동원해 호수 앞 반원으로의 후퇴를 돕게 했을 것이다. 자신의 실수를 파악하고 최대한 일사불란하게 뒤로 물러났을 것이다. 케일이 전장으로 뛰어들 수 있었던 것은 오로지 레이 수녀의 약 덕분이었다. 물론 수녀가 봤다면 케일의 상태가 좋지 않음을 바로 알아차렸을 것이다. 세 요일의 병사들이 밀리면서 무너지려 하는 것을 본 케일은 한 부상병이 떨어뜨린 섬뜩해 보이는 전투 도끼를 집어들고 땅에 버려진 작은 나무망치를 움켜쥔 다음, 수요일 병사들의 전열 사이로 뛰어들어 놀란 리디머들에게 돌진했다.

입 큰 돔발상어가 즐거이 헤엄치니
물고기들이 겁에 질려 달아나네

약이 불어넣은 광기와 분노에 사로잡힌 케일은 날이 무뎌진 전투 도끼로 주위의 리디머들을 닥치는 대로 후려쳤다. 실로 흉악한 자가 이 흉악한 무기를 야만적인 솜씨와 극도의 광기로 휘두르고 있었다. 무참히 깨진 치아와 뭉개진 얼굴, 잔인하게 쪼개진 머리통과 부러진 손가락, 산산이 부서진 무릎과 팔꿈치. 케일의 망치에 가슴을 얻어맞은 자들은 선 채로 심장이 멎었으며, 갈비뼈가 부러지고, 다리가 잘리고, 코가 으깨졌다. 리디머들조차 이 광포함에 간담이 서늘해졌다. 그리고 기가 죽었던 신형군은 자신들을 구하러 온 미치광이를 보고는 그를 도우러 달려가 월등한 상대를 놀라게 했다. 마치 케일을 미치게 한 독毒에 조롱당해 분노한 듯, 피 냄새와 똥 냄새와 공포 때문에 이성을 잃은 듯.

이제 더 많은 리디머들이 뒤에서 밀려들었지만, 광기 어린 반격

을 피하려고 몸부림치는 당황한 전우들 때문에 상황은 점점 악화
했다. 케일은 부상한 자들을 밟고 전진하면서, 후퇴하는 적을 공격
했다. 그는 엄청난 광기에 사로잡혀 있어서, 양손에 아기 딸랑이를
하나씩 들고 있어도 무시무시해 보였을 것이다. 레이 수녀가 준 약
은 그의 앞에서 쓰러지는 자들에 대한 억눌린 분노를 홍수처럼 해
방해주었다. 리디머들은 흐느끼고 애원하며 죽어갔고, 케일 옆에
선 자들은 환호하며 웃어댔다. 이는 전투의 신호이자 소리였으며,
공포와 고통, 독특한 황홀경이었다.

　리디머들의 진군이 가로막혔다. 한 백부장이 나무 그루터기처
럼 멀뚱멀뚱 서서 죽음을 기다리는 자들을 침착하게 끌어내지 않
았다면, 이들은 엄청난 타격을 받고 전투를 포기했을지도 모른다.
리디머들이 퇴각하자 케일이 쫓아가려 했다. 만약 수레들 너머 탁
트인 공간으로 나섰다면 곧바로 살해당했을 것이다. 거기서는 그
어떤 약도 도와주지 못할 터였다. 다행히 금요일 병사들의 우두머
리가 신장 6피트 6인치의 전직 대장장이가 가진 손아귀 힘으로 간
신히 케일을 붙잡았다. 그가 붙들고 있는 사이 베이그 헨리가 와서
케일을 설득해 호수 앞의 반원으로 데려갔다. 이제 날이 어두워졌
고, 베이그 헨리는 야전 군의에게 케일이 먹은 약의 문제를 귀띔해
준 다음 방벽의 틈을 어떻게 막을지 궁리했다.

　만약 리디머들이 같은 지점을 공략했다면 몇 분 만에 뚫렸을 테
지만, 방금 벌어진 일에 놀란 그들은 신형군이 미치광이 용병을 데
려왔다고 믿고 다른 식으로 접근하기로 결정했다. 그로부터 두 시
간 동안 리디머들은 바깥 경계선을 공격해 모든 수레를 불태우고
잔해를 치워 안쪽 반원으로 진격할 길을 트려 했다. 베이그 헨리는

자정을 넘어 두시까지 그들을 막아선 뒤, 생존자들에게 호수로 돌아와 리디머 공병들이 바깥 경계선을 해체하는 모습을 지켜보라고 명령했다. 새벽 네시에 마지막 공격이 시작되었다.

리디머들이 경계선 안쪽에 모여 외쳤다. 알레에에엘루우우야아아아!

알레에에엘루우우야아아아! 불탄 수레들의 이글거리는 잿불을 배경으로 그들은 흡사 기괴하게 무장한 지옥의 합창단 같았다. 왼쪽에서는 다른 리디머 병사들이 노래하기 시작했다.

죽음, 심판, 천국, 지옥
최후의 네 가지는 우리가 사는 집이요

오른쪽에서도 노래했다.

우리 선조들의 믿음이여, 여전히 살아 숨쉬나니
우리는 그 믿음에 진실하리라, 죽는 날까지

비참하게 아름다운 노래였다. 물론 멀리서 지켜보며 듣는 자들의 두려운 마음속에 그런 생각은 떠오르지 않았다.

호수 앞 수레들로 돌아온 케일은 베이그 헨리가 지어놓은 땅딸막한 탑 뒤의 부상병 막사로 옮겨져 있었다. 머리는 조금 맑아진 듯했으나 허리 아래 몸뚱이는 조금 우스꽝스러울 정도로 주체할 수 없게 떨리고 있었다. 베이그 헨리는 케일이 먹은 약을 설명해주었다.

"이 녀석을 진정시킬 것을 좀 줘."

"그게 말처럼 쉽지 않습니다. 페드라와 모르핀은 섞어 쓰면 안됩니다. 위험해요. 보다시피 무슨 일이 벌어질지 모릅니다." 군의가 대꾸했다.

"이 녀석을 싸울 수 있는 상태로 만들지 않으면 무슨 일이 벌어질지는 잘 알 수 있지."

반박하기 어려운 말이었다. 결국 군의는 쥐오줌풀과 양귀비를 섞어 만든 진정제를 케일에게 다량 먹였는데, 케일이 뛰쳐나가려 할까봐 옆에 서서 내려다보는 전직 대장장이를 기절시킬 만한 양이었다.

"효과가 나타나려면 얼마나 걸리지?"

"그 질문에 대답하면 거짓말을 하는 셈입니다."

베이그 헨리는 케일 앞에 쭈그려 앉았다. 케일은 온몸을 와들와들 떨면서 짧게 내뱉듯이 숨을 쉬고 있었다.

"준비되었을 때만 싸워. 알았지?"

케일은 고개를 끄덕이면서도 몸을 떨고 거칠게 호흡했다. 베이그 헨리는 막사에서 걸어나오며 오늘밤이 지상에서의 마지막 밤이 되겠구나 생각했다. 하루 사이에 이 년은 늙은 기분이었다. 반원 한복판에 만들어놓은 간이 고대―탑이라고 부르기에는 너무 초라했다―로 올라간 베이그 헨리는 열다섯 명의 궁수와 장전수들 앞에서 몇 마디 대화를 나눴다. 그러고는 방벽을 지키고 서 있는 나머지 병사들―그의 병사들―을 바라보며, 지금이야말로 그 어느 때보다 진실을 알려야 한다고 생각했다. 하지만 결국 거짓말을 했다.

"우선, 지원 병력이 오고 있다는 소식을 들었다. 우리는 오전 중

반까지 버티기만 하면 된다. 그러면 저놈들의 노래가 바뀔 것이다." 요란한 환호성이 터지면서 리디머들의 노랫소리와 기묘하게 충돌했다.

병사들이 베이그 헨리의 말을 믿었을까? 달리 뾰족한 수가 있겠는가? 이제 베이그 헨리가 할 일은 지연술을 발휘하는 것뿐이었다. 일단 리디머들에게 항복 협상을 제안하기로 했는데, 위험을 무릅쓸 만한 가치가 있다고는 생각지 않았다. 아니나 다를까, 적 진영으로 보낸 전령이 돌아오지 않자 베이그 헨리는 저들의 답을 뻔히 알면서 한 사람의 목숨을 낭비한 자신에게 분노했다. 스스로를 꾸짖었다. 나약하고 쓸모없는 자식. 당장 급한 문제는 따로 있었다. 볼트가 부족했다. 장전수들을 시켜 온종일 새 볼트를 만든 덕분에 당장은 넉넉하지만, 리디머들을 충분히 오랫동안 저지하려면 여태 비축한 양보다 훨씬 많아야 할 터였다. 정말로 지원군이 온다면, 오전 아홉시까지는 와줘야 했다. 그후에는 어느 누구도 더는 걱정할 필요가 없을 테니까.

베이그 헨리가 준비한 계획은 단순했다. 고대에 서 있으면 전방 곳곳이 한눈에 보이는데, 수레들 앞 6피트쯤 그늘진 자리만 안 보였다. 그 그늘까지 오는 데 성공한 리디머는 고대에서 쏘는 볼트에 맞을 걱정 없이 적과 싸울 수 있었다. 베이그 헨리의 임무는 적들이 수레로 다가오지 못하게 하여 비교적 소수의 리디머들만 그늘의 보호 아래 신형군 병사들과 백병전으로 싸우게 하는 것이었다. 하지만 이 작전의 성공 여부는 당연히 베이그 헨리보다 케일에게 달려 있었다. 수레를 지키는 병사들이 이 밤을 버텨내려면 파멸의 천사가 곁에 있어줘야 했다.

리디머들의 첫 돌격대가 계속 노래를 부르며, 과거 베이그 헨리가 아침과 정오, 밤에 억지로 들어야 했던 애도가에 맞춰 느릿느릿 칼과 방패를 두드리며 몰려오기 시작했다. 운좋게도 베이그 헨리는 중형 쇠뇌들이 담긴 두번째 상자를 발견했는데, 원래 부대 전체를 통틀어 세 기만 있어야 했다. 근접전에서는 그런 장거리 공격무기가 필요 없어 저격용으로만 쓰고, 지금껏 그럴 일은 거의 없었다. 다른 상황이라면 이런 실수가 재앙으로 이어질 수 있지만, 오늘은 금쪽같은 선물이나 다름없었다. 이 쇠뇌 열 기로 공격하면 수레 방벽으로 몰려오는 리디머들에게 심각한 타격을 줄 수 있을 터였다.

예상은 적중했다. 리디머들은 베이그 헨리가 근접전용으로 개발한 훨씬 약한 쇠뇌 공격을 예상했고, 자신들의 방패로 너끈히 막아내리라 믿었다. 하지만 진격을 시작하기도 전에 날아온 장거리 쇠뇌 볼트에 백부장 네 명이 쓰러졌으며, 병사 넷이 죽고 두 명이 부상했다. 그게 끝이 아니었다. 거의 곧바로 장전수들이 궁수들에게 건넨 다른 쇠뇌들에서 발사된 볼트 다섯 발이 리디머 밀집 대형에 방금과 같은 피해를 입혔다. 깜짝 놀란 리디머들이 어찌해야 좋을지 몰라 허둥대자 엄청난 혼란이 일어났고, 그 순간 베이그 헨리는 그들이 사정거리 밖으로 물러나리라 생각했다. 이 짐작이 맞아떨어지기 직전, 백부장 한 명이 재빨리 좌우로 왔다갔다하며 길을 막고 병사들을 앞으로 내몰면서 목이 터져라 고함을 질렀다.

"달려! 어서 달려라! 안전한 저 수레 그늘로 들어가!"

볼트가 닿지 못하는 수레 그늘로 무질서하게 달려가는 동안 리디머 팔백 명가량은 고대에서 날아온 볼트 세례에 큰 손실을 입었고, 수레에 다가가자 이번에는 수레 안에서 약한 쇠뇌들이 쏘는 볼트의 효과가 커졌다. 더 큰 문제는 수레를 공격하려고 리디머들이 너무 많이 왔다는 것이었다. 그늘에 도착한 사제들이 모두 들어가기에는 공간이 비좁았다. 이백 명 이상이 고대로부터의 공격에 훤히 노출되었다. 잠깐 사이에 리디머들이 오십 명 넘게 사살되자, 실수를 깨달은 백부장들은 불과 몇 분 전 자신들이 앞으로 내몬 병력의 4분의 3만 데리고 돌아갔다.

수레 그늘에 남은 리디머들은 베이그 헨리의 공격은 모면했지만, 수레 안에 타고 있는 병사들의 공격은 피할 수 없었다. 신형군 병사들은 이제 맹렬하고 치명적인 압박에 직면했지만 잘 보호받고 있어서, 리디머 여섯 명이 죽을 때 한 명이 죽는 비율로 싸웠다. 베이그 헨리의 결정적인 공이었다. 수레 방벽 앞에서 리디머들이 서서히 죽어가면, 바깥 경계선 너머 어둠 속에 숨어 있는 리디머들이 그들을 대체해야 했다. 수레 앞의 병력이 많이 줄었다고 판단한 백부장들은 삼십 명 정도를 데리고 어둠 속에서 달려나와 사망자들의 자리를 메웠다. 신형군 병사들의 생사는 낮은 둔덕 같은 고대에서 쇠뇌를 쏘는 속도와 어둠을 벗어나 탁 트인 공간을 가로질러 비교적 안전한 수레 그늘로 돌진해오는 리디머 무리를 궁수들이 얼마나 많이 죽이느냐에 달려 있었다.

베이그 헨리와 신형군 병사들은 살인의 리듬을 만들어내고 있었으며, 그 리듬이 유지되는 한 목숨을 부지할 터였다. 만약 볼트가 바닥나거나 수레 방벽이 뚫리면 전투는 끝이었다. 어차피 오래가지 못한다고 판단한 베이그 헨리는 속으로 중얼거렸다. 케일이 여기 있으면 좋으련만. 녀석이라면 뭘 해야 좋을지 알 텐데.

그 무렵 파멸의 천사는 자기 수레 안에서 코를 골고 있었고, 전직 대장장이인 뎀스키 하사가 곁에서 지켜보고 있었다. 두번째 전투가 시작되고 몇 시간 지났을 때 잠깐 들른 군의는 케일이 앞으로 몇 시간은 의식이 없을 테니 뎀스키는 전장에 나가는 편이 훨씬 더 도움이 될 거라고 했다.

뎀스키가 말했다. "저는 이분을 지켜봐야 합니다."

군의가 대꾸했다. "저 교황 추종자 무리가 수레 방벽을 무너뜨리면 자네는 이분의 주검을 지켜보게 될 거야. 그다음에는 자네의 주검을 보게 되겠지." 케일은 계속 코를 골았다. 군의의 말을 반박하기는 불가능했다. 두 사람은 잠시 케일의 상태를 확인한 뒤 어둠 속에 그를 남겨두고 떠났다.

삼십 분 뒤, 쥐오줌풀과 양귀비 진정제의 약효가 가시면서 케일이 정신을 차렸다. 하지만 레이 수녀가 몹시 두려워하며 찔러준 페드라 모르핀의 약효는 그리 쉽게 누그러지지 않았다. 약초에 취해 잠들기 전보다 훨씬 더 광란 상태가 된 케일은 전투용 도끼를 집어들고 밖으로 뛰쳐나갔다. 케일의 수레는 작은 둔덕 같은 고대 뒤쪽, 호수에서 30피트쯤 떨어진 가장 안전한 장소로 옮겨져 있었다. 일반적인 상황이라면 주위가 아무리 어두워도 케일은 몇 발짝 만에 사람들의 눈에 띄었을 것이다. 하지만 두 시간 넘게 전투가 이어지면서, 다들 전방에서 목숨을 건 싸움에 몰두하느라 여념이 없었다. 그래서 호수에 나타난 리디머들을 본 자는 케일뿐이었다. 그들은 겨우 두 사람이 걸을 수 있을 만큼 좁고 얕은 여울을 발견하고, 무방비로 노출된 반원 뒤쪽을 향해 물을 가르며 다가오고 있었다. 물이 얕다고는 해도 허리까지 잠길 정도라 모두 느릿느릿 걸었지만, 머릿수가 많아 일단 상륙하면 전투는 몇 분 만에 끝날 터였다. 케일은 적이 나타났다고 목이 터져라 외쳤으나, 전투의 엄청난 소음에 묻혀 아무도 듣지 못했다. 피로 얼룩진 옷을 군의가 벗겨놓아 알몸인 케일이 호수로 뛰어들더니, 놀란 리디머들에게 다가갔다. 완전히 나체인 소년이 혼자 적에게 고함을 질러대고 있었다.

아무리 온순하고 더없이 사랑스러운 평화의 비둘기도 이 장엄하고 광포한 천사의 모습에 전율하지 않을 수 없으리라. 지금껏 그 어떤 영웅도 이토록 막강한 힘과 우아한 기술, 신성한 분노로 무자비하고 장엄하게 싸운 적이 없었다. 리디머가 다가올 때마다 케일은 무지막지하게 야만적으로 적의 팔다리와 머리를 베었으며, 그들의 잘린 팔다리와 손가락과 뒤꿈치와 발가락이 금세 물가를 뒤덮었다. 리디머들이 쉬지 않고 케일에게 달려들어 차례차례 순교의 제물이 되자, 검고 차가운 호수가 온통 그들의 피로 붉게 물들었다.

만약 케일 뒤의 전장에서 누가 잠시 호수를 돌아보았다면, 쉽사리 잊히지 않을 광경을 목격했을 것이다. 케일은 환각에 사로잡힌 채 한 시간 동안 물속에서 도끼로 사방을 내리치며 끝없이 밀려드는 존재하지 않는 리디머들과 미친듯이 싸웠다. 그리하여 장엄하게 정복당한 사악한 적들은 순전히 마약에 취한 상상력의 산물이었다. 영웅적 망상의 한 시간이 지나자, 케일의 정신이 만들어낸 적들은 모두 죽었다. 지칠 대로 지친 케일은 의기양양하게 자신의 수레로 돌아가 평화로운 잠에 빠졌으며, 그사이 진짜 전투는 아슬아슬하게 진행되고 있었다.

고대 위에 있는 베이그 헨리는 등골을 따라 땀이 줄줄 흘러내리는 느낌이 들었다. 머지않아 죽을 거라 생각하니, 척추에서 두려움의 딱정벌레들이 부화해 몸 밖으로 탈출하는 것만 같았다. 전투가 쉼없이 이어졌고, 무시무시한 죽음으로부터 그들을 지켜주는 볼트 더미는 절대 뒤집힐 리 없는 모래시계 안의 모래처럼 줄어갔다. 얼마 후, 처음에는 인지하지 못했지만 어느덧 하늘이 밝아오기 시작하면서 불그레한 새벽노을이 수레들을 은은한 분홍색으로 물들였고, 곧이어 지평선 위로 해가 뜨고 바람이 불어 전장을 뒤덮은 연기를 얼마간 흩어놓았다. 갑자기 전투가 멈추더니, 리디머들과 신형군 모두 기묘한 침묵에 휩싸였다. 그들을 에워싸고 호수를 굽어보는 언덕 위 1마일쯤 떨어진 곳에, 파멸의 천사를 구하러 밤새 달려온 지원군 오천 명이 있었다.

이 무렵 죽음의 천사는 곤히 자고 있었으며, 삼십 분 뒤 베이그 헨리가 군의와 뎀스키 하사를 데리고 상태를 보러 왔을 때도 여전히 잠들어 있었다. 세 사람은 일이 분 동안 케일을 내려다보았다.

베이그 헨리가 물었다. "왜 이렇게 젖어 있지?"

"약초 덕분일 겁니다. 몸속의 독을 전부 빼내려고 기를 썼겠죠. 이분은 우리의 구세주입니다. 더이상 무슨 말로 감사를 표할 수 있겠습니까?" 군의가 대답했다.

이번 일로 인해 초자연적 존재로서 케일의 명성은 더욱 부풀려졌다. 하지만 승리를 목전에 둔 리디머 군단을 혼자 괴멸했다는 소문 때문인지(이제는 다들 그렇게 믿었다), 아니면 놀라운 전공을 세운 뒤 리디머들이 무슨 짓을 하든 승리는 떼놓은 당상이라고 확신한 듯 이후 전투가 끝날 때까지 잠을 잔 사실(물론 그의 독자적인 전투 개입은 어쨌든 승리의 결정적 요인이었다) 때문인지는 단언하기 어렵다.

너무나 중요했던 그날 밤 전투에서 거둔 승리의 공이 전부(전부다는 아니어도 대부분) 케일에게 돌아가자 베이그 헨리는 불길처럼 타오르는 분노에 사로잡혔지만, 가슴속에서 튼튼한 방을 찾아내 그 분노를 영원히 가둬놓았다. 이는 베이그 헨리의 인격적 성숙과 바른 의지의 힘을 보여주는 징표였다.

"크리스핀 호수 전투는 내가 이긴 거야."

"네가 그렇다고 하면 그런 거겠지." 둘이 있을 때 베이그 헨리가 그 이야기를 꺼내면 케일은 심드렁하게 대꾸했다. 이런 일은 매우 잦았다. "난 그날 일이 잘 기억도 안 나."

"네가 나에게 너조차도 리디머들을 그렇게 잘 막아내지는 못할 거라고 했어."

"정말? 나답지 않은 말인데."

케일은 리디머들을 상대한 실제 전투 중 기묘한 찰나의 형상들만 기억났다. 그후로 한동안은 호수에서 존재하지 않는 리디머들과 벌인 영웅적인 전투의 흐릿한 기억이 가끔 괴상한 꿈으로 나타났다. 하지만 그것도 곧 가물가물해졌다. 베이그 헨리는 자신의 공로를 빼앗긴 것에 대해 모든 시대 모든 장소의 모든 열다섯 살 소년들이 환호할 방식으로 복수했다. 케일의 승리에 너무나 감격하고 고마워한 스패니시 리즈 시민들은 크리스핀 호수에서의 영웅적인 승리를 기리는 기념물 건립 청원 서명에 필요한 인원보다 열 배

나 많이 동참했다. 결국 전투가 벌어진 곳에 석조 조각상이 세워졌
는데, 8피트 높이의 케일이 리디머들의 시신을 밟고 서 있고, 처참
한 살육을 맞이할 자들이 그의 초인적인 힘 앞에 움츠러든 모습이
었다. 그러나 베이그 헨리에게서 돈을 받은 석공은 조각상 아래에
비문을 새기면서 글자 하나를 바꿔놓았다. 그렇게 완성된 비문은
아래와 같았다.

토머스 케이크*의 영웅적 위업을 영원히 기리며

---

* '케일(Cale)'을 '케이크(Cake)'로 바꿔놓은 것.

33

호수 전투가 끝나고 이 주 동안 케일은 몸 상태가 몹시 좋지 않았다. 거의 지속적으로 자다 깨다를 되풀이했다. 깨어 있을 때는 심한 두통에 시달리거나 욕지기로 괴로워했으며, 종종 실제로 토했다. 그 비참한 처지를 잊으려고 찾아낸 방법 중 하나는 어두운 방에 누워 과거 이드리스푸케와 함께 먹은 맛난 요리들을 하나하나 떠올리는 것이었다. 새콤달콤한 소스를 뿌린 돼지고기 튀김, 일곱 가지 고기를 얹은 천사의 머리칼 국수, 신선한 검은딸기로 만든 크럼블과 진하고 두꺼운 크림. 또다른 방법도 있었는데, 그건 양날의 쾌락이었다. 벌거벗은 두 여자를 떠올리면서 그녀들을 만지고 그녀들 몸속에 들어가는 느낌을 상상했다(이 생각을 할 때면 여전히 놀라웠다. 상상만으로도 설레다니!). 아르벨에 대한 증오와 아르테미시아에 대한 죄책감—너무나 복잡한 죄책감—을 회피할 수만 있다면, 그런 상상은 육체의 고통이 무뎌지는 곳으로, 증오와

죄책감마저 사라지는 곳으로 그를 데려다주는 듯했다. 케일은 특
정한 낮과 밤을 떠올리고 그날들을 생각하며 잠들곤 했다. 그렇게
이 주가 지난 어느 날 아침, 잠에서 깨어보니 몸이 훨씬 좋아진 느
낌이었다. 이후 종종 그런 일이 있었다. 완쾌된 것만 같은 나날이
갑자기 시작된 것이다. 무리하지만 않는다면 말이다. 상상의 오아
시스에 머무는 몇 시간 동안, 케일은 매우 이상한 기분이 들기 시
작했다. 강렬한 욕망이 도무지 가시질 않았다. 그 느낌이 너무 강해
서 도저히 거부할 수 없을 듯싶었다. 어쩌면 크리스핀 호수에서 거
의 죽다 살아난 것이 원인일지 모른다고 생각했다. 이유가 무엇이
건 간에, 그 욕망은 케일을 미치게 하고 거부할 수 없게 만들었다.

*

"달랑달랑 짐벌 갖고 계십니까?"
"아니."
"스라드를 해보신 적은?"
"없어."
"가랑비는 해보셨습니까?"
"아니."
"비둘기 좋아하십니까? 물론 그건 추가금이 붙죠."
"아니."
"그럼 위그노?"
"아니."
"입 사탕은요?"

그 또래의 자존심 강한 소년들이 대개 그렇듯, 케일도 남에게 바보 취급 당하는 것을 싫어했다.

"그게 뭔데? 방금 지어낸 거 아니야?"

홍등가 여리꾼은 발끈했다.

"선생님, 저희 업소는 입 사탕으로 유명한 곳입니다."

"난 그냥……" 짜증이 나고 멋쩍어진 케일은 잠시 사이를 두고 말을 이었다. "일반적인 거면 돼."

여리꾼이 대꾸했다. "이런. 저희 루비의 위안소에서는 일반적이지 않은 걸 제공합니다. 굉장히 특별한 유희로 명성이 자자합죠."

"난 그런 거 싫은데."

여리꾼은 경멸 어린 말투로 이죽거렸다. "그러시군요. 선생님께는 모드 오르디네르(평범한 방식)가 맞겠네요."

"그런 셈이지."

"그럼 저희 업소의 키스 서비스를 받아보시겠습니까?"

"뭐라고?"

"키스에는 추가금이 붙습니다."

"어째서?" 케일은 화가 난 게 아니라 호기심이 일었다.

"저희 업소의 피유 드 주아(접대부)는 품격 있는 아가씨들이라 키스를 가장 친밀한 행위로 여기거든요. 따라서 추가금을 요구하는 게 당연합니다."

"얼만데?"

"40달러입니다."

"키스 한 번에? 됐어."

홍등가 여리꾼이라는 직업 특성상 으레 괴팍한 손님을 상대하기 마련이지만, 눈 주위가 거무스레하고 낯빛이 창백한(거무스레함과 창백함이 몸 상태를 제대로 알려주지는 못했다) 이 젊은이는 지금 정말로 그의 신경을 긁고 있었다.

"이제 젊은 선생님께서 하실 일은 나이를 증명하는 것뿐입니다."

"뭐?"

"루비의 위안소는 그런 문제에 엄격하죠. 법이 그렇습니다."

"농담하는 거야?"

"절대 아닙니다, 선생님. 누구도 예외는 없습니다."

"내 나이를 어떻게 증명하면 되는데?"

"여권이면 충분합니다."

"가져오는 걸 깜빡했어."

"그렇다면 저로서는 도리가 없습니다, 선생님."

"그것도 추가금을 달라는 소리야?"

"농담도 잘하시네. 그만 썩 꺼져!"

이 광경을 지켜보며 기다리던 손님들과 돈으로 사는 황홀경으로 그들을 데려다줄 매춘부들이 웃음을 터뜨렸다. 케일은 매도당하거나 두들겨맞는 데는 익숙했지만, 웃음거리가 되는 것은 낯설었다. 어느 누구도 죽음의 천사를, 주님의 분노의 화신을 비웃지 않았다. 하지만 지금은 병든 소년에 불과했으며, 자신을 조롱하는 자들 앞에서 과거의 힘이 너무나 간절했다. 몹시 병약하지 않았다면 이런 도발을 당하고도 자제하는 케일을 보기는 어려웠을 것이다. 참혹하기 그지없는 광경을 목도하고 다들 입을 다물었을 것이다. 하지만 건너편 자리에서 몸집이 우람한 남자 한 명이 험악한 눈빛으로 노려보고 있었다. 그는 이 경멸 어린 분위기에 속이 끓으면서도 물러설 수밖에 없었지만, 때가 되면 루비의 위안소에 끔찍한 앙갚음을 할 계획을 이미 구상하고 있었다. 따라서 여리꾼의 격앙된 목소리를 들은 루비가 무슨 일인지 보려고 직접 내려온 것은 행운이었다. 그녀가 토머스 케일을 알아본 것은 더 큰 행운이었다.

루비는 문을 열고 나가려는 케일을 보고 소리쳤다. "잠깐만요! 너무너무 죄송해요." 그러고는 마치 진작 쓰레기통에 갖다 버렸어야 하는 물건을 대하듯 여리꾼을 손가락으로 가리키며 덧붙였다. "저 인간은 멍청이랍니다. 천치 짓을 했으니 일주일 치 봉급을 깔게요. 정말 너무 죄송합니다." 돌아선 케일은 불만과 억울함이 서린 여리꾼의 표정을 보고 만족스럽게 말했다.

"이 주일 치."

루비는 빙그레 웃었다. "삼 주일 치로 하죠. 어서 프리바토리움으로 가세요. 가장 귀한 손님만 거기로 모신답니다. 그리고 오늘밤은 모든 비용을 저희가 낼게요."

"키스도 말입니까?"

루비가 깔깔댔다. 이 소년은 기꺼이 호의를 받아들이려는 눈치였다.

"당신은 상상도 못할 곳들에 키스해드리죠."

여리꾼은 소년의 정체를 짐작도 못했지만, 상대에게 그렇게 공손한 루비의 모습은 본 적이 없었다. 그건 공손을 넘어선 두려움이었다. 어쨌건 그는 삼 주일 치 봉급 삭감으로만 끝나도 다행일 거라 생각했다.

프리바토리움에 들어서자, 제아무리 영악한 소년도 눈이 튀어나올 광경이 펼쳐졌다. 사방에 여자들이 있었다. 새끼염소 가죽을 씌운 긴 의자와 노란 벨벳 소파, 불그레한 비쿠냐* 모직 침대 위에서 키 큰 여자, 키 작은 여자, 아담한 여자, 풍만한 여자들이 손님을 기다리고 있었다. 여자들의 피부색도 다양했다. 갈색, 흰색, 노란색, 검은색. 한 여자는 머리부터 발끝까지 가리고 한쪽 젖가슴만 드러냈는데, 젖꼭지를 양귀비처럼 빨갛게 칠해놓았다. 또 한 여자는 순수한 청교도의 딸처럼 수수하게 하얀 리넨 블라우스와 검은 스커트 차림이었다. 하지만 다음과 같은 글이 적힌 종이를 들고 비탄의 눈물을 흘리고 있었다. 저는 유괴됐어요. 제발 도와주세요! 다른 여자들은 알몸으로 자고 있는 것 같았다. 한 아가씨는 손발이 차꼬에 묶여 있는데, 다른 여자가 백조 깃털로 그녀의 두 다리 사이를 간질이며 고문하고 있었다.

"네덜란드 샴페인 가져와!" 루비가 가죽 눈가리개를 쓴 시동에게 소리쳤다. 그러고는 다시 케일에게 말했다. "지난 백 년 사이에 나온 최고급 와인이랍니다."

그녀는 방안의 아가씨 중 한 명을 고르라고 케일에게 손짓하며 애써 태연한 인상을 주려고 노력했지만, 이 창백한 얼굴의 소년이 왠지 두려웠기에 그가 빨리 결정하길 고대했다. 잠시 후 케일의 대답은 그녀를 놀라게 했다.

"당신을 원합니다."

오십대 초반인 루비는 이십여 년 전에 매춘부로서 은퇴했다. 당시에 손님이 이런 요구를 하면 경우에 따라 정중히 사양하거나 단호하게 거부했다.

---

* 남아메리카의 야생 라마.

"하지만 여기에는 전국 최고의 미녀들이 있어요."

"관심 없습니다. 내가 바라는 여자는 당신뿐입니다."

루비가 외모 치장을 잘하는 것은 사실이었다. 화장 실력도 상당하고—과하지 않게 적당히—이 도시 최고의 양장점에서만 드레스를 구입했다. 먹는 걸 좋아하고 제법 게으른 편이지만, 대충 꾸미고 다니는 일은 결코 없었다. 그리고 사실 지금껏 미녀인 적이 없었다. 상냥한 태도와 재치로 수많은 남자를 홀리는 재주의 정점에 다다랐을 뿐이다. 목이 너무 길어 보편적인 취향에 맞지 않고, 작은 코는 모양이 이상했으며, 두툼한 입술은 기괴해 보일 정도였다.

하지만 케일에게는 매력적으로 보였다.

루비는 강인한 정신을 가진 여자이고, 필요하다면 모질어질 수도 있었다. 그러나 이 상황에서 무얼 할 수 있겠는가? 눈앞에 있는 창백한 얼굴의 소년은 거부할 수 없는 자였다. 결국 도리가 없다고 판단한 루비는 언제든 나오도록 삼십 년 동안 갈고 닦은 미소를 지으며 문 쪽으로 케일을 안내했다. 이 모습을 지켜보던 매춘부들은 입을 딱 벌리고 야단법석을 떨었다.

청교도 처녀가 울음을 그치고 툴툴거렸다.

"저 웃기게 생긴 꼬맹이는 대체 누구지?"

백조 깃털로 자기 파트너를 고문하던 아가씨가 소리쳤다. "멍청하기 짝이 없는 년! 저애는 토머스 케일이야."

청교도 처녀의 휘둥그레진 눈에 기쁨과 두려움이 어른거렸다. "듣자하니 죽었다 살아났대. 영혼이 석탄 그릇에 갇혀 있다지 뭐야."

루비 에버솔은 저승에서 돌아온 인간이나 갇힌 영혼 따위는 믿지 않지만, 케일을 두려워할 수밖에 없다는 명백한 사실을 알고 있었다. 한때 암토끼 키티의 소유였던 그녀는 그가 죽었다는 소식에, 길고 끔찍한 죽음을 맞았다는 소식에 뛸 듯이 기뻤지만, 키티를 그의 자택에서 죽일 수 있는 자가 대체 어떤 괴물인지 두려웠다. 그 자가 병들어 보이는 소년에 불과하다는 사실은 더욱 섬뜩했다. 자기 방의 문을 여는 동안 루비는 자신이 떨고 있음을 깨달았다. 그녀가 와들와들 떠는 것은 실로 오랜만이었다.

루비의 기분을 알았다면 케일은 놀랐을 것이다. 다른 열대여섯 살 소년들이 이런 상황에 처한다면 안절부절 못하겠지만 케일은 그렇지 않았다. 그래도 긴장이 되긴 했는데, 정체 모를 불안감과 더불어 돈을 주고 여자와 성교한다는 수치심 때문이었다. 하지만 아르벨이나 아르테미시아와는 너무나 다른 여자가 줄 낯선 쾌락에 대한 흥분도 있었다. 죽은 연인을 생각하니 뭔가에 쿡 찔리는 기분이었다. 상실감이나 후회 같은 것. 하지만 케일은 너무도 혼란스러운 이 생각을 머릿속에서 치우고, 조각상처럼 굳어 있는 루비에게 집중했다.

루비가 물었다. "옷을 벗을까요?"

"음…… 그래요." 명령조의 말투가 아니었지만, 너무 긴장한 루비는 눈치채지 못했다.

그녀는 직업 여성이었다. 자신이 뭘 해야 하는지 잘 알고 있었다. 아주 천천히 드레스 앞섶의 후크와 아일릿을 위에서 아래로 풀기 시작했다. 그러는 사이 케일은 루비의 젖가슴에서 눈을 떼지 못했다. 양재사가 솜씨 좋게 만든 드레스 안에 갇혀 위로 떠받쳐진 부드럽고 둥그런 두 젖가슴이 필사적으로 탈출하려는 듯 서서히 드러나고 있었다. 케일은 자신이 숨을 쉬지 않고 있다는 것도 인지하지 못했다. 루비는 코르셋을 벗고 스커트를 내린 다음 스커트 밖으로 나왔다. 이제 그녀가 입은 것은 하얀 실크 시프트뿐이었다. 망사처럼 얇은 시프트 앞부분의 매듭을 푸는 동안, 묘하게도—그리고 루비로서는 이해할 수 없게—몹시 어색한 기분이 들었다. 그녀는 어깨를 흔들어 시프트를 바닥에 떨어뜨리고 옆으로 비켜섰다. 케일 자신의 뜻과는 상관없이 허파가 이제 그만 숨을 쉬라고 결정했다. 막혔던 숨을 토하는 케일을 본 루비는 어쩌면 자신이 뭔가 오해한 게 아닐까 싶었다.

이제 루비는 허리 위로 알몸이었다. 날씬한 아가씨였던 시절에도 그녀는 풍만한 가슴을 자랑으로 여겼다. 이제 날씬함과는 거리가 멀지만, 버터와 달걀과 와인을 즐기는 식습관이 얼마나 기여했는지는 몰라도—실제로 상당한 기여를 했다—루비의 젖가슴은 젊음의 탱탱함을 유지하고 있었다. 한마디로 굉장히 크고, 분홍빛 젖꼭지는 어마어마했다. 호리호리한 아르벨과 아담하다는 말도 과분할 만큼 자그마한 아르테미시아의 몸에만 익숙한 케일은 벌거벗은 여자를 난생처음 보듯 빤히 쳐다보며 생각했다(물론 생각은 거의 마비되어 있었지만). 같은 생물이 어쩌면 이토록 다를 수가 있지? 스캐블랜드에서 베이그 헨리가 풍만한 리바를 넋 놓고 훔쳐보며 여자의 몸을 알게 되었을 때 케일은 거기 없었다. 루비는 연한 파란색 속바지 옆에 손을 대고 끈을 풀어 속바지가 바닥으로 흘러내리게 했다. 이번주는 케일의 몸 상태가 좋은 시기이기에 망정이지 안 그랬다면 그 자리에서 급사했을 수도 있고, 어쩌면 세상의 미래가 전혀 달라졌을지도 모를 일이다.

긴장된 정적이 감도는 방안에서 케일은 완전히 얼이 빠진 표정으로 루비를 바라보았다. 루비 쪽에서는 소년에 대한 두려움이 가라앉기 시작했다. 그리고 거의 잊고 있던 즐거움, 육체의 마력으로 사내를 흥분시키는 쾌감이 다시 샘솟는 걸 느꼈다. 한 걸음 한 걸음 즐기며 천천히 케일 쪽으로 다가간 루비는 두 팔을 내밀어 케일을 품에 안았다. 이런 세상이 있다니! 냄새 맡고 만질 수 있는 낙원에 휩싸인 이 순간의 느낌은 케일이 죽는 날까지 마음속에 남아 있을 것이며, 너무도 비참한 상황에 처할 때마다 절망으로부터 피난처가 되어줄 것이다.

하지만 지금 케일은 욕망으로 타오르고 있었다. 루비를 침대로 끌고 가서는 마치 잡아먹기라도 할 듯 탐하기 시작했다. 손과 입으로 곳곳을 더듬으며 그녀의 모든 것에 매료되었다. 사내아이처럼 판판한 아르벨과 아르테미시아의 배와는 전혀 다르게 루비의 배는 통통했다. 둥그렇고 베개처럼 폭신하며, 마테라치 가문의 연회에 나오던 응유凝乳처럼 손을 댈 때마다 번들거렸다. 온몸이 굴곡지고 주름졌다. 케일이 여기저기 만지며 너무 행복해하자 루비가 웃으며 말했다. "조바심 내지 마요." 그러고는 무릎을 꿇고 앉았다. 케일은 그녀 뒤에 꿇어앉아 탐욕스럽게 목을 핥으면서, 어느 현자가 이야기한 이 세상이 주는 일곱 가지 큰 쾌락 중 하나를 경험했다. 묵직한 젖가슴 한 쌍을 양손으로 움켜쥐는 것.

나머지 여섯 가지를 기필코 발견하겠다는 듯, 케일은 루비를 다시 침대 위로 밀어올리고 허기를 주체할 수 없는 사람처럼 허겁지겁 젖꼭지에 입을 맞추다 너무 힘을 줬다.

"아야!"

루비가 비명을 지르자, 놀라고 당황한 케일은 벌떡 일어났다.
"미안해요. 미안합니다. 다치게 할 생각은 없었어요."

깨물린 자리가 꽤 아팠지만, 케일이 너무 미안해하는데다 그의
강렬한 욕망에 몹시 놀란 루비는 한 손으로 케일의 볼을 쓰다듬으
며 빙그레 웃을 수밖에 없었다. 그녀는 나머지 손으로 얼굴에 부채
질을 하며 말했다.

"괜찮아요. 그냥 좀 천천히 해요."

"어떻게 하면 좋을지 알려줘요." 다정한 말투였다. 루비는 자신
이 너무 예민하게 굴었구나 싶었다. 이토록 미안해하는 순진한 소
년에게 그토록 두려움을 내비치다니.

"음, 한창 뜨거운 데 찬물을 끼얹고 싶진 않지만, 날 잡아먹을
듯이 덤비지만 말아줘요."

그후 몇 시간 동안 케일은 나머지 큰 쾌락 여섯 가지 중 셋을 더
경험했다(그중 두 가지는 마땅히 국법 위반이므로 입을 다무는 것
이 상책이다).

케일이 가는 곳마다 반드시 장례식이 잇따른다는 클라이스트의
주장은 이제는 흔한 이야기가 되었다. 그래서 그날 밤늦게 루비의
위안소에서 벌어진 끔찍한 사건의 소식을 들은 사람들은 소문이
결국 사실로 입증된 거라고 생각했다. 물론 이번 일의 책임을 케일
에게 묻는 것은 부당하며, 그 일이 그가 지상에 내려온 죽음의 대
리인이자 초자연적 존재임을 알려주는 명백한 증거라는 주장은 터
무니없었다. 하지만 나중에 비폰드가 동생에게 말했듯이, 만약 케
일이 그날 저녁 홍등가 여리꾼과 괜한 언쟁을 벌이지 않았다면 자

존심에 가벼운 상처만 입고 끝났을 일이었다.

이드리스푸케는 반발했다. "그럼 자지가 작다고 웃었다는 이유로 개똥 줍는 놈이 고급 창녀의 목을 딴 것이 케일 잘못이란 말이야?"

"물론 그건 아니지. 하지만 우연으로 보기도 어려워. 어쩌면 녀석은 죽음의 천사가 아닐지도 몰라. 세상에는 말썽을 일으키려고 태어나는 자들이 있지. 녀석도 그중 하나일 거야."

*

그날 밤 열시 직전, 케일이 루비의 침대(린턴 캐시미어 이불과 이리 거미 실크 침대보) 위에서 기분좋게 지쳐 있을 때, 삼십대 초반의 한 남자가 일생에 딱 한 번 미녀와 즐겨보려고 루비의 위안소 1층에 들어섰다. 그는 푸주이였다. 날마다 스패니시 리즈 거리에서 푸를 주우러 다닌다는 뜻이다. '푸'는 이 지역 무두장이들이 개똥을 일컫는 말이었다. 가죽을 부드럽게 하는 데 개똥의 독성 물질이 필요했다. 만약 이 가게의 여리꾼이 그의 직업을 알아차렸다면 문턱을 넘지 못하게 했겠지만, 그자는 하층민 중에서도 가장 하층민의 복장을 하고 이런 특별한 장소에 나타날 만큼 어리석지 않았다. 시립 목욕탕에서 몸을 씻고 이발소에서 면도도 한 다음 정장을 빌려 입었다. 하지만 문전박대당할까봐 너무 긴장한 나머지 필요 이상으로 술을 마셨다. 앞서 케일과의 소동이 없었다면 여리꾼은 아마도 그 푸주이가 변변치 못해 보이고 너무 취해서 곤란하다고 판단했을 것이다. 분위기가 문제였다. 루비의 위안소는 고급 업소인데 이 푸주이는 어울리지 않아 보였다. 하지만 이날 밤은 통과했다. 여리꾼이 부루퉁했기 때문이다. 실은 이를 갈고 있었다. 케일 때문에 모욕당한 일로 분했던 것이다. 그래서 이날 밤 가게 주인인 뚱보 창녀에게 앙갚음하기로 마음먹고 푸주이를 들여보냈다.

비명소리를 듣는 순간, 루비의 왼쪽 젖가슴에 머리를 대고 누워 있던 케일은 그 소리의 의미를 단번에 알아차렸다. 끔찍이도 익숙한 소리였다. 죽음을 눈앞에 둔 자가 내지르는 공포의 비명.

"맙소사!" 루비가 벌떡 일어나 옷을 입기 시작했지만, 문을 잠그려고 달려간 케일은 벌컥 열린 문에 부딪혀 뒤로 자빠졌다. 매춘부 한 명을 죽이고 당황한 푸주이가 길을 잘못 들어 막다른 곳인 루비의 방으로 뛰어든 것이다. 이미 루비의 경호원 넷이 고함을 지르며 달려와서 푸주이는 돌아갈 수도 없었다. 그가 방안으로 들어와 문을 잠그더니 루비의 목을 휘감고 창가로 끌고 갔다. 겁에 질린 그는 창밖을 보았지만, 3층이라 뛰어내릴 수도 없었다.

이마를 세게 얻어맞고 쓰러져 있던 케일이 천천히 일어나 푸주이에게 말했다.

"아프잖아."

"날 여기서 나가게 해줘. 안 그러면 이년의 목을 딸 거야."

살인의 흔적이 사내의 온몸에 남아 있었다. 빌려 입은 정장과 얼굴, 루비의 목에 대고 있는 기묘하게 작은 칼에 피가 묻어 있었다.

"바지 좀 입어도 돼?"

"거기 그대로 있어. 움직이면 이 여자는 죽어."

"움직이지 않으면 내가 무슨 수로 당신을 여기서 나가게 해주지?"

밖에서 웅성대는 소리가 들렸다. 이윽고 경호원 한 명이 소리쳤다.

"치안 경찰들이 오고 있다! 넌 달아나지 못해. 여자를 놔주면 우리도 널 해치지 않겠다."

푸주이는 루비를 문 쪽으로 밀고 갔다(케일이 보기에 루비는 이런 상황에도 놀랍도록 차분했다).

"치안 경찰한테 나를 보내주라고 말해. 만약 그자들이 들어오려고 하면 난 이 여자의 목을 자를 거야. 그런 다음 여기 있는 녀석의 목도 따겠어."

케일이 나섰다. "내가 저들에게 말해도 될까?"

"넌 주둥아리 닥치고 있어. 또 떠들면 정말로 여자 목을 딸 거야."

"그럴 것 같지 않은데."

"두고봐."

"내가 저들과 이야기하면 댁을 도울 수 있는데 뭐하러 인질을 죽여?"

"너처럼 깡마른 어린 놈이 뭘 할 수 있어?"

"저들과 이야기하게 해주면 알 수 있지. 댁이 손해볼 건 없잖아?"

푸주이는 잠시 고민했지만, 쉽사리 판단이 서질 않았다. 상황은 점점 더 암울해지고 있었다.

"좋아. 하지만 함부로 지껄이면 여자를 죽일 거야."

케일은 문으로 걸어갔다.

푸주이가 말했다. "거기까지. 더는 안 돼."

케일이 문밖을 향해 소리쳤다. "책임자가 누구야?"

잠시 침묵이 흘렀다.

"접니다."

"이름을 말해줄 수 있나?"

다시 침묵.

"앨버트 프레이입니다."

"좋아, 프레이. 자네가 이 신사분께 내가 누구인지 말해주면 좋겠어."

푸주이가 쏘아붙였다. "네가 누군지 따위는 관심 없어."

프레이는 고민했다. 영리한 사내인 그는 케일에 관해 일절 언급하지 않을 작정이었다. 살인자에게 훨씬 큰 힘을 부여하게 될 위험 때문이었다. 정말로 케일이 이걸 바라는 건가?

"괜찮아, 프레이. 이자에게 알려줘."

또 침묵하던 프레이가 입을 열어 말했다.

"그 방에 너와 함께 있는 젊은이는 토머스 케일이다."

푸주이는 눈앞에 알몸으로 서 있는 창백하고 앙상한 소년을 보면서 그 모습을 지금껏 들어온 전설들과 비교했다. 달라도 너무 달랐다.

"말도 안 돼!"

케일이 대꾸했다. "마음에 안 드나보군."

"증명해봐."

"어떻게 하면 되는지 모르겠는데."

푸주이는 케일의 사타구니를 보며 턱짓을 했다.

"나한테 독 오줌을 뿌릴 수 있어?"

"안타깝게도 당신이 들어오기 직전에 소변을 봤어. 다시 싸려면 시간이 걸릴 거야."

"토머스 케일의 영혼은 석탄 그릇에 들어 있다던데, 맞아?"

"석탄 그릇에는 석탄을 넣어야지."

그때 누군가 천둥이 치듯 요란하게 문을 두드렸다. 깜짝 놀란 푸주이는 루비를 뒤로 끌고 가면서 그녀의 목을 칼로 더 세게 눌렀다.

"케일!" 밖에서 누가 소리쳤다.

"누구요?"

"입 닥쳐!" 푸주이가 악을 썼다.

밖에서 물었다. "무사합니까?"

케일은 왼손을 들어 손바닥을 내보이며 푸주이의 허락을 요청했다. 겁에 질린 사내는 말도 못하고 고개만 끄덕였다.

밖에서 다시 말이 들렸다. "저는 치안 경감 간츠입니다. 거기서 나오면 공정한 재판을 받게 해주겠다고 그 범죄자에게 말해주십시오."

푸주이는 겁먹은 얼굴로 조롱 섞인 탄식을 내뱉었다. "재판이 끝나면 곧장 모가지 절단기로 끌려가 머리가 잘리겠지."

간츠가 소리쳤다. "내 말 들리나? 거기서 나와, 아무도 당신을 해치지 않을 거야!"

케일이 목소리를 높였다.

"간츠 경감, 내 말 잘 들어요."

침묵이 흘렀다. 긴장된 침묵.

"네, 말씀하십시오."

"내가 허락하기 전에 또 말을 하면 굉장히 후회하게 될 겁니다. 알아들었습니까?"

또 침묵.

"네, 알겠습니다." 이번에는 들릴락 말락 작은 목소리였다.

케일은 푸주이를 빤히 쳐다보며 말했다. "당신 생각은 완전히 틀렸어. 저들은 머리를 자르지 않아."

"무슨 뜻이지?"

"대략 팔 개월 전쯤, 나는 열예닐곱 살쯤 되는 어느 젊은 여자의 처형 영장에 서명했고, 다음날 그녀는 샤르트르에 있는 순교자의 광장으로 끌려가 교수대에 매달렸어. 처형 집행인은 여자를 교수대에서 내려 소생시킨 뒤, 그녀가 아직 의식이 있는 동안 배를 가르고 내장을 꺼내 그녀 앞에서 불에 구웠지. 사실 난 그 아가씨를 좋아했어. 아주 많이." 케일은 간츠에게 소리쳤다. "내 이야기 들었습니까, 경감? 이 남자도 그렇게 죽을 겁니다, 그렇죠?"

"네, 맞습니다."

케일은 다시 푸주이를 보고 말했다.

"자, 당신이 맘에 들지는 않지만 이제 방법을 알려주지."

"방법은 개뿔. 이년의 목을 따겠어."

"좋을 대로 해. 목 따겠다는 소리 듣는 것도 지겨워. 어차피 그여자는 창녀일 뿐이야."

"이년 목을 따고 나서 네 목도 따버릴 거야."

케일은 빙그레 웃었다. "아니, 못할걸. 적어도 쉽지는 않을 거야. 물론 내가 알몸이고 여러모로 불리한 건 사실이지. 하지만 난 그 무기력한 여자랑은 달라. 내 몸 정도는 지킬 줄 안다고." 허풍이었다. 루비와 함께 일곱 가지 쾌락 중 네 가지를 즐길 만큼 오늘은 제법 몸 상태가 좋지만, 페드라 모르핀 없이 싸움은 언감생심이었다.

"칼을 든 사람은 나야."

"좋아. 날 죽여. 그래도 저들이 당신 거시기를 잘라 당신 눈앞에서 불에 굽는 건 변함없으니까."

끔찍한 대화가 이어지는 동안 푸주이의 머릿속에 참혹한 처형과 엄청난 고통의 광경이 그려졌다. 그는 눈에 띄게 떨면서 목메는 소리로 물었다.

"방법이 뭔데?"

"당신이 그 창녀를 놔주면 내가 당신을 죽이는 거야."

루비는 줄곧 놀랍도록 차분했지만, 당연히 이 발언에는 눈이 살짝 휘둥그레졌다.

"지금 장난해? 이년의 목을 따버리겠어."

"또 그 소리군. 그 여자를 죽이는 순간 댁이 끝장이란 건 댁도 나만큼 잘 알 거야. 무를 수도 없어. 지금 내 손에 죽으면 고통 없이 금방 끝나. 안 그러면 며칠 뒤 가장 고통스러운 처형의 주인공으로 전설이 될 거야. 앞으로 오십 년 후에도 사람들은 말하겠지. '내가 그 현장에 있었어'라고."

이제 푸주이는 울기 시작했다. 그러다 울음을 그치고 두려움이 분노로 바뀌자 루비를 더 꽉 붙들었다. 하지만 이내 또 울기 시작했다.

케일이 말했다. "금방 끝날 거야. 내가 당신 인생 최고의 친구가 되어줄게."

또다시 울고 또다시 분노하던 사내가 결국 루비를 놓아주자, 그녀는 사내의 손아귀에서 벗어났다. 이제 푸주이는 울음을 주체하지 못하며 두 팔을 양옆으로 축 늘어뜨렸다. 케일이 다가가 그의 손에서 천천히 칼을 빼앗고 나직이 말했다.

"무릎 꿇어."

"제발, 제발." 의미가 모호한 말이었다. 케일은 암토끼 키티도 죽기 전에 같은 말을 했던 것을 떠올렸다.

케일이 사내의 어깨에 손을 얹고 밑으로 눌렀다.

"기도해."

"아는 기도가 없어."

"날 따라 해. 오 주여, 당신의 손에 제 영혼을 맡기나이다."

"오 주여, 당신의 손에……"

갑자기 케일이 사내의 왼쪽 귀 밑을 찔렀다. 푸주이는 앞으로 쓰러져 완전히 뻣뻣해졌다. 하지만 곧 움찔대기 시작했다. 그러다 멈췄다. 다시 움찔대고, 또 멈췄다.

루비가 소리쳤다. "하느님 맙소사, 얼른 끝장내요!"

케일이 대답했다. "죽었습니다. 육체가 죽음에 익숙해지고 있을 뿐이에요."

한 시간 뒤 케일이 위안소를 떠나기 직전, 단둘이 술을 마시는 동안 루비가 케일에게 말했다. "처음에는 당신이 왠지 무서웠어요. 그러다 사랑스럽다는 생각이 들었죠. 이제는 뭐가 뭔지 모르겠어요."

물론 그녀는 지쳐 있었고, 지금껏 흉한 일들을 종종 봐왔어도 이렇게 끔찍한 밤은 난생처음이었다. 하지만 케일은 그런 말을 듣고 싶지 않았다. 그는 아무 대꾸도 하지 않고 떠났다.

5부

죽음의 천사가 온 세상을 휩쓸고 있습니다.
그의 날갯짓 소리가 들릴 지경입니다.

존 브라이트

34

지금껏 블롯힘 고르에서는 여섯 번의 전투가 있었다. 어느 전투도 사람들의 기억 속에 없지만 전장 이름만은 또렷이 각인되었다. '블롯'은 고대 피트 부족의 언어로 피를 뜻하고, '힘'은 피트 부족을 쓸어내고 그들의 땅을 차지한 골트 부족의 언어로 피를 뜻하며, '고르'는 고대 스위스어로 피를 의미한다. 피, 피, 피. 로버트 후크가 개발한 권총의 첫 실전 투입에 어울리는 곳이었다. 미시시피 평원의 전쟁이 육 개월째로 접어들 무렵 후크는 금속과 화약, 사용 편이성 사이의 균형점을 찾았다. 그때까지는 승패가 어디로 기울지 알 수 없는 상황이었다. 양쪽 모두 전사자의 수가 어마어마했지만, 죽음을 두려워하지 않는 리디머들의 투지는 전투 수레 요새와 그 안에서 지쳐가는 병사들의 전술적 우위를 압도하기 시작했다. 어려서부터 나무를 베고, 소젖을 짜고, 감자를 캐며 살아온 농부 출신 병사들이 그런 상황에서도 계속 싸울 수 있었던 것은 토머스 케일의 모습, 혹은 그를 봤다는 소문 덕분이었다. 빛이 죽어가는 황혼 즈음 케일이 언덕마루와 울퉁불퉁한 능선과 바위투성이의 고원에 나타나, 바람에 망토를 펄럭이며 꼼짝도 하지 않고 병사들을 내려다보곤 했다. 길을 알려주는 자, 두 다리를 벌리고 있거나 꿇어앉아 무릎 위로 칼을 늘어뜨린 채 내려다보는 무시무시한 수호자, 암흑의 포식자, 어둠에 둘러싸인 천사. 얼마 후 새로운 소문이 돌기 시작했는데, 패전이 임박할 때마다 기껏해야 소년으로 보이는 정체불명의 창백한 젊은이가 나타나 사상자들 곁에서 함께 싸우고, 그의 존재는 병사들의 공포를 진정시켜 그 힘으로 승리를 목전에 둔 적의 심장을 강타한다는 것이었다. 그리고 전투가 끝나면, 불가능해 보였던 승리를 거두고 나면, 그 젊은이는 생존자들의 상처에 붕대를 매주고 눈물 어린 표정으로 전사자를 위해 기도했다. 하지만 병사들이 그를 다시 찾을 때는 이미 온데간데없었다. 정찰대들이 돌아와 보고하기를, 리디머들의 덫에 걸려 모든 희망이 사라지고 이제 죽었구나 하는 두려운 체념에 잠겼을 때, 후드를 뒤집어쓴 앙상하고 해쓱한 젊은이가 난데없이 나타나 함께 싸워주면서 가망 없던 전투를 승리로 이끌었다고 했다. 하지만 전투가 끝나자 그는 홀연히 사라졌으며, 때로는 근처 언덕에서 내려다보는 모습이 보였다는 것이었다.

일주일 사이에 많은 노래가 만들어져 미시시피 평원의 모든 수레 요새에 퍼졌다. 대부분 미지의 젊은 영웅에 관한 소문이 스패니시 리즈로 흘러들어간 뒤 이드리스푸케가 지은 노래들이었다. 그가 고용한 유랑 가수 십여 명은 수레 요새들을 돌아다니며 그의 노래를 불렀다. 하지만 그들도 신형군 병사들이 직접 만든 몇몇 노래를 듣게 되었는데, 비록 이드리스푸케가 만든 노래보다 투박하고 감상적이지만 훨씬 감동적이었다. 그래서 스패니시 리즈로 돌아온 가수들이 이드리스푸케 앞에서 그 노래를 부르자 이드리스푸케의 목덜미와 팔뚝에 소름이 돋았고, 선전선동에 불과한 노래라는 걸 알면서도 감동과 전율에 휩싸였다.

이드리스푸케가 병사들의 노래에 감격했다며 머쓱한 표정으로 말하자 케일이 물었다. "무엇이 진실입니까?"

부끄러워 그랬는지 이드리스푸케보다 냉철한 판단력 때문이었는지는 몰라도, 케일은 그 서커스—그는 스무 명의 꼭두각시 케일들을 이렇게 불렀다—덕분에 봄부터 여름까지 신형군이 와해하지 않은 건 사실이지만, 질 좋은 식량과 무기를 비롯해 튼튼한 장화와 따뜻한 의복을 갖춘 새 병력의 꾸준한 공급도 그것 못지않게 혹은 그 이상으로 병사들의 활력 유지에 기여했다고 주장했다. 네빈이 케일을 위해 개발한 경량 수레로 이 모든 물자를 수송했는데, 거친 땅에서도 워낙 빨리 달려 리디머들이 좀처럼 차단하러 오지 못했다. 케일이 이드리스푸케에게 말하기를, 품질 좋은 장화와 가벼운 보급 수레를 칭송하는 노래를 부르고 싶어하는 자는 없다고 했다.

물자 조달은 원활했지만, 실로 아슬아슬한 전투였다. 후크가 만든 살상 무기 덕분에 리디머들은 미시시피 평원에서 무릎을 꿇고 말았다. 그때까지 리디머들은 수레 요새를 상대로 새로운 전술을 구사했는데, 대나무 덮개를 머리에 써 쇠뇌와 도리깨 공격을 막으면서 그리스 화약*과 경량 공성 망치로 공략했다. 또한 죽음은 더

---

* 적의 배를 불로 공략할 때 사용한 화약.

나은 삶으로 가는 문일 뿐이며 어차피 이승에 두고 가는 삶은 불모지라는 믿음도 그들에게 유리했다. 하지만 후크의 총은 리디머들조차 감당하기 어려운 살육의 아수라장을 만들었을 뿐만 아니라 참혹한 부상자들도 양산했다. 한 번 쏠 때마다 부상자가 대여섯 명씩 속출했고, 탄환에 찢긴 상처는 꿰매거나 쉽게 소독할 수 없어 점점 썩고 좀처럼 낫지도 않았다. 적에게 고통과 부상을 안기는 창의적 발상은 후크만 한 것이 아니었다. 농부들은 권총 화약에 개똥을 조금 섞으면 상처에 지독한 염증이 생겨 엄청 고통스럽게 곪을 거라고 생각했다.

석 달 만에 다시 미시시피강을 건너 할리카르낫소스의 교두보를 확보한 신형군은 리디머들의 처절한 반격에도 불구하고 예전에 그곳이 마지막으로 무너진 곳이었던 이유와 같은 이유로 그곳을 지켜낼 수 있었다.

벡스까지는 리디머들과의 전쟁이 연전연승이었다. 후크의 권총이 투입된 이후로는 오로지 승리뿐이었다. 하지만 역사상 그 어떤 전투에서도 쉬운 승리는 없다. 술집 하나를 겨우 채울 정도의 소규모 패거리가 싸운 핀스버러 전투(이곳에서 유일했던 스위스 왕족 한 명은 운나쁘게도 부대에 강장제를 가져다주다 사망했다)에서 샤르트르를 차지하려고 오십만 명이 부딪친 전투에 이르기까지 모두 치열했다.

어떤 전쟁에서 개별 전투들을 기억하는 사람은 없다. 고작해야 몇몇 이름을 떠올릴 뿐. 하물며 거기서 벌어진 일과 그 중요성 따위를 누가 기억하겠는가? 심지어 그 전쟁 자체도 가물가물하다. 토머스 케일을 성소의 장벽으로 인도한 전투들도 지금쯤 다들 잊지 않았겠는가? 데사우 다리 전투나 도거 뱅크 전투의 기념비는 어디 있는가? 이슬람 내란이나 베오그라드 공성전, 흐바르 반란, 오렌지 전쟁의 기념비는? 타넨베르크에서 비길 데 없는 전투력으로 곡식 저장소를 지켜낸 스트렐루스 비네바고의 학살, 또는 하룻밤 사이에 이만 명이 얼어죽은 가데스의 패전 이야기를 누가 들려줄 수 있는가? 진주만이나 레이디스미스에 전투를 기리는 석상이라도 있는가? 됭케르크나 하투샤의 몰락, 아인잘루트와 시라쿠사, 또는 투토스부르크의 대학살을 위한 추모비나 제단은 어디서 찾아볼 수 있는가? 그리고 타우턴에서 오후 한나절 동안 더 많은 사람이 더 끔찍하게 죽어갔는데, 솜 전투의 첫날을 기억하며 눈물을 쏟을 까닭이 있는가? 석 달에 걸친 성도 공략의 총 사망자는 몇 명이었는가? 그 수를 세는 이는 더이상 없다.

같은 날 오후, 도시가 함락된 뒤 케일과 베이그 헨리는 시스티나 성당의 장엄한 천장화, 인간을 창조하는 신을 묘사한 그림 아래 섰다. 서로에게 손을 뻗어 영원한 사랑을 나누는 장면이었다.

"아름답지 않아?" 베이그 헨리가 말했다.

"응, 그렇네. 하얗게 칠해버려." 케일이 대답했다.

진심이었다.

길의 방문을 두드리는 소리는 '저는 소심하고 죄 많은 인간입니다'라고 말하는 것만 같았다.

"들어와."

실제로 소심하고 죄 많은 인간이었다. 보스코의 몸종 스트릭랜드는 비참한 자기 부정과 태생적인 허접함에 안개처럼 휩싸인 자였다.

스트릭랜드가 말했다. "대기실에 아무도 없어서 문을 두드렸습니다."

길이 하고 싶은 말은 그래서 뭐? 용건만 말해였다. 하지만 실제로 한 말은 "무슨 일인가, 리디머?"였다. 실은 너무나 궁금했다. 오라는 지시를 받고 왔다면 아무리 스트릭랜드라도 이렇듯 죄인처럼 굴지는 않았을 것이다. 뭔가 문제가 생긴 것이다. 스트릭랜드는 으음, 으음 하며 우물쭈물하다 겨우 입을 열었다.

"성하께서 벌써 엿새째 밤이고 낮이고 끼니를 거른 채 하루 물 한 잔만 드시며 방에만 계십니다. 저더러 나가라고 하시고는 문까지 잠그셨습니다."

리디머들에게 쾌락 거부는 일상이나 다름없지만, 하루 이상 단식을 하는 자에게는 의심의 눈길이 쏠렸다. 엿새 단식은 금지되어 있었는데, 그런 극단적인 굶기는 비정상적인 결과를 초래하기 때문이었다. 안타고니즘을 비롯해 리디머들이 이단으로 여기는 종파들은 대부분 굶주림이 야기한 광적인 환상에서 비롯했다. 하지만 길은 스트릭랜드의 말에 썩 놀라지 않았다. 최근 보스코 알현의 간격이 점점 길어지고 있었다. 삼 주 만에 보는 일도 드물지 않았다. 케일의 승전이 거듭될수록—요즘은 패하는 일이 없었다—알현이 취소되는 경우가 잦아졌는데, 인간의 영혼을 재창조하려는 주님의 계획을 더욱 이해하기 어려웠기 때문이다. 보스코에게 케일은 그 계획의 파괴자가 아니라 지상에서 그 계획의 화신이었다. 그 화신이 샤르트르 외곽에 있고 그 도시를 점령할 것이 확실한 지금, 보스코와 리디머 만 명은 성소로 후퇴했다. 전에 그가 말했다. "이는 주님의 뜻이야. 그분이 하시는 말씀을 내가 듣지 못할 뿐."

떠나야겠다는 길의 결심은 으레 이런 결심이 맞닥뜨리는 문제에 봉착했다. 떠난다는 게 말처럼 쉽지가 않았다. 어디로 가지? 뭘 해야 하나? 어떻게 살아가지? 성소로의 복귀는 도움이 되었다. 제 아무리 케일이라도 여기로 뚫고 들어올 수는 없었다. 케일이 천 명 있어도 불가능했다. 만 명이 아니라 이천 명만으로도 이곳을 영원히 지킬 수 있었다. 그리고 성소 밖에서 군대가 버틸 수 있는 기간은 고작 몇 달이었다. 그래서 길은 한동안 지켜보며 한두 가지 계략을 쓰기로 마음먹었다. 어쩌면 보스코가 굶어죽을 수도 있지만, 그럴 것 같지는 않았다. 왠지 꺼림칙한 기분이었다. 길이 자리에서 일어났다.

"그분 방으로 가세나."

부하 몇 명을 데리고 보스코에게 가는 동안, 길은 그가 뭘 하려는 속셈일지 궁리했다. 하지만 보스코의 처소로 이어지는 작은 복도에 다다랐을 때, 교황이 문간에 서서 미소를 지으며 말했다.

"길, 어서 오게! 내가 깨달은 현상황의 의미를 들으면 자네는 웃을 걸세. 그토록 뻔한 것을 여태 보지 못했다는 사실에 말이야. 먼 곳만 바라보느라 코앞의 것을 보지 못했네. 들어오게나, 나의 벗이여. 어서 들어와." 이 환희의 분위기에 당황한 길은 허둥지둥 보스코의 가장 은밀한 처소로 들어갔다.

샤르트르를 거쳐 남쪽으로 진군한 추축국 연합군은 이제 리디머 신앙의 거대한 방벽과 망루, 이 모든 사태의 근원이자 시발점인 곳과 맞닥뜨렸다. 장엄한 대단원인 셈이었다. 연합군의 공성 부대가 탁자처럼 판판한 산 위에 세워진 성소를 에워싸고 진을 쳤지만, 승리의 분위기는 좀처럼 느껴지지 않았다. 샤르트르는 적군을 막아내는 요새로 지어지지 않았으나, 신형군이 그 방벽 안으로 진입하기까지 석 달이 걸렸다. 성소는 다른 차원의 문제였다. 지난 육백 년 동안 어느 누구도 그곳을 차지하러 접근한 적이 없었다. 그럴 가능성조차 보이지 않았다. 성소는 워낙 거대해서 보이니치 오아시스에서 옮겨온 놀랍도록 비옥한 흙으로 자급자족이 가능하며, 수많은 수조를 갖춰 이 년 넘게 버틸 수 있었다. 반면 성소 주위의 메마른 덤불 지대에서는 개밀 같은 잡초도 살아남기가 쉽지 않다. 여름에는 한낮의 열기가 견디기 어려울 정도지만 밤이 되면 살을 에는 추위가 밀려들고, 앞으로 고작 넉 달 후면 찾아올 겨울은 너무 추워 새가 날던 도중 얼어서 하늘에서 떨어진다고까지 한다. 이는 물론 과장된 소문인데, 사실 이곳에는 새의 먹이가 될 것이 거의 없기 때문이다. 또한 이유는 아무도 모르지만, 이따금 겨울이 마치 봄처럼 따사롭다. 춥건 덥건 성소 앞의 덤불 지대는 사람이 살기에 부적합하고, 하물며 그토록 엄청난 인원이 머물기는 어려웠다. 그런 적대적 환경이 주변 수 마일에 걸쳐 있는데다, 사방 200마일 안의 모든 먹을거리가 제거되었고, 모든 우물은 독으로 오염되었으며, 모든 건물이 불타버렸다. 하지만 단순히 병사 이만 명의 식량을 조달하는 것 말고도 문제가 한두 가지가 아니었다.

사실 케일의 상황은 썩 나쁘지 않았다. 장거리 여행에 불편함이 없도록 판스프링을 달고 제법 괜찮은 침대를 갖춘 편안한 마차 안에서 생활했으며, 더 큰 또다른 마차 안에서는 거물들을 만나 각종 사안을 논의했다. 지금껏 거둔 승리에도 불구하고, 성소를 에워싸고 있는 여러 세력들은 성소의 방벽 너머에서 케일을 바라보는 리디머들 못지않게 케일을 적대시하고 있었다. 리디머들이 패할 거라고 확신한 라코니아 용병단은 재빨리 편을 바꿔 추축국 군대에 병사 삼천 명을 제공했으며, 현재 그들은 신형군 옆에 진을 치고 있었다. 라코니아 부대의 명목상 사령관인 데이비드 옴스비-고어는 사실 팬쇼의 꼭두각시였는데, 팬쇼의 가장 큰 고민은 기회가 많은 지금 케일을 처리할지 아니면 성소가 함락된 뒤에 제거할지였다. 그때까지 기다린다면 문제는 성소 정복에 상당한 시간이 걸릴 것이 확실해진 지금, 샤르트르 함락 이후 서쪽의 방대한 영토로 후퇴한 리디머 제5군과 제7군, 제8군이 반격을 위해 재집결할 시간이 충분하다는 점이었다. 라코니아의 에포르들은 골란고원에서의 패배를 앙갚음하고자 케일의 죽음을 바랐지만, 팬쇼는 훗날을 더 걱정하고 있었다. 이미 오래전에 그는 케일이 헬롯들을 쫓아내길 거부했을 뿐만 아니라 라코니아에 반란을 일으킬 만큼 그들을 훈련했다는 것도 눈치챘다. 케일이 리디머들을 물리친 이후, 적어도 그들을 페일 지역 너머로 몰아낸 이후, 팬쇼는 케일이 머지않아 헬롯들을 훈련하고 물자를 제공할 만큼 힘과 연민이 생길 것을 두려워했다. 심지어 반란에 직접적으로 간여할 수도 있었다. 사실 케일은 자신의 생존 외에 그 어떤 대의명분에도 관심이 없었다.

"다 끝나면 우린 멋진 집을 살 수 있을 거야. 네가 늘 이야기하는 트리톱스 어때?" 베이그 헨리가 물었다.

케일은 잠시 즐거운 상상에 잠겼다. "트리톱스라. 반대하기 어려운걸. 하지만 근처에 너그럽지 못한 생각을 하는 인간들이 많아. 우린 해외로 나가야 해."

"한자동맹 쪽은? 내 전 재산을 걸고 장담하는데. 거긴 좋은 집들이 많을 거야. 호수나 강을 끼고 있는 멋진 집."

"아무도 우릴 모르는 데로 가는 게 상책이야. 듣자하니 카라카스가 좋다던데."

"그 여자들도 데려갈 수 있어." 성소 안의 여자들은 둘 사이의 까다로운 문제였다.

"이미 죽었을지도 몰라."

"안 죽었을 수도 있지."

"좋아. 알았어. 그럼 여자들을 몽땅 데리고 카라카스에 가서 멋진 집을 사자."

"카라카스에도 케이크가 있겠지?"

"카라카스는 케이크로 유명한 곳이야."

근사한 미래를 논의할 시간이 더는 없었다. 이드리스푸케가 스패니시 리즈에서 날아온 나쁜 소식을 가지고 불시에 들이닥쳤기 때문이었다.

"저들이 너를 탄핵할 계획을 세우고 있다."

"탄핵이 좋은 일은 아니겠군요. 훈장이나 퍼레이드 같은 건 아니죠?"

"그래. 성실청*에서 은밀히 너를 재판한 다음 비밀회의를 거쳐 '모가지 절단기'를 사용할 속셈일 거다."

이번에는 베이그 헨리가 물었다. "케일이 무슨 잘못을 했는데요?"

"그게 중요하냐?"

---

* 영국 런던 웨스트민스터 궁전의 성실에서 열리던 형사 특별 재판소.

"저한테는 중요하죠." 케일이 대답했다.

"벡스 전투에서 다리를 불태웠다는 죄목."

"제가 했다는 증거는 댈 수 없습니다."

"그건 상관없다. 더구나 넌 실제로 불을 놨어. 또한 위증은 사형감이야."

"저들이 시켜서 한 거짓말입니다."

"어쨌든 넌 거짓말을 했어. 스위스에서 위증은 즉결 처형이다."

이는 사실이기도 하기에 케일은 대구하지 않았다.

"그리고 불법적으로 세금을 올렸다는 죄목."

"그건 저들도 동의했습니다."

"합의 문서를 작성했느냐?"

"아뇨. 또다른 죄목은요?"

"이 정도면 충분하지 않느냐? 다리를 불태웠다는 사실만으로도 스위스 국민 전체가 들고일어나 너를 교수대에 세우려 할 게야."

"저한테 무슨 선택지가 있었습니까?"

"나한테 묻지 말고 저들에게 물어라. 죄목의 사실 여부와 상관없이 성실청에서 탄핵 절차가 시작되면 유죄 판결은 불을 보듯 뻔해. 어차피 네가 실제로 한 일들이니 반박하기도 어렵고."

"그냥 스패니시 리즈로 진군해도 돼." 이건 베이그 헨리의 말이었다.

"성소를 점령하기 전에는 안 돼."

케일이 이드리스푸케를 보며 물었다. "어째서 저들은 성소가 함락될 때까지 기다리지 않는 겁니까?"

"너무 오래 걸릴까봐 그러지. 만약 일찍 끝나면 신형군이 방금 베이그 헨리의 말대로 들이닥칠까봐 두려워하고."

"하지만 신형군은 스위스 사람들입니다. 그리고 스위스 국왕은 신의 뜻에 따라 통치하죠. 신형군이 믿는 신과 같은 신 말입니다."

"그들은 농부지 스위스 시민이 아니야. 그리고 더이상 농부도 아니다. 전쟁은 인간을 변화시키지."

"골치 아픈 문제군요."

"해결책을 찾아봐라."

"성소 점령이 먼저입니다. 그런 다음 생각해보죠."

"그럼 스패니시 리즈로 오라는 서한은?"

"당신이 적당히 알아서 답장해주리라 믿습니다. 더구나 불평분자들의 예상처럼 오래 걸리지 않을 수도 있습니다. 성소 함락 말입니다. 후크가 새로운 무기를 갖고 내일 이곳에 올 테니까요."

"그게 통한다면 그다음은?"

"그건 그때 가서 걱정하겠습니다."

"솔직히 나는 네가 이 문제를 감당할 수 있을지 의문이다. 당장 계획을 세우기 시작해야 해."

베이그 헨리가 한마디했다. "우린 카라카스로 갈 생각을 하고 있었어요."

"지금은 한심한 농담을 지껄일 때가 아니다. 안됐지만 너희가 평온한 휴양지에 은거할 가능성은 제로에 가까워."

"악인에게 휴식은 없다는 겁니까?"

"그런 셈이지. 네게는 많은 재능이 있다, 토머스. 적을 만드는 것도 그중 하나고."

"아무도 우릴 좋아하지 않아요. 하지만 상관없습니다." 베이그 헨리가 대꾸했다.

이드리스푸케가 베이그 헨리를 보며 말했다. "평소보다 더 깐족대는구나. 이제 그만하면 어떨까 싶은데." 그는 다시 케일을 돌아보았다. "지금껏 너는 탁월한 전술가의 면모를 보였지만, 전술의 시기는 끝나가고 있다. 어디로 가려느냐? 이제 그것이 너의 문제다."

하지만 결국 소년에 불과한 케일은 어디로 가야 할지 막막했다. 지금껏 늘 그랬던 것처럼.

*

이튿날 후크가 박격포 세 기를 가지고 도착했다. 크고 굵은 강철관으로 만든 이 신무기는 모든 전장에서 압도적인 권총과 기본 원리는 같지만, 워낙 단단하게 제작되어 작은 멜론 크기의 무쇠 포탄을 발사할 수 있었다. 이 박격포들을 조악한 나무 포좌에 얹고 성소 방벽을 겨냥한 첫번째 포격을 위해 각도를 맞추느라 몇 시간이 걸렸는데, 성소의 방벽은 쌀가루로 만든 접합제로 돌을 이어붙여 만들어 지옥의 요새처럼 튼튼했다.

성공을 확신한 후크는 세 박격포 모두 특별히 두툼한 갑옷을 입은 포수들이 발사하도록 배치했다. 이 광경을 보려고 병사들이 한꺼번에 몰려들어 발사가 지연되었고, 이들을 뒤로 물리는 일이 너무 버거워지자 케일은 그냥 각자 자리에서 구경하라고 했다. 하지만 현명한 후크는 더 물러나야 한다고 했고, 마침내 충분히 멀리 떨어졌다고 판단하자 발포 지시를 내렸다. 특수 갑옷을 걸친 포수 셋이 횃불을 들고 걸어가 도화선에 불을 붙였다. 잠시 화약이 지직

거리는 소리가 들리더니 거의 동시에 엄청난 폭발이 일어나 박격포 두 기가 터져 수십 개의 조각으로 박살났고, 갑옷을 걸친 포수 셋이 다 갈가리 찢겨 뒤에 모여 있던 병사들에게로 날아가 여덟 명이 더 죽었다. 세번째 박격포는 제대로 발사되어 커다란 포탄을 성소 방벽으로 날려보냈지만, 살짝 우묵한 자국만 남기고 그냥 튕겨버렸다. 성소 공성전이 단기간에 끝날 가망은 없을 듯했다.

하지만 금방 끝나지 않는다면, 심지어 조금 늘어지기만 해도, 군의 와해를 모면할 방도를 찾기는 어려웠다. 겨울이 다가오는 상황이라, 식량과 식수를 비롯해 그토록 적대적인 환경의 황무지에서 각양각색의 무리들을 묶어두는 데 필요한 동력이 바닥나―신형군과 라코니아 용병들은 벌써부터 서로를 증오하는 눈치였다―군이 분열되기 전에 해산해야 할 판국이었다. 지난 몇 달간 눈부신 승전을 거듭했는데도 별로 안전한 상황이 아니라는 사실에 케일조차 놀랐다. 어느 모로 보나 현재 케일은 디드리가 트레버 이인조를 죽이기 전보다 안전해진 상황이 결코 아니었다. 휴식과 안전, 평온이 보장되는 권력의 위치에 이르길 기대했건만, 비록 엄청난 힘을 쟁취한 것이 사실이긴 해도, 그 힘은 케일이 예상한 것만큼 튼튼하지 못했다. 장벽처럼 공고한 것이길 기대했으나 그렇지 못했다. 콕 집어 말하기 어려운, 뭔가 다른 것이었다.

그러나 진정 막강한 힘이 무엇인가 하는 질문이 아무리 모호하다 해도, 케일은 실제로 어마어마한 힘을 가졌으며, 그로 인해 몹시 어리석은 짓을 할 수 있었다. 케일은 점점 정보에 집착하게 되었고, 정보 부족을 늘 두려워했다. 케일에게 정보는 젖먹이가 입에 무는 고무젖꼭지 같았다. 정보란 기묘한 것이란 점을 케일은 아주

일찌감치 깨달았다. 정보는 무수히 쏟아져들어오지만 그중 대부분은 틀린 것이며, 더 나쁜 경우는 내용은 사실이되 설익거나 오도된 정보일 때였다. 하지만 케일은 자신이 정보를 잘 거를 줄 안다고 막연히 믿었으며, 절대로 정보원을 믿어서는 안 된다는 것, 심지어 자신이 세상에서 가장 중요하게 여기는 정보원조차 믿으면 안 된다는 것을 깨달았다. 이드리스푸케 말이다. 사실 그를 불신하는 것이 죄스럽긴 했지만 어쩔 수 없었다. 다른 정보원들 중 가장 중요한 존재는 쿨하우스였는데, 그는 자신의 탁월한 지적 재능을 세상에 드러낼수록 점점 더 경멸과 혐오에 사로잡혔다. 쿨하우스는 자신이 옳은 것만으로는 부족했다. 타인이 틀려야만 했다. 그리고 상대가 그것을 알기를 바랐다. 이는 그의 약점, 어쩌면 심각한 약점으로, 세상과의 정서적 연대가 빈약하다는 의미였다. 하지만 정보 제공자이자 평가자로서 쿨하우스는 매우 귀중한 존재였다. 클라이스트도 정보원이었다. 정보 수집은 클라이스트의 전공 분야이기에 그는 늘 그 일로 바빴다. 덕분에 날카로운 칼이 위태롭게 가까이 있다는 사실이나 영영 잠에서 깨어나지 않게 해줄 값비싼 마취제의 유혹을 어느 정도 잊을 수 있었다. 클라이스트는 아직 준비가 되어 있지 않았지만 종종 생각은 했다. 마음만 먹으면 언제든 삶을 끝낼 수 있다는 생각으로 자위하며 괴로운 밤들을 보냈다. 또다른 정보원은 사이먼 마테라치였다. 케일은 사이먼이 어디든 맘대로 갈 수 있도록 자유를 주었다. 그래서 사이먼은 진지와 거리에서 벌어지는 일들을 케일에게 전할 수 있었다. 케일의 꼭두각시들이 정말로 병사들의 사기를 진작하고 있다는 사실을 처음 알려준 사람이 바로 사이먼이었고, 끝없는 패전과 뒤이은 학살로 군의 사기가 땅에 떨어져 꼭두각시들의 효과가 사라졌다는 사실을 처음 전한 사람도 사이먼이었다. 하지만 그 무렵 후크가 완성한 권총 수백 정이 전쟁의 양상을 완전히 바꿔놓았고, 병사들의 신뢰를 조종할 필요가 없게 해주는 한 가지를 선사했다. 바로 승리였다. 어느 날 케일은 쿨하우스와 클라이스트가 거의 동시에 가져온 정보를 받았고, 잠시 후 이드리스푸케도 그 정보를 전했다. 아르벨 마테라치가 허가를 받고 한자동맹의 보호를 받으러 떠났다는 것이었다. 그녀가 떠났다는 서신을 읽자 엄청난 고통이 밀려들었고, 케일은 분노와 충격에 휩싸였다. 그녀가 또 배신한 것 같은 기분이 얼마나 어리석은지는 케일도 잘 알고 있었다. 사실 아르벨에 대한 생각은 케일의 뇌리를 떠난 적이 없었다. 케일은 그녀가 자신을 멀리해야 할 대상으로 여길 뿐 전혀 생각하지 않는다는 사실을 깨달았다. 이번 일이 그 증거였다. 자신의 어리석음이 역겨워 분노가 치밀었지만, 철부지 어린아이 같은 케일의 마음은 분노를 넘어 울부짖지 않을 수 없었다. 어떻게 그럴 수 있지? 어떻게 아르벨이 그럴 수 있지?

그의 이런 나약함이 유치하고 혐오스럽거나 그냥 한심해 보일지도 모르지만, 케일에게는 일종의 자각일 뿐이었다. 케일에게 아르벨은 영혼의 질병, 그 이상도 그 이하도 아니었다.

이후 그가 한 행동의 어리석음은 그 일을 하는 동안 케일 스스로도 또렷이 인식했다. 케일은 클라이스트에게 신형군의 스패니시 리즈 부대 병사들을 필요한 만큼 얼마든지 데려가 아르벨을 체포해 성소로 데려오라고 편지를 썼다.

"빌어먹을 멍청이!" 명령서를 읽으며 클라이스트가 투덜거렸다. 하지만 적어도 잡생각을 떨쳐내게 해줄 일거리는 얻은 셈이었다.

"윈저에게 게딱지가 생겼습니다."

옴스비-고어의 말에 팬쇼가 대꾸했다. "정말인가? 운이 없군. 확실해?"

"군의 한 놈에게 살펴보라고 했습니다. 어차피 죽을 목숨이죠."

"딱한 팔자야."

"윈저는 다르게 생각할 수도 있습니다." 옴스비-고어는 팬쇼를 못마땅하게 여겼다. 말이 너무 많고, 썩 외교적으로 들리지도 않는 외교적인 말투로 지시를 내리기 때문이었다. 실제로 명령을 내릴 때면 '내 생각에는 ……하는 게 좋지 않을까 하는데'라거나 '내가 틀릴 수도 있지만 ……해볼 만하리라 보네' 등등으로 돌려 말하는 식이었다. 가능한 한 짧게 지시하는 것이 라코니아의 방식이며, 옴스비-고어는 습관적으로 그 방식을 극도로 고수했다. 에둘러 명령하는 팬쇼의 태도가 마치 그를 약올리는 것만 같았다.

팬쇼가 말했다. "하지만 그렇게 여기는 게 편하고, 윈저는 자원해서 왔어."

게딱지는 목에 자라는 종양으로, 모양이 게딱지를 닮아 그렇게 불리며, 라코니아 남성들이 잘 걸리는 질환이었다. 대략 오십 명당 한 명꼴로 이 병을 앓는데, 그들의 적들은 라코니아 놈들이 피와 식초로 만든 끔찍한 수프를 먹고 어린 사내아이와의 비역질이 너무 잦아 생기는 병이라고 주장했다. 어차피 죽을병인데다, 장병長病 환자가 없는 걸로 유명한 라코니아 사회에서 이 병에 걸린 자는 자살 임무에 자원해 끝까지 쓸모 있는 존재가 되는 것이 전통이었다.

"얼마나 심각한가?"

"심각합니다."

"하지만 당장은 아니겠지?"

"아마도."

"어쩌면 우리가 너무 오래 기다릴 필요는 없을 수도 있어." 팬쇼는 옴스비-고어가 어쩔 수 없이 입을 열길 기대하며 잠시 침묵했다. 유치한 짓이란 건 알고 있었지만, 그에게는 꽤나 즐거운 놀이였다. "어떻게 생각하나?"

짧은 침묵. "당신 소관입니다."

"하지만 난 자네의 견해가 매우 궁금한데."

옴스비-고어는 짧게 대답했다.

"실행." 당장 케일을 죽여야 한다고 믿어서가 아니라, 가장 적은 수의 단어로 말할 기회였기 때문이다.

"옴스비-고어, 자네가 할 일이 생길지도 몰라. 그 박격포인지 뭔지 하는 건 참혹하기 그지없는 소름 끼치는 물건이더군. 코슈마르(악몽)야! 안 그런가?"

"프랑스 말은 모릅니다." 옴스비-고어가 대답했다.

팬쇼는 수긍했다. "이해하네. 나는 종종 내 언행을 후회하지."

그는 옴스비-고어의 견해 따위에는 일말의 관심도 없었지만, 토머스 케일을 언제 죽일지의 문제는 여전히 고민거리였다. 후크가 온다는 소문을 들었을 때, 팬쇼는 그 박격포 같은 무기가 등장하리라 예상했다. 만약 박격포 공격이 성공해 성소가 금세 함락되었다면, 그 혼란 속에서 리디머가 쏜 화살이 등에 꽂히는 일은 액면 그대로 받아들여질 수 있었고, 심지어 그럴 공산이 컸다. 스위스군은 굳이 사건 경위를 조사하려 들지 않을 테고, 케일이 죽었으니 추축국 연합의 칼자루를 다시 쥐려 할 것이 뻔했다. 유일한 걱정거리는 신형군이었다. 그들은 라코니아 용병단을 싫어했으며, 만약 케일의 죽음에 라코니아가 관여했다는 낌새를 채면 난리가 날 터였다. 특히 이드리스푸케와 제법 매력적이고 맛나 보이는 헨리라는 소년이 놈들을 부추기면 큰일이었다. 하지만 신중하게 일을 진행하면 정황상 전혀 의심을 사지 않을 수도 있었다. 불운과 사방의 눈. 공성전의 문제는 일단 교착 상태가 지속되면 대개 아무 일도 일어나지 않는다는 점이었다. 별다른 사건이 없는 상황에서 케일을 죽이고 우연한 사고처럼 보이게 하기란 거의 불가능했다. 이런 상황에서 윈저의 게딱지 발병은 뜻밖의 행운이었는데, 어차피 그는 살아 돌아갈 기대를 하지 않을 것이기 때문이었다. 하지만 팬쇼가 감당하기에는 위험이 너무 컸다. 기회가 생길 수도 있지만, 팬쇼는 기다리기로 마음먹었다.

35

"널 체포하러 왔어."

클라이스트는 체스강의 다리를 이용해 아르벨 마테라치 호송대를 둘로 갈라놓은 자신의 방식이 썩 만족스러웠다. 설령 갑옷 대신 젖은 수건만 걸치고 왔더라도 크게 달라질 일은 없었다. 호송대는 죄다 애들이었다. 마테라치 잔당은 대부분 벡스에서 전사했다. 살아남은 소수도 케일이 튜크스베리 포로 수용소로 보내 리디머들을 감시하는 일을 시켰는데, 누구든 전장에서 두각을 나타낼 기회를 아예 차단하기 위해서였다. 케일이 비폰드에게 진 빚의 보상에 마테라치 가문의 부활은 포함되지 않을 터였다.

아르벨 호송대의 한 젊은이가 조용히 물었다. "누구의 지시입니까? 당신은 클라이스트 씨죠?"

"그러는 댁은?"

"헨리 루벡입니다. 한자동맹 영사죠."

"당신은 가도 좋아, 루벡."

"죄송하지만, 클라이스트 씨, 아직 제 질문에 답하지 않았습니다."

"까불지 말고 썩 꺼져."

아르벨이 나섰다. "됐어요, 루벡 영사님. 이자는 토머스 케일의 똘마니예요. 물론 합법적인 영장은 가져왔겠지, 클라이스트?"

클라이스트는 종이 한 장과 연필 한 자루를 꺼내 —요즘은 늘 뭔가를 적어야 했다— '널 체포한다'라고 쓰고 서명했다. 그러고는 종이를 건네려다 멈추고 중얼거렸다. "죄목이 있어야겠군." 그는 잠시 생각하다가 '납세 회피'라고 적었다.

"내 호송대는 어떡하고? 이들을 어쩔 셈이야?"

"무장을 해제시키고 우리랑 같이 가. 이틀 뒤에는 보내줄 거야."

"날 어디로 데려가는데?"

"알면 깜짝 놀랄걸. 하지만 걱정 마. 재미있을 테니까. 뭔가를 배우게 될 수도 있고. 수행원들에게 어리석은 짓 하지 말라고 해. 오 분 뒤에 출발할 거야."

우연이란 기묘한 것이다. 누군가와 우연히 마주칠 때면 인간은 누구나 자신의 삶에서 그런 만남이 뜻밖의 장소에서 백 번은 있었지만 알아채지 못했을 뿐이라고 믿는다. 오래전에 잃어버린 사랑은 다섯 발짝 앞이 아니라 여든 발짝 너머에 있었다고 생각한다. 혹은 다섯 발짝 앞이었어도 때마침 반대 방향을 보고 있었을 거라 치부한다. 대개 그런 식이다. 한 번의 우연은 거의 일어날 뻔했으나 일어나지 않은 수백 번의 우연을 의미한다. 다섯 발짝 앞이었거나 눈길이 다른 데 가 있지 않았다면 삶이 송두리째 바뀌었을 그 모든 기적 같은 우연의 기회들을 놓쳤다는 사실을 받아들이고 싶지 않은 것이다.

이날 클라이스트에게 일어난 기적 같은 사건은 그의 아내와 아이가 아르벨의 호송 행렬 사이에 있었다는 것이었다. 이제 세 사람은 적어도 사흘 동안 지척에서 함께 지내게 될 터였다. 하지만 데이지가 거기 있었던 것은 아주 어처구니없는 우연은 아니었다. 얼마 전 데이지는 채소를 훔치려고 어느 상인 집안의 식모로 들어갔는데, 당근 한두 개와 감자 조금 정도가 아니라 아예 몇 자루를 훔쳐 달아났다. 그녀가 사라진 뒤, 작지만 값비싼 장신구들까지 쓸어 갔다는 사실이 드러났다. 결국 상인 연맹이 데이지를 잡으러 다녔고, 데이지는 이곳을 뜰 때가 됐다고 판단했다. 문제는 그녀가 별다른 재주가 없고—하찮은 식모에 불과했다—아기까지 있는데다, 이 무렵에는 아무도 스패니시 리즈를 떠나지 않는다는 점이었다. 전선이 점점 서쪽으로 이동하고 있어서 다들 스패니시 리즈로 돌아올 뿐이었다. 며칠을 전전긍긍한 끝에, 도시 관문에서 상인 연맹과 맞닥뜨릴 자신이 없던 데이지는 하는 수 없이 아르벨의 호송대 요리사에게 무보수로 빨래 일을 할 테니 데려가달라고 뇌물을 주었다. 덕분에 적어도 도시를 빠져나올 수 있었으며, 일단 밖으로 나오자 호송대를 따라가는 것이 안전해 보였다. 리디머 첩자들이 돌아다닌다는 터무니없는 헛소문 때문이었다. 무보수 중노동에 신물이 난 그녀는 값나가는 것은 무엇이든 집어들고 야음을 틈타 아르벨의 호송 행렬을 이탈할 계획을 세웠지만, 클라이스트의 신형군이 나타나는 바람에 전부 허사가 되었다. 이제 탈출하는 건 너무 위험했다. 병사들이 대부분이고 고작 이백 명 남짓인 행렬 안에서,

죽은 줄로만 알았던 남편과의 만남은 필연적으로 보일 수도 있다. 하지만 데이지는 가능한 한 눈에 띄지 않게 지냈다(혹시 모르는 일이니까). 물론 세탁 마차 밖으로 나올 수밖에 없을 때도 있었지만, 그 마차는 행렬 후미에 있었고, 지저분한 허드렛일을 하는 비천한 하인들을 돌아볼 자는 없었다. 이제 늘 우리 등뒤에서 벌어지는 위대한 게임에 돈을 걸자. 데이지는 어둡고 불안한 삶을 살아갈 것인가, 클라이스트는 고독한 죽음을 맞게 될 것인가. 주사위를 굴리고, 룰렛을 돌리고, 카드를 섞어라. 시작.

첫날 내내 클라이스트는 맨 앞에서 말을 타고 아주 편안하게 명한 상태로 있었다. 따뜻한 날씨와 끊임없이 변하는 풍경이 그의 병적인 비탄을 마비시켰다. 오십 가지 잿빛 그늘이 드리워진 좌절감에 사로잡히면 이렇듯 영혼에 상처를 입는 날이 잦다. 이날 클라이스트는 딱 한 번 행렬 후미로 갔는데, 마침 아르벨이 저녁식사를 마치고 있었다. 이 분 정도만 일찍 왔어도 더러워진 접시들을 치우는 데이지와 맞닥뜨렸을 것이다.

다음날은 뒤쪽에서 멈추라는 고함소리가 들려 무슨 일로 지체되는지 알아보러 말을 몰고 갔다. 낡아빠진 마차 바퀴살 하나가 부러진 일이었다. 높으신 분들이 마실 물을 뜨러 갔던 데이지가 돌아왔을 때, 클라이스트는 바퀴가 수리될 때까지 기다리는 수밖에 없다고 판단하고 앞으로 돌아가던 참이었다. 잠깐이지만 데이지는 클라이스트를 분명히 봤다. 하지만 클라이스트는 달라져 있었다. 과거에는 나름대로 명랑하고 활기차서 매력적이던 외모가 수척해졌다. 물론 클라이스트는 오래전에 죽어 콴톡스 산지의 개울과 골짜기에 널려 있어야 했다. 그러니 귀족들마저 단번에 입다물게 하는 힘을 가진 이 말 탄 거물이 어떻게 클라이스트일 수 있겠는가?

　사흘째이던 마지막 날, 아르벨의 수행원들은 가도 된다는 말을 들었다. 괴로운 밤을 보낸 클라이스트는 아르벨 곁에 남아 골칫거리가 되려는 자가 없는지 호송대 행렬을 따라 내려가며 점검했다. 아르벨은 수행원 다섯 명을 데려가겠다고 고집을 부렸는데, 그중 남자 둘은 귀족 보필에 익숙해 보이는 자들이었다.

　"하녀 둘만 데려가. 그 정도면 충분할 거야."

　"그럼 누가 날 지켜줘?"

　"오, 저희가 합죠, 공주마마. 우리랑 있으면 넌 멤피스 때처럼 안전해."

　"웃으라고 한 소리니?"

　"아니. 하지만 오늘은 날도 덥고, 지금 나로서는 이게 최선이야. 하녀 둘."

　"셋."

　"하나는 어때?"

　더이상의 대화를 거부하고 돌아선 클라이스트는 자신의 명령이 제대로 이행되는지 확인하려는 듯 행렬 후미 쪽으로 말을 몰고 갔다. 쉰 발짝 정도 앞에 데이지의 옆모습이 보였다. 그녀는 방향을 돌리는 마차들의 바퀴 밑으로 달아나려 하는 딸을 안아들려고 몸을 숙이고 있었다. 이번에는 클라이스트가 데이지의 얼굴을 똑똑히 보았지만, 그녀 또래 여자에게 일 년은 긴 시간이고, 그사이 몸이 실팍해진 데이지는 더이상 말라깽이 소녀가 아니라 젊은 여인이었다. 그녀의 움직임을 보니 문득 고통스러운 기억들이 떠올랐다. 만약 꼭 껴안은 엄마의 품에서 벗어나려고 바동거리는 딸아이를 보고 데이지가 조용히 미소짓지 않고 깔깔 웃었다면, 클라이스트는 대번에 그 웃음소리를 알아챘을 것이다. 곧이어 데이지가 딸을 들어 단단히 등에 업자, 아이는 앙증맞은 두 손으로 이제는 훨씬 길어진 엄마의 머리칼을 잡아당겼다. 이윽고 데이지는 덮개 씌운 마차들을 지나쳐 시야에서 사라졌다. 흐리멍덩한 기분은 사라지고 끔찍한 상실감과 비탄이 밀려들었다. 뿌리치고 싶었다. 클라이스트는 다시 행렬 앞쪽으로 말을 몰고 가서 마부에게 호송대를 이동시키라고 신호했다.

문이 닫혀 있고 창은 막혀 있는 암흑의 방으로 들어가려는 마지막 순간이었다. 딱 한 가지가 그의 발목을 잡았다. 거의 마주칠 뻔했던 수백만 가지 행복으로부터 점점 더 멀어져가는 동안, 방금 너무도 참담한 고통을 안겨준 젊은 여자의 모습이 좀처럼 잊히지 않았다. 간과하기 쉽지만 얼핏 낯익은 움직임. 그런 괴로움을 불러일으키는 존재는 멀리하는 게 상책이었다. 돌아가서 다시 그녀를 보는 건 긁어 부스럼을 만들 뿐이었다.

하지만 그래도 클라이스트는 돌아갔다. 그러다 멈춰 섰다. 어리석은 짓이었다. 부질없는 짓. 황당무계한 짓. 다시 말을 돌려 몇 분 동안 그 여자로부터 멀어져갔다. 이유 없이 스스로를 괴롭히러 가지 못하게 하려고. 이제 너무 멀어졌다. 그때 어떤 부질없는 희망, 적어도 자신이 잃어버린 전부를 닮은 것을 보게 될지 모른다는 희망이 다시 발길을 돌리게 했다. 서둘고 싶기도 하고 서둘기 싫기도 했다. 하지만 데이지를 떠올리게 하는 흐릿한 마지막 환영을 보러 간다는 생각에 평정심을 되찾았다. 그녀는 이미 죽었으니 그걸 희망이라고 부를 수는 없지만, 암흑의 방으로부터 멀어지는 행동이었다. 결심이 서자, 빨리 보고픈 조바심에 말을 몰았다. 그 여자를 보고, 머릿속에서 다 지워버려. 이런 한심한 짓은 그만해. 호송대 후미를 지나친 클라이스트는 터덜터덜 걸어가는 아르벨의 옛 수행원들 쪽으로 달려갔다. 클라이스트가 다가오자 모두 걱정스레 그를 쳐다보았다. 또 무슨 호령을 하려는 걸까? 클라이스트는 그들을 무시하고 어수선한 행렬을 천천히 둘러보기 시작했다. 그때 바로 앞에서 그녀가 눈에 띄었다. 과거의 데이지와는 너무나 다른 풍만한 엉덩이를 보자, 아무 말도 나오지 않았다. 클라이스트가 잃어버린 여인의 흐릿한 환영조차 못 되었다. 가슴속에서 끔찍한 뭔가가 무너져 내렸다. 부질없다는 생각에 클라이스트는 말을 돌렸다. 하지만 왔다갔다하는 적정 횟수를 넘었다고 여긴 말은 거칠게 고삐를 당기자 멈칫하더니 요란하게 콧소리를 내며 성질을 부렸다. 갑작스러운 짐승 소리에 뒤를 돌아본 데이지는 딸이 다칠까봐 두려워하는 눈치였다. 클라이스트는 그녀를 뚫어져라 바라보았다. 아무것도 모르는 데이지는 기묘하게 생긴 젊은이를 경계하며 노려보았지만, 이미 창백해진 그의 얼굴이 점점 더 하얘지는 것을 보고 놀랐다. 클라이스트는 마치 죽음을 앞둔 사람처럼 끔찍한 비명을 질렀다.

이윽고 데이지도 알아차렸다. 그녀는 평생 마실 숨을 들이마시기라도 하듯 깊게 숨을 들이마셨다. 말에서 내린 클라이스트는 너무 빨리 데이지에게 다가가려다 미끄러져 진창에 고꾸라지더니, 다시 일어나다가 또 미끄러졌다. 우스꽝스럽기 짝이 없었다. "데이지! 데이지! 데이지!" 클라이스트가 고래고래 소리치며 데이지와 아이를 광포하게 끌어안았다. 하지만 데이지는 아무 말도 못하고 그저 쳐다볼 따름이었다. 놀란 구경꾼들이 지켜보는 가운데, 두 사람은 진창에 꿇어앉아 울지도 못하고 신음소리만 냈다. 아이는 아빠의 머리카락을 새 장난감인 양 만지작거렸고, 자신을 휘감은 환희의 고통을 아무렇지 않게 받아들이며 빽빽 소리쳤다. "기적!" 물론 진짜 그런 뜻으로 한 말은 아니었지만, 구경하는 하인들에게는 그렇게 들렸다. "기적! 기적!"

그로부터 며칠 뒤, 성소 앞 공성 진지에 다다른 이들의 혼란스럽고 상처받은 감정들을 상상해보라. 클라이스트와 데이지의 고통스러운 환희, 아르벨 마테라치의 끓어오르는 분노와 두려움.

케일은 이미 아르벨이 지낼 처소를 준비해 울타리까지 쳐놓았다. 성소 방벽 근처 도시처럼 커져 방책을 두른 천막들의 소음에서 멀리 떨어진 곳으로, 경비도 철저히 해놓았다. 케일은 그 처소를 최대한 불편하게 만들어 쩨쩨한 쾌감을 만끽할까, 아니면 자신이 성소 앞 덤불 지대 같은 황무지에도 호화로운 거처를 마련해줄 능력이 있는 대단한 존재임을 과시할까 고민했다. 다행히도 아르벨을 위해 후자를 선택했다. 사실 케일은 그녀를 이곳에 데려오게 한 자신의 결정을 막연하게나마 후회하고 있었다. 하고 싶은 일은 무엇이든 할 수 있는 자는 많지 않으며, 그런 엄청난 힘에는 또다른 면이 존재한다는 것을 케일은 깨닫고 있었다. 절대적인 힘은 반드시 판단의 혼란을 야기한다는 것.

진지에서 수 마일 떨어진 곳에서 아르벨과 하녀 둘을 맞이한 경비병들은 누구의 눈에도 띄지 않을 편안한 감옥으로 그녀를 데려갔다. 클라이스트는 그걸 알아차리지 못했다. 아내와 아이를 케일과 베이그 헨리에게 보여줄 생각에 몹시 흥분해 있었기 때문이다.

난공불락인 성소를 함락할 해법을 찾지 못해 고심하는 사령부로 클라이스트가 돌아오자, 케일과 베이그 헨리는 클라이스트의 기적 같은 태도 변화를 보고 놀랐다. 그토록 오랫동안 비참했던 표정이 행복해 보여서만이 아니라, 미치지 않았나 싶을 정도로 들뜬 분위기 때문이었다. 아기를 등에 업고 따라온 데이지는 눈이 휘둥그레져 있었다. 클라이스트가 기쁨에 겨워 두서없이 쏟아낸 이야기는 너무 혼란스러워 종잡을 수가 없었다. 하지만 요지는 간단했다. 자기 아내와 아이가 죽었다 살아 돌아왔다는 것이었다. 세 소년 모두 한 가지는 같았다. 삶이 그토록 어처구니없게 친절할 수 있다는 놀라움. 다들 제정신이 아니었다. 놀란 정도가 아니라 기쁨의 충격에 휩싸였다. 세 소년은 데이지를 얼싸안고, 아기를 껴안고, 또 데이지를 얼싸안았다. 그리고 그동안의 이야기를 전부 다시 들려달라며, 어디서 누구랑 지냈는지 등등 질문을 쏟아냈다. 데이지는 자신이 리즈에서 달아난 이유를 클라이스트가 설명하자 굴욕감을 느꼈지만, 세 소년 모두 즐거워했다. 특히 스패니시 리즈를 떠난 이후 그 도시의 지배 계층에 대한 혐오가 오히려 더 커진 베이그 헨리가 좋아했다. 그들은 술과 음식을 가져오라고 지시하고 과거의 모든 죄를 공식적으로 용서했으며, 기분이 너무 좋아 미래에 있을 죄도 용서하기로 했다. 그때 데이지는 클라이스트의 얼굴이 백지장처럼 하얘진 것을 눈치챘다. 데이지가 손을 뻗는 순간, 클라이스트는 의자에서 쓰러져 탁자 다리에 머리를 심하게 부딪치고 토하기 시작했다. 군의가 불려오고, 경비병들이 조심스레 클라이스트를 들어 케일의 호화로운 마차 안으로 옮겼다.

군의가 말했다. "과도한 흥분 상태일 뿐입니다. 크게 걱정할 일은 아니죠. 저라면 심장마비에 걸렸을 겁니다. 아내와 아이 곁에서 조용히 안정만 취하면 됩니다. 별일 없을 거예요."

케일이 데이지에게 말했다. "내 시종을 두고 갈 테니, 뭐든 필요하면 그 친구에게 말해요. 우린 나중에 다시 올게요."

군의가 참견했다. "내일 오십시오."

"……내일 다시 올게요. 뭐든 필요하면 얘기해요."

사령부로 돌아온 두 소년은 술을 여러 잔 마시고 담배를 피웠다. 베이그 헨리가 말했다. "녀석한테 자식이 있다니. 놀라워."

"녀석 괜찮을 것 같아?"

"응. 충격이 좀 컸을 뿐이야."

하지만 클라이스트는 괜찮지 않았다. 말로는 회복되었다고 하는데, 아일랜드 사람들의 표현처럼 '후달리는' 상태였다. 이후 며칠이 지나도 계속 그 꼴이었으며, 방금 한 대 맞은 사람처럼 주눅 들고 당황한 표정으로 항상 조금씩 몸을 떨었다. 이튿날 잠시 들른 두 소년은 클라이스트의 상태가 악화할 수도 있다는 걸 이해할 수 없어 어리둥절했지만, 자신들의 생각이 틀렸을지도 모른다고 생각하기 시작했다. 그들에게 삶의 고통(무자비, 죽음, 폭력)의 경험은 유난히 강렬하긴 해도 폭넓지는 않았다. 군의와 상의하러 가는 동안, 클라이스트의 귀환을 둘러싼 또다른 유감스러운 화제로 두 소년은 씁쓸한 언쟁을 벌였다. 대화 도중 클라이스트가 언급하기 전까지 베이그 헨리는 이번에 아르벨 마테라치가 끌려왔다는 사실을 전혀 모르고 있었다.

"넌 우라질 멍청이야."

"그래."

"이제 어쩔 건데?"

케일은 묵묵부답이었다.

"이 일로 네가 늘 염려하는 수많은 뱀들이 꿈틀댈 수도 있어."

"내 생각은 달라. 우릴 좋아하는 자는 없어. 하지만 아르벨을 좋아하는 사람도 없지. 마테라치 가문은 아무것도 아냐. 성가신 존재일 뿐."

둘은 한동안 말없이 걷기만 했다.

"이드리스푸케는 뭐래?"

"이드리스푸케는 몰라. 알고 싶어하지도 않고."

"그걸 네가 어떻게……?"

"나한테 말했거든."

"그래서 넌 아르벨을 어쩔 셈이야?"

"자업자득의 달콤한 맛을 보게 해줘야지."

사실 케일은 근처에 아르벨을 억류해놓고 보러 가지 않아도 되는 상황이 묘하게 편했다. 잃어버린 통제권을 되찾았다. 아르벨이 어디 있는지 정확히 알게 된 것이다. 그가 깨달은 권력의 면모는 이번에는 좋은 것이었다. 마치 음주와 같았다. 세상이 빛나는 느낌이었다. 이날 베이그 헨리와 저녁을 먹는 자리에서 케일은 유난히 조용했다. 말없이 삼십 분쯤 지났을 때, 케일이 베이그 헨리를 보며 무심히 물었다. "내가 미친 것 같니?"

"응." 대답은 그렇게 했지만, 이상하게 물어본 이상한 질문에 베이그 헨리는 두려움이 일었다.

추축국 연합군이 성소 앞에서 방벽만 쳐다보는 날이 계속될수록 케일의 힘은 약해졌다. 이제는 군대를 해산하고 일부만 남겨두어 리디머들이 나오지 못하게 하는 길만 남은 것으로 보이기 시작했다. 하지만 그런다 해도 리디머들은 내년이나 심지어 내후년에 서부의 군대가 돌아와 공성 부대를 몰아내길 기다리기만 하면 되었다. 결국 성소는 물자를 다시 공급받고 추축국 연합에 대한 반격의 기지가 될 수 있었다. 이미 한자동맹은 대부분 헤센 용병인 그들 부대의 유지비 때문에 불만이 컸고, 라코니아 용병단은 신뢰할 수 없는 자들이었으며, 현재 곳곳에서 새로운 종교적 다툼이 일어나고 있었다. 케일은 리디머들이 재집결할 자원이 충분하다는 것과 보스코가 후크의 권총을 복제할 방안을 마련하기 위해 총력을 기울일 거라는 것을 알고 있었다. 만약 그가 성공하면, 케일의 가장 큰 우세가 사라지는 셈이었다. 설상가상으로 스위스 교단이 열 개 종파로 분열하게 만든 유독하고 불가해한 종교적 차이들이 다시 고개를 들기 시작했는데, 리디머들의 위협이 약해지고 있었기 때문이다. 신형군이 이런 종교적 갈등에 오염되지 않도록 막는 일은 갈수록 골칫거리였다. 케일은 전쟁을 신속히 끝내야 했고, 이는 성소 점령을 의미했다. 하지만 성소는 점령당할 생각이 없었다.

케일은 반드시 길이 있으리라 믿었다. 길은 늘 있기 마련이므로. 보스코의 혹독한 규율에 시달리던 시절, 케일은 부대와 마을과 강과 터무니없는 승산을 의미하는 나무토막들이 널려 있는 평판과 지도 앞에 몇 시간씩 서서 각종 난제들의 해결책을 찾아내야 했다. 만약 찾지 못하면 두들겨맞았다. 시간이 너무 오래 걸려도 맞았다. 가끔은 제대로 해내도 맞았다. "가장 중요한 교훈을 너에게 주기 위함이다"라고 보스코는 말했다. 그 교훈이 뭐냐고 물으면 보스코는 그를 또 때렸다. "내가 널 두 대쯤 때리면 어떨까?" 베이그 헨리가 제안했다. 케일은 베이그 헨리의 제안을 사양하고 당면한 문제의 주변을 돌기로 했다. 요즘은 안전을 위해 늘 호위병을 대동했다. 케일은 이 조치를 싫어했지만 하는 수 없이 건장한 호위병 한 명과 함께 말을 타고 성소 방벽 주위를 돌았다. 멈추고 쳐다보고, 멈추고 쳐다보고를 반복했다. 해법은 있었다. 해법은 늘 있는 법. 케일은 리틀 브라더에서 그것을 찾았다.

베이그 헨리가 말했다. "네 말을 들어보니 정말 그런 것 같아." 실제로 그랬다. 너무 확실해서 성소의 함락은 필연으로 보였다. 그 무엇도 그걸 막을 수는 없었다. 두 달 뒤에는 방벽 안으로 입성하게 될 터였다.

이튿날 케일은 상호 적대감이 한층 곪아터지고 있는 이해 세력들을 상당수 소집해 자신의 계획을 설명했다. 우선 성소가 자리잡은, 꼭대기가 탁자처럼 판판한 산의 윤곽을 별다른 기술 없이 대강 그렸다. 그 정도만으로도 이날 모인 자들은 그게 뭔지 한눈에 알아보았다. 요즘 꿈자리를 뒤숭숭하게 만드는 형상이었기 때문이다.

케일이 운을 뗐다. "여기 빠진 게 있습니다. 뭘까요?"

"성소."

"네. 하지만 그건 아닙니다. 다른 겁니다."

침묵이 흘렀다. 케일은 다시 그림을 보며 탁자 모양의 산보다 50피트쯤 높은 바위 언덕과 비탈을 더 그렸다. 바위 언덕과 산 사이에는 80야드 정도의 간극이 있었다. "이 능선은 리틀 브라더라고 불립니다. 여기와 성소 방벽 사이의 간극을 우리가 메우는 겁니다." 케일은 두 곳을 선으로 연결하면서 성소 방벽 꼭대기까지 선을 이었다.

반응이 어땠을까? 다들 숨이 멎을 만큼 놀랐다. 베이그 헨리가 말한 대로, 설명을 들으니 정말로 그럴싸해 보였다.

누군가 한마디했다. "간극이 어마어마하군요. 몇 년은 걸릴 거요."

케일이 대꾸했다. "한 달이면 됩니다. 내가 후크에게 계산해보라고 했어요."

"폭발한 박격포 파편으로 내 부하 여덟 명을 죽인 후크 말입니까?"

"후크가 없다면 이 방에 있는 분들 대부분은 미시시피강의 펄에서 조용히 썩어가게 될 겁니다. 그러니 입다물어요." 이어서 케일은 후크의 계산을 더 자세히 설명했다. 간극 매립에 필요한 흙의 양과 그것을 손수레에 실어나를 인원.

"리디머 궁병들의 화살에 무수히 죽어나갈 텐데."

"방어용 지붕을 만들면 그 밑에서 작업할 수 있습니다."

"놈들은 방벽 너머로 돌덩이도 떨어뜨릴 거요. 엄청 튼튼한 지붕을 만들어야겠군."

"우리 병사들이 죽을 거란 말씀이라면, 네, 죽을 겁니다. 하지만 필요하다면 우리는 리틀 브라더 꼭대기에서도 작업할 수 있습니다. 어차피 구멍을 메우기만 하면 되니까요. 성공하면 놈들은 끝장입니다."

나중에 옴스비-고어와 팬쇼는 이날의 일들에 대해 논의했다.

"제 부하들은 병사지 공사판 인부가 아닙니다."

팬쇼가 대꾸했다. "너무 꽁하게 굴지 말게. 난 평생 받을 생일상을 한꺼번에 받은 기분이야. 진짜 영리한 놈이라니까. 죽어야 하니 딱할 따름이지."

불운에 집착하는 부정적인 자들의 문제는 결국 그들이 옳다는 것이다. 아무리 훌륭한 계획을 세운다 해도 상황은 늘 꼬이기 마련이다. 리틀 브라더와 성소 사이의 간극을 메우려는 시도 역시 그러했다. 예견된 화살 세례는 덮개를 씌운 보도를 이용해 막을 수 있었지만, 예상보다 훨씬 무거운 돌덩이가 이 보호 장치를 간단히 박살낼 수 있었다. 상대의 의도를 간파한 리디머들은 방벽에서 200피트 너머까지 수 톤 무게의 바위를 던질 수 있는 투석기를 동원했다. 추축국 연합군은 그런 높이에서 떨어지는 육중한 바위를 견딜 장치를 만들 능력이 없었다. 물론 케일의 면전에서 '내가 뭐랬어'라고 따질 만큼 어리석은 자는 없었지만, 만약 수군대는 말들이 안개라면 진지를 벗어날 길을 찾기 어려울 지경이었다.

며칠 뒤 문제는 해결되었는데, 약간의 노고가 필요할 뿐이었다. 크고 작은 돌덩이를 넣은 통들을 리틀 브라더 꼭대기로 옮겨가 벼랑 아래로 밀어버리는 것이었다. 땀이 쏟아지고 사지가 욱신거리며 힘줄이 늘어나는 고역이었지만 성공적이었다. 이후 후크가 평형추를 이용해 수레를 언덕 위로 올리는 난간을 개발했지만, 작업 속도가 크게 빨라지지는 않았다. 하루하루 간극이 조금씩 메워졌다. 비록 느리긴 했지만, 분열된 추축국 연합의 구성원 모두가 이를 목도하고, 그 진전이 가져올 필연적인 결과도 알 수 있었다. 승리의 희망은 일종의 화합을 가져왔다. 스위스 정부는 좀더 인내심을 갖고 케일 탄핵과 신속한 철군 계획을 성소 함락 이후로 미루었다. 심지어 라코니아 용병단은 동맹군을 동등하게 여기는 척하기까지 했다. 팬쇼는 성소를 점령하는 과정에서 어떤 의심도 사지 않고 케일을 없앨 기회가 오길 바랐다.

　밤마다 케일은 아르벨을 붙들어놓은 처소를 향해 걸어가곤 했다. 이따금 안으로 들어가고픈 유혹을 견디기 어려웠지만, 평소 꾸는 꿈 때문에 엄두가 나지 않았다. 꿈속의 장소는 그가 모르는 다른 곳들이었지만(케일은 생각했다. 어째서? 어째서 내가 아는 곳이 아니지?), 매번 자신이 흠모하는 여인에게 버림받고 수녀원 정신병동의 미치광이 포목상처럼 살금살금 서성이며 제단 앞에 서 있었다. 그리고 하루종일 울면서 이 사람 저 사람에게 그녀를 보지 못했느냐고 물었다. 꿈속에서 언제나 변함없는 것은 케일이 두려운 희망을 가슴 한가득 품고 다가갈 때 그녀의 표정이었다. 꿈속의 그 표정이 어쩌나 경멸적이던지 현실에서도 바라볼 자신이 없었다. 그래서 텐트 안의 따스한 불빛과 아르벨의 그림자가 이리저리 움직이며 커지고 작아지는 모습만 바라보았다. 물론 하녀들이 아르벨의 어린 아들을 돌보거나 그녀의 머리를 빗겨주는 모습일 수도 있다고 생각했다. 케일은 엿보기를 그만두려고 노력했고 이따금 성공하기도 했지만, 그런 경우는 애처롭게도 드물었다.

　현재 케일의 마차는 클라이스트와 그의 처자식이 쓰고 있었는데, 그 편안한 마차의 안락함과 고독에 익숙해진 케일은 성소 공략 작업에 투입되어야 마땅한 인테리어 업자 출신 병사들과 숙련된 목수 수십 명을 동원해 훨씬 더 사치스러운 마차를 만들게 했다.

　클라이스트의 상태는 걱정스러웠다. 살아 돌아온 아내와 자식을 보고 말로 다할 수 없는 행복을 누렸지만, 한편으로는 그전의 참혹한 경험으로 만신창이가 되어 있었다. 전자의 활력이 후자의 무게를 가벼이 해주지는 못했다.

"대체 뭐가 문제지?"

답은 뻔하다는 듯 군의가 어깨를 으쓱했다. "이 끔찍한 곳에서 성장했으니까요."

"우리 둘도 마찬가지야." 베이그 헨리가 툭 내뱉었다.

"잠깐만요." 군의는 난처한 듯 잠시 침묵하다 말을 이었다. "죄송합니다, 실언입니다. 제 말은…… 음…… 그리 나쁘게 보려던 건 아닙니다." 하지만 실제로 그런 생각이었고, 그렇게 노골적으로 표현하려던 게 아니었을 뿐이다. '구부러진 인간 본성에서 곧은 것이 나오는 일은 없다'가 그의 생각이었다. 나무가 어릴 때 구부려 놓으면 자랄수록 점점 더 형태가 일그러진다는 것이다. 이 나무 비유에 만족한 군의는 영리하게 구체적으로 설명했다. "제가 하려는 말은…… 분명 사람은 자신의 과거에 영향을 받지만, 같은 육체적 질병이 사람에 따라 다른 영향을 끼친다는 사실도 중요하다는 점입니다. 하물며 정신적 질병은 훨씬 더하죠." 두 소년은 그를 빤히 쳐다보기만 했다. "그러니까 가장 강인한 사람도 정신적으로 많은 충격을 받을 수 있다는 뜻입니다. 클라이스트 씨는 이곳에서 성장하는 충격을 받았고, 그러다 사랑에 빠져 결혼하고 아버지가 되는 행복을 경험했죠. 그것도 어쨌든 충격입니다. 이후 처자식이 살해되어 재가 된 것을 발견한 충격. 그리고 당신이 이야기해준 그 고문. 가장 고통스럽고 혐오스러운 방식의 죽음 코앞까지 갔던 충격."

"하지만 이제 처자식을 되찾았잖아." 베이그 헨리는 클라이스트가 나아지기를 간절히 바랐다.

"하지만 그것도 하나의 충격이었습니다. 그렇죠?"

"아니, 모르겠는데. 나도 여기서 자랐어. 암토끼 키티의 집에서

546

는 클라이스트와 함께 감옥에 있었고. 물론 난 처자식을 잃은 적은 없어. 하지만······ " 하지만 뭐? 베이그 헨리는 반박할 말이 떠오르지 않았다. 지금껏 벌어진 일들, 심지어 케일이 겪은 일들을 생각하면.

군의는 베이그 헨리가 만일에 대비해 훗날 더 평온한 삶을 살 궁리를 하지 않았냐고 말하려 했다. 하지만 이번에는 현명하게 입을 다물었다.

케일이 물었다. "우리가 클라이스트를 어떻게 해야 하지?"

"안정이 필요합니다. 우선 여기서 멀리, 모든 긴장과 불안에서 자유로운 곳으로 데려가세요."

케일은 빙그레 웃었다. "그런 데를 알면 내가 가지."

군의는 하지 않아도 될 말을 했다. "그거 좋은 생각이네요."

"똥자루 보스 이카르드와 그의 일당이 우릴 죽이려 해. 우리 중 누군가는 여길 떠야 할 때야." 케일이 클라이스트와 데이지에게 말했다. 둘 다 긴장한 표정으로 듣기만 했다.

이내 데이지가 물었다. "당신들한테는 늘 있는 일 아닌가요?"

"아, 물론 그렇죠, 클라이스트 부인. 하지만 스위스에는 우리 돈이 묶여 있어요. 우린 클라이스트가 그 돈을 최대한 많이 챙겨 남들 손이 닿지 않는 데로 가져가 정착하면 좋겠어요. 발롱이 올라갈 때 우리가 은퇴해서 갈 곳." 발롱은 리디머들이 공격이 임박했음을 알릴 때 사용하는 붉은 깃발이었다.

클라이스트가 물었다. "어디?"

"우린 해외로 나갈 생각이야. 한자동맹은 부자를 열렬히 환영하지. 그리고 리바는 우리한테 빚이 있잖아."

이번에는 데이지가 물었다. "그녀가 그걸 아나요? 당신들이 사막에 있을 때 제 남편이 그녀를 버려두고 가자고 했다던데요."

"맞아요, 그랬어요." 베이그 헨리가 대답했다.

"하지만 우린 그 일을 리바한테 말한 적이 없어요. 더구나 리바 때문에 모든 일이 벌어졌어요. 키티 문제도 그렇고. 리바도 그걸 알고 있으니 이번이 만회할 기회인 셈이죠." 케일이 말했다.

클라이스트가 물었다. "베이그 헨리를 보내면 안 돼? 녀석이라면 리바도 기꺼이 도울 거야."

"난 여기 있어야 해."

"그래? 어째서?"

일말의 주저함도 없이 베이그 헨리가 대답했다.

"성소 공격 전날 밤에 침입해서 여자들이 갇혀 있는 구역을 점령할 거야. 그러니 돈을 찾으러 갈 사람은 너밖에 없어. 게다가 우리 중 아내와 가족이 있는 사람도 너뿐이고."

결국 그렇게 결정되었다. 클라이스트는 스패니시 리즈로 돌아가 캐드버리의 도움을 얻어―캐드버리 역시 자기 돈의 안전을 도모할 방법이 절실했다―세 소년의 돈을 전부 챙기고 물건은 최대한 팔아치운 다음 스위스를 뜨기로 했다.

클라이스트와 데이지가 떠나자 베이그 헨리가 케일에게 말했다. "너 리바한테 좀 너무했어."

"필요하다면 리바를 꽉꽉 쥐어짤 거야. 그래도 성에 차진 않겠지만."

불편한 침묵이 흘렀다. 케일은 분위기를 바꿔야겠다고 마음먹었다. "어째서 네가 안 가느냐는 질문에 대한 임기응변 멋졌어."

"아니, 그렇지 않아."

"뭐?"

"임기응변이 아니라고. 정말로 그럴 생각이니까."

"허튼소리 하지 마. 아마 보스코가 몇 달 전에, 어쩌면 몇 년 전에 여자들을 죽였을 거야."

"내 생각은 달라."

"무슨 근거로?"

"내 생각은 다르다는 근거."

"안 돼."

"무슨 뜻이야?"

"안 돼가 무슨 뜻인지 몰라?"

"네 허락을 구하는 게 아니야."

"우리가 동등한 위치라는 너의 얼빠진 생각을 지금껏 넘어가줬지만, 다른 사람들은 아무도 그렇게 생각하지 않아. 넌 내 지시에 순순히 따라야 해."

"아니, 싫어."

"하라면 해."

"싫다고."

한동안 언쟁이 이어졌다. 케일은 공성전이 끝날 때까지 붙잡아 놓겠다고 을러댔고, 베이그 헨리는 헛소리 집어치우라고 맞받아쳤다. 하지만 이 팽팽한 줄을 끊은 것은 케일의 독특한 감성에 대한 자극이었다.

"전에 말했던 아눈치아타라는 여자. 난 그녀를 사랑해." 이는 사실이 아니었다. 베이그 헨리는 그 여자들 중 아눈치아타를 특히 아꼈지만, 나머지 여자들도 매우 좋아했다. 그녀들을 구하려는 욕망이 어째서 이토록 강한지는 알 수 없었다. 하지만 그랬다. 베이그 헨리는 자신의 영혼보다 케일의 영혼을 더 잘 간파했다. 사람이라면 누구나 뭔가에 감상적이기 마련이다. 심지어 악인도. 어쩌면 악인들이 특히 그렇다. 예컨대 알로이스 허틀러는 강아지만 보면 눈물을 참지 못했고, 짐승 뿔로 양에게 젖을 먹이는 소녀의 그림을 자기 방에 걸어두었다고 한다. 어쨌든 사랑의 포로인 영혼을 가진 케일은 사랑의 힘을 부정할 수 없었다. 그가 죽음을 무릅쓰고 미친 듯이 아르벨을 구하려 애쓴 것은 자기연민의 원천이었다.

이틀 뒤 클라이스트와 데이지는 중무장한 호송대 사이에 섰고, 케일과 베이그 헨리는 그들을 배웅하러 나왔다.

클라이스트가 늙은이처럼 두 손을 떨며 말했다. "내가 돈을 갖고 튀면 어쩔 거야?"

"넌 우릴 믿어도 돼." 케일이 대답했다.

"믿으라고? 아, 그래. 믿지."

데이지가 클라이스트에게 물었다. "무슨 소리를 하는 거야? 이해가 안 돼."

"나중에 말해줄게."

베이그 헨리가 말했다. "내가 리바에게 편지 썼어. 너를 반갑게 맞아줄 거야."

"만약에 안 그러면?"

"네 아내는 영리해 보여. 그리고 돈도 있으니 잘 헤쳐나갈 거야."

"고마워." 클라이스트가 말했다. 클라이스트의 말에는 뭔가 특별한 의미가 담겨 있는 듯했지만, 그게 뭔지 알 수 없었다.

케일은 멋쩍게 어깨만 으쓱했다.

데이지는 어린 딸을 안고 두 소년의 볼에 입을 맞췄지만 아무말도 하지 않았다. 이윽고 케일과 베이그 헨리는 그들이 떠나는 모습을 지켜보았다. 두 소년 모두에게 이상하리만치 쓸쓸한 경험이었다.

36

리틀 브라더에서 성소 방벽 꼭대기 쪽으로 인공 능선이 뻗어나가는 이 주 동안, 베이그 헨리는 지원자 백 명과 함께 밤마다 어둠 속에서 등반 훈련을 했다. 첫날에 한 명이 비명을 지르며 추락해 사망했는데, 실제 상황이었다면 이 요란한 사건으로 대다수가 죽음을 면치 못했을 것이다. 이런 종류의 등반은 특정한 반달이 뜰 때만 가능했다. 앞이 너무 잘 보이면 그만큼 쉽게 발각될 것이기 때문이다. 다행히 비탈이 완성되는 시점에 맞춰 알맞은 반달이 뜰 것으로 예상되었다. 열 명씩 소규모로 조를 나눠, 리디머 감시병들의 눈을 최대한 피할 수 있는 성소 측면을 오르기로 결정했다. 그리고 방벽 바로 아래에 전원이 모이면, 캄캄해지는 야음을 틈타 위로 올라갈 생각이었다. 아르테미시아의 고산 등반 전문가 한 명이 끈을 가지고 꼭대기로 올라가 후크가 만든 줄사다리를 끌어올릴 예정이었다.

"이런 한심하기 짝이 없는 짓은 난생처음 본다." 케일이 말했다.

"넌 네 일이나 신경써." 베이그 헨리가 대꾸했다.

비탈이 점점 가까워질수록, 건설 인부들은 리디머들이 쏘아대는 화살과 볼트, 굴려 떨어뜨리는 돌덩이에 한층 더 위태로워졌다. 생존이 걸린 절박함만큼 무자비한 공격이었다. 인부들은 작업 속도를 늦췄지만, 리디머들이 상황을 모를 리 없기에 그것으로는 충분치 않았다. 결국 방벽을 20피트 앞두고 작업이 중단되었다. 마저 완성하면 오히려 리디머들이 건너와 공격을 감행할 터였다. 후크는 지붕을 덮고 측벽을 댄 길이 40피트 정도의 목조 다리를 만들었다. 케일이 공격을 결정하면, 이 다리를 비탈 위로 밀어올려 도하용 널판처럼 사용하게 될 터였다. 폭은 병사 여덟 명이 어깨를 맞붙이고 설 정도였다. 후크는 다리 앞을 막아서는 자들을 치워버릴 잔인한 수단도 고안했는데, 그리스 화약을 변용한 방법이었다. 그가 만든 여러 개의 대형 펌프는 전방에 나타날 리디머 병사들을 향해 화염을 발사하는 장치였는데, 이 액화液火는 50야드 안의 모든 적을 뒤덮을 수 있었다.

후크가 중얼거렸다. "주여, 저를 용서하소서."

"저들도 우리에게 기꺼이 똑같은 짓을 할 거란 걸 명심해. 내가 없었다면 댁들은 이미 놈들에게 뒈졌을 거야." 케일이 대꾸했다.

"그건 위로의 말씀이겠죠? 내가 저들보다 악랄하지는 않다는."

"좋을 대로 생각해. 난 관심 없어."

다리 건너 공격을 앞둔 마지막 며칠은 정신없이 후딱 지나갔다. 케일과 베이그 헨리는 마치 통제할 수 없는 뭔가를 향해 돌진하듯 불쾌한 기분에 사로잡혔다. 공격이 임박한 지금, 두 소년은 자신들이 하고 있는 일이 어처구니없게 느껴졌다. 그들이 세상에서 가장 증오하는 곳, 하지만 지금의 그들을 있게 한 장소로 돌아가려 하고 있었다. 그리고 그곳을 깨끗이 치워버릴 생각이었다. 이틀 남은 상황에서 두 소년은 눈빛을 이글거리며 흥분했지만, 동시에 냉정하고 차분했다.

성소 함락을 지켜보려고 돌아온 이드리스푸케는 비록 그 자신도 몹시 긴장했지만, 두 소년을 보고는 불안감에 사로잡혔다. 나중에 그는 비폰드를 만나 이렇게 말했다. "녀석들을 보니 옛 금언이 떠오르더군. '귀신 들린 집은 더없이 고요하도다. 악귀가 나타나기 전까지는.'"

메마른 나날이었다. 대기 중에 습기가 조금이라도 있으면 폭풍이 다가오는구나 하고 느껴질 정도였다. 여느 때 같으면 밤에 찌르르 울어댔을 귀뚜라미들이 조용했다. 병사들의 축축한 입속으로 날아들려 하는 모래파리도 드물어진 듯했다.

조용한 삶의 호사를 누리며 사는 인간들은 통속극이나 선정적인 행동, 과장된 사건들을 싸구려 감상에 호소하는 것으로 여기며 깔본다. 그들은 자신이 영위하는 삶이 진짜라고 믿는다. 평범한 일상의 나날을 삶의 진실로 여긴다. 하지만 조금이라도 상식이 있는 자라면 대부분의 인간에게 삶이란 유혈과 고통만이 진실인 무언극과 같다는 것을 인정한다. 무대 위 가수들은 가락도 맞지 않는 노래를 부르며 사랑과 고통과 죽음에 대해 울부짖고, 관객들은 썩은 과일 대신 돌멩이를 던지는 오페라. 우아하고 평온한 삶이란 환상 속의 거대한 탈출구일 뿐이다.

늦은 오후. 베이그 헨리가 성소 방벽을 오르러 가기 전에 케일을 만나러 왔다.

"내가 저 똥 구렁에 다시 잠입하려고 한다니 믿을 수가 없어."

케일은 친구를 바라보며 대꾸했다. "네 장례 준비를 미리 생각해놨어."

"아, 그러셔?"

"우린 너를 개 담요에 말아 서쪽 방벽 변소 밖으로 내던질까 해. 그리고 악단을 꾸려 〈나에게 멋진 코코넛이 한가득 있다네〉를 연주하겠어. 너도 좋아할 거야."

"넌 별로 좋은 사람이 아니야."

"이 우라질 한심한 짓거리를 그만두라고 내가 누누이 말했잖아? 그 여자들은 이미 죽었고, 저기 올라가면 너도 걔들처럼 죽은 목숨이야."

"걱정해주다니 감동인걸."

"걱정 안 해. 신경 안 써. 딱해서 그럴 뿐이지. 그래서 지금껏 참고 너를 곁에 둔 거고."

"가지 않으면 밤에 잠을 잘 수 없을 거야. 이건 꾸밈없는 진실이야. 가지 않고는 못 견디겠어."

"익숙해질 거야. 익숙해지지 않는 일은 없어. 그리고 잠들지 못하는 것보다 더 끔찍한 일들도 많아."

"이젠 관둘 수 없어. 꼴사나워 보일 테니."

"내가 널 가둬놓을 수도 있어." 이는 협박이 아니라 애원이었다.

"아니. 그러지 마. 여자들이 살아 있다는 걸 알게 되면 난 널 미워할 거야."

"어째서?"

베이그 헨리는 빙그레 웃었다. "그냥 그럴 것 같아. 우리한테 행운을 빌어줘."

"싫어."

"그럼 악수나 하자."

"놈들에게 붙잡히면 어쩌려고 그래?"

"넌 아니잖아. 너는 별일 없을 거야."

"하지만 넌 그렇지 못해." 설득이 통하지 않는다는 걸 알고 화가 난 케일은 한마디 덧붙였다. "넌 여전히 리디머야. 그거였어."

"뭐?"

"그래, 넌 리디머 놈들 같은 우라질 돼지새끼는 아니지만, 뭔가에 자신을 희생하려고 안달이 나 있어. 리디머들이 지껄이는 한심한 헛소리가 네 머릿속에 가득하고……" 케일은 적당한 표현을 찾지 못해 머뭇거리다 말을 이었다. "넌 또 한 명의 순교자일 뿐이야. 너를 위한 순교 장례식은 내가 준비해줄 테니 걱정 마. 〈우리 선조들의 믿음〉도 불러줄게. ……우리는 죽을 때까지 당신께 진실하리라…… 이 개소리 기억나? 코코넛 노래 전에 부를까, 후에 부를까?"

"너 그거 연습한 말이지?"

"그냥 가. 더는 너 때문에 속 썩기 싫어."

"나 별일 없을 거야. 느낌이 그래."

"그러셔? 좋아. 가버려."

"괜찮다면 너도 나랑 같이 가자."

"아니, 됐어."

"그렇게 말할 수밖에 없는 입장이란 거 알아."

"그게 아니야. 별다른 문제가 생기지 않는다면, 그리고 목숨을 심각하게 위협하는 일이 아니라면, 그래, 난 널 도울 거야. 좋은 일을 하는 건 찬성이지만 대가가 너무 커. 나한테 실망했겠지. 알아. 하지만 솔직히 난 정의구현보다 목숨이 더 중요해."

베이그 헨리는 어깨를 으쓱하고 성소로 올라가기 위해 밖으로 나갔다.

케일은 베이그 헨리가 찾아오기 전부터 몹시 피곤한 상태였다. 이제는 쥐어짠 빨래처럼 기진맥진했다. 페드라 모르핀을 삼키고 암토끼 키티를 처리한 이후, 케일은 그걸 사용하지 말라는 레이 수녀의 충고를 훨씬 더 진지하게 받아들였다. 가끔은 너무 기운이 없어서 숨쉬는 것조차 힘들었다. 지금보다 어릴 적에 베이그 헨리는 갑자기 고함을 지르면 메뚜기를 죽일 수 있다는 말을 어느 리디머에게서 들었다. 두 소년은 수십 번이나 시도해봤지만 한 번도 성공하지 못했다. 지금 케일은 갑자기 큰 소리가 나면 그 자리에서 죽을 것만 같았다. 그러니 페드라 모르핀을 멀리해야 할 이유가 더욱 분명했다. 하지만 그것 없이는 앞으로 스물네 시간을 버티지 못한다는 것도 알고 있었다. 케일은 속으로 중얼거렸다. 딱 한 번만 더. 성소만 쓸어버리고 나면 그간 모은 것들을 죄다 챙겨 한자동맹으로 가서 평생토록 오이 샌드위치와 케이크를 즐기자.

두 시간쯤 자고 경비병이 깨워 간신히 일어난 케일은 레이 수녀가 알려준 정확한 복용량만큼 약을 먹었다. 이 무렵에는 그 약의 독이 몸에 쌓인다는 레이 수녀의 말이 과장이 아님을 알 수 있었다. 매주, 가끔은 한 번에 삼십 분씩 머릿속에서 누군가가 뭔가를 지글지글 굽는 것 같은 기분이었다.

삼십 분 뒤, 케일이 리틀 브라더 꼭대기에 서 있는 동안 후크는 성소 방벽으로의 최종 이동에 쓰일 거대한 목조 터널 준비를 마무리했다. 리틀 브라더의 봉우리는 40피트 높아져 있었는데, 방벽으로 가는 다리가 될 터널을 아래로 밀어내리기 위해서였다. 신형군은 이 터널을 통해 신속하게 대규모로 진격하게 될 터였다. 이 작전을 리디머들에게 숨길 방도는 없으므로, 그들이 공격의 시작 지점을 차단하기 위해 수단과 방법을 가리지 않을 것은 불을 보듯 뻔했다. 이 교두보를 마련하는 과정에서 치열한 혈투가 예상되었다. 이는 공격하는 쪽의 유일한 약점이었고, 보스코가 그걸 놓칠 리 없었다.

일광을 최대한 활용하기 위해 날이 밝자마자 공격이 시작되었다. 케일은 뜻밖의 재앙이 발생할까봐 염려했다. 비록 결단을 내려야 할 일은 무수히 많았지만, 지진이나 갑작스러운 역병, 미신 신봉자들이 동요할 불가사의한 무리해* 따위는 없었다. 곧 닥칠 일에 대한 두려움만 커져갈 따름이었다.

다섯시 직전에 후크가 와서 준비가 완료되었음을 알렸다. 케일은 마지막 몇 발짝을 걸어 리틀 브라더 꼭대기로 올라가 성소를 굽어보았다. 과거에 자신의 집이었던 곳을 보니 심장이 더 빨리 뛰고 머리는 터질 것만 같았다. 두려움과 불안과 고통 속에서 수없이 많은 나날을 보낸 그곳은 여전히 어두컴컴했다. 너무나 춥고, 너무나

---

* 해의 양쪽에 고리나 무리 모양의 빛나는 점이 만들어지는 대기 현상.

배고프고, 너무나 외롭던 시절. 케일은 한동안 그곳을 물끄러미 바라보았다. 이 괴로운 순간에 고래고래 소리치고 싶었다. 하지만 성소 내부 오른쪽에서 뭔가가 눈길을 끌었다. 여자들이 갇혀 있는 구역이었다. 가장 먼 끄트머리에서 거미 다리 같은 연기 한줄기가 공중으로 느릿느릿 피어올랐다. 케일이 후크에게 아주 살짝 고개를 끄덕이자 공격이 시작되었다.

"준비!" 장교 한 명이 소리쳤다.

"각자 제자리에!"

"시작!" 곧이어 엄청난 함성이 터져나왔다. "밀어올려!" 거대한 구조물이 흔들렸지만 움직이지는 않았다. "밀어올려!" 역시 흔들리기만 할 뿐 가만히 있었다. "밀어올려!" 이번에는 몇 인치 움직였다. "밀어올려!" 이제 1피트. "밀어올려!" 이제 2피트. 단단히 보강된 비탈에 제대로 얹힌 터널은 흙을 밀면서 올라갔다. 하지만 문제는 빠르기가 아니라 안정성이었다. 인부들은 서로 소리치고 후크를 부르면서 터널의 앞부분과 측면을 정신없이 오갔고, 땅이 무너져 터널이 처박히거나 미처 생각지 못한 사고가 날까봐 눈을 부릅뜨고 살폈다. 전진을 멈추고 30피트 길이의 지렛대 십여 개로 여전히 헐거운 흙에 박힌 터널을 들어올리는 작업을 두 번이나 했다. 하지만 방벽에서는 공격이 전혀 없었다. 케일이라면 뭐든 죄다 가져와 침략자들의 머리에 쏟아부었을 것이다. 그사이 여자들이 갇혀 있는 구역 가장자리를 따라 차례차례 불길이 치솟기 시작했다.

"리디머들은 어디 있지?" 성소의 지도를 모아둔 막사로 가는 동안 팬쇼가 물었다. 막사 안에는 신형군 장교 여섯 명과 옴스비-고 어를 비롯한 라코니아 용병 셋이 있었다. 이드리스푸케도 그 자리 에 참석했다.

"모르겠어. 하지만 놈들이 유쾌한 짓을 할 리는 없지. 그건 분명 해." 케일은 계획을 바꾸기로 마음먹었다. "일차 돌격대가 진입하 면 곧바로 당신네 병사 오백 명을 보내."

팬쇼는 옴스비-고어를 돌아보았다. "괜찮겠나?"

"우린 동의한 바 없습니다." 옴스비-고어가 대답했다.

일반적으로 라코니아 용병보다 겁 없는 병사는 없다고 한다. 하 지만 실제로 그들은 매우 우유부단한 태도를 보인다. 문제는 이 끔 찍한 살인 병기 하나를 양성하는 데 엄청난 노력과 시간과 돈이 들 뿐만 아니라 그 수가 매우 적다는 것으로, 전장에서 죽음을 무릅쓸 지언정 사소한 싸움에는 적극적이지 않았다. 이 괴물들 하나하나 가 희귀한 꽃병처럼 귀한 존재였다.

마약 복용과 베이그 헨리에 대한 걱정으로 평소보다 훨씬 더 심 기가 불편한 케일은 옴스비-고어의 눈을 똑바로 노려보았는데, 정 상적인 상황이라면 썩 현명한 행동이 아니었다. "동의 따위는 필요 없어. 댁들은 시키는 대로 하면 돼. 안 그러면 내가 당신의 우라질 목을 잘라 산 아래로 걷어찰 테니까."

세상에는 이런 말을 해도 되는 상대와 그렇지 않은 상대가 있다. 일반적으로 라코니아 용병은, 특히 옴스비-고어는 후자에 해당했 다. 케일의 입에서 나온 마지막 단어의 마지막 음절이 들리기가 무 섭게, 이미 악명 높은 살인귀 집단에서도 악명 높은 살인귀였던 옴 스비-고어는 잽싸게 단검을 꺼내 케일의 심장을 찔렀다.

37

만약 상대가 케일이 아니었다면 그 기습은 성공했을 것이다. 하지만 케일은 앞으로 스물네 시간 뒤에는 그를 죽일 공산이 큰 약에 취해 극도로 과민해진 상태였다. 그 일격의 힘과 **빠르기**가 옴스비-고어의 자멸을 불러왔다. 칼날이 아슬아슬하게 가슴을 빗나가자, 케일은 공격자를 빙글 돌려 꽉 붙들고 칼을 상대의 목에 갖다 댔다. 지켜보던 이들은 방금 눈 깜짝할 사이에 벌어진 일에 놀랐을 수도 있다. 하지만 그들이 입도 벙긋하지 못한 것은 소년의 눈빛에 어린 사나운 광기 때문이었다.

이드리스푸케조차 섣불리 움직이거나 소리를 냈다가는 케일이 폭발할까 두려워 침묵했다. 몇 시간 만에 처음으로 밖이 조용했다. 생사의 갈림길에 선 막사 안에서는 일 초가 한없이 길게 느껴졌다. 그때 밖에서 요란하게 우두둑! 하는 소리가 나더니, 이어서 무너지는 소리와 함께 성난 공병의 고함소리가 들려왔다.

"제기랄, 씨부럴, 병신 육갑하네!"

막사 안에서는 어느 누구도 말하거나 움직이지 않았다. 그러나 케일은 달랐다. 격분한 공병의 감동적인 욕설에 웃음을 참지 못하고 폭소를 터뜨렸다. 흥분한 미치광이의 병적인 키득거림이 아니라 방금 벌어진 일이 어처구니없어 터져나온 정상적인 웃음이었다. 팬쇼는 이 기회를 놓치지 않았다.

"내가 옴스비-고어의 칼만 가져갈게." 그는 두 손을 들고 조용히 말하며 옴스비-고어를 보았다. "자네도 내 말 이해하지, 친구. 그렇지?" 옴스비-고어는 아무것도 이해하지 못하겠다는 태도로 팬쇼를 빤히 쳐다보았다. 팬쇼는 속으로 투덜거렸다. 죽음을 두려워하지 않는 인간의 문제는 죽음을 두려워하지 않는다는 거지. 결국 다른 수를 생각해내야 했다.

"잘 듣게나, 친구. 자네가 칼을 놓지 않으면, 나는 토머스 케일의 허락을 받고 내 칼을 꺼내 자네의 우라질 목을 잘라 산 밑으로 걷어찰 거야."

그건 옴스비-고어에게는 전혀 다른 문제였다. 명령 불복종으로 전장에서 처형당하는 것은 자신과 가족에게 씻을 수 없는 불명예이자 영원한 오명이 될 터였다. 그는 뽑을 때와 마찬가지로 재빨리 칼을 떨어뜨렸다.

"이제 나한테 맡겨주겠어?" 팬쇼는 옴스비-고어의 두 손을 잡아 케일을 안심시키며 물었다. 케일이 옴스비-고어를 놓아주자, 팬쇼는 그를 똑바로 세우고 밖으로 데리고 나가 조용히 체포한 다음, 부하 네 명에게 데려가라고 지시했다. 그런 다음 다시 막사 안으로 들어와 말했다.

"저 친구는 성소를 함락한 뒤 네가 원하는 방식으로 처리하는
게 어떨까? 병사들의 주의가 산만해지면 곤란하잖아, 안 그래?"
팬쇼는 옴스비-고어의 처형 소식에 고국의 라코니아 병사들이나
에포르들이 어떻게 반응할지 생각하고 싶지 않았지만, 그 문제가
논란이 되기 전에 케일이 죽을 거라 예상하니 마음이 놓였다.

케일은 말없이 살짝 고개만 끄덕여 동의를 표한 다음, 무슨 일
로 우두둑 소리가 나고 공병이 탄식을 내뱉었는지 알아보러 밖으
로 나갔다. 점착성 그리스 화약을 가득 채운 커다란 통 하나를 최
종 진격을 위해 성소 방벽을 향하는 터널 안으로 옮기다 생긴 사고
였다. 이 화약은 폭발성 물질이라 심하게 흔들리면 위험했다. 운나
쁘게도 그 통이 제방 꼭대기 난간에서 이탈했다. 인부들은 떡갈나
무 지렛대를 이용해 통을 다시 난간으로 올리려 했다. 우두둑 소리
는 지렛대가 부러지는 소리였다. 지렛대가 부러져 언덕 아래로 굴
러내려간 화약통이 바위 더미에 부딪혀 깨지자, 분개한 공병이 가
슴 아픈 욕설을 쏟아낸 것이다.

이제 전장과 화학 연구실의 차이에 익숙해진 후크는 이미 대체
화약통을 가져오라고 지시했고, 불과 몇 분 만에 새 화약통이 터널
쪽으로 신속히 옮겨졌다.

"너 괜찮냐?" 케일을 따라 밖으로 나온 이드리스푸케가 물었다.

"다시는 그런 일 없을 겁니다. 아마도요. 앞으로 며칠 동안은 제
말에 토 달지 않는 게 좋을 거라고 사람들에게 전하세요."

"굳이 그럴 필요도 없을 것 같은데."

이 말을 케일이 들었는지는 확실치 않았다.

"제가 뭔가를 놓쳤습니다. 중요한 뭔가를 놓쳤어요."

"무슨 뜻이냐?" 이드리스푸케는 긴장했다. 다른 이들과 마찬가지로 그도 아무리 큰 대가를 치른다 한들 성소 함락은 필연이라고 여겼다.

"어째서 저들이 공격하지 않죠? 지금쯤 공격을 해야 마땅한데. 보스코는 제가 모르는 뭔가를 알고 있습니다."

"그럼 멈춰라."

"안 됩니다."

"어째서?" 하지만 그 이유는 이드리스푸케도 잘 알고 있었다. "넌 베이그 헨리에게 가지 말라고 했다. 나도 녀석에게 가지 말라는 취지로 말했고."

케일은 이드리스푸케를 바라보았다. "우리가 빨리 들어가지 않으면, 헨리는 놈들의 포로가 될 겁니다. 저들이 녀석에게 무슨 짓을 할지 아세요?"

"짐작이 간다."

"물론 그러시겠죠. 하지만 저는 그럴 필요가 없습니다. 직접 봤으니까요. 물론 이번에는 더 끔찍하겠지만요. 녀석을 태워 죽일 겁니다. 인 미니무스 비아."

한 하사가 끼어들어 말했다.

"후크 씨가 터널 공격 준비가 끝났다는데요."

"잠깐 기다려." 케일은 다시 이드리스푸케를 돌아보았다. "당신은 배운 사람이니 방금 한 말의 의미를 알겠죠?"

"아니, 생소한데."

"'최소한의 방식으로'라는 뜻입니다. 깡통에 담긴 물을 끓일 정도로 소량의 장작만 쌓아 불태운다는 뜻이죠. 저도 본 적은 없습니다. 보스코한테 들었어요. 열두 시간 걸린다더군요. 그러니 안 됩니다. 멈출 수 없어요."

"반드시 그런 짓을 한다고 확신할 수는 없지 않느냐?"

"제가 확신하지 못하는 건 제가 모르는 걸 보스코가 안다는 겁니다. 아무것도 알 수가 없어요."

"만약 베이그 헨리가 여기 우리 곁에 있다면 넌 멈추겠지."

"하지만 녀석은 여기 없습니다."

"너도 알다시피 겨울이 오기 전에 성소를 점령하지 못하면, 저들은 우리가 돌아오기 전에 병력을 보강할 게야. 추축국 연합국들은 이미 서로의 목을 노리고 있다. 스위스 정부는 네 머리통이 거리에 나뒹굴기를 바라지. 여기서 네가 패하면 무슨 일이 벌어질지 아무도 몰라."

"제가 패한다고 누가 그럽니까?"

"네가 그랬지."

"뭐가 어떻게 돌아가는지 모르겠다고 말했습니다."

"그럼 기다려."

"기다리면요? 만약 지금이 적기라면, 만약 기다리다 저들에게 어떤 기회를 준다면…… 그게 뭔지는 모르겠지만…… 미처 예상하지 못한 것 말입니다. 하지만 만약 보스코가 병들어서 지금이 최고의 기회라면? 아무것도 알 수 없어요."

"저곳이 아니라 이곳에 헨리가 있다면 넌 뭘 할지 알 텐데."

"그럴까요?"

"그래."

"저한테 따지지 말라고 모두에게 전하기로 하지 않았나요?"

"나는 거기에 해당하지 않는 줄 알았지."

"아뇨, 틀렸습니다." 케일은 하사를 불러 지시했다. "시작하라고 후크에게 신호를 보내."

곧이어 몇 차례의 고함과 함께 공격이 시작되었다.

38

"부탁이 있어."

케일이 말했다. 팬쇼는 케일이 요청한 라코니아 용병 오백 명을 데려왔고, 신형군의 첫 돌격대가 투입되자마자 그들을 보내라는 지시를 받았다. 그중 살아남을 자는 많지 않을 터였다.

"부탁? 들어줘야지. 가능하다면."

"저 안의 상황이 파악되면 곧장 당신 부하들을 투입해 베이그 헨리를 구해줘."

"그건 어려운 부탁인데. 위험 부담이 커."

"알아."

팬쇼는 성소 지도를 보며 내부 건물들을 살펴보았다.

"여긴 미로나 다름없어. 길을 잃기 쉬울 테고, 그 대가가 만만치 않을 거야. 하지만 네가 저들을 데려가서 안내해준다면……"

케일은 팬쇼가 무슨 짓을 하려고 고심했을지 훤히 간파하고 있었다. 케일 자신이나 베이그 헨리가 전쟁의 안개 속에서 살아 돌아올 가능성은 애써 따져볼 필요도 없었다.

"안타깝지만 난 여기 있어야 해. 하지만 그 구역을 나보다 더 잘 아는 참회자 세 명에게 길잡이 노릇을 하라고 지시해뒀어."

팬쇼는 반발할까 잠시 궁리했지만, 그랬다가는 모양새가 좋지 않을 터였다. 물론 케일이 이 제안을 받아들일 거라 기대하지도 않았다. 그리고 앞으로 스물네 시간 안에 케일이 비극적인 죽음을 맞이하고 그 책임 소재에 대한 의심이 일어날 경우, 라코니아 용병들이 케일의 단짝 친구를 구출하는 위험한 임무를 위해 신형군을 바짝 따라갔다는 점을 부각해서 나쁠 건 없었다.

팬쇼가 부대를 준비하러 떠나자, 케일은 나가는 길에 이드리스 푸케를 만나 전황을 최대한 잘 볼 수 있도록 리틀 브라더 꼭대기의 작은 탑으로 함께 올라갔다. 이윽고 작전이 시작되었다. 터널 앞부분에 매단 밧줄들이 서서히 내려지자, 터널은 성소 방벽 꼭대기까지 30피트 간극을 잇는 거대한 능선으로 변모했다.

여전히 아무 일도 일어나지 않았다. 일 분쯤 조용하다가 알아듣기 어려운 고함소리가 몇 차례 들리더니, 압축기를 누를 병사 스무 명이 대기하는 수동 펌프들에 액체 화약이 이 분 동안 채워졌다. 또 고함이 들렸다. 짧은 정적. 곧이어 후크가 펌프들을 개방하자, 여덟 개의 화염방사기가 세계에서 가장 거대한 분수처럼 액체 화약을 뿜어내기 시작했다. 그 아래 횃불에 후크가 불을 붙이는 순간, 세상이 쪼개지듯 엄청난 폭음과 함께 액체 화약이 거대한 부채꼴 화염을 만들어 전방과 좌우 100야드의 방벽을 뒤덮었다. 이 무시무시한 장치 때문에 그 뒤에 있던 모든 사람의 귀가 이십 초 동안 먹먹했다. 이윽고 화염방사기의 폭발을 염려한 후크가 불을 껐다. 그후로도 일 분 동안 지옥 한가운데 불의 호수처럼 활활 타오르던 화염은 마치 촛불이 바람에 꺼지듯 순식간에 사라졌다. 열기를 막으려고 정강이 보호대를 찬 신형군은 리디머들이 반격하기 전에 아수라장을 최대한 활용하려고 지체 없이 터널을 지나 다리로 올라갔다.

"걱정 마! 여기서부터는 식은 죽 먹기야!"

"눈 똑바로 떠! 눈 똑바로 뜨라고!"

"가장자리로 붙어! 가장자리로…… 그래! 가장자리, 이 멍청아!"

"저쪽으로! 저쪽으로! 니미럴, 잘 좀 보고 걸어!"

"암살 구멍*을 조심해! 암살 구멍!"

"여기야, 친구! 여기!"

하지만 끔찍하게 불탄 시체 따위는 없었다. 불길에서 살아남아 반격을 준비하는 자도 없었다. 고함소리가 그쳤다. 소름 끼치게 고요한 정적만 사방에 감돌 뿐이었다. 이로 인해 지독한 긴장감이 고조되었다. 예상치 못한 최악의 상황이 벌어질지 모른다는 엄청난 공포가 몰려왔다. 언제 어떤 식으로 놈들이 공격해올까? 병사들은 곧 닥칠 참혹한 전투에 대비해 밀집 대형으로 이동했다. "천천히! 천천히! 눈 크게 떠! 조심해! 뭐가 나올지 몰라!"

이런 공포와 더불어 눈앞의 모든 것을 뒤덮은 그리스 화약의 시커먼 연기가 짙은 안개처럼 그들을 맞이했다. 앞으로 나아가는 동안 평범한 모든 물건이 어둑하고 모호한 형상으로 소름 끼치도록

---

* 침입하는 적에게 화살을 쏘거나 뜨거운 기름 따위를 부으려고 성벽에 파놓은 구멍.

위협적으로 보였지만, 연기 사이로 드러난 것은 어지럽게 쌓인 통들이나 구원받은 자에게 은총을 내리는 성상聖像들에 불과했다. 결국 정지 명령이 내려졌다. 어깨와 어깨를 맞댄 신형군 병사 이천 명은 물론이요, 라코니아 용병들조차 뭔가 무시무시한 것이 닥쳐올지 모른다는 섬뜩한 예감에 두려워서 덜덜 떨었다.

아주 서서히 —바람이 거의 없는 날이었기에— 연기가 얼룩덜룩 흐려지기 시작하면서, 맑아지는 자리마다 줄곧 나타나지 않았던 적이 모습을 드러낼 것만 같았다. 잠시 후 가벼운 바람에 이어 세찬 돌풍이 불자, 연기가 빙글빙글 돌면서 아름다운 무늬를 그렸다. 결국 바람에 연기가 완전히 걷히고, 이날 대부분 죽음을 예상했던 병사들은 목숨의 최종 형상을 목도했다. 사방 곳곳에, 인도를 덮은 지붕의 모든 골조마다, 통로의 모든 기둥마다, 안뜰에 박혀 있는 수백 개의 나무 십자가마다, 눈이 가는 모든 곳에 리디머 수천 명이 교수되어 있었다.

39

이제는 신형군도 학살 광경에 충분히 익숙해졌고, 라코니아 용병들은 철저히 살인에 탐닉하는 무리였다. 하지만 이런 죽음은 그들이 아는 죽음이 아니었으며, 비록 눈앞에 펼쳐진 광경이 이날 그들이 목숨을 부지한다는 뜻이고 목 매달려 죽은 수많은 인간들은 그들을 괴롭힌 최악의 적이지만, 성소 안을 느릿느릿 이동하는 동안 소름 끼치는 불쾌감이 그들을 사로잡았다. 새로운 전경이 펼쳐질 때마다 모든 광장에, 모든 안뜰에, 지붕 덮인 모든 통로에, 모든 기도 정원에 교수된 시신들이 줄줄이 늘어서 있을 따름이었다. 들리는 소리는 밧줄이 끽끽거리는 소리뿐이고, 움직이는 거라고는 가벼운 바람에 이리저리 조금씩 흔들리는 시체들뿐이었다.

병사들은 성소의 건물들 안으로 천천히 이동했다. 다른 도리가 없었다. 모든 통로에 전후좌우 3피트 간격으로 리디머들이 콘크리트 천장에 박힌 갈고리에 밧줄로 목이 매달려 있었다. 모든 방에.

모든 집무실에. 모든 골방에. 모든 예배당에. 대형 교회 여섯 곳에
는 열두 개의 층마다 시신이 천 구 이상 있었다. 망자의 날 죽음의
나무에 매다는 장식들처럼 고요했다. 정지 명령이 내려지자, 라코
니아 용병들과 참회자 안내인은 성소의 깊은 내부로 향했다. 베이
그 헨리가 있는 구역으로 가는 동안 앞뒤로 흔들리는 시신들이 방
해해 빨리 걷기가 어려웠다.

수색이 완전히 끝날 때까지 밖에 머물러 있으라는 강력한 충고
에도 아랑곳없이("놈들이 숨어서 당신이 올 때를 기다리는 게 분
명합니다.") 성소로 들어온 케일은 참담한 경악에 휩싸여 눈이 휘
둥그레졌다. 충고를 따라야 마땅하지만 차마 기다릴 수가 없었다.
참회자들에게 바짝 에워싸인 채(그들은 무슨 생각을 할까?) 케일
은 사제의 투기장으로 기묘하게 바뀐 오래된 공간들 안으로 걸어
들어갔다. 이곳에 다시 오니 케일의 영혼이 이상하게 떨렸다. 옛집
으로 돌아온 기분은 아니었다. 레이 수녀의 이야기가 맞았다는 것
을 깨달았기 때문이다. 케일은 과거에 여기 있었고, 지금도 여기
있으며, 앞으로도 언제나 여기 있을 거라는.

참회자들은 리디머들이 매달려 있는 기다란 방 한쪽 공간을 치
우고 케일을 그곳으로 모셨다. 거기 있으면 모두의 시선에서 자유
로웠다. 몇 분 뒤, 신형군 병사 한 명이 상자 안에 숨어 있던 소년
을 발견해 데려왔다.

한 참회자가 말했다. "고해를 하겠다고 합니다."

케일이 소년에게 물었다. "뭐하는 녀석이냐?"

"애콜라이트입니다."

"나도 그랬어. 이제 괜찮으니 걱정 마. 아무도 널 해치지 않을

거야. 여기서 무슨 일이 있었지?"

소년의 이야기는 다소 횡설수설이었지만 요지는 간단했다. 보스코는 가장 믿음직한 추종자 오백 명을 모아놓고, 토머스 케일의 배신 때문에 신실한 자들을 지상에서 제거하고 다시는 인류를 생각하지 않겠노라 선언했다. 굳건한 믿음에 대한 보답으로 성소의 신도들은 목 매달린 리디머와 같은 방식으로 주님 곁에서 영원한 환희를 누리게 되리라는 것이었다.

"그 말에 모두가 동의했나?"

"다는 아닙니다. 하지만 교황께서는 고문단을 만들어 영적 지원이 필요한 자들을 돕게 하셨습니다."

"하지만 넌 아니었구나."

"두려웠습니다."

"이제 넌 안전해." 케일은 신형군의 참모 하사 한 명을 돌아보고 지시했다. "이 녀석을 데려가서 새 옷을 입히고, 내 요리사에게 먹을 걸 주라고 해. 안전하게 잘 지켜줘. 그나저나 제기랄, 헨리 소식은 없는 거야?" 케일은 참회자 두 명을 더 보냈다. 오 분 뒤, 위험하지만 직접 가보기로 마음먹었을 때, 팬쇼가 불안한 표정으로 나타났다.

케일이 물었다. "무슨 일이야?"

"몇 가지 소식을 들었는데, 늘 그렇듯 뒤죽박죽이야."

"하지만 뭔가 듣긴 했지?"

"너도 잘 알다시피 첫 소식은 항상 엉터리지."

"알아. 그래서 무슨 소식인데? 들은 대로 말해봐."

"정 그러시다면 뭐. 네 친구가 죽었다는 소식이야. 녀석을 봤다는 자한테 들었어."

"헨리를 아는 자라고? 얼마나 잘 아는데?"

"오다가다 봤겠지. 뻔하잖아? 지금 여긴 지옥 같은 상황이야. 이런 데서는 처음엔 뭐가 뭔지 혼란스럽지. 아마 그자는 네가 죽었다는 소리도 들었을걸."

케일은 참회자들을 불러 여자들이 있는 구역으로 가려 했다. 그때, 연한 잿빛 연기가 안뜰로 불어오는 입구에서 한 사람이 걸어나왔다. 연기 때문에 형체가 흐릿하고 얼굴은 거무스레했지만, 걸음걸이를 보고 대번에 누군지 알 수 있었다. 이윽고 베이그 헨리가 케일을 알아보더니, 자신을 묘하게 바라보는 케일에게 방어적으로 물었다.

"왜 그래?"

케일은 잠시 친구를 물끄러미 보았다.

"네가 죽었다는 소문이 돌았어."

이 말에 놀란 헨리는 얼마나 믿을 만한 소문인지 궁리하는 표정을 지었다. 하지만 이내 대꾸했다.

"안 죽었어."

케일은 계속 빤히 보며 물었다.

"어떻게 된 거야?"

베이그 헨리는 빙그레 웃었다.

"별일 없었어. 진짜 쉽게 들어왔지. 여자들한테 가는 길에 겨우 여섯 명 해치웠어. 이제 그 이유를 알겠다."

"놈들이 공격하지 않았어?"

"응."

"불이 난 건 뭐야?"

"우리 때문에 겁먹은 수녀 하나가 뜨거운 기름이 담긴 냄비를 쏟았거든. 그곳은 건초더미처럼 금세 불길에 휩싸였어. 마루 밑을 따라 사방으로 번졌지. 그 바람에 여기저기서 불이 난 거야. 좀 무섭더라."

"여자들은 괜찮아?"

"무사해. 전부 다." 베이그 헨리는 웃으며 덧붙였다. "보스코는 그녀들에게 애콜라이트 배식량의 절반만 줬어. 그래서 지금은 머리카락hair처럼 홀쭉해."

"산토끼hare?"

"응. 머리에 나는 거."

"아, 난 또 토끼 같은 걸 말하는 줄 알았지. 토끼라니, 말도 안 돼. 그렇지?"

"응."

"보스코가 왜 여자애들을 죽이지 않았을까?"

"사람은 누구나 선한 면이 있어서겠지." 베이그 헨리가 대답했다.

두 소년 모두 웃었다. 케일은 안뜰 곳곳에서 흔들리는 시신들을 고갯짓으로 가리켰다.

"넌 이걸 어떻게 생각해?"

갑자기 헨리가 성난 얼굴로 대답했다. "생각 따위 안 해. 우라질, 죄다 죽어버려서 속시원하다." 그러고는 웃음을 터뜨렸다. 기쁜 건 틀림없지만 두려움도 담겨 있었다. 헨리가 말을 이었다. "하지만 여기 들어올 때는 못 봤어."

"보스코는 이것이 천국에 이르는 방법이라고 했어."

베이그 헨리가 고개를 끄덕이자 케일이 물었다.

"아직 보스코 못 찾았지?"

"응. 찾고 싶어?"

"어떻게든 찾아야 해. 자기 방에 있을 거야, 아마도."

"확실하게 점령하기 전에 돌아다니는 건 좋은 생각이 아니야."

"조바심이 나서 못 기다리겠어."

이날 토머스 케일 암살 임무를 부여받은 암환자 라코니아 용병 윈저는 유난히 몸 상태가 좋지 않았다. 어차피 이승에 오래 머물 자가 아니었다. 앞서 케일이 베이그 헨리와 대화하는 모습을 본 그는 제대로 저격할 수 있는 높은 지점으로 가려고 노력했다. 입고 있던 옷을 벗고 리디머 시신에서 벗긴 수단을 입었다. 기대한 대로 훨씬 큰 혼란이 일어나고 며칠에 걸쳐 전투가 벌어졌다면 암살 기회가 왔겠지만, 지금은 주위가 너무 고요하고 병사들은 매달린 주검들 때문에 잔뜩 침울해진 채 수천 명씩 밀려들고 있었다. 바짝 긴장해 있다가 갑자기 상황이 종료되니, 지독히도 복잡한 그들의 감정은 안으로 향할 수밖에 없었다.

성소의 꼬불꼬불한 통로가 익숙하지 않은 윈저는 벽에 가려진 돌출부를 보고 그리로 가다가 길을 잃었다. 간신히 거기 다다랐을 때는 케일과 베이그 헨리가 정찰 보고를 받고 광장을 떠나는 모습이 보였다. 제대로 된 보고일 리 만무했지만, 만약 보고를 무시하고 거기 그대로 있었다면 케일은 고작 몇 초밖에 살지 못했을 것이다.

윈저는 수단을 벗고—여벌의 수단은 주변에 얼마든지 있으니까—두 소년을 뒤쫓아갔다. 물론 이 거대한 혼돈의 장소에서 그들을 찾으리라는 기대는 크지 않았다. 하지만 이제 라코니아 용병들이 성소 곳곳을 돌아다니고 있으므로 두 소년을 추적하는 것은 시간문제였다. 윈저는 구토할 때만 걸음을 멈췄다. 요즘은 하루에 세 번씩 토했다.

케일과 베이그 헨리는 앞으로 나아가기가 쉽지 않았다. 비록 바닥은 깨끗했지만, 바닥에서 2피트 위로는 흔들리는 시체가 빽빽이 늘어서 있어서 그것들을 헤치고 나아가려니 더디고 번거로웠다. 예상대로 윈저는 금세 길을 잃었지만, 한 창문 밖을 내다보고는 비록 두 소년은 보이지 않지만 그들이 지나간 뒤 앞뒤로 흔들리는 시체들의 움직임으로 행적을 알 수 있다는 걸 깨달았다. 그래서 시체들을 헤치며 나아가기보다는 밑으로 기어가는 편이 낫겠다고 판단했다. 물론 두 소년이 어디로 가는지 틈틈이 확인해야 했다. 케일과 베이그 헨리도 그 생각을 하긴 했지만, 과거에 그들을 억압하던 자들 밑으로 긴다고 생각하니 불쾌할뿐더러, 사실 이 상황이 재미있었다. 일반적인 병사라면 이토록 끔찍하고 단호한 방식으로 기꺼이 죽음을 맞이한 리디머들의 시신 앞에서 위축되었겠지만, 케일과 베이그 헨리는 더 강인한 것으로 채워진 존재들이었다. 그들은 이 소름 끼치는 최후를 지극히 마땅한 결말로 여겼고, 둘이 생각해낼 수 있는 그 어떤 종말보다 통쾌하다고 생각했다. 처음에는 충격을 받았지만, 이내 눈앞의 참상에 희열을 느꼈다. 결코 과장이 아니었다. 과거에 겪은 모든 고통이 어느 정도 보상받은 황홀한 만족감이었다. 두 소년에게 이들의 죽음은 너무나 달콤했으며, 죽었건 살아 있건 보스코를 만나야만 완전히 충족될 쾌감이었다.

윈저와 두 소년 사이의 거리가 40야드 이내로 좁혀진 때도 있었지만, 미로처럼 어지러운 길과 어둠이 또 그를 좌절시켰다. 엉뚱한 곳으로 방향을 돌린 윈저는 축 늘어진 수많은 발들 밑을 기어서 복잡한 성소 내부로 점점 더 깊이 들어갔다.

케일과 베이그 헨리가 가장 넓은 통로 끝으로 다가갈 즈음, 이상한 소리가 들렸다. 들리다 안 들리다 해서 처음에는 무슨 소리인지 모호했다. 덫에 걸린 작은 짐승이 벗어나려고 몸부림치는 것처럼 긁히고 쓸리는 소리였다. 처절한 느낌이었다. 긁히고 쓸리고, 정적, 긁히고 쓸리고. 점점 짙어가는 어둠과 고요 속에서 그 소리가 두 소년의 목덜미를 조였다. 긁히고 쓸리고, 정적, 긁히고 쓸리고. 그때 요란하게 퍼덕이는 이상한 소리가 들렸다. 두 소년은 천천히 통로 끝으로 다가갔다. 잠시 후 통로가 오른쪽으로 굽으면서 커다란 방만한 공간이 나타났다. 긴장한 두 소년은 바닥에 몸을 낮추고 소리의 정체를 확인했다. 샌들을 신은 두 발이 미친듯이 버둥거리고 바닥을 긁어대면서, 몸뚱이 무게를 떠받칠 단단한 뭔가에 닿으려고 애처롭게 용을 쓰고 있었다. 목에 맨 밧줄이 늘어졌거나 매듭이 살짝 풀린 것이다. 통로 모퉁이를 돌자, 늘어진 다리들에 얼굴이 닿지 않고 벽에 기대어앉을 만한 공간이 나왔다.

베이그 헨리가 말했다. "너무 어두워져서 안 보여."

쓰윽, 쓰윽, 찌익.

"아주 가까워. 여기 이 위도 표시 바로 맞은편이야."

찌익, 찌익, 쓰윽.

"저 소리 때문에 소름이 돋아."

"그럼 빨리 지나가자."

두 소년은 위도가 표시된 벽에 바짝 붙어 천천히 이동했다. 그때 별안간 사납고 절박하게 긁어대고 캑캑거리는 소리가 났다. 목이 졸린 남자가 숨을 쉬려고 몸부림치면서 바닥에 닿으려고 발을 버둥대고 있었다.

"오, 맙소사!" 베이그 헨리가 흔들리는 시체들을 헤치고 나아가 목 졸린 리디머의 허리를 안아 무게를 덜어주고 칼로 올가미 밧줄을 끊으려 했다.

거의 죽어가던 리디머가 숨을 들이마시고 의식을 되찾았다. 하지만 잠깐일 뿐이었다. 교수 의식의 감독관이었던 그는 맨 마지막으로 목을 매단 자들 중 하나였다. 멀쩡해 보였던 밧줄이 실은 불량품이라 늘어지는 바람에, 발끝이 땅에 닿아 몇 시간째 자신의 체중을 버텨 목숨을 부지했던 것이다. 베이그 헨리가 허리를 잡아주자 숨을 쉴 수 있게 된 그는 줄곧 빠져나오려 했던 죽음의 악몽에서 깨어나기 시작했다. 꿈속에서 그를 따라온 악마는 퉁방울눈에 뚱뚱하고 이빨이 비뚤비뚤했으며, 온몸이 분홍색과 하얀색으로 얼룩덜룩했다. 악마는 미끄럽고 축축하고 시뻘건 성기를 흔들면서, 마치 돼지가 웃듯 미친듯이 웃어댔다.

지금 그를 두 팔로 안고 있는 자는 베이그 헨리가 아니라 그 무시무시한 악마였다. 자신을 지킬 무기를 찾던 그는 교수할 자들의 명단을 작성할 때 쓴 뾰족한 연필을 꺼내, 그를 붙들고 있는 괴물을 가없는 두려움의 힘으로 찔렀다. 괴물이 비명을 지르며 물러나자, 리디머는 땅에 떨어져 결국 목이 부러졌다.

"아우! 아파!"

"왜 그래?"

"이 망할 자식이 날 찔렀어."

케일은 흔들리는 시체들 사이로 나아가기 시작했다. 시체들은 약을 올리듯 케일에게 부딪치고 자기들끼리 부딪쳤다. 방금 죽은 리디머 주위에는 공간이 조금 더 있었다. 조금 여유가 있는 자리에 스스로 목을 매러 온 것이다. 베이그 헨리는 자신의 겨드랑이와 등을 어루만지며 성난 얼굴로 투덜거렸다.

"이 자식이 날 찔렀어. 빌어먹을 연필로 찔렀다고."

이제는 그 넋이 영원한 환희의 품에 안겼을—아닐 수도 있고— 죽은 리디머의 오른손에 정말로 연필이 쥐어져 있었다.

"다행히 그게 전부야. 우라질 한심한 짓거리였어."

"입다물어. 어디 보자."

베이그 헨리는 왼팔을 들고 돌아섰다. 양모 사이에서 구멍을 찾기가 쉽지 않았다. 케일은 자세히 보려고 그 부위를 찢었다.

정말로 연필 모양의 구멍이 있었다. 피가 조금 나기는 했지만 심하지는 않았다.

"어때?"

"음, 맘에 안 드는걸. 좀 따갑겠어."

"따끔거려."

"아주 심각하진 않아. 돌아가서 의사에게 보이자."

"괜찮아. 어차피 여기까지 왔는걸. 이 분만 기다려줘."

베이그 헨리는 심호흡을 몇 번 하고 기운을 되찾았다.

"얼마나 멀어?"

"이 통로로 조금만 더 가면 돼."

"그자가 아직 살아 있을 거라 생각해? 너도 함께 저승으로 데려가려고 기다리고 있을지도 몰라."

"거기 없을 수도 있어."

"1달러 내기 하자."

"싫어."

"왜?"

"그게 무슨 의미가 있어?"

"나 좀 어지러워." 베이그 헨리가 비틀거리는 모습을 케일도 보았다. 작은 땀방울이 헨리의 얼굴을 뒤덮기 시작했고, 낯빛도 창백해지고 있었다. 결국 주저앉아 무거워진 몸을 벽에 기댔다. 케일은 친구의 안색이 마음에 들지 않았다.

"상처 좀 다시 보자."

베이그 헨리가 오른쪽으로 몸을 돌렸다. 피가 조금씩 나오고 있어 심각한 정도는 아니었지만, 케일이 예상한 것보다는 나빴다. 생각보다 깊이 박힌 게 틀림없었다. 하지만 케일이 지켜보는 동안 피는 그쳤다. 케일은 베이그 헨리를 다시 벽에 기대어 쉬게 해주었지만 헨리의 숨은 이미 멎어 있었다.

40

이드리스푸케는 성소 중앙 광장에 서서 팬쇼에게 이야기하고 있었다. 하지만 팬쇼는 정신이 딴 데 가 있었다. 윈저가 토머스 케일을 제대로 처리했는지 궁금했던 것이다. 어찌나 정신이 팔려 있었는지, 이드리스푸케가 말을 멈췄는데도 처음에는 알아차리지 못했다. 곧 그들 주위의 모든 이들이 조용해졌다. 커다란 광장 저편에서 케일이 베이그 헨리를 업고 천천히 걸어오고 있었다. 베이그 헨리는 매우 신나는 하루를 보내고 지쳐 잠든 어린애 같았다. 순간 아무도 움직이지 않았다. 눈앞의 광경을 이해할 수 없었다. 저 녀석들이 장난을 치나? 둘은 전에도 종종 그랬다. 케일이 걸음을 멈추고는, 베이그 헨리의 몸이 미끄러지려는지 좀더 등 위로 추켜올렸다. 잠시 후 십여 명이 달려오자, 케일은 베이그 헨리를 내려 그들이 받아 안게 했다. 이드리스푸케와 팬쇼가 케일 쪽으로 느릿느릿 걸어갔다. 베이그 헨리는 죽었다. 산전수전 다 겪은 두 남자가 그 참담한 부재를 눈치채지 못할 리 없었다.

"어떻게 된 일이냐?" 이드리스푸케가 물었다.

케일은 들은 척도 하지 않았다. "헨리를 이곳 성소의 방으로 보내지는 않을 겁니다. 저기 식당에서 탁자 하나를 들고 나와요. 크고 무거우니 열 명 이상 필요할 겁니다."

케일이 말하기 싫어하는 눈치라 두 남자는 오 분 동안 묵묵히 서 있었다. 그사이 케일은 뭔가 두고 온 장소를 기억해내려는 듯 성소를 두리번거렸고, 참회자 네 명은 베이그 헨리를 조심스레 들고 있었다. 이윽고 케일이 지시한 대로 길이 30피트 정도의 묵직한 탁자가 광장 한복판으로 옮겨졌다. 케일은 참회자들에게서 베이그 헨리를 건네받아 탁자 중앙에 조심스레 눕힌 다음, 처음에는 헨리의 양손을 옆구리에 대고, 이어서 가슴 위에 포개어놓았다. 죽음은 이미 헨리의 윗입술을 앞니 위로 당겨 망자의 토끼 미소로 그를 조롱했다. 케일은 조금 힘겹게 윗입술을 밑으로 당겨 원상태로 해놓았다. 하지만 곧 눈꺼풀이 올라가기 시작했고, 케일도 눈을 감고 있게 하지는 못했다. 케일은 하사 한 명에게 손짓해 그가 두른 하얀 스카프를 달라고 했다. 그리고 스카프를 여러 번 접은 다음 안대처럼 베이그 헨리의 눈에 얹었다. 여전히 아무도 입도 벙긋하지 않았다. 그때 한 병사가 기겁하며 소리쳤다. "하느님 맙소사!"

자신만의 세계에 빠져 친구를 내려다보던 케일을 제외한 모두가 고개를 들었다. 하지만 주위의 강렬한 침묵은 결국 베이그 헨리가 영영 사라졌음을 믿지 못하는 케일의 무거운 마음의 안개마저 꿰뚫었다. 그가 고개를 들었다. 광장 끄트머리에서 맨발에 하얀 리넨옷을 입고 참회의 올가미를 목에 건 16대 교황 보스코가 온화한 미소를 지으며 그들 쪽으로 걸어오고 있었다. 케일이 마지막으로 보았을 때보다 훨씬 야위었고, 힘겹게 걷느라 입을 벌린 모습과 더불어 너무 큰 리넨 사제복 때문에 아직 둥지를 떠날 준비가 안 된 어린 새처럼 보였다. 이 노인이 거대한 탁자 옆에 서 있는 사람들 쪽으로 오기까지는 거의 일 분이 걸렸는데, 다들 비틀거리며 다가오는 노인과 케일을 번갈아 바라보며 침묵에 사로잡혔다. 케일은 움직이거나 눈도 깜빡이지 않고 보스코만 뚫어져라 쳐다보았다. 이를 지켜보는 자들에게는 광장에 그 노인과 케일만 존재하는 것 같았다. 보스코는 계속 애정 어린 미소로 케일을 바라보며 멈춰 섰다.

"네가 오기를 끈기 있게 기다렸다. 너에게 모든 것을 설명해주고, 나로 인해 겪은 끔찍한 고통에 대해 너의 용서를 구하려고."

케일은 여전히 움직이거나 말하지 않았다. 두 번 다시 입을 열지 않을 사람처럼 보였다.

"나는 우리에 대한 너의 수많은 승리를 통해 주님께서 내게 어떤 말씀을 하시려는지 이해할 수 없었다. 그래서 물과 곡기를 끊고 몇 날 며칠을 기도했다. 눈으로는 보되 깨닫지 못했고, 귀로는 듣되 이해하지 못했다. 그러다 내 어리석음을 깨치시려는 주님의 자비로 눈앞의 장막이 거둬졌다. 어렸을 때 네가 여기 왔을 당시, 나는 너의 정체를 한눈에 알아보았지만, 주님의 가장 큰 실수를 일소할 방법을 내가 가르쳐야 한다고 생각했다. 그런 형언하기 어려운 과업을 이루는 데 필요한 강인한 영혼과 육체를 갖게 하고자 너에게 가해야 했던 아픔과 고통에 나는 밤마다 눈물지었다. 너를 강하게 만들려고 내가 한 모든 일은 마땅히 사랑이 있어야 할 자리에 증오만 키웠지. 세상의 종말은 인류에게 내리는 천벌이 아니라 주님의 거룩한 애정이었다. 새로운 시작을 위한 선물로서 말이다. 나는 네가 주님의 분노의 화신이라 여겼지만, 실은 너는 분노가 아니라 주님의 사랑이 육화된 존재였다. 무지몽매했던 나로 인해 너는 광기와 증오에 사로잡혔지. 내가 해야 할 일은 오로지 너를 다정하게 대하는 것이었으며, 너의 임무는 모든 인간을 다음 생으로 인도해 새로이 시작하게 함으로써 세상에 주님의 사랑을 전하는 것이었다. 나의 죄요, 나의 죄요, 통탄스럽기 그지없는 나의 죄로다."

보스코는 케일 앞에 무릎을 꿇었다.

"나를 용서해다오, 토머스. 우리에 대한 너의 모든 승리를 통해 주님께서는 상처 입은 너의 영혼이 그 상처를 야기한 자에 의해 회복되어야 한다고 내게 말씀하셨다. 나와 내 동료 사제들은 인류의 위대한 부활을 위해 마지막으로 주님 곁에 갈 생각이었지만, 네가 평온한 영혼으로 주님의 과업을 이루려면 이제는 우리가 앞장서야만 한다. 우리의 가련한 희생을 통해서만 너의 영혼에 사무친 증오가 사라질 수 있으므로."

보스코는 감사의 눈물을 쏟으며 두 팔을 내밀어 기도하기 시작했다.

"주여, 우슬초*로 저를 정화하소서. 그래야 제가 깨끗해지리니. 저를 씻기시어 눈보다 더 희게 하소서. 저를 죄에서 해방하시면 제가 깨뜨린 토머스 케일의 영혼과 심장이 기쁨에 벅차오르리니."

보스코가 기도하는 동안, 케일은 무심코 엉뚱한 곳에 둔 열쇠를 찾기라도 하듯 주위를 둘러보기 시작했다. 다른 이들은 모두 케일

---

* 유대인 의식에서 귀신과 재앙을 물리치는 데 사용한 식물.

만 바라보며 눈앞에서 벌어지는 일에 오싹한 전율을 느꼈다. 팬쇼와 이드리스푸케가 소곤소곤 대화하는 사이, 케일은 베이그 헨리의 시신이 누워 있는 탁자 끄트머리로 가서 식당 벽에 탁자를 고정하려고 못으로 박아놓은 작은 나무토막을 잡아당기기 시작했다.

팬쇼가 말했다. "보스코에게 얻을 수 있는 정보를 생각해보세요. 우린 저자를 살려둬야 합니다."

"맞는 말이오. 어떻게든 해보시오." 하지만 팬쇼는 움직이지 않았다.

케일은 길이가 9인치 정도 되는 나무토막을 뽑아내려고 했지만 잘되지 않았다. 못이 너무 깊이 박혀 있었다. 스패너를 쓰자 비로소 나무토막이 뽑혀나왔다. 케일은 보스코에게 다시 걸어갔다. 그는 여전히 기도하고 있었다.

"이렇게 당신의 사제들을 희생하여 케일의 눈에서 모든 눈물을 씻사오니, 더는 슬픔도, 고통도 없으리오다."

케일은 천천히 보스코 뒤로 돌아갔다. 뭔가를 마음속으로 저울질하는 것이 틀림없었다.

"목 매달린 리디머가 자신의 목을 꺾어 인류를 구원하였듯, 당신의 리디머들이 목을 매달아 희생함으로써 케일의 영혼이 받은 불필요한 모욕을 깨끗이 씻었으니, 케일은 마침내 자유로이 세상에 주님의 사랑을 전하……"

케일이 두 걸음 앞으로 나와 나무토막으로 노인의 정수리를 내리쳤다. 특별히 세게 치지 않았고, 특별히 무거운 나무토막도 아니었다. 보스코의 고개가 앞으로 살짝 꺾이더니, 얼굴로 한줄기 피가 흘러내렸다. 계속 읊조리려는 듯 입을 벌렸지만 소리가 나오지 않았다. 다시 말을 하려는 순간 재차 일격이 가해지고 보스코의 고개가 또 앞으로 꺾였지만, 생각보다 훨씬 덜 묵직한 느낌이었다. 지켜보던 자들은 이런 끔찍한 광경이 낯설지 않았지만, 이미 몇몇은 눈을 돌리고 있었다. 다시 케일이 내리쳤다. 또 핏줄기가 흘렀다.

보스코의 머리가 흔들리고 두 손은 옆으로 반쯤 내려갔다. 그가 헐떡였다.

"당신의…… 손에……내……"

또 내리치자 그의 말문이 막혔지만, 아직 기운이 남아서인지 일부러 힘껏 내리치지 않아서인지 쓰러지지는 않았다. 나무토막이 다시 그의 두개골을 내리치고, 또 내리쳤다. 이번에는 앞으로 고꾸라질 뻔했지만, 뭔가가 그를 다시 꼿꼿이 세웠다. 다시 가격하자 이번에는 보스코가 비명을 내뱉었고, 매끈하게 밀어버린 머리를 따라 여섯 갈래 핏줄기가 흘러내려 얼굴을 뒤덮었다.

"맙소사, 토머스, 그만해라." 이드리스푸케가 말했다. 케일은 바람 속에서 희미한 냄새를 맡은 여우처럼 그를 똑바로 쳐다보았다. 이게 중요한가? 전혀. 이제 케일은 참견 따위 들은 적도 없다는 듯 완전히 무시하고 고개를 돌려 다시 보스코에게 집중했다. 피투성이가 된 나무토막을 떨어뜨리고 보스코의 목에 감긴 참회의 올가미를 아주 신중하게 잡더니, 엄마가 아기를 목욕시킬 때 다치지 않도록 머리를 안아주듯 보스코의 목을 받치고 올가미를 좌우로 슬슬 흔들기 시작했다.

"토머스!" 이드리스푸케가 소리쳤다.

하지만 소용없었다. 케일은 연민이 닿지 않는 머나먼 어딘가에 있었다. 케일이 보스코를 끌어올리더니 한 손으로 따귀를 때려 정신이 들게 했다. 보스코가 서서히 의식을 되찾았다. 케일을 알아본 그는 애정 어린 미소로 바라보며 중얼거렸다.

"내가 바라는……"

하지만 보스코의 바람은 미처 입 밖으로 나오지 못했다. 하이에 나의 혼이 썬 케일이 올가미를 위로 당겼다 세차게 밑으로 내리꽂 자, 우둑 하는 요란한 소리와 함께 노인의 목이 부러졌다.

주위 사람들이 놀라서 기겁했다. 케일은 보스코의 얼굴을 자기 얼굴에 거의 닿을 만큼 끌어당겨, 그의 죽음을 잊지 않고자 마음에 아로새겼다. 그러고는 죽은 사내를 아주 조심스럽게 땅에 내려놓 고 걸어갔다. 이 광경을 목도한 자들은 하나같이 와들와들 떨었다. 심지어 팬쇼도 마찬가지였다. 그들 모두 참혹한 죽음과 분노는 익 히 보았지만, 이런 광포한 죽음, 아직 소년인 자가 자행한 이런 살 인은 금시초문이었다.

41

전날 베이그 헨리를 질식시킬 뻔했던 불은 완전히 꺼지지 않고 불과 몇 시간 뒤 다시 일어났는데, 물론 여자들이 갇혀 있는 구역에 국한되었다. 하지만 그 불길 덕에 성소 위로 낮게 깔린 잿빛 구름 밑면이 주황색으로 빛났고, 케일이 보스코를 죽이고 네 시간 정도 지난 뒤 이드리스푸케가 성소 입구로부터 반 마일쯤 떨어진 곳에서 케일을 발견할 수 있었다.

"베이그 헨리 일은 정말 유감이구나." 이드리스푸케가 말했다.

처음에 케일은 묵묵부답이었다.

"제가 여기 있는 걸 어떻게 알았죠?"

"몰랐다. 찾으려고 사람들을 보냈지만, 문득 이 근처일 가능성이 있다고 생각했지."

케일은 아르벨 마테라치를 억류해둔 외딴 처소에서 100야드쯤 떨어진 바위 위에 앉아 있었다. "저기 들어갈 생각을 하고 있었느나?"

"네, 고민중이었습니다."

"그러지 말라고 부탁해도 되겠니?"

이번에도 한동안 대답이 없었다.

마침내 케일이 입을 열었다. "베이그 헨리를 보이니치 오아시스에 묻을까 생각했습니다."

"난 모르는 곳이구나."

"여기서 멀지 않아요. 호수입니다. 멋진 숲이 있고 새들의 노랫소리가 들리죠. 녀석이 좋아할 겁니다."

"그래, 좋아할 거다."

"성소의 여자들도 데려가고 싶습니다. 아마 다들 울겠죠. 녀석은 그것도 좋아할 겁니다. 진짜 한심해요. 그게 무슨 의미가 있겠습니까?"

"나는 장례식에 많이 가봤다. 때로는 그런 게 의미가 있지."

"녀석한테는 아니에요."

"그래, 아니지."

몇 분간 침묵이 흘렀다. 이윽고 케일이 웃었다.

"제가 베이그 헨리의 위아래가 뒤집힌 기도서 이야기 했던가요?"

"들은 기억이 없는데." 실은 두 사람이 트리톱스에서 지낼 때 이미 들려준 이야기였다.

"어디서 그런 생각이 났는지는 모르지만, 녀석은 우리가 하루에 한 시간씩 읽어야 하는 기도서의 표지를 뜯고 위아래를 뒤집어 풀로 붙였습니다. 그리고 그애를 모르는 리디머와 마주칠 때마다 기도서를 꺼내 읽기 시작했죠. 그 모습을 본 자들은 불같이 화를 냈습니다. 거룩한 기도서를 읽는 척하는 행위는…… 주님에 대한 불경이니까요! 놈들은 득달같이 달려와 헨리의 손에서 책을 빼앗고 귀를 잡아당겼습니다. 그러면 헨리는 기도서의 표지가 뒤집혀 있는 걸 보여주고, 새 책을 기다리는 중이라고 했습니다. 아무리 고약한 리디머라도 그 말에는 깨갱할 수밖에 없었죠. 더러는 미안하다고 사과까지 했어요. 헨리는 자기가 리디머의 사과를 받아낼 수 있다는 내기로 애콜라이트들을 수없이 골탕 먹였답니다."

다시 침묵이 흘렀다.

"저는 아르벨을 증오합니다."

"그래."

"전에는 한 번도 미워한 적이 없어요. 미워하는 척했을 뿐 진짜로 미워하진 않았습니다. 아르벨이 저를 더이상 사랑하지 않고 보스코에게 넘겼을 때 치욕을 느꼈지만, 그녀에 대한 사랑은 변치 않았습니다. 단 한 순간도." 또다시 침묵. "굴욕에 대해 아세요?"

"아니."

"보스코는 인간이 수치심에 죽을 수도 있다고 했습니다. 죄를 지은 수치심 따위 말입니다. 저는 아르벨을 사랑함으로써 굴욕을 느꼈습니다. 너무나 무력하고…… 수치스러웠죠." 처음으로 케일이 이드리스푸케를 바라보며 물었다. "헨리가 왜 죽었는지 아십니까?"

"아니."

"아르벨 때문입니다."

"무슨 말인지 모르겠는데."

"저는 아르벨 때문에 여기로 돌아왔습니다. 그녀에게 보여주려고 그녀를 이곳으로 데려왔어요. 계획을 세우거나 뭐 그랬던 건 아닙니다. 머리로는. 하지만 이제 압니다. 결국 헨리는 죽었어요."

"뭘 안다는 거냐?"

"저는 그녀가 성소를 보길 바랐습니다. 제가 왜 그토록 이상한지 이해하고 저를 다시 사랑해주길 바랐어요. 그리고 제가 성소를 파괴할 수 있다는 걸 보여주고 싶었습니다. 어차피 제가 리디머들을 물리쳤을 테니 저를 보스코에게 넘길 필요가 없었다는 걸 말이에요. 제가 이겼을 겁니다. 이번에 이긴 것처럼. 저는 그녀가 정당한 이유도 없이 끔찍한 짓을 저질렀다는 걸 깨닫길 바랐습니다. 하지만 결국 베이그 헨리를 다시 이 구렁텅이로 데려와 죽게 했을 뿐입니다. 하고많은 곳 중 하필 여기, 이 똥통에서 죽었어요."

케일은 두 주먹을 머리에 대고 구멍을 뚫어 뭔가를 쏟아내려는 듯 관자놀이를 마구 눌러대기 시작했다.

"저기 내려가지 마라." 이드리스푸케가 말했다.

케일이 일어섰다. "가볼까 하는데요. 보스코 말이 맞아요. 과거를 죽이지 않으면 과거가 나를 죽이는 법이죠."

"가지 마라. 지금 네 정신 상태로는 뭔가 끔찍한 일이 벌어질지도 몰라."

"그래요, 맞습니다. 입에 담기 어려운 일들이 머릿속에 떠오르네요."

"베이그 헨리가 보면 뭐라고 하겠니?" 이런 말을 할 만큼 이드리스푸케는 절박해졌다.

"녀석은 죽었어요. 발언권이 없습니다."

"아르벨이 착한지 나쁜지 난 모른다. 그녀를 잘 알지도 못해. 내가 아는 건 그녀가 너를 병들게 한다는 점이다. 네가 아르벨 곁에 가면 상황이 악화할 뿐이야. 너희 두 사람의 공통된 광기가 둘 모두를 동강낼 거다. 그녀를 멀리해."

다시 짧은 침묵이 흘렀다.

"암토끼 키티를 죽였을 때, 제가 당신한테 말하지 않은 게 있습니다. 그건 키티의 눈빛이었습니다. 겁에 질리긴 했겠지만, 제 뇌리에 남은 건 그의 두려움이 아니라 충격이었어요. 말도 안 돼, 내게 이런 일이 일어나다니. 저한테 죽도록 두들겨맞으며 그런 생각을 하는 눈치더군요. 날마다 온갖 잔혹 행위와 폭력을 사주하고 지시했지만, 막상 그 폭력이 자신의 집을 덮치자 아연실색한 겁니다. 몹시 당황한 그 눈빛이 머릿속을 떠나지 않아요." 케일은 다시 이드리스푸케를 보며 물었다. "왜인지 아세요?"

"아니."

"저도 최근에 깨달았습니다. 그 표정을 다시 보고 싶어요. 진심입니다. 똥자루 조그와 보스 이카르드, 팬쇼와 에포르들을 비롯해 이 세상의 그들 같은 모든 인간의 눈에서 그걸 보고 싶습니다. 충격에 사로잡힌 눈빛을 보고 싶습니다. 나한테? 아냐, 이런 일은 있을 수 없어. 하지만 이 세상은 그렇게 죽어야 할 인간들로 넘쳐납니다."

"결국 넌 신의 왼손이로구나."

케일이 웃었다.

"신과는 아무 상관 없습니다."

"그들에게 닿으려면 도중에 다른 많은 사람들을 죽여야 할 텐데?"

"그런 이들에게는 모두 비켜설 기회를 줄 겁니다."

"비키지 않겠다고 하면?"

"그럼 자신의 운명을 받아들여야겠죠."

"비키고 싶어도 그럴 수 없는 수천수만의 사람들도 그래야겠구나. 보스코는 네가 세상을 지배할 수 있다고 믿었다. 하지만 그는 미쳤지. 넌 뭐라고 변명하겠느냐?"

"저에게 선택의 여지가 있습니까?"

"우리에겐 언제나 선택의 기회가 있다."

"당신이 그런 한심한 소리를 하는 건 처음 듣는군요. 정말로 제가 멈출 수 있다고 생각하세요? 제가 그러고 싶어도 안 됩니다. 사람들은 저를 내버려두지 않을 겁니다. 제가 어딘가로 떠나 평온하고 조용하게 여자들과 함께 케이크 먹으며 사는 걸 아무도 용납하지 않을 겁니다. 한 번 해봤어요. 지금 손 털고 떠나면 제 목숨은 길어야 육 개월입니다." 케일은 이드리스푸케를 물끄러미 바라보았다. "제 말이 틀렸다고 말해보세요."

"너의 행복은 오로지 파괴에만 있다. 죽음과 황폐가 네 영혼의 기쁨이지."

"뭐라고요?" 어째서인지 케일은 부아가 치밀었다.

"그 꼭두각시가 너한테 그렇게 말하지 않았느냐?"

"아, 그놈. 네."

"내 생각은 다르다. 믿을지 모르겠지만."

"고맙군요. 감동적이네요."

"하지만 저기 내려가서 아르벨 마테라치를 죽이면 첫발을 내딛는 셈이다. 그런 짓을 하고 되돌아올 수는 없어."

"보스코를 죽이고 제가 뭘 깨달았는지 아세요? 가려운 데를 마침내 긁는 것만큼 좋은 건 없다는 겁니다. 이제 그만하죠. 내일 다시 이야기합시다."

"더이상 너를 사랑하지 않는다는 이유만으로 사람을 죽여서는 안 돼."

"왜 안 되죠?"

"모든 사람이 그런다면 어쩔 테냐?"

"그렇다면 사람들은 훨씬 더 조심해야겠죠."

"이 문제는 잠시 접어두고 나랑 같이 가지 않겠느냐?"

"아뇨."

이드리스푸케가 무얼 할 수 있겠는가? 아무것도 없었다.

그는 돌더미와 잡초 덤불에 걸려 비틀거리며 진지로 돌아갔다.

이날 밤 내내 리디머 사제들이 허공을 가르며 떨어졌다. 최근에 교수된 자들의 시신이 수백 구씩 끝도 없이 줄줄이 무리지어 성소 서쪽 방벽으로 끌려와 지난 육백 년 동안 리디머들의 주검을 쌓아둔 300피트 아래 킹키스 필드로 쓰레기처럼 버려졌다. 과연 그 모습이 어떠했을까? 어느 누구도 본 적 없는 참경惨景이었다.

시신을 내던지는 벽의 구멍이 창문을 닮아 '교수된 자들의 1차 창밖 투척'이라고 불린 이 음울한 의식이 세 시간째 이어질 즈음, 마침내 성소의 미로를 빠져나온 윈저가 쇠약하고 지친 몸으로 팬쇼를 찾아왔다. 팬쇼가 말했다. "지금은 시간이 너무 늦었네, 친구. 눈 좀 붙이고 내일 다시 해보게나."

그러나 윈저에게 두번째 기회는 없었다. 해가 뜰 무렵, 토머스 케일은 몇 마일 떨어진 곳에서 스노힐의 물자 창고로 가는 마차 짐 칸에 앉아 있었다.

　이드리스푸케가 몇 달 동안 사람들을 보내 수소문했지만 케일의 종적은 오리무중이었다. 물론 포기하지는 않았다. 그가 거액을 들여 고용한 정보원들은 토머스 케일을 언뜻 봤다는 믿기 어려운 소문들까지 취합해 따로 은밀히 보고했다. 그런 풍문은 부지기수였다. 대개 무시할 만한 것들이었는데, 그중에는 우든해를 건너 아발론섬으로 가는 대형 선박 뱃머리에서 하얀 실크 드레스 차림의 여덟 처녀와 함께 있는 케일을 봤다는 이야기도 있었다. 다시 세상의 파멸이 다가올 때 케일이 긴 잠에서 깨어나 세상을 구하러 돌아온다는 것이었다. 그리고 케일이 베를린에서 곡예사로 살고 있다거나, 시라쿠사의 시장에서 모자를 팔며 지낸다는 보고도 있었다. 일년 뒤에는 놀랍도록 그럴싸한 소식이 들렸는데, 레바논에서 케일이 아르벨 마테라치와 말피 공작 아가칸의 결혼을 방해하려다 살해당했다는 것이었다. 아가칸은 낭비벽이 심해 재산이 눈 녹듯 사라진다고 해서 아이스크림 황제라고 불리던 자였다. 하지만 이드리스푸케는 곧바로 그날 참석한 하객 한 명으로부터 결혼식이 별 탈 없이 치러졌다는 사실을 확인했다. 그후 케일이 도그섬의 그레이트 피아스코에서 와트 타일러와 함께 익사했다는 소문이 돌았다. 또한 트로이의 종교전쟁에 뛰어들었다가 버펄로 빌 옆에서 십자가에 못박혔다는 소문도 들렸다.
　이렇듯 신빙성이 떨어지는 목격담은 셀 수 없이 많았지만, 이드리스푸케가 사실이길 바란 소수의 몇몇 보고는 비교적 일관성이 있었다. 엠마우스의 시골 마을에서 못과 톱, 올리브기름을 사는 케일을 봤다는 주장이 여기저기서 들렸다. 그런 평범한 모습은 이드리스푸케를 안심시켰다. 그곳은 겨울에도 날씨가 따뜻하고, 수 마일에 걸쳐 느릅나무와 물푸레나무가 숲을 이루고 있으며, 작은 호수가 수백 개나 있어서 남들 눈에 띄기 원치 않는 자를 찾아내기는 굉장히 어려울 터였다. 이드리스푸케는 케일이 망치질과 톱질을 하며 잘 먹고 잘 지내리라 생각하고 싶었다. 물론 믿을 만한 자들을 거기로 보내 수소문을 하고도 확실한 정보는 얻지 못했다. 그러나 이드리스푸케는 적어도 케일이 그 근방 어디선가 무사히 지내고 있기를 바랐다.

국제연합 고대유물 연구회 대표 성명

낙원의 쓰레기장 발견과 이른바 『신의 왼손』 3부작 '창작' 문제의 유래에 대해서는 조정자 브레프니 왈츠의 판결문에 훌륭히 상술되어 있으므로, 여기서 그 이야기를 되풀이하지는 않겠다. 또한 파렌하이트 박사나 하비루인들의 전적으로 부당한 소유권 주장에 대한 법정 대응 문제도 다룰 뜻이 없다. 그러한 권리는 마땅히 전 인류의 몫으로, 고고학적으로 너무나 귀중한 장소에 대해 일말의 존중도 보이지 않는 한 개인이나 일개 부족의 것이 아니다.

그 쓰레기장을 발견한 파렌하이트 박사의 공로는 아무도 부정하지 않으며, 만약 그가 법적 의무에 따라 곧장 국제연합 고대유물 연구회에 연락했다면 상황은 전혀 달라졌을 것이다. 지금쯤 파렌하이트 박사는 최악의 악당으로 비난받는 신세가 아니라 고고학의 가장 위대한 아들로 떠받들어질 것이다. 초기에 파렌하이트는 '책의 땅'에서 발견된 문서들의 출처가 도서관처럼 체계적으로 지은 건축물이 아니라, 지난 세기 초반에 옥시링쿠스에서 발견된 문헌과 비슷하게 버려진 문서들이 대량으로 묻힌 쓰레기장일 거라 가정했다(물론 옥시링쿠스의 문헌은 기껏해야 천팔백 년 전의 유물로, 거대한 도시조차 눈 깜짝할 사이에 역사의 기억에서 사라질 수 있다는 증거이다). 결과적으로 이 가정은 옳았다. 물론 쓰레기장의 정확한 위치는 찾아내지 못했다. 하지만 주맥主脈이라 부를 만한 것을 찾아다니는 동안 낱장 문서가 계속 발견되었고, 하비루 언어를 금세 익힌 파렌하이트는 그 문서들을 통해 이 두 문명의 공통된 몇몇 단어를 발견해 많은 문서의 의미를 해독해냈다. 일부 문서는 오만 년 혹은 훨씬 더 오래된 것으로 추정된다. 그가 수집한 수많은 뒤죽박죽 상태의 문서들—오래된 편지, 이야기, 법률 기록—은 실은 한 권의 책이었다. 비록 완전한 형태로 발견되지는 않았지만, 다량의 문서가 거의 같은 장소에서 줄기차게 발견되었다. 그 양이 워낙 많았던 덕분에, 어느덧 문서의 언어에 통달한 파렌하이트는 문서의 거의 전체, 즉 세 권에 이르는 연작을 다시 만들어낼 수 있게 되었다.

하지만 그 책들은 과거에 독자들 사이에서 과연 어떤 위상을 지녔을까? 그토록 많은 문서가 발견된 것은 『신의 왼손』 3부작(파렌하이트가 붙인 명칭. 이제껏 표지는 한 장도 발견되지 않았다)이 사라진 그 문명에서 위대한 예술품으로 간주되었기 때문일까? 요컨대 그 책의 저자는 우리 시대의 거장들—브램리나 긴스마이어—과 동급이었을까, 아니면 앨린 하우드나 지나 로렌조처럼 널리 읽히는 조롱거리 수준이었을까? 혹은 망상에 사로잡힌 괴짜가 혼자 만들어낸 것으로, 다락방의 인쇄기에서 찍혀 나오자마자 운

나쁜 친구나 친척 말고는 한 권도 사주지 않아 모조리 쓰레기장으로 직행한 책들은 아니었을까?

역사적으로나 예술적으로나 정보와 배경이 전혀 없는 이 책들은 우리에게 흥미로운 과제를 던진다. 당장은 오랜 세월 축적된 문화적 지식의 도움 없이 단순하고 직접적인 독해만으로 좋건 나쁘건 그 의미를 파악해야 한다. 만약 우리가 감동받거나 흥분하지 못한다면, 고대의 독자들이 걸작으로 인정한 작품을 내치는 것이 될까? 만약 그 책이 우리에게 울림을 준다면, 당대 사람들이 내다버려야 할 허섭스레기라고 여긴 책에 흥분하는 꼴이 될까? 다른 중요한 의문점들도 남아 있는데, 책을 읽고 평가하기에 앞서 당연히 해야 할 질문이다. 이 책들은 일종의 역사적 허구인가? 당대의 실제 사건들을 다룬 작품인가? 순전히 상상 속 이야기인가? 리디머는 실제로 존재했는가, 아니면 불온한 상상의 산물에 불과한가, 아니면 적대적인 이교 집단에 소속된 자가 쓴 선전 책자의 등장인물일 뿐인가? 독자가 알 만한 실제 인물을 바탕으로 주인공들을 만들었을까, 아니면 전적으로 작가가 지어낸 존재일까? 서로 다른 문체들은 변덕스러운 작풍 탓인가, 아니면 독자에게 익숙한 기존 작품들을 참고한 것인가, 아니면 그냥 도용인가? 여럿이 쓴 글인가? 혹은 위의 의문 중 어느 것에도 해당하지 않는가? 이중 마테라치 가문과 리디머들에 대한 의문은 이미 부분적으로 답이 나와 있다(아래의 1# 참조). 우리는 이 문서들을 정확히 읽어낼 방법을 영영 모를 수도 있음을 인정해야 한다.

파렌하이트는 이런 문제들을 무시해버리는 편법으로 해결책을 모색했다. 3부작 중 첫 두 권을 발표하면서 흔히 '판타지'라 불리는 장르의 고대소설인 양 포장했다. 물론 판타지에 흔히 등장하는 드워프나 요정, 괴물, 엘프가 전혀 나오지 않기에 납득하기는 쉽지 않다. 어찌됐건 파렌하이트가 본명 대신 모친의 성을 사용해 출간한 그 책들은 상업적으로 제법 성공을 거두었는데, 기이한 소설이라는 반응이 많고 명백한 반감을 드러내는 이들도 있다. 하지만 번역은 비록 외설스럽고 자유분방하긴 해도 부정확하다고 말하기는 어렵다.

현재 국제연합 고대유물 연구회는 하비루인들이 책의 땅이라고 부르는 장소의 합법적인 통제권을 갖게 되었다. 물론 낙원의 쓰레기장이라는 이름으로 더 잘 알려져 있는데, 정확성보다는 기억에 남는 문구에 집착한 어느 신문의 헤드라인 덕분이었다(그 쓰레기장은 전설의 에덴동산에서 동쪽으로 200마일쯤 떨어진 곳이다). 『신의 왼손』 3부작의 본문에 대한 '소유권'을 두고 국제연합 고대유물 연구회와 파렌하이트와 하비루는 현재 소송중이다. 정신건강법에 따라 파렌하이트가 캄브리아의 요양 시설로 보내진 뒤 이루어진 합의에 의거하여, 그가 번역한 3권 『천사의 날갯짓』의 판매 수익은 곧바로 하비루인들에게 지급하게 되었다. 이제 정식 절차에 따라 국제연합 고대유물 연구회가 발굴하고 있는 문서들을 광범위하게 연구함으로써, 향후 발표될 올바른 학술적 번역에는 풍부한 각주와 역사적 배경에 대한 면밀한 분석 및 전문가들의 견해도 실릴 것이다.

낙원의 쓰레기장(어쨌든 이제는 이렇게 부를 수밖에 없다)에서 더 많은 사료가 발굴되고 있으므로, 인류의 숨겨진 과거의 엄청난 걸작들이 나오리라는 희망을 품지 않을 수 없다. 과연 어떤 충격과 환희가 찾아올 것인가?

에이잭스 플로먼 교수 박사

공화력 143812년 브뤼메르(안개의 달) 42일

1# 『신의 왼손』 3부작에서 자주 언급되는 한 가지 사건을 자세히 다루고 있으니, 관심 있는 이들은 국제연합 고대유물 연구회가 낙원의 쓰레기장에서 발견된 문서들을 번역하여 처음 발표한 정식 학술 논문을 참고하기 바란다. 「침략의 관례: 실버리힐 전투와 마테라치 권력의 몰락에 대한 역사적 확인」, 『현대 역사』, 277권, p. 62~120.

아래 게재된 폴 파렌하이트의 성명 중 일부는 모욕비방 금지법
과 국제연합 혐오범죄 관련법에 의거해 편집되었다.

국제연합 고대유물 연구회(는 얼어죽을)의 이기적인 선전에 대
해 한마디하자면, 문화 전문가 행세를 하며 학계를 틀어쥔 몽매하
고 평범한 인간들, 현재 예술위원회 의장인 그 ──────, 매
스미디어의 ───── 무리들, 너희 모두 ─────에서
──────────────────

한마디 더 하자면, ─────────────────
──────────────────────────
──────────────────────────
──────────────────────────
──────────────────────────

사고와 독서의 기본을 깨친 자라면, 어떤 장난감을 골라야 하고 그 이유가 뭔지 알려주는 사람이 있는 지성의 보육원에서 살아가는 것보다 암울한 일은 없음을 잘 알 것이다. '얘들아, 이건 좋은 장난감이고 저건 아니야. 우리가 보기에 장난감다우려면 저래서는 안 돼.' 그리고 소위 전문가라는 자들의 눈으로 세상을 보는 것만큼 어리석은 짓은 없다. 그런 교사, 학자, 문화평론가, 비평가 등등 다양한 계층의 전문가 나부랭이들은 마치 변소의 ─────처럼 우리의 세상을 꽉 막히게 하는 존재다. 하지만 무엇보다 이 세계를 속속들이 질서의 틀에 가두는 멍청한 십진법에 죽음을! 인간의 정신을 가장 잘 표현한 그림은 편리하고 치명적인 질서로 이루어진 도서관이 아니라 쓰레기장이다. 삶의 본질은 우연과 변칙이고, 썩은 것과 아름다운 것과 잘못 버려진 것으로 가득하며, 혼돈의 심오한 진리로 채워져 있다. 누군가 발견하라고 예쁘게 포장되어 있을 리 만무하다. 우리는 수레꾼, 땜장이가 되어 놀라운 것, 뜻밖의 것, 의도된 방식과는 다른 방식으로 쓸모 있게 만들어진 것을 찾아 삶의 여행에 나서야 한다. ────────── 자들 모두에게.

잘 만든 여행 안내서를 들고 정식 안내인과 함께—반反문화적 안내인이라 해도—탐험에 나서는 여행자는 탐험가가 아니라 고상한 관광객에 불과하다. 다음에 도서관에 들어갈 때는 눈가리개를 하고 가라! 낙원의 쓰레기장은 낙원 그 자체보다 흥미진진하다.

베이그 헨리라면 이렇게 말하리라. 진부한 것에 죽음을!

폴 파렌하이트
캄브리아 수도원
공화력 143799년 제르미날(싹트는 달) 18일

감사의 말

나의 매니저 앤서니 고프와 펭귄 출판사의 내 담당 편집자 알렉스 클라크에게 고마움을 전한다. 알렉산드라 호프먼, 빅토리아 호프먼, 토머스 호프먼, 그리고 내가 손으로 쓴 원고를 믿을 수 없을 정도로 정확하게 타이핑해준 로레인 헤저에게 감사한다. 또한 펭귄 저작권 부서의 케이트 버튼, 새러 헌트-쿠크, 레이철 밀스, 챈털 노엘에게도 감사한다. 닉 론데스와 교정교열 담당자 데비 해트필드에게도.

조그 왕과 그의 버릇에 대한 묘사는 앤서니 웰던 경의 『제임스 1세의 궁정과 그의 성격The Court and Character of King James I』에 바탕을 두었다.

리디머들과 합의를 이뤄냈다는 보스 이카르드의 발언은 1938년에 아돌프 히틀러를 만나고 돌아와 '우리 시대의 평화'를 확보했다고 주장한 네빌 체임벌린의 연설과 유사하다.

독일 철학자 아르투르 쇼펜하우어는 이드리스푸케가 하는 말들에 폭넓게 기여하고 있다. 해에 대한 레이 수녀의 말은 윌리엄 블레이크의 시에서 가져왔다. 마차 안에서 리바가 부르는 유행가의 한 구절은 W. H. 오든의 시 「오 내게 사랑의 진실을 말해주오」의 제목을 차용한 것이다. '사랑은 끝이 없나요'는 오든의 시 「어느 날 저녁에 길을 걸으며」에 나온다. '우산'과 '밑으로'는 리아나 펜티의 노래에서 빌려온 단어들이다. 콘 마테라치의 재판은 코벳의 『역대 국사범 재판 총정리Complete Collection of State Trials』에 나오는 '월터 롤리 경 재판'에 부분적으로 기반을 두고 있다. 병사들을 내려다보는 자신의 모습이 보이게 하라는 케일의 말은 설리번 발루가 임종 직전 아내에게 보낸 편지 내용을 따라 한 것으로, 『신의 왼손』에서 처음 인용하고 있다. 몇몇 외국 번역본에서는 이 저자 후기가 실수로 누락되어 있다. 31장 말미에 나오는 도로시 로스차일드와 케일의 대화는 저평가된 미국 대통령 캘빈 쿨리지가 한 이야기에서 따온 것이다. 부분적 인용이나 완전한 인용이 대부분 묻혀 있고 다시 쓰여서 이제는 그것들을 인지하거나 원문을 찾기가 어렵다. 호메로스부터 호머 심슨까지 다른 출처가 의심되는 독자는 지식의 역사에서 가장 위대한 도구인 구글로 검색해 잘라 붙이기를 하면 된다.

아르테미시아

『천사의 날갯짓』에 등장하는 여전사 아르테미시아는 기원전 480년 살라미스에서 페르시아 편에 서서 그리스를 상대로 싸운 장수 아르테미시아 할리카르낫소스에서 아이디어를 얻었지만 그대로 빌려오지는 않았다. 주위의 압도적인 견해와 달리, 아르테미시아는 좁은 해협에서 싸우면 그리스 함대가 엄청나게 유리하므로 전쟁을 자제하라고 강력히 충고했다. 이후 그리스 황금기의 도래와 민주주의의 성장, 그리고 어쩌면 서구 문명 자체에 다행스럽게도 크세르크세스는 다수의 의견을 받아들였고, 그 결과 참패했다. 대체로 역사란 무의미한 것이지만, 만약 크세르크세스가 아르테미시아의 고언에 좀더 귀를 기울였다면 미국인들이 바그다드가 아니라 런던이나 파리에서 사담 후세인을 제거해야 했을지도 모른다. 어쩌면 미국식 민주주의가 아예 존재하지 않았을 수도 있다.

오늘날 페미니스트 역사학자들은 아르테미시아가 자신을 사랑해주지 않는 젊은 남자를 사랑하다 벼랑에서 몸을 던져 죽었다는 통설을 매우 의심한다. 당연히 그들에게는 고전 시대의 성차별이 담긴 낭설로 보일 것이다. 그토록 강인한 여성이 심리적으로 그렇게 나약할 리 없다는 것이 그들의 주장이다. 하지만 그렇지 않을 수도 있다. 고전 시대에는 위대한 전사가 사랑 때문에 흔들렸다는 유사한 이야기들이 많다. 안토니우스와 클레오파트라를 보라. 현대의 사례를 들자면, 2008년에 미국이 점령한 이라크의 불안한 상황을 안정시킴으로써 크게 주목받던 미군 장성 데이비드 퍼트레이어스는 섬세하고 품격 있는 인물로 평가받았으나, 자신의 전기 작가와의 불륜 파문으로 중앙정보국 국장 자리에서 내려와야 했다. 강철 같은 용기와 유리 같은 마음을 동시에 가진 것은 전혀 이상한 일이 아니다. 토머스 케일이라면 고개를 끄덕이지 않을 수 없을 것이다.

얀 지슈카

케일이 만든 신형군의 전술과 운용은 후스파*의 장군 얀 지슈카에게서 비롯한 것으로, 그는 훗날 루터가 인정했듯 15세기 초 유럽에 최초로 등장한(오늘날 체코 공화국 부근에 근거를 둔) 개신교 교파의 군 수장이었다. 알렉산더 대왕은 선친이 이룩한 전술적 우위와 전투 기술을 갖춘 군대를 물려받았지만, 농기구와 농사용 마차를 개조한 무기를 든 농부들을 데리고 갑옷을 입은 정식 병사들로 이루어진 대군과 싸우는 방법을 개발한 지슈카는 전쟁 역사상 매우 독특한 존재였다. 또한 화약을 사용하는 가벼운 무기 개발의 선구자이기도 했다. 난제 해결의 달인이자 뛰어난 전술가였던 이 독창적인 천재는 체코 공화국을 제외한 지역에는 잘 알려져 있지 않다. 좀더 알고 싶다면, 빅터 버네이의 『신의 전사: 얀 지슈카와 후스 혁명Warrior of God: Jan Zizka and the Hussite Revolution』이나 스티븐 턴불과 앵거스 맥브라이드의 『후스 전쟁, 1420~1434 The Hussite Wars, 1420~1434』를 읽어보기 바란다.

벡스

벡스 전투는 전부는 아니지만 부분적으로 1461년 타우턴 전투를 모델로 삼고 있다. 희한한 점은 이 전투가 영국 역사상(솜 전투 첫날을 포함하여) 가장 많은 전사자 수인 이만팔천여 명을 기록했음에도, 덜 중요하고 덜 치열했던 다른 전투들에 밀려 대중의 기억에서 사라졌다는 것이다. 궁금하다면 베로니카 피오라토(저

---

* 체코 출신 종교개혁가 얀 후스의 가르침을 따른 기독교 교파.

자, 편집자), 앤시어 보일스턴(편집자), 크리스토퍼 너셸(편집자)
의『핏빛 장미들: 1461년 타우턴 전투가 만들어낸 거대 무덤의 고
고학Blood Red Roses: The Archaeology of a Mass Grave from the Battle
of Towton AD 1461』과 존 새들러의『타우턴: 종려주일 들판의 전투
Towton: The Battle of Palm Sunday Field』를 읽어보라.

일부 독자들은『신의 왼손』3부작의 세계 지도에 '실제' 지명들
이 어떤 이유나 질서 없이 뒤죽박죽 등장한다고 불만을 드러낸다.
그런 분은 다음 지명들을 살펴보기 바란다. 리가 스웨덴 이집트 벨
파스트 그리스 노퍽 맨체스터 함부르크 켄트 바르샤바 케임브리지
런던 피터버러 시러큐스 로마 암스테르담 포츠담 바타비아 됭케르
크 레딩(레바논 근처), 도버(스미르나 근처), 맨스필드 스탬퍼드
노위치 하이드 파크 트로이 뱅거(베들레헴 근처 나사렛 옆), 선베
리 팔미라 웨스트민스터 엠마우스 마운트 카멜 델리 베를린 페루.
이게 전부가 아니라 더 많다. 이 개별 지명들 사이에 어떤 공통점
이 있는가? 모두 뉴욕(옛 명칭은 뉴암스테르담) 주변 250마일 안
에 있는 크고 작은 마을과 소도시들이다.

『신의 왼손』3부작에 대해 더 알고 싶다면 아래 홈페이지를 방문
하시길.
www.redopera.co.uk

옮긴이 **이원경**
경희대학교 국어국문학과를 졸업하고 번역가의 길로 들어섰다. 주로 영미권 소설과 아동문학을 우리말로 옮기고 있다. 옮긴 책으로 『스펜스 기숙학교의 마녀들』 『고스트 라디오』 『내가 당신의 평온을 깼다면』 『레드셔츠』 『안녕, 우주』 『어린 여우를 위한 무서운 이야기』 등이 있다.

문학동네 세계문학
신의 왼손 3 ─ 천사의 날갯짓

초판 인쇄 2023년 3월 13일 | 초판 발행 2023년 3월 20일

지은이 폴 호프먼 | 옮긴이 이원경
책임편집 양수현 | 편집 최정수 이희연
디자인 백주영 이원경 | 저작권 박지영 형소진
마케팅 정민호 이숙재 김도윤 한민아 이민경 안남영 김수현 왕지경 황승현 김혜원
브랜딩 함유지 함근아 박민재 김희숙 고보미 정승민
제작 강신은 김동욱 임현식 | 제작처 한영문화사

펴낸곳 (주)문학동네 | 펴낸이 김소영
출판등록 1993년 10월 22일 제2003-000045호
주소 10881 경기도 파주시 회동길 210
전자우편 editor@munhak.com | 대표전화 031) 955-8888 | 팩스 031) 955-8855
문의전화 031) 955-1927(마케팅) 031) 955-2684(편집)
문학동네카페 http://cafe.naver.com/mhdn
인스타그램 @munhakdongne | 트위터 @munhakdongne
북클럽문학동네 http://bookclubmunhak.com

ISBN 978-89-546-9180-2 04840
     978-89-546-7744-8 (세트)

잘못된 책은 구입하신 서점에서 교환해드립니다.
기타 교환 문의 031) 955-2661, 3580

www.munhak.com